Alex Mírez

PERFECTOS MENTIROSOS
PELIGROS Y VERDADES

wattpad **W**
by Montena

Todos los hechos de esta historia están narrados desde mi perspectiva. Ningún nombre o lugar ha sido cambiado, porque no me interesa proteger a nadie. Lo que me interesa es decir finalmente la verdad.

Papel certificado por el Forest Stewardship Council®

Primera edición: noviembre de 2020
Decimotercera reimpresión: octubre de 2023

© 2020, Alex Mírez
© 2020, Penguin Random House Grupo Editorial, S. A. U.
Travessera de Gràcia, 47-49. 08021 Barcelona

Penguin Random House Grupo Editorial apoya la protección del *copyright*.
El *copyright* estimula la creatividad, defiende la diversidad en el ámbito de las ideas y el conocimiento, promueve la libre expresión y favorece una cultura viva. Gracias por comprar una edición autorizada de este libro y por respetar les leyes del *copyright* al no reproducir, escanear ni distribuir ninguna parte de esta obra por ningún medio sin permiso. Al hacerlo está respaldando a los autores y permitiendo que PRHGE continúe publicando libros para todos los lectores.
Diríjase a CEDRO (Centro Español de Derechos Reprográficos, http://www.cedro.org) si necesita fotocopiar o escanear algún fragmento de esta obra.

Printed in Spain – Impreso en España

ISBN: 978-84-18318-35-1
Depósito legal: B-14.408-2020

Compuesto en Compaginem Llibres, S. L.

Impreso en Black Print CPI Ibérica
Sant Andreu de la Barca (Barcelona)

GT 1 8 3 5 F

Prólogo

¿En dónde nos habíamos quedado?

Ah, sí, en esa noche de la feria en honor a los fundadores, después de que mi plan contra Aegan fracasara y dejara su alma en un baño público por culpa de una diarrea, y Adrik se fuera con Artie a nuestro apartamento.

Ahí, en un banco, yo. Junto a mí, Regan Cash. Y la pregunta: «¿Quién eres tú en realidad?».

Bueno, es momento de contártelo. Es momento de contártelo todo: no me llamo Jude Derry, y definitivamente no había ido a Tagus solo a estudiar. Había ido porque solo quería una cosa: venganza.

Lo sé, lo sé, debes de estar hecho un lío. Estarás pensando: «¡¿Qué p*tas estás diciendo, Jude del Carmen?!». También sé que se supone que debes confiar en mí. ¡Todos confían en las protagonistas! Las protas nunca mienten y nunca son malas. Jamás cambian la historia, de ninguna forma alteran los hechos y mucho menos omiten secretos, y si yo hice eso...

Entonces supongo que esta siempre fue la historia de una villana.

Para que entiendas este lío y el porqué de mis mentiras, hay que volver seis años atrás. Debemos irnos muy pero que muy lejos de Tagus, a Miami, la ciudad a la que llegan la mayoría de los inmigrantes. Tenemos que detenernos en un día en el que un muchacho de dieciocho años llamado Henrik Damalet recibió una llamada para decirle que había sido contratado como jardinero en la casa de una familia muy importante.

Ese chico, Henrik, era mi hermano.

Tras colgar el teléfono, le quedó estampada en la cara una sonrisa enorme. Todo acababa de cambiar para él y nuestra familia gracias a ese empleo. Por esa razón, mamá lloró, emocionada. Era una mujer muy delgada con la piel pálida, los ojos cansados, el cabello opaco, las uñas rotas y la existencia exhausta y adolorida. Llevaba cinco años enferma de algo incurable y nosotros no teníamos mucho dinero para pagar los medicamentos en un país en el que no tener un seguro médico significaba exclusión. Pero con el nuevo trabajo de Henrik en la casa de esa familia importante, todo sería diferente.

Eso lo sabía muy bien la chica de trece años sentada en la mesa, es decir, yo. Me alegraba la idea, la posibilidad de un futuro mejor, pero me entristecía que mi hermano se fuera tan lejos, aunque también sabía que en su nuevo trabajo le pagarían bastante solo por ser jardinero y cuidar el enorme jardín de una mansión; además, tendría la posibilidad de seguir estudiando por la noche en un sitio mejor. Y eso era bueno para nosotros.

—¿Cuándo vendrás a visitarnos? —le había preguntado yo con el corazón encogido.

—Pediré vacaciones y seguro que podré venir los días de fiesta —me respondió, animado—. Pero llamaré todos los días al mediodía y por la noche, y te enviaré un móvil para que podamos enviarnos mensajes. Lo tengo todo planeado.

—¿Y cómo se llama el tipo para el que vas a trabajar? —pregunté.

—Adrien Cash —contestó Henrik con mucho orgullo.

Se fue al día siguiente, y cuando volvió de nuevo a casa, lo hizo dentro de un ataúd.

Sí, Henrik murió en la mansión de los Cash. Le practicaron una autopsia pero su muerte fue calificada como accidente: estaba limpiando las tejas, se cayó y falleció al instante.

Ahí debió de haber acabado esa historia: luto, dolor y olvido.

Pero no, yo nunca olvidé. Yo nunca creí que su muerte hubiera sido un accidente. Y no lo creí porque, antes de morir, Henrik me dio pistas de que algo así podía sucederle, solo que no las supe interpretar hasta muy tarde.

Rebobinemos. Como él prometió el día antes de irse, a los dos meses me envió un móvil para que habláramos constantemente por mensajes. Todos los días me lo contaba todo: lo que hacía, lo que no, lo que comía, lo que ahorraba y lo que veía al salir a algún lado. No omitió ningún detalle. Me contó desde cómo era la mansión hasta cómo eran las personas que vivían en ella.

Adrien Cash era tan rico por herencia familiar e inversiones que meaba en un retrete de oro y se limpiaba el culo con billetes de dólar. Bueno, no; pero nos gustaba hacer ese chiste. Era senador y no tenía esposa porque ella había muerto en un accidente. El enorme jardín que Henrik cuidaba había sido el sitio más querido de su mujer; por esa razón querían mantenerlo y lo trataban como si fuese una especie de altar en su memoria.

Ese hombre, Adrien, tenía cuatro hijos: tres de la mujer fallecida y uno fuera del matrimonio, todos varones. Eran chicos malcriados y consentidos, que hacían y deshacían a su antojo. Solo uno de ellos le dirigía la palabra a mi hermano, y únicamente lo hacía porque disfrutaba dificultándole las cosas y molestándolo, porque molestar era lo que más le motivaba en la vida.

Se llamaba Aegan.

Aegan hacía cualquier cosa para hacerle la vida imposible a Henrik. Al principio, no resultó muy ingenioso: dañaba los arbustos para que culparan a mi hermano de haberlos podado mal; pisaba las flores; echaba basura en lugares limpios y se burlaba de él llamándole «jardimierdo» o «recogebasura», entre otros apodos denigrantes.

Henrik siempre me decía que tenía la suficiente paciencia para soportarlo, que así era el mundo, que Aegan solo era demasiado joven y con una vida demasiado fácil para entender la magnitud de lo que hacía y decía. Pero yo no lo veía del mismo modo, y comencé a odiarlo. Todavía sin conocerlo, detestaba lo que mi hermano me contaba de ese chico cruel. Me sentía impotente la mayoría del tiempo, pero Henrik intentaba tranquilizarme asegurándome que en algún momento se cansaría.

Aegan no se cansó. Peor aún, aumentó el nivel y la gravedad de sus jugarretas.

Henrik me llamó una noche a reventar de furia porque Adrien le había ordenado mantener bien limpia la piscina para un evento especial que tendría lugar esa misma noche. Para asegurarse de ello, se levantó muy temprano y estuvo todo el día trabajando para dejar el área de la piscina impecable. A las seis de la tarde, se fue a su casa a descansar. A las seis treinta, cuando Adrien llegó, la piscina estaba llena de hojas, ramas y tierra, y tenía una tonalidad verdosa semejante al moho.

Casi despiden a Henrik. Al final no lo hicieron porque, de alguna manera que no quiso contarme, se descubrió que el responsable de aquel desastre había sido Aegan, que había ensuciado la piscina a propósito. El hecho de que no hubieran despedido a Henrik enfureció a Aegan a unos niveles inimaginables, por lo que desde entonces se dedicó a meter a mi hermano en más problemas constantemente.

Cuando Henrik me contaba las humillaciones que los hijos de Adrien Cash le hacían pasar, me llenaba de una rabia apoteósica. Y me enfurecía mucho más que Henrik dijera que debía aguantarlo porque el dinero que ganaba nos ayudaba de una forma difícil de conseguir con cualquier otro trabajo. Y en verdad nos había ayudado. Habíamos alquilado una casita en un sitio mejor y logramos empezar a pagar el tratamiento de mamá, e incluso se hicieron planes para que yo asistiera a una escuela privada.

Pero yo no quería ir a ninguna estúpida escuela privada. Lo que yo quería era ir a visitar a Henrik, ver con mis propios ojos a ese tal Aegan, plantarme frente a él y darle un puñetazo en la cara para que dejara de ser tan imbécil.

Pisé la casa Cash un mes antes de que Henrik muriera. Fui sola con un billete de autobús que pagué yo misma. Era sábado y mi hermano no se esperaba mi visita. Cuando llegué, me quedé parada frente a la enorme verja blanca que marcaba el inicio de los terrenos. Desde allí se veía la gigantesca estructura, erguida con arrogancia bajo un moderno diseño arquitectónico. Debía de tener más de tres plantas y muchísimas habitaciones, y estaba pintada de blanco con un tejado azul. Era hermosa, pero sentí cierto rechazo hacia ella.

Ya adentro, resultó que Adrien se había ido de viaje y se había llevado a Aegan con él. Aleixandre, Adrik y Regan no estaban, así que no tuve la oportunidad de enfrentarme a ellos.

Henrik me mostró la pequeña casita donde vivía, que estaba dentro del terreno de la mansión, pero no muy cerca del edificio principal para que no olvidara que era un simple empleado. Recuerdo que mi primer pensamiento fue: «¿Esta gente se quedó en 1850 o qué?», pero a pesar de todo la casita era compacta, simple, muy bonita e incluso acogedora.

El problema fue que no pude concentrarme mucho en ella. Lo primero que me llamó la atención fueron otros detalles. Al ver a Henrik, me sentí muy feliz, pero también fue como ver a un desconocido. La sensación que experimenté al abrazarlo fue extraña. Cuando conoces a alguien de toda la vida, notas el momento en el que empieza a cambiar. Mi hermano había cambiado, y yo no sabía en qué momento había sucedido. Estaba más flaco de lo normal y tenía unas ojeras profundas que no le había visto ni cuando trabajaba doble turno. Su cabello era naturalmente lacio y castaño como el mío, y como le llegaba hasta la mitad del cuello, solía recogérselo en una coleta baja, pero en ese momento cada mechón de su pelo se veía opaco y descuidado.

Su aspecto era distinto, y en sus ojos había unos destellos de... ¿preocupación?

—¿Qué sucede, Henrik? —le pregunté mientras almorzábamos en la mesa individual de su casita. Él bajó la vista y la fijó en su plato de espaguetis. Yo insistí—. No soy estúpida. Quizá mamá se cree todo eso de que estás muy bien, de que adoras este lugar y de que tu jefe y su familia son excelentes, pero yo sé la verdad. ¿Esos chicos todavía se meten contigo?

Henrik jugó con su tenedor por un momento. Tenía los dedos y los nudillos llenos de cicatrices y moretones por la jardinería. ¿Es que no usaba guantes? Claro que no, porque Aegan se los escondía.

—Ya sabes que no les caigo nada bien; todo sigue igual... —admitió, neutral, esforzándose por no resaltar ninguna emoción.

—Pero pareces preocupado. ¿Está pasando algo más? —insistí.

Henrik suspiró. Reconocí ese gesto. Era el gesto de: «No he ganado mucho dinero hoy, pero diré que todo está bien». El gesto de: «Mamá tiene una recaída, pero haré parecer que las cosas van a mejorar». El mismo maldito gesto de: «Me escupen en la cara, pero yo la mantendré levantada de todos modos». No obstante, fue la primera vez que mi hermano decidió no ocultarme algo. Y lo hizo porque fue importante:

—Últimamente, Aegan ha estado rondándome. Creo que pretende pillarme en algo para tener una buena base y acusarme, pero yo me mantengo profesional, y eso es lo que importa.

Me quedé pasmada. El plato de espaguetis me pareció la cosa más repugnante del mundo.

—¿Te vigila? Pero eso es... —me interrumpí, atónita, sin saber qué palabra usar de todas las que se me ocurrieron.

—No es nuevo —admitió él en un tono de voz más bajo, como si la lejanía entre esa casita y la mansión no fuera más que de milímetros y pudieran escucharnos—, solo que ahora lo hace con mayor frecuencia. Aleixandre y él están todo el tiempo controlando qué hago y qué no. Y hace unos días pillé a Adrik saliendo de aquí, pero él no me vio.

—¿Y qué podría estar haciendo aquí? —pregunté en un susurro.

La preocupación se acentuó en su rostro, una preocupación que jamás le había visto expresar, ni siquiera durante los peores momentos de nuestra madre. Henrik era bastante bueno en demostrar calma para calmarme a mí, pero en ese instante no ocultó nada.

—No lo sé, pero busqué por todas partes por si se les había ocurrido meter algo de la mansión para culparme de robo. No encontré nada que no fuera mío, pero esta actitud me está haciendo sospechar muchas cosas, y ninguna buena.

—¡Tienes que decírselo a Adrien! —le insté, soltando el tenedor y mirándolo con la furia hirviendo bajo mi piel.

Henrik negó con tranquilidad.

—No va a creerme y podría despedirme. Aegan es su favorito. —Suspiró con resignación—. La verdad es que el padre no es muy distinto al hijo. Ninguno es muy distinto a los otros.

Sentí que no podía contenerme más.

—¡Tengo que hablar con alguno de ellos! —solté, y me levanté de la silla de golpe. Cada palabra me salía a reventar de furia—. ¡No, hablar no! ¡Con esos miserables no se puede hablar! ¡Haré algo que...!

Henrik me tomó por el brazo para detenerme. Su agarre fue como el de mi madre: reconfortante y tranquilizador. A pesar de todo lo que estaba pasando, me miró con los ojos achinados por una sonrisa amplia sin despegar los labios.

—Tienes solo dieciséis años, acuérdate de eso, Vengadora —me dijo con diversión. Eso de «vengadora» era por los superhéroes, porque solía decir que yo siempre quería salvar el día a la gente. Me miró a los ojos con calidez y cariño—. Estaré bien, y mantendré este trabajo el tiempo que dure, no tienes que preocuparte.

Entonces volví a ser la niña de trece años que le hacía preguntas a su hermano; preocupada, pero al mismo tiempo haciendo un esfuerzo por sentir otra cosa que no fuera miedo, exigiéndome a sí misma ver el lado bueno de las cosas e imaginándome que todo mejoraría.

—Pero ¿y si Aegan te culpa de algo que no has hecho? —le pregunté, intranquila, con un hilo de voz—. O peor aún, ¿y si te meten en un problema grave del que no puedas salir?

Aun con lo aterrador que era imaginar las respuestas a esas preguntas, su expresión fue serena y esperanzadora.

—El mundo es duro para las personas buenas, sí, pero les compensa por enfrentarlo —me dijo, y acompañó sus palabras con una sonrisa exhausta—. Lo que sea que llegue a hacer Aegan quedará en su conciencia. Al menos tú y yo sabremos que estamos limpios, pero sobre todo que jamás seremos iguales a ellos. ¿De acuerdo?

—De acuerdo.

Él no tenía permitido dejar que sus visitas se quedaran a dormir, así que nos despedimos por la tarde. Insistió en acompañarme, pero le dije que podía llegar a la verja sola. Por un momento, antes de atravesarla, me volví para mirar la casa. Me sentí preocupada, muy preocupada, por dejar a mi hermano allí. Quise correr y decirle: «Nos vamos a casa. Recoge tus cosas», pero yo solo tenía dieciséis años y Henrik estaba decidido a hacer lo que fuera para mantenernos. Y, por otra parte, no se equivocaba al insistir en que el dinero que ganaba allí no lo ganaría en ningún otro trabajo convencional.

Me recordé que al menos tenía un techo, comida y un lugar privado, y quise resaltar esos detalles por encima de los alarmantes como el hecho de que los hijos de Adrien lo vigilaran de manera anormal.

¿Qué era lo peor que podían hacer?

Lo imaginé, pero por ingenua aparté la posibilidad. Después de todo, eran solo chicos, ¿no?

Cuando me estaba acercando a la enorme verja para salir, un auto apareció por el camino asfaltado. Pensé en ocultarme en algún sitio, asustada ante la idea de que reprendieran a Henrik por mi culpa por haberme invitado, pero correr habría sido muy obvio y terminé quedándome plantada en el mismo sitio con mi gastada mochila colgando de los hombros.

El coche se detuvo frente a la verja y esta comenzó a deslizarse hacia la derecha. Al mismo tiempo, la ventana del conductor descendió y un muchacho me miró con interés y con una divertida confusión.

Tenía el cabello rubio desordenado y los ojos de un gris intenso. Recuerdo que pensé que parecía un actor de Disney Channel, solo que había un brillo descarado, travieso y astuto en su rostro, como si fuera un zorrillo experto en escabullirse y conseguir secretos escandalosos. Eso me hizo preguntarme si sería el famoso Aegan, pero al salir del embeleso me di cuenta de que era mayor. Aegan me llevaba dos años según lo que me había dicho Henrik, y ese chico parecía tener unos veinte.

—No me sorprende ver chicas saliendo de aquí, pero tú tienes una interesante cara de susto —comentó con una rara vacilación. Se dio cuenta de que lo miraba con extrañeza y se apresuró a agregar—: Seguramente eres una de las chicas de Aegan. ¿Qué te ha hecho ese abominable ser?

Quise protestar por hablarme como si fuera un objeto, pero comprendí que no estaba en todos sus sentidos cuando alzó una mano y vi que sostenía una cerveza. Se tomó un trago y exhaló de manera refrescante. Luego volvió a mirarme hasta que me hizo un gesto para que hablara porque, como una tonta, yo me había quedado pasmada.

Y sí, mi cerebro falló al intentar procesar palabras inteligentes, de modo que recurrí a lo primero que se me ocurrió:

—Solo vine a... vender algo —mentí con rapidez—. Ya me voy.

No le di más explicaciones y me fui a paso rápido, dejándolo atrás.

Poco después descubrí que había hablado con Regan. Otro poco después me enteré de que Regan era un hijo que Adrien Cash había tenido con una mujer con la que tuvo una relación años antes de casarse con la madre de los Perfectos mentirosos, pero con la que seguía viéndose mientras estaba comprometido con ella. De manera que tenía mucho sentido que la tarde que apareció en Tagus me preguntara si nos habíamos visto antes. A pesar de que había alcohol en su sistema durante nuestro encuentro, su memoria le envió destellos de mi cara.

Esa también fue la última vez que pisé la mansión Cash. Un mes después, Henrik estaba muerto.

La noticia ni siquiera llegó a nuestra casa. Llegó a la casa de la antigua novia de Henrik, con un abogado que buscaba a la familia de Henrik Tedman. La chica me llamó por teléfono y me avisó. Ese día entendí dos cosas: 1. Mi hermano había ocultado nuestro apellido «Damalet» a la familia Cash por alguna razón. Había usado solo el apellido de nuestro padre, que ambos habíamos decidido no usar nunca. 2. Aegan lo había matado. No tenía las pruebas, claro, pero tampoco tenía dudas. Si no lo había hecho con sus propias manos, seguro que había tenido algo que ver con su muerte. Todo me indicaba que sí. Él y sus hermanos lo habían estado rondando. Habían entrado en su casa por alguna macabra razón. Lo habían odiado, le habían hecho la vida imposible y al final hicieron lo único que les faltaba, cosa que era fácil de encubrir si nadaban en dinero y su padre tenía una mano puesta sobre la máquina que movía el mundo: la política.

El señor Adrien Cash pagó el funeral, aunque no se lo pedimos. Costeó una corona y un buen ataúd. El abogado nos explicó que no lo podíamos abrir. Mi madre pudo haber reclamado hacerlo, pudo haber pedido que lo abrieran para ver a Henrik, pero entró en un estado de shock que la dejó sin habla. Yo no pude decir nada porque era menor de edad, así que no volvimos a ver el rostro de mi hermano de nuevo.

De todas formas, mi madre ni siquiera pudo levantarse de la cama para ir al funeral. Me acompañó la exnovia de Henrik. Luego lo incineraron, lo pusieron en una cajita de madera, que Adrien también pagó, y finalmente yo lo llevé a casa. Lo puse sobre la mesita de la sala y me senté en el sofá a mirarlo.

Lloré durante un buen rato, sola, en silencio, hasta que me di cuenta de que mi hermano me había dejado algo muy valioso al no usar nuestro apellido: la posibilidad de conocer la verdad.

Esperé un año. Primero tuve que buscar ayuda para el estado de shock en el que vivía mi madre. Adrien Cash nos enviaba mensualmente un cheque para compensar nuestra pérdida. Venía en un sobre blanco con la dirección de la casa de la ex de Henrik. Ella me los entregaba. Con parte de ese dinero pagué las terapias psicológicas de mi madre. En una de ellas conocimos a Tina, una paciente que había sido tratada por depresión, pero que ya estaba superándola. Tina resultó ser una fabulosa ayuda, porque su compañía reanimó un poco a mi madre, aunque no logró hacerla hablar del todo. Aun así, como Tina no tenía hijos, se ofreció a acompañarla mientras yo iba a clases por las mañanas. Al principio, pensé que se trataba del poder de la amistad, pero después descubrí que era el poder del amor. Mi madre había sido violada por mi padre durante muchos años y de esa manera había contraído el sida. Nunca esperó volver a tener pareja debido a ello, ya que no quería perjudicar a ninguna persona. Pero Tina se quedó con nosotras, y eso me alivió por una parte.

Mi madre ya tenía a alguien que la cuidaba, la amaba y no se molestaba si ella pasaba días sin pronunciar más de una palabra. Tal vez gracias a eso el recuerdo de Henrik empezó a paralizarla menos.

Pero a mí... A mí me seguía doliendo de la misma forma, porque yo sabía la verdad, así que, sabiendo que mi madre estaba segura con Tina, empecé a elaborar mi plan.

Primer paso: investigación.

Debía analizar a los Cash y su entorno. Fue bastante fácil dar con Aegan. Al ser una familia reconocida públicamente, sus nombres estaban en todos lados, sus caras en todas las revistas y sus pasos eran seguidos en todas las redes sociales.

La primera vez que vi sus caras fue en una página web con el pie de foto: «De izquierda a derecha: Aegan, Adrik, Aleixandre y el senador Adrien Cash». Los tres tenían el mismo cabello azabache de su padre, los mismos ojos grises, los mismos rasgos atractivos y el mismo porte de superioridad absoluta. Es decir, el aspecto que no esperas de un asesino, sino de un chico con el que sueñas salir.

Varios artículos aseguraban que no solo eran guapos, sino que también eran buenos deportistas, inteligentes, generosos haciendo donaciones y elocuentes, y que sobre todo les gustaba ir de fiesta. Por eso busqué a Aegan en Facebook y escudriñando a fondo encontré un festival de música al que había confirmado que asistiría.

Volví a viajar a su ciudad con mayor decisión. Me compré un vestido con lo que había ganado trabajando doble turno en una cafetería, y pagué un feo motel durante dos días. El festival era de noche, pero me presenté unas horas antes de que empezara para tantear el terreno. Quería ver cómo se comportaba y, sobre todo, cómo se comportaban las personas a su alrededor.

Vi aparecer a los Cash a eso de las nueve y media de la noche, mezclada entre la gente, siendo una más bajo la enormidad de un cielo oscuro plagado de estrellas. Supe de inmediato quién era Aegan, quién era Adrik y quién era Aleixandre. Reconocí sus caras por las fotos que había visto, pero percibí sus personalidades por sus actitudes y por lo que Henrik me había contado de ellos.

No fue raro darme cuenta de que la gente los adoraba. Nadie los veía tan repugnantes como yo. Todo el mundo miraba a Aegan como si fuera único en la raza humana. Se acercaban a saludarlo, se emocionaban con su presencia, y las chicas intentaban captar su atención. Escuché a unas que hablaban cerca de mí:

—¿Aegan ha cortado ya con Eli?

—No lo sé, a veces están juntos y otras veces no, pero si no está con ella tampoco está durante mucho tiempo con alguien. Y es mejor así. Nadie quiere que esté comprometido.

—Una amiga salió con él el año pasado. Me contó unas cosas que... —soltó unas risitas juguetonas—. Ni te imaginas lo salvaje que es.

—Aegan me mata, pero tengo cierta debilidad por Aleixandre. ¿Sabes cómo conseguir su número?

—¡Claro! Puedes intentar escribirle y ver si entre todos sus chats te responde, pero yo tengo otra táctica.

—¿Cuál?

—Los pillaré en Tagus. Cuando me gradúe de la prepa, iré a estudiar allí. Aegan ya está en el primer año. Adrik empieza en un mes y Aleixandre entra el año próximo. Aegan todavía estará estudiando cuando yo vaya, y entonces tendré una oportunidad con él.

Después de eso, me fui al motel, donde estuve pensando a fondo. En un primer momento quise volver a casa de inmediato y abandonar mis absurdas ideas. Después de todo, tenía que encontrar un trabajo y hacer lo mismo que había hecho Henrik: trabajar y seguir estudiando.

Pero... no iba a lograrlo. Seguía enojada, llena de rabia, de dolor, de todos esos sentimientos que había acumulado con los años. No podía encontrar tranquilidad pensando en que Aegan seguía viviendo una vida feliz y fácil mientras que mi hermano estaba muerto. Recordaba la forma en que la gente lo miraba a él y a sus hermanos: como si no fueran unos asesinos o unos expertos en humillar a la gente, como si no hubieran matado a Henrik, como si no le hubieran amargado la vida sin ninguna razón, y volvía a sentirme impotente como cuando mi hermano me lo contaba todo por mensajes. Y de ahí pasaba a sentirme estúpida e inútil por no poder lograr enfrentarme a ellos, por no ser capaz de cumplir todo lo que había prometido hacer movida por la rabia durante las noches de insomnio.

Así que, sentada en la camita individual del motel con las manos cubriéndome la cara por la frustración, recordé las palabras de aquella chica: «Los pillaré en Tagus. Iré a estudiar allí. Aegan ya está en el primer año».

Y me pregunté qué pasaría si yo también fuera a Tagus...

¿Cuáles eran las posibilidades?

¿Podía lograrlo?

Eso significaba convertir mi idea de enfrentarme a los Cash en algo mucho más grande, algo más comprometedor, en algo llamado «venganza». Era más arriesgado, sí, pero lo suficientemente cruel. Y crueldad era con exactitud lo que quería que los hermanos Cash probaran. Para conseguirlo, debía ser más meticulosa, más organizada, tener un plan completo. Pero no lo tenía, a decir verdad. Tan solo me pareció tentadora la idea de entrar en Tagus, acercarme a los Cash y descubrir cómo podía dañar a Aegan de manera permanente.

Si fallaba, ¿qué perdería? Nada.

Si ganaba, lo tendría todo: la paz mental, el descanso de mi hermano, la satisfacción de hacer pagar a los Cash por lo que seguramente consideraron un simple juego. Y si habían cometido un asesinato, su futuro solo podía estar en la cárcel. Podridos y olvidados. Bonita imagen.

Mi siguiente paso fue investigar sobre Tagus. Dos cosas me quedaron claras: la matrícula era costosa y necesitaba un buen perfil que fuese aceptado. Lo de la matrícula no pareció mucho problema porque el resto del dinero de los cheques era suficiente para pagar un semestre si lo juntaba todo, pero... ¿y el perfil?

Aunque Henrik había usado el apellido de nuestro padre no podía solo presentarme como Ivy Derry porque las conexiones podían hacerse de un momento a otro. Sentí que necesitaba otro nombre, otra identidad, una que fuese aceptada en Tagus, que no luciera como alguien que iba con dobles intenciones, y que para lograr eso necesitaba ayuda, porque, por supuesto, seguía siendo una adolescente.

Después de pensarlo mucho, le conté mi plan a Tina, aunque de una forma un poco... diferente, je.

Le dije que quería ir a Tagus a estudiar pero que los hijos de Adrien Cash también iban allí y que no quería que ellos supieran, de ninguna forma, que yo estaba relacionada con su antiguo jardinero. Le expresé mi deseo como si fuese lo único que quisiera en la vida hasta que la convencí de ayudarme. Yo ya tenía una idea: robar una identidad.

Dos años atrás había muerto la hija de mi tía (la única hermana de mi madre). Esa chica se llamaba Jude Derry (nuestro apellido materno), y había muerto atropellada por un coche la noche de una fiesta a la que se escapó sin permiso. Ella ya no necesitaba la identidad, ¿no? Pues acordé que robaría el acta de defunción, de nacimiento y todos los papeles necesarios. Luego contactamos a un tipo. Tina lo conocía porque ella conocía a mucha gente que había ido a terapias por distintas razones. Ese tipo se encargaba de copiar identidades.

De acuerdo, era algo ilegal, pero Tina creía que estaba protegiéndome de la familia Cash, y lo creía porque tal vez yo había sido muy buena mintiéndole... Aunque, si soy sincera, siempre sospeché que Tina lo sabía y que, en el fondo, ella también quería que yo hiciera lo que iba a hacer, porque la muerte de Henrik le había arrebatado a mamá de su estado normal.

Después de mucho papeleo y pagos de los cheques mensuales de Adrien Cash, finalmente adopté el nombre de Jude Derry, pero Tina y yo también logramos hacer algo aparte: borramos a Henrik y a Ivy como hijos de mi madre y pasamos a Jude como su hija en ese lugar. Mira, yo no sé cómo las personas de los bajos mundos hacen eso, pero lo logran. Créeme, siempre hay alguien a quien sobornar.

Entonces, si investigabas, Jude Derry no tenía ninguna relación con Henrik Damalet. Si Aegan llegaba a investigarme, averiguaría que mi madre estaba enferma. Hallaría a una Elein Derry tratada por VIH, lo que era verdad, pero nada más. Su única hija sería esa tal Jude. Mi madre no era capaz de hablar como para confirmar si era cierto o no.

Después de que el trabajo más duro estuvo hecho, armé mi perfil con las buenas calificaciones de Jude. Realizado eso, busqué fotos de Jude para parecerme lo más posible a ella. Mi cabello era de un castaño que se veía claro a la luz del sol, el de ella era tan oscuro que parecía negro. Me lo teñí para oscurecerlo y me lo corté en capas para cambiar mi estilo. Tiré toda mi ropa vieja y conseguí comprar ropa que me daba un aire de chica un tanto rebelde. Tomé el sol para ponerme morena, le di forma a mis cejas y me hice agujeros en las orejas para ponerme pendientes. Hice todo lo que pude para cambiar mi aspecto, para dejar atrás a la chica que pensaba que una bofetada y una simple humillación serían suficiente castigo.

Y Jude Derry se levantó de la tumba con un rostro nuevo y se fue a Tagus a destruir a los Cash.

Los estuve evaluando por un par de meses. Analicé el entorno de Tagus e incluso trabajé por unas semanas en una cafetería cercana. ¿Recuerdas cuando en el primer libro, en esa fiesta organizada por Aegan en la terraza, una chica se me acercó y dijo que yo le recordaba a alguien? Pues tuvo razón, porque yo siempre estuve cerca, solo que ellos nunca me vieron.

Claro que no todo resultó como esperaba. Hubo cosas inesperadas como conocer a Artie, que Kiana propusiera ese plan que resultó ser una buena tapadera, que los Perfectos mentirosos dirigieran un club secreto y prohibido bajo las reglas de Tagus, y el misterio de Eli Denvers. Otras cosas sí resultaron como esperé: que Aegan me escogiera para ser su novia fue la principal. Estudié mucho sus actitudes durante un tiempo antes de entrar en Tagus. Frecuenté los mismos sitios, observé a las chicas con las que salía y descubrí que todas tenían algo en común: eran sumisas. Aegan no sabía lo que era enfrentarse a un «no», y cuando alguien le negaba algo, hacía lo posible para revertir la situación.

Yo sería la chica del «no».

La noche en la que me senté en esa mesa y reté a Aegan jugando al póquer tuve que tomarme antes unos tragos para no flaquear, porque enfrentarme al asesino de mi hermano no fue nada fácil. Pero mi única esperanza era que eso funcionara y despertara su interés por mí. En cuanto lo logré, gané seguridad y me obligué a continuar.

Cada humillación que Aegan me hizo pasar desde el día en que «me nombró» su novia me tentaba a rendirme, pero siempre pensaba que si Henrik había soportado tantas cosas durante tanto tiempo solo para alimentarnos a mamá y a mí, yo podía soportar también las humillaciones para finalmente destruirlo.

Sabía con exactitud el tipo de personas que eran los Cash, pero empecé a dudarlo cuando me di cuenta de que Adrik actuaba de forma diferente a sus hermanos.

Adrik... Lo admito, fue el gran fallo en mi plan. Jamás me esperé sentir algo por él, algo real que me llevara a cuestionarme mis intenciones, algo que me empujara a creer que quizá él no tuvo nada que ver con la muerte de Henrik, porque después de pensarlo muchas noches, me di cuenta de que mi hermano había mencionado muy pocas veces a Adrik cuando me hablaba de los chicos Cash.

Pero Adrik era quien había entrado en casa de Henrik; mi hermano lo había visto.

Eso me lo recordaba también cada noche.

No puede gustarte uno de los asesinos.

Pero ¿y si no es un asesino?

¿Qué te asegura que no?

¿Qué me asegura que sí?

Solo sabía que Aegan y sus hermanos habían dañado de manera permanente a mi familia. Me habían hecho daño a mí. Me habían quitado a la única persona en todo el mundo que arriesgó su vida en una casa en la que jamás se sintió a gusto solo para asegurar la mía. Yo debía ser fuerte. No podía tener miedo.

No podía abandonar.

Nunca fui una persona cruel, pero la muerte de Henrik me cambió. Tal vez otros habrían reaccionado de forma diferente. Tal vez a ti no te parece gran cosa lo que hice, pero cuando solo tienes pan, y el pan se acaba, aprendes a apreciar el pan. Dentro de la fatalidad y la desesperanza que flotaba en nuestras vidas, Henrik siempre fue el «todo puede mejorar». Entonces, cuando él murió solo quedaron las cosas terribles: mi madre en estado de shock, la casa vacía y su voz en mi cabeza diciendo repetitivamente que los hijos de Adrien estaban maquinando algo contra él. Así que pensé de manera fría, tal como había prometido que haría, y me esmeré en alcanzar mi objetivo aun sabiendo que el triunfo podía arrastrarme igual que el fracaso.

Era peligroso, pero continué. Era absurdo, pero no me detuve. Era una maldad, pero lo vi como un acto de justicia.

Y de verdad estuve segura de que ganaría. Es decir, había llegado a Tagus con la única intención de joderles la vida de alguna forma estúpida, pero había encontrado una maraña entera de mentiras y crímenes. Después de humillaciones, cagadas y muchas improvisaciones, sentí que yo tenía toda la ventaja. Fue incluso como si una mano invisible y mágica pusiera la situación a mi favor, o como si Henrik me ayudara a llevar a cabo mi plan.

Gran equivocación.

Me creí una araña en un universo de hormigas. La realidad es que la hormiga siempre fui yo, atrapada en la telaraña de los Cash.

Y la araña mayor estaba a punto de comerme:

Regan Cash.

Debía responderle.

1

Tres perfectos mentirosos salieron un día:
uno fue a decir muchas mentiras,
otro fue a guardar un gran secreto,
y el último, como siempre, se esmeró en fingir
que era uno de ellos.

Estaba atrapada.

Lo único que podía quedarme bien en ese momento era una etiqueta en la frente que dijera: capturada. Ni siquiera tuve idea de qué hacer o decir. Me temblaban las manos, me sudaban las axilas, un hormigueo me hacía tiritar los labios. Por supuesto que mi cabeza estaba como loca intentando maquinar mil maneras de librarme de esa situación, de elaborar una buena mentira, pero una voz se alzaba entre todas diciéndome: «No podrás. Él lo sabe todo».

Ante mi prolongado silencio, Regan soltó una risa tranquila que marcó el final de su teatrillo y lo devolvió a su maliciosa normalidad.

—Estaba seguro de que te había visto antes, pero no recordaba dónde, y llegué a creer que eran solo ideas mías —comentó con ese encanto y esa nota de diversión omnipresente en su manera de hablar—. Luego entendí que no me acordaba porque fue hace demasiado tiempo...

De acuerdo, al principio había confiado en que Regan no tenía nada que pintar en Tagus. El universo tuvo que haber dado una vuelta muy rebuscada y maquiavélica para llevarlo hasta allí. Eso me tomó por sorpresa. Desde que lo vi aparecer la tarde del aniversario del fundador, comencé a ponerme muy nerviosa. Pensé que mi cambio lo despistaría, que no podría recordarme porque me había visto solo una vez, y hacía años, en un ligero estado de ebriedad; pero lo subestimé.

—¿Y qué piensas hacer? —no pude evitar preguntar, todavía muy quieta.

Regan se encogió de hombros. Sus ojos, poco confiables, sonreían con la astucia y la seguridad de un empresario. Parecía incluso que estar ahí exponiendo los secretos de alguien fuera algo en lo que le sobrara experiencia.

—¿Aplaudirte?, porque me costó confirmar mis sospechas —contestó. Luego me miró de arriba abajo con admiración—. Y solo tienes dieciocho años. Estoy asombrado, Jude. —Hizo un mohín al darse cuenta de que se había equivocado—. Perdón, ¿cómo prefieres que te llame ahora? ¿Jude o... Ivy?

Ivy, mi verdadero nombre. Escucharlo me hizo contener aire. Mierda al cubo.

—Mejor quedémonos con Jude —añadió guiñándome un ojo—, así parecerá menos raro. Ahora, cuéntamelo todo, porque no eres solo una chica que apareció y tuvo la suerte de ser la novia de mi hermano, ¿no?

Me miró con una incitadora complicidad, como si esperara que yo se lo contara todo al instante, que me comportara como una tonta y le escupiera cada detalle.

Pasé a modo supervivencia.

—No sé qué es lo que quieres saber exactamente —fue lo que salió de mi boca. Me sorprendió mi capacidad de control.

Regan alzó ligeramente los hombros.

—Quiero saber cuál es el secreto —dijo con suma tranquilidad—. Debe de haber uno, ¿no? Porque no hay ninguna mancha en tu pasado, no hay ningún historial de crímenes, nada relevante en la vida de esa chica llamada Ivy Damalet. Sí, eres hija de Elein Derry, una mujer enferma, pero no hay nada más... ¿Por qué te cambiaste el nombre si no tienes un pasado sucio y escandaloso que ocultar? —En ese punto entornó los ojos con una ligera suspicacia y lanzó la pregunta con una nota más seria y exigente que un momento atrás—: ¿Quién era Ivy? ¿Y qué ha venido a hacer aquí?

A pesar de que todo lo que había dicho sobre mí era cierto, me centré en una sola cosa: no había nombrado a Henrik. No había dicho: «Eres la hermana del que fue jardinero en mi casa». ¿Acaso...? ¿Acaso esa parte no la sabía?

Considerarlo me abrió una ventana en el cuarto oscuro en el que sentía que Regan me había metido había un momento. Tal vez había una posibilidad...

Sí, tenía que recurrir a cualquier cosa, porque hasta que él no me dijera directamente que sabía que yo era la hermana de Henrik, no afirmaría nada ni soltaría la lengua.

—Ivy era una chica que no valía la pena conocer —me limité a responder.

—Pero ¿qué clase de chica...? ¿Una fugitiva? ¿Una joven inocente? ¿Una asesina? —me preguntó con cierta impaciencia por mi enigmática respuesta.

Esperó a que contestara, y al ver que tardaba en hacerlo, hizo un movimiento con la mano para invitarme a hablar. Maquiné mentalmente mil posibilidades. Todas me parecieron malas, pero...

Al menos surgió una idea.

—Bien, te diré la verdad —suspiré, y fijé la vista en sus ojos (una buena táctica para darle fuerza a una mentira) antes de continuar hablando con serenidad y un aire de aflicción intencional—: Me cambié el nombre porque mi padre era un delincuente y un abusador. Mi madre y yo huimos de él, así que necesitábamos nuevas identidades. Por eso no encontraste nada en mi pasado. No lo hay. Solo un mal padre.

Regan me contempló en silencio. Traté de mostrarme calmada, a pesar de que los latidos del corazón me martilleaban los oídos y el pecho. Era lo mejor que se me había ocurrido. No sonaba falso ni inventado. Era algo muy real que sucedía a menudo. Si lo cuestionaba...

—¿Y eso cómo se conecta con que hace años te vi salir de mi casa? —me preguntó tras un momento de análisis.

A partir de este momento las mentiras salieron de mi boca como si las hubiera planeado desde hacía años y no las hubiese improvisado en ese mismo instante para intentar salvarme. Las pronuncié con tranquilidad y con un buen control de voz. Y parecerá admirable esa habilidad, pero cuando una mentira se cubre con otra mentira, es muy malo. Es terrible. Es como esconder un sarpullido en vez de curarlo. Ese sarpullido se extenderá y al final todos lo verán, pero lo único que yo necesitaba en ese instante era convencer a Regan, así que me arriesgué:

—No vengo de una familia con dinero —empecé a decir—. Cuando no iba a la escuela, me dedicaba a ir de casa en casa vendiendo distintas cosas. Comencé en mi zona, pero después descubrí que de nada servía intentar vender algo a gente sin dinero, y busqué las zonas de los ricos. Pero aun así no era mucho lo que ganaba, así que... —probé con una expresión de ligera vergüenza— con la excusa de vender, lo que hacía era inspeccionar qué había en las casas de esas personas para poder robar. Por eso me viste allí. En ese momento te dije que estaba vendiendo algo, pero era la mentira que utilizaba para ver qué podía sacar de tu casa.

Regan elevó las cejas con cierta sorpresa. Mil cosas debían de estar pasando por su mente y una sola resonaba en la mía: «Que se lo crea, que se lo crea, que se lo crea...».

—¿Así que no hay un objetivo detrás de esa falsa identidad? —preguntó.

—No —contesté como si ya hubiera entregado cada una de mis cartas—. La falsa identidad me protege de que ese imbécil no nos encuentre a mi madre y a mí.

Asintió con lentitud, pero de repente su ceño se hundió de manera ligera y detecté algo de desconcierto en su rostro. Creí necesario añadir algo, ampliar la información sobre el «padre abusador», pero Regan empezó a hablar como si estuviera relatando una historia.

—Una chica que nunca ha tenido mucho dinero llega a Tagus, la universidad más cara del estado, y a los pocos días es elegida novia del popular Aegan Cash. Parece un simple golpe de suerte, porque ni siquiera es tan bonita o tan interesante como para justificar el haber sido escogida por un chico fanático de las copias Barbie, pero entonces te enteras de que su nombre es falso y de que, de hecho, la viste salir de tu casa hace años. Y aunque te parece de lo más raro o, mejor dicho, demasiado conveniente, ella te asegura que todo eso no es más que una simple y casi sorprendente casualidad. —Ladeó la cabeza y buscó mis ojos de la misma forma que un detective buscaría los de un delincuente en la sala de interrogatorios—: ¿Es lo que estás queriendo decirme? ¿O me equivoco en alguna parte?

Me miró tan fijamente que tuve que gritarme a mí misma:

«No tragues saliva».

«No muevas la pierna».

«No desvíes la mirada».

«No titubees».

«Eres Jude y lo que dices es verdad».

—No te equivocas, es justo así —afirmé asintiendo con la cabeza.

Regan curvó la boca hacia abajo y pasó a verse algo asombrado.

—Bueno, admito que me suena rebuscado, pero eso de robar..., bueno, ni siquiera has perdido tu habilidad —dijo entre risas que no compartí—. Estar con Adrik y, también, con Aegan...

Ah, claro, lo sucedido con Adrik ya era de conocimiento público. Aunque cada cosa que soltaba Regan con esa voz clara y maquiavélica no era solo un comentario, era un «también puedo usar esto contra ti».

Notó mi rigidez e intentó corregirse con risas más serenas.

—No te estoy juzgando —me aclaró, como si fuéramos superamigos—. A decir verdad, estoy muy sorprendido. Eres la cosa más simple del mundo, y, sin embargo, has logrado enganchar a dos Cash. Un gran logro.

Supongo que solo «la cosa más simple del mundo» pudo soltar la peor mentira del mundo:

—Bueno, es que me gustaron ambos.

Regan no tuvo nada que decir a eso.

—¿Qué crees que pensaría Aegan si supiera que tu identidad es falsa? —En su rostro apareció una ligera, sutil y maliciosa sonrisa que me recordó mucho a la de sus hermanos—. Es impulsivo, no perdería su tiempo buscando información, solo actuaría movido por la rabia del momento, y como la rabia iría dirigida a ti... —Hizo una pausa como si me invitara a imaginar las peores situaciones—. Las cosas no terminarían nada bien, ¿verdad?

Por supuesto que no. Supiera o no que yo era la hermana de Henrik, si Aegan se enteraba de que Jude no era mi verdadero nombre, de que le había estado mintiendo, se encargaría de destruirme. Era el monstruo que posiblemente había matado a mi hermano y que tal vez había matado a alguien más cuyo nombre no sabía, eso según lo que había oído en el club aquella noche mientras él hablaba con un desconocido y yo escuchaba oculta en el conducto de ventilación. Me esperaba lo peor de él.

—Él solo lo sabrá si tú se lo dices —lancé.

—Y no voy a hacerlo —me aseguró. De nuevo destelló la mirada de empresario a punto de cerrar un trato—. Voy a creerte y guardaré tu secreto mientras hagas algo a cambio.

Me mantuve en calma, como si no estuviera a punto del colapso emocional.

—En ningún momento esperé que fueras a guardarme el secreto sin más —me atreví a soltar con sarcasmo.

—Es que es muy aburrido eso de hacer cosas sin obtener algo a cambio, ¿verdad? —Regan frunció la nariz con desagrado—. Es mejor cuando hay reciprocidad.

Ni siquiera me sorprendieron sus filosofías egoístas.

—Bien, ¿qué es lo que quieres, Regan? —exigí—. Dímelo.

Hizo un silencio de suspenso porque su astucia era tan cruel que él sabía que me estaba impacientando, que necesitaba saber qué demonios quería a cambio de su silencio.

Y lo que soltó definitivamente no me lo esperaba.

—¿Sabes?, desde hace un tiempo tengo la sospecha de que Aegan ha hecho algo muy malo.

Se me paralizaron hasta los parpadeos. Un frío helado me recorrió la piel. Pasé del miedo a la perplejidad en un microsegundo.

—¿Algo como qué? —Me salió de forma automática. Tuve que tragar saliva.

—Es algo que podría meterlo en problemas de los que no podría salir por sí solo —dijo Regan, serio—. Él quizá crea que sí, pero tengo la sensación de que necesitaría mi ayuda o la de nuestro padre, solo que a mí me detesta demasiado como para pedírmela y a nuestro padre le teme demasiado como para contarle la verdad de los hechos si se supiera algo de lo que sea que haya hecho.

Sentí que mis pulmones no estaban obteniendo todo el aire que necesitaba. ¿Acaso se refería a... lo de Henrik? ¿Acaso Regan tenía las mismas sospechas que yo? ¿Sería posible?

—Pero ¿a qué te refieres exactamente? —insistí.

—Lo sabrás en su momento —se limitó a decir—. Pero te diré que quiero ayudarlo, solo que no puedo hacerlo si no estoy seguro de mis sospechas. Y eso es lo que quiero de ti, que me ayudes a confirmarlo todo.

Puse cara de desconcierto.

—¿Cómo haría eso?

—Logrando que Aegan confíe en ti. —Regan esbozó una pequeña sonrisa maliciosa—. Jude, quiero que tú seas la novia que él nunca ha tenido, esa de la que se enamore tanto que no dude en contarte sus más oscuros secretos.

De acuerdo, eso definitivamente no me lo había esperado. Quería que siguiera siendo novia de Aegan, un objetivo parecido al que yo quería, aunque diferente al mismo tiempo. Mucho más difícil.

Pero ¿estaba hablando de Henrik? ¿Sospechaba que Aegan lo había matado? Necesitaba saberlo.

—¿En verdad crees que Aegan va a decirme algo tan importante como lo que tú sospechas? —pregunté en un tono absurdo—. Es más inteligente que eso.

—Si estuviera enamorado de ti, quizá sí...

—Aegan no va a enamorarse de mí jamás —le aseguré.

Regan me miró como si yo no supiera nada de nada y fuera un pequeño e inocente cachorrito. Suspiró divertido y dijo:

—Jude, tienes más posibilidades de las que crees —suspiró de nuevo con su tono divertido—. Créeme, de alguna forma le interesas. Lo conozco lo suficiente como para notarlo. Justo ahora no es nada profundo o real, te considera su juguete, pero podrías pasar a ser algo más. Tú lo impresionas, lo descolocas; esa es una ventaja.

Pestañeé. Me sonó incluso chistoso.

—¿De verdad?

—Sí. Lo que necesito es que él confíe en ti lo suficiente, y luego, cuando te lo pida, tú harás algo por mí.

—¿Qué?

La forma en la que los maquiavélicos ojos de Regan se entornaron y su boca reprimió una sonrisa me indicó que era algo malo, algo peligroso, pero no logré definir qué entre mi nerviosismo e inquietud.

—Lo sabrás en su momento —decidió mantener el misterio—. Mientras tanto, yo te ayudaré a lograr que mi hermano se enamore de ti. Te diré cuáles son sus puntos débiles, y le atacarás por ahí. ¿Cómo están ahora? ¿Siguen siendo novios después de que él se enterara de lo de Adrik?

Bueno, después de que se enterara de lo de Adrik, sí, pero después de lo que me había dicho en el baño mientras casi se moría de diarrea, eso de que habíamos terminado y que ya no éramos novios... Tenía la sospecha de que había cortado conmigo de verdad...

—No lo sé, creo que está enojado y...

—Vas a recuperarlo —dictaminó—. Empezaremos con esto.

Metió la mano en el bolsillo de su pantalón de lino color caqui y sacó una hoja doblada en un perfecto cuadro. Me la entregó y me animó a desdoblarla. Cuando lo hice, vi varias cosas escritas, pero por mi nerviosismo no las entendí.

—¿Qué es esto?

—Es la lista de las cosas que puedes hacer para atacar los puntos débiles de Aegan. Empezarás por ahí.

Oh, Dios. Pensé en cuánto me habría ayudado esa bendita lista al principio para tenerlo comiendo de mi mano, pero también pensé en lo increíblemente cruel que era aquello, incluso más cruel que mi plan de fingir ser una novia enamorada. Pero ¿era más cruel que asesinar a alguien? No.

—Aegan no va a caer, aunque haga todas estas cosas...

—Lo intentaremos —dijo Regan—. ¿Aceptas?

Obviamente, no respondí al instante, como si pudiera darme el lujo de dudar. Por un momento incluso creí entender por qué Aegan detestaba tanto a Regan. No por ser medio hermanos, sino porque era un enemigo digno de admirar. Aquello era inteligente. Sabía que a mí no me convenía que supieran que mi identidad era falsa. Y hablando de conveniencias, en realidad el trato me servía de alguna forma. Todavía había cosas que yo necesitaba descubrir: ¿quién era la joven que estaba muerta? Porque Aegan había hablado de una chica muerta aquella noche en el club secreto nocturno, junto con ese tipo desconocido. Ese podía ser mi billete para el éxito, porque también había un móvil con pruebas. Pruebas reales que asustaban a Aegan.

Necesitaba encontrar ese móvil. Si lo hallaba, no habría fallo. Aegan estaría atrapado. Además, mantenía mi promesa personal de venganza. No quería abandonar por muy peligroso que fuera que Regan supiera mi verdadero nombre. Él no sabía lo de Henrik, pero llegaría a eso en cualquier momento, y haría cualquier cosa horrible con mi secreto. Debía lograr algo antes de que eso ocurriera; si ya no podía demostrar que la muerte de mi hermano había sido culpa de Aegan, demostraría que era un monstruo de cualquier manera. ¿Que él se salvara y yo cayera? Jamás.

Sabía que el mismísimo diablo estaba delante de mí (por cierto, era condenadamente guapo y aterrador al mismo tiempo), pero prefería que el apellido Cash cayera, aunque yo también tuviera que caer.

—Tenemos un trato —acepté.

Regan extendió una sonrisa complacida y se levantó del banco con intención de irse, pero de repente se volvió como si hubiese recordado algo.

—Por supuesto, ni se te ocurra intentar irte o escapar, porque eso me molestaría bastante —me advirtió con una suavidad amenazante—. Y soy muy bueno encontrando gente. Estaremos en contacto por mensajes. Tengo tu número.

Asentí.

En el instante en que Regan se alejó por los caminos de una feria casi desolada, tomé muchísimo aire, como si no hubiera estado respirando desde hacía rato, como si me hubiera estado asfixiando. Mi cuerpo amenazó con hiperventilar e incluso sentí un ligero mareo por lo abrumador que había sido soltar todas esas mentiras, arriesgándome a que Regan supiera que eran eso: mentiras; pero logré mantenerme consciente y tras un momento pude ponerme en pie e irme.

Obviamente, no volví al apartamento. No quería escuchar los sonidos de felicidad de Artie mientras se enrollaba con Adrik, porque sabía que eso era lo que estaban haciendo. Pues no, gracias. Fui a la biblioteca, el único lugar en Tagus que estaba abierto las veinticuatro horas para que los alumnos se desvelaran estudiando. Me recosté en uno de los sofás de lectura fingiendo leer un libro y pensé un rato.

En cierto momento se me ocurrió enviarle un mensaje a Aegan para comprobar cómo estaba la situación y así poder calcular cuáles eran mis probabilidades de éxito:

«¿Estás bien?».

Su respuesta llegó minutos después:

«No vuelvas a hablarme en tu jodida vida».

Tal vez sí estaba bastante molesto conmigo.

Recuperarlo sería difícil.

2

A dar la cara, Jude

De acuerdo, mente centrada para los nuevos planes.

Todo había dado un giro dramático: yo ya no era un intento de Cady Heron en *Chicas pesadas*; era como la Andie Anderson de *Cómo perder a un hombre en diez días*, pero con otro objetivo: *Cómo enamorar a un hombre en un mes.*

Todavía más difícil: un hombre como Aegan.

Y el triple de difícil: siendo una chica como yo.

¡Yo tenía todo lo que a Aegan le desagradaba! Nunca me había creído que yo en verdad le gustara. Me había elegido como novia solo para fastidiarme la vida, para vengarse por haberlo humillado en el póquer. Intentar cumplir lo que Regan me había pedido iba a ser muy difícil, porque no solo debía mantenerme cerca de él, que era mi plan inicial, sino que tenía que ganármelo, debía intentar hacerle sentir algo real por mí.

¿Aegan sentía?

Bueno, primero tenía que trazar un camino hacia el supuesto móvil con pruebas. Eso también sería complicado porque no tenía ni una pequeña pista. Ni siquiera sabía de quién podía ser ese teléfono. El asunto no se trataba de Eli. Entonces ¿quién era? ¿Cómo lo averiguaba? ¿Por dónde debía empezar?

Tal vez mi ayudante anónimo podría echarme una mano... Era lo más valioso que tenía en ese momento, solo que no se me había enviado ningún mensaje más. Decidí enviarle algo yo:

Necesito tu ayuda. ¿Quién es la chica muerta? ¿Lo sabes?

A la espera de alguna respuesta, debía empezar con la primera cosa de la lista que me había pasado Regan:

Cena especial.

Sonaba bastante cliché, pero no se trataba de la cena ni de la comida, se trataba del hecho de que alguien preparara algo solo para él, de que alguien le tuviera el suficiente cariño como para tomarse el tiempo de organizarle algo especial. Eso era lo que daba en su punto débil, y por ahí pretendía atacar. Así que con mis cosas en una cesta, fui al apartamento Cash. Era un domingo por la tarde. Por un lado, estaba lista para triunfar como falsa novia; por otro lado, estaba nerviosa, asustada, inquieta, porque... ¿y si veía a Adrik? ¿Qué cara tendría que poner? ¿La de «no me importa que hayas besado a otra chica»? ¿O la de «no pienso en ti como una tontita antes de dormir»? ¿O tal vez la de «claro que no me tiemblan las piernas cuando estás cerca porque me dan ganas de besarte, estúpido»?

Aunque en un primer momento no tuve que preocuparme por Adrik, porque la escenita que me encontré mientras subía las escaleras fue extraña: Aleixandre dormido en uno de los escalones, tendido como un borracho muerto. Me impactó. Esa imagen estaba lejos del Aleixandre Cash pulcro y decente. Su camisa estaba fuera del pantalón y desabrochada en el pecho, su cabello estaba tan despeinado como el de Adrik, le faltaba un zapato e incluso se le veían varios chupetones en el cuello, ya sabes...

Uy, ¿qué te ha pasado, amiguito?

Frente a él, estaba Owen, de pie, con las manos metidas en los bolsillos, mirándolo fijamente. No me vio al instante porque estaba muy concentrado observando a Aleixandre con una expresión tan neutral que me intrigó, pero luego notó que no estaba solo y alzó la mirada hacia mí. Apareció una sonrisa cálida en su rostro de chico de playa.

—Jude Derry —dijo como una invitación a que me acercara—. ¿Y esa cesta?

—Oh, vengo a... —empecé a decir mientras subía el resto de los escalones, pero mi mente se fue de nuevo al casi cadáver de Aleixandre—. ¿Qué le ha pasado? No tiene buen aspecto.

—Supongo que se fue de fiesta anoche. —La sonrisa de Owen flaqueó de forma intrigante—. Lo encontré así hace un momento.

¿Y se había limitado a quedárselo mirando? ¡Qué raro! ¿O no...? Una parte de mí sospechó algo, pero lo dejé para pensarlo después.

—¿Quieres que te ayude a llevarlo adentro? —propuse con un encogimiento de hombros.

—¿Tienes fuerza suficiente? —Enarcó una ceja.

—Soy la novia de Aegan, eso te da fuerza para cualquier cosa.

—*Touché* —dijo, ampliando su sonrisa aún más.

Dejé la cesta en el suelo y ambos procedimos a cargar a Aleixandre, Owen por las piernas y yo por los brazos. Pesaba como un muerto, en serio, pero logramos llevarlo hasta el sofá de la sala. Cuando lo dejamos caer sobre él, el suave golpe lo despertó. Abrió los ojos abruptamente y extendió los brazos como para defenderse de algo.

—¡Yo no sabía la verdad! —gritó de golpe. Fue una reacción chistosa, pero misteriosa.

¿Qué verdad?

Al darse cuenta de la situación, nos miró a ambos intentando reconocernos.

—Bienvenido a la vida —le saludó Owen con mucho ánimo—. ¿Café? ¿Zumo? ¿Más alcohol? ¿Qué desea el señorito Cash?

Hubo un momento de silencio hasta que Aleixandre soltó aire y volvió a dejarse caer en el sofá como derrotado, cansado y aún algo ebrio.

—Vete —le soltó groseramente a Owen.

—Pero si Jude y yo acabamos de llegar. Hemos venido solo a verte —resopló Owen de vuelta, aún divertido—. ¿Qué modales son esos?

Aleixandre no estaba de humor.

—¡Que te largues!

—¿Qué hiciste anoche? —preguntó Owen con curiosidad, en lugar de irse.

—Una mierda que no te importa —zanjó Aleixandre.

Jamás lo había escuchado hablar así. Sus estados de ánimo habituales eran: alegre o coqueto, nunca grosero, nunca desaliñado. En ese instante sonó como... Aegan.

—¿«Esa mierda» —repitió Owen— te sirvió para descargarte por lo de la rueda de la fortuna? Porque sí, todos hablan de que te estabas besando con un chico esa noche. Y sí, hasta hay un vídeo. Y sí, me reí.

Aleixandre abrió los ojos de golpe y miró solo a Owen. Las preguntas le salieron muy rápido:

—¿Quién hizo lo de la rueda? ¿Lo sabes?

Oh, yo sí lo sabía..., pero obviamente no iba a decírselo.

—Ni idea. —Owen encogió los hombros—. Pero te dije que tarde o temprano alguien se enteraría de que andabas con un chico. Habrías evitado lo sucedido si hubieras sido honesto sobre esa relación.

Las cejas azabaches de Aleixandre, que parecían ser uno de los rasgos más característicos de los Cash, se hundieron en una expresión furiosa. Su mandíbula se tensó.

—¿Honesto? ¿Por qué demonios tenía que ser honesto con algo que no es real? —soltó, claramente muy enfadado.

Se me escapó mi lado chismoso.

—¿Qué no es real? —pregunté.

Aleixandre se dio cuenta de que yo también estaba presente en la sala y se quedó algo paralizado con los ojos bien abiertos... ¿Tal vez dije algo que no debía a alguien que no tenía que escucharlo? No me respondió.

—Levántate y ve a darte un baño —carraspeó Owen, cambiando de tema—. Tenemos cosas que hacer hoy.

Pero Aleixandre no se levantó. Todo lo contrario, suspiró y volvió a cerrar los ojos, negando con la cabeza, enfadado. Owen aguardó unos segundos para darle una nueva oportunidad. Al ver que Aleix no pensaba moverse, se dio la vuelta y caminó hacia la cocina con su actitud relajada. Lo vi abrir el refrigerador. Sirvió agua fría en un vaso. Luego cerró el refrigerador, volvió a la sala, me guiñó un ojo con coquetería y arrojó el agua fría a la cara a Aleixandre. El pequeño de los Cash saltó sobre el sofá y se levantó de golpe con los ojos grises abiertos como platos y la cara empapada.

—Buen chico —sonrió Owen al verlo de pie—. Ve y báñate, que hoy no vas a evitar nada que no debas. Te esperaré.

Aleixandre le dedicó una mirada asesina, una mirada en la que brilló cierto resentimiento.

—Puedo evitar hacer lo que se me antoje —le soltó—. Eso me lo enseñaste tú.

Sin decir nada más, se fue de la sala, tal vez a ducharse o tal vez a dormir en su habitación. Dejó un silencio flotando en la sala. Miré a Owen con curiosidad. Permanecía quieto, mirando en dirección hacia donde Aleixandre se había ido. Me pregunté si debía preguntar algo. Tenía demasiada curiosidad. ¿Qué no era real? ¿Qué había evadido Owen? ¿Y esa mirada dolida, Aleix?

—Nunca me va a perdonar —suspiró Owen de pronto, y fue de nuevo hacia la cocina, esa vez para buscar algo que beber.

—¿A qué te refieres? —intenté averiguar. Traté de no sonar muy interesada, a pesar de que, demonios, quería saber el chisme.

Para mi sorpresa, me respondió mientras abría una lata de cerveza.

—Hace unos años me fui durante mucho tiempo para evitar afrontar algo importante. No les dije nada ni a él, ni a Aegan, ni a Adrik, solo desaparecí. Estuvo mal.

Pretendía preguntar qué había sido eso tan importante que había evitado afrontar cuando...

Adrik apareció.

La puerta de entrada se abrió y entró en el apartamento con su mochila al hombro y unos libros en las manos. No lo había visto desde la feria, pero sentí como si hubiera pasado una eternidad. Se veía igual de distante que siempre e igual de ojeroso. ¿No dormía bien? ¿Sufría de insomnio? ¿Por qué? Paseó la mirada entre Owen y yo.

—Mi amargado favorito —le saludó Owen, y luego puso su atención en mí de nuevo—. Por cierto, Jude, no me has dicho para qué es esa cesta que traes.

Las palabras casi se me atoraron en la garganta porque Adrik escuchaba mientras iba hacia la nevera por algo de beber. Me pareció que lo peor que debía hacer, además de mentir, era mentir delante de él...

De todas formas, me llené de valor y dije:

—Es que prepararé una cena especial para Aegan. Vine temprano para preguntarles si pueden dejarme el apartamento para estar a solas con él esta noche. Ya saben...

Lo que se escuchó tras mi última palabra fue la puerta de la nevera cerrándose con fuerza, aunque Adrik se limitó a abrir su lata con tranquilidad. Ninguna emoción reconocible en su rostro; solo distancia, frialdad.

—¿De verdad? —reaccionó Owen con sorpresa—. A Aegan le va a encantar eso.

—Sí, él está molesto conmigo por lo de la diarrea —confesé—. Cree que yo tuve algo que ver y...

—¿Y no fuiste tú? —preguntó Owen con divertida suspicacia.

—Oh, no, ¿cómo puedes pensar que fui yo? —Me hice la que jamás podría hacerle algo así de malo a su amado novio.

Adrik habló por primera vez:

—La persona que hizo eso fue bastante inteligente. Jamás lo habían humillado así.

Y mientras bebía su cerveza, me miró tan fijamente que lo único que pude hacer fue desviar mi atención hacia otra parte, nerviosa. Él debía saberlo, pero yo no iba a aceptarlo.

—No merecía que le hicieran algo así —fue lo que salió de mi boca.

—Sí, hay cosas que Aegan en definitiva no se merece, y hay cosas que sí —dijo Owen de forma enigmática—. Pero claro que te dejarán el apartamento para que puedan estar solos, ¿verdad, Adrik?

Owen se acercó a Adrik y le dio unas palmadas en la espalda. Adrik no pareció muy dispuesto, pero tras unos segundos aceptó:

—Por supuesto.

—¿Y sabes qué más? —dijo Owen, sonriendo con entusiasmo—. Nosotros te ayudaremos a prepararlo todo.

Me quedé paralizada. Adrik hundió las cejas de inmediato y lo observó en un claro «¿qué demonios pasa contigo?». Owen se mantuvo tan feliz como un emoji.

—Oh, no... —intenté rechazar.

—Nada de «oh, no» —me interrumpió él con un gesto de advertencia—. Te ayudaremos para que todo quede perfecto; porque mereces reconciliarte con Aegan. Ustedes dos hacen una buena pareja. Tienen sus... altibajos, pero al fin y al cabo tienen sentimientos reales el uno por el otro y sobre todo muy pero muy claros, sin ningún tipo de confusión. —Miró a Adrik de una forma extraña—. ¿Verdad, Adrik?

Adrik no dijo nada al instante. Fue un momento incluso incómodo. Me sentí rara, como si estuviera perdiéndome algo importante. Al final habló, de nuevo sin ninguna emoción reconocible:

—Claro.

Owen juntó las manos y las frotó con entusiasmo.

—Empecemos.

Me ayudó a sacar todo lo que había dentro de la cesta. La mayoría eran ingredientes para los tacos (que era la comida favorita de Aegan, según Regan). También traía unas velas y un vestido ajustado de color negro que había visto en una tienda y que usaría esa noche, porque no sería la desaliñada Jude, no, sería la hermosa y elegante Jude que Aegan siempre había querido ver, con maquillaje incluido. Toma esa, Cash, ¡ja!

Luego comenzamos a cortar los ingredientes para los tacos. Mientras, Owen le pidió a Adrik que preparara de forma creativa el espacio donde Aegan y yo comeríamos. A Adrik, con su cara de culo y su aura de solo querer estar en otra parte del mundo, se le ocurrió poner un escritorio frente al ventanal y le colocó una sábana blanca encima. Luego le puso las velas y dijo:

—Listo.

Owen dejó el cuchillo y enarcó una ceja. Juzgó el trabajo de Adrik con una sola mirada.

—¿Esa es tu creatividad?

—Pues yo apreciaría esto. —Adrik alzó los hombros.

—Ya, pero no sé si recuerdas que la cena no es para ti —le dijo Owen con suavidad—, así que no tienes que guiarte por tus gustos.

La mirada de Adrik se posó en mí por un mínimo instante, como si hubiese sido yo quien indirectamente le hubiese dicho eso. Sentí que quiso decirme un montón de cosas, cosas como: «Te odio», pero luego apretó la mandíbula y empezó a quitar todo lo que había puesto.

—¿Cómo lo hago entonces? —preguntó con amargura.

Owen pensó un momento. Sus ojos color miel chispearon ante una idea ingeniosa.

—Que sea en el suelo. Estiras la sábana allí y pones las velas en medio. Es relajado y les dará libertad para acercarse en cualquier momento y...

—Ya lo he entendido —soltó Adrik para callarlo.

Owen amplió su sonrisa relajada.

—Siempre he dicho que eres el más inteligente.

Admitiré que por una parte fue horrible verlo preparar las cosas mientras Owen y yo cocinábamos los tacos, pero por otra parte me resultó satisfactorio. ¿Qué? ¡Él me había hecho mirarlo besar a Artie en la feria! Lo que él estaba haciendo ahora era nada en comparación. Pero fue mi pequeña venganza.

En cuanto terminó de poner la sábana y las velas, soltó:

—Terminado, ya me voy.

Fue directo a la puerta, con toda la intención de largarse, pero Owen actuó rápido:

—Claro que no te vas, ven a cortar la lechuga —le ordenó, señalando la lechuga sobre la encimera.

—No puedo —se negó Adrik, tomando sus llaves.

Owen insistió:

—Sí puedes.

—Las manos me dejaron de funcionar —aseguró Adrik, sarcástico—. He hecho un trabajo duro.

—Adrik... —dijo Owen, esta vez con ese tono amenazante que usa quien sabe algo importante sobre ti, y luego añadió con cierta lentitud—: No te vas a morir por ayudarnos.

Me sorprendió que eso lo detuviera. Se quedó parado frente a la puerta con las llaves en la mano, como pensando. Tras unos segundos, con una cara de «maldita sea, ¿por qué esto me está pasando a mí?», nos miró.

—Bien —aceptó quedarse.

Después de eso, se mantuvo en silencio mientras preparábamos la cena. Owen, sin embargo, no calló: habló de cuánto le gustaban los tacos a Aegan, de cuánto iba a disfrutar con la cena, de cuán genial era que se me hubiera ocurrido aquello... Cuando todo estuvo listo, Owen se mostró complacido.

Me deseó suerte y luego de sacar a Aleixandre a rastras de su habitación, ya bañado, se fue.

Por un momento solo quedamos Adrik y yo. Él se acercó a la ventana, sacó un cigarrillo y empezó a fumarlo con mucha calma. Aun así, el ambiente cambió por completo. Un silencio denso flotó entre nosotros hasta que...

—Así que eres de las que organiza cenas románticas —comentó él. Sonó muy sereno—. Estoy impresionado.

No, yo no lo era. Yo no hacía esas cosas. Estaba obligada a hacerlo y no podía decirlo.

—Es mi novio, debo esforzarme —fue lo que dije.

—Tu novio... —pronunció sin mirarme, más como si estuviera analizando la palabra.

—Sí —reafirmé.

Se apartó de la ventana y comenzó a acercarse a mí. Fue tan inesperado que no supe cómo reaccionar, aunque fue más que nada esa estúpida debilidad que él siempre me causaba lo que me bloqueó todo —pensamientos, coordinación, sentido común— y me impidió alejarme.

Su comisura derecha se elevó con malicia, porque lo notó.

—¿Tu novio te pone así de nerviosa? —me preguntó a medida que se acercaba.

Confundida y sí, nerviosa, logré retroceder con torpeza.

—¿Qué ha-haces?

—¿Te hace tartamudear? —Siguió avanzando con total intención.

—Adrik...

—¿Dices su nombre con el mismo tono de voz rendido con el que dices el mío?

Mi espalda dio contra el refrigerador. No pude escapar más. Él se detuvo muy cerca, y mi corazón, que latía rapidísimo por la intensidad de los sentimientos que debía reprimir, casi me dejó sin aliento. Lo peor: mi rostro lo expresó todo. Mis labios entreabiertos, mis ojos bien abiertos...

Adrik me contempló por un instante, malvado y divertido. No fui capaz de decir algo, aunque quise con todas mis fuerzas.

—Eso supuse —dijo tras un momento, y volviendo a poner su expresión indiferente añadió—: Buena suerte en la cena entonces.

Me dio la espalda y de la forma más cruel del mundo, se fue.

Me quedé un momento allí, contra el refrigerador, temblando. Una parte de mí estuvo decepcionada por el hecho de que se fuera, pero lo reprimí.

Nada de Adrik. ¡Ya nada de ese ser! El centro de mi falso mundo debía ser Aegan. Esa noche era para Aegan. Confié en que no podía salir mal.

Confié...

Aegan apareció una hora después. Entró en el apartamento como un emperador egipcio entrando en un sitio donde había un problema que solo él podía resolver. Llevaba un pantalón gris por encima de los tobillos y una camisa blanca con las mangas arremangadas hasta los codos. Ese estilo era muy años cincuenta, pero le sentaba bastante bien. Se veía poderoso, como si fuera el líder de una mafia universitaria cuyo objetivo era traficar con orgasmos. Vale, exagero, pero es que trato de hacer una descripción poética y atractiva.

—¡Llegu...! —No completó la palabra al verme junto al borde de la sábana, frente al ventanal, sonriente.

Lo había tomado totalmente por sorpresa. Hundió las cejas con confusión y al mismo tiempo me hizo un repaso completo. Luego volvió a examinarme como si acabara de ver a su enemigo arrodillándose ante él. Le pareció extraño todo: la sábana, las velas, los platos, el lugar, mi posición y sobre todo mi aspecto, pero sonrió. Sonrió ampliamente y de manera encantadora.

—Hola —lo saludé. Mi voz sonó acaramelada.

—¿Qué es esto? —dijo al instante, desconfiado.

—Te he preparado algo especial.

—¿Tú? —soltó, aún más desconfiado.

—Sí —asentí, y señalé la sábana en el suelo—. Ven, por favor.

—¿Para qué?

Dios mío, ¿por qué hacía esa pregunta tan estúpida si todo era obvio? Me esforcé en no perder la paciencia.

—Vamos a comer juntos —le expliqué.

—¿Dónde están los demás? —exigió saber.

—Estamos solos.

—¿Por qué?

—¡Porque sí, demonios! —Me salió con cierta exasperación, pero rápidamente recuperé mi postura de novia paciente y forcé mi sonrisa—. Solo ven a sentarte conmigo para que cenemos.

Ahí reaccionó y dio algunos pasos hacia delante. Con una ceja enarcada miró el camino delante de él.

—¿Has puesto minas en el suelo o algo así? —resopló.

—No, tonto... —Me reí de forma estúpida—. Solo... sentémonos.

Se sentó frente a mí. Yo hice lo mismo. Crucé las piernas con decencia para que mi vestido se viera lo más corto posible, pero que al mismo tiempo no se viera mi ropa interior. Cogí la copa de vino y bebí. Me sentí de lo más ridícula, como si estuviera frente a una cámara para un casting porno, pero, bueno, las cosas que había que hacer...

—Cenaremos tu comida favorita —le dije tras beber un trago—. Tacos.

Él lo observó todo con ligera suspicacia. Estábamos tan acostumbrados al extraño pero malvado juego de «ser novios» que no confiábamos el uno en el otro, pero me mostré sin dobles intenciones, transparente, como una chica que está frente al chico que le gustaba.

—Me sorprende —admitió Aegan simplemente.

Asentí con orgullo, me llevé la copa a la boca y bebí. Fue un movimiento lento y premeditado, tan delicado y sensual que ni yo misma entendí de dónde me había salido. Por un momento temí verme tan falsa como un cocodrilo usando un tutú, pero Aegan miró mis labios de manera inevitable. Luego, desconcertado por eso mismo, volvió a mis ojos.

—No me veo tan mal, ¿verdad? —comenté con una sonrisa amplia y presuntuosa.

—Siempre te ves igual —contestó.

Tomó su copa y bebió un trago largo. Apenas la alejó de su boca y la dejó junto a su plato, se relamió los labios. Hice lo mismo y luego me incliné un poco hacia delante para ganar más cercanía. Él de nuevo frunció el ceño, como si cada movimiento mío o cada palabra lo desconcertara demasiado. Sus ojos claros y fieros se acentuaron bajo esas cejas azabache.

—Nunca estamos solos —le dije—. Nunca podemos hablar.

—¿Y de qué tendríamos que hablar? —inquirió como si la pregunta y la respuesta fueran una tontería.

¿Listos para el espectáculo? ¿Preparados para la interpretación más épica que verán en sus vidas?

Tres..., dos..., uno...

¡Acción!

—Escucha. —Fingí tomar aire, como si decir lo que iba a decir me pusiera nerviosa. Me aseguré de mirarlo a los ojos. Eso era importante. No quería que atisbara nada de duda o falsedad en mí—. Sé que soy un juego de noventa días para ti. Sé que quizá me escogiste solo para vengarte por haberte retado aquella noche. Sé que en realidad nunca te he gustado, y acepté todo eso porque en un principio sentí que eras un idiota y que también podía buscar una forma de molestarte. Solo que... las cosas no han salido como esperaba.

El ceño fruncido de Aegan se suavizó un poco. La actitud cautelosa y suspicaz perdió fuerza. Fue como si le pusieran enfrente un problema matemático que, en vez de preocuparle, lo dejara descolocado y le alborotara los pensamientos en un intento por comprenderlo y resolverlo. Buscó de nuevo la copa, quizá porque se le secó la garganta o quizá porque la confusión le exigió líquido, pero aproveché el instante en que se la llevó a la boca para lanzarle la bomba:

—Esto me ha terminado gustando.

No bebió. Volvió a hundir el ceño y me miró, quieto, muy quieto. Probablemente, se estaba preguntando a sí mismo: «¿He oído bien?». Devolvió la copa a su lugar. Examinó mi rostro en busca de algo: un fallo, un error, algo que le permitiera gritar: «¡Te pillé, mentirosa!», pero no lo encontró. Me mantuve en mi papel, centrada en mi engaño, como si se me hubiera metido en el cuerpo el espíritu de Meryl Streep.

—¿Con «esto» te refieres a...? —empezó a preguntar, tal vez para comprobar si su deducción era cierta.

—A ti.

Aproveché su ligera estupefacción para ejecutar alguna maniobra. Extendí una mano y, ante la probabilidad de que la apartara porque era un imbécil, la coloqué sobre su mejilla y le obligué a sostenerme la mirada.

—No te estoy diciendo que te amo ni te estoy pidiendo nada más de lo que te gusta dar —añadí en un tono más suave e íntimo—. Me refiero a que no todo el tiempo tenemos que detestarnos. Podríamos..., no sé..., estar de acuerdo en alguna cosa.

—¿En cuál?

—En la que tú quieras.

Pronuncié cada palabra con detenimiento y con una sonrisa leve pero juguetona. Más claro imposible, ¿no? Le estaba dando luz verde para acelerar en la vía que tomara, y para no dejarle dudas, bajé la mano que había colocado en su mejilla y la dejé descansar sobre su pierna. Con esto último todo se esclareció para él. La confusión desapareció de su rostro y dio paso a la mirada depredadora y felina que lo caracterizaba. Sus labios formaron una curva diabólica.

Lo di por ganado en cuanto se inclinó hacia mí. Dejé que hiciera lo que fuera a hacer mientras me repetía a mí misma: «Es guapo, huele bien, besa bien, sabe lo que hace, no pasarás un mal rato. Es cruel, pero está bueno. Solo cierra los ojos e imagina que...».

Su boca hizo contacto con la mía. Fue un toque suave, provocativo. Su aliento me rozó, cálido y fresco. Luego besó mi comisura derecha, un gesto incluso tierno, y siguió por mi mejilla. Tomaría el rumbo hacia mi cuello. Teníamos la privacidad para ponernos así de atrevidos. Si Aegan quería, podía quitarme la ropa ahí mismo; nadie interrumpiría. Por eso cerré los ojos y me concentré en las sensaciones: sus besos sobre mi piel y una de sus manos sosteniendo mi rostro para atraerme hacia el suyo. Incluso, para motivarlo, le di un apretón en su pierna, la cual seguía tocando. Entonces llegó al lóbulo de mi oreja, y cuando pensé que haría algún truco excitante...

—¿Por qué debería creerte? —susurró con ese tono metódico y propio de un enemigo que me causó un escalofrío.

Evité estremecerme para no delatarme, pero algo dentro de mí se desequilibró. Algo gritó: «¡Peligro! ¡Ten cuidado!». Y pensé y calculé bien mis palabras antes de pronunciarlas:

—Vamos, Aegan, ¿es que no te gusto ni un poco?

La sonrisa de Aegan se ensanchó de forma diabólica.

—¿Que si me gustas, aunque sea un poco? —repitió con suavidad y diversión—. ¿Tú? ¿La chica que apareció de repente, me retó, me insultó, luego se esmeró en molestarme, luego se besó con mi hermano, luego creyó que yo le había hecho algo malo a mi ex y al final me dio un laxante en lugar de una pastilla para el resfriado para que todos se burlaran de mí?

Me quedé de piedra por lo inesperado de ese contraataque, pero evité que todo eso llegara a mi expresión y la mantuve imperturbable. De todas formas, mató el momento. Solo pude echarme hacia atrás y volver a mi lugar.

Hice un esfuerzo por explicarme.

—No tuve nada que ver con lo que te pasó en la tarima, y sobre lo de Adrik...

—¿Eso fue tu plan para intentar demostrarme que crees que él es mejor que yo? —me interrumpió.

—No, fue...

—Porque tú no sabes nada, Jude —aseguró—. Sobre nada.

Me sentí a punto de ser empujada contra la espada y la pared, así que reaccioné con lo primero que se me ocurrió.

—Iré por los tacos.

Me levanté rápido, pero en un movimiento ágil Aegan me tomó de la muñeca y me detuvo. Miré su rostro. Ya no sonreía, ya no parecía feliz; su expresión se había ensombrecido de una manera severa y temible.

—Siéntate, Jude —dijo secamente, y no logré diferenciar eso de una amenaza, una advertencia, una orden o una exigencia. Pareció todas esas cosas al mismo tiempo.

Me senté. Entonces, empezó a acribillarme a preguntas y mis respuestas tuvieron que ser muy rápidas:

—¿Quién te dijo que me prepararas esta cena?

—Se me ocurrió a mí.

—¿Quién te dijo que los tacos son mi comida favorita?

—Se lo pregunté a Aleixandre. Y sí, me equivoqué enrollándome con Adrik, pero estaba muy enfadada porque eres cruel conmigo todo el tiempo...

Su resoplido de desconcierto me interrumpió:

—¿Se supone que te gusto, pero no aceptas mi personalidad?

—Aegan, quiero decir que...

—¿Que tu solución al estar enfadada es correr a besarte con mi hermano en lugar de hablar conmigo?

—¡Para empezar ni me dejas hablar! —exclamé al perder un poquito la paciencia—. ¡Y pensé que el asunto de haberme besado con Adrik ya no importaba porque dijiste que lo habían hablado!

—Deberías pensar un poco mejor, aunque sería mucho esfuerzo para ti.

Todo mi esfuerzo por ser paciente se agotó tras eso último.

—¿Por qué hablas como si tú fueses una víctima? —solté.

—Porque lo soy —aseguró con un tonito tan falso que me molestó más.

—No, no lo eres —refuté—. Lo único que te ha molestado tanto de todo lo que he hecho es desafiarte. Del resto, no soy capaz de causarte un daño sentimental. Y lo sé, lo sé muy bien porque nunca he sido tu novia solo porque te gusto.

Quiso esbozar una sonrisa burlona, pero la reprimió.

—Tal vez es cierto —admitió, medio pensativo—. Tal vez no. No importa, porque puedo hacer que todo se vea como yo quiero, y lo que yo quiero es que tú te veas como la mala, esa es la verdad. Es lo que he querido desde el primer día que te elegí.

Una peligrosa punzada de rabia me atenazó, porque yo siempre había sabido que esa imagen de chico caballeroso no era real, que lo admitiera solo agrandaba mi ira.

Él se levantó del suelo con decisión, listo para abandonarme, pero por Regan, sus órdenes y mi plan no podía permitirlo.

—Aegan, lo de Adrik ya no tiene importancia —me apresuré a decir contra cada centímetro de mi orgullo y de mi ira—. Estoy contigo, quise que fuera así, y lo sigo queriendo, aunque me trates de esta forma.

Se detuvo justo al pasar por mi lado. Pensé que había tenido éxito porque se volvió hacia mí y se agachó. Su rostro quedó a la altura del mío, chasqueó la lengua y formó una línea con los labios con una falsa empatía. Fingió sentirse mal por mí de una forma que fue adrede y un poquito exagerada.

—Sigue intentándolo, que esto casi me lo creo. —Inesperadamente, cogió mi barbilla. Jamás lo desprecié tanto como en ese momento, pero lo odié con todo mi ser cuando canturreó con la misma docilidad y algo de lástima—: Ahora lárgate a tu apartamento, quítate ese ridículo vestido y repítete a ti misma una cosa: «No debo seguir intentando verle la cara de estúpido a Aegan, porque yo no juego con él, es él quien puede jugar conmigo».

Sin más, se perdió por el pasillo y pronto lo que escuché fue su puerta cerrarse con la fuerza suficiente para entenderse como un «no pienso compartir una cena contigo».

Quise ponerme de pie, ir a su estúpida puerta, golpearla como loca y gritarle mil groserías junto a un «¡nadie nunca te va a amar de verdad, Aegan Cash», pero no tuve tiempo para ser impulsiva o para lamentarme por mi fracaso porque mi teléfono vibró de repente.

Lo saqué para mirar qué me había llegado. Era un mensaje. ¡Del anónimo! Me quedé confundida.

Me había enviado una ubicación por Google Maps, y un pequeño mensaje: «M., C.».

¿M., C.? ¿Mucho culo? ¿Muérete, compañera?

¿Qué rayos significaba eso?

3

Es alguien a quien ya viste, solo recuerda

En mi primer tiempo libre del día siguiente, fui a la ubicación que me había enviado el anónimo.

No mentiré, notaba cómo la adrenalina corría por mis venas. Me sentía como Nancy Drew. Aunque... no tan inteligente. Me intrigaba demasiado lo que podía descubrir, e incluso me di cuenta de que el anónimo me caía bien, a pesar de que no sabía cuáles eran sus verdaderas intenciones. Podía ser una trampa, podía ser un plan para llevarme hasta un punto en el que quedaría atrapada, o podía estar ayudándome para que yo pudiera dar con una gran verdad y exponer a Aegan.

Pero ¿por qué el anónimo querría eso? ¿Por qué odiaba tanto a Aegan?

La ubicación me llevó a uno de los edificios de facultades y luego al primer piso, a una sala llamada Sala de Trofeos. Era un espacio dedicado a cada logro obtenido por algún equipo o por algún estudiante de Tagus en alguna cosa importante como deportes, competencias matemáticas, científicas, literarias, audiovisuales, etc. Había estantes y vidrieras por doquier. Las paredes estaban plagadas de fotografías, cuadros y repisas. No había nadie, a pesar de que estaba abierto al público.

Le envié un nuevo mensaje al anónimo:

«Ya estoy aquí».

Aguardé su respuesta, pero como pasaron varios minutos y no llegó, hice lo que me había dicho la última vez: busqué. Busqué sin saber qué estaba buscando. Me detuve a mirar cada trofeo, a leer en sus placas e incluso a mirar dentro de ellos. ¿Y si alguien había escondido algo importante en alguno? Mejor ser precavida.

Pero... no encontré nada dentro de los trofeos (buh) y tampoco en las placas. Solo vi un montón de premios de varios Cash, incluido Adrien Cash por fútbol y debate, aunque... luego encontré algo. O mejor dicho, me di cuenta de algo en una fotografía.

Estaba dentro de uno de los estantes. Era la foto de un equipo. Estaban uno al lado del otro, muy juntitos. En la fila de delante, todos permanecían sentados. Uno de los rostros, específicamente el de una chica, me llamó mucho la atención. Tenía el cabello largo y marrón. Era hermosa, parecía casi angelical, feliz, y yo la había visto antes...

La busqué en los recovecos de mi mente. Sentía que la conocía, que ya había visto ese rostro, pero ¿dónde? Muy intrigada, miré la placa rectangular debajo de la foto. Decía: 2018 - EQUIPO DE TAGUS. No había nombres.

No logré conectar nada en ese instante, pero sospeché que esa foto tenía relación con algo. No podía ser simple casualidad que el anónimo me enviara hasta allá y yo reconociera una de las caras. Tal vez de eso se trataba, así que abrí el cristal y la robé. Luego salí de la Sala de Trofeos como si no hubiese pasado nada, damas y caballeros.

Tenía una idea de cómo podía averiguar quién era esa chica, el problema era que para ello tendría que hacer algo que no tenía muchas ganas de hacer: pedir ayuda a Kiana y Dash, que habían confiado en mi plan y me habían visto no ponerlo en marcha la noche de la feria. ¿Con qué cara podía presentarme ante ellos? Es decir, podía hacerlo, pero ¿qué mentiras les diría? Acumular más mentiras no entraba en mis planes iniciales.

Bueno, era hora, ¿no? Ellos eran mi fuente de información más importante en Tagus. Estaba segura de que podían reconocer esa cara.

Mientras caminaba por el campus rumbo al Bat-Fit, nuestro punto de encuentro, en donde además a Dash le encantaba desayunar, me di cuenta de que Tagus estaba deslumbrante ese día, como si las humillaciones sucedidas en la feria le hubieran dado un brillo especial. ¿Tal vez toda la institución se nutría de las desgracias ajenas? Los alumnos cuchicheaban por los pasillos y se reían de algo que podía hacer sospechar a cualquiera. Había nuevos anuncios sobre nuevos eventos en los paneles informativos y los perfiles oficiales de los distintos clubes estaban siendo actualizados. En algunos comentarios, la gente todavía se burlaba de Aegan y el asunto de Aleixandre causaba más risa que otra cosa.

Eso le molestaba. Aleixandre estaba afectado, aunque todavía no entendía muy bien la razón. Parecía ser más complicada que solo «aceptar que le gustaba un chico».

Como fuera, vi a Kiana y a Dash apenas pisé el interior del Bat-Fit. Estaban sentados en una mesa, hablando. No se habían enfadado cuando se mostró el vídeo del beso con Adrik en el auditorio y me habían defendido. Tuve la esperanza de que comprenderían mis razones para no cumplir el plan en la feria (razones inventadas, por supuesto).

—¡Por fin apareces! —soltó Kiana en el instante en que me senté frente a ellos—. ¡No has respondido a ninguno de nuestros mensajes! ¿Qué fue lo que pasó?

Ah, sí, había recibido sus mensajes, pero los había ignorado todos.

Intenté explicarles:

—Yo...

Pero Kiana me interrumpió:

—¡Lo tuviste todo a tu favor y no hiciste nada!

Lo intenté de nuevo:

—Es que...

Pero soltó:

—¡Era el momento perfecto!

Un nuevo intento:

—Sí, pero...

Y una nueva interrupción:

—¡Y no hiciste nada!

—¡Déjala hablar! —le gritó Dash.

Kiana cerró la boca. Él asintió y me hizo un gesto con las manos para que siguiera hablando.

—Sentí miedo, ¿de acuerdo? —suspiré, tratando de sonar lo más honesta posible—. Por primera vez me pregunté: «¿Y si esto está mal?».

Hubo un silencio entre nosotros. Dash se me quedó mirando como si tratara de leerme la mente y Kiana pestañeó. Creí que los había convencido hasta que ella soltó:

—Oh, Dios, está enamorada de ellos.

De-mo-nios.

—¿Qué? ¡No! —me defendí.

—¿Lo estás? —preguntó Dash, confundido.

—¡Que no!

—¡Entonces no tiene sentido! —exclamó Kiana con frustración—. ¡Nuestro plan era perfecto, pudiste haber humillado a Aegan delante de todos y hoy no se hablaría de otra cosa! En cambio, solo se habla de Aleixandre y de la diarrea de Aegan, cosas que todos habrán olvidado dentro de una semana cuando salga un nuevo chisme.

Dash, que radiaba con su camisa verde de mangas largas, fue sincero:

—Admitiré que yo estoy muy satisfecho con lo que se dice de Aleixandre.

Quise decir algo, pero Kiana intentó calmarse a sí misma.

—Bueno, tal vez podamos pensar otro plan —sugirió, jugando con nuevas ideas mentales—. Aún eres su novia, ¿no? Aún tienes tiempo para...

—No —le interrumpí—. No quiero pensar otro plan.

—¿Cómo que no? —Se quedó perpleja.

—No quiero hacer nada contra Aegan —dije sin más.

—¿Por qué no?

Su cara de desconcierto fue épica. Incluso la cara de confusión de Dash fue curiosa. Sí, sí; tal vez era un poco difícil de creer que de la noche a la mañana yo ya no quisiera humillar al Cash que más odiaba, pero idear un nuevo plan de humillación con ellos solo podía perjudicarme. Lo que necesitaba a partir de ahora era mantener a Aegan lo más cerca de mí que fuese posible, así conseguiría que Regan estuviera lo suficientemente contento para que no me delatara y conseguiría una forma de cumplir mis objetivos y luego largarme definitivamente.

Sin dar una respuesta a la pregunta de Kiana, saqué de mi mochila la fotografía robada de la Sala de Trofeos y la puse en la mesa.

—Díganme algo, ¿saben quién es esta chica? —La señalé en la imagen.

Sus miradas se fueron hacia el lugar que indicaba mi dedo. Hubo un silencio un poco largo, de hecho, extrañamente largo. Noté algo de repentina incomodidad en Dash, sabes, ¿no? Como cuando ves una cosa que no esperaste ver jamás y que ahora que ves no sabes ni cómo sentirte. En Kiana una seriedad profunda.

—Esta es... Melanie Cash —dijo Dash finalmente.

Oh, por los dioses de los nombres. Melanie Cash. ¿M. C.? ¿Eso significaban las letras del mensaje del anónimo?

—Era —corrigió Kiana a Dash con una voz más seria de lo normal.

Las preguntas me salieron con estupefacción:

—¿Era? ¿Cash? ¿Los Cash tienen una hermana?

—Una prima —aclaró Dash—. Y la tenían.

Quise saberlo todo pero ya.

—¿Qué pasó con ella?

—Murió.

—¿Cómo?

Kiana alzó los hombros. Su aspecto rudo lograba intimidar a veces, pero en ese momento su aspecto más su mal humor generado por mí dieron la impresión de que quería golpear a alguien.

—Se supo que estaba muerta; solo eso —dijo ella, molesta—. Pero ¿qué vamos a saber nosotros? ¿Realmente sabemos algo sobre los Cash? Todo a su alrededor es un misterio, un misterio que pensamos que tú desvelarías en la feria y que no puedo entender por qué no lo hiciste.

—Solo descubrí que no soy tan cruel como creí que era —mentí.

Dash pareció un poco sorprendido, pero Kiana no. Ella formó una línea con los labios en una expresión dura.

—Bueno, yo acabo de descubrir que no eres tan inteligente como creí que eras —me soltó.

Se reacomodó su mochila y se fue notablemente enojada. Dash y yo la vimos alejarse por un segundo, impactados, luego él se volvió hacia mí. Tuve la impresión de que iba a decirme algo, de que quería soltar algo importante, pero entonces apretó los labios en un gesto de arrepentimiento y se fue muy rápido tras el rastro de Kiana.

Me quedé como: «¡¿Qué demonios acaba de pasar?!».

No tuve tiempo para procesarlo todo porque alguien me tomó del brazo de repente. Cuando me giré, era nada más ni nada menos que Artie. Era más baja que yo, pero mucho más guapa. Su cabello corto, negro y ondulado era fabuloso, y la manera en la que se delineaba los ojos era impecable. Entendía perfectamente que Aegan se hubiera fijado en ella y, también, que lo hubiera hecho Adrik, aunque un poco menos. De todas formas..., su preciosa cara tenía una expresión preocupada. Nada raro. Artie solía ir asustada por la vida.

—Lander me lo contó todo —me dijo sin saludar—. ¿Qué vídeo pretendías poner en las pantallas de la feria?

Oh, Lander; la traición, hermano...

—Era un vídeo que había grabado Aegan —mentí.

Ella hundió las cejas, desconcertada.

—Aegan no hizo ningún vídeo, ¿o se te olvida que yo también estuve en el comité? No me mientas.

Uh, bueno, sí había olvidado eso, pero ¡ese día estaba mintiendo demasiado! Obviamente mi reacción fue ponerme en modo defensa.

—¿Y por qué no puedo mentir? ¿Porque tú eres la única que puede hacerlo? —No pude evitar soltarle una pulla.

No se lo esperó y así quedó reflejado en su cara.

De acuerdo, era un poco absurdo que la primera conversación que teníamos después de haber «discutido» fuera esa. Seguía sintiendo un extraño malestar por habernos enfadado, pero también seguía pensando que había sido estúpido ocultarme el resto de la verdad sobre Eli. Entonces estaba algo confundida con respecto a nuestra relación. Tal vez sí había empezado a considerarla una amiga. Mi primera amiga, de una forma rara. Había guardado el secreto del plan, pero también otros secretos importantes que podían cambiar las cosas, como que se había acostado con Aegan. Y eso podía cambiar algo porque... ¿en verdad podía confiar en ella?

De todas formas, para evitar discutir otra vez, me fui. Le di la espalda y la dejé atrás. No quería ser cruel con ella, ni enfrentarla. Además, tenía algo más importante en lo que pensar. Por ejemplo: si la chica muerta era Melanie Cash, entonces la nueva pregunta era: ¿cómo había muerto?

¿Era ella a quien Aegan había matado? ¿Las pruebas de eso estaban en el móvil que él buscaba?

Nueva investigación abierta.

4

Intentos, ridículos intentos

Lo de Melanie sin duda era importante, pero por el momento no estaba segura de dónde obtener más información. Mientras, debía seguir intentando ganarme a Aegan, por lo que el resto de esa semana me la pasé haciendo intentos que... Bueno, aquí te cuento cómo salieron.

Primero aparecí en la clase de debate de Aegan con una camiseta con su cara estampada, que decía: EL MEJOR NOVIO DEL MUNDO. La cara estampada era de una de sus imágenes de Instagram en donde sonreía de forma maliciosa. Era ridículo y tal vez daba más miedo que otra cosa, pero yo solo quería que se diera cuenta de que estaba allí para apoyarlo, que jamás me avergonzaría de él, que estaba orgullosa. Tú sabes, todas esas tonterías.

Él no me vio cuando llegué, estaba sentado detrás del chico que hablaba en ese momento, mirando un papel. Los demás tampoco me prestaron mucha atención porque estaban escuchando atentamente, así que me senté en una de las últimas sillas. Unos segundos después, el chico terminó y Aegan se levantó, se situó frente al podio y empezó a hablar con esa voz grave, confiada y enérgica que lo caracterizaba.

En un primer momento me irritó su aspecto, que como siempre era perfecto desde los zapatos relucientes hasta la combinación de chaqueta y camisa, pero mientras lo escuchaba hablar me di cuenta de que era algo más que un ser irritable. Era bueno en su oratoria. Sonaba inteligente. Me hizo pensar: «Esto es lo que él en verdad quiere hacer, es lo que le gusta. Este idiota podría ser un impresionante político», porque en realidad no parecía un idiota, su dominio del tema era impecable y su postura era poderosa. En serio podía estar debatiendo sobre en dónde tirar la basura y aun así inspiraría a cualquiera.

Claro que nada de eso podía impresionarme a mí. Esperé hasta que pronunció la última palabra y entonces me levanté de la silla y aplaudí con entusiasmo. Aegan me miró. Todos me miraron, porque, por supuesto, fui la única persona que estaba montando un escándalo, je.

—¡Increíble! —solté como novia orgullosa y feliz de mi novio.

Pensé que le halagaría, pero no. La cara de Aegan fue de horror y pasmo total. Me miró de arriba abajo y se detuvo en la imagen estampada en mi camiseta. Fue una risa burlona de algún alumno lo que hizo que él despertara. Entonces, como si tuviera que detenerme muy rápido, llegó hasta mí, me tomó del brazo y me sacó del aula. Me soltó afuera, indignado.

—¡¿Quién te dijo que podías meterte en mi clase?! —se quejó—. ¡¿Y qué demonios es eso que traes puesto?!

Pestañeé, genuinamente confundida.

—¿No te gusta?

—¡¿A quién puede gustarle?! —Su cara demostró aún más espanto.

—Es para que veas que estoy orgullosa de ti —expliqué.

Él endureció el gesto. Su mandíbula se tensó de repente. La mirada que me dedicó fue de ira suprema, como si quisiera que yo fuera diminuta para poder agarrarme con los dedos y lanzarme lejos por una ventana.

—¿Sabes lo que quiero ver? —soltó con su voz aterradora—. A ti desapareciendo ya.

—Pero... ¿por qué? —me defendí sin entender—. ¿Qué tiene de malo lo que he hecho? Soy tu novia y solo intento...

Me interrumpió, amenazante:

—No vuelvas a aparecer así. Y no somos novios, que te quede claro de una vez.

Me dio la espalda para entrar de nuevo en el aula.

—Pero, Aegan... —protesté.

Se detuvo y se giró con violencia.

—Pero ¡nada! —casi gritó, y me señaló con su poderoso dedo para agregar con una lentitud intimidante—: No juegues con mi paciencia, Jude, porque cuando la pierdo soy algo que jamás en tu vida has visto. De hecho, lo único que me impide mostrarte ese lado justo ahora es que mi reputación y mi imagen me importan más que nada, pero créeme que ganas no me faltan de mandarte a la mierda delante de todos.

Dicho eso, entró de nuevo en el aula dando un portazo.

¿Cómo que ponerte una camiseta con la cara del chico que te gusta no es un bonito gesto? Y que conste que eso es sarcasmo, je.

A pesar del desplante, no me rendí. Mi próxima idea la ejecuté al día siguiente, tras pasarme toda la condenada noche preparándolo todo. La verdad es que jamás me había esmerado tanto en algo como me esmeré en esa porquería «supuestamente romántica» que vi en un anuncio. Compré diez globos, escribí diez frases superdulces en pequeños papelitos y luego los metí en los globos y los inflé. La parte difícil, obviamente, fueron las frases. Al final me limité a copiar cosas de Google.

Después, muy temprano, fui al edificio de los Cash y puse los globos en el coche de Aegan. En los globos ponía PÍNCHAME, para que él los explotara. Cuando el vehículo quedó como de circo, me oculté detrás de un árbol que había cerca de la acera a esperar a que Aegan saliera para ir a clase. Tardó como veinte minutos. Cuando vio el coche...

Se detuvo de golpe. Se quedó quieto por un momento mirándolo. Yo, ansiosa, contuve la sonrisa preéxito. Aegan se acercó a uno de los globos. Leyó lo que estaba escrito. Quería que rompiera el globo ya para que viera que eso era la mejor cosa que alguien había hecho por él en la vida.

Pero...

De un manotazo lo arrancó del coche y el globo salió volando hacia el cielo. Luego hizo lo mismo con el resto, sin compasión, con frialdad, como si dentro de su cuerpo no hubiera alma. Los globos volaron hacia el olvido y todo mi trabajo voló hacia el fracaso.

Me quedé paralizada junto al árbol. Mi farsa no funcionó. Vi que entonces Aegan subió al coche, lo arrancó y fue marcha atrás. Durante un momento su ventanilla quedó frente donde estaba yo y él giró la cabeza para mirarme. Con una expresión dura e inhumana, me enseñó el dedo medio. Y luego aceleró.

Estúpido, acababa de menospreciar mis falsos sentimientos, idiota.

¡¡¡Aun así seguí sin rendirme!!! Mi siguiente y mejor idea estuvo lista dos días después. Contraté a un grupo de música a capela y lo envié a donde Aegan solía almorzar. No quise ir con ellos por si no reaccionaba bien, así que le pedí a uno de los del grupo que lo grabara todo para mí.

Bueno, eso fue... un desastre. Aegan ni siquiera los dejó cantar. Al instante se levantó de la silla y se fue del restaurante sin decir una palabra. Ese fracaso me estresó mucho. De hecho, cada fracaso fue estresándome un poco más. Durante un día entero estuve de muy mal humor, rompiéndome la cabeza en busca de una idea mejor. Hasta que, de pronto, supe que debía pasar al siguiente nivel y hacer algo muchísimo más arriesgado, algo que no podía fallar por ley natural.

Fue un viernes, en el comedor. Me aseguré de dejarle un mensaje anónimo en su buzón de voz para que se presentara allí. La llamada la hice desde un teléfono público, utilizando una aplicación de voz para que reprodujera el mensaje en el altavoz que decía: «Ven o revelaré tu secreto». Por supuesto que llegó puntual. Atravesó las puertas con pinta de estar dispuesto a destrozar a puñetazos a quien le había enviado ese mensaje. Para no perder la oportunidad, yo actué rápido. Me subí a una de las mesas y mira, no sé con qué valor grité:

—¡¡¡Atención!!!

Al instante, todas las miradas se fijaron en mí y el comedor entero se sumió en un silencio expectante. Aegan se quedó inmóvil con los ojos grises bien abiertos. Entonces, sin vergüenza, mirándolo solo a él, hablé ante todos:

—Sé que nada de lo que he hecho ha funcionado, y lo entiendo. Desde un principio ha parecido que los dos nos odiamos. Incluso crees que he hecho cosas para perjudicarte, pero eso no es cierto. La verdad es que me gustas, Aegan Cash, muchísimo. Estoy loca por ti hasta el punto de que no me da vergüenza admitirlo delante de todos de esta forma tan ridícula y tan cliché. Juro que lo que más quiero en este momento es volver a ser tu novia. Volver a ser tuya.

Los cientos de ojos que pestañeaban de asombro se deslizaron hacia él. Su figura inmóvil pareció congelada. Sentí que finalmente había dado en el blanco, que acababa de quebrar su coraza. Un anuncio público y romántico..., ¿quién se resistía a eso?

Pues... él.

De pronto, todo su rostro se tensó de ira. De una ira intimidante. Y debí habérmelo esperado porque una vez yo lo rechacé en el comedor, ¿no? Pues él hizo lo mismo.

—No —pronunció con fuerza. De hecho, dio un paso adelante y no intentó ser caballeroso o cuidadoso, simplemente explotó—: Estoy harto de tus «sorpresas». Todas son ridículas. Tú te ves ridícula. No quiero ser tu novio, no quiero que te acerques a mí, no quiero oírte, porque no estás ni jamás estarás a mi altura. Eres vacía, mentirosa, y me hiciste creer que yo te gustaba. Jugaste con mis sentimientos solo para luego engañarme con mi propio hermano, quien estoy seguro no tiene la culpa de haber caído en tus trucos sucios. Así que una cosa más como esta y voy a pedir una orden de alejamiento contra ti. Aléjate ya. No necesito esto de nadie.

Cada palabra resonó en el comedor y tal vez en los pasillos cercanos. Creo que varios incluso grabaron el momento con su móvil. Todo mi valor se me fue al culo. Me quedé ahí parada sin control de mis músculos. Entonces Aegan se dio la vuelta, dándome la espalda otra vez, y se fue. El silencio posterior a su salida, ese en el que la gente solo me observó a la espera de alguna reacción, fue horrible. Nadie se burló porque tal vez sentir lástima era poco para ese rechazo tan cruel.

Bueno, ¿cómo salí de ahí? No estoy segura... Caminé, sintiendo que flotaba sobre una nube de vergüenza, hasta que estuve fuera, en el campus. Luego fui hacia unos árboles, porque necesitaba alejarme de miradas chismosas, y me apoyé en uno. Tomé aire.

Mi teléfono vibró en un mensaje inesperado. Era de Aegan.

«Te dije que puedo ser muy malo. Ahora déjame en paz si no quieres que te vean peor.»

Me sentí tan molesta que pude haber tomado al planeta con mi mano y estrujarlo hasta que se partiera. Molesta porque todo lo que él había dicho había sido una estrategia para dejarme peor delante de la gente, y le funcionaría. No había modo de que alguien no me viera como una cualquiera después de oírlo decir «Me hiciste creer que yo te gustaba» como si él fuese la víctima.

Pero más que nada, molesta porque mi plan no funcionaba.

Pero ¡¿por qué era tan difícil?!

¡¿Por qué era tan estresante?!

Regan me había asegurado que todas esas cosas funcionarían, entonces ¡¿qué?!

—Lo estás haciendo todo mal —dijo de repente una voz detrás de mí.

Cuando me giré, vi a Artie ahí parada. La Artie con gafas, chaleco y tejanos. La Artie inteligente que, a decir verdad, pegaba bastante con Lander, el chico del área de informática, ese nerd pelirrojo con el que ella se acostaba en secreto y al que le había pedido ayuda en la feria. Seguramente me había visto hacer el ridículo. No tenía mucha paciencia en ese momento para aguantar críticas, así que, si eso era lo que pretendía, yo abandonaría la conversación más rápido de lo que Aegan había abandonado el comedor.

—¿De qué hablas? —pregunté.

—He visto lo que has intentado —suspiró ella, y dio algunos pasos para acercarse—. ¿Globos? ¿Canciones? ¿Subirte a una mesa? —Arrugó un poco la cara con extrañeza—. ¿Te parece que esas son cosas que le pueden gustar a Aegan? ¿A Aegan Cash? ¿El tipo que ni siquiera sabe que alguna vez se regalaban flores?

De acuerdo..., si lo pensaba más a fondo, la realidad era que:

—No —admití—. No le gustarían.

—¿Qué quieres lograr, Jude? —quiso saber—. Sé que tú no lo quieres.

—¿Y tú sí? —rebatí—. ¿Por esa razón apoyaste el plan de humillarlo en un principio? ¿Porque te duele que te haya dejado?

Artie bajó la mirada un momento en un gesto medio triste. Le concedí el silencio y me arrepentí de haber sido tan directa y de haber tenido tan poco tacto. A veces no entendía cómo ella había podido enamorarse de Aegan, pero después de todo, aunque se tratase de ese ser tan insoportable, también se trataba de sus sentimientos, de algo que marcó su vida, de algo en lo que ella creyó, de algo que primero fue un sueño y luego se transformó en una pesadilla, y yo estaba ahí en Tagus por una razón malvada, pero eso jamás me había hecho menos humana. El dolor de alguien que pasó por tu vida y te rompió de alguna manera siempre debe ser respetado. No importa si a otros les están sucediendo cosas peores, cualquier cosa que te lastime, cualquier cosa que altere tu mundo de forma negativa, importa.

—Lo siento —me disculpé con sinceridad—. Es que estoy furiosa. Yo no tengo que preguntarte nada y tú no tienes que explicármelo.

Tuve intenciones de irme de nuevo, porque en verdad no quería discutir con ella o descargar mi frustración de esa forma. No era justo ni necesario.

Pero ella tomó mucho aire y recuperó la postura.

—No estoy segura de quererlo, pero sigo enfadada con él, y eso es un sentimiento —admitió. Busqué algún gesto suyo que me demostrara que mentía, pero me sonó honesta—. No entiendo cómo puede tratarme mal si hubo un tiempo en que... tuvimos algo.

No pude aguantarme la pregunta que quería hacer:

—¿Cómo empezó eso? Es decir, Aegan y tú.

Pensé que ella no me lo contaría. Después de todo estábamos algo «enfadadas», pero se sentó sobre el césped como invitándome a ponernos cómodas y yo automáticamente hice lo mismo. Alrededor, la brisa del campus de Tagus era suave, y las personas caminaban un poco lejos de nuestra posición, centrados en sus móviles. Supuse que el chisme de mi declaración del comedor ya debía de estar corriendo por cada chat.

—Todo empezó sin más —dijo con una nostálgica y triste pequeña sonrisa—. Un día, en una fiesta, él estaba algo bebido y por accidente entró en la habitación en la que yo estaba cambiándome la camisa porque me la había mojado. Dijo: «Solo quiero usar un baño». Yo me quedé paralizada, aún en sujetador, y se lo señalé. Él entró, y cuando salió, se sentó en la cama a quejarse de que hacía demasiadas cosas por la gente y que nadie se daba cuenta de ello. Yo estaba tan deslumbrada por él que le dije: «Yo sí me doy cuenta de todo lo que haces». Y entonces nos besamos e incluso lo hicimos en esa habitación. Luego... —La sonrisa se desvaneció—. Luego fui un secreto de algunas semanas para él.

La otra pregunta que hice también me pareció necesaria:

—¿No recordaste a Eli?

Artie suspiró. Más pesar e incluso un dejo de arrepentimiento se apoderaron de su rostro.

—A veces, Jude, las cosas que uno siente crecen dentro de uno como un ser individual. Y crees que tienes el control solo porque tú eres el origen, pero es ese sentimiento el que en cualquier momento puede manejarte. Te envía impulsos, te bloquea los sentidos, te nubla la mente, y es cuando haces cosas que jamás pensaste que harías, cuando te olvidas de ti mismo y de los demás. Lo que yo sentía por Aegan me controló de una forma que me llevó a cometer ese error. Tal vez la recordé, pero quise ignorarla.

Adrik apareció en mi mente al instante de oír eso. ¿Acaso él era mi mal sentimiento? ¿Acaso él era eso que latía en mi interior con una individualidad peligrosa que tarde o temprano me controlaría? Bueno, ya me había controlado al besarnos, al casi arrepentirme... Debía evitar que sucediera de nuevo.

—Pero mientras él se divertía contigo, ¿no te diste cuenta de que solo quería eso? —pregunté también.

No estuve preparada para lo que Artie contestó:

—Sí, todas las señales estaban ahí, pero, no sé..., quise ignorarlas. Una parte de mí decía: «Hay algo mal, sientes que es así, debes aceptarlo», pero la otra parte, esa que se sentía especial, decía: «Si me presta atención significa algo, debe significar algo, por esa razón debo aferrarme a lo que tengo de él, porque puede que algún día se convierta en amor». Entonces me hundí en una espera sin sentido y me esforcé por demostrarle lo que jamás nadie le había demostrado, por enseñarle que yo podía ser todo lo que él necesitaba... ¿Y sabes qué? Todo ese esfuerzo era realmente agotador, porque al final del día él siempre me hacía sentir que yo no era suficiente, que debía hacer más. Cuando lo veía con otra chica, me preguntaba: «¿Por qué no soy yo? ¿Cómo puedo lograr ser yo?». Y seguí y seguí, cada día deformándome más a mí misma para convertirme en su elección. Hasta que un día todo terminó. Dejé de existir para él. Vi que mis esfuerzos no valían nada, y tuve que enfrentarme al cansancio, al autodesprecio, a la culpa a la que me había sometido. Finalmente, tuve que convencerme de que solo yo había visto un futuro que él, con muchísimas actitudes, siempre dejó claro que nunca existiría.

Me sentí sin aire tras sus últimas palabras, con el corazón apretujado. Solo pude pensar en que en todas las historias siempre está la protagonista y la mejor amiga de la protagonista, y que por razones obvias la protagonista suele tener el foco e incluso triunfar, y todo el mundo se alegra de ello, aunque no deberían. Cuando Artie me contó todo eso aquella tarde en el campus de Tagus, me di cuenta de que la amiga que nunca resalta en las historias, a menos que sea para beneficiar a la prota, está ahí, existe, vale, y tal vez tiene una horrible y desgarradora historia que nadie se toma el tiempo de escuchar.

—Lamento no haberte dicho toda la verdad, Jude —dijo de pronto, rompiendo mi aturdido silencio y sonando verdaderamente abatida—. Pensaba... Yo creía que Eli estaba muerta y que era por mi culpa, y no tenía valor para confesar eso.

—¡Tienes que dejar de culparte! —exclamé o, más bien, le exigí—. Eli no está muerta y Aegan no es un santo. No tienes la culpa de nada. Para empezar, ¿por qué él se acostó contigo en esa fiesta si tenía novia? ¡Y estar bebido no es una excusa!

Artie asintió con pesar.

—Lo sé, pero estoy arrepentida de todas formas —se lamentó—. Siento que Aegan fue un error que sigo reprochándome. Tengo miedo a volver a sentir algo por él o a odiarlo más, ni siquiera lo entiendo...

Le puse una mano en el hombro. Hablé con seriedad:

—Mira, en realidad no importa si te acostaste con él o no. No importa si lo sigues queriendo. No importa ni siquiera si sales con Adrik ahora y tampoco importa si todavía tienes algún secreto. Solo quiero saber si puedo confiar en ti. Eso es lo que me ha estado molestando. Quiero saber si no vas a dejarte llevar por los sentimientos e irás a contarle lo primero que yo te revele sobre él...

—¡Jamás haría eso, nunca lo hice! —me interrumpió como si acabara de decirle algo inaudito—. He estado muy confundida por culpa de Aegan durante mucho tiempo, pero estoy segura de una cosa: nunca te delataría para beneficiarlo, porque él no se lo merece. Así que quiero que me cuentes lo que estás planeando, porque sé que estás planeando algo.

Mis labios se apretaron, la reacción que para mi cuerpo ya era automática: «No te atrevas a decir nada, es peligroso». Intenté mentir:

—No se trata de un plan...

Ella me interrumpió con seriedad:

—Jude, tienes secretos, lo sé, y seguramente no me los vas a contar ahora, pero si quieres volver a ser la novia de Aegan, vas a necesitar más que globos y canciones. Vas a necesitar algo que solo yo puedo explicarte.

Alguien que había amado a Aegan sin duda alguna sabía más que Regan. Entré en un pequeño conflicto interno conmigo misma porque tal vez sí necesitaba su ayuda en ese aspecto. Todos mis intentos estaban fracasando y el tiempo no estaba a mi favor, porque sinceramente sentía que Regan era mucho más peligroso de lo que alguien podía imaginar.

Tuve miedo, pero me arriesgué.

—No es para algo bueno, Artie —le advertí con un hilo de voz.

—Entonces te ayudaré con mayor razón —dijo, decidida.

Me dejó sorprendida. Quise comprobar que era cierto lo que decía.

—¿Estás segura?

—Sí, es momento de que Aegan aprenda lo que es sufrir de verdad.

5

Lo que hay que hacer por el plan tal vez no tenga tan mal sabor

Viernes. Club. Terraza.

La noche llena de estrellas prometía risas, borracheras y chismes, porque Owen organizaba una fiesta. No me habían invitado, claro, porque al parecer ya estaba en la lista negra, pero, si sabían cómo soy ¿por qué me ignoraban? Aun así, llevé mi maravillosa presencia hasta allá junto a Artie. Ya éramos amigas de nuevo, y lo mejor: teníamos un plan.

Al llegar nos mezclamos entre la gente. La música estaba alta, las luces estaban un poco bajas y los vasos iban de un lado a otro. Para calentar fuimos a la barra y preparé un cóctel para cada una. Necesitaría bastante valor y bastante poca vergüenza si quería tener éxito, y eso solo lo conseguiría con la ayuda del alcohol. Luego nos ubicamos en una esquina de la terraza, punto desde el cual se podía ver toda la fiesta; de esa forma analizamos el entorno de Aegan, quien estaba en una situación bastante interesante.

Él estaba cerca de la piscina, sentado en uno de los sofás. Hablaba con un grupo de chicas y chicos, seguramente estaba contando una gran anécdota. Llevaba una camisa blanca de manga corta desabotonada hasta el pecho y el pelo azabache algo desordenado. Una chica de largo cabello oscuro y piel bronceada estaba pegada a él, y cuando digo «pegada» me refiero exactamente a lo que imaginas. Ella tenía las impresionantes piernas cruzadas, que se podían ver porque usaba un conjunto de short y crop top, rozando las de él. El brazo de Aegan la rodeaba por la cintura y su mano descansaba sobre la cadera con total confianza y posesión.

Ni idea de quién era la chica, pero esa noche estaba con él en un plan más que de amigos. Era bastante obvio. Y ella se veía orgullosa y feliz de ello.

¿Que si me sorprendió? Para nada. A Aegan le sobraban chicas que querían obtener su atención. El estar «soltero» despertaba una competencia.

Pero ser consciente de toda la gente que se encontraba allí en ese momento me hizo dudar de mis capacidades.

—¿Y si me humilla delante de todos? —Más que una duda fue una pregunta para saber qué hacer en ese caso.

—No lo hará —me aseguró Artie, confiada—. Es decir, no va a poder hacerlo. Lo vas a desarmar. Él espera que hagas cualquier cosa menos eso.

Mi cuerpo temblaba y no por el frío de la noche. Lo admití en un susurro:

—Estoy nerviosa.

—Tú solo bebe.

Bebí más de mi trago, obediente. Incluso yo había esperado hacer cualquier cosa para atraer a Aegan, menos lo que pretendía hacer en cualquier momento. Que Dios me ayudara.

Sentí la necesidad de volver a preguntárselo a ella:

—¿De verdad esto no te molestará?

Artie formó una línea con los labios y me miró a los ojos. Luego sonrió tan cómplice como lo sería Robin con Batman.

—Jude, voy a estar orgullosa —me dijo— porque va a salir bien. No te preocupes, solo actúa como te expliqué. Sé que tú puedes.

Aunque me sentía demasiado nerviosa. No entendía por qué el plan no era algo que no hubiera pasado antes, pero es que por alguna razón aquello iba a significar algo mucho más fuerte, y en el fondo estaba demasiado enojada con Aegan como para hacerlo sentir un ganador, pues en cierta parte mi estrategia le daba esa posición porque era como decir que yo me moría por estar con él.

Con una repentina sudoración por los nervios, le dije a Artie que iría un momento al baño. Quería echarme agua en la cara, mirarme al espejo y mentalizarme. Avancé entre la gente rumbo a bajar las escaleras. Solo que, mientras iba pasando, vi algo raro.

En un punto de la terraza estaba Owen en una movida rara, un poco alejado del resto de la gente con dos chicos. Mi alarma de situación sospechosa se encendió porque Owen parecía un poco molesto, como reclamando algo.

Dejé la ida al baño para después y luego con disimulo me moví hacia un punto cercano a Owen, como quien no quería oír nada. Disimulé, parándome cerca de unas chicas que tenían unos vestidos impresionantemente cortos y fabulosos. Junto a ellas yo quedé como un escupitajo, pero puse mi oreja a trabajar al máximo mientras seguía dando sorbitos a mi bebida. Algunas palabras no las capté, pero otras sí:

—No puede ser que lo que ofrezco no sea suficiente —se quejaba Owen.

57

—No es que sea insuficiente, es que no lo quieren —dijo uno de los chicos, como si estuviese cansado ya de repetirlo.

—¡Tiene que haber algo que quieran! —insistió Owen, un poco lejos del rubio, que permanecía sereno—. ¡Todo el mundo siempre quiere algo!

—En este caso, no —negó el segundo chico—. El vídeo del beso de Aleixandre en la feria no se borrará de ningún perfil.

Oh, ¿Owen estaba intentando que se eliminara el vídeo de los perfiles originales de Instagram? Eché un nuevo vistazo panorámico a la terraza. Aleixandre no estaba por ninguna parte. ¿Aleixandre perdiéndose una fiesta en el club? La cosa con su estado de ánimo debía de ser grave y por esa razón Owen intervenía. Pero, de nuevo, ¿por qué Aleix estaba tan preocupado por que todos supieran que también le gustaban los chicos? Algo me decía que había otra verdad, algo relacionado a eso que él había dicho en el apartamento: «¿Por qué demonios tenía que ser honesto con algo que no es real?».

La música de repente subió de volumen y no pude oír más. Volví tan pensativa de nuevo con Artie a la esquina de la terraza, que solo me di cuenta de que en mi ausencia alguien se le había acercado justo cuando estuve parada frente a ellos. Su nombre en mi mente sonó como tortura: Adrik.

Nunca iba a las fiestas, pero ahí estaba con un brazo apoyado en el barandal que separaba la terraza de una caída mortal, y un vaso en la mano. Relajado. Imperturbable. Oscuro. Desgraciadamente maravilloso. Artie se veía pequeña junto a él. Yo no me sentí como la tercera en ese espacio hasta que él de repente me dijo:

—Estamos hablando sobre algo, ¿puedes darnos un momento?

Sonó cortésmente cruel. Me atravesó como un cuchillo invisible. La cara de Artie fue de inquietud. La mía, helada.

Artie dijo algo, incómoda:

—En realidad vine con Jude, así que...

—Lo que tengo que decirte es solo a ti —interrumpió Adrik, mirándola.

El silencio de él solo indicó que esperaba a que yo me fuera, y no sé si fue peor lo tranquilo e indiferente que se mostró o lo incómoda que me miró Artie, como si no supiera qué hacer. Honestamente tardé en procesarlo todo un segundo, pero luego reaccioné.

—Por supuesto. —Forcé una sonrisa.

Me di vuelta y me alejé un poco de ellos para darles su privacidad. Me detuve cerca de la barra, sola. Vi a Adrik hablarle a Artie. Él sonrió.

Sonrió.

¿Cuándo demonios él sonreía? ¿Es que ella lo hacía feliz?

Una pequeña rabia empezó a arder dentro de mí. Él sabía que Artie era mi amiga y que escogerla me lastimaría más que si hubiera escogido a cualquier otra chica, porque sí, ¿para qué mentir? Aquello me lastimaba, y ya sabemos que mi forma de proyectar el dolor era mucho peor que la de proyectar la ira, sobre todo si había alcohol fluyendo por mi organismo.

No ayudó el hecho de que me vino a la mente el recuerdo de la feria, de ellos besándose, de Adrik pidiéndome la llave del apartamento. Luego lo recordé preguntándome si mi novio me hacía sentir más cosas de las que él me hacía sentir, como tentándome, como desafiándome a caer en un juego. ¿Qué actitud tan contradictoria era esa?

Pues yo también podía ser muy contradictoria.

En una forma bastante cruel.

Puse mi atención en el lugar en donde estaba Aegan. Seguía riéndose mientras contaba alguna estúpida anécdota, esa vez con su mano sobre el muslo desnudo de la chica. Ella lo miraba, sonriendo de oreja a oreja, encantada. Me disculpé mentalmente por ella, porque de seguro había esperado mucho y batallado para tener ese momento con él, pero estas cosas eran muy necesarias para poder avanzar.

La decisión entonces me empujó. Me tomé de golpe lo que me quedaba de bebida, más determinada que nunca a vengarme, a herir. Activé una Jude que nunca planeé que existiera y avancé. Cada paso que di en dirección hacia Aegan fue dejando un camino de fuego y de poder. A medida que me fui acercando, la gente se me quedaba mirando, asombrada. Aegan solo me vio cuando llegué donde estaba sentado, pero no tuvo tiempo de actuar, porque yo ignoré por completo al resto y sobre todo a la chica que estaba sentada junto a él, me coloqué a horcajadas sobre sus piernas, tomé su rostro con mis manos y le estampé un beso en la boca.

No fue un beso cualquiera. No fue un beso de labios contra labios. Fue un endemoniado y épico beso. Un beso en el que mis labios abrieron los suyos con exigencia en movimientos posesivos y sensuales. Un beso que decía: «Tú me perteneces, tú eres lo que quiero». Un beso tan potente que él no supo cómo reaccionar durante los primeros segundos, por lo que yo tuve el control. Luego lo que hizo fue sostenerme la mandíbula con su mano para detenerme, pero no fue un «para», porque no me la agarró con fuerza, no me empujó hacia atrás o alejó mi rostro, solo se me quedó mirando con los ojos casi transparentes bien abiertos y desconcertados.

Para no perder el poder que sentí que tenía en ese momento, fijé mis ojos también en los suyos. Él me vio decidida, sin miedo. Hubo una pausa entre nosotros en la que le di la oportunidad de lanzarme lejos, de rechazarme como lo había hecho durante todos esos días... Pero no lo hizo, ja, y no lo hizo porque no pudo, porque de todas las cosas que esperó que yo hiciera, jamás esperó que le demostrara deseo, porque si algo quería ver Aegan de mí era que me rindiera ante él y, aunque en parte le estaba dando eso, en parte también les estaba diciendo: «Lo haremos a mi manera».

Así que, como toque final, lamí lenta y atrevidamente la superficie de sus labios.

Eso funcionó como un golpe final. El agarre de su mano se debilitó por completo. Se quedó con la boca entreabierta, atónito. El momento fue tan intenso para mí que no temí que dijera algo cruel. Estaba hecho. Estaba logrado.

Por último, lo miré directo a los ojos y le dije:

—Esperaré la orden de alejamiento. Si es que todavía quieres ponerla.

Me levanté de su regazo y le di la espalda. Mientras iba caminando hacia las escaleras de la terraza y todos me observaban como la que había cruzado mil límites, me bastó con echar un vistazo hacia el lugar donde estaba Adrik con Artie para descubrir que nos miraba. Serio. Muy serio. Tan serio que pude darme cuenta de que algo le había causado, aunque no podía estar segura de qué, ¿celos?, ¿molestia? Mi parte estúpida que latía embobada por él me hizo sentir despreciable por actuar de esa forma, pero mi parte dura me dio el valor para seguir sin decir nada y sin parecer débil.

Si Artie estaba en lo correcto, Aegan me buscaría.

6

¿Y si este tiene un secretito?

Si no podía obtener información sobre Melanie de la fuente directa de los Cash, podía obtenerla desde la fuente más cercana a ellos. ¿Adivinas de quién? Por supuesto, Owen.

Hasta ese momento lo había estado pasando por alto. Me tomó un par de días investigarlo a fondo al estilo Joe de *You*, y descubrí que la verdad era que tenía una ficha muy interesante, porque él era un chico muy diferente a los Perfectos mentirosos, pero eso no lo hacía menos compatible con ellos.

Owen Santors, veinte años, sería el único heredero de una compañía legendaria, pero eso parecía no importarle demasiado. Era descuidado en sus calificaciones y tenía fama de no ser responsable, de no presentarse a sus citas, de hacer lo que se le antojaba. Sus redes sociales solo tenían fotos de él en alguna playa. No salía con nadie, sino que aprovechaba cualquier oportunidad y la abandonaba cuando quería. Era abiertamente bisexual, sin etiquetas ni inhibiciones. Iba menos a clase que el resto y también pertenecía al legendario club.

Pero ¿cuál era el rasgo más relevante de Owen? ¿El rasgo que había despertado mi idea, el que me había impulsado a buscar respuestas en él? Owen sabía dar las gracias. Su estilo de vida era mucho más relajado que el de los Cash y él era un tipo mucho menos orgulloso. Eso significaba que podía reaccionar como yo necesitaba que reaccionara.

Su sitio favorito era la piscina. Iba allí todos los días. Cuando a cierta hora todos abandonaban la piscina, él se quedaba a solas nadando y nadie se atrevía a molestarlo.

Esta señorita fue a molestarlo, por supuesto.

El área de la piscina de Tagus era inmensa, como si estuviese preparada para unas olimpiadas. Las gradas podían soportar casi mil personas y el techo altísimo dejaba entrar luz solar. Owen me vio caminar por los alrededores de la piscina y esbozó una sonrisa. Luego nadó con una fluida y confiada habilidad hasta el borde y apoyó los brazos mojados en él. Se echó hacia atrás el cabello rubio. Las gotas de agua en su cara hicieron destacar sus ojos, siempre serenos, interesantes.

—Jude Derry, un placer verte tan a menudo —saludó sonriente. Solía sonar genuinamente encantado.

—Vaya, es agradable saber que al menos a alguien le caigo bien —le sonreí también.

Él entornó los ojos con una curiosidad divertida.

—No me creo eso de que quieres ser monedita de oro para gustarles a todos.

Fui sincera:

—Nah.

—Eso supuse —asintió él—. Dime, ¿qué te trae por aquí?

—Vengo a pedirte un favor.

Owen alzó las cejas rubias, algo asombrado.

—Nunca esperé que necesitaras algo de mí —admitió—. Te adelanto que si implica mucho esfuerzo no es el tipo de cosas que yo haría...

Me agaché frente a él y lo solté:

—Necesito que le digas a Aleixandre que el vídeo del beso ya no existe en los perfiles de Instagram que lo estaban difundiendo.

Hubo un silencio. Su asombro pasó a ser un serio desconcierto. De hecho, el momento pasó a ser tan serio que él se impulsó hacia arriba en el borde y salió de la piscina. Me erguí al tiempo que su figura alta y con el físico de un buen nadador quedó ante mí, goteando agua. El bañador apretado me proporcionaba un buen panorama, pero mantuve los ojos arriba, porque eso es decencia.

—¿Quién los borró? —quiso saber.

Solté mi mentira, bien pensada horas antes:

—Hace días me di cuenta de que Aleixandre estaba muy afectado por este tema. No ha aparecido por ninguna parte por esa razón. Sentí que no era justo, así que le pedí ayuda a un amigo.

Owen pareció realmente sorprendido. Ya sé, ya sé, la Jude buena y sensible era un papel difícil de creer, pero no imposible de lograr, claro.

—Yo estuve intentando conseguir esto mismo, pero no tuve éxito —confesó él—. Podrías decírselo tú misma a Aleixandre.

—No quiero que sepa que yo tuve algo que ver —negué de inmediato—. Eso podría hacerlo sentir peor. Es un Cash después de todo.

—Y están acostumbrados a no deberle nada a nadie —asintió Owen con la sabiduría de alguien que los había aguantado durante décadas.

Sonreí por el hecho de entendernos. Luego me hice la que ya no tenía nada más que hacer ahí.

—Pues nos vemos —me despedí.

Me di la vuelta para irme. Di unos pasos no muy apresurados, porque esperaba que mi plan tuviera éxito. En verdad lo deseaba, porque si no era así no tenía ni idea de dónde iba a obtener más información.

Los dioses de las mentiras me enviaron sus bendiciones.

—Jude —me dijo Owen de pronto antes de que me alejara más—. Si hay algo que pueda... hacer por ti a cambio de lo que has hecho por Aleixandre, dímelo. Y si no implica esfuerzo, mejor.

Me di vuelta como quien no esperaba oír eso. Fingí dudar.

—Bueno, tal vez... —le di un poco de suspenso para hacer parecer que era algo inesperado—. ¿Podría hablar de algo contigo? Algo que no sé si debo hablar con Aegan o no.

—Ya has despertado mi curiosidad —aceptó—. Habla.

Lo vi acercarse a una mochila que estaba en el suelo para coger una toalla. Lo que iba a decir, cada línea, cada palabra, la había planeado también la noche anterior. Yo ya sabía algunas cosas pero necesitaba mayores aclaraciones. Empecé:

—Hace unos días escuché el nombre de Melanie Cash.

Un pequeño silencio de parte de Owen. Incluso detuvo su secado con la toalla por un momento, como si hubiese sido en verdad inesperado. Luego lo reanudó con tranquilidad.

—¿Qué escuchaste exactamente?

—Que murió, y yo no tenía ni idea de que tuvieran una hermana.

—Prima —me corrigió él—. Era su prima.

Me hice la confundida.

—Pero ¿qué le pasó? Parece algo que a la gente le incomoda mencionar.

Owen suspiró y se giró hacia mí. Pasó la toalla por su cabello.

—Bueno, se suicidó —fue claro—. El año pasado. Se tomó un montón de pastillas.

Un suicidio...

Sentí un escalofrío.

Y más curiosidad, pero me aguanté.

—Menos mal que no me atreví a mencionárselo a Aegan —fingí ser considerada—. Debe de ser difícil para él.

Owen pensó un momento. Detecté en él esa duda de alguien de si decir una cosa o guardársela. Fue interesante. Me hizo darme cuenta de que el tema en realidad era delicado. También me hizo darme cuenta de que había pasado mucho tiempo ignorando a Owen cuando debía ser una valiosa fuente de información.

—Melanie vivió desde los nueve años con ellos —me contó—. Incluso yo la conocí en ese tiempo. Luego vino a Tagus a estudiar también. No fue... fácil para ninguno. Aunque ella estaba más unida a Adrik...

Entonces lo recordé. ¡La chica de la foto de la habitación de Adrik! La chica feliz con el ula ula. Me llegó a la mente aquella noche en el apartamento, sentados en el sofá, comiendo, cuando le dije que había visto la foto y él dijo que ella se había ido. Había evitado decir «muerta», porque de seguro le dolía. Era cierto, Adrik me había dicho que era su prima y yo lo había olvidado por completo. Qué tonta.

Me sumí tanto en mis pensamientos que solo salí de ellos porque Owen, ya terminando de secarse el cuerpo, dijo:

—Jude, quiero darte dos consejos.

—Adelante —asentí.

Me miró a los ojos, y no sentí la desconfianza que solía sentir con el resto. Owen me hizo sentir que cada palabra que soltaría era valiosa.

—Uno, no te rindas con Aegan. Dos, Melanie es un tema que a ninguno de los Cash les gusta mencionar, ya sabes, porque es doloroso, así que mantén en secreto lo que sabes.

Ahora me pregunto si no haber mantenido en secreto lo que sabía me habría salvado de lo que pronto sucedería. O si solo lo habría alargado. Creo que era inevitable.

Mirando a Owen todavía secarse, de pronto me di cuenta de algo por encima de su hombro. En la última fila de las gradas, la más alta, una persona se estaba yendo. Había estado ahí en algún momento atrás sin que yo lo notara, pero en ese instante se iba muy rápido, como si necesitara no ser visto. Pude no haberlo reconocido de no ser por esa ropa llamativa que siempre usaba.

Era Dash.

Hundí las cejas,

—¿Qué hacía él ahí? —Señalé.

Owen miró hacia lo alto de las gradas un momento. También pilló a Dash bajando con apuro rumbo a la puerta. Fue incluso gracioso porque vamos, ¿quién no iba a verlo?

—Ah, es ese chico —suspiró con fastidio—. Siempre viene a mirarme. Solo lo ignoro.

—¿Siempre? —Quedé aún más confundida.

Owen alzó los hombros.

—Nos enrollamos en una fiesta hace un año —confesó para mi enorme sorpresa—. Yo estaba tan borracho que ni siquiera recuerdo su nombre, pero a partir de ahí no me ha dejado en paz. Aparece en casi todos los sitios a los que voy.

—¿Y eso no te molesta?

Owen hizo un mohín de indiferencia, relajado.

—Cada quien con lo suyo. Ni siquiera me habla, aunque es mejor que no lo haga, porque no me interesa ahora. Solo fue un acostón, como siempre.

Acompañó lo último con una risita orgullosa, como si la simple idea de que él siempre tenía acostones que no significaban nada lo hiciera sentir bien.

Me despedí de él sin decir nada sobre Dash. Cuando salí de la piscina, ordené lo que había averiguado:

Melanie, prima de los Cash, se había suicidado en Tagus hacía un año. Si ella había asistido a Tagus, entonces era obvio que la habitación vacía con ropa de chica en el apartamento de los Cash había pertenecido a ella, no a Eli, y era muy posible que esa chica fuera la muerta de la que Aegan había estado hablando aquella noche en el club cuando me metí en los conductos de ventilación a escuchar. El tipo que había estado con Aegan esa noche había dicho: «Lo que debemos hacer es evitar que alguien descubra algo de lo que en verdad pasó».

Tal vez... ¿no había sido un suicidio?

Pero Aegan también había dicho algo que daba que pensar: «Aun así, tengo que encontrar su móvil. Ahí está todo lo que ella pretendía usar para culparme y esas pruebas deben desaparecer», porque con sus palabras exactas: «Esto es peligroso. Todo está en juego. Mi libertad y mi apellido».

Así que, fuera lo que fuese lo que demostraran las pruebas que había en ese teléfono, era lo único capaz de destruir a la familia Cash. ¿Y si yo lo encontraba antes que él? Aunque no tenía ningún punto de partida y las cosas no estaban saliendo como debían salir...

Bueno, al menos una sí había funcionado bien.

Me detuve apenas vi el coche aparcado frente a la acera. La figura estaba apoyada en la puerta con los brazos y los pies cruzados, justo como solo podían pararse los chicos malos que te destruyen y te hacen disfrutar la vida. Con su camisa de manga corta, los tatuajes de su brazo eran un deleite visual. Su expresión era seria y dura. Aun así, avancé hasta estar a pocos metros de él.

Me crucé de brazos también y alcé un poco la barbilla. Él me miró directamente a los ojos, y no lo sé, pero siempre me resultaba fácil sostenerle la mirada a Aegan, incluso recordando lo del beso en la fiesta. Él podía intimidar a cualquiera, menos a mí.

Hubo un momento de silencio. Podían pasar muchas cosas en ese momento. Podía gritarme o mostrarme una verdadera orden de alejamiento o sacar un arma ahí mismo y dispararme (de acuerdo, estoy exagerando).

Pero solo se apartó de la puerta y la abrió.

—Sube —dijo, exigente.

No me moví ni un poco.

—Dilo primero —exigí también.

Él me miró con los ojos entornados, capaces de perder la paciencia en un segundo. Aunque repentinamente formó una muy pequeña y demoníaca sonrisa, y lo dijo:

—Eres mi novia otra vez.

¡Éxito total!

Sonreí ampliamente y contoneándome fui hacia el coche. Iba a entrar sin problemas hasta que él me tomó un momento por el brazo. Me hizo girarme hacia él y, de forma inesperada, su mano se deslizó hasta que tomó la mía. Ese roce fue muy extraño, me causó... una inquietud que no supe identificar. Él hundió su otra mano en el bolsillo y sacó nada más ni nada menos que aquel anillo que me había regalado en el club, ese con la letra A de Aegan. Con toda la libertad del mundo lo deslizó en mi dedo. De nuevo suya.

Claro que, en mi historia, una cosa buena significaba que también habría una mala. De modo que lo que Aegan añadió antes de permitirme subir al auto sí que me cogió totalmente por sorpresa:

—Para que esto siga así, mi condición es que no te quiero cerca de Adrik.

Uh, buena jugada, muy buena jugada.

Aun así, pensé que podía intentarlo.

El destino respondiendo a eso: pues no, mi cielo.

7

Demonios, ¿otra vez, Jude?

Mira, yo me esforcé, ¿de acuerdo? Pero fue como si la vida quisiera arrojarme a Adrik a la cara, porque toda esa semana me lo topé casi cada hora y en casi cada circunstancia.

¿Iba por el pasillo? Me cruzaba con Adrik. ¿Iba a la biblioteca? Adrik estaba allí. ¿Necesitaba algunos formularios? Adrik también estaba buscando formularios. ¡Cada endemoniado momento! Y yo no quería ni que me mirara, porque la verdad era que seguía sintiéndome débil ante él, así que me ocultaba como podía como una tonta para que no me viera.

En uno de esos intentos por esconderme mientras iba por uno de los pasillos, también vi a Dash, y la cosa fue muy rara, porque por un instante él pareció querer decirme algo. Es decir, me vio, su rostro reflejó la duda y la intención de acercarse a mí para hablar, pero de repente Kiana salió de un aula, se dio cuenta de que algo podía suceder y, con una cara enfurruñada, tiró de él y se lo llevó.

Entonces por primera vez me pregunté: ¿y si Dash era quien me mandaba los anónimos? Porque a fin de cuentas debía de ser una persona que *a)* supiera muchos secretos, y *b)* supiera que yo quería perjudicar a los Perfectos mentirosos. Y Dash lo sabía...

Hablando del misterioso anónimo, no me había contestado.

Bueno, como estaba un poco estresada por todos esos momentos en los que había tenido que huir de Adrik, decidí salir del campus de Tagus al menos unas horas. Era un día lluvioso, gris, frío, pero tomé un autobús hacia el pueblo más cercano y pasé el rato en una heladería, intentando ordenar mis ideas. ¿Dónde podía empezar a buscar el móvil? Si Aegan no podía encontrarlo, ¿cómo lo encontraría yo? Tal vez podía buscar en la habitación de Melanie, entrar allí de nuevo...

Estuve preguntándome si era buena idea luego de salir de la heladería, mientras caminaba con un paraguas por la acera, lamiendo un cono de helado, solo que de repente salí de mis pensamientos porque, de alguna forma, sentí que me estaban siguiendo. Solo tuve la sensación. Miré hacia atrás con disimulo. Por la calle transitaban varios coches, y uno que no había visto antes y tenía los vidrios ahumados iba más lento de lo normal, siguiéndome. Intenté averiguar si eran solo suposiciones mías, así que cambié de dirección y crucé la calle.

El extraño coche giró igual.

Mil cosas pasaron por mi mente, pero activé mi lado inteligente y me deshice de mi paraguas al regalárselo a una mujer que iba corriendo para no mojarse. Luego desvié mi camino de una forma tan ingeniosa que, cuando volví a salir a la calle tras atravesar un callejón y esperar unos minutos sin ser vista, vi el coche aparcado. Me acerqué y golpeé la ventanilla del conductor con fuerza.

—¿¿Por qué me estás siguiendo?! —reclamé, sintiéndome extrañamente valiente.

No me esperaba lo que pasó.

De pronto, la puerta del conductor se abrió y quien apareció muy rápido fue Adrik con una sudadera negra, una gorra y unos tejanos. Atuendo muy de acosador.

—¡Oh, Dios! ¿¿Me estás acosando?! —solté al mismísimo segundo de verlo, impactada.

Él me tomó del brazo.

—Sube al coche —me ordenó, muy serio, agarrándome para hacerme entrar.

No entendía qué estaba pasando, Dios mío santito.

—Pero ¿por qué?

Él siguió intentando meterme a la fuerza en el coche, y yo puse resistencia aferrándome a la puerta, de forma que empezamos una especie de extraño y gracioso forcejeo en el que él trataba de lanzarme dentro como si fuera una bolsa de basura y yo trataba de impedir que lo hiciera como una basura rebelde.

—¡Sube al coche de una vez! —me gritó con urgencia.

—¡Me asustas! —dije gritando también.

—¡Entra ya, demonios!

Me dio un empujón en las nalgas lo suficientemente fuerte y caí dentro del asiento del piloto a cuatro patas.

—¿¿Por qué demonios me nalgueas?! —me quejé tras lanzar un chillido.

Adrik me dio otro empujón en las nalgas.

—¡Pásate al otro asiento! —exigió.

Aturdida y medio asustada, no me quedó de otra que acomodarme en el asiento del copiloto. Adrik entró, cerró la puerta, se giró hacia mí y me miró fijamente, tan serio que me quedé encogida contra la puerta, paralizada, sin saber qué estaba sucediendo.

Oh, bueno, no me miraba a mí. Un segundo después me di cuenta de que miraba hacia algún punto detrás de mí, a través de la ventana.

—Adrik, ¿qué pasa? —pregunté con un hilo de voz.

—Estoy siguiendo a Aleixandre, y casualmente casi te ve cuando estaba entrando en ese hotel.

Señaló un hotel a través de la ventana y me giré para verlo al otro lado de la calle. No se veía muy caro; de hecho, parecía un hotel bastante sencillo.

Pestañeé.

—Entonces ¿no me estabas siguiendo a mí?

Adrik enarcó una ceja.

—Te encanta pensar que eres el centro del mundo, ¿no?

Aegan llegó a mi mente de repente. Y el plan. Y Regan. Y lo débil que era con Adrik cerca diciéndome cosas como esas que, demonios, sí que me gustaban y ni siquiera entendía por qué.

—Debo irme —reaccioné de pronto. Puse la mano en la manija de la puerta.

Pero él pasó el seguro desde su lugar. Lo escuché.

—No, te quedas aquí —dictaminó—. Aleixandre puede salir en cualquier momento.

Lo miré con cara de «¿Estás loco?».

—Pero es tarde y mañana hay clases y... —empecé a decir, pero me interrumpió como si le estuviera presentando un problema menor:

—Hablaré con los profesores por ti.

Resoplé molesta, aunque, por otro lado, sí que me interesaba saber más sobre por qué Adrik espiaba a su hermano. Es decir, cualquier cosa era una pista, cualquier cosa podía ayudar a desvelar los misterios, sobre todo ese de que «algo no era real» para Aleixandre.

—Pero ¿por qué lo sigues? —intenté.

—Quiero averiguar algo.

—¿Qué?

Solo hubo silencio entre nosotros. Claro que no iba a decírmelo y si preguntaba más no lograría nada. Él siguió mirando hacia el hotel. Que su mirada estuviera casi sobre mí me inquietó de esa forma en que te inquieta estar tan cerca de tu crush, ese que no te quiere, pero por el que te mueres.

Sabes que no debes demostrar nada, pero es difícil porque por dentro estás ardiendo.

Solo que... Adrik era más que mi crush, y era muy observador.

—¿Por qué tiemblas? —me preguntó de repente, tan calmado que casi me ofendió.

—No tiemblo —negué rotundamente, aunque sí estaba temblando.

Emitió un resoplido casi burlón y apático.

—¿Tienes miedo de que Aegan sepa que estás en un coche conmigo?

—¡Claro que no!

Eso lo divirtió.

—Ya sé que no quiere que te acerques a mí —confesó— y que por eso has estado escondiéndote cada vez que nos hemos encontrado esta semana.

Abrí tanto los ojos que debí haberme visto muy avergonzada.

—¿Te diste cuenta?

—No eres muy ágil, Jude. La torpeza es lo tuyo.

—Tú no sabes cómo soy —murmuré, negando con la cabeza.

Pensé que no me había oído, pero su respuesta me tomó por sorpresa.

—Sí lo sé, te pareces bastante a la ardilla de la *Era del Hielo*, causando desastres por donde pasa. —Me observó de reojo, de arriba abajo, con esos ojos tan grises y una sonrisa mínima maliciosamente pícara que me obligó a contener el aire y a endurecerme para mostrarme imperturbable—. ¿Por qué le haces caso? Él no puede decirte con quién hablar o no.

Pero... no pude contener la risa ante esa comparación, aunque la risa me salió algo apagada y exhausta, y al segundo volví a ponerme seria y a mantenerme indiferente.

Giré los ojos y resoplé con fastidio.

—Cállate, Adrik, no lo entenderías nada ni aunque te lo explicara —le aseguré para resumir y no entrar en detalles imposibles de exponer.

—¿Hay algo que, según tú, sí pueda entender? —se quejó, entrando en su faceta de chico obstinado con las cejas fruncidas y la boca hecha una línea.

Para aplacar la situación, le di alguna respuesta.

—Lo que pasó entre nosotros no fue nada; solo un impulso extraño. Olvídalo por completo.

No se aplacó nada. Me di cuenta de que estaba fracasando en todo, hasta en intentar no iniciar una discusión con Adrik. Qué estresante.

—Ah, mira, tú dices «Olvídalo», y mágicamente se me borra de la mente —soltó haciendo un gesto ácido y sarcástico—. Listo, problema resuelto.

Sentí el peso de su mirada ceñuda, pero no giré la cara para mirarlo.

Como he dicho, no quería discutir, no en ese momento. Todavía no sabía cómo debía proceder con él ahora que se suponía que no debía ni siquiera estar en ese auto. El silencio era mi mejor opción. Pero él esperaba alguna respuesta, y como solo hubo silencio, añadió con cierta molestia:

—¿En serio, Jude?

Bien, yo puedo estar calladita si es necesario, pero cuando estoy enfadada, abarrotada de dudas, confundida, dolida y temblando, me resulta muy difícil lograrlo.

Perdí la paciencia:

—Pero ¿qué quieres que te diga?

Él la perdió también:

—Cualquier mierda excepto que no significó nada.

Hicimos un silencio, ambos estresados. Sentí ese malestar latiendo dentro de mí, como que me afectaba, como que de verdad aquello me daba en los sentimientos, pero me obligué a contenerme.

—Es que ya no importa —suspiré como una tregua—. Yo estoy con Aegan y tú sales con Artie y...

—No salgo con Artie —me interrumpió. Mantuvo la vista fija en el hotel y una mano grande y firme sobre el volante—. Al menos ya no.

Shock.

—No entiendo —admití, parpadeando como una estúpida.

—Y tampoco me he acostado con ella —añadió— por si tenías esa duda.

Doble shock. Me quedé impactada. Anonadada. Asombrada. Y en más cosas terminadas en «ada». Por un instante esa revelación me sorprendió mucho, pero la poquita confianza que había empezado a crecer entre él y yo ya había desaparecido. Ahora me sentía alerta y sospechaba de cualquier cosa.

—Mientes.

—No te miento —dijo, lanzando un suspiro, apenas se detuvo a esperar que cambiara el semáforo—. Yo estaba dispuesto a hacerlo con ella, sí, pero hubo un pequeño problema.

—¿No se te levantó? —pregunté con toda la intención de insultarlo.

No obstante, no se inmutó. Un insultito así solo resultaba un juego para ambos.

—Sabes que se me levanta muy bien —contestó con una chispa de malicia que pateó mi comentario y me hizo recordar aquel día que..., bueno, sentí lo que *ya sabes que sentí entre sus piernas*—. El problema fue que mientras estábamos a punto de desnudarnos dijo otro nombre, y eso fulmina las ganas.

—Otro nombre —repetí, y de manera inevitable se me escapó una risita de burla—. ¿Qué otro nombre?

Adrik me miró como retándome a adivinarlo. No pareció afectado por contar algo así de extraño y vergonzoso; de hecho, una sonrisa leve pero divertida iluminó su rostro serio y apático.

—Uno que no era el mío —se limitó a revelar.

Me reí. Por alguna razón me reí con fuerza. De acuerdo, en realidad se lo creía. De hecho, me hice una idea de qué nombre pronunció. Tal vez... ¿Aegan? Adrik podía estar mintiendo en muchas cosas, pero le creí en lo de que lo de Artie no terminara como había planeado.

Entre risas me estremecí de frío porque el aire acondicionado del coche estaba alto y me había mojado bastante durante el forcejeo para entrar al coche. Él lo notó y en un gesto caballeroso se quitó la sudadera que llevaba puesta, dejando al descubierto que también vestía una camiseta. Pude ver sus hombros anchos, impecables, delineados por una moderada rutina de ejercicios. El cabello le quedó desordenado y solo dejé de mirarlo cuando me arrojó la sudadera a la cabeza sin delicadeza.

—Póntela —dijo sin darme opción a réplica—. Si te mueres ahí, podrían culparme a mí.

Pude haberla rechazado, pero tenía frío de verdad. De modo que me hice la dura por un instante, pero luego me la pasé por encima para ponérmela. En cuanto hundí los brazos en las mangas, me llegó su aroma natural y masculino impregnado en la tela. Me resultó relajante hasta que la verdad de que no podía volver a caer por él me revolvió el estómago.

Malditos sentimientos. Maldita debilidad. Qué estúpida era.

—No parece que Aleixandre vaya a salir pronto. —Carraspeé la garganta—. Además, es un hotel...

—Sí, ¿no tienes hambre? —fue su respuesta.

A decir verdad, no había comido nada desde el mediodía, pero, como he dicho, aún no sabía qué hacer con Adrik. Podía negarme y alejarme de él como me había pedido Aegan o podía aceptar y ver cómo desarrollaría la nueva idea que se me había ocurrido, porque el juego no era yo, sino ellos, y como plus, sacarle una comida gratis, que era lo mínimo que me debía ese imbécil después de todo.

Hum..., seamos sinceros, no estamos en ese universo en el que la protagonista es la víctima y es más buena que Blancanieves. Aquí estamos en confianza, y sabes que tiro más para el lado de la bruja malvada.

—¿Cuál es tu idea? —acepté.

—Hay un McDonald's en la esquina. —Señaló un punto no tan lejos en donde, evidentemente, estaba el restaurante de comida rápida—. Puedo ir muy rápido, pero...

Dejó el «pero» en el aire, intrigante.

—¿Qué? —resoplé—. ¿Crees que me voy a ir?

Su boca usualmente amargada se curvó en una sonrisa un poco cruel.

—No, no te vas a ir, porque te voy a dejar encerrada —dijo con simpleza.

Y tan rápido que no pude reaccionar, abrió su puerta y salió.

—¡Adrik! —me quejé al verlo de pie frente a la puerta.

Con el control de su llave cerró los seguros.

—Mira si Aleixandre sale —dejó la orden.

De mala gana le hice caso, porque sí quería ver qué pasaba con Aleixandre.

Pero no vi nada porque Aleix no salió en todos esos minutos y Adrik volvió con la comida. Comimos en el aparcamiento, todavía dentro del coche. He de decir que me resultó muy difícil no mirar sus hombros desnudos o su perfil medio mojado mientras sacaba las cuatro hamburguesas y cuatro raciones de patatas grandes. Era tan guapo que dolía. Te entraban ganas de hacerle un retrato y luego lamer el dibujo. No sé; era una tarea imposible concentrarse teniéndolo al lado, pero recurrí a toda mi fuerza de voluntad para poner una enorme etiqueta de NO ES DE FIAR, TEN CUIDADO encima de todas las ideas y sentimientos que había desarrollado por él.

Aunque... siempre, y lo sigo admitiendo, Adrik me debilitó. Me hizo sentir que era cierto cuando decían que la persona correcta era aquella que te daba calma, seguridad, que no te agitaba, porque en ocasiones me sentí así a su lado: tranquila, libre de problemas, limpia, capaz de ser feliz.

Tal vez por esa razón me costó creer que ese chico tan indiferente a los problemas y situaciones comunes fuera como Aegan me lo había descrito el día en que se reprodujo el vídeo en el auditorio. Quise preguntarle si toda su actitud era falsa, oírlo de su boca, ver su reacción, pero ¿con qué moral? Si yo también era una falsa, si todos mis movimientos formaban parte de un plan, si lo había hecho todo mal... Debes de creer que ni siquiera era consciente de mis estupideces o de mis fallos. Lo era. Lo era de verdad.

Pero no pretendía echarme atrás. Ahora más que nunca, debía avanzar y con mayor rapidez.

Aunque me quebré por un momento.

—¿Qué demonios estamos haciendo, Adrik? —pregunté haciendo un gesto un poquito dramático e intencional.

Puso cara de aflicción y miró las cajas de hamburguesas y patatas sobre su regazo. Tenía una hamburguesa ya casi terminada en la mano.

—Tienes razón, tenía que haber pedido una hamburguesa extra, a veces subestimo mi hambre —dijo con preocupación y con la boca todavía llena.

—¡No! —exclamé. Adrik pareció confundido por un instante mientras masticaba lentamente—. Nosotros, todo esto —le aclaré, y englobé el asunto con un movimiento de la mano—. Nos llevamos mal, luego bien, luego hacemos cosas crueles, luego volvemos a llevarnos bien y ni siquiera deberíamos hablar.

—¿No quieres que hablemos más? —quiso saber al instante.

Me obligué a cerrar la boca tras esa pregunta. ¿Qué demonios estaba haciendo al decir algo así? Molesta conmigo misma, descansé la espalda en el asiento. Desde que había entrado en el auto y me había puesto la sudadera, la camisa debajo de ella no se había secado. En realidad, la sudadera se había mojado en algunas partes. Mi piel estaba fría por la humedad, y me recorrió un notable escalofrío que me hizo removerme en el asiento.

—Tienes que quitarte la camisa mojada y dejarte solo la sudadera, si no, te vas a congelar y te morirás de una pulmonía —sugirió él, serio, no supe si por la pregunta que no respondí o porque de verdad podía morirme.

Era bastante peculiar cómo cuando Adrik hablaba de muerte parecía algo divertido y bastante ficticio.

—Qué exagerado, no me moriré de nada —resoplé, y puse los ojos en blanco—. Además, ¿dónde me la voy a quitar? Entonces mejor entramos en el hotel y pedimos una habitación para escuchar a través de la pared qué es lo que hace Aleixandre, aunque ya tengo una idea.

De inmediato me di cuenta de lo mal que había sonado eso al ver la sonrisita ladina y maliciosa que se extendió en los labios de Adrik.

—¿Me estás invitando a una habitación de hotel, Derry? —me preguntó con un tonillo pícaro, pero sutil—. No soy un tipo fácil. Al menos cómprame un café antes.

Eso me hizo sentir algo, pero lo desplacé al instante.

—No seas estúpido —le dije—. Es que tengo mucho frío.

—Ve atrás y quítate la camisa mojada —sugirió con un ligero encogimiento de hombros—. No miraré.

Bueno, podía seguir muriéndome de frío o quitarme la camisa y ponerme la sudadera... Dudé por un momento y... Vale, sería rápido.

Me coloqué en cuclillas sobre el asiento y luego pasé una pierna hacia la parte de atrás del coche. Pisé el asiento trasero y después me impulsé como un saco de patatas hacia él y caí de culo. Misión cumplida. Le eché un vistazo a Adrik; seguía concentrado en comer el resto de sus patatas. Que mirara no me preocupaba en absoluto, le creía capaz de respetar mi privacidad. Su espalda y sus hombros sí podían ser una distracción para mí, pero me concentré en lo mío.

Algunas chicas somos prácticas. Por ejemplo, yo sé quitarme el sujetador sin quitarme la camiseta. Creo que es un conocimiento universal, pero no todas somos iguales, así que no generalizaré. No quería quitarme todo de un solo golpe. Lo que haría difícil eso era la tela de la camisa. Era una tela algo elástica. No era una camisa fea, claro, tenía estilo, pero era demasiado ajustada.

Se me ocurrió que, si sacaba los brazos de los tirantes, a lo mejor podía subir la camisa por el cuello de la sudadera que se expandía unos centímetros, sin tener que quitármela del todo.

Joder, aquello sería más complicado que explicar cómo Mark Watney de *El marciano* sobrevivió en Marte con sus maniobras químicas y biológicas. O al menos me pareció igual de difícil en ese momento.

Volví a echarle un vistazo a Adrik. Seguía igual, mirando hacia el hotel. Bien. Tomé aire y llevé a cabo mi idea. Liberé mis brazos y la camisa se sostuvo solo de mis pechos. Entonces comencé a subirla. Se enrolló por el camino por lo mojada que estaba, pero empecé a sentir el aire frío sobre la piel húmeda. Ascendió por mis pechos y me envolvió el cuello. Paré ahí un momento e intenté sacármela por el cuello de la sudadera, que todavía me cubría el cuerpo.

Mala idea. Malísima idea. No sabes lo molesta que puede ser la ropa hasta que se vuelve un rompecabezas. Claro que la oscuridad tampoco ayudó. La camisa, empapada y enrollada, se enredó con el cuello de la sudadera, y cuando tiré hacia arriba, uno de los tirantes quedó alrededor de mi nuca. Es decir, que casi me ahorqué yo misma con mi propia fuerza. Me impulsé hacia atrás y caí de espaldas sobre el asiento. En un intento de salir de esa, todo se convirtió en un lío de brazos, tirones y piernas. Me retorcí como un pez hasta que la voz de Adrik rompió el silencio que quise mantener para ocultar la penosa y ridícula situación.

—Jude, ¿qué estás haciendo...?

—¡No lo sé! —respondí con desesperación—. ¡La camisa se me ha quedado atascada! ¡Ayúdame!

Oí que abría la puerta de delante, luego que abría la puerta trasera y al final sentí una mano fuerte que me cogió por uno de los brazos y me hizo sentarme. Sin embargo, la situación ya se había complicado en esos pocos segundos. Como la tela de la sudadera era gruesa, cubrió mi cabeza de tal modo que creó un espacio tan cerrado y claustrofóbico que empecé a respirar con dificultad. Al mismo tiempo, porque yo no soy muy inteligente en momentos de urgencia, busqué alguna salida moviendo los brazos y la cara como una estúpida.

A partir de ahí, yo en modo desesperación y Adrik en plan de sacarme de la trampa mortal que era la ropa, lo empeoramos todo.

—Pero ¡quédate quieta! —se quejó.

Sus manos se movieron en busca de alguna salida. Tiró de las mangas, del cuello y de la tela, pero me sentía tan atrapada que no pude evitar intervenir. Entonces fue otro enredo de manos, brazos y piernas hasta que volví a caerme hacia atrás y comencé a asustarme demasiado.

—¡Adrik, no puedo respirar! ¡No puedo respirar! ¡Me voy a morir! —solté con impaciencia mientras tiraba y arañaba la sudadera, que me cubría la cara.

—Pero ¡deja de moverte, que así no puedo! —se quejó.

Que me pidiera que dejara de moverme solo me impulsó a moverme más. Nada más veía oscuridad. Estaba caliente. Poco aire... Hiperventilar.

—¡Sácamela, sácamela! —chillé.

—¡Jude, joder, que no puedo si aprietas y metes las manos!

—¡Adrik! ¡No puedo respirar! ¡No puedo...!

Y de repente la luz, la visibilidad, la vida, la liberación. Adrik logró quitarme la sudadera y, también, la camisa mojada. Respiré hondo cuando mi mundo se amplió. Me quedé quieta, pero mi pecho subió y bajó en sacudidas. En cuanto logré tranquilizarme un poco, lo primero que vi fue su rostro delineado por la débil luz proveniente del hotel y las calles, y caí en la cuenta de la situación en la que nos encontrábamos: estaba acostada con Adrik encima de mí.

Lo contemplé con una expresión de horror absoluto, como si me acabara de salvar de una casa embrujada, y de pronto eso hizo que él soltara una risa burlona. Ahí, con las manos apoyadas a cada lado de mí en el asiento trasero y su cuerpo inclinado sobre el mío, negó lentamente.

Su comisura derecha se alzó más que la izquierda formando esa sonrisa enigmática.

—Las chicas duras siempre son vencidas por la cosa más estúpida —opinó. Su tono sonó bajo, suave, como si soltara un secreto íntimo.

—Pensé que iba a morirme por una camisa —susurré, y noté que mi voz temblaba. Seguía asustada, con el corazón latiéndome a un ritmo intenso—. Me he asustado mucho.

Adrik bajó la mirada y la sonrisa burlona se convirtió en una maliciosa.

—Pues ya no la llevas puesta, así que no hay peligro —dijo enfatizando la parte de «ya no la llevas puesta».

Y tenía razón. La camisa y la sudadera reposaban en el suelo del coche. Lo único que cubría mi humilde cuerpecito era mi jean. Encima, nada, ni un sujetador. Me quedé paralizada. ¿Así que iba a mantener distancia? ¿Así que iba a mostrarme fría e indiferente? Un fracaso tras otro, Jude Derry. Estaba casi desnuda debajo de Adrik. Mis pechos expuestos a sus ojos, mis piernas frías entre las suyas. Me atreví a mover un pie un milímetro y mi muslo rozó la tela de su pantalón. Algo chispeó.

Como una tonta, pensé que podría librarme de esa peligrosa posición, pero una odiosa vocecita en mi cabeza me dijo: «Ahí es donde te equivocas, amiga mía». Incluso aunque me repetí mentalmente unas diez mil veces que tenía que poner distancia, que las cosas habían cambiado, Adrik bajó de nuevo la vista y con esos ojos grises me escaneó desde el cuello hasta el vientre aniquilando todas mis ideas de resistencia.

Observó cada parte desnuda de mi cuerpo con mucha atención, y si tenía voluntad para empujarlo y apartarlo de mí, se esfumó en un chasquido. El mundo se redujo a «Me está mirando hasta las profundidades de la piel». Yo no solía avergonzarme de mi cuerpo, pero con una simple telita cubriendo la zona más íntima de mi anatomía, todo lo demás quedaba a la vista, incluidos los defectos: los músculos frágiles por culpa de una vida perezosa y carente de gimnasio (tampoco es que me arrepienta de ello, bah), celulitis, tres líneas de estrías en la parte derecha de mis caderas por el estiramiento de la piel al crecer, lunares, errores...

Durante un instante sentí que captó todos esos detalles, y dudé de mí misma, me percibí menos segura y con ganas de escapar. Así que abrí la boca para decir algo como: «Bueno, ya puedes quitarte de encima de mí», pero no tuve tiempo.

Me plantó un beso. Un segundo antes nuestros rostros estaban a centímetros, y al siguiente, sus labios sellaron los míos y las palabras que tenía pensado soltar bajaron por mi garganta hasta morir. A partir de ahí fui un soldado desarmado, un país sin ejército, Hogwarts sin barrera protectora, Tierra sin capa de ozono. Instintivamente, cerré los ojos y suspiré sobre su boca como si acabara de regresar a un lugar que había echado de menos durante años.

Indescriptible. Podía ser un mentiroso, un idiota, pero no había resumen, explicación ni sinopsis para sus condenados besos. Con ellos, la inseguridad se esfumó. Me transmitió una calidez y una aceptación maravillosa. Sus labios calentaron los míos con movimientos lentos, pausados y superficiales.

Durante unos segundos fue como una introducción, porque un momento después, sin avisar ni prepararme, separó mi boca con la suya y el beso se convirtió en un juego profundo y algo acelerado. Llevé una mano a su rostro y la coloqué sobre su mejilla en un débil intento de estabilizarme y seguirle el delicioso ritmo de roce de lenguas y mordidas.

Mi cuerpo se relajó sobre el asiento. Al mismo tiempo, Adrik se reacomodó entre mis piernas, enredándolas en una posición en la que encajáramos a la perfección. Las apreté contra mí. El roce entre su pantalón y mi desnudez envió calor a las capas más profundas de mi piel. El frío comenzó a desaparecer, pero se evaporó por completo cuando él colocó una mano sobre mi muslo derecho y lo apretujó para que su pelvis se pegara a esa zona especial de entre mis piernas.

Venga, hay cosas que no se pueden controlar. Un contacto con otro contacto en un sitio específico produce algo digno de emitir. ¿Se entiende? Complicado, pero cierto. Al menos yo no sé disfrutar sin expresarlo, me disculpo si parece inapropiado, pero no estamos para inhibiciones. El caso es que solté una exhalación de placer al percibir su dureza y él tomó eso como el permiso para proceder a su antojo.

Su mano comenzó a ascender desde mi muslo e hizo un recorrido palma abierta por mis caderas, mi vientre y mi cintura. Sus dedos palparon con suavidad y ansias esas imperfecciones que un momento atrás me habían preocupado, como si no existieran, como si nadie en el mundo las condenara o rechazara. Pasó por uno de mis pechos, por mi cuello y se detuvo en mi rostro, donde su pulgar acarició mi labio inferior entre besos.

Nuestros rostros se separaron, aunque por unos simples centímetros. Su cara estaba oscura, pero las líneas eran perceptibles al contacto de la mano que todavía tenía sobre su mejilla. Solo pude mirar su boca, entreabierta y jadeante. En un gesto inconsciente, la acaricié. Entonces Adrik cogió mi mano con la suya y la apretó con suavidad.

Y la besó. Con los ojos fijos en mí, besó con cuidado y muy dulcemente mi palma, el dorso y los nudillos hasta que llegó a los dedos. Allí se topó con algo frío y metálico, y miró el anillo con la letra A de Aegan. Algo se removió en mi interior, algo que me causó un malestar sentimental. El anillo no tenía ningún significado para mí, pero parecía que sí. Sin embargo, Adrik lo cogió con las puntas de sus dedos y lo deslizó para sacarlo como si no fuera más que un estorbo.

No tuve valor para negarme a ello. Lo guardó en el bolsillo de su pantalón.

—¿Necesitas ayuda con algo más? —me preguntó luego en un susurro ronco, cargado de excitación.

—No..., ya puedes levantarte —logré decir al recuperar algo de cordura. Me dije a mí misma que lo apartaría, pero toda mi fuerza de voluntad se fue al garete cuando escuché su juguetona e incitadora voz.

—¿Y si de repente ya no quiero hacerlo? —contestó.

Ni siquiera me dejó responder, aunque a ser sincera tampoco tenía una respuesta coherente. Volvió a mi boca con una sensual necesidad de explorarla con su lengua. Estuvo allí unos segundos, mordiendo y rozando mis labios, hasta que se cansó y descendió a mi cuello. Creó un camino de besos y pequeñas lamidas que enviaron descargas de corriente a las ramificaciones de mi cuerpo. Quedé en cero pensamientos, cero resistencias. Tuve incluso que morderme los labios para no soltar otro jadeo en cuanto también decidió besar y apretar con su boca los pequeños y endurecidos centros de mis pechos.

No supe ni en qué universo me encontraba. Si aquello estaba mal, si estaba equivocándome al permitirlo, si la había cagado...; no pareció problema, no pareció importante. Me sentía tan bien, todo era tan nuevo... Enredé una mano en su pelo y lo apreté con suavidad al notar una deliciosa succión en la base de mis pechos. Los dejó húmedos y palpitantes de ardor y ansias y de inmediato continuó su viaje hacia las profundidades de mi cuerpo. Besó y besó hasta que una de sus manos sostuvo mi muslo derecho y, en un gesto delicado, hizo que elevara la pierna para apoyarla sobre el respaldo del asiento.

Me quedé doblemente expuesta en esa posición: tendida sobre el asiento con una pierna alzada y otra extendida hacia el suelo del coche. La mano de Adrik apretó mi muslo y le dio una mordida que luego se transformó en un beso. El beso transitó un camino recto y, para mi sorpresa, llegó hasta mi núcleo. En el mismísimo instante en que sus labios presionaron sobre la tela húmeda, en ese punto exacto y latente entre mis piernas, arqueé la espalda y solté un gemido espontáneo. Pero no me calmó la calentura, todo lo contrario, acentuó el dolor y la urgencia de esa zona por ser atendida a fondo.

Abrí los ojos apenas un poco y contemplé a Adrik. Su brazo rodeaba la pierna que tenía elevada. La puerta del coche seguía abierta y, por la posición, parte de su cuerpo estaba fuera. Dios santo, ¿y si alguien nos veía? Por un instante, eso me preocupó, pero enseguida me centré en una preocupación mayor: su mano libre. Con sus dedos ahora agarraba el borde de mis bragas. No el borde superior a la altura del vientre, no, el borde de la parte que cubría justo mi entrepierna. De esa forma, sus nudillos hacían contacto con la piel depilada. Porque sí, después de la primera experiencia, fui a podar la zona, ya sabes...

Así que entendí lo que pretendía hacer. Quería apartar la tela sin quitarme las bragas y..., bueno, hacerme estallar a besos y lamidas. Tan solo imaginarlo, tan solo ver su rostro inclinado entre mis piernas, notar sus dedos acariciando mi parte más sensible, me sentí débil, ansiosa y húmeda hasta en los pensamientos. Y juro por todas las religiones que quise rendirme ante sus intenciones, no era que tuviera mucha fuerza ya, pero conseguí hacer algo.

Logré incorporarme. Me quedé sentada y atraje su rostro hacia mí con ambas manos. Él se dejó acercar con facilidad. Nos dimos un beso tan profundo, pausado y erótico que me encendió unas enormes ganas de deslizar las manos hacia sus hombros e impulsarlo de nuevo sobre mi cuerpo para que hiciéramos todo lo que pudiera hacerse en la parte trasera de un coche. Pero aparté mis labios. Su respiración colisionó con la mía. Sentí sus músculos tensos. Estaba tan caliente como yo.

—No, esto está mal, Aegan no quiere que esté cerca de ti —le susurré de repente tras romper el beso.

Sin embargo, las cosas no salieron como esperaba. La intensa chispa de deseo en sus ojos no se apagó. Los giró en un gesto de fastidio y molestia, como si estuviera cansado de oír lo que hacía o no hacía Aegan.

—¿Y ahora te domina? —me preguntó. Detecté una nota de disgusto en sus palabras.

—No, pero tú mismo dijiste que no deberíamos estar haciendo esto.

Eso enfrió el momento. Adrik se quitó de encima de mí y se sentó. La oscuridad le sentaba muy bien, acentuaba sus líneas y realzaba su atractivo natural y misterioso, como si todo él perteneciera a las sombras. Dios, me gustaba tanto..., ya ni siquiera podía negármelo. Me causaba unas malditas sensaciones que quería ignorar, hacer desaparecer por completo, pero resultaba tan complicado que entonces solo quería largarme a sufrir como una adolescente con el corazón roto.

—Tú no le gustas de verdad, no soy estúpido —dijo, algo disgustado, como si yo le hubiera dicho lo contrario a eso—. No está enamorado de ti, no te quiere. Solo te humilla y te tiene como un juguete para jugar contigo cuando se le antoja ser cruel. ¿Me vas a decir que a ti te gusta eso? ¿Que aun así él te gusta?

Se mantuvo serio e insistente, esperando una respuesta que no pretendía darle.

—No sé qué se supone que quieres que diga exactamente —dije sin tan siquiera mirarlo a los ojos para no perder fuerza en la mentira—. Ya tuvimos esta conversación y terminó mal.

—Nada, no tienes que decir nada —zanjó Adrik, áspero y tan gélido como podía llegar a ser, si quería.

Salió de la parte trasera del coche. Sentí el vacío y el frío que dejó frente a mí. Mi piel, decepcionada, se quejó por la distancia, pero no dije nada. Él abrió la puerta del conductor, entró para sentarse de nuevo y la cerró con la fuerza del disgusto. Echó la cabeza hacia atrás, cerró los ojos y soltó bastante aire, quizá para calmar las diferentes emociones de su cuerpo.

Mientras, un silencio espeso se extendió en el interior del vehículo. Busqué la sudadera en el suelo, la cogí y me la puse. En cuanto pasé la cabeza por el cuello de la tela y la saqué, vi que alguien estaba saliendo del hotel.

—Mira, es Aleixandre —le avisé a Adrik.

Ambos observamos. Aleixandre atravesó las puertas del hotel mientras se acababa de abrochar los botones de la camisa. De acuerdo, había hecho algo con alguien, eso era seguro. Avanzó al mismo tiempo que miraba con cierta cautela hacia los lados hasta que llegó a su camioneta y se subió.

Justo cuando se fue, el hotel escupió otra figura. Vaya, vaya. Era un muchacho más o menos alto, aunque no tanto como Aleixandre, con el cabello semirrubio y muy corto. Desde nuestra posición, fue difícil verlo bien, pero lo que alcancé a ver concordaba con los rasgos del tipo con el que lo había pillado besándose en Tagus y en la rueda de la fortuna. Debía de ser el mismo con el que salía a escondidas.

—Es su novio, ¿no?

Me di cuenta de que Adrik se había quedado como en shock con los ojos muy abiertos, mirando al chico de Aleixandre.

—¿Por qué demonios sale con el guardaespaldas de Tate Sedster? —susurró, y casi, pero casi no lo escuché.

Mil dudas se me despertaron al instante.

—¿Quién es Tate Sedster? —le pregunté.

No respondió, se quedó pensativo, con los ojos entornados como si estuviera conectando mil situaciones y opciones en su mente.

—Adrik —intenté de nuevo, todavía desde la parte trasera—. ¿Conoces a ese tipo?

En ese momento despertó. Su rostro volvió a ser la representación de la neutralidad.

—Te llevaré a tu apartamento, tengo cosas que hablar con Aleixandre

—se limitó a decir, y percibí con mayor fuerza el muro alzado entre nosotros.

En movimientos rápidos encendió el motor y arrancó. Salí disparada hacia atrás como un juguete debido a la velocidad con la que aceleró. En cuanto logré incorporarme, pasé una pierna hacia el asiento delantero del copiloto para regresar a mi lugar.

—Pero ¿de qué van a hablar? —pregunté cuando estuve bien sentada, y como no obtuve ninguna respuesta, agregué—: ¿Por qué el hecho de que esté con ese chico te parece raro? Y respóndeme porque te he acompañado a espiarlo y lo mínimo que merezco es que me des algo de información, ¿no crees?

Pero me ignoró por completo, a pesar de que insistí durante todo el camino. Cuando llegamos a mi apartamento, la lluvia ya era una llovizna suave. En el interior del coche, el ambiente era raro, denso, cargado de la tensión que producían las cosas que se querían decir y no se decían.

Sin más que hacer me dispuse a bajar del auto sin despedidas y sin darle largas al asunto, pero antes de lograrlo, la mano firme de Adrik se aferró a mi brazo e hizo que me volviera hacia él. El contacto me ardió, como si ciertas zonas de mi cuerpo recordaran lo que acababa de suceder en el asiento trasero y lo exigieran a pálpitos.

—¿Tú quieres que las cosas sean como quiere Aegan? —me preguntó, y a pesar de que siempre hablaba con la seguridad de tener la razón, atisbé algo de duda en él—. ¿Quieres que me aleje de ti? Porque a mí me vale tres hectáreas de porquería lo que Aegan ordene, pero no pienso imponerte nada, y si de verdad es lo que tú quieres, lo haré, me mantendré alejado de ti.

Tragué saliva. Cuando se ponía en ese plan de «soy un tipo maduro y hago las cosas como se deben hacer», me dejaba en un punto confuso, pero me endurecí.

—Aquel día en el club, cuando me pediste que me decidiera, lo escogí a él, ¿no? —respondí.

Duro, directo, cruel..., pero necesario. De todos modos, no podía contestar su pregunta de otra manera. Yo era capaz de mentir, pero sospeché que fallaría al decir: «Quiero que te alejes», porque en ese instante todo mi ser pedía que se quedara cerca de mí, que solo quería que desaparecieran todos los problemas que nos separaban.

Pero a la mierda con eso. Tenía que desengancharme de ese Adrik falso lo antes posible, y pensé que al decir algo así lo haría enojar y funcionaría, pero sucedió lo contrario. Una sonrisa agria curvó mínimamente su boca. Al mismo tiempo extendió una mano para coger la mía. Tuve la intención de apartarla, pero temblé ante el contacto con sus dedos.

Adrik buscó algo en su bolsillo y lo sacó.

—Tienes razón, lo hiciste —asintió, y deslizó de nuevo en mi dedo el anillo con la letra A. Todavía sosteniendo mi mano, alzó la mirada y me escrutó con los ojos entornados, como si fuera un escáner y supiera cada cosa que sucedía en mi interior—. Eres suya. Lo ha dejado claro muchas veces. La única que no lo ha dejado claro eres tú. Dime, ¿lo eres?

Esperó la respuesta sin apartar los ojos de los míos. La esperó como si ansiara encontrar una verdad o una mentira en mis gestos o en mi tono. Si le hubiera mentido en ese momento, lo habría sabido. Y eso era lo que él quería.

—No soy un objeto, no soy la pertenencia de nadie —resoplé, y solté una risa absurda.

Esa expresión segura y ligeramente divertida que tanto me molestaba, apareció.

—Entonces ¿por qué usas eso? —me preguntó señalando el anillo en mi dedo—. Es un sello de posesión.

Lo toqué solo por tocarlo y lo giré para que la A quedara a la vista. Para mí ese anillo era insignificante.

—Fue un regalo nada más; al menos, así lo veo yo —me limité a contestar, aunque sentí la necesidad de jugar su mismo juego retador—. Aunque, no sé, quizá... sí sea de Aegan después de todo.

Por supuesto que no se enfadó. Si mi comentario le causó un poquito de celos, no lo demostró. Alzó las cejas con una exagerada sorpresa.

—¿En serio? —Su cara manifestó una falsa confusión—. Antes, cuando estábamos en el asiento de atrás, no me lo pareció. No actuaste como si fueras su novia y estuvieras profundamente enamorada de él...

De acuerdo, era hora de huir antes de que la situación se pusiera peligrosa.

—Me voy —solté con hastío, y abrí la puerta.

—Sé que no perteneces a nadie —agregó antes de que yo pusiera un pie fuera. Me detuve, interesada por lo que fuera a decir. La diversión y el sarcasmo desaparecieron de su semblante. Aquello lo dijo en serio—: Pero lo que sucede entre nosotros le da una patada en el culo a lo que sea que tengas con él. Así que te puede poner diez anillos, cinco collares, un tatuaje u orinarte encima si le da la gana, pero nada de eso borrará el hecho de que todo este tiempo has querido estar solo conmigo.

Esa flecha me atravesó el pecho. Era cierto. Era tan cierto que se me formó un nudo en la garganta, a pesar de que me esforcé por contenerlo, y solté algo de manera inconsciente, desde la Jude que no mentía, la que se sentía engañada y quería llorar como una princesa Disney.

—¿Y tú de verdad has querido estar conmigo, Adrik?

Se me quebró un poco la voz. Maldición. No quería mostrar debilidad, pero necesitaba oír la respuesta. Quería escuchar algo sincero de su parte, no del resto, no de Aegan, no de nadie.

Desvió la mirada. Reprimió algo. No supe qué.

—He querido ser otra persona para estar contigo —confesó.

Demonios, era todo demasiado confuso, demasiado fuerte. No sabía qué era cierto y qué no; quién era bueno y quién era malo. No estaba segura de si ese era el Adrik que me gustaba o el que debía odiar.

No podía quedarme ahí. Mi cabeza estaba a punto de estallar. Salí del coche y cerré la puerta. Pensé que podía llegar a mi habitación y tumbarme en la cama para intentar no tener una noche de pensamientos intensos, pero mientras iba subiendo las escaleras recibí un mensaje.

Era Regan:

¿Has progresado?

Bueno, ¿a esto se le podía llamar progreso?

8

Tal vez no es tan malo...
o tal vez no se siente tan mal...

Mente en las nuevas pistas: ¿quién demonios era Tate Sedster y por qué Aleixandre salía con su guardaespaldas?

Por la reacción de Adrik, quien solía no preocuparse por nada, era algo intrigante, pero después de pensarlo mucho la noche anterior había entendido que era más que eso. Era algo para investigar, porque Aleixandre le había dicho en el apartamento a Owen: «¿Por qué demonios tenía que ser honesto con algo que no es real?» y obviamente Owen se había referido a ser honesto sobre salir con un chico.

Entonces ¿y si la relación que Aleixandre tenía con el guardaespaldas no era real? ¿Y qué importancia tenía eso?

Primero debía averiguar sobre Tate Sedster. Lo había buscado en redes sociales, pero todos sus perfiles eran extremadamente privados. Siendo así, solo una persona podía ayudarme en ese caso, Lander, así que fui con Artie al área de informática al día siguiente en la tarde. Ella no sabía sobre que Regan me manipulaba. Solo le había contado lo que había visto con Adrik en su auto porque necesitaba su ayuda y que quería recuperar a Aegan porque todavía quería humillarlo, pero nada más. Sabía que ella quería saberlo todo, pero le había asegurado que se lo diría en su momento.

El asunto con Lander era que Artie lo trataba como un secreto. Ella se acostaba con él y durante muchas noches pasaban tiempo juntos quién sabía dónde, pero no hacía pública su relación que, obviamente era una relación. No entendía muy bien por qué si él era uno de esos nerds medio guapos. No parecía alguien por quien pudieras sentir vergüenza.

Apenas entramos en su sala repleta de mesas y computadoras e incluso bolsas de patatas vacías, vimos a Lander en su silla. En cuanto él vio a Artie, toda su actitud se entorpeció. Golpeó un vaso sin darse cuenta, luego un libro y en el intento de sostener todo casi se cae él. Fue gracioso. Era como si su inteligencia se apagara y se encendieran las acciones ridículas. Era una graciosa señal de estar enamorado.

—No me avisaste que vendrías —mencionó él, medio desconcertado. Al parecer que ella le avisara si iba a aparecer era una costumbre entre ellos.

Por un instante tuve la impresión de que Lander esperó que Artie lo saludara con un beso. Hubo unas pequeñas ansias en sus ojos, pero ella se limitó a quedarse parada junto a mí.

—Es algo parecido a una emergencia —le sonrió con dulzura—. ¿Tienes algo de tiempo?

También detecté su decepción.

—Ah, sí, supongo —carraspeó al reacomodarse las gafas—. ¿De qué se trata?

Se giró en su silla para devolver la atención a la computadora y tomó el mouse.

—Tengo un nombre y quisiera saber si esa persona asiste a Tagus —dije.

Lander pensó un momento. Tal vez lo estuvo considerando, hasta que finalmente aceptó.

—De acuerdo, ¿cuál es el nombre?

—Tate Sedster —pronuncié.

Se suponía que en ese momento Lander debía mover sus dedos sobre el teclado para iniciar la búsqueda, pero por el contrario se quedó inmóvil un instante. Luego volvió a girarse en la silla y me miró con cierta curiosidad.

—Conozco a Tate Sedster.

Pero qué buena coincidencia...

—¿Es tu amigo? —pregunté.

—Estuvimos el año pasado juntos en muchas clases. Ya no viene a Tagus.

Mi siguiente pregunta sonaría muy rara, pero la hice:

—¿Lo sigues en Instagram?

—Sí... —dijo en un tono un poco incómodo—. ¿Eso qué?

—Queremos ver su perfil —intervino Artie, muy normal, como si fuese cualquier cosa.

Lander no se negó solo porque lo pidió ella. Accedió a Instagram desde su computadora y luego buscó el usuario. Las imágenes que yo no había podido ver aparecieron, y Tate Sedster adquirió un rostro en mi mente. Debía de tener la edad de Aegan. Su pelo era una larga selva de rastas oscuras, muy al estilo urbano. Tenía los ojos rasgados y verdosos como los de un hermoso gato aristocrático, y en ellos resaltaba un destello ágil y animado. La sonrisa era una línea amplia y ladina. En la ceja derecha tenía enganchado un arito plateado y toda su cara estaba maravillosamente tallada. Parecía... el chico que te habría gustado ver surfeando en Hawái. No parecía intimidante, sino más bien esbelto y con un aire distinguido.

Estudié cada foto. Eran bastantes. Parecía tener una vida de viajes muy cómoda.

—¿Sabes si es amigo de los Cash o algo? —le pregunté a Lander.

En cambio, fue Artie quien respondió, pensativa, mirando las fotos también:

—Yo creo haberlo visto alguna vez con Aegan, ahora lo recuerdo.

—Sí, creo que lo eran —coincidió Lander— pero ya no sé nada de él. Solo hablábamos por cosas en común con nuestras clases.

Artie de repente me señaló una foto en específico.

—¡Mira! —Sonó alarmada—. ¡Es Melanie Cash!

Sí, ¡sorpresa! En una de las fotografías aparecía Tate junto con Melanie, y no era una imagen en la que pudieras pensar que solo eran amigos. Era un selfi en la que ella tenía su nariz contra su mejilla y los ojos cerrados, como si estuviera inhalando su olor favorito. Él parecía orgulloso y coqueto.

Pestañeé.

—¿Salían juntos?

—Nunca lo vi con esa chica —comentó Lander, medio confundido.

Pensé. Entonces ¿Melanie había sido novia de Tate? Así que esto conectaba con ella... Owen había dicho que Melanie estaba unida a Adrik. ¿Le había molestado a Adrik enterarse de que Aleixandre salía con el guardaespaldas porque, en un principio, Tate no le agradaba? Si era cierto, ¿por qué? Faltaba información. Esto era más interesante de lo que había esperado.

—No suelo hacer preguntas, pero ¿por qué quieres saber sobre Tate? —me preguntó Lander.

No supe qué mentira decirle y por un instante eso me dejó callada. Por suerte, Artie salvó la situación. Se acercó a la silla de Lander de una forma un poco coqueta. Él de inmediato se puso nervioso.

—¿Nos vemos esta noche? —le preguntó ella con una sonrisa dulce—. Tengo algunas ideas...

Lander olvidó por completo que yo debía darle una respuesta.

—Sí, por supuesto —asintió.

Aproveché que él se le quedó mirando fijamente para apartarme de la computadora. Tuve la idea de irme sin decir nada y dejarlos en su momento, pero mi celular sonó en un mensaje.

Aegan: ¿Por qué demonios no estás aquí en el parque?

Demonios. Había olvidado que debía estar en el parque central del campus a esa hora porque me había inscrito en un evento caritativo para niños de una fundación, ya que otorgaba puntaje extra. Aegan también estaba allí al ser el líder de casi todo lo que se organizaba, y al parecer ya estaba enojado. Bueno, eso no era raro de todas formas, pero necesitaba complacerlo en todo para tenerlo a mi lado.

Dejé a Artie y a Lander en su coqueteo y me fui rápido. Cuando llegué al parque no entendí la causa del enojo de Aegan. Ya todo estaba listo. Habían montado la pequeña tarima porque los alumnos de arte harían una presentación para los niños, y las distintas casetas con juegos ya estaban siendo atendidas. Los grupos de niños incluso estaban paseando mientras comían dulces.

Me acerqué al grupo de organización del evento. Eran un grupo de tres chicas y dos chicos cuyos nombres no valían la pena ser aprendidos por mí. Los chicos eran de ese tipo: perfeccionistas, estirados, «todo tiene que salir a punto» porque mi futuro depende de cualquier éxito. Las chicas eran igual pero el doble de estresantes, totalmente centradas en sus propios logros, dispuestas a patear a cualquiera que intentara arruinarles su momento.

Y como que yo estuve a punto de arruinarles algo, porque apenas me vieron no lucieron muy contentos. Una de ellas me reclamó:

—¡Tuvimos que hacer todo sin ti! ¿Para qué te inscribiste entonces?

Bueno, por el puntaje obviamente, pero resolver un misterio no podía esperar.

—Lo siento, tuve un contratiempo —me disculpé, sonando realmente arrepentida. No quería discutir—. Todo quedó genial.

Una de las chicas entornó sus ojos con pestañas perfectas y casi me asesinó con la mirada. Era muy alta e intimidante. Dio algunos pasos hacia mí. Me sentí acorralada.

—No sé si crees que tienes una especie de privilegio, pero no es así —me dijo entre dientes.

—No creo eso. —Fruncí el ceño—. ¿Por qué lo creería?

Y la respuesta apareció en ese mismo momento: Aegan, con su tablet en mano, como si estuviera evaluando todo. Ni siquiera se dio cuenta de la tensión en el círculo.

—Finalmente —resopló hacia mí, y luego miró a los demás, que disimularon que estaban enojados conmigo—. ¿Ya va a empezar la función o qué? Haré que Aleixandre escriba un artículo, aunque no ha llegado...

Una de las chicas se cruzó de brazos. La forma en la que enarcó una ceja y me miró antes de hablar me hizo sospechar algo malo.

—No, hay un grandísimo problema justo ahora —le informó a Aegan. Él frunció el ceño.

—No me gusta esa palabra.

—Los de la función de payasos no van a venir —dijo ella con gravedad—. Cancelaron.

—Y es la función que más se espera —dijo otra chica.

—Hagan un plan B, rápido —lanzó Aegan como solución, sin permitir obstáculos.

Él devolvió la atención a su tablet. Tal vez por esa razón no se dio cuenta de que todos se me quedaron mirando, y de que unas sonrisitas cómplices y de maldad fueron esbozadas.

Lo temí, y pasó.

—Los trajes de payasos están aquí, así que Jude, busca uno y súbete a la tarima —me encargó la chica alta e intimidante.

—No voy a hacer eso —me negué al instante.

—Si no hiciste nada —reclamó uno de los chicos—. Llegaste tarde. No vamos a reportar tu participación entonces.

—Pero es que tuve un problema y por eso llegué tarde —defendí de nuevo—. Puedo ayudar con cualquier otra cosa.

Ninguno pareció tener intenciones de retractarse.

—Si no lo haces quedas fuera —zanjó otra chica, implacable.

¿Vestirme de payasa solo porque ellos querían reírse de mí? Tal vez divertir a niños no era una mala idea, pero aquello no iba con esa intención. Ese grupito pretendía humillarme.

—No, definitivamente no —solté.

Pero, para mi usual desgracia...

El mandamás habló:

—Jude, lo harás.

Lo miré. Aegan. Ni siquiera me estaba observando, había dicho eso mientras que de nuevo estaba concentrado en su tablet.

—Pero...

—Hazlo —me ordenó él sin derecho a réplica—. Ve a ponerte el traje. Ya.

Me echó esa mirada de: «¿Te atreverás a desafiarme? ¿Quieres que termine contigo de nuevo?». Y lo odié más que nunca. Cada centímetro de mi cuerpo quiso gritar: «Sí, voy a desafiarte, no lo haré», pero tuve que aguantarme, y fue una fuerza sobrehumana la que requerí para lograr eso. No podía perderlo. Regan tenía sus ojos demoníacos ojos grises puestos sobre mí.

—Muy bien —acepté, reprimiéndome.

—Los trajes y el maquillaje están detrás de la tarima, en los vestidores que instalamos —me indicó la chica alta, disimulando su malvada sonrisa de satisfacción.

De mal humor me fui a los vestidores tras la tarima. Eran unas carpas, no muy grandes en cuyo interior había algunas cosas del área de teatro: un peinador, silla y percheros. Los trajes estaban colgados. Había dos masculinos y dos femeninos. Tomé el que más se parecía a mi talla y me vestí, odiándome a mí misma y a todo el mundo por eso.

Ni siquiera me molesté en esmerarme en el maquillaje. Me eché un montón de pintura blanca, labial rojo y me puse la nariz de payaso. El toque final fue una peluca verde. Cuando estuve lista y me miré me veía ridícula con ese vestido hecho a parches de telas de colores, las medias disparejas y las hombreras anchas y escandalosas.

Bueno, si lo analizaba, eso era yo en la vida: una payasa. No, no una payasa, el circo entero.

Tomé bastante aire, bastante valor y salí. El malvado grupito organizativo me estaba esperando afuera. Me miraron de arriba abajo. Reprimieron las risas. Quise arrancarme la nariz y lanzársela en sus caras de niños ricos.

—¿Cuál es el acto? ¿Qué voy a hacer? —Soné más amargada de lo que quise.

—Eso lo sabían los que iban a hacer la función. —Se encogió de hombros la chica alta—. Tú solo sube e improvisa. Debes estar aquí veinte minutos.

Veinte minutos. Improvisando. Me llevaba la que me trajo. ¿Qué podía improvisar? Iba a verme como una payasa asesina, no una divertida para niños.

De todas formas no me quedé a discutirles. Subí las escalerillas de la tarima y me aseguré a mí misma que aquello terminaría rápido. Aunque... apenas vi desde esa perspectiva a toda la gente de Tagus, a todos los niños animados volteando para mirarme, poniendo toda su atención en mí, el estómago se me encogió de nervios. Me quedé paralizada por un momento, y no porque no tuviera seguridad, a veces tenía mucha seguridad para enfrentarme a algo, pero vestida de payasa simplemente... me sentí estúpida.

¿Qué debía hacer?

¿Cómo podía ser graciosa?

¿Por qué los del grupo organizativo me estaban grabando con sus móviles? Tragué saliva. Traté de no estrujarme las manos. Intenté sacar de mi seguridad, de mi valentía...

No podía. No podía hacerlo. No podría.

Estuve a punto de bajar corriendo de la tarima cuando escuché:

—¡Muy bien, empecemos esto!

Giré la cabeza muy rápido. Vi a Aegan aparecer por las escalerillas de la tarima. ¡Vestido de payaso también! ¡Con el rostro pintado de blanco y la nariz roja! A decir verdad era el payaso más sexy que habrías podido ver en tu vida, con los pantalones anchos pero ajustados en la cintura, una camisa blanca de mangas cortas y una peluca azul. Pero ese no era el punto. El punto era: ¿me estaba ayudando?

En cuanto se detuvo a mi lado y empezó a hablarle a los niños con un divertido y carismático entusiasmo que jamás le había visto en todo el tiempo que lo conocía, me quedó claro que sí, estaba conmigo en eso.

Los del grupito organizativo quedaron boquiabiertos.

—Payasa Tabla —me habló Aegan en un tono exagerado para divertir a los niños—. ¿Podrías ayudarme a meter mi trasero en esta silla tan pequeña?

¿Payasa Tabla? ¡¿En serio?! ¡¡Solo porque no tenía casi trasero?!

A pesar del apodo, eso y las caras de los del grupito fueron una inyección de valor para mí. Acepté ayudar a Aegan en su acto que para ser improvisado resultó ser muy bueno. El condenado tenía creatividad y se ganó al público infantil muy rápido. Incluso por un momento, mientras interactuaba con un niño en la tarima y todos, incluido él, reían, me pareció ver a alguien diferente. Alguien que podía preocuparse por los demás, que podía reír sin malicia, que podía no ser un asesino...

Pero lo era. Lo era. Solo debía probarlo.

Aparté cualquier otra idea.

Cuando terminamos la función fui la primera en bajar de la tarima. Entré en los vestidores y me quité la peluca y la nariz roja. Estaba sudando un poco por la incomodidad que había sentido. También me quité la camisa del disfraz y quedé en sujetador, lista para volver a mi ropa normal. Solo que de forma inesperada Aegan entró también. Me cubrí con la camisa de forma automática. Él no se inmutó, solo se acercó al espejo, tomó unas toallas húmedas y empezó a quitarse la pintura blanca.

—¿Qué me ves? —soltó al darse cuenta a través del espejo que me le había quedado mirando con cierto pasmo.

Bueno, el Aegan divertido había desaparecido.

—Nada —dije, y sentí que debía agregar—: Gracias por ayudarme.

—Después no digas que no hago nada por ti —fue su respuesta.

Me chocó ese tonito de que estaba haciendo caridad, y mi lado más retador que solo se activaba con él, actuó.

—Es que no lo haces —resoplé.

Él se giró. Aún pasándose la toalla húmeda por el rostro que ya comenzaba a verse de nuevo con su piel impecable, se acercó a mí. No supe hacia donde moverme porque en realidad fue muy inesperado que acortara nuestra distancia con total intención. Se detuvo cerca, más alto, poderoso. Curvó la boca y alzó los hombros.

—Bueno, tal vez quiero empezar ahora —dijo. Su voz sonó un poco suave, casi... ¿insinuante?

—¿Por qué? —Me sentí confundida.

Esbozó una sonrisa arrogante. Un paso más hacia mí. Aún más desconcierto en mi mente.

—A veces preguntas cosas estúpidas —susurró—. Eres mi novia, y tal vez...

Tragué saliva.

—¿Tal vez qué?

—Tal vez...

Una voz enojada interrumpió el extraño momento:

—¡¿Qué demonios quieres?! ¡¿Por qué me llamas tanto?!

Nos distanciamos, justo como debía ser. El que había hablado de esa forma era Aleixandre. Acababa de entrar al vestidor y si ese no era un hombre al borde del colapso, no sabía qué podía ser. Siempre se veía en equilibrio con ese cabello bien peinado y la ropa pulcra y ordenada. Todo él gritaba orden, alegría, calidez. En ese momento era lo contrario. La ropa desordenada, expresión de amargura. Ni siquiera tenía su cabello peinado hacia atrás, y unas ojeras bajo sus ojos delataban un insomnio.

—¡¿Cómo que por qué?! —soltó Aegan, mirándolo con una confusión enojada—. ¡Tenías que venir para tomar los comentarios de los niños para el artículo!

—Te dije que no pensaba hacer una mierda —rebatió Aleixandre.

Aegan abrió la boca para reclamar algo, pero de pronto hundió las cejas como si se hubiese dado cuenta de algo. Dio unos pasos lentos hacia Aleixandre, mirándolo fijamente, hundiendo más ese ceño a punto de entrar en el enojo.

—Un momento, ¿estás ebrio? —le preguntó tras unos segundos de análisis.

Oh... cierto. Incluso yo lo noté tras mirarlo un poco más. Sus ojos usualmente animados tenían una chispa de ebriedad.

—No es tu problema si lo estoy —escupió Aleixandre de mala gana—. Haré tu artículo en un momento y me iré.

Se giró para salir del vestidor, pero Aegan lo tomó del brazo con fuerza y lo detuvo.

—No. ¿Estás loco? No vas a acercarte a nadie así —le prohibió con su voz más demandante.

Aleixandre se zafó, enojado, y su reacción fue darle un empujón a Aegan.

—Suéltame —soltó con desprecio—. Estoy harto de tus órdenes.

Aegan no perdió equilibrio, porque en contextura era más fuerte que su hermano y un poco más alto, así que se adelantó de nuevo y su reacción también fue darle un empujón.

—Cuidado con lo que haces —le advirtió.

Muy dispuesto a pelear, Aleixandre avanzó hacia él. Entonces, actué rápido y me metí entre ambos. Puse cada mano en el pecho de cada uno.

—¡Hey! —Actué de policía separador—. ¿Van a pelear? ¿Qué les pasa?

—Si necesitas que te ponga en tu lugar de nuevo me lo dices —le amenazó Aegan a Aleixandre por encima de mí.

—¿Y cuál es mi maldito lugar según tú? —replicó Aleixandre, igual de furioso.

Sentí cómo se adelantaron un poco, listos para entrarse a golpes. Ni siquiera había creído posible que algo así sucediera, pero tuve que ser más firme:

—Aegan, sal de aquí —le exigí, y como solo mantuvo la vista fija en su hermano, como advirtiéndole que si él lanzaba un golpe también respondería, insistí—: ¡Sal de aquí ya!

La tensión posterior a mi casi grito fue densa, amenazante. Me preocupó porque yo no tenía la fuerza para separar a tales chicos, pero por suerte, tras unos segundos, Aegan cedió, y fue él quien salió del vestidor, enojado. Aleixandre, enfadado también, se apartó de mí. Se pasó la mano por el cabello con frustración y entonces vi lo que había sobre sus nudillos derechos. Un rasguño fresco y enrojecido, un poco sangrante. De seguro había golpeado alguna pared.

—Aleixandre, pero ¿qué hiciste? —le dije—. Mira tu mano...

Intenté sostenerla, pero la apartó de la misma forma que desvió la vista, como si el estar tan enojado al mismo tiempo le avergonzara, y el avergonzarse al mismo tiempo lo enfureciera más. Me produjo... bastante pena. No entendí por qué.

Busqué su mirada y en un tono suave añadí:

—Aleix, por favor.

Dudó un momento. Usar el «Aleix» era asertivo, porque ya me había dado cuenta de que ese diminutivo tocaba algo en él, así que insistí de nuevo y logré sostener su mano herida.

—Ven aquí —le pedí.

Lo dirigí hacia las sillas. Ahí nos sentamos. Tomé una de las toallas húmedas para limpiar la pintura. Aleixandre se mantuvo impasible mientras que con toques suaves comencé a limpiarle las pequeñas heridas. Seguía molesto, pero estaba conteniéndose. Su mandíbula tensa y apretada era una prueba de ello. Todo su cuerpo emanaba frustración.

—¿Estás así por lo que pasó en la feria? —inquirí con sutileza. Aleixandre me miró con cautela, como si debiera estar atento a lo que cualquiera le preguntara y a la respuesta que diera.

—La gente solo habla sin saber —dijo, afligido.

—Pero ¿cuál es el problema? No tienes que avergonzarte de nada —opiné de una manera comprensiva sin dejar de limpiar sus nudillos—. No era lo que esperaban, pero ¿y qué? No eres Aegan ni Adrik, tienes tus propios gustos, quizá sentiste que debías reprimirlos u ocultarlos para no decepcionar al resto, pero...

—¡No me gusta ese tipo, joder! —explotó él en un arrebato de furia que me dejó pasmada—. ¡Basta de esa mierda! No necesito apoyo para nada porque no es verdad.

Lo miré. Una vena se le marcó en el cuello como si fuera a estallar también. Alterné la vista entre su cara y la vena, la vena y su cara, su cara y la vena.

—Aleixandre, no tienes que hacer eso, todos lo vimos... —intenté decir en un tono suave, condescendiente, lo suficiente para molestarlo más.

—¡Si yo estaba besándome con ese tipo no fue porque quisiera, sino porque Aegan me obligó!

Quedó inmóvil con los labios entreabiertos y la respiración acelerada. Ese es el problema cuando ocultas algo y ese algo se vuelve contra ti, no puedes contenerlo, se acumula en tu interior y poco a poco llena cada espacio hasta que revientas y lo dejas salir. Aleixandre necesitaba dejarlo salir. Lo estaba consumiendo. Y él era débil.

Se dio cuenta de su error, y su única reacción fue levantarse muy rápido. Salió de los vestidores antes de que yo pudiera impedirlo.

Se había quebrado.

Un éxito inesperado para mí.

Entonces, su relación con el guardaespaldas era falsa. Entonces, Aegan lo obligaba.

Pero ¿por qué?

9

Los Cash pueden confundirte, eso lo deberías evitar

Pista 1: Aleixandre salía con el guardaespaldas del exnovio de Melanie Cash.

Pista 2: salían solo porque Aegan lo había obligado.

Pista por averiguar: el porqué.

¿Cómo averiguar la pista si era algo que solo Aegan y Aleixandre sabían? Un secreto que solo debía ser sacado de una boca era muy difícil. A menos que... saliera inconscientemente. Estaba segura de que Aleixandre no volvería a soltar algo sin pensar antes y que Aegan jamás cometería ese error. Solo quedaba considerar ese estado en el que cualquier ser humano es tan vulnerable que es capaz de soltar cualquier cosa: la ebriedad.

Tenía una idea: debía emborrachar a Aleixandre. Bueno, nadie debería intentar emborrachar a nadie, por favor nunca lo hagas, pero en ese caso era muy necesario para formar toda la verdad.

Emborracharlo no sería muy difícil puesto que últimamente bebía bastante, lo difícil era llevarlo a una fiesta porque el tonto no quería dar la cara por ninguna parte. Sin embargo, después de tanto pensar por un día entero, Artie y yo logramos planear algo que podía dar resultado.

El lugar de la fiesta sería el apartamento Cash, ¿y cómo haríamos una fiesta ahí sin permiso de ellos? Pues no les pediríamos permiso, je. Artie se encargó de rodar la voz de que habría una fiesta sorpresa para los Cash allí ese viernes, de que nadie debía mencionar nada. La gente de Tagus respetaba eso al menos, porque, bueno, lo que más les gustaba era alguna fiesta para cotillear.

Para cuando llegó ese día, el asunto aún era un secreto. Artie y yo nos encargamos de conseguir un montón de botellas de licor y, a eso de las seis de la tarde, cuando yo sabía que ni Aegan ni Adrik estarían ahí y que Aleixandre estaría hundido en la miseria del encierro de su perturbadora habitación, las metimos en el apartamento. Luego simplemente esperamos a que la gente llegara antes que ellos.

El apartamento se empezó a llenar muy rápido. Cuando alguien encendió la música, Aleixandre salió de su habitación. Sin camisa, despeinado, medio adormilado y confundido. Miró todo. Le di un codazo a Artie. Ella actuó según el plan y le susurró a un chico que estaba a su lado que le llevara una bebida al Cash pequeño. Era uno de esos chicos a los que de verdad se le metía el espíritu de la fiesta, así que con todo ánimo y camaradería rodeó a Aleixandre por los hombros con su brazo y le insistió con el vaso de alcohol. Aleix dudó un momento, pero sí que era un desastre ese chico en ese momento. Demasiado afligido..., pero de pronto cedió.

Artie y yo nos sonreímos con complicidad.

—Asegúrate de que no se quede sin vaso en ningún momento —le indiqué a Artie. Ella asintió—. Y avísame cuando lo veas casi al borde.

Yo tenía una idea para que Aegan no se enojara, y hablando de él, en ese preciso instante entró por la puerta. Miró la fiesta entera, confundido. Antes de que explotara en un grito exigiendo una explicación, yo grité a todo pulmón:

—¡¡¡Ya llegó!!!

Todo el mundo se volteó hacia él y con ánimo alzaron los vasos para gritar también:

—¡¡¡SORPRESA!!!

Los ojos grises de Aegan se abrieron como platos, atónitos. Corrí hacia él y me le lancé encima. Lo abracé como la novia más cariñosa del mundo. Él no supo qué hacer.

—¿Sorpresa por qué? —Lo escuché preguntarme, pero lo ignoré. Sostuve su rostro con ambas manos y esbocé una enorme sonrisa.

—¡Te lo mereces! —Me giré hacia los demás y grité—: ¡¿A que se lo merece?!

La gente, que lo adoraba aunque era reverendo idiota, gritó:

—¡Te lo mereces, Aegan!

Y todos se le acercaron. Lo rodearon y empezaron a felicitarlo, palmearle la espalda, halagarlo, decirle todas esas tonterías de que era perfecto y de que sus logros eran increíbles. En un movimiento rápido busqué un vaso de whisky para él, porque era su favorito, y se lo puse en la mano. Estaba tan rodeado de gente y obligado a dar las gracias para mantener su imagen, que lo sostuvo y le dio un trago luego de que yo se lo empujé hacia la boca con suavidad.

Siempre malvada nunca inmalvada.

Eso funcionó. Aegan no tuvo tiempo de hacer muchas preguntas, y armar un escándalo no era una opción para él, así que empezó a tomar y a socializar.

Pronto lo vi contando anécdotas y a las chicas hipnotizadas con eso, y, a ser sincera, la fiesta se puso un poco divertida para mí también. Es decir, yo estaba concentrada en Aleixandre, no le perdí la pista por ningún momento, pero también bebí un poco y me divertí con Artie. La gente de Tagus estaba anormalmente amigable esa noche. Era raro, pero no me quejé.

Horas después de intenso monitoreo por parte mía y de Artie, notamos que el alcohol hizo lo suyo en el cuerpo de Aleixandre. Lo vi tropezar con el sofá, y no se cayó porque unas chicas lo sostuvieron. Preparada para atacar con un guion mental que había preparado la noche anterior, avancé hacia él.

Solo que, de pronto, alguien me agarró del brazo con fuerza.

—¡Aegan! —me quejé apenas vi su cara detrás de mí—. ¿Por qué me agarras así?

Aegan soltó una risa burlona.

—Te andaba buscando.

Me di cuenta de que la bebida le había pegado fuerte. Sus ojos grises y gatunos chispeaban de ebriedad y su cabello negro estaba desordenado. Además, tenía tres botones de la camisa desabrochados.

—No me digas que ya estás ebrio —le dije.

Resopló con fuerza e hizo un gesto para que le restara importancia.

—Si no he tomado casi nada —aseguró y se echó un trago largo de su vaso. Se relamió los labios y sonrió hasta que se le marcaron los hoyuelos—. Vamos a bailar o... a lo que sea que estén haciendo con esta música.

Me jaló, pero me zafé de su agarre. No había novia cariñosa en ese momento, lo siento.

—No quiero justo ahora —me excusé. De nuevo iba a irme pero volvió a agarrarme. Dios, qué rápido.

—No te entiendo, me buscas, pero luego no quieres nada —se quejó, cerca de mi rostro—. ¿Qué demonios pasa contigo?

Demonios. Miré un momento a Aleixandre. Seguía en el mismo lugar con algunas chicas, bebiendo. No se iría, así que volví a Aegan. Yo no tenía intenciones de aguantarme eso en ese momento.

—Bueno, es suficiente para ti. —Le puse un alto. y lo cogí por el brazo.

Él alzó las cejas. Me dedicó una sonrisa chispeante y juguetona.

—¿Quieres ir a la habitación conmigo? Derry... habías tardado.

Giré los ojos.

—Sí, sí, vamos justamente a eso que estás imaginando.

Lo jalé por el brazo para conducirlo, pero con el vaso en mano hizo un movimiento evasivo.

—Suéltame, que no he bebido mucho y lo sé porque lo mido por niveles —dijo, y acompañó lo siguiente con una risa cruel—: Por ejemplo, estoy ebrio cuando te veo atractiva, así que si sigo viéndote como en realidad eres, no ha hecho mucho efecto.

Claro, había tardado en soltar uno de sus comentarios crueles, que ni siquiera dijo en voz normal, sino en voz alta, burlona, que fue escuchada por varias personas a nuestro alrededor. Chicos y chicas con sus vasos llenos y los sentidos desorbitados por alcohol soltaron algunas risas y me miraron como si fuera insuficiente.

No pude rebatir nada al respecto, porque repentinamente alguien pronunció su nombre:

—Aegan.

La voz entró en escena como una advertencia. Solo giré la cabeza un poco para ver a Adrik ahí parado con esa expresión dura y fría que le daba el lugar del más misterioso de los tres. Tenía un indudable talento para lucir como un repelente de humanos tan solo con estar parado. Miraba fijamente a Aegan.

—Driki, llegaste —canturreó Aegan al notarlo también, manteniendo su actitud burlona—. ¿Ya estás bebiendo?

Adrik soltó de la forma más inesperada posible:

—Si haces una escena aquí solo porque estás ebrio, tendremos un serio problema tú y yo, y la fiesta se va a acabar de una forma que no te va a gustar.

La risa de Aegan fue un resoplido ridículo al mismo tiempo que dio algunos pasos hacia Adrik.

—¿Desde cuándo me amenazas? —le preguntó Aegan con un detenimiento retador. Entornó los ojos y su expresión se endureció.

Adrik permaneció impasible, inalterable.

—Tómalo como quieras —fue lo que contestó, simple pero dispuesto—, pero respeta a Jude y compórtate como quien eres.

¿Pedía respeto para mí? Me dejó sin aire.

—¿Y qué le dije? —Aegan hundió las cejas—. ¿Algo que sonó cruel? Pues soy cruel, hermano, pero eso tú ya lo sabes, ¿no?

Se miraron de una forma que solo ellos supieron interpretar. Esperé que Aleix no se acercara porque aquello iba a ser peor, pero no sucedió. Chispeó una especie de rivalidad entre ambos, y luego nada más. Aegan recuperó la sonrisa, que en sus ojos se vio agria y contenida, y con bastante osadía le palmeó el pecho a Adrik como si le arreglara el traje.

—Siempre eres tan bueno con Jude... —le dijo Aegan, y lo siguiente lo susurró de una forma que solo yo, por estar tan cerca, pude oír—: Si ella tan solo supiera...

En mi mente sonó un «¿eh? ¿Si yo supiera qué?».

—Jude —me habló Adrik, manteniendo la mirada fija en su hermano—. Lleva a Aegan a su habitación. Ya necesita dormir.

Aegan, sin bajar la cabeza, alzó un brazo hacia mí. Yo me enganché a él y entonces lo conduje hacia la habitación.

¿Qué rayos había sucedido? ¡Había sido intenso y extraño!

Caminé con él. No estaba tan destrozado, pero sí lo suficientemente ebrio para perder el equilibrio en ciertos momentos, y no paraba de reírse. En cuanto entramos a la habitación cerré la puerta para dejar la mayoría del bullicio de la fiesta atrás, y tuve que exigirle que se quedara acostado en la cama, pero refunfuñó y permaneció sentado sobre el colchón.

—De acuerdo, a dormir —le dije.

—No eres mi madre para ordenarme que duerma —se quejó él como si fuera un niño.

—Por supuesto que no soy tu madre, te habría abortado —murmuré con fastidio.

—¿Qué?

—Que solo quiero que estés acostado —mentí con cierta dulzura para corregir mi insulto—. Tomaste muy rápido, Aegan, así que en lo que te recuestes te explotará el alcohol en la cabeza. Debes dormir un rato.

—Pero...

—¿Quieres que la gente te vea en ese estado? —le interrumpí—. ¿Y si haces algo estúpido como Adrik sospechó que harías?

Aegan soltó un gruñido de «creo que tienes razón» y comenzó a desabotonarse la camisa para prepararse para dormir. Como no lo logró con normalidad, se enojó y rompió todos los botones. Se la sacó con furia y la arrojó contra el armario. Quedaron a la vista esos brazos tatuados y esa contextura un poquito más trabajada que lo diferenciaba de sus hermanos.

—¿Sabes?, hemos sido novios, pero nunca nos hemos acostado —dijo de pronto, ceñudo—. Has sido la primera novia a la que no me he follado de inmediato. —Soltó una risa burlona y torpe—. Jamás le contemos eso a nadie porque dañaría mi reputación.

¿Cuál estúpida reputación? Dios, borracho era el triple de imbécil.

—Diré que la tienes grande, no te preocupes —le tranquilicé en broma.

Él resopló con suficiencia. Me enfocó con los ojos semiabiertos y pícaros.

—No necesitas decirlo, es algo que ya se sabe.

Por un momento tuve la impresión de que iba a desabrocharse el pantalón, pero sus manos se quedaron quietas, una sobre su abdomen y la otra debajo de su cabeza. De forma inevitable, ladeé la mía y miré la forma en la que la tela se le ajustaba en ese sitio específico entre las piernas. No se revelaba mucho, pero sí se veía una protuberancia interesante...

Desvié la vista. Centrada. Centrada. Era Aegan. ¿Qué estaba mirándole?

—Sí, los hombres tienen una perspectiva muy rara de su pene —comenté con una forzada indiferencia—. Al parecer solo ellos lo ven de un tamaño que nunca es el real. Debe de ser por alguna alteración de la vista asociada con el cromosoma Y.

Aegan se rio como si yo fuera caso perdido. Luego se rio con ganas, ebrio, relajado y derrotado. Tenía algunos mechones de cabello sobre la frente y las mejillas un tanto coloradas por la borrachera. Después se desabrochó el pantalón, pero no se lo quitó. Se tendió en la cama boca arriba con uno de sus brazos cubriéndole la cara. El colchón parecía pequeño con él encima.

Ya comprobado que dormiría, avancé hacia la puerta.

—¿A dónde vas? —me preguntó antes de abrirla.

—No me pienso quedar aquí parada viéndote dormir —dije con obviedad.

—Vete cuando me duerma por completo —soltó en orden, todavía sin apartar el brazo.

—¿Por qué si no quiero...?

—¡Que te quedes, mierda! —expresó con mayor fuerza.

—Dios, eres tan raro —susurré con hastío.

Me acerqué a la cama y me senté en el lado vacío. Recosté la espalda en la pared. La habitación se sumió en un espeso silencio. Solo se escuchaba la respiración de Aegan, cada vez más tranquila. Así pasaron varios minutos. Empecé a ponerme muy impaciente porque necesitaba llegar hasta Aleixandre, pero apenas comprobé que Aegan no se movía, me fui de ahí.

Cuando salí de la habitación inicié mi búsqueda. Resultó que no estaba por toda la fiesta, que Artie lo había perdido de vista. Estresada, recorrí todos los rincones del apartamento, intentando ver entre todos los cuerpos que bailaban o se besaban o hacían competencias de beber o solo estaban ahí hablando. Hasta que, por alguna razón, se me ocurrió salir, y cuando me acerqué a las escaleras y miré por el barandal hacia abajo, lo vi.

Los alrededores, solitarios. Aleixandre estaba parado en las escaleras del piso inferior, pero Owen estaba con él. Y eso no era todo. Ambos estaban discutiendo. Owen parecía muy molesto, un poco lejos del chico sereno de siempre, y Aleix se negaba a algo, borracho, sin mucha coordinación, entre molesto y frustrado.

Me agaché, con las manos enganchadas a las rejillas del barandal, y cuidé hasta mi respiración solo para mirar y oír aquello.

—Entonces ¿así es como lo vas a descargar ahora? —le reclamó Owen—. ¿Bebiendo y escondiéndote?

Aleixandre se le acercó, casi pecho con pecho, furioso, ebrio, en verdad destrozado.

—¿Y cómo demonios tú lo descargas? —exigió saber—. ¿Cómo te vas cada noche y logras dormir? ¿Yéndote a viajes por meses y luego apareciendo otra vez? ¿Es eso lo que yo también tengo que hacer? Dime si funciona, porque entonces voy a hacerlo, porque al menos a mí sí me está matando esta mierda. Me ha estado matando desde aquel día.

Owen se alteró:

—¡¿Podrías ya olvidar eso de que me fui?!

—¡No! —exclamó Aleixandre, iracundo—. ¡No lo voy a olvidar! ¡Era el peor momento de mi vida!

—¡Fue el peor momento de la vida de todos! —soltó Owen.

Aleixandre se enfureció más al oír eso, de la misma forma que alguien finalmente explota tras años de contención:

—Pero ¡yo era el menor! ¡Y, aun así, lo entendí de ellos! ¡Entendí que Aegan me ignoró y Adrik prefirió a alguien más! Pero ¡no entendí por qué tú, la única persona con la que yo necesitaba hablar, te largaste sin siquiera decir a dónde! ¡Me quedé solo, y estaba asustado, y no podía sacar nada de mi cabeza, y quería llamarte, pero simplemente tú desapareciste!

Hubo dolor y rabia en esas palabras, pero Owen lo miró con total desconcierto y algo de horror:

—¡Tenía que hacerlo, porque yo también estaba afectado! ¡¿O de verdad crees que eras el único que no podía dormir o que se sintió perdido o asustado?!

Aleixandre emitió una risa agria, sin nada de diversión.

—Con todos ustedes solo importa eso: «Ustedes mismos». Estoy harto de esta mierda.

Como si hubiese terminado con aquel enfrentamiento, Aleixandre subió unos escalones, tal vez para volver a la fiesta. Estuve lista para salir corriendo y entrar, pero Owen agregó algo que detuvo al menor de los Cash:

—Tú nunca lo vas a entender. —Su voz sonó vulnerable—. Somos amigos desde que tenías ocho años, y yo...

Aleixandre lo desafió:

—Tú ¿qué?

Fue el momento más intenso que vi entre ellos, porque Owen dijo:

—Yo no quería dejarte solo.

Y Aleixandre respondió:

—Pero lo hiciste. Ahora no te necesito, ni tu ayuda, ni tu preocupación, ni que te metas en mi vida. Busca algo mejor que hacer y déjame en paz.

Tuve que correr hacia el apartamento. Entré. La fiesta seguía. La música era alta. La gente todavía tenía energía. Los vasos se estaban llenando de nuevo. Aegan dormía. Adrik había desaparecido. Esperé cerca de la puerta hasta que Aleixandre y Owen entraron. Me les acerqué.

—Hola, quiero hablar con Aleixandre un rato —dije, sonriente, como si solo fuese una chica en una fiesta que quería pasar el rato con otro chico y divertirse.

Aleixandre se pasó la mano por el cabello y me miró, confundido, desorientado. Fue Owen quien me respondió, serio:

—Lo siento, Jude, pero Aleixandre se va a la cama en este momento.

Dicho eso, lo tomó por el brazo y se lo llevó a la fuerza. Si no hubiese girado la cabeza en ese momento para comprobar si había alguna botella cerca de la que pudiera servir un trago para matar mi frustración, no hubiese pillado a Dash mirando, con total rabia, cómo Owen se llevaba a Aleixandre. Y esa rabia era inconfundible: celos.

Me acerqué a él con total normalidad. Por estar tan sumido en la dirección en la que Owen y Aleix se habían perdido, no se dio cuenta de mi presencia, hasta que yo, a su lado, pregunté:

—¿Quién te molesta? ¿Owen o Aleixandre?

Dio un saltito, tomado por sorpresa. Pestañeó, mirándome. Su delineado era negro y perfecto.

—Jude, hola —fue lo que dijo, medio nervioso.

No estaba para saludos ni vueltas.

—No te preocupes, Kiana no está por aquí, ¿o sí? —mencioné.

—No, ella no vino. —Carraspeó la garganta.

—Bien, entonces podemos hablar sobre que te vi en la piscina y ahora mirando de esa forma a Owen y Aleixandre... —comenté—. Si mis sospechas son ciertas, estás celoso.

Dash apretó los labios. Lució más nervioso todavía. Intentó buscar alguna vía para escapar, mirando hacia los lados, pero no había oportunidad. Metí presión.

—Si me cuentas, te diré lo que Owen me dijo de ti.

Se quedó perplejo.

—¿Te dijo algo de mí?

—Sí, en la piscina —asentí.

Eso lo tentó. Lo tentó tanto que lo pensó con aflicción. Luego suspiró y se rindió.

—Bien, me gusta Owen —confesó—. Me gusta desde que tuvimos sexo en una fiesta.

—¿Y...?

Dash dudó en decir algo más. De repente emanó algo de molestia.

—Pero siempre está pegado a Aleixandre y...

—Por esa razón es que odias a los Cash —completé, ya entendiéndolo todo—. O bueno, odias a Aleixandre por ser el mejor amigo de Owen y tener su atención, lo cual a su vez explica por qué te alegraste de que lo expusieran la noche de la feria.

Dash me miró como si yo no supiera nada de nada.

—Ay, Jude, ¿es que no te das cuenta?

Y dicho eso, se alejó.

Fui a servirme un vaso con alcohol y luego, ya harta de toda la gente porque no me servirían para nada, me fui por las escaleras hacia la terraza del edificio. Necesitaba estar sola por un momento y pensar en todo lo que había pasado: la actitud imbécil de Aegan, la actitud en defensa que adoptó Adrik, la discusión dramática entre Owen y Aleix, la razón por la que Owen odiaba a los Cash, que ya me hacía entender por qué había apoyado el plan de Kiana para humillar a Aegan en un principio... Todo.

La terraza era solamente un techo con un reborde de seguridad y algunas macetas con plantas que estaban más muertas que mis esperanzas de vivir una vida feliz. Me senté junto a una de las macetas y dejé colgar mis pies del borde, sobre el vacío. Estuve allí tomando mi bebida por varios minutos, preguntándome cómo demonios lograría averiguar algo más si las formas de obtener respuestas estaban complicándose, sobre todo sin el anónimo...

De pronto noté algo. Y no te diré que sé cómo pasó. Yo solo estaba allí sentada y mis ojos se iban hacia todas partes. Una de esas partes fue de nuevo la maceta de la planta, justo en la tierra. La planta estaba muy muerta, pero había llovido en algún momento y la tierra se había humedecido. Entonces, de ella sobresalía algo extraño. A simple vista era como una protuberancia gris, inusual, parecida a metal...

Con mucha curiosidad empecé a apartar la tierra de la maceta hasta que fui liberando lo que en realidad era...

Un celular.

Tan impactada que entreabrí la boca, me le quedé mirando por un segundo. ¿Un móvil escondido? ¿En la terraza? Oh, por Dios, ¿y si de casualidad era ese móvil que Aegan estaba buscando?

Iba a encenderlo, pero de repente escuché una voz detrás de mí:

—Ningún lugar está libre.

Era la voz de Adrik, y ante ella mi primera reacción fue ocultar el teléfono en mi pantalón. Luego me levanté para largarme de una buena vez antes de que mi lado de pendeja atontada le ganara a mi lado de perra fría y sin sentimientos, pero él volvió a hablar justo cuando pasé a su lado:

—¿Estás huyendo de algo?

—No, solo no quiero estar en la misma sala contigo —aclaré, y de manera intencional usé una voz muy amable.

—¿Por qué? ¿Te pongo nerviosa y arruino tus planes de serle fiel a mi hermano? —preguntó con una simpleza y una naturalidad chocante, cien por ciento intencional.

Me observó con los ojos ligeramente entornados y una mínima, muy escasa sonrisa que esperaba por mi respuesta. Quería provocarme.

En calma, Jude, en total, absoluta, completa y equilibrada cal...

—Eres idiota, ¿cierto? —Ni siquiera lo dejé contestar—. ¿Sabes qué es chistoso? A cada rato me reclamabas que no te comparaba con Aegan, pero a veces eres exactamente como él.

—¿Tú crees? —Alzó las cejas con una fingida incredulidad.

—Solo no lo estabas demostrando —afirmé.

Hizo un silencio por un momento, pensativo, analítico, y luego respondió con mucha tranquilidad:

—No estoy de acuerdo con lo que dices.

—Sería raro si lo estuvieras —resoplé junto a una risa carente de diversión.

Dio unos pasos hacia mí y me crucé de brazos como para ganar firmeza. No me gustaba cuando se acercaba, ¡SIGNIFICABA PELIGRO! Pero no retrocedí ni me moví para que no notara que por más que me esforzara él igual conseguía darme en algún punto confuso.

—Creo que sí hay diferencias entre Aegan y yo, al menos una —comentó.

—¿De verdad? Pues vendería un órgano para saber cuál —acepté oír.

Alzó los hombros como si fuera muy obvio.

—Yo no necesito estar ebrio para verte atractiva.

«Maldito seas, Adrik Cash», fue lo que pensé. Tuve que apretar los labios, encajarme los dedos en los brazos, tensarme por completo porque esa sí que no me la esperé. Bueno, con él las cosas nunca eran como me las esperaba, pero ya me había prometido no volver a caer por mucho que siempre dijera lo correcto.

—¿Qué intentas? —solté de golpe. Sentí la garganta seca.

Adrik siguió haciéndose el mosquito muerto. Entorné los ojos con sospecha.

—Nada —mintió—. ¿Por qué intentaría algo?

—Porque tú no dices esas cosas.

Tuve la impresión de que reprimía una sonrisa, y juro por las bolas del mono que eso me molestaba mucho. Sentía que se burlaba de mí.

—¿No le puedo decir a alguien que me parece atractiva? No es nada —se quejó con exageración—. Si quisiera intentar algo haría otra cosa.

—¿Como qué? A ver.

—Te besaría.

—Me voy.

Ni siquiera supe cómo dije ese «me voy» o cómo avancé unos pasos. En mi cabeza se repitió el «te besaría» y yo de estúpida lo imaginé besándome. No, en verdad que no podía seguir ahí, no me ayudaba; de hecho, empeoraba todo. Di un par de pasos, pero de repente él me tomó por el brazo. Su solo contacto me cortó la respiración. Temí soltar el aire con mucha obviedad, así que me tensé.

—Dijiste que no harías esto a espaldas de Aegan —le dije con rapidez, evitando mirarlo a los ojos—. Si no eres tan idiota como llegué a creer, suéltame y sigamos ignorándonos el uno al otro.

Su risa fue amarga, como si hubiera escuchado algo absurdo.

Tiré de mi brazo de mala gana para zafarme. Abrí la boca para decirle adiós, pero ahí soltó algo que me paralizó:

—Tienes razón, mejor olvidemos esto. Me voy en tres semanas, por lo menos quedemos bien, como dos adultos.

Y se me olvidó cómo era que uno movía las piernas para alejarse. Olvidé que había una escalera, una salida, un mundo entero. ¿Qué acababa de decir? ¿Qué acababa de salir de esa boca con esa voz masculina y algo arrastrada?

—¿Eh? —fue lo que emití con torpeza.

—Que ya me cansé de Tagus, de Aegan, de todo y me largo —aclaró él con simpleza, pero con decisión.

—¿A dónde?

Se encogió de hombros.

—No lo sé, no me quedaré en un punto fijo. Quiero ver qué puedo hacer, moverme y conocer.

—¿No tendrás problemas por esto? —La pregunta me salió automática. No me parecía que mi cerebro estuviera conectando bien.

—Sí, pero haré lo mejor que sé hacer: ignorarlos y seguir.

Giró la cabeza y yo hice lo mismo. Lo contemplé desde unos centímetros más abajo: su nariz recta, las líneas de su atractiva boca, el color plomizo de sus ojos y esas cejas que solía fruncir cuando estaba de mal humor. Todo en su rostro era irónicamente perfecto. Si se parecía a sus hermanos por genética, ya ni cuenta me daba. Era el fallo en el plan, y aun así no se sentía como un error.

Agregó en un tono más bajo, tan confidencial que me acarició la piel hasta causarme un escalofrío:

—No se lo he dicho a nadie, así que, ¿podrás guardarme el secreto?

Mira a quién le estaba confiando un secreto... ese secreto. De todas formas, no podía irse. No podía largarse en tres semanas. Tenía que quedarse, porque si faltaba un mentiroso, el plan no funcionaba por completo. Y tampoco podía... es decir... eso era lo que él deseaba, ¿por qué lo deseaba? ¡No! ¡No podía tener sueños así porque yo se los destruiría y no quería sentir culpa por destruírselos!

—Así que tú sí estás huyendo de algo —fue lo que logré decir y de inmediato tragué saliva.

Un caos se desató en mi cabeza.

—De mi familia no se sale, Jude, se escapa —admitió con una nota agria.

Asentí y me aparté de su lado. Di unos cuantos pasos por la terraza como si mirara la lejanía, aunque no miré nada. La verdad era que estaba empezando a sentirme mal, y eso era un problema. ¡Maldición!, ¡me lo había repetido mil veces! ¡Me lo había jurado! Sería dura, no pensaría en él de buena manera, no me sensibilizaría por el Adrik oprimido por su familia que quería escapar. Y no lo estaba cumpliendo. Todo lo contrario, una mínima palabra, que se atreviera justo ahora a ser libre, me devolvía a la noche de la feria, a las dudas, a las complicaciones.

Me pasé la mano por el cabello, tomé aire y lo expulsé, todo dándole la espalda a él para que no lo notara. Luego abrí la boca para decirle lo lógico. Lo pensé y lo repetí en mi mente, debía decirle: «En verdad me gusta la idea de que hagas lo que quieres, de que te alejes, así que cuenta conmigo para lo que sea», pero no me salieron las palabras porque de pronto entendí que me estaba mintiendo a mí misma. No es que no me gustara que su partida fuese a arruinar mi plan; lo que no me gustaba, en realidad, era eso de que fuese a hacer una vida lejos y sobre todo sin mí.

Ni siquiera supe cuántos segundos tardé en intentar hablar, solo que Adrik me puso una mano en el hombro y me giró para que lo viera.

—Hey, ¿qué pasa? —preguntó y examinó cada centímetro de mi rostro buscando algo, algo que en realidad estaba dentro de mí.

Lo siguiente que recuerdo es que dejé salir un impulso, cogí el rostro de Adrik y, sin avisar, le planté un beso. Simplemente lo hice, sin pensarlo, sin planearlo, nada más por el impulso. Él no lo comprendió durante un segundo, pero al siguiente sus manos buscaron acoplar nuestros cuerpos al mismo tiempo que nuestros labios se movían. Dios, cada vez que lo besaba sabía mejor. Su boca, su lengua, su manera de besar tan confiada, pero al mismo tiempo con control. Su piel contra la mía, su respiración contra mi cara, toda su presencia en conjunto con mis debilidades. Era... una sensación indescriptible, como si sus besos pudieran borrar pasado y restarle importancia al futuro, entonces solo existía ese momento, nosotros dos, ninguna mentira, ningún impedimento, ningún «no podemos estar juntos».

Me aparté unos centímetros con los labios aún entreabiertos y la respiración agitada por lo rápido que latía mi corazón, y lo solté sin más:

—Es una increíble idea, vete lo más rápido que puedas.

Adrik me miró con cierta perplejidad. Pensó en decir algo, lo sé porque lo intentó, pero las palabras no le salieron. Por primera vez no tuvo algo que opinar, contradecir o señalar, y yo tampoco quise decir más.

Aquí se inserta la salida dramática: me fui.

Bueno, por andar medio alcoholizada en las escaleras me resbalé a lo loco y casi me doy de boca contra el piso. Logré equilibrarme con la pared, pero luego ¡patas para qué las tengo! Me largué del edificio.

Mientras corría como chica de película dramática me di cuenta de que estaba irremediablemente enamorada de Adrik Cash.

Y de que tal vez había encontrado el celular con pruebas que incriminaban a Aegan Cash.

Y de que tendría que caminar demasiado para llegar a mi edificio.

Qué pereza.

10

Hay que recordar el plan o tal vez olvidarlo por un ratito

Podría decirse que las cosas habían tomado un giro beneficioso, ¿no? Después de la frustración una pequeña luz se había encendido, justo como se encendió el celular esa noche en mi habitación, luego de conectarlo a un cargador. Vi que el fondo de pantalla era nada más ni nada menos que el hermoso rostro de Melanie Cash, aunque luego me di cuenta de que ni en la galería, ni en los mensajes ni en ninguna aplicación había prueba alguna de algo. Era un celular totalmente vacío.

O ese era el truco.

No sentí que estuviera del todo perdida; de hecho, algo me hizo sospechar con fuerza que debía de haber más allí, así que al día siguiente de nuevo fui con Lander para pedirle ayuda, aunque esa vez fui sin Artie, solo porque sentí que todavía no necesitaba que se enterara del celular.

Lander no se esperó mi visita. Otra vez lo pillé muy concentrado en su juego en la computadora, comiendo de una bolsa de patatas fritas al mismo tiempo y hablando por su auricular.

—Jude —dijo al verme, cerrando su juego y mirando detrás de mí al mismo tiempo por si venía Artie—. Tú otra vez.

—Sí, lamento molestarte, vine sola esta vez —le saludé con amabilidad.

¿Sabes? Lander me caía muy bien. De haber estudiado en Tagus solo por un futuro, habría intentado ser su amiga.

—¿Artie no quiso venir? —rio él, aunque fue una risa sin nada de diversión.

—No le dije que vendría —le tranquilicé— porque necesito algo que quiero que quede en secreto entre tú y yo. ¿Es posible?

No puso buena cara. De hecho, lució algo incómodo.

—Los secretos me estresan —fue sincero.

Me atreví a preguntar con una confianza que tal vez no teníamos pero que de repente yo sentí:

—¿Porque te sientes como uno?

—Porque soy uno —me corrigió.

Claro, Artie no parecía tener intenciones de confirmar su relación y eso no hacía sentir bien a cualquiera.

Tomé una de las sillas con ruedas que había en las otras mesas y la moví hasta estar frente a él. Me senté allí. Él asintió como un gesto suficiente para aceptar que yo le dijera por qué había ido a verlo. Entonces, le hablé del móvil, de que necesitaba encontrar algo dentro de él, lo que fuera que estuviera oculto, pero que tal vez podía ser algo muy fuerte, algo que yo no sabría cómo explicar, algo que él no podía contarle a nadie.

—Quieres hacer preguntas, ¿cierto? —suspiré al final, dándome cuenta de que él me miraba con curiosidad.

—He hecho muchas cosas de este tipo y he aprendido a no hacer preguntas —suspiró a su vez— pero, algo me dice que está relacionado a Aegan...

Decidí guardarme la respuesta.

—Solo, ¿podrías lograrlo?

—Te llamaré apenas encuentre algo —aceptó.

Luego de eso fui a buscar a mi falso novio a su apartamento. Cuando llegué, todo estaba silencioso. Abrí la puerta de su habitación, pero estaba vacía. Se me ocurrió mandarle un mensaje. Saqué mi celular mientras iba por el pasillo, pero de pronto la puerta del baño se abrió y la figura recién bañada de Adrik apareció.

Oh, Dios... Acababa de ducharse. Algunas gotas de agua todavía brillaban sobre su pecho y sus hombros. Tenía el cabello mojado y se lo venía sacudiendo con la toalla, pero se detuvo al notar mi presencia. ¿Lo mejor? Únicamente llevaba puesto un bóxer ajustado de color azul oscuro. ¡Solo un bóxer! Fue demasiado para mí y mi cuerpecito. No pude moverme. No pude pensar. No pude parpadear. Lo contemplé fijo, tan fijo que le habría creado cráteres en la piel solo con la mirada.

Mi mente redactó una descripción muy dramática: tenía la sensualidad de Afrodita pero la masculinidad de un Zeus. Cada línea de cada moderado músculo parecía haber sido pensada meticulosamente por Atenea, y ni hablar de que Eros tuvo que haber intervenido a la hora de darle un adecuado volumen a ese bulto en la entrepierna. La blancura de su piel en contraste con la negrura de su cabello era el demoníaco toque de Hades. El intenso gris de sus ojos debía de ser un regalo de Poseidón. La mirada sesgada por su amargura y su desinterés habitual, su altura, el magnetismo que emanaba de él y la cadenilla plateada con el dije de la M que colgaba de su cuello, eran detalles que daban el toque final.

—Avísame cuando termines de follarme con los ojos —me dijo con esa serenidad casi arrastrada que lo caracterizaba, sacándome de mis intensos y carnales pensamientos.

Quise reclamarle, decir algo tipo: «¿Qué te pasa, estúpido?», pero ni siquiera había sonado egocéntrico. Adrik nunca sonaba así. Era como si estuviera consciente de lo atractivo que era, de lo que podía causar en la gente, pero no le importara demasiado y por eso lo aceptaba como un fatal destino.

—Un momento... —susurré y volví a echarle un escaneo de arriba abajo como si a las personas se les pudiera hacer *screenshot* mental y luego imprimirlo por la boca—. Ya. ¿Sabes si Aegan...? —Tuve que carraspear la garganta porque mi voz sonó seca y extraña—. ¿Sabes en dónde está Aegan?

Continuó secándose el cabello con la toalla.

—Tú eres la novia, ¿no? Deberías saber esas cosas —respondió con desinterés.

Sin más, me dio la espalda para avanzar hacia su habitación. Me habría afectado su frialdad e indiferencia que estaban lejos del Adrik que me había contado su plan de huida en la fiesta, pero tuve un buen plano de su culo y eso me distrajo hasta el punto que de manera maquinal —o embelesada— me moví en su misma dirección.

Él entró a su habitación y yo me quedé parada en el pasillo frente a la puerta. Algo dentro de mí gritó: «¡bueno ya vete, pendeja!», pero otro grito, el de un personaje con un disfraz de diablo, acalló el anterior: «Míralo un poco más, anda, porque ya después de mañana no lo verás de nuevo; aprovecha este momento y cómetelo con los ojos; oh sí, está buenísimo, o más que buenísimo, está de orgasmo mental. Es una delicia y está ante ti, expuesto, solo, casi desnudo si le echas ganas a la imaginación, no te reprimas, hazlo, admíralo».

Pero de repente sentí el estómago revuelto y pesado al recordar mis verdaderas intenciones, y no lo sé, pero algo vino a mí y me empujó a entrar en la habitación. Algo vino como impulso, como vómito, como algo que no pertenecía a mi cuerpo y por eso debía ser expulsado:

—¿Alguna vez me has mentido?

Adrik ya se había colocado un pantalón de pijama de color negro, pero detuvo su búsqueda de una camiseta entre el montón de ropa que había sobre una silla junto al armario. Me observó con el ceño ligeramente hundido en confusión, en desconcierto, como si hubiera hablado en un idioma inentendible al oído humano.

—¿Eh? —fue lo que respondió.

Por un mínimo segundo me arrepentí de decirlo, pero ya no había marcha atrás. Debía ajustarme bien las pantaletas y no ser cobarde. Tuve que tomar aire y contenerlo. Luego lo solté con rapidez para no arrepentirme:

—Aegan una vez me dijo que la única razón por la que te fijaste en mí fue porque él me escogió para ser su novia. ¿Eso es cierto?

Silencio de su parte.

El corazón comenzó a latirme tan rápido como cuando le envías un mensaje a la persona que te gusta confesándole: «me gustas», y ves que sale el «escribiendo...», y por la expectativa y el miedo el mundo comienza más lento mientras esperas con nervios la respuesta.

A ser sincera, me daba más miedo que dijera que «no» a que dijera que «sí». Sabía lo que haría ante un «sí»: daría la vuelta y me iría sin escuchar excusas o explicaciones. Sufriría en silencio, pero cumpliría mi plan. Ante un «no» la situación era más difícil: igual cumpliría mi plan, pero jamás olvidaría a Adrik. Nunca me desharía de ese sentimiento de culpa.

De todos modos, su respuesta no fue concreta.

—Escucha eso de nuevo, sobre todo la parte de «dijo Aegan» y tendrás todas las respuestas —contestó él con obviedad.

—No quiero que respondas como un listillo o con tu adorado sarcasmo, solo dime si es cierto o no —solté con exigencia.

Debía de estar creyendo que era una tontería mía (pues casi todo era una tontería mía) pero me aseguré de endurecer la expresión y fruncir los labios para mostrar firmeza. Entonces entendió que hablaba en serio, que aquello estaba pasando, que no era algo mínimo y que por eso era momento de decir la verdad.

—¿Qué fue exactamente lo que «dijo Aegan»? —inquirió con curiosidad y dejó en el olvido la búsqueda de la camiseta.

Mi cuerpo ya temblaba de nervios por lo mal que podía terminar esa conversación, pero lo disimulé al responder:

—Que te comportaste diferente conmigo para que viera en ti todo lo contrario a lo que es él. Que en realidad no eres distinto en nada, solo te gusta fastidiarlo y por eso quisiste que lo de nosotros sucediera.

Adrik contrajo un poco el rostro y me miró con incredulidad, tipo: «¿Es en serio? ¿Estás hablando en serio o te fumaste una caducada?».

—Y tú le creíste —dijo con detenimiento, como si le pareciera ilógico, absurdo y ridículo—. Es decir, le creíste a tu novio todo lo malo que dijo sobre el chico con el que lo engañaste.

De acuerdo, visto así parecía tonto, como un «si sabes cómo es Aegan, ¿por qué te sorprendes?».

—¿Qué han hablado sobre mí? —solté la pregunta que tanto había querido hacer desde hace tiempo.

Me aseguré de mirarlo a los ojos. Esperé que usara toda su adorada sinceridad, pero él solo bajó la mirada.

—Luego de lo del vídeo del beso me exigió que me mantuviera alejado de ti. Yo estaba bastante cabreado porque en el club lo elegiste a él, así que le dije: «No te preocupes por nada, ella ya te escogió a ti». Después nada más. Quedó claro todo.

Eso sí que me cogió por sorpresa.

—¿Por qué le dijiste que me hiciste elegir?

—Estaba enojado —dijo sin más explicación.

Y tal vez fue el hecho de que a veces fuera tan frustrantemente distante lo que me hizo enojar.

—Quien sabe qué otras cosas le habrás dicho... —murmuré con molestia.

—Nada más —se apresuró a asegurar él. Cuando lo miré noté que había hundido el cejo con algo de molestia—. ¿Por qué iba a contarle algo de lo que pasó entre nosotros? No soy tan idiota.

No, claro que no era idiota.

Era un grandísimo idiota a veces.

—¿Sabes acaso todo lo que Aegan me dijo aquel día? ¡¿Sabes lo estúpida y pequeña que me sentí mientras se burlaba porque según tú solo me querías porque él me tenía?

Y como a ninguno de los dos nos faltaba mecha para encendernos como fosforitos, él explotó por yo haber explotado:

—¡No, Jude, no lo sé! —contestó en el mismo tono furioso que yo había utilizado—. ¡¿Cómo demonios voy a saber algo si lo único que haces es venir, exigir respuestas, enfadarte y luego irte con Aegan como si nada?!

—¡Tenías que haber negado cualquier cosa, no decirle que me pusiste a escoger entre los dos! —exclamé.

—¡Pues perdóname por no saber cómo manejar el hecho de que quería a la novia de mi hermano, pero ella lo prefirió a él! —rugió con su preciada odiosidad—. ¡No me la paso haciendo esa mierda!

Y golpeó la pila de ropa que había sobre la silla. Algo arrastró también un enorme libro que cayó al suelo junto con la ropa. El sonido seco y fuerte que produjo junto a la violencia del reguero me hizo cerrar la boca de golpe. Miré a Adrik con estupefacción hasta que exhalé con fuerza y negué con la cabeza.

Recordé aquella tarde. Al parecer, para Aegan, Adrik era predecible. Para mí, era impredecible. Entonces ¿quién carajos era Adrik Cash? ¿Quién era el Adrik tenso y con el pecho agitado que ahora se pasaba la mano por el cabello en un gesto de frustración mientras daba un par de pasos por la habitación como si intentara contener la furia? Quería saberlo, no descubrirlo escuchando detrás de una puerta o por boca de otra persona.

—Ajá, bien, pero ¿y lo demás qué? —solté con impaciencia, reduciendo mi enfado—. ¿Eso de que actúas de la misma manera con todas las chicas? ¿Es verdad también?

—No pienso responder un carajo —zanjó, seco y de mala gana.

Esa respuesta odiosa hizo que mi intento por calmarme fallara.

—¡¿Por qué tienes que actuar así justo ahora?! —le reproché.

Entonces, su intento por tranquilizarse también falló mucho más rápido. Se detuvo y me gritó con bastante furia:

—¡¿Por qué si Aegan te mete un montón de porquería en la cabeza y te la crees, yo ahora tengo que responderte como si fuera a importar si es cierto o no?! ¡¿Por qué, Jude?! —Hizo una pausa de segundos y de manera sorprendente, con los puños todavía apretados y las venas del cuello tensas, moderó el tono a uno que no sonó a pelea, sino más bien a duda—: ¿Por qué tengo que esforzarme en ser sincero si luego vas a rechazarme y montar un muro entre los dos, justo como lo hiciste en el auto y en la terraza?

Mi enfado se desvaneció en un segundo y un sentimiento de culpa lo sustituyó. Adrik tenía razón. Por mucho que quisiera que no, estaba en lo cierto. Yo solía ceder a él y luego elegía a Aegan.

—No te he rechazado, solo... —intenté explicar con más tranquilidad, pero él me interrumpió:

—¡Dos malditas veces has elegido a Aegan en mi cara! —Me mostró dos dedos con insistencia. Su carita preciosa era de enojo total. Se veía amargo, muy dispuesto a herir—. ¡Y luego si yo soy distante o no quiero hablar contigo, soy el malo!

—Es cierto, tienes todo el derecho a ser así si quieres —murmuré.

—Pero ¡no quiero! —se quejó—. Y siempre parece que la única forma de hacer que me prestes atención es si me porto igual que Aegan. Entonces ¿qué mierda haces aquí preguntándome todo esto sobre mí si nunca te basta con lo que soy?

No sé si has sentido esto, pero a veces estás parada en un sitio y sucede algo, escuchas algo, ves algo, que hace que todo a tu alrededor se derrumbe como en un ataque terrorista. Tras eso solo queda un pedacito de tierra que es en donde estás parada, y permaneces ahí inmóvil mientras el mundo se pone negro. Así se sintió cuando escuché eso último. Me quedé sin aire. Todo lo que había estado guardando desde que llegué a Tagus se reunió en mi estómago y amenazó con salir. Quise expulsarlo con rapidez, explicarme el porqué de mis actitudes, contarle cada cosa por la que seguía con Aegan, y luego largarme a llorar mucho. Quise poder ser una niña, chillar, gritar, no seguir mintiendo.

Pero decir la verdad habría sido peor que no decirla.

Ya había algo entre Adrik y yo, algo que se destruiría de una u otra forma y nos haría daño a los dos. Si le contaba todo, nada iba a estar bien. Nada se iba a arreglar mágicamente. Sin embargo...

—Nunca he dicho que no me bastas, Adrik, porque de hecho pienso que eres mejor que cualquiera de ellos. —Fui sincera.

Me salió afectado y torpe, pero al menos era cierto. Adrik me miró por un momento con los labios apretados y la mandíbula tensa. Luego desvió la mirada como si le desagradara mucho verme, y en un tono arisco y gélido dijo:

—Al parecer no lo suficiente como para que dejes de jugar la porquería que sea que juegas con él.

Un silencio. No supe qué argumentar. Mientras, Adrik contempló el reguero de ropa en el suelo y soltó aire como si se debatiera entre recogerlo y ponerlo en su lugar o recogerlo y arrojármelo en la cara. Mi corazón latía con rapidez por lo brusco que había sido gritarnos y luego escuchar esas cosas de su parte. No sabía que él pensaba de esa manera. No sabía que creía que, para mí, Aegan era mejor. Y al mismo tiempo sí debía saberlo, ¿qué otra cosa iba a pensar después de haberlo rechazado? Yo también me habría sentido insuficiente. No era justo. Era una idiota.

Pero, vamos, ¿es que acaso solo los chicos podían cagarla y luego tener derecho a ser perdonados? ¿Si lo hacía yo era un pecado mortal? Crucifíquenme, pues.

Me sentí algo aturdida, pero reuní valor para no dejar algunas partes en el aire.

—No te rechacé porque quise...

—Entonces ¿por qué? ¿Vas a decirme? —soltó él, todavía en plan sarcástico y hostil.

Esperó la respuesta con una atención tensa. No tuve que pensar mucho, sabía lo que respondería, solo fue difícil decirlo.

—No.

—Qué mal entonces —dijo en un falso y odioso tono de pena—. Yo he estado dispuesto a hablar, pero tú no has querido, y las cosas no tienen que suceder cuando a ti se te antoje. Resulta que después de la segunda vez no me da la puta gana de intentarlo una tercera. —Y añadió firme y con desprecio—: Ahora si ya terminaste de gritarme, sal de mi habitación y déjame en paz.

Mi cerebro captó la petición, pero no reaccionó a ella. Me quedé ahí un momento, mirándolo mientras se agachaba para recoger el libro. Cada musculo de su cuerpo se había realzado por la furia del momento. Era asombroso incluso enojado. Una débil idea de avanzar, besarlo y soltar disculpas sobre su boca flotó por mi mente, pero su postura agitada y la hostilidad en sus ojos me hacían entender que no quería tenerme cerca.

Un kilómetro de distancia nos habría separado menos que en ese momento. Ay, mi Adrik que no era mío. Ese odioso, sarcástico y oscuro Adrik que me había ablandado la piedra negra que tenía por corazón. Lo quería, ¿sabes? como quieres seguir comiendo la pizza aunque te engorda; como quieres seguir leyendo el PDF a pesar de que te deja ciega; como quieres continuar bebiendo la cerveza aunque duras tres días con resaca; como quieres seguir viendo el perfil de ese chico especial aunque te duelen las fotos con su novia. Y él no lo sabía del todo. No podía decírselo. Ahora se encerraría de nuevo en su burbuja de frialdad e indiferencia y jamás accedería a él. Ahora yo lo destruiría y al mismo tiempo me destruiría a mí.

Dramático.

Pero real.

Antes de irme, quise decir algo.

—De acuerdo, tienes razón en todo —acepté.

Él se irguió, dejó el libro sobre la silla y me observó sin muchas ganas, con la expresión severa pero aburrida, tipo: «¿Y ahora qué tontería dirás? ¿Por qué no solo te largas ya?».

—Soy una estúpida y por eso merezco que tú me trates así ahora —empecé a decir—. No debería exigirte nada, ni mucho menos gritarte. Lo siento. No debería estar aquí parada. Lo único que necesitaba era saber si algo de lo que él dijo era verdad o no. Está bien que no quieras responder. Está todo bien.

Dicho eso decidí largarme de una bendita vez, pero su voz ácida y con un ápice de humor nada gracioso, me detuvo:

—Si llego de repente a tu apartamento y te pregunto si te has acostado con Aegan, ¿me dirías cuántas veces?

Quiso demostrar algo, el punto de: «Yo no diría nada de lo que quieres saber, pero sé que tú tampoco». Sin embargo, se equivocó, porque no quise mentir.

—Ninguna.

—Ahí ves mi... —intentó decir porque estaba predispuesto a un «no», pero al recibir lo contrario quedó estupefacto—: Espera, ¿qué?

Lo encaré con la barbilla en alto. Admitirlo me daba mucha rabia, pero quise hacerlo. Era el único punto en el que podía defenderme.

—Que ninguna vez —le aclaré con firmeza—. Nunca lo hemos hecho. Ahí tienes tu respuesta.

—Estás mintiendo —fue lo que dijo, todavía inmóvil y con los ojos entornados.

—¡Pues perdóname por no tener ganas de acostarme con mi novio porque en realidad me gusta su hermano!

Solté eso con la misma odiosidad y el mismo tono de sarcasmo que él había usado al decir algo parecido, pero cuando salió de mi boca y lo escuché, no pareció tan asombroso como había pensado que sería, je.

—Oh, mierda, suena tan horrible —murmuré, afligida. Negué con la cabeza y me di la vuelta—. Ya me largo.

Pero él llegó a mí con rapidez y me cogió por la muñeca. Temí que sus dedos sintieran mi pulso acelerado y delataran cuán afectada me sentía, pero no presionó. Nunca presionaba. Una caricia suave con su pulgar desató una corriente en mi pecho. Su mirada perdió el brillo del enfado, como si hubiera bajado todas sus defensas. Las cejas fruncidas se arquearon en un leve gesto de asombro.

—¿Ni una vez? —preguntó, y su voz ya no tenía la gravedad de la discusión, sino la suavidad de la incredulidad.

¿En verdad le importaba eso? Quizá tuve que haber defendido mi postura, tipo: «Yo puedo acostarme con quien quiera», pero vamos, Adrik no era posesivo, ni celoso en extremo, ni mucho menos uno de esos machos alfas sadomasoquistas de los libros. Solo era cerrado, silencioso, ausente, y considerando que casi nunca demostraba nada, que le interesara si Aegan me tocaba o no me hizo sentir que pensaba en mí más de lo que solía creer.

Que le importaba.

Que me quería.

Así que me atreví. Con el corazón martilleándome el pecho, los dedos temblando y los pies al borde del «te quiero, pero pienso destruirte», hablé:

—Ni una, así que ya lo sabes. —Tuve que tragar saliva porque mi garganta estaba seca y también tuve que tomar aire porque sincerarme dificultó mi respiración—: Ya sabes que... me afectas, que... me gustas, que... siento todas esas porquerías por ti. Por eso quiero saberlo, y por eso te lo volveré a preguntar, porque si Aegan tiene razón quiero cortar esto ahora mismo que hay tiempo. Así que, ¿es cierto? ¿Me has mentido?

Esa vez no esquivó mi mirada ni adoptó una actitud defensiva y tampoco dejó fluir al odioso sarcástico que latía en él. Fue claro, rápido y no titubeó al hablar:

—¿Cómo quieres que te responda? ¿De la manera común y corriente con unas cuantas palabras o a mi manera?

—A tu manera.

Sin más que decir avanzó hacia la puerta, la cerró de un empujón, volvió a mí y me besó. Me cogió por la cintura con suma facilidad y me apegó a su cuerpo hasta que no hubo ni un milímetro de separación entre nosotros. Mis antebrazos quedaron atrapados sobre mi pecho, presionados por el suyo, desnudo y duro. Con los labios entreabiertos atrapó mi boca con la urgencia de una explicación, pero no permití que separara mis labios para completar el beso. Cerré los ojos con fuerza y me negué como te negarías a ser empujada al fondo de un barranco. No en rechazo, no en desprecio, no porque no quisiera, sino por miedo.

Adrik percibió que temblaba. Retuvo mi labio inferior y presionó mi boca durante un momento. Esperó que lo aceptara, que me relajara, que le permitiera debilitarme. Y me resistí con todas mis fuerzas, es decir, intenté no caer. Pensé: «Eres inmune a sus besos, eres inmune a sus besos, no te causan nada, no te gustan». Creí que lo alejaría, pero al no ver reacción de mi parte, subió una mano desde mi cintura hasta mi mandíbula, la dejó allí para sostenerme mejor y entonces me besó él a mí.

Primero fue muy lento, unos roces cuidadosos y superficiales que se movieron de arriba abajo por unos escasos milímetros. La fricción piel con piel fue estremecedora. Sentí su cálida respiración soltarse con una fuerza detenida, como si la hubiera estado conteniendo desde el inicio del beso. Alivio. Un «finalmente». Un «he extrañado este lugar». Al mismo tiempo, su pulgar acarició mi mandíbula con bastante paciencia, invitándome a abrirme para él.

En mi cabeza solo se repetía: «No, por favor, suéltame porque ni siquiera tengo el jodido valor para empujarte yo. Quiero odiarte. Necesito odiarte».

En verdad pensé que funcionaría... hasta que ejecutó una jugada maestra. Dio una mordida suave a mi labio inferior y arrastró los dientes con lentitud para soltarlo. De inmediato volvió a presionarlos y succionarlos con delicadeza. Dejó un rastro húmedo que causó una fuerte corriente en mis zonas más sensibles. Ahí me quedé sin aire. Todavía tenía los ojos apretados, reacia a verlo, pero se aflojaron. Tenía la mandíbula tensa, pero se alivió. Tenía todo el cuerpo rígido, pero terminó por debilitarse. Para que no cayera, ahí estuvo su brazo sosteniéndome. Como gesto final de rendición, relajé los antebrazos hasta que las palmas de mis manos descansaron abiertas sobre su pecho.

En cuanto me uní a sus movimientos, acepté su petición y su lengua rozó la mía, el mundo entero se extinguió. ¡Dios mío! El contacto fue tan cálido, suave y húmedo que me dejó casi atolondrada. Así me dejaba Adrik cada vez que se le ocurría besarme de ese modo tan espontáneo: atolondrada, sin capacidad de formar pensamientos coherentes.

Pero a pesar del aturdimiento, de la debilidad de mis músculos y de lo caliente que comenzaba a sentirme, entendí lo que quiso decir: «¿Querías una respuesta? Aquí está tu respuesta». No un «sí» o un «no», sino lo real que se sentía cuando nos besábamos; la manera en la que destruía todas mis defensas y ganaba por golpe directo esa guerra; la rapidez con la que me hacía olvidar al resto del mundo; pero, sobre todo, la eficacia con la que sanaba mis heridas.

Estuve a punto de acostumbrarme al movimiento de sus labios cuando separó su boca de la mía. Como una estúpida solté un quejidito de molestia por la distancia de centímetros que se creó entre nuestros rostros. «Quiero más», fue todo lo que pensé, pero no me lo dio. Todavía con la respiración agitada por la intensidad del beso, se limitó a mirarme a los ojos tan fijamente que sentí cómo ese gris plomizo atraía los míos de la misma forma que un imán al metal más simple.

—La verdad es que sí te he estado mintiendo —confesó de repente.

Y... la magia se rompió.

¡Crash!

Salí de mi embelesamiento en un microsegundo y pasé al pasmo apenas vi que una sonrisa perversa apareció en su rostro. De pronto, el hecho de que me tuviera contra su cuerpo con las manos en mi cintura se sintió como un grandísimo error. De pronto, él pareció una trampa y yo el estúpido ratón que caía en ella. De pronto, todo gritó: «¡Cuidado, es el momento que habías estado esperando!».

—¿Qué? ¿Es cierto? —emití casi en un aliento de perplejidad.

En modo de defensa intenté apartarme de él, pero Adrik no me lo permitió. Me jaló y envolvió mi cintura con sus brazos para sostenerme con mayor firmeza. Era más grande y más fuerte, y utilizó eso para presionarme contra su cuerpo cubierto solo por el delgado pantalón de pijama. Unos segundos atrás había estado muy consciente de esa parte, pero ya la subida de temperatura que me había causado su beso descendió a niveles antárticos. No podía creerlo. ¡Acababa de decir que me mentía! Y mi pecho... mi corazón... alguna porquería dentro de mí estalló en una ola de tristeza y decepción inmediata que me creó un nudo en la garganta.

Debía atestarle una patada en la entrepierna para que no fuera tan imbécil y me soltara, pero ni fuerzas tuve.

—Ya no tengo ganas de seguir ocultándolo —admitió él.

La sonrisa maquiavélica se mantuvo su cara. Yo solo podía pensar: «Oh no, va a decirlo aquí, así, conmigo en sus brazos para sentir el momento en el que me desmorono por completo, para burlarse de mí». Si salía Aegan del armario y decía: «¡Sorpresa, tonta, te engañamos todo este tiempo!», no me sorprendería más.

De seguro tenía una expresión de horror estampada en el rostro, pero no supe cómo cambiarla, ni siquiera cuando Adrik finalmente lo soltó sin una pausa:

—Suelo hacerme el indiferente, pero en realidad me he estado muriendo por estar a solas contigo un día entero. Y también te respondo como si no me importara nada, pero he sentido celos al verte con Aegan. Ustedes se tratan bastante mal, pero a fin de cuentas son novios, y se me hacía mierda la cabeza cada vez que pensaba que de igual modo acababan en la cama. Eso me tenía más amargado de lo normal. Sé que no podría reclamarte nada, no es mi estilo, pero joder, Jude, me he tenido que morder la lengua para no decirte que no quisiera que estés más con él. Llevo tiempo ocultando que de verdad me afecta, así que sí, soy un mentiroso.

Primero no lo entendí, como si me hubiera hablado en chino mandarín, pero unos segundos después mi cerebro comprendió que solo me había hecho creer que sí para fastidiarme, que esa expresión perversa había sido intencional. Y quedé de piedra, horrorizada, enojada, sorprendida y como culo en agua. Quise matarlo. Lo único que creí necesario hacer en ese momento fue lanzarle un sopetón por jugar conmigo, así que no me reprimí y apenas reaccioné le di un golpe en el pecho.

Adrik emitió una de esas risas bajas que soltaba muy poco y que cuando lo hacía le otorgaban a su atractiva cara un brillo de vida y picardía.

—¡¿Por qué dices que «sí» primero?! —chillé en reclamo—. ¡Pensé que...! Pensé que...

—¿Qué? —me preguntó y su risa disminuyó hasta ser de nuevo una escasa sonrisa—. ¿Que te diría que toda esa mierda que dijo Aegan es cierta? Es mi hermano, sabe qué saldría de mi boca y qué no. —Se encogió de hombros—. Yo también lo conozco más de lo que él cree.

Todavía se me dificultaba hablar. Qué puto susto, en serio. Aunque aún no sabía si estaba aliviada o seguía asustada.

—De verdad lo creí, Adrik, porque...

—¿Porque me dicen Perfecto Mentiroso? —completó él, pronunciado el apodo con una burla áspera como si le causara gracia pero al mismo tiempo lo detestara.

—Porque tú eres increíble —le aclaré. Me vinieron a la mente las palabras de Regan una hora atrás, palabras crueles pero ciertas—: y yo soy la cosa más simple del mundo.

Justo como había dicho Regan.

Adrik hundió las cejas, confundido.

—¿Así te llamó Aegan?

Emití una risa amarga junto a un giro de ojos.

—No, él tuvo el gesto de no ser tan imbécil como para decirme eso. Me refiero a que no me hago aires. Sé lo que soy.

La expresión de Adrik se suavizó. De repente apareció un brillo juguetón. Fue mucho mejor cuando me presionó un poco más contra su cuerpo para que sintiera cuán bien encajábamos. Luego con una mano me sostuvo la barbilla y me alzó el rostro. Puso cara de pensativo. Un gesto analítico cruzó su cara cuando entornó los ojos. No entendí qué demonios hacía, pero me puso nerviosa que estuviera viéndome tan fija y profundamente.

—¿Qué?

—Estoy buscando lo simple —contestó. Sus iris se movían a medida que exploraba mi cara—. Quizá un ojo más grande que otro, la nariz ancha, ojos de color mierda y una actitud muy fastidiosa, pero...

—¡Ya! —le ordené y con una mano le cubrí los ojos.

Sonrió y se le vieron los dientes blancos y perfectos que casi no enseñaba. Así, su sonrisa era algo torcida y más amplia de un lado que del otro, pero le daba un toque fantástico, asombroso, sensual. Cogió mi mano para apartarla y me besó los nudillos. Me recordó a lo que había hecho en el auto cuando espiábamos a Aleixandre. Había sido increíble.

—Me gustas, Jude —admitió y el movimiento de sus labios hizo que rozaran la piel del dorso de mi mano. Sentí electricidad por todas partes.

Me puse tan nerviosa y me embelesé tanto con sus ojos grises que nada serio salió de mi boca.

—¿Incluso con mi culo de tabla? —pregunté con voz baja y tímida.

—Bueno, la última vez que lo vi estabas en bañador y tenías tierra y ramas pegadas a él, así que eso dificultó el enfoque —contestó. Sus ojos se entornaron por la sonrisa diabólica que esbozó—. Tendrás que mostrármelo de nuevo para yo hacer una intensa y exhaustiva evaluación y determinar si es o no es tabla. Claro que estaré obligado a recurrir a técnicas superficiales que requieren manoseo y a técnicas visuales que exigen distintas posiciones. En casos más profundos ya...

Mi risa lo interrumpió y causó que él también riera. No lo negaré, sentí una punzada en el vientre al oírlo hablar de tocarme las nalgas, pero también fue muy chistoso que afectara su voz con un tono profesional para decirlo.

De pronto él hundió un poco las cejas como si se hubiera acordado de algo.

—Pero ¿realmente desde que Aegan te dijo todo eso has estado pensando que no me gustas de verdad? —me preguntó como si fuera demasiado absurdo—. ¿Por qué no me gustarías?

—¿Y por qué sí?

—Justamente por todo lo que crees que no le gustarías a nadie.

Volvió a besarme, y de nuevo las cosas parecieron mucho más fáciles. Por un instante mientras sus labios mordían y succionaban los míos, no hubo una venganza. Él no fue un Cash y yo no fui una impostora. Pero cuando mientes, a menos que seas un jodido psicópata enfermo, las mentiras están flotando a tu alrededor como unos demonios con voz propia y risas macabras. Entonces las escuché susurrarme en el oído: «Pero tú no eres quien él cree, ¿qué pasaría si lo descubriera? ¿Qué pasaría si de repente Adrik supiera que solo viniste a Tagus a acabar con su familia, que Jude no es tu nombre y que eres una completa mentira?».

Separé mis labios de los suyos por unos centímetros.

—Adrik, escucha... —intenté decirle en forma de excusa.

Él suspiró con pesadez, todavía con los ojos cerrados.

—Una vez, Jude —pronunció con una nota de súplica en una voz baja y algo ronca que me dejó sin aire—. Por una vez no digas «No puedo» o «Tengo que irme», por mi salud mental, por favor.

Presionó la boca entreabierta contra la mía e intentó reanudar los besos para que no hablara ni matara el increíble momento, pero bajé la mirada sin respondérselos.

Demonios. Me estaba pidiendo que no detuviera eso que tantas ganas teníamos de hacer. Lo había dicho sin altanería, sin ese tono de sabelotodo y sin una nota de sarcasmo. Además, había admitido sentir celos y ganas de estar conmigo. Había admitido sentir. Y yo también sentía. Yo también quería quedarme. Yo también quería besarlo y con eso decir: «A la mierda el mundo». Pero mientras él continuaba con los besos superficiales, las palabras salieron de mi boca sin mucho ánimo, sin la fuerza que me hubiera gustado ponerles:

—No puedo, tengo que irme.

Ya habíamos estado en ese punto antes. Yo solía detenerlo e irme, y luego él se mostraba frío y distante. Por esa razón esperé que hablara como el Adrik hosco y cortante, pero fue todo lo contrario. No se alejó, solo me apretó muchísimo más contra él como queriendo decir que no pretendía soltarme. Su respiración y su delicioso aliento calentaron mis labios apenas exhaló como si se contuviera. Entonces me miró a los ojos con los suyos entornados, astutos y exhaustos como siempre.

—¿De verdad piensas perder la oportunidad de hacer realidad todo lo que estabas imaginando cuando me viste salir del baño? —me preguntó con un aire divertido y pícaro—. Es un ofertón.

Para ser más cruel, añadió más besos pausados y juguetones. Entendí lo que estaba haciendo. Era un condenado inteligente. Como siempre, quería desafiarme. Si algo había existido desde un principio entre Adrik y yo era una especie de competencia. Si él decía algo, a mí se me antojaba contradecirlo o superarlo. Si lo superaba, él rebatía con algo mucho mejor. Resultaba ser lo que más nos motivaba a ambos. Ahora en sus ojos, fijos en mis labios mientras dejaba un beso corto y luego otro y luego otro, brillaba el «¿jugamos?».

—Ni siquiera sabes qué estaba imaginando —refuté.

Fue como si lo hubiera retado. Ensanchó la sonrisa sin despegar los labios y me susurró con una voz que sonaba a sexo:

—Puedo intentar adivinar.

No me dio tiempo de responder. Se cansó de los besitos simples y de nuevo me dio un beso que me desajustó los engranajes del cerebro. Atrapó mi labio inferior, lo succionó y luego con una impecable habilidad volvió a atrapar ambos en algunos movimientos. Me encantó, me fascinó ese jugueteo junto a su delicioso aliento, pero duró tan solo unos segundos porque giré el rostro para que cortara el rollo.

—Adrik, no lo sé... —logré pronunciar.

Y de nuevo, no se rindió. De hecho, empeoró. Al girar la cara solo conseguí que comenzara a dejar algunos besos por mi mejilla. «Señor Adrik, usted es diabólico», fue lo que pensé. Una cosa era que me besara en la boca. Si empezaba a desviarse no sabía si sería capaz de negarme. No con mi cuerpo tan debilitado por sus anteriores besos y lo que había decidido confesar. No con las corrientes que estallaban en mis zonas por la humedad de su lengua, el calor de su piel y sus manos grandes y dispuestas apretando mis caderas.

Estaba en peligro.

Pero me gustaba ese peligro.

Ni los Vengadores en un crossover con DC podían salvarme ya. Solo me quedaba intentar.

Adrik no dijo nada al instante. Sus labios trazaron un camino cálido y delicioso hasta la base de mi oreja. Sentí la punta de su nariz acariciarme la piel. Se me erizó todo lo que era capaz de erizarse. Allí se detuvo y me susurró bajo e íntimo:

—¿Por qué no?

Apenas llegó al lóbulo de mi oreja y su respiración golpeó esa zona, fui ¡soldado caído!, ¡soldado caído! Se sentía tan bien, tan provocativo, que la definición de la palabra «no» comenzó a ser cuestionable y se me enredaron las palabras:

—Porque es... no es... es...

Ante mi dificultad, él soltó una risa baja. No paró de dejar besos y se atrevió a bajarlos hasta la línea en donde terminaba la mandíbula y empezaba el cuello, justo por debajo de la oreja. En ese punto hizo una suave, delicada y muy húmeda succión que estuve segura que no dejaría marca, pero que bastó para que entendiera que ahora me latía algo más que el corazón.

—¿No es...? —repitió con un tinte de burla, como si quisiera molestarme—. No sabes qué decir, ¿verdad?

¿Que si no sabía?

¡¿Que si no sabía?!

Pues no, no sabía, pero obviamente no iba a admitirlo.

—Siempre sé qué decir, pero si haces esas cosas obviamente voy a pensar más lento.

—¿De lo habitual? —preguntó con ese tonillo sarcástico y vacilante.

Fue chistoso. Me encantaban los comentarios crueles porque en el fondo no eran crueles en lo absoluto. Era nuestra forma de jugar. Eso de ser por completo cursis y respetuosos era demasiado aburrido, así que quise molestarlo también.

Endurecí la expresión a pesar de que solo tenía ganas de cerrar los ojos y dejarme llevar por las ricas sensaciones que me producía. Coloqué una mano en su pecho y lo empujé con suavidad para detenerlo. Él se enderezó y en un gesto ligero e inconsciente se relamió los labios. Dios santo, quise morderle una mejilla solo por eso, pero reprimí mi lado salvaje.

Adrik formó una sonrisa pequeña, ladina y sensual, y esperó por lo que fuera a decirle.

—Me caes pésimo.

—Perfecto, jamás intenté caerte bien —admitió con un encogimiento de hombros y un gesto de desinterés.

—Eres un odioso de mierda —volví a atacar.

—Y tú eres unaególatra insoportable —rebatió también.

Entorné los ojos. Nos miramos como dos vaqueros a punto de echarse tiros. Fruncimos los labios y ninguno dijo nada hasta que se me hizo imposible no elevar la comisura derecha en una sonrisa de suficiencia y satisfacción.

—Te mueres por mí, ¿cierto? —le pregunté en un tono de burla nada cruel.

—Como no tienes una idea.

Sucedió muy rápido. Adrik se inclinó un poco hacia abajo, me tomó por los muslos y me alzó con mucha facilidad. En un gesto automático envolví su torso con mis piernas. Él capturó mi boca y entonces me rendí.

Listo, había ganado.

Le rodeé el cuello con los brazos, lo cual permitió que me presionara contra todo su cuerpo. Sus hombros estaban fríos por la ducha y su piel desprendía un leve olor a jabón masculino que le añadió un toque erótico al momento. Me besó de manera efusiva durante unos segundos, mordisqueando mis labios y succionándolos con una agilidad nueva y embelesadora. Al mismo tiempo nos condujo hacia la cama, porque estar de pie no era ideal para lo que teníamos ganas de hacer.

En un movimiento experto cayó sentado en el colchón y me hizo acomodarme a horcajadas sobre él. La naturalidad y la fluidez del momento hizo que un segundo después él cayera tendido conmigo encima. Mi peso no le incomodó en lo absoluto. Dejó que recayera sobre su fuerza. Me aparté el cabello hacia un lado para que no estorbara mientras nos besábamos y permití que lo que había estado conteniendo e ignorando fluyera. Un solo beso bastaba para debilitarme, pero en esa posición en la que todo mi cuerpo percibía cada centímetro del suyo, los besos hicieron que sintiera con mayor intensidad los pálpitos y la humedad entre mis piernas.

Sostuve su rostro con mis manos y él no tardó ni un segundo en coger el borde de mi camisa. Tiró de ella hacia arriba y aunque algo dentro de mí gritó: «¡No permitas que te desnude, estúpida!», mis brazos traicioneros reaccionaron como si tuvieran mente propia y se alzaron. Adrik sacó la camisa de un jalón fácil y la arrojó hacia alguna parte. Llevaba puesto brasier, pero por el momento no le prestó atención. Siguió besándome con efusividad, como si el tiempo fuera cortito y tuviéramos que aprovechar nuestras bocas. Siempre he sabido que existen muchísimas formas de besar, pero con él estaba practicándolas todas: lamidas, succiones, mordidas, y cada contacto de su lengua con la mía enviaba una corriente de excitación a las ramificaciones de mi cuerpo. Sus brazos me apretaron contra sí como si no quisiera soltarme nunca.

Había un jean y un pijama de separación entre lo que dormía debajo de su bóxer y mi piel, pero comencé a sentirlo más abultado de lo que se veía. Adrik subió una mano hasta enredarla en mi cabello y con un tirón suave y excitante me hizo alzar la barbilla para tener acceso a mi cuello. Ahí empezó a dejar besos húmedos, mordidas suaves y algunas lamidas. Se me escapó un jadeo de satisfacción. Era fabuloso en eso. La manera en que movía su lengua me hacía imaginar todo lo que conseguiría hacer con ella, y no saberlo del todo al mismo tiempo me calentó más.

La mano que tenía sobre la línea de mi espalda subió en una caricia hasta que sus dedos encontraron el broche del brasier. Un simple y experto movimiento lo desabrochó. Nos separamos un segundo en el que me ayudó a liberarme de él. Luego volvió a besarme y lanzó la prenda íntima como si estorbara demasiado. Al instante sentí que la palma de esa misma mano envolvió uno de mis pechos en un apretón y me tuve que morder el labio inferior para que no se me escapara otro sonido de esos que delataban cuán sensible era a su contacto.

A partir de ahí dejé de pensar. Si me preguntaban cuánto era dos más dos mi respuesta habría sido: «Necesito que Adrik me toque en todos los lugares posibles». La humedad de sus besos, el calor que desprendía su piel, el control y la confianza de cada uno de sus movimientos..., todo me hizo entrar en un estado de suspensión y embeleso. No quería que parase, no quería detenerlo y él lo entendió. En un giro que me tomó por sorpresa, me tumbó sobre la cama para tomar total control de la situación.

Se apoyó en el colchón y lo contemplé sobre mí, imponente y mucho más atractivo por el brillo de excitación y ansias que había en sus ojos. Tenía las pupilas dilatadas, los músculos tensos y los labios entreabiertos por los besos. Condujo una mano de palma abierta por mi abdomen, mi cintura, trazó la curva de mi ombligo con la punta de sus dedos y luego se detuvo en el broche del jean. Lo soltó en un segundo y bajó el cierre en otro. Quedó a la vista una partecita de mi simple panty blanca. Él la contempló mientras acariciaba el borde con el índice y el pulgar. Después quiso bajarla un poco para explorar con sus dedos, pero de manera rápida y brusca cogí su mano.

Me miró con algo de confusión. Por un instante dudé. Me sucedió algo que jamás me había pasado en la vida: sentí algo de vergüenza. Es que a ver...

no tenía tantas curvas, no tenía tantos pechos, mi piel no era del todo tersa y la luz estaba encendida y todo era visible. Y él era guapo y atractivo. No tenía ni un defecto físico, ni una marca extraña. ¿Qué pensaría? ¿Y si no alcanzaba para motivarlo del todo? ¿Y si algo le desagradaba? En un gesto inconsciente mi expresión se volvió algo afligida. Él pareció comprender mis dudas y, para mi sorpresa, apoyó el codo en el colchón. Adoptó una postura más relajada. Eso le permitió más cercanía con mi rostro, uno sobre el otro, como si fuéramos a tener una conversación, pero fue lo que menos sucedió. Para mi sorpresa, con los nudillos de su mano libre comenzó a acariciar la puntita endurecida de uno de mis pechos. Una corriente intensa se desató desde el sitio exacto del toque hasta mi zona íntima. Fue un gesto tan privado, tan confiado y en extremo excitante.

—Te dije que me gustas, ¿no? —comentó. Su voz sonó más ronca de lo habitual, más baja, tan sensual que me dieron ganas de que la emitiera cerca de mi oído—. Eso significa todo de ti. ¿O tampoco me crees? ¿Quieres que te lo demuestre de una forma que no deja dudas?

Tragué saliva y asentí con la cabeza. Ni siquiera pude cerrar del todo la boca y no me quedó de otra que relamerme los labios por lo seca que me dejaron esas palabras. Me pregunté cómo me lo demostraría hasta que tomó una de mis manos y con lentitud la condujo por el espacio entre nuestros cuerpos. Mi cerebro, obstruido por la excitación y los nervios, no entendió qué hacía hasta que Adrik introdujo mi mano dentro de su pantalón de pijama. Solo pensé: «Quiere que lo toque...» y ni siquiera lo dudé. Mis dedos alzaron un poco su bóxer, se abrieron paso y tocaron esa parte en especial.

Estaba duro, caliente y apuntaba en dirección a su vientre. No dejé de mirar ni un segundo su rostro, aturdida de la mejor manera, así que me di cuenta de que apenas sostuve por completo su miembro con la palma de mi mano, él tensó la mandíbula. Se sentía tan... No era una monstruosidad como exagerarían en cualquier historia, y sé que tengo todo el poder de exagerarlo aquí sí quiero, pero merecía el detalle justo. Era impresionante como lo había imaginado.

—¿Ves? —agregó él con aspereza y suavidad al mismo tiempo—. Y ni siquiera estás por completo desnuda. Imagina cómo estaré en ese momento.

Toda la seguridad volvió a mí y esbocé una sonrisa amplia e incitadora mientras me mordía el labio inferior.

—Ya quiero ver cómo sería —logré decir.

—Necesito saber si tú estás igual —agregó, y con tan solo pensar en lo que eso significaba, me estremecí de ganas.

Adrik apartó mi mano de su miembro e intentó de nuevo lo que quiso hacer un momento atrás y que no le había permitido. Introdujo su mano por debajo de la tela blanca de mi panty y deslizó los dedos hasta que tocó el lugar que ahora me palpitaba dolorosamente. La ligera presión de sus dedos en el punto exacto hizo que cerrara los ojos y emitiera un gemido lento y profundo. Incliné un poco la cabeza hacia atrás de manera inconsciente y sentí mucho más placer cuando Adrik hundió su rostro en mi cuello y dejó un beso. Presionó con sus dedos una vez más hasta que dos de ellos se hundieron en mi humedad. Se me escapó otro sonido de satisfacción. Su boca viajó hasta detenerse debajo de mi oreja.

—Y ni siquiera estoy del todo desnudo, Jude, no sé qué pensar —dijo en un tono juguetón que me hizo sonreír todavía con los ojos cerrados—. Creí que me detestabas.

—Creí que yo no te gustaba —rebatí utilizando el mismo tonillo que él. Se apartó de mi cuello y buscó mi rostro. Abrí los ojos para mirarlo. Coloqué un par de dedos sobre su boca solo para sentir sus labios.

—Antes no, pero ahora se me hará difícil no tocarte apenas te vea.

Sacó la mano de mi panty. Sentí con fuerza la falta de su contacto. Puso la misma mano sobre mi muslo para invitarme a abrir las piernas. Apenas las desplegué, él se incorporó de rodillas entre ellas. Me permití admirarlo desde esa perspectiva. Había soñado con un momento así, pero la realidad era tres veces mejor. Contemplé el bulto debajo del pantalón de pijama, luego ascendí por su abdomen marcado y me detuve en la forma de su boca. Mientras, él cogió los bordes de mi jean.

—Junta las piernas y álzalas —me pidió. No fue una orden, pero hubo una nota exigente que admití que me gustó.

Lo hice de manera automática. Jamás me había ido ese lío de la dominación, pero de repente quise que me diera algunas órdenes y quise cumplirlas. De repente quise hacer con él todo lo que se era posible hacer desnudos en una cama.

Adrik tiró del jean y lo sacó con éxito. Lo arrojó al suelo y se concentró en mí. Como todavía tenía las piernas juntas y alzadas en una posición que cubría la vista de mi abdomen y lo que había debajo, él colocó las manos sobre mis rodillas y con suavidad me impulsó a abrirlas para colocar los pies en la cama.

Expuesta para él, volví a dudar, pero me di cuenta de la mirada que me echó y las dudas desaparecieron. Me estaba viendo con ganas, sin nada de desprecio ni frialdad como si fuera, no lo sé, muy hermosa. No era tan hermosa, lo tenía claro, sin embargo, me encantó que así me observara. Y como me encantó y me motivó, me enderecé para sentarme. El movimiento dejó a Adrik algo embelesado. Tardó unos segundos en entender que pretendía acomodarme en el borde de la cama. Cuando lo pilló, se puso de pie y permaneció justo frente a mí.

Mi rostro quedó a la altura de su ombligo. Era una posición que sugería muchísimas cosas, pero hice solo una. Con toda la seguridad del mundo pasé mis dedos por las líneas que marcan la V de su abdomen, luego sostuve el borde del pantalón de pijama y lo bajé hasta el suelo. Él sacó los pies. Después fui por el bóxer. Coloqué mis dedos allí, pero para mi sorpresa, Adrik me tomó de la muñeca y me obligó a levantarme.

Me pegó a su cuerpo. Nuestros pechos se presionaron, el mío suave y el de él, duro. Nuestras narices rozaron, una junto a la otra. Nuestros labios quedaron a milímetros, de modo que mi aliento fue el suyo y el suyo fue el mío. Sus ojos entrecerrados por el deseo miraron mi boca. De manera automática pasé una mano por su pecho y le rodeé el cuello con mi otro brazo. Él situó una mano en la parte baja de mi espalda y descendió hasta atrapar una de mis nalgas. La apretó con una fuerza que hizo que mi vientre chocara contra la dureza de su miembro.

Se quedó así un momento, quieto, sin hacer nada. Movió los labios de arriba abajo con escasa lentitud en un gesto de provocación. Esperé el beso. Me preparé para recibirlo, pero no llegó y en consecuencia los labios me ardieron de tal manera que me los relamí.

—Bésame —le pedí en un susurro, llevada por la ola de calor, latidos y dolor que recorrió mi piel y se asentó entre mis piernas.

—Bésame tú —respondió en otro susurro áspero y profundo.

—Si quieres que sea una competencia, nos vamos a quedar así toda la noche —le murmuré, y una sonrisa cruel y dispuesta curvó mi boca.

Una mucho más cruel y macabra torció la de él.

—Puedo aguantar bastante —aseguró.

—¿Incluso si hago esto?

Le miré a los ojos con decisión un segundo antes de inclinar la cabeza hacia abajo para besarle los lados de la mandíbula. La punta de mi nariz y mis labios recorrieron la zona de su cuello con lentitud. Olía tan bien... a misterio, a masculinidad, a Adrik, a mi Adrik. Quise dejar en claro que era mío, incluso si no había nadie a quien aclarárselo, por eso pasé mi lengua por su piel al mismo tiempo que acaricié su pecho con mi palma.

Un gruñido bajo y erótico salió de él, contenido porque era orgulloso a veces, pero lo emitió. Como no dijo ni hizo nada, entendí que debía recurrir a algo mejor. Bajé la mano que tenía en su pecho y la fui descendiendo como una caricia larga hasta que mis dedos llegaron al borde de su bóxer. Volví a meter mi mano allí y sostuve su miembro en un apretón. Busqué sus ojos para ver qué había causado. Los descubrí más dilatados que nunca. Adrik me miró desde los centímetros más arriba que me llevaba. Le gustaba. Su mandíbula estaba más tensa, pero solo esbozó una sonrisa ladina y maliciosa. Creía que ganaría, pero en lo que empecé a hacer movimientos de arriba abajo con mi mano, esa sonrisa desapareció al mismo tiempo que soltó algo de aire por la nariz.

—No quiero hacértelo de una vez —confesó de pronto.

Por un instante me detuve, algo asustada. Saqué la mano del interior de su bóxer como si hubiera hecho algo mal. No sabía si era por el miedo que me había dejado el estúpido de Regan, pero estaba predispuesta a alguna sorpresa repentina.

—¿Por qué no? —le pregunté, mirándolo con desconcierto.

La mano que tenía en mi nalga se movió hasta mi cintura. Me acarició allí en un gesto tranquilizador.

—Quiero hacerte muchas cosas antes —contestó con detenimiento—, pero me acabo de dar cuenta de que sabes jodidamente bien y que si me tocas así no voy a poder aguantarme mucho.

Un aire de alivio me recorrió la piel casi desnuda. Ah, era eso... no era que iba a rechazarme. Volví a pegarme a él con muchísimas ganas de sentir su erección contra mí. Seguía abultada y su cuerpo continuaba emanando mucho calor. Su pecho subía y bajaba con algo de agite. Adrik en plan normal y frío era atrayente, pero Adrik excitado, hablando sin filtros, directo y sucio era algo... de otro planeta.

—Hazlas todas —le permití a milímetros de sus labios.

En un movimiento me tomó del brazo y me empujó hacia la cama. Caí y me apoyé en los codos. Sonreí por mi triunfo y más porque venía a mí con las ganas a mil. Apoyó las rodillas en el colchón, cogió el borde de mi panty y la jaló sin cuidado. Ese toque de salvajismo fue perfecto. En un segundo estuve por completo desnuda y no me cohibí a la hora de abrir las piernas para que se colocara entre ellas.

Se inclinó sobre mí y me besó como si hubieran pasado días y no minutos desde nuestro último beso. Su lengua jugó con la mía de una forma que solo pedía placer. Enredé las manos en su cabello y en el instante en que se apegó a mí y la dureza de su miembro todavía cubierto por el bóxer presionó la zona entre mis piernas, se me escapó un gemido sobre su boca.

A partir de allí mi cuerpo empezó a doler en exigencia. Quise aguantar. Hice lo necesario: pensar en algo que bajara un poco mis niveles, contar, distraerme, pero él se frotó contra mí y mi garganta expulsó gemidos incontenibles. Quizá había estado aguantando mucho las ganas de estar con él, quién sabe, pero en ese instante lo exigí con una desesperación desmedida. Cada beso era tortuoso. Que bajara hasta mis pechos para pasar la lengua por las cimas, besarlos, morderlos con los labios y succionarlos, fue peor. Sentí que explotaría. Jamás había estado tan al borde de un éxtasis como en ese momento. No habíamos hecho gran cosa, pero mi entrada estaba lo suficientemente húmeda como para recibirlo sin ninguna molestia.

Necesitaba que lo hiciera. Quería que entrara en mí. Quería que fuera ahora. Era el único momento que tendría. No había tiempo para hacer otras cosas antes.

—Adrik, hazlo —conseguí decirle entre besos. Mi voz era debilidad, jadeos y aliento.

Como él no paró, sostuve su rostro con mis manos para detenerlo. Lo impulsé hacia arriba y lo obligué a mirarme. Estaba en extremo despeinado y maravilloso.

—No, todavía no —respondió, agitado. Alternó la mirada entre mis ojos y mi boca, como si quisiera prestarme atención, pero al mismo tiempo volver a ella.

—Sí, hazlo, solo quiero sentirte a ti —le insistí.

—Pero...

—Por favor —añadí como si me estuviera torturando.

Dudó un momento, pero entonces aceptó. Abrí más las piernas hasta que lo rodeé con ellas. Metió la mano en el interior de su bóxer y sacó su miembro. Tuve ganas de conducirlo yo misma hacia mi entrada, pero de repente una fuerte alarma resonó en mi cabeza.

—¡Espera! —exclamé de golpe. Él subió la mirada y frunció el ceño—. ¡Un condón!

Abrió los ojos de par en par como si se le hubiese olvidado ese grandísimo detalle. ¿Y cómo no? Con tanta calentura...

—Mierda —soltó.

Se apartó de mí y desde la cama se inclinó hacia la mesilla de noche. De ahí cogió su billetera y con algo de apuro empezó a buscar. Me ocupé en admirar lo delicioso que se veía con el bóxer todavía puesto y su miembro saliendo de él. Me resultó mucho más erótico que verlo desnudo.

—No hay —dijo de repente sin dejar de hurgar en la billetera, más como si se lo avisara a él que a mí.

Salí de mi película erótica mental en un segundo.

—¿Cómo que no hay? —solté como si fuera absurdo—. ¿Eres Adrik Cash y no tienes un condón en tu billetera?

Adrik arrojó la billetera a la mesilla de noche y se levantó de la cama. Fue directo a su escritorio. Me apoyé en mis codos para enderezarme un poco. Demonios, sobre ese escritorio había mil cosas además de su laptop: libros, lápices, hojas y un mierdero de objetos.

—Tenía una caja... —dijo mientras buscaba, apartaba y arrojaba cosas a un lado—. Debe de estar por aquí.

En cuanto empezó a arrojar más cosas al suelo sin conseguir nada, decidí levantarme. De pie, miré la habitación completa. Era un desorden total. Había demasiadas cosas en cada esquina, demasiada ropa, estantes, objetos, zapatos, pilas de libros... ¿en dónde podía estar la caja? Empecé a buscar en el armario. Había otro reguero ahí dentro, por lo que tuve que lanzar ropa y zapatos hacia fuera. Por otro lado, Adrik se movió hacia el estante y comenzó a abrir gavetas, rebuscar y cerrar.

Se empezó a formar un enorme desastre mientras pasamos de un lado a otro.

Madre santa, estábamos desnudos y calientes buscando una caja de condones. ¿Por qué ni follar podía ser normal entre nosotros?

—¡¿Por qué no puedes tener una habitación como un chico decente de diecinueve años y no un almacén como si fueras un viejo filosofo loco acumulador?! —me quejé cuando tuve que agacharme para ver debajo de la cama.

Mi culito sintió frío en esa posición.

—¡Solo busca! —gruñó él, desesperado.

—¡Una caja de condones se pone en donde se pueda encontrar rápido! —volví a quejarme.

—¡Perdón por no tener un cuarto preparado para follar con quien entre!

—¡Ahí está! —anuncié.

Él se volvió hacia mí. La caja estaba en lo más profundo de debajo de la cama. Era negra y por eso no se distinguía bien, pero era la caja, lo sabía. Un coro de ángeles cantó y la iluminó para mí. Adrik llegó, se agachó y metió casi todo el cuerpo para cogerla. Apenas salió y se puso en pie, sacó uno con rapidez y arrojó la caja hacia atrás. Me apresuré a tumbarme sobre el colchón. Abrió la bolsita y de nuevo se sacó el miembro del interior del bóxer. Se lo colocó en un segundo como un experto. Ya se le había bajado un poco la dureza. No estaba tan rígido como hacía un momento, pero eso podía arreglarse.

Se colocó sobre mí y justo antes de besarnos, nos reímos como unos estúpidos.

—Hay que entrar de nuevo en calor —susurró sobre mis labios.

Cerré los ojos esperando su beso.

Y entonces, algo nos enfrió mucho más rápido que esa búsqueda.

—¡¡¡Adrik!!!

El grito que se escuchó entre el silencio vino acompañado de unos golpes fuertes a la puerta.

—¡Abre la puerta, tenemos que hablar!

Era Aegan.

Así que nadie iba a follar esa noche.

Solo me pregunté: ¿cuántos huesos me partiría si escapaba por la ventana de un apartamento en el último piso?

11

Uy, alguien casi dijo un secretito

—¡Me tiene que estar jodiendo!

Eso salió de la boca de Adrik en un gruñido cargado de furia. Por mi parte, en mi cabeza, todas las mini-Jude que trabajaban en las secciones del cerebro acababan de saltar de sus sillas y estaban corriendo y gritando como locas desesperadas.

—¡Nos va a matar si nos ve así! —fue lo que dije en un susurro exasperado y cargado de susto—. ¡¿Qué hacemos?!

Adrik, todavía encima de mí con las manos apoyadas en el colchón, torció el gesto.

—¿Hacer silencio hasta que se canse y se vaya?

—No viene a leernos la Biblia, estúpido, es muy capaz de tumbar la puerta. —Le di un golpe en el hombro.

Adrik giró los ojos con hastío.

—Pues lo encaramos, Jude, ¿para qué alargar el rollo?

¿Para qué alargarlo? ¡El rollo ni siquiera podía alargarse! ¡No había tiempo! Ahora que la calentura que tenía encima había bajado a cero grados, mi sentido lógico y mi percepción de la realidad volvieron a sus niveles normales. Vi el mundo con los ojos de la chica que iba a vengarse y no con los de la chica atontada. ¿Qué demonios estaba haciendo? ¿Por qué estaba a punto de hacerlo con Adrik? Con todo lo que en realidad pensaba hacer... Era una imbécil.

El momento entero me pareció incorrecto y horrible.

—Claro, y si estamos desnudos será mejor —solté con completo sarcasmo—. De hecho, invitémoslo a sentarse en la cama con nosotros y le contamos cómo nos empezamos a gustar, ¿te parece? —Luego lo solté en otro susurro nervioso y exagerado—: ¡Es Aegan!

De pronto sonaron otros dos golpes más. Fueron potentes e hicieron que la madera de la puerta se sacudiera un poco. Me pregunté si aguantaría, pero luego me la imaginé cayendo en seco como en las caricaturas y a Aegan entrando como un toro cabreado a despedazarnos por «burlarnos de él».

—¡Ni te hagas el que no estás porque llamé a Aleixandre y me dijo que seguías aquí aplastado leyendo! —gritó Aegan con su poderosa y enérgica voz desde el otro lado.

Miré a Adrik con la expresión cargada de súplica. Se veía asombroso con el cabello revuelto y las pupilas aún dilatadas. Sus ojos brillaban más que nunca por la excitación que todavía no desaparecía por completo. En verdad que también me habría gustado ignorar a Aegan y seguir, pero joder ya estaba haciéndolo todo mal. Aquella situación no era para tomarla con calma.

Él se mantuvo impasible por un momento hasta que cerró los ojos y exhaló en un gesto de frustración total.

—Bien.

Un segundo después se apartó y quedó de rodillas sobre el colchón. Yo me incorporé a toda velocidad hasta quedar de pie. Mientras, él se quitó el condón con una expresión de amargura en la cara y lo arrojó directo a una papelera que había junto a la puerta. Guardó a su compañero de nuevo en el interior de su bóxer y se salió de la cama.

Ahora, ¡¿qué haríamos?!

Me concentré en la desastrosa habitación en busca de algún sitio para ocultarme. Observé hacia todos lados y mi cuello casi giró como la niña de la película de *El exorcista*: ¿bajo la cama? ¿Bajo el montón de ropa? ¿Saltaba por la ventana? ¿Me mutilaba yo misma para entrar en un cajón?

—¿En dónde me escondo? ¿Qué hago? ¿Qué procede? —susurré con muchísima rapidez al mismo tiempo que giraba sobre mis pies y me movía en todas las direcciones.

—Dejar de saltar desnuda sería buen comienzo —murmuró Adrik, al parecer ya algo obstinado.

La puerta se sacudió de nuevo. Tres golpes secos que de seguro dio con el lateral del puño.

—Bueno ¡¿te estás haciendo una paja o qué?! —volvió a gritar Aegan con algo de molestia.

—¡Sí, dame tiempo de bajarla! —le respondió Adrik en otro grito y después se acercó a mí—. Escóndete en el armario —me susurró—, lo llevaré a la terraza y tendrás tiempo de irte.

No lo pensé ni un poquito. Recogí mis pantaletas, mi brasier, mi pantalón, mi camisa, mis zapatos y fui en dirección al armario, pero justo antes de entrar, Adrik me cogió por el antebrazo y me hizo girarme. Para mi sorpresa me pegó a su cuerpo en un movimiento ágil. La dureza que quedaba bajo su bóxer, se apretó contra mi vientre. Me dio un beso imprevisto moviendo los labios de una manera superficial pero erótica. Su mano se apoyó en la parte baja de mi espalda en una presión firme, pero en un segundo descendió hasta una de mis nalgas y le dio un apretón cargado de ganas.

Apenas apartó su boca de la mía por unos centímetros, sus intensos ojos se fijaron en los míos.

—Siendo sincero, lo único que quiero es pegarte a la puerta y follarte contra ella sin importar quién demonios esté gritando al otro lado —me susurró sobre los labios, tan pero tan bajo con una aspereza tan excitante que volví a sentir una punzada en el vientre y toda la calentura que se me había bajado amenazó con elevarse de nuevo.

Maldición, qué sexy, arriesgado y salvaje. Me embelesó la simple idea.

Pero ¡no!

Hacer eso habría estado mal incluso para mi alma cruel.

—Por favor... —volví a susurrarle con algo de súplica.

—Voy a estar duro toda la noche por tu culpa —murmuró con una nota que me obligó a humedecerme los labios entreabiertos—. Pero resolveré esto, y mañana tú y yo terminaremos lo que empezamos, ¿de acuerdo?

«Mañana.» La palabra me cayó como un balde de agua fría. De nuevo volví a quedarme gélida. No había mañana. Es decir, obviamente sí había, pero no para vernos. ¡No podía!

—¡Venga, Adrik, me hice viejo aquí parado y ya nacieron mis bisnietos! —insistió Aegan en otro grito que me sacó de mi inmovilidad—. ¡Abre ya, hombre!

Me apresuré a entrar en el armario. Me eché hacia atrás hasta que mi espalda tocó el fondo. Una fila de ropa colgando me cubrió de cada lado y Adrik cerró por fuera. Mientras se dirigía a la puerta, intenté vestirme con cuidado, pero solo logré ponerme la pantaleta y el brasier porque Aegan entró a la habitación como un cohete. Al ver esa figura imponente y feroz me quedé rígida de miedo, como si la separación entre nosotros fuera demasiado frágil o él fuera a escuchar mi respiración algo agitada.

Se detuvo en seco y miró a Adrik de arriba abajo, quien seguía en bóxer y con una erección bajando.

—Por Dios, consíguete a alguien, ¿quieres? —le soltó Aegan con un ápice de desagrado.

Adrik no se inmutó. Se cruzó de brazos y con mucho hastío le preguntó:

—¿Qué es lo que pasa?

Aegan dio un par de pasos por la habitación. Llevaba un jogger oscuro y una camiseta deportiva que dejaba a la vista el par de buenos brazos tatuados que se gastaba. En un gesto que no le había visto hacer nunca, se pasó la mano por el salvaje y asombroso cabello negro. Era un gesto que significaba frustración e inquietud. Al reconocerlo entendí que algo pasaba, que no había tocado la puerta solo para molestar. Y de repente sentí más intriga por lo que fuera a decir que temor por ser descubierta.

—Quiero contarte algo —dijo él finalmente.

—Me voy a poner ropa y lo hablamos afuera —aceptó Adrik con tranquilidad.

Se movió hacia la puerta para indicarle que saliera, pero Aegan se quedó en su sitio, justo de perfil a menos de tres metros del armario.

—No, podría escucharse algo.

—¿Porque viven demasiadas personas en nuestra sala? —contestó Adrik con sarcasmo y lentitud.

—Porque no estamos muy seguros, no lo sé, estoy algo nervioso —confesó Aegan.

Un silencio. En mi cabeza resonó un «¿qué?» y todas las mini-Jude dejaron de correr y gritar para quedarse inmóviles, atónitas y concentradas en lo que Aegan acababa de decir. Adrik, todavía cerca de la puerta, también quedó algo estupefacto por eso. Sus cejas se hundieron apenas, como si no entendiera.

—¿Qué hiciste ahora, Aegan?

Se lo preguntó no con fastidio, no como se le preguntaría a quien se la pasaba haciendo tontadas, sino con seriedad como se le diría a quien solía hacer cosas graves.

—Voy a resolverlo, ¿de acuerdo? —se apresuró a contestar Aegan. Detecté una nota de desespero en esas palabras—. Solo necesito que me ayudes a pensar un poco cómo.

Adrik entornó los ojos y miró a Aegan con un aire defensivo. Yo pensé: «Aegan pidiendo ayuda, interesante».

—¿Qué es lo que pasa?

—Hemos estado vendiendo drogas en el club nocturno —confesó.

El rostro de Adrik quedó helado por un instante y luego se contrajo en un expresivo «*WTF?*».

—¿Drogas? —soltó, atónito, pero con un marcado tono de reproche en la voz—, ¿Desde cuándo? ¿No era un lugar solo para pasar el rato?

Aegan lució muy liado como si todo aquello lo tuviera preocupado, desesperado y nervioso al mismo tiempo. Entonces lo explicó:

—Era, hasta que un día Aleixandre perdió una apuesta en una fiesta y tuvo que vender alguna mercancía en el club. Como se vendió tan bien, el proveedor empezó a amenazarlo para que siguiera con eso. Cuando quisimos pararlo dijo que tenía fotos de nosotros en el club nocturno y que las enviaría a Tagus. Así que necesito que me ayudes en esto, porque no he tenido ni una sola buena idea.

Adrik negó con la cabeza y comenzó a dar algunos pasos por la habitación. Mi atención pasó de él, frustrado, pensativo y molesto, a Aegan, inquieto, expectante y nervioso. Jamás los había escuchado hablar de ese modo. Aquello era como estar escondida bajo el escritorio de la habitación secreta del presidente en la que discutía sobre secretos políticos, conspiraciones y extraterrestres ocultos. Me tenía fascinada, horrorizada y estupefacta al mismo tiempo. Era como verlos desde otra perspectiva.

Adrik miró algún punto del suelo y se sumió en sus pensamientos. Habría vendido mi alma para que me dieran el poder de leer la mente y así saber todo lo que pasaba por su cabeza en ese instante.

Ante el silencio, Aegan agregó algo más, y sonó dócil, extraño, nuevo, de una manera que no le había oído nunca.

—Adrik, desde lo de Melanie...

—No hablaremos de ella —zanjó Adrik al instante.

—Sé que es mi culpa —dijo Aegan a pesar de eso.

—No es culpa de nadie —replicó Adrik igual de cortante y seco.

—Pero nosotros...

—Cállate, Aegan —soltó Adrik con un poco más de fuerza y le dedicó una mirada asesina—. El tema es el club y las drogas, ¿no? Melanie está muerta, dejémoslo hasta allí.

Sentí que lo callaba solo porque yo estaba escuchando...

Adrik se pasó la mano por la cara, en extremo frustrado. Empezó a dar más pasos por la habitación, como si las cosas acabaran de ponerse demasiado peligrosas, horribles, y a pesar de todo él nunca se lo hubiera esperado.

—Tenemos que hacer algo, Adrik —cortó Aegan el silencio—. No quiero estar amarrado a esa porquería, no es la vida que planeé para nosotros tres.

Pero eso solo ocasionó que Adrik se volviera hacia él de manera violenta y lo señalara con un dedo y una postura amenazante.

—¡Vuelve a decir que todavía planeas nuestra puta vida y yo te saco la cabeza a ti y la pongo en una estatua! —le rugió en advertencia.

Aegan alzó una mano en gesto de rendición.

—Está bien, está bien, pero sé que tú tampoco quieres esto —le aseguró.

Sin embargo, un destello de rabia y furia ya brillaba en los ojos de Adrik.

—Hecho histórico, te acabas de dar cuenta de que no quiero hacer algo de lo que dices —volvió a rugir con una nota amarga y afilada.

Aegan quiso responder, pero de pronto Adrik pareció darse cuenta de algo, arrugó el cejo en señal de enfado y no lo dejó hablar:

—¿Sabes qué? Esta mierda es tu culpa —le acusó—. Siempre es tu culpa. Haces cosas y solo las dices cuando se vuelven un problema que solo puedes resolver con nuestra ayuda. En ese momento dejas de dar órdenes y te metes el maldito rabo entre las piernas, pero cuando se resuelve, vuelves a ser el mismo cabrón de siempre.

Dijo todo aquello rápido, violento, con la marcada intención de que sonara duro, acusatorio e insultante. Pensé que ante eso Aegan se enfadaría porque a él no le gustaba que nadie le diera la cara ni le cantara sus verdades, pero no hizo más que entornar los ojos.

—Pues tienes razón, es mi culpa —aceptó, y no con docilidad, sino con dureza—. Por eso, si me ayudas a resolver esto podrás irte a donde te dé la gana, hacer lo que te dé la gana, y no diré ni una jodida palabra. Serás libre de nuestro apellido y de nosotros, justo como has querido siempre. Y no es un trato, es una promesa.

Adrik emitió una risa amarga, absurda, nada divertida.

—¿Tú me vas a liberar a mí? —le preguntó como si fuera algo ridículo y sin sentido.

—Sí —asintió Aegan con la misma decisión y seriedad—. De igual modo, como termine esto, las cosas van a cambiar. Solo dediquémonos a resolver el asunto primero y a ponernos a salvo.

Adrik lo miró por un instante de la misma forma que lo hice yo, buscando algún asomo de falsedad o de engaño como era común con él. Lo contempló como si el diablo mismo le estuviera proponiendo un trato y necesitara encontrar el truco, las líneas pequeñas del contrato en donde las condiciones se revelaban peores que los beneficios.

Después de un momento, quizá entendió algo.

—Te ayudaré con esto —fue lo que le dijo Adrik en tono gélido—. Ahora vete de aquí.

Aegan estuvo un momento ahí, como si tuviera intenciones de dar las gracias, pero luego simplemente avanzó hacia la puerta para irse. Exhalé en silencio porque todo había terminado. Mi mente estaba como loca procesando toda la información, haciendo nuevas preguntas, conectando puntos y atando cabos, pero procedí a meter ambas piernas en el jean para vestirme.

Claro que no tuve que cantar victoria tan pronto. Justo cuando me estaba abrochando el botón, la voz de Adrik me hizo alzar la cara con brusquedad.

—¿Qué? —preguntó.

Y no me lo había preguntado a mí, se lo había preguntado a Aegan que en realidad se había quedado parado a centímetros de la salida, todavía de espaldas a nosotros. Primero no entendí qué sucedía y quizá Adrik tampoco, pero un microsegundo después lo capté y me quedé helada. Aegan había girado la cabeza ligeramente hacia la derecha, es decir, en dirección al bote de basura.

Oh...

Por...

Dios...

El condón.

Mi mano se fue de manera automática hacia mi boca y me la cubrí con fuerza. En mi cabeza se repitió un consecutivo «no, no, no, no...». Pero ya era demasiado tarde. Aegan se giró con brusquedad hacia Adrik y se le quedó mirando. Cada músculo de su poderoso cuerpo se había dilatado de repente. Su rostro se endureció tanto que incluso Adrik se quedó pasmado por un momento.

Y entonces, sucedió demasiado rápido.

Aegan avanzó en dirección al armario y Adrik se le atravesó al mismo tiempo que soltó un:

—Aegan, no vayas a...

Pero Aegan lo apartó con una mano fuerte y en un segundo deslizó la puerta hacia un lado. Cuando sus ojos de un gris casi transparente me enfocaron, yo estaba tan rígida como una piedra, ni respiraba, solo estaba allí con la mano todavía sobre la boca y el corazón retumbándome en el pecho y en los oídos. Juro que esperé un grito colosal, un estallido parecido a una supernova, una explosión de rabia, golpes, caos, insultos, mi cuerpecito siendo arrojado por la ventana como un gato volador...

Pero no sucedió nada de eso.

Fue la primera vez que Aegan me sorprendió.

Lo que hizo fue observarme de pies a cabeza con los ojos bien abiertos, cargados de horror, de confusión, de todas las emociones posibles relacionadas al «¿qué mierda...?». Sus pupilas recorrieron mis pies descalzos, mi torso desnudo, la camisa que todavía sostenía y se detuvieron en mi cara de susto. Parpadeó un momento y tan rápido como puede un suceso cambiar la historia, esas cejas se fruncieron y esos labios se apretaron hasta formar una línea.

Y sin decir palabra alguna se giró y a toda furiosa velocidad salió de la habitación.

Así de simple. No gritó, no estalló, no destrozó el planeta entero. Solo se fue.

Apenas su figura abandonó el espacio, lo único que salió de mi boca fue un:

—Ay no...

Y quizá Adrik vio en mí lo que pasó por mi mente. Quizás oyó la fuerza con la que una voz en mi cabeza me exigió: «Ve por él».

Porque intentó decirme:

—Jude ya no tiene caso...

Pero no escuché lo demás porque salí disparada del armario y corrí por el pasillo. Al mismo tiempo intenté colocarme la camisa. Había dejado los zapatos, pero no me importó. Alcancé a atravesar la puerta del apartamento justo cuando el ascensor se cerraba. Aegan no me vio, así que mi única opción fueron las escaleras. Las bajé a toda velocidad con la esperanza de pillarlo, pero cuando llegué al piso principal, Aegan iba cruzando a paso furioso la puerta de entrada al edificio.

—¡Aegan, espera! —le llamé con fuerza, agitada.

Traté de aumentar la velocidad y entonces logré salir en el momento exacto en el que llegaba al inicio de la acera. Ya había sacado las llaves de su camioneta que estaba aparcada allí, pero como si me hubiera puesto un cohete en el culo, lo alcancé y me detuve detrás de él.

—Aegan, déjame explicar... —intenté decirle a pesar de que mi voz era más jadeo que palabras.

Lo que no había hecho en la habitación de Adrik, lo hizo allí. Se giró con violencia para encararme y no me dejó hablar:

—¡No vales la pena! —soltó en un rugido potente y violento. Abrió la boca para gritar algo más, supuse que para soltar una sarta de insultos, pero para mi sorpresa apretó los labios con fuerza y lo único que dijo en un tono detenido y entre dientes fue—: Te dije que no lo hicieras y lo volviste a hacer.

Habría preferido que gritara porque habría tenido menos sentido y habría sido muy predecible. Eso que acababa de decir fue lo que menos me esperé. No tuve ni idea de por qué se contuvo, porque era obvio que se dominó. Sin embargo, esas pocas palabras fueron precisas. Me quedé ahí parada con los brazos colgando a cada lado. ¿Que yo no valía la pena? ¿Cómo carajos se atrevía él, el imbécil más grande del mundo, a decirme eso? ¿Con qué moral?

Una rabia sorda estalló dentro de mí y me nubló la mente. Si había corrido a buscarlo solo pensando: «Alcánzalo o perderás tu única oportunidad de destruirlo», se me olvidó.

—Por qué no valgo la pena, ¿eh? —le respondí, mirándolo con total desconcierto—. ¿Porque después de todas tus malditas humillaciones, no me enamoré de ti? ¿Porque me fijé en el único chico que me trató bien y no me hizo sentir una basura? ¿No valgo porque no cumplí con ese ridículo cliché de amarte a pesar de que fuiste un machista, cavernícola, ofensivo e idiota?

—¡¿El único que te trató bien?! —repitió él ante mis palabras como si fuera algo en extremo absurdo—. ¡¿Es que no tienes ni idea de...?!

—¡¿De qué?! —le interrumpí en un grito de desafío—. ¡¿De qué no tengo idea?!

Aegan apretó los labios con fuerza. Esperé que mis gritos lo hicieran gritar también, pero tampoco dijo nada. ¿Por qué? No lo sé. Nunca entendí la actitud que tomó esa noche. Cuando más tenía que comportarse como siempre solía actuar, decidió no hacerlo. Lo que sí recuerdo bien es que jamás le hablé con tanta sinceridad como en ese momento:

—Lo que sea que intentes decir ahora no va a cambiar la manera en la que pienso —agregué ante su furioso silencio. Esa vez no grité, pero soné bastante dura y cada palabra me rasgó la garganta—: Me amenazaste desde el primer día que salimos, me hiciste la burla de todo Tagus, te reíste de mi cuerpo, de mi cara, de mi sencillez, me ridiculizaste y te esforzaste como un monumental imbécil en intentar destruirme. ¿Y te sorprende que esté con él? ¿En verdad te sorprende aunque sea un poco?

Aegan respiraba muy agitado. Sus manos eran puños tan apretados que parecía que se le reventarían las venas. Se veía tan saturado de furia como aquella vez en el estacionamiento. Me echó una mirada que destellaba rabia, desprecio, resentimiento, las peores cosas que un humano podía sentir hacia otro.

—¿Crees que nunca me di cuenta de cómo te miraba? —escupió. Las palabras salieron repletas de desdén—. ¿Crees que nunca noté lo tonta que te ponías cuando él aparecía? ¿Crees que no sabía que terminarían en la cama? —Hizo una mueca severa y de desagrado, y bajó el volumen de su voz a uno detenido y lleno de rabia—. Pero una cosa es saberlo, y otra es verlo. ¿Eso era lo que querías? ¿Que los viera así? ¿Querías restregarme en la cara que piensas que él es mejor que yo solo porque no hizo todo lo que yo sí?

¿Que si esa era mi intención? Habría querido hacerle todas las bestialidades existentes a Aegan. Lo odiaba desde que Henrik me había contado cómo lo humillaba. Había pasado noches sin dormir imaginando un sinfín de formas de destrozarlo con mis propias manos. Pero apenas tocó la puerta de la habitación de Adrik no quise que nos encontrara así, así que al menos no mentí al dar esa respuesta:

—Si lo hubiera querido ni siquiera me habría escondido en el armario. Yo misma habría abierto la puerta.

Sus ojos fieros y casi transparentes se entrecerraron. Brillaban de repugnancia y amargura gracias a las luces de los faroles. Su pecho subía y bajaba por la furia. La frase «el demonio era hermoso» jamás tuvo tanto sentido como en ese momento. La mejor definición de la maldad se escondía en una palabra atractiva. Por eso mismo Aegan era un individuo cruel, despreciable, y cuando dejaba fluir toda esa malicia era cuando más poderoso y deslumbrante se veía.

—Hubo una sola razón por la que te escogí después de la partida de póquer —soltó como una confesión brusca—. No porque me gustaras, no porque me sorprendiera que me retaras, sino porque sabía que eras peligrosa. Algo me dijo que tenía que vigilarte muy de cerca, y ya veo que no me equivoqué. Lo único que has querido todo este tiempo es dividirnos y lo estás logrando.

—No, eso no es cierto —me defendí.

Aegan se volvió hacia mí y después de dar un paso, me señaló con un dedo. Su rostro adquirió una sombra vil, despiadada, capaz de asustar.

—Te lo voy a advertir una sola vez —me dijo con un amenazador detenimiento—. Si dices una palabra de lo que escuchaste en esa habitación, no importa en dónde estés, no importa quién te proteja, no importa si me tardo un año entero, voy a ir a buscarte yo mismo y te despedazaré. ¿Creías que era un monstruo? No, a ese lo mantuve dormido durante todo este tiempo. Ahora lo conocerás despierto. Ahora sabrás quién es el verdadero Aegan Cash.

Y dicho eso se fue dejándome allí plantada con una amenaza que había sonado como un juramento.

Tras eso me llegó un mensaje de Lander:

«Ven urgente».

12

Medidas desesperadas

Fui esa misma noche a su guarida informática.

Apenas llegué, Lander movió su silla y me la señaló para que me sentara en ella. Tomé lugar, inquieta por la intriga. Él me explicó que no era necesario ver el teléfono porque la lista de archivos aparecería en la pantalla de su computadora y que podía usar el mouse para moverme por ella.

—¿Viste lo que hay? —le pregunté, nerviosa.

—No, no lo hice —dijo, y sonó sincero—, pero por los archivos que se ven, debe de haber algo muy importante ahí, así que ten cuidado. Te dejaré a solas.

No supe cómo agradecerle. Solo sentí que debía golpear a Artie por ser tan cruel con él, pero eso lo haría luego porque empecé a explorar.

Había tres carpetas de archivos. Debajo de cada carpeta estaban los nombres escritos de forma extraña: SC, SMS, MP3. Por un instante me quedé mirando solo eso, como si quisiera entender una cosa antes de pasar a la otra. Yo sabía que «mp3» era audio y que «sms» eran mensajes, pero «sc» no me sonó a nada, solo me dio una rara impresión de que era lo primero que debía ver.

Hice doble clic en la carpeta SC.

Aparecieron un montón de cuadros. Eran imágenes. La carpeta estaba repleta de ellas. No salió la vista previa, así que con algo de nervios abrí la primera.

SCS significaba «screenshot», porque eso eran: capturas de pantalla de un chat de WhatsApp. En esa parte no tuve que esforzarme demasiado por descifrar algo: era un chat que Melanie mantuvo con alguien. Ese alguien tenía de nombre solo T. A medida que empecé a leer me quedó más que claro que era Tate.

En alrededor de seis capturas de pantalla se decían cosas sobre haberse visto en algunos lugares, todos lejos de Tagus. Aseguraban que les había encantado pasar el rato juntos y él le mencionaba que quería que fuera su novia sin tener que ocultarlo. Cuando empezaban a hablar de ese tema en específico, los mensajes de Melanie eran muy interesantes:

Melanny: Al menos no todavía, es peligroso.
T: ¿Les tienes miedo?, porque yo no.
Melanie: Tengo mucho miedo de lo que Aegan pueda hacer, tú no lo conoces.
T: Es un imbécil, no es tu padre ni nada parecido, no puede decirte qué hacer.
Melanie: No funciona así para nosotros... si Aegan llegara a enterarse se volvería loco y podría...
T: ¿Matarme? Que lo intente.
Melanie: Todavía no, por favor, conseguiré una manera de vernos sin que nadie lo sepa, solo confía en mí.
T: Te quiero de verdad, Melanie.
Melanie: Y yo a ti.

En las siguientes capturas volvían a ponerse melosos. En un par, él otra vez le insistía en que no quería ocultar su relación, y Melanny de nuevo le respondía que era muy peligroso revelarlo, que «sus primos», «sobre todo Aegan», no estarían de acuerdo y todo podía terminar muy mal.

En las últimas capturas de pantalla, él le hacía una propuesta:

T: ¿Y si escapamos? Eres mayor, Mel, no necesitas permiso de nadie.
Melanie: ¿A dónde iríamos?
T: A donde sea, donde quieras, lejos de tu familia. Tengo el dinero para que vivamos bien y lo sabes.
Melanie: Se enterarían igual. Mi tío Adrien me buscaría. Aegan me encontraría.
T: Mel, no puedes vivir así...
Melanie: Les tengo mucho miedo. Adrik es el único en el que confío un poco, pero... ni siquiera le he contado esto. ¿Crees que no he querido escapar nunca? Lo habría hecho si no estuviera segura de que tienen ojos en todas partes. Aegan está como obsesionado conmigo...
T: Algo haremos para sacarte de ahí, te lo prometo.

Las capturas de pantalla se acabaron en esa línea, así que pasé a la carpeta de los audios. Había solo cuatro audios con fechas del año anterior, previos a la muerte de Melanny. Reproduje el primero y usé los enormes auriculares de Lander.

Era un mensaje de voz enviado por WhatsApp. La demandante, agresiva y poderosa voz de Aegan fue lo primero que se oyó:

«Quiero saber en dónde demonios estás. ¿O tú crees que no sé que te ves a escondidas con alguien? ¿Crees que nadie te ha visto yendo a lugares extraños? ¿Crees que no sé que te escapas? ¡Si no llegas hoy a las siete en punto, olvida que vuelves a salir sola en tu vida!».

El segundo audio de nuevo con la voz de Aegan:

«¡Maldición, Melanie, ¿en dónde carajos estás?! No sé qué demonios crees que haces o con quién lo haces, pero si lo llego a descubrir será peor para ti que para él, ¿entiendes? ¡Ven a casa de una puta vez!».

En el tercer audio Aegan le exigía que regresara, pero con amenazas más horribles y directas. El cuarto audio no era un mensaje enviado por él, era una grabación de algún momento en el que Aegan no supo que ella lo grababa. En el fondo se escuchaba una ligera interferencia. Alrededor no había sonidos, por lo que debió de ser en un espacio cerrado. El resto se oía con claridad:

«Estoy harto de esta mierda, ¿me entiendes? ¿Crees que puedes intentar algo? ¿De verdad crees que tú sola puedes tener una vida con cualquier tipo? Quiero ver eso».

Hubo una pausa de silencio. En el fondo distinguí lo que parecía un... ¿sollozo?

«¡Deja de llorar maldita sea!», gritó él de pronto.

Y la voz femenina, ligera, casi delicada y cargada de horror y llanto que debió ser de Melanie, le respondió:

«¡Solo déjame en paz, Aegan, no quiero hablar!».

Eso acentuó su furia:

«¡Aquí tú no decides si quieres hablar o no! ¡Vas a decirme quién es ese tipo antes de que esto se ponga peor!».

«¡No voy a decirte nada! ¡Déjame salir, Aegan, por favor!»

«No sales ni saldrás hasta que te dé la gana de decir la verdad.»

Un portazo y luego el final de la grabación.

Pasé a la carpeta SMS, ahí encontré archivos PDF con mensajes desde el número de teléfono de Aegan que él le había mandado a Melanie, todos amenazantes, agresivos, explícitos: «Juro que te mataré si no apareces», «No sabes en lo que te estás metiendo», «Si llegas a hablar con alguien de esto, va a terminar muy mal» y el que más llamó mi atención: «No puedo creer que te hayas atrevido a escapar, Aleixandre y yo vamos a buscarte hasta en el culo del mundo y te vamos a traer a rastras».

Y ya. Ahí acababa. No había más nada. Eso era todo lo que el teléfono de Melanie revelaba.

Me recargué en la silla en silencio para procesar la magnitud de la información. Durante todo el rato, por el asombro de lo horrible que eran los audios y los mensajes, había olvidado parpadear seguido, y cuando lo hice sentí los ojos resecos al igual que la garganta. De igual modo mi mente estaba como loca atando cabos.

Melanie tenía una relación secreta con Tate. Los tres hermanos estuvieron en contra de esa relación. Aegan incluso se dio cuenta y comenzó a amenazarla hasta que ella escapó con él. Melanie se había suicidado en Tagus, por lo que en algún punto debió de volver con ellos. De acuerdo a la actitud agresiva de Aegan, tuve dos teorías: o se suicidó cuando la encontraron porque estaba muy enamorada y tenía mucho miedo de los hermanos; o cuando la encontraron, él la mató.

Porque ella mencionaba que Aegan estaba obsesionado.

Eso me causó un escalofrío. Imaginaba a Aegan de todas las formas posibles, menos como un maniático obsesionado por una chica que, peor aún, era su propia prima. Era enfermizo y aterrador.

—Así que el monstruo es él —susurré para mí misma.

El lío era más sucio de lo que había esperado. Todos esos mensajes, esos audios... Melanie le tenía mucho miedo, pero también había sido lo suficientemente inteligente como para reunir esas pruebas que, si bien no eran un vídeo de él asesinándola, demostraban que la había encerrado y amenazado. Eso significaba algo. Significaba mucho. El resto podía averiguarlo la policía. Después de ver algo así, pondrían en duda el suicidio y le sería muy difícil salvarse considerando que también vendía sustancias ilegales en un club oculto e ilegal para una institución educativa.

Estaba perdido...

«Adrik también y no debe de dolerte ni un poquito, ¿ok?», dijo mi conciencia. «Rállate.»

«Ay, pero es que esto está emocionante.»

Realmente no importaba nada más porque ya tenía las pruebas.

Tenía pruebas que manchaban el apellido Cash.

Eso era lo que había querido desde el principio. Me lo había propuesto y lo había logrado. Solo que... algo me oprimió el estómago y de repente no supe qué. ¿Era emoción? ¿Era miedo? ¿Era... duda? La verdad era que había esperado encontrar algo que los incriminara a los tres, que demostrara que el trío era igual de sucio y cruel, pero todo había apuntado solo a Aegan y un poco a Aleixandre. Y esa línea: «Adrik es el único en el que confío un poco», no dejó de darme vueltas en la cabeza.

Si Melanie se había referido a él de esa forma, si había confiado en él, si quizá no le tuvo tanto miedo como a los otros, ¿eso qué significaba? Si los tres estaban implicados en un asunto, debían de tener la misma información. A no ser que Adrik realmente no supiera nada. ¿Y si Aegan le había mentido también? ¿Era posible? Pero... ¿y si no lo era? ¿Y si era cómplice?

Le pedí a Lander que me guardara todos los archivos en mi USB. Después le di las gracias y me fui. Esa noche no dormí de tanto que pensé. Quería sentirme como si acabara de cumplir la mayor meta de mi vida, aunque aún no la cumplía del todo, pero Adrik no salía de mi cabeza. Después, cuando logré alejarlo, planeé cómo usar las pruebas. Tuve una idea bastante buena, y consideré empezar a ponerla en marcha al día siguiente, pero...

Por supuesto, la historia daría un gran giro justo cuando a la mañana siguiente mi celular sonó mientras yo desayunaba.

Quien me llamaba era Regan. Él me ponía los pelos de punta, pero atendí la llamada porque no me podía esconder de ese ser maligno.

—¿Hola? —contesté, e intenté que no detectara miedo en mi voz.

Fue rápido, directo y serio:

—He enviado un coche a por ti. Necesito que hablemos ahora mismo.

—Pero tengo clases...

—Ahora mismo.

Colgó. Me quedé como una tonta mirando la pantalla y, por culpa del miedo, de repente sentí ganas de orinar. Pero no tuve tiempo de ir al baño porque un vehículo hizo sonar el claxon cerca de mí. Una vez dentro, exhalé. Luego no paré de apretujarme los dedos hasta que llegamos a un edificio del pueblo. Subí en el ascensor hasta el piso que me había indicado el chófer.

En la puerta de entrada al apartamento había una mujer enorme y uniformada, con pinta de guardaespaldas. Parecía una versión femenina de Rambo. Cuando me detuve frente a ella, pensé que me golpearía, pero me miró de abajo arriba escaneándome con mirada severa.

—Control —dijo, seca y fuerte.

Claro, Regan no pretendía hablar conmigo sin asegurarse antes de que yo no llevara una grabadora oculta o algo por el estilo. Un hombre precavido.

Me dejé cachear entonces. Extendí los brazos y la mujer me palpó hasta el alma. Me revisó los bolsillos, metió la mano en lugares capaces de esconder algo, me examinó el interior de la boca, de las orejas, de las uñas. Hizo que me quitara los zapatos, revisó las suelas e incluso me inspeccionó la ropa interior. Fue extraño, pero se lo permití para que no pensaran nada raro y todo fluyera bien.

Finalmente, abrió la puerta del apartamento y me dejó pasar. Avancé con cierta cautela como si estuviera pisando territorio enemigo. No supe a dónde ir hasta que escuché indicios de una voz. La seguí hasta la terraza. Allí, sentado en uno de los sofás rectangulares que decoraban el espacio, estaba Regan. Se veía poderoso, con el tobillo apoyado sobre la otra pierna en ese cruce varonil. Apartó el iPhone que tenía contra su oreja para interrumpir una llamada.

—Jude, estás preciosa hoy —me saludó muy animado—. Tienes un sensual aire de preocupación, me encanta. Ven, siéntate.

Me señaló el pequeño sofá frente a él. Fui y tomé asiento, dispuesta a lo que fuera. La sonrisa amplia, maliciosa y retorcida de Regan no me indicó nada.

—¿De qué querías hablar? —pregunté finalmente.

—Quiero saber si ya has encontrado algo de lo que necesito —me contestó con divertida simpleza.

No dije nada al instante porque obviamente yo no pensaba contarle ninguno de mis descubrimientos, solo necesitaba todo el tiempo que pudiera sacarle para yo avanzar antes que él.

Regan me hizo un ademán con la mano para que le respondiera.

—No, Aegan está un poco enfadado conmigo, pero lo resolveré hoy —mentí.

Sus cejas se hundieron ligeramente.

—¿Por qué está enfadado?

—Hum..., no quiere que me acerque a Adrik —dije.

Regan me miró con extrañeza por un instante y luego soltó una carcajada amplia, asombrosa, que resaltó cada facción de su atractivo rostro de zorro astuto. Los ojos grises le brillaron de diversión.

—Aegan siempre ha sido muy posesivo —dijo como si fuera alguna bonita historia de hermanos—. Una vez, cuando éramos pequeños, vio que Aleixandre estaba usando un coche de juguete que era suyo y se puso tan furioso que etiquetó con su nombre todas sus cosas para que nadie se las tocara. Lo curioso era que no usaba ninguna de esas cosas. —Hizo un gesto de poca importancia—. Puro capricho. Eso debe de ser lo que le sucede. Está encaprichado contigo.

Sí, ajá, solo encaprichado conmigo... Sospechaba que Aegan quería hacerme de todo menos cosas bonitas. Aunque con lo del beso lo había recuperado. Era un poco extraño. ¿Sí le había gustado?

—De igual modo, lo resolveré, no te preocupes —le tranquilicé como buena sirviente.

Claro que Regan no parecía inquieto en absoluto. Se veía incluso más radiante y feliz que de costumbre, como si acabara de cerrar un trato multimillonario.

—No me preocupo; de hecho, vamos muy bien —contestó. Un ápice de satisfacción y regodeo en su voz me llevó a sospechar que...—. He averiguado algo.

Era eso. Una punzada de nervios me rascó la espalda.

—¿Qué?

—Escuché una llamada entre Owen y Aleixandre y mencionaron un nombre. Mencionaron a un tal Tate, y por lo visto es alguien importante.. Aleixandre no dijo el apellido, así que no he podido investigar nada todavía. ¿Sabes de quién se trata?

Oh, Tate. Claro que sabía sobre Tate, pero, otra vez, de mí no saldría nada. Aunque ya era una desventaja que él también supiera el nombre.

De nuevo ese nombre. Recurrí al PDD: perdida, desorientada, desentendida. Puse mi magnífica cara de desconcierto.

—¿Tate...? —pronuncié en un gesto pensativo. Fingí buscar en los rincones de mi mente—. Hay muchos Tate en Tagus, pero no me parece que ninguno tenga algún tipo de relación con ellos. Puedo intentar averiguar algo.

Regan asintió. De acuerdo, le gustaban esas respuestas. Debía parecer entregada por completo a la misión. Pensé que ahí finalizaría la conversación, pero no. Se inclinó hacia delante en el sofá y me miró con los ojos entornados. Me habría asustado de no ser porque seguía sonriendo.

—Estuve pensándolo mejor, ¿y sabes qué más podrías hacer? —agregó con bastante entusiasmo—. Tratar de sacarle algo a Adrik. Ya que te ves con él, podrías sonsacarle información. Es el más cerrado de los tres, pero creo que tú le gustas bastante.

Tuve que contener mi cara de «¿en serio me estás pidiendo que agregue eso a toda la porquería que estoy haciendo?».

—Sí, lo haré también —mentí.

Parecía complacido.

—Me fascina tu disposición. Ya puedes irte.

Me levanté del sofá sin decir más y bajé las escaleras. Salí del apartamento a paso pensativo. Avancé por el pasillo y presioné el botón del ascensor. Mientras esperaba que las puertas se abrieran, mi vejiga me recordó que necesitaba orinar. Las ganas volvieron con la misma fuerza con la que volvió la realidad. Apreté las piernas como si le dijera: «Aguántate hasta salir de aquí», pero si algo jode más que yo misma son las traicioneras partes de mi cuerpo. Sentí que no podría aguantarme. Dudé un momento, pero con un quejido me di vuelta y volví a entrar rapidito en el apartamento.

Me escabullí, abrí la puerta del cuarto de baño, cerré con cuidado y me senté en el retrete. Solté un suspiro de alivio y tareé algo mientras hacía el trabajo.

Me quedé inmóvil cuando escuché algo. Salí de mis pensamientos e incluso contuve el chorrito para evitar algún tipo de sonido. Agucé el oído. Era la voz empresarial y masculina de Regan, que de seguro venía bajando las escaleras de la terraza, pero en ese momento tenía una nota más dócil, como si hablara con alguien... ¿superior?

Como no había nadie más en el apartamento, asumí que hablaba por teléfono.

—Sí, he hecho exactamente todo lo que me pediste, pero todavía no tengo pruebas suficientes. De todas maneras, las tendré pronto. Aegan es bastante inteligente y cuidadoso para ocultar sus movimientos, pero siempre hay un punto en el que falla. —Una pausa—. De acuerdo, me apresuraré. Tengo que investigar más a fondo a una chica que anda tras Aegan y Adrik, hay algo que no me encaja y que creo que podría joderlo todo; si es así, debo encargarme de sacarla de cuadro cuanto antes. —Otra pausa—. Pero te aseguro que encontraré alguna prueba contra Aegan que puedas usar antes de la fecha prevista y de que a la chica, cuando ya no me sea útil, la haré desaparecer. Te juré que lo lograría cuando me lo pediste, y no me iré hasta conseguirlo. Bien... Claro... Seguro. Hablamos luego, papá.

Los pasos de Regan avanzaron y luego se escuchó una puerta cerrarse.

El chorrito volvió a salir, pero yo ya estaba paralizada en el retrete.

¿Quéééééé?

No podía ser posible.

¡Adrien Cash había ordenado que se buscara alguna prueba para incriminar a su propio hijo de algo antes de alguna fecha! ¡Regan estaba allí por orden de él! ¡Y yo seguía sentada haciendo pis!

Me levanté rápido y me subí el tejano a toda velocidad como un esqueleto con epilepsia. Salí con muchísimo cuidado y abandoné ese edificio tan rápido como un chico irresponsable deja una chica embarazada. Mientras avanzaba por la acera a paso apresurado, corazón acelerado y mente frenética, una cosa resonaba en mi cabeza: si en cualquier momento Regan averiguaba una sola cosa que me conectara con Henrik, estaría más que acabada. Su intención era clara: «Sacarme de cuadro cuando no le fuera útil», y en mi pueblo eso significaba: matar. No, no, no. Necesitaba tiempo. Necesitaba al menos un poquito más de tiempo para usar las pruebas. ¿Cómo conseguirlo? ¡¿Cómo?! Me encontré ante el mayor conflicto de mi vida y tal vez ante la más difícil decisión. Lo estuve pensando por horas, hasta que al final llegué a una conclusión. Si Regan ahora era mi enemigo en común con los Perfectos mentirosos y si los enemigos de tu enemigo son tus amigos, entonces...

Saqué mi teléfono y le envié un mensaje a la única persona con la que debía hablar en ese momento, aunque sabía que él no quería hablar conmigo:

—Aegan, sé algo de Regan que puede ponerte en peligro. Es urgente.

Aquello sería muy arriesgado, pero debía hacer un cambio muy radical en los planes: debía «aliarme» temporalmente con los Perfectos mentirosos para salvar mi pescuezo.

13

Alguien debe sacrificarse

No estaba muy contenta con mi decisión porque no es que ellos fueran menos peligrosos que Regan, pero en esos momentos, con el universo dando tantas vueltas en mi contra, estaba más segura con alguno de los Perfectos mentirosos que con cualquier otra persona. Algo bueno podía salir de ahí porque si algo me sobraba eran ideas, creatividad y mentiras. Había llegado hasta allí con mi esfuerzo, y no me dejaría aplastar tan fácilmente. El objetivo nuevo: ser protegida por ellos para lograr usar las pruebas.

El problemita era que Aegan estaba muy enojado conmigo por haberme descubierto con Adrik y no estaba segura de cómo reaccionaría. De todas formas, me aparecí en su apartamento y toqué a la puerta de su habitación. Él abrió esperando que no fuera yo, por lo que cuando me vio intentó cerrarme la puerta en la cara, pero me atravesé.

—Es importante —insistí.

—Desaparece —soltó con desprecio, e intentó cerrar la puerta otra vez, pero como una piedra lo impedí.

—Aegan, por favor.

—¡Que desaparezcas! —me gritó, enfadado—. ¡No te quiero ver la cara, ¿no entiendes?!

—Pero ¡es que debo decirte esto sobre Regan! —aseguré—. ¡Y sobre lo que quiere hacerte tu padre!

La palabra «padre» funcionó. Él me echó una mirada entornada y algo desconfiada, como si esperara un engaño de mi parte, pero me mantuve seria.

—Suéltalo rápido —me ordenó.

—Creo que Adrik y Aleixandre también deberían estar aquí para oír esto —le dije—. Ellos también deberían saberlo.

Aegan me contempló durante un instante más. Sus ojos eran duros y estaban cargados de suspicacia. Dudaba de lo que le decía.

—No confío en ti, Jude, y creo que lo he dejado claro varias veces —fue sincero—. Si esto es un juego...

—Juro que no estoy jugando —le interrumpí—, así que llámalos.

Lo hizo, y en un par de minutos aparecieron. Aleixandre se veía fatal, ojeroso, resacoso, a punto de desmoronarse. Adrik, serio. Aegan, aún más serio. El momento tuvo un aire de reunión secreta, como si fuéramos un equipo, o más bien un grupo unido por una misma desgracia. De todas formas, me sentí algo nerviosa, porque tenía que seguir mintiendo, y más mentiras significaban más peligro. Ya no me estaba gustando este método. Al principio, mis mentiras estaban contadas: una para esto y otra para que explicara aquello. Ahora eran una tras otra, y la que surgía siempre era para tapar la anterior. Eso no iba a terminar nada bien. Por ley de gravedad, todo lo acumulado termina desbordándose.

Pero no podía perder ahora que tenía las pruebas.

Empecé a hablar: les dije que la noche de la feria Regan se acercó a mí, que él había expuesto a Aleixandre y que me propuso trabajar con él para averiguar algo sobre Aegan.

—Yo me negué porque no era asunto mío —continué. Los labios me temblaban un poco, pero los apreté para ocultarlo—. Sin embargo, hoy ha vuelto a insistir. Me llamó y me dijo que enviaría un coche a recogerme porque necesitaba hablar conmigo urgentemente sobre ustedes. Pensé que era importante, pero volvió a pedirme ayuda. De nuevo le dije que no, y se enojó. Me amenazó con decir un montón de mentiras sobre mí, pero aun así me fui. Solo que antes entré al baño, y fue cuando escuché su llamada. Le dijo a su padre que estaba a punto de conseguir algo contra ti, Aegan, antes de una fecha prevista, justo como él se lo había ordenado.

El silencio que se mantuvo después de que pronuncié esto último fue denso. Paseé la mirada por todos los rostros. Aleixandre se había quedado estupefacto, con sus carismáticos ojos muy abiertos y los labios separados, un gesto de perplejidad absoluta. Adrik había bajado la vista al suelo y estaba mirándolo fijamente, sin expresión alguna. Y Aegan... me observaba con el ceño hundido por la confusión. Al principio creí que era por mis palabras, pero enseguida me di cuenta de que su consternación se debía a sus propios pensamientos.

En cierto momento vi que Aegan movió la boca como si estuviera empezando a pronunciar una palabra, pero el sonido no salió de ella. La mueca se quedó en su cara hasta que volvió a fruncir las cejas, claramente confuso, y finalmente apretó los labios para seguir callado.

Aegan Cash sin palabras, asombroso.

Quien rompió aquel extraño silencio, por supuesto, me sorprendió.

—¿Y por qué deberíamos creerte todo esto? —soltó Aleixandre, que acababa de adoptar una postura desconfiada.

—¿Eh? —dije.

—¿Y si estás mintiendo? —me acusó.

—No, estoy diciendo toda la verdad, lo escuché —aseguré con firmeza.

—¿Qué nos asegura eso? —volvió a atacar.

Contraje el rostro y lo miré con gran extrañeza, tipo: «¿es en serio que estás haciendo esto?».

La primera noche que pasé en Tagus, la noche de la partida de póquer, había visto a un Aleix deslumbrante, sonriente, perfecto, impecable. Este Aleix parado frente a mí era una versión deteriorada. Algunos mechones saltaban de su cabello engominado, como si se hubiera peinado mal y muy rápido. El cansancio se reflejaba en su cara. Daba incluso lástima, pero no por eso dejaría que arruinara mi plan.

—Miren —dije en una postura calmada pero segura—. Vine a decírselos de inmediato porque sé lo de las drogas, y tengo la sospecha de que enterarse de eso es algo que Regan usaría en contra de Aegan, ¿no?

—¿Y te importa lo que le pase? —resopló Aleixandre—. ¿O te importa Adrik? ¿Cuál?

Ah, de seguro se había enterado de lo que había pasado en la habitación de Adrik...

Bueno, la respuesta correcta a eso era muy obvia:

—Sí —mentí—. Sí me importa, aunque no lo crean.

Evité mirar a Adrik tras decir eso. Lo siento, lo quería, pero necesitaba utilizar esa estrategia si quería continuar. Pensé que de todas formas eso le molestaría, pero su respuesta me sorprendió:

—Yo creo que Jude dice la verdad.

Ay, cosita... ¡Estaba de mi lado! Me tranquilizó que decidiera opinar, pero a Aleixandre no le gustó nada. Lo miró con un desconcierto tan afincado como si Adrik acabara de romper el código de complicidad, como si acabara de desertar.

—¿En qué te basas para creerlo? —le preguntó al instante.

—En que hay una parte de nuestro padre que nunca te hemos dejado que veas —se limitó a contestar Adrik con simpleza, tan poco explicativo como le gustaba ser.

Aleixandre quedó atónito al igual que yo. Me miró a mí, luego miró a Adrik y por último miró a Aegan. Y parpadeó varias veces como un estúpido. Incluso yo parpadeé como tonta. No me sabía ese chisme.

—¿Qué? —fue lo que salió de la boca de Aleix.

—Que Jude dice la verdad —salió de la boca de Aegan con una voz distante, porque la confusión ya había desaparecido de su rostro. Ahora estaba extrañamente serio.

—Pero es nuestro padre —argumentó Aleixandre con obviedad—. Él no haría eso.

—Lo ha intentado muchas veces, de hecho —dijo esa vez Adrik.

Yo estaba impactada, en serio. ¿Varias veces contra Aegan? ¿Su propio padre del que tanto alardeaba a la gente? ¿Al que obviamente siempre quería enorgullecer? Quería saber más, por esa razón deseé que no se callaran.

Aegan, por suerte, le habló a Aleixandre:

—Siempre has tenido una imagen impecable de él. Parece el padre que apoya, que da consejos, que es una inspiración, pero es diferente con cada uno de nosotros. Él siempre ha querido encontrar algo lo suficientemente grave para desheredarme y sacarme de la familia, algo que le permita dejarme en la calle a mi suerte, algo que justifique eso para que él no quede como el «mal padre», sino como el hombre que tomó una decisión justa por el bienestar de su apellido. Y sabes la razón.

¿Cuál era la razón? Yo también quería saberla... Aunque habría estado muy mal preguntar.

Aleixandre, por su parte, ya no parecía poder sorprenderse más, pero con eso le dedicó a Aegan una mirada el triple de cargada de desconcierto y perplejidad.

Yo tuve una duda y esa sí la expresé, realmente confundida:

—Pero ¿no eres su orgullo? Siempre honras su apellido y...

—No soy su orgullo —zanjó Aegan como si fuera una verdad que ya soltaba por presión—. Me odia, me detesta, le repugno, y por esa razón sé que es capaz de ordenar lo que dices y que Regan es capaz de lograrlo. Sé que no estás mintiendo en eso.

Aleixandre se quedó de piedra. Observó a Adrik como si este pudiera contradecir a Aegan, como si fuera una ley que lo hiciera. Pero no lo hizo. Al parecer, el menor acababa de darse cuenta de que no tenía ni idea de lo que su padre era capaz de hacer. Se pasó la mano por el cabello y la dejó sobre su cabeza un momento.

—¿Qué mierda...? —expresó, pasmado, y por un instante casi que explotó—. ¡¿Qué mierda es todo esto?!

Inquieto, incluso comenzó a moverse por la sala.

Aegan tomó aire y recuperó su postura de tipo poderoso y controlado, e ignoró el posible berrinche de Aleixandre.

—Creo que lo de las drogas en el club podría servirle para desconocerme como su hijo, cortar toda relación conmigo y obligarlos a ustedes a hacerlo también.

Adrik lo miró de una forma que tal vez solo ellos entendían.

—Te he dicho que nada de eso va a pasar —le dijo, pero Aegan solo se mantuvo serio.

—No es algo que puedas evitar, Adrik —fue lo que respondió, y luego me miró a mí—: ¿Esto es todo lo que sabes?

Bueno, era todo lo que les podía decir. Debía meterme en mi papel muy bien.

—Sí —asentí—, y no quiero que me excluyan, porque Regan también puso el ojo sobre mí al negarme a ayudarlo, y eso me asusta, pero creo que podremos buscar la manera de resolverlo juntos.

—Esto ya está resuelto —dijo Adrik como si hubiese cargado con esa responsabilidad—. El club está cerrado. No va a volver a abrir. Va a ser desmantelado. No habrá forma de que Regan se entere de nada.

—Pero ¿y las pruebas que tiene el proveedor que Aegan mencionó? —mencioné yo—. Las que puede enviar a Tagus. ¿No es un riesgo?

—Lo es —asintió Adrik— y por esa razón me reuniré con él hoy. Pienso intentar hacer un trato.

—¿Qué tipo de trato?

Antes de que respondiera, la puerta de entrada del apartamento se abrió y la conversación fue interrumpida. La persona que apareció fue Owen. Normalmente estaba muy relajado, medio sonriente, pero tenía un aire preocupado.

—Reunión familiar, perfecto —dijo al cerrar la puerta tras de sí, luego le habló a Adrik—. El proveedor te estará esperando en una hora, pero te advierto que está cabreado con Aegan porque ya se enteró de que cerraron el club. Dice que Aleixandre aún tiene una deuda con él y que no quiere su dinero, quiere ventas.

En ese momento me pregunté si la razón de todo el deterioro de Aleixandre era eso en lugar del hecho de que todos creyeran que era gay, pero no estuve segura.

—Bueno, me iré ya —dijo Adrik. Después dio una orden—: Aegan y Aleixandre, no salgan del apartamento por hoy. Esperen hasta que yo vuelva.

Aegan no dijo palabra alguna, pero transmitió estar en acuerdo. Aleixandre asintió con la cabeza. A mí de repente me inquietó una sola cosa.

—¿Y si no funciona el trato que piensas hacer? —le pregunté a Adrik.

Fijó sus ojos plomizos en mí. Un inesperado brillo de ironía destelló en su mirada. La comisura derecha de sus labios se elevó en una sonrisa ladina y sarcástica de esas que esbozaba cuando soltaba uno de sus mejores comentarios, porque eso pretendía hacer:

—Entonces prométanme que pondrán en mi epitafio: ADRIK CASH, AMIGABLE, ALEGRE Y BUEN AMIGO DE TODOS.

Y acompañó eso último con un guiño en dirección a mí, un gesto que jamás le había visto hacer.

Demonios, no quería que se fuera sin tener ni idea de lo que podía suceerle con ese tipo. Me acerqué a él. Quise decir algo, pero no estábamos solos en la sala, y tampoco sabía muy bien qué decir además de «no quiero que vayas, quédate, al menos tú sí me importas». Creo que notó mi inquietud, porque me puso una mano en el hombro, y esa estúpida mano me hizo arder la piel.

—Quédate aquí, tampoco salgas —me pidió sin hacerlo sonar como una orden, más bien como una solicitud necesaria—. Puedes estar en mi habitación, y hablaremos cuando vuelva. Nunca permitiría que Regan te hiciera algo.

Muy bien, protección conseguida.

Aunque no me sentí tan feliz como creí que me sentiría.

—Eres un imbécil —le susurré sin mirarle a los ojos.

De manera inesperada, Adrik me tomó la barbilla con el pulgar y el dedo índice e hizo que alzara la cara.

—Hazme caso —me pidió en otro susurro.

Por unos segundos, ese gesto suavizó mi enfado y me debilitó las piernas. Se me ocurrió la idea de besarlo. Estaba a dos cortitos pasos de hacerlo. Incluso quise alzar la mano y tocarle el rostro, pero también dudé y terminé por quedarme inmóvil memorizando cada detalle de su cara para guardarlos todos en mis recuerdos. Sus ojos grises, su nariz recta, las masculinas y perfectas líneas que bordeaban sus labios, las cejas del mismo color azabache brillante que su pelo siempre despeinado... Él también me miraba. Maldición, aquello parecía una despedida, como si esa fuera a ser la última vez que lo tendría enfrente...

Giré la cabeza con brusquedad porque sentí otra mirada sobre mí y entonces vi a Aegan parado justo junto a nosotros. Ahí, tan cerca, con las manos hundidas en los bolsillos, mirándonos tan fijamente y tan serio que resultó rarísimo e incómodo.

Pestañeé como tonta.

De pronto, Aegan esbozó una sonrisa muy enigmática, que no expresó ni empatía, ni alegría, ni nada bueno. Sentí incluso cierto miedo e inquietud porque fue una sonrisa extraña, como una advertencia, como un aviso. Y le palmeó el hombro a Adrik en señal de apoyo.

—Saldrá todo bien —le dijo a su hermano. Acto seguido, se alejó por el pasillo.

Cuando Adrik se fue y solo quedamos Owen, Aleixandre y yo en la sala de estar del apartamento, no supe qué me estaba perturbando más: si no saber si Adrik regresaría o no saber qué había significado esa sonrisa.

14

No como hermanos, como algo más

El cielo se nubló de pronto y se convirtió en un remolino de distintos tonos de gris. Una brisa fría que volaba cabellos entraba por las ventanas del apartamento. Yo, sentada en el sofá, solo pensaba:

«Debo esperar a que llegue Adrik».

Pero, ¿y si no llegaba?

«Debo esperar a que llegue Adrik.»

Pero, ¿y si lo próximo que veíamos de él era su cabeza en una estatua de Tagus?

«Esperar a que llegue Adrik.»

Había admitido que estaba enamorada de él...

¿Acaso...?

¿Sabes...?

¿Qué...?

¿Significa...?

¿Esto?

No, eso no iba a impedirme cumplir mi plan.

Luego empezó a llover con fuerza. Aegan se perdió hacia su habitación. Aleixandre se había quedado junto a uno de los ventanales, mirando afuera en total silencio. Owen empezó a hacer sándwiches. Todo pareció muy tranquilo...

Hasta que de repente Aleixandre se levantó del sofá, se perdió por el pasillo y tras unos segundos volvió con sus zapatos puestos. Cogió su llave.

—Vuelvo más tarde —anunció.

Owen soltó el cuchillo para untar al instante y de la cocina fue hacia él.

—No, Adrik dijo que...

—Adrik dice mierda —le interrumpió Aleixandre, obstinado.

Antes de abrir la puerta, Owen lo tomó del brazo con fuerza.

—Pero ¿qué demonios pasa contigo? —le reclamó, entre desconcertado y enojado también—. ¿Nada de lo que hablamos te quedó en la cabeza?

—¿A ti no te quedó en la cabeza que ya no pienso hacer nada de lo que tú o Aegan o Adrik digan? —replicó Aleixandre—. Así que deja de intentar meterte en mi vida y ocúpate de la tuya. No necesito tu ayuda porque no eres mi padre, ni mi hermano, nada. No eres nada.

Yo estaba con los ojos como dos faroles, entretenida y asombrada. Qué show.

Owen lo miró como si no pudiera creer lo que estaba oyendo. Si quiso decir algo no lo dijo, porque Aleixandre se zafó del agarre y con su nueva alma rebelde se largó dando un portazo.

Entonces, mis ojos analíticos por primera vez se fijaron en algo que, tal vez, por estar demasiado ocupada pensando en mis planes, había pasado por alto. Owen se quedó mirando hacia donde Aleixandre se había ido, y no como miras a cualquier persona irse, sino con una mirada de preocupación. Una preocupación especial, una preocupación y una aflicción diferente, como si la ausencia fuera dolorosa para él. Era algo... algo... Parecía como si... como si...

Oooh...

«¿Es eso lo que creemos que es?

»Parece justo lo que creemos que es.

»¿Es momento de sacar a la shippeadora loca?

»Actívala.»

Formé una O con la boca y señalé a Owen con un dedo como si acabara de resolver un crimen, un misterio o un enigma inesperado. Él frunció el ceño al ver mi reacción, confundido y extrañado.

—¿Qué? —me preguntó extrañado—. ¿Qué te pasa?

La O de mi boca se transformó lenta y exageradamente en una curva ancha y pícara. Al mismo tiempo incliné un poco la cabeza sin bajar la vista.

Dato: si pones en el buscador de Google: «Ryan Reynolds smile meme», en el primer y el segundo resultado en «Imágenes» verás exactamente cómo fue mi expresión.

—Te descubrí —le dije, todavía con la sonrisa anclada a la cara.

Owen hundió más las cejas.

—¿A qué te refieres?

—Tú sabes a qué.

—No lo sé.

—Sí lo sabes.

—No.

—Que sí.

—Que no.

—¡Que sí!

—¡¿De qué hablas?!

Tomé bastante aire, bastante impulso, bastante entusiasmo y lo solté (no tan fuerte):

—¡Te mueres por él!

Owen abrió los ojos azules desorbitadamente, asustado como si lo hubieran pillado in fraganti. Me observó en silencio un momento, de hito en hito. Todo su cuerpo se quedó paralizado. El pecho se le infló en una profunda inhalación que soltó con una única palabra:

—No.

—¡Sí! —exclamé—. ¡Por eso lo estabas mirando aquel día cuando estaba ebrio en las escaleras y por eso intentaste que quitaran el vídeo del beso y por eso quién sabe qué otras cosas has hecho solo por él!

Owen negó con la cabeza rápidamente. De repente estaba más nervioso que nunca.

—No, Jude, estás equivocada —intentó mentir.

De manera inevitable, la sonrisa picarona se mantuvo en mis labios, y si podía hacerse más grande, se hizo.

—*Iralooo...* —canturreé con muchísima complicidad y pillería—. Y yo pensando que eras un mujeriego y que por eso no tenías novia.

Miró con nerviosismo hacia la entrada, como si temiera que el mismo Aleixandre volviera a entrar y nos escuchara. En conclusión: él mismo confirmó mis palabras.

Y ni siquiera logró mentir bien, lo único que salió de su boca fue un:

—¡Cállate!

—*Cilliti* —le remedé.

Me dedicó una mirada ultraasesina, así que alcé las manos en gesto de rendición.

—Bueno, vale, vale... —dije, reprimiendo la risa—. Si dices que no, es que no, aunque yo sé que tengo razón.

Owen soltó mucho aire por la nariz y volvió a la cocina para seguir con los sándwiches. Cogió más lonchas de jamón y queso, pero no supo qué hacer con ellas, como si mis palabras hubieran desordenado toda su mente y le hubieran hecho olvidar cómo preparar un sándwich.

Nos quedamos en silencio un rato hasta que...

—Ni te atrevas a decir algo —me pidió en un susurro repentino, todavía con la vista fija en el queso.

—Nah, ya hasta estoy pensando en el nombre del *ship* —le aseguré para tranquilizarlo—. Pero... ¿no le vas a decir lo que sientes de verdad por él?

—No-hay-verdad —pronunció con dureza y detenimiento.

Ajá, y tampoco había peces en el agua. Bueno, se me ocurrió sincerarme también para que se diera cuenta de que podía confiar en mí. Era obvio que nunca le había confesado esos sentimientos a nadie.

—¿Sabes? Yo tampoco quería aceptar que me gustaba el caraculo de Adrik —admití para demostrarle que en parte lo entendía—. Y que sea hermano de Aegan lo hace todo todavía más difícil.

Owen apoyó las manos en la isla, cerró los ojos y exhaló. Si había alguna sonrisa en mi cara, desapareció al darme cuenta de que aquello en verdad lo afectaba, que era algo serio, que quizá existía desde hacía muchísimo tiempo. Y mis intenciones de sacarle información fueron sustituidas por unas genuinas ganas de ayudarle en lo que pudiera.

—¿Decirle lo que siento? —resopló con cierta amargura—. ¿No ves lo alterado que está solo porque lo vieron besarse con ese chico con el que sale? Y... —Owen abrió los ojos. Su rostro adquirió una expresión afligida—. Esto no es algo que quiero hablar contigo, lo siento.

Hice un mohín de «no, no, amigo, alto ahí».

—A ver —dije—. ¿Sabes qué creo yo? Que Aleix miente cuando dice que no le gustan los chicos. Y si es cierto en alguna parte, al menos no le gusta ese chico con el que sale.

Bueno, si la relación era falsa...

Pero tenía la sospecha de que Aleixandre podía sentirse atraído tanto por chicos como por chicas.

—Somos casi como hermanos, es todo lo que importa —zanjó—. Y prefiero eso a nada.

Tras decir esto, tajante, colocó en un plato dos sándwiches ya preparados y me los entregó.

—¿Puedes llevárselos a Aegan? —me pidió.

Bueno, no insistiría. Saber su secreto ya era mucho.

En otra ocasión no me habría interesado hacer de camarera, pero qué más daba, cualquier cosa servía para distraerme. Cogí el plato y fui a la habitación de Aegan. Lo encontré parado junto a su ventana. Estaba barajando un mazo de cartas con una lentitud pensativa. Miraba hacia la ventana, donde el agua caía como cascada de manera agresiva y formaba líneas sin dirección alguna.

Lo contemplé mientras él aún no había advertido mi presencia. En ese momento no parecía el demonio que era siempre. Se veía ausente e inexpresivo, como si se hubiera transportado al universo de los mil pensamientos. Admití que sin la sonrisa cruel y sin el brillo de astucia en los ojos, algunos rasgos de su cara tenían cierto parecido a Adrik y a Aleixandre, e incluso a Regan.

Avancé y dejé el plato con el sándwich sobre su escritorio.

—Moriré de cualquier forma, pero no envenenado por ti —dijo, ignorando la comida, sin tan siquiera mirarme.

Solté una risa absurda.

—Me subestimas si crees que te mataría de una forma tan simple y predecible —repliqué—. No, tú mereces sufrir más.

—Entonces gracias.

Esas dos palabras fueron un disimulado «Lárgate, que quiero estar solo», pero de pronto se me ocurrió... Es decir, pensé de nuevo en la noche en la que, recién llegada a Tagus, le reté jugando al póquer. Ese había sido el comienzo. El final debía ser más o menos igual, y estábamos cerca. Claro que... todavía ninguno ganaba la partida que era nuestra rivalidad.

Entonces recordé que si había algo que Aegan Cash respetaba era un juego con reglas.

—¿Qué tal una partida? —le propuse—. Para ganar dos de tres. No tenemos nada mejor que hacer.

Aegan desvió la vista de la ventana hacia mí, curioso y mínimamente interesado. En mi opinión, el póquer de dos jugadores no solía ser muy entretenido, pero con Aegan hasta las cosas más aburridas adquirían un tinte de riesgo y expectativa. Y además quería algo. Se me acababa de ocurrir, me acababa de llegar a la mente como una idea arriesgada, pero que podía resultarme beneficiosa. Solo que para obtener lo que necesitaba debía retarlo.

—¿Tienes algo para apostar? —me preguntó.

—¿Te arriesgas a otra sorpresa? —inquirí como respuesta.

Aegan hizo un mohín de duda.

—Si de nuevo quieres dejarme como un imbécil, te recuerdo que no hay nadie aquí para que lo vea.

—Esta vez no será eso —le aseguré—. Créeme.

—Convencerme de algo así no es tan sencillo si no estás desnuda —me dijo en un susurro exagerado, como si fuera un secreto.

Solté un resoplido y giré los ojos.

—Ni estando desnuda te convencería.

164

Aegan curvó la boca hacia abajo e hizo un ligero encogimiento de hombros.

—Quién sabe, hace tiempo que no follo, y a veces uno solo necesita meterla.

—Pues no me desnudaré ni vas a «meterla», pero te garantizo que será algo que te gustará.

Aegan guardó silencio un momento como si lo estuviera pensando. Confié en que su curiosidad era tan grande que no se negaría a competir para ganar algo desconocido. Pero ese truco era de un solo uso. Él no estaba dispuesto a cometer el mismo error. Lo comprendí cuando vi que su comisura derecha se alzó con sutil malicia.

—¿Qué quieres exactamente, Jude Derry? —inquirió, intrigado y divertido al mismo tiempo.

—Una respuesta.

Aegan soltó una pequeña y absurda risa. Luego hundió las cejas con algo de divertida extrañeza.

—¿Una sola? Eso es raro. Siempre quieres saberlo todo.

—Pero hoy solo quiero saber una cosa —le aseguré—. Y quiero la verdad, no una mentira.

Alzó las cejas y entreabrió la boca, falsamente ofendido.

—¿Dudas de mí?

—Dudo de todo lo que tiene que ver contigo —me apresuré a aclarar.

—Algo inteligente —asintió en un gesto casi elegante—, pero si hay un juego de por medio, respeto las condiciones.

—Entonces esas son las mías. Si gano, responderás a mi pregunta con total sinceridad. Y si pierdo...

—Te acostarás conmigo —completó.

Fruncí el ceño horrorizada y desconcertada. ¿Que yo qué con él? ¿Estaba hablando en serio? Aguardé un instante, desconfiada, esperando un «¡te atrapé!». Escruté su rostro tratando de encontrar una expresión de burla, pero no la hallé. ¿Era verdad? ¿En verdad quería...? Pero si se había enojado conmigo. Que propusiera eso no tenía sentido. No me lo esperaba en absoluto. Me dejó descolocada.

—¿Te pican las nalgas o qué? —le solté.

Aegan entrelazó las manos sobre la mesa.

—Tú estás pidiendo algo bastante serio que va en contra de mis reglas de no responder preguntas innecesarias a cualquier persona, ¿no? Es justo que yo pida algo de igual peso.

Lo seguí mirando con extrañeza.

Hasta que lo entendí.

Ah.

Por supuesto.

Qué estúpida.

Mi ceño se relajó en cuanto entendí cuáles eran sus verdaderas intenciones.

—No puedo hacerle eso a Adrik —le dije, firme.

Aegan se encogió de hombros como si eso fuera lo menos importante.

—Entonces tendrás que jugar muy muy bien para no perder —me aconsejó.

—Tú ni siquiera quieres follar conmigo —le recordé—. Has dicho que no te gusto en absoluto.

Aegan hizo un gesto de vacilación.

—Para follar con alguien no necesariamente te tiene que gustar ese alguien. Basta con que te caliente un poco, y para el resto existe la imaginación.

Lo miré tipo «¿Es que tragaste líquido amniótico al nacer?». Era un imbécil astronómico. Él en realidad no quería follar conmigo. Lo que quería era molestar, causar un nuevo lío.

—¿Yo te pongo caliente? —le pregunté, sin salir de mi asombro.

—Despiertas mi curiosidad —admitió.

Me incliné un poco hacia delante y apoyé los antebrazos en la mesa, repentinamente intrigada y, también, algo molesta por toda esa ridiculez.

—Con exactitud, ¿qué te causa curiosidad de mí? —le pregunté. La nota de enfado y sarcasmo fue incontenible—. ¿Quieres saber la cara que pondré cuando me desnude y me digas: «Me das asco, vete»?

Aegan soltó aire y negó exageradamente con la cabeza. Reprimió una risa apretando los labios. El condenado se estaba burlando, estaba disfrutando con todo aquello, lo sabía. Me enfurecí, pero traté de no perder la calma.

—¿Tan mal concepto tienes de mí? —preguntó con un falso pesar.

—Tengo el peor concepto de ti, Aegan, y tú lo has alimentado.

Extendió las manos como si con eso mostrara que estaba limpio de maldad.

—Pero la verdad es que no le haría eso a una chica desnuda —dijo.

—No, me lo harías a mí —recalqué.

Esbozó una ancha y poderosa sonrisa y se le marcaron los hoyuelos del diablo. Incluso una característica que solía agregar ternura al rostro, en él se veía demoníaca y tenía que admitir, por mucho que me costara, que también sumamente seductora. Cualquiera que no lo conociera, e incluso quienes lo conocían, caían al ver esos hoyuelos. Pero yo era inmune. Yo lo veía como en realidad era: un monstruo.

—Me desprecias por lo que ya has visto de mí, ¿no? —señaló—. Mi única intención es que veas que puede gustarte lo que no te he mostrado. No me dedico solo a maquinar, manipular y dirigir, también sé hacer otras cosas, y las hago muy bien...

Formé una línea con los labios y giré los ojos. Pero, Dios mío, ¿había un ser más insoportable en este mundo? ¿Cómo era posible que Aegan tuviera tanto talento para sacarme de mis casillas?

—¿Crees que te despreciaré menos si me regalas una buena follada? —escupí con desagrado—. Por Dios, Aegan...

No perdió la sonrisa.

—No, pero te aseguro que hará que tengas que enfrentarte a un interesante conflicto.

Resoplé. Ahora mismo el único conflicto al que me enfrentaba era si lanzarle una silla o una mesa.

Aunque... por un momento eso me inquietó de una forma rara de la misma forma que me inquietó su mano el día posterior al beso de la fiesta que le había dado para recuperarlo. No me gustó esa sensación y la pateé de mi interior. Aegan estaba demente. Esa era la verdad.

—Ayer me amenazabas y hoy quieres follar conmigo —solté, contrariada—. ¿Tienes la menstruación?

Hizo un ligero encogimiento de hombros.

—Mis intereses varían con el clima, quizá —replicó.

Entrecerré los ojos. Sospeché mil cosas. Dudé. Primero creí que se estaba burlando de mí y luego que hablaba en serio. Por un segundo no supe qué hacer y quise levantarme y salir corriendo, pero con Aegan uno nunca abandonaba, llegaba hasta el final. El orgullo era lo principal.

—O quizá solo hay una cosa que te interesa, y buscas varias vías para lograrla —refuté.

—Probablemente —asintió.

—Me gusta Adrik —le recordé.

—Y a mí me gusta el caos. ¿Estamos hablando de gustos o haciendo un trato?

—Solo quieres molestarlo —resoplé.

Él elevó la comisura izquierda en un gesto malicioso y de satisfacción, como si fuera consciente del desastre que causaría su propuesta de hacerse realidad, y aun así disfrutara con ello. A lo mejor, si lo veía muy de cerca, muy pero muy de cerca, pillaba el panorama de fuego y destrucción en su pupila, justo lo que debía estar imaginando. Existían personas cuya maldad tenía un motivo, pero a veces la de Aegan no tenía sentido, era un simple entretenimiento para él.

—Lo que quiero es que esta noche la pases en mi cama y descarguemos todo nuestro odio de una forma más... íntima; eso es todo —aseguró.

Negué con la cabeza, firme.

—No, pide otra cosa.

Pensé que la fuerza y la decisión con la que dije estas palabras lo persuadirían, pero en lo que su mirada se deslizó hacia mí, astuta y maquiavélicamente inteligente, entendí que no estaba dispuesto a cambiar de opinión. La sonrisa se le redujo a una línea severa que no aceptaba réplica. Sus rasgos se endurecieron como lo hacían ante cualquier otra persona. Y sus palabras fueron irrefutables y exigentes:

—Es eso o no hay juego.

Maldición, sí hablaba en serio. Y era obvio, porque él sabía que yo le preguntaría algo importante, algo que no quería responder.

Una de las cosas que menos quería en la vida, que en definitiva no haría, era acostarme con Aegan Cash, menos sabiendo que era un obsesivo y un posible asesino, pero me ponía en una encrucijada: abandonar e irme o quedarme y arriesgarme. Ambas tenían consecuencias: si optaba por la primera opción, era seguro que no obtendría nada; si optaba por la segunda, podría ganar y obtener alguna respuesta o bien.

No obstante, necesitaba la respuesta, una respuesta que solo podía salir de la boca de Aegan Cash.

Nos sostuvimos la mirada un momento. Él, retador y aguardando; yo, dándole mil vueltas a las opciones. Toda su estúpida cara decía: «¿Qué hará la gran Jude?», que era justamente lo que yo también me preguntaba. Pero... le había ganado una vez, ¿no? ¿Y si volvía a hacerlo? Aegan jugaba muy bien, pero yo... yo era la puta ama.

Parecía más dispuesto que nunca.

Pero yo estuve dispuesta a todo desde un principio.

—De acuerdo —acepté al final—. Juguemos.

15

Como el principio, así que cuidado con los truquitos Cash

Hora: alrededor de las tres de la tarde.

Lugar: sala del apartamento de los Cash.

Ambiente: lluvioso, ventoso, frío.

Música de fondo que Aegan reprodujo para acompañar nuestro momento: «Done for me» de Charlie Puth *feat.* Kehlani.

Y... empezamos la partida.

Estábamos sentados uno frente a otro en la isla de la cocina, cada uno en un taburete. Él empezó a repartir las cartas con la maestría de un jugador profesional: dos para él y dos para mí, ambas boca abajo. Luego arrastró la pila de fichas de colores que estaban amontonadas. Finalmente, colocó cinco cartas boca abajo en el centro y después se inclinó hacia delante y apoyó los codos en la isla. Con el lateral de su dedo índice se rascó el labio inferior en un gesto pensativo. Sus ojos de un gris casi transparente se clavaron en mí, entornados y suspicaces, pero al mismo tiempo astutos y demoníacos.

Serían tres rondas. La verdad era que no habría aceptado el trato de no estar muy segura de mis habilidades en el juego. En secundaria solía jugar mucho al póquer y —con todo el ánimo de alardear— pateé más traseros que un personaje de Marvel.

No pensaba perder. En el póquer, la mayoría del tiempo, todo se trata de engañar. Y sí, posiblemente iba a jugar con el diablo, pero ya sabemos que eso se me daba muy bien.

Eché un vistazo rápido a mis cartas y volví a colocarlas boca abajo. Aegan hizo lo mismo: un ligero alzamiento en el borde y luego las dejó descansar. Lo evalué con mayor detalle, como solía hacer en cualquier partida. Su rostro no expresó nada que me hiciera sospechar qué cartas tenía. Se mantuvo neutro, lo cual siempre era una estrategia confiable. Los gestos a veces lograban delatar la mano del jugador. Aegan era tan experto como yo, no me cabía duda.

Él sabía que debía manejar con cautela sus expresiones o podían terminar dándome ventaja.

Durante unos segundos no hablamos. Nos limitamos a respirar y a jugar como un par de enemigos. El repiqueteo de la lluvia y la música eran lo único que se oía. Incluso la preocupación sobre Adrik empezó a perder fuerza porque mi concentración pasó a un primer plano y lo único que flotaba ante mis ojos era el objetivo: ganar.

En cierto momento, claro, lancé una pregunta:

—¿Qué pasa con Artie?

La expresión de Aegan se mantuvo neutra. Tenía la mirada fija en las tres cartas del centro de la mesa que ya se habían volteado, concentrado, serio. Debía de estar pensando en si «ver» el resto de las cartas o simplemente igualar mi apuesta. En realidad, las del centro no me favorecían en absoluto, pero había aumentado la apuesta para asustarlo y hacerle creer que tenía una buena jugada.

—¿Qué pasa de qué? —respondió en el instante en que arrastró las fichas para indicar que sí igualaba mi apuesta—. Voy.

«Maldición.»

—Se enrollaron un par de veces, ¿no? —pregunté.

Esperé que mi comentario causara algún efecto en él, tal vez cierta molestia por estar preguntándole algo personal, y que al mismo tiempo funcionara como distracción, pero no detecté más que indiferencia y ningún tipo de interés en su respuesta.

—¿Y?

—A veces ni le diriges la palabra y cuando lo haces te portas muy mal con ella —recalqué con detenimiento y obviedad—. Eso es muy cruel. ¿O me dirás que no te das cuenta de lo cruel que eres la mayoría del tiempo?

Su segunda respuesta fue simple y tajante:

—Yo soy así; o lo tomas o vete a la mierda.

—Muéstralas —le pedí.

Arrojamos las cartas. Cuando dio la vuelta a las dos últimas cartas del centro, vi que el condenado había ganado con un *full house*. Así de asombrosa era su suerte. Bien, bien. Aún quedaban dos rondas. Esta solo era la primera. No debía dejarle ganar la segunda ni tampoco debía dejar que esa victoria me pusiera nerviosa.

Recogió las cartas, volvió a barajar y repartió. Empezamos. Eché un vistazo a lo que tenía en mi poder. En ese instante, un trueno sacudió el cielo y la lluvia aumentó su fuerza.

Me relajé sobre el asiento para pensar con calma.

—Bueno, yo me iría encantada a la mierda —comenté, retomando su respuesta anterior—, pero desgraciadamente hay otras chicas que no piensan igual que yo. Solo quiero que lo sepas, y si te pones histérico, te lanzaré una silla.

Aegan omitió mi advertencia, alzó el borde de las cartas y después las dejó descansar. Volvió a sostenerme la mirada. La inexpresividad desapareció. Esa vez sus ojos felinos brillaron con satisfacción y triunfo, con un descarado destello de «tengo algo bueno aquí...». Sentí una punzada de disgusto al pensar que ganaría esta partida también, pero traté de mantener la calma. Podía estar engañándome, siempre podía estar engañándome. En un juego, Aegan era el triple de peligroso y poco confiable que en la vida normal.

—Luego la saludaré... ¿Feliz? —contestó con una fingida y sarcástica amabilidad.

Seguidamente, deslizó más fichas para doblar la apuesta. Menos mal que no apostábamos dinero de verdad, porque a ver de dónde iba a sacar yo esos quince mil dólares que acababa de poner en la mesa.

Los igualé con mis fichas.

—¿De verdad no te gustó ni un poco? —insistí haciendo un mohín.

—No.

Me pregunté si debía decírselo a Artie para que finalmente se permitiera querer a Lander, aunque... si se llenaba de más rabia seguramente detestaría a Aegan en el mismo nivel que yo, y contarle mi verdad sería más fácil. A lo mejor, las dos podríamos aliarnos de una forma más seria, porque necesitaría su ayuda para mi plan final. ¿O estaba siendo demasiado cruel? Debía pensarlo mejor. Por muy buena idea que pareciera, no sabía si era capaz de hacerle daño a Artie diciéndole que nunca le había gustado a ese idiota.

Aegan giró dos cartas del centro. Al verlas esbozó esa ancha y poderosa sonrisa de hijo de Satán. La victoria se estampó en su cara como si acabara de aniquilarme por completo, pero no me cabía duda de que estaba fingiendo. Otra estrategia: mostrarse triunfante para ponerme nerviosa, debilitarme y retarme al mismo tiempo.

Enarqué una ceja.

—¿Alguna vez en la vida te ha gustado alguien de verdad? —me atreví a preguntar.

Su sonrisa se esfumó en un parpadeo.

—Todavía no te has ganado tu derecho a una respuesta —se limitó a responder.

—No es esa la pregunta por la que juego —le aclaré esgrimiendo una sonrisa de «no te equivoques, amiguito»—. Lo que acabo de preguntarte es solo por pura curiosidad. ¿Es que acaso el gran Aegan Cash nunca se ha enamorado? Parece que no tienes sentimientos, sí, y te la podrás dar de dios mitológico, sí, pero eres un simple humano y los humanos sentimos.

Aegan tomó aire y lo soltó como si estuviera tratando de reunir la suficiente paciencia. Una sutil tensión le apretó los labios. Guau, de verdad le incomodaba mucho que alguien indagara en su vida y le hiciera preguntas muy personales. Debía de estar tan acostumbrado a ser un muro que cuando alguien intentaba derrumbarlo se sentía incómodo y transformaba su incomodidad en rabia. Solía pensar que Aegan se mostraba cruel por puro placer, pero en ese momento me pareció que más bien era una manera de protegerse y que en algún punto había acabado por gustarle.

O quizá no. Quizá solo era un imbécil por naturaleza.

—Tengo sentimientos, solo que no por todo el mundo —aseguró con un aire teatral de víctima—. Las relaciones son siempre como un negocio: debes dar y recibir. Si uno gana y el otro no, el negocio se cae; pero si ambos ganan, se mantiene. Tiene sus condiciones (haremos esto y no aquello; podrás salir con tus amigos, pero no con chicas; iremos con mis padres un año y al próximo con los tuyos) y sus exigencias: fechas de aniversario, cumpleaños, recordar las preferencias del otro, escuchar, entender, amar... —Resopló y giró los ojos con cierto hastío—. Es un trato, ¿y sabes qué es lo que nunca, jamás, por ningún motivo debes mezclar en un negocio si quieres que funcione?

Hizo uno de esos odiosos gestos con la mano para invitarme a responder. Se pareció muchísimo a Regan, que también solía recurrir a ese tipo de gestos. En otro momento no habría contestado, pero ahora quería ver a dónde pretendía llegar.

—Sentimientos —dije.

—Exacto —asintió al tiempo que chasqueaba los dedos—. En mis noventa días no hay sentimientos, y por eso mis relaciones con chicas siempre han funcionado muy bien.

—Solo para ti.

Se encogió de hombros con desinterés.

—Por desgracia, no controlo cómo la otra parte no cumple las condiciones, a pesar de que las dejo claras —suspiró él—. Es como si te dijeran: «No te lances a ese río que está contaminado» y tú te lanzaras y murieras, la culpa solo sería tuya, porque estabas advertida.

Recuperó la comodidad y proyectó una sonrisa que daba a entender: «Ya he demostrado mi punto». Yo le devolví la misma sonrisa con los labios pegados. No sabía si esperaba que le aplaudiera, que me levantara y le hiciera una ovación o que me salieran estrellitas de los ojos por la admiración. Simplemente le di mi respuesta:

—Lo que acabas de decir es como cuando en una novela tratan de justificar que el protagonista disfruta haciendo daño a las mujeres porque a él lo maltrataban de niño e intentan que empatices con él utilizando su trágica historia y describiéndolo como un hombre con un gran atractivo. Pero para mí no funciona. Es una excusa de mierda para justificar a un tipo de mierda. Y no es lo que te estoy preguntando, solo quiero saber si te has enamorado. Di al menos un nombre.

Hubo un silencio. Tuve la impresión de que solo pensaba en cómo desviar el tema, pero:

—Eli —dijo finalmente, y no sonó muy contento por eso. Uh... esa chica.

—¿Y qué pasó? —quise saber, intrigada.

—Ella no se enamoró de mí.

Esa respuesta me dejó algo pasmada. Una chica que no se enamoró de Aegan, una chica que no era yo. Sorprendente. Aún más sorprendente, que él lo admitiera. Todavía más sorprendente, detectar cierta tensión en su rostro al confesarlo. ¿Tal vez él habría sufrido por ella?

—Suena difícil de creer —admití.

—No siempre obtengo todo lo que quiero, Jude —dijo él, repentinamente serio. Luego giró la tercera carta del centro de la mesa y su ánimo cambió por completo a uno de asombro y entusiasmo—: ¡Los planetas están alineados en mi honor!

Una mueca amarga y despectiva apareció en mi cara ante su actitud de alarde; fue inevitable. Una de suficiencia y superioridad deslumbró en la de él. Me molestó. Quise verlo asustado, inseguro, vulnerable, y disparar mi bala, que iba a asesinarlo de una manera peor que una procedente de una pistola de verdad.

—¿Por qué eres así? —no pude evitar soltar.

Él mantuvo la sonrisa diabólica.

—¿Tan atractivo y tan perfecto?

—Tan idiota y tan cruel.

Pronuncié estas dos palabras con desprecio y repugnancia, pero no parecieron afectarle en absoluto. De hecho, solo curvó la boca hacia abajo e hizo un ligero encogimiento de hombros. Era su estado favorito: «No me importa si mis actos son malvados, lo que me importa es demostrar mi poder».

—Es subjetivo —comentó con cierto desinterés—. E igual hay para todos los gustos. Si no te gusté yo al principio, ahí tienes a Adrik, y cuando él te deje de gustar, ahí está Aleixandre. Ahora, ¿vas o no?

Sería imbécil...

Apreté los labios para contener la retahíla de groserías que se me estaban ocurriendo y miré las cartas que había en el centro de la mesa. Faltaban dos por poner boca arriba. Él tenía una apuesta grande en juego, lo que significaba que estaba muy seguro de que ganaría. A mí me tocaba igualar o no. Había cierto riesgo en ambas jugadas, e incluso si igualaba me quedaba con una poca cantidad de fichas, pero detesté la idea de perder, sobre todo después de cómo acababa de enfurecerme ese estúpido comentario suyo. Pero no iba a responderle con palabras, ni con una explosión de furia. Tenía algo mejor para él.

Arrastré las fichas para igualar.

—Muestra las cartas, Cash —le exigí.

Aegan soltó sus cartas en un movimiento ágil. Tenía dos muy buenas. Si había un ocho en las que todavía no se mostraban del centro, él ganaría. No estaba muy segura de cuáles eran las posibilidades, pero su postura relajada e imperial semejante a la de un rey sentado en su trono con sus esclavos enfrente cumpliendo sus órdenes indicaba que ese ocho saldría sí o sí.

Como dije, engañar es la clave.

Mostré mis cartas en un movimiento más lento. Aegan se las quedó mirando fijamente por un momento, como si esperara que no fueran reales, pero lo eran, e incluso si mostraba el resto de las cartas, incluso si salía su estúpido ocho, la mía se posicionaba como una jugada superior a la suya.

Yo ganaba.

¡Yo ganaba, *madafaka*!

Una sonrisa amplia y triunfadora curvó mi boca, y entonces añadí el golpe final: coloqué las palmas sobre la mesa, me incliné un poco hacia delante y, en un susurro teatral y divertido semejante al que él había utilizado para hablar, le dije:

—Para que te enteres, Adrik no me va a dejar de gustar.

Volví a relajarme en mi asiento y noté cómo él tensó la mandíbula impecablemente afeitada. Perder y escuchar eso causó gran efecto en él, pero se esforzó por ocultarlo esgrimiendo una risa burlona, como si acabara de escuchar algo estúpido y sin sentido.

—¿También quieres apostar por eso? —me preguntó, retador y divertido. Aegan extendió la mano para recoger las cartas. Las barajó y luego las repartió.

—Apostaría solo si estás preparado para perder —contesté, todavía con el éxito reflejado en mi cara—. Pero, conociéndote, sé que al darte cuenta de que vas perdiendo harías todo lo posible por ganar, incluso mentir o inventar información.

Los labios de Aegan se redujeron a una sonrisa ladina y algo enigmática, como la de alguien que tenía en la punta de la lengua un secreto capaz de destruir con la misma potencia que la bomba atómica arrojada sobre Hiroshima. Y por un mínimo segundo, que me desconcertó y me inquietó, sentí que Hiroshima era yo, y me quedé absorta esperando el momento de mi destrucción, sin ser capaz de imaginar cuál sería la magnitud de los daños.

Sin embargo, no reveló nada. Lo que supiera, se lo guardó y me dejó con cierta intriga tras sus palabras:

—Yo no invento información —aclaró con suma tranquilidad—, solo doy el tipo de información que la gente desea que sea una mentira. Verdades dolorosas, creo que se llaman.

Negué con la cabeza.

—No eres nada fiable cuando odias a alguien —le recordé—. Eres como... agua clara con toda la suciedad asentada en el fondo. Si te agitan, emerge lo que en verdad eres: turbio, grotesco, lleno de porquería.

La risa le salió sin que despegara los labios y la acompañó con un asentimiento de cabeza. Al menos eso no podía discutirlo, hasta él sabía que era cierto.

Quedaba una última ronda y la empezamos en ese instante. Aegan miró sus cartas durante un par de segundos y después se relajó de manera pensativa sobre el asiento, de nuevo acariciándose el labio inferior con el índice. O bien tenía buenas cartas o bien no las tenía, pero quería hacerme creer que sí.

En mis cartas, no había nada suficientemente bueno... Podían desanimar a cualquiera, pero me mantuve inexpresiva. Demonios. Si perdía esta partida, perdía el juego y mi respuesta, y me tendría que acostar con Aegan. Bueno, no iba a hacerlo, porque, ¿cómo? ¿Yo iría a su habitación o él vendría a la mía? ¿Y quién desnudaría a quién? ¿Quién besaría primero? ¿Lograría... excitarme? ¿Quizá debería beber algo fuerte media hora antes? No, no lo haría. Si perdía recurriría a cualquier forma para impedirlo.

Aegan arrastró todas sus fichas hacia el centro.

All in.

Es decir: lo apuesto todo.

Madre santa, iba a perder.

Corrijo: iba a perder como una estúpida.

Me quedé pasmada y quizá él se dio cuenta.

—La palabra «odiar» es demasiado fuerte, ¿sabes? —suspiró de pronto mientras esperaba mi reacción. Mi mirada ascendió hacia él con la lentitud de la perplejidad—. No te odio, Jude, y para que quede claro, tampoco odio a Adrik. Me refiero a que..., si necesitara un riñón en este mismo momento, yo le daría el mío. Bueno, si Aleixandre no se lo hubiera dado antes. Pero nos gusta fastidiarnos. Son cosas que no entenderías. Cosas de hermanos.

Me molestó mucho lo de «es algo que no entenderías». ¿Que yo no comprendía de qué era capaz uno por un hermano? Estaba sentada en esa estúpida mesa para hacer justicia por la muerte de Henrik. ¡Ja! Nadie más que yo sabía lo que una persona era capaz de hacer por un hermano.

—Supongo que no, no lo entiendo —me limité a decir.

Volví a mirar mis cartas. Un tres y un dos. No eran casi nada. Había cinco cartas boca abajo en el centro de la mesa, y todo dependía de ellas. Un frío nervioso y tenso me recorrió la piel. Evalué mis posibilidades. Podía intentar engañar a Aegan, pero él podía tener un par superior.

En una partida normal solían dar un tiempo específico para pensar, pero mis dudas parecieron satisfacer a Aegan, así que ignoró esa regla y no me presionó. Solo se relajó como si supiera que la cosa podía tardar.

—Juegas muy bien —comentó con un ligero asombro y serenidad.

Tragué saliva. Mil cosas estaban pasando por mi cabeza, pero no le permití verme incómoda o asustada.

—Lo mismo digo.

—Una cosa más de tantas que tenemos en común. —Soltó una pequeña risa como si se hubiera contado un chiste a sí mismo—. Somos más parecidos de lo que te gustaría admitir.

Fingí estar de acuerdo.

—En algún universo incluso seríamos grandes amigos.

Aegan hizo un mohín de duda. Con el dedo índice y el de en medio empezó a mover sobre la isla su par de cartas en un jugueteo distraído.

—Podríamos serlo en este mismo universo —dijo, y fijó los ojos entornados y depredadores en mí con cierta suspicacia—, pero no es eso lo que tú quieres.

Hundí ligeramente el ceño en un falso gesto de curiosidad.

—Y, según tú, ¿qué es lo que quiero?

—Ganarme.

—Quizá solo en el juego.

—Quizá en algo mucho más grande.

Me reí como si lo que acababa de decir fuera algo absurdo, sin sentido y por completo ridículo.

—Si no estás seguro o no tienes pruebas, eso que has dicho es una simple y absurda suposición —le dije encogiéndome de hombros.

Pero Aegan negó lentamente con la cabeza mientras sonreía con suficiencia.

—Suelo sospechar cosas que terminan siendo de todo menos absurdas —aseguró—. Como lo de Adrik y tú, y ahora lo que Regan sabe de ti.

Dejé de parpadear.

¡¿Qué?!

Mi mirada ascendió desde las cartas hacia él. Desprendía una serenidad tan confiada que me dejó helada. Parecía ese tipo de tranquilidad que demuestras cuando alguien te dice una mentira, pero tú ya tienes todas las capturas de pantalla con la verdad. Sin embargo, escruté su rostro en busca de algo. Solo que eso no había sido un comentario de juego o una estrategia para distraerme. Eso había sido una verdad soltada con mucho ingenio en el momento perfecto.

Traté de no demostrar mi perplejidad, pero me resultó imposible.

—¿Eh? —fue lo que salió de mi boca.

—Viví toda mi vida con esa basura —contestó—. Lo conozco tan bien que hasta puedo decirte qué ha comido por la mañana y qué ha cagado por la noche. Sabe algo de ti, ¿no es así? Porque para pedirte ayuda, para intentar incluirte en su plan, tiene que saber algo que le dé una ventaja. No se arriesgaría a dar información si no tuviera manera de evitar que se divulgue.

Pequeño detalle pasado por alto: Regan seguía siendo un Cash. Y a lo mejor Aegan y él no eran los hermanos más unidos, pero se conocían bien. Qué tonta. En mi necesidad por ponerme a salvo de manera tan abrupta, no había pensado a fondo en los vacíos de esa nueva mentira que les había soltado a todos en el apartamento.

—¿Lo ves? —dijo Aegan con suavidad ante mi silencio—. Sigues creyendo que el más inteligente es Adrik, pero a decir verdad Adrik solo es el más sensato, y la sensatez a veces es muy aburrida. —Se inclinó hacia delante y entrelazó las manos sobre la mesa, expectante—. Entonces, dime, ¿qué es lo que sabe de ti?

Con un dejo de molestia hacia mí misma, activé mis habilidades más cautelosas.

Suspiré y fingí reunir paciencia.

—Pero si ni siquiera sabías que Regan había venido para incumplirte por algo por órdenes de tu propio padre... Creo que tu supuesta gran inteligencia no queda muy bien parada.

Lo dije con el tono monótono adecuado y la apropiada expresión indiferente para que no advirtiera nada raro en mí. Entornó un poco los ojos, que eran de un gris muy claro y muy transparente, bordeados por una línea negra. Pensó algo. Sospechó algo. Trató de dar con algo... Pero finalmente hizo un gesto de «no hay manera...» y extendió las manos, todavía apoyadas en la isla, al tiempo que se encogía de hombros.

—Lo bueno es que tu secreto me asegura que no vas a cagarla por el momento. No importa que no me lo quieras decir ahora, voy a averiguarlo igualmente. —Bajó la vista hacia mis cartas y las señaló con un dedo para referirse a ellas y al juego en sí—. ¿Qué piensas hacer?

Tomé aire. Los nervios me empezaron a acelerar el corazón. Sentí arrepentimiento por arriesgar tanto y ese mismo arrepentimiento desapareció al exigirme firmeza.

«Lo que suceda, sucederá.»

Dijo la que no tenía ni idea de qué iba a hacer sucediera una cosa u otra.

—Veamos las cartas —decidí.

Las soltamos. Vi las suyas y Aegan vio las mías. El mundo se me cayó a los pies y todo se ralentizó. Demonios..., tenía una jota y un siete. Por supuesto que estaba confiado en su victoria. Con esas cartas, me daba una patada en el culo. Faltaba girar las cinco cartas del centro, pero su par era superior al mío por mucho.

Lo único que quise hacer fue apoyar los codos sobre la mesa, cubrirme la cara con las manos, frotarme los ojos y decir en voz alta: «Soy una imbécil», pero no conseguí mover ni un músculo. Aegan dijo algo, quizá alardeó, pero como yo lo estaba viendo todo como a cámara lenta, ni lo escuché ni lo entendí. Tampoco fui capaz de pensar en que tendría que acostarme con él, solo intenté maquinar alguna forma de librarme de ello.

Estaba tan sumida en eso que no vi que los dedos de Aegan giraron las tres primeras cartas hasta que estas estuvieron boca arriba.

E incluso me tomó unos segundos procesar lo que significaban.

Un cuatro, un cinco y una jota.

El mundo reanudó su curso a una velocidad palpitante. Me puse las manos en la cabeza en un gesto inevitable y apreté con fuerza los labios para reprimir un gritito. Los latidos de mi corazón, acelerados por el miedo, se aceleraron aún más por la esperanza que estalló en ese instante.

La jota le favorecía mucho a él, pero el resto eran mías. ¡Mías, perras! Miré las cartas de nuevo para comprobar que eran reales, pasmada y a la expectativa. ¡Lo eran! Todo acababa de dar un extraordinario giro. Las cosas no me iban tan mal. Necesitaba que apareciera un seis en las dos cartas restantes que todavía estaban boca abajo, y las probabilidades eran quizá de un treinta por ciento.

Aegan también lo sabía. La sonrisa seguía en su cara, confiado en que su suerte era mejor que la mía, pero mi seguridad acababa de regresar. A lo mejor, los planetas no estaban alineados a favor de él, sino a favor de *mua*.

—Veamos la siguiente —dijo con cierto misterio y lentitud.

Dio vuelta a la cuarta carta.

¡¡¡Un seis!!!

Casi salté de la silla. Ahogué un «*fuuuck*» de asombro y emoción. Aegan apretó los labios, reprimiendo una risa por mi reacción. De un momento a otro, me pareció el juego más interesante de mi vida. Sentía latidos por todo el cuerpo y la expectativa era ansiosa e hiperactiva. Tuve que agarrarme de los bordes del asiento.

Hasta ahora yo tenía la victoria, pero si salía un ocho o un tres, Aegan ganaba.

Tomé aire.

Él colocó los dedos sobre la última carta.

Nos miramos.

Chispas de rivalidad.

Miramos la carta.

Le dio vuelta.

Un as.

—¡JAAAAAA!

Eso salió de mi boca en un grito de victoria. Alcé los brazos en puño hacia un público imaginario que me aplaudía. De fondo, un trueno removió el cielo y un ventarrón sacudió las copas de los árboles que rodeaban el refugio. El ventanal mostraba un panorama gris, empañado y gélido, pero en mi mente había empezado a sonar a todo volumen el honorífico «*We are the champions, my frieeeends!*».

Aegan se apoyó en la silla y me mostró las palmas asintiendo con elegancia, en señal de que aceptaba su derrota. Admito que me sorprendió que no estallara en gritos y furia, pero él era tan raro a veces y mi victoria ya era tan oficial que no intenté cuestionar nada.

Me tranquilicé. Ahora venía mi premio. La expectativa me cosquilleó bajo la piel.

—¿Qué es lo que quieres saber? —me preguntó, casi como una invitación.

—La verdad sobre lo que sucedió con Melanie —dije sin rodeos.

Por el silencio en el que se sumió, me di cuenta de que no se esperaba esta pregunta. Quizá había creído que le preguntaría cualquier cosa estúpida, no algo así. De todas maneras, su expresión permaneció neutra, evitando mostrar sus emociones ante esa pregunta tan directa e inesperada. Mostrarlas habría sido como enviar una pista a su enemigo.

—La verdad... —repitió pensativo, hundiendo las cejas con algo de confusión—. ¿A qué te refieres con «la verdad»?

—Cuando estuve escondida en el armario de Adrik hace unos días escuché todo —le recordé. Decidí usar una voz inocente, chocante, cargada de falsedad—. Y me llamó especialmente la atención la parte de «sé que es culpa mía», como si tú hubieras hecho algo que..., no sé, causara su muerte.

Aegan ladeó un poco la cabeza, observándome. Silencio. Esperé. Más silencio. Como no contestaba, aproveché el momento y le hice ese odioso gesto con la mano que solía hacer él para invitarlo a responderme. Me sentí muy satisfecha solo por eso. Comprendió mi intención al hacerlo. Sus ojos se achinaron unos milímetros al sonreír ampliamente. Pero no era una sonrisa genuina, sino algo tipo «maldita chica lista...».

—Detecto una acusación oculta en tus palabras —dijo.

—Es más una duda —le aclaré—, porque cuando Regan me pidió que le ayudara, me dijo que sospechaba que tú habías hecho algo muy malo.

No le sorprendió, pero quizá lo desconcertó. Su ceño se hundió ligeramente, pero la sonrisa se mantuvo; dos gestos contradictorios. Fue un mohín curioso, extraño y divertido al mismo tiempo.

—¿Algo como qué...? —Vaciló un instante—. ¿Que yo la maté? ¿Lo mismo que pensaste sobre Eli?

Me puse una mano en el pecho y fingí sobresaltarme. Actué como alguien que acaba de escuchar cómo calumnian a una persona íntegra y buena, incapaz de cometer algo tan atroz.

—Oh, yo no he dicho eso... —me apresuré a decir y puse una cara que expresaba total rechazo hacia la palabra «matar»—. Pero sí, algo así.

Él volvió a sumirse en otro silencio de esos en los que parecía que esperaba algo de mí, pero solo estaba pensando y evaluándome al mismo tiempo. Y, a decir verdad, yo también estaba evaluándolo a él. Hasta ahora no había demostrado incomodidad por la acusación, pero era obvio que lo había dejado algo descolocado.

Aegan se removió sobre la silla al despertar de sus pensamientos. Una expresión curiosa y analítica apareció en su cara. Entrecerró un poco los ojos como si intentara ver algo pequeñito en mi mejilla.

—¿Y tú qué crees? —me preguntó en un susurro—. ¿Te parece que lo hice o no?

Pensé que era una pregunta retórica y burlona, pero permaneció serio. No estaba bromeando. Sospeché que en verdad quería saber mi respuesta, así que, algo desconcertada, se la di:

—Bueno, basándome en todo lo que has dejado ver de ti, pienso que me matarías a mí también. Incluso dijiste que eras un monstruo, ¿no?

Curvó la boca hacia abajo: «Comprensible». Creí que contestaría de inmediato, pero su mirada se perdió por detrás de mí y se clavó en el vacío. Fue una actitud rara. Se ausentó justo como cuando lo había encontrado sentado barajando las cartas. Dio la impresión de estar cavilando sobre lo que significaba cada palabra de lo que acababa de responderle, pero posiblemente estaba jugando con la verdad que sabía que no soltaría.

—Quizá soy la clase de monstruo que mata, sí —dijo de pronto.

La nota tan ausente y lejana en esas palabras me tomó por sorpresa. Sonó a lo que saldría de la boca de alguien que razonaba algo a fondo, como un murmullo o una... ¿confesión? ¿Era eso? ¿Acababa de admitirlo? Sin el brillo de burla o de malicia, lo parecía. Y me dejó atónita. Ni siquiera supe cómo procesarlo. No reaccioné como siempre había esperado reaccionar: con gritos, acusaciones, llanto, agresividad, solo me quedé ahí sentada pensando que, si esa era la verdad, si estaba admitiendo que había matado, faltaba que pronunciara el nombre de la víctima. El nombre de Henrik y el de Melanie.

Creí por un instante que estaba ante una confesión hasta que sus ojos se deslizaron hacia mí y me encontraron otra vez. Volvieron a verse felinos por la pícara y maquiavélica sonrisa que se formó en su cara con mucha lentitud.

—O quizá no —agregó en un susurro, y dejó los labios entreabiertos, dándome a entender que diría algo más. Hizo una pausa que, sobre el espeso silencio, me hizo contener la respiración—. O quizá la verdad es que...

La verdad era que...

La verdad era que...

Volví a aferrarme a la silla.

La verdad era que...

Esperé...

Lo necesité...

La verdad era que...

Tuve que carraspear antes de poder hablar, pero aun así la voz me falló.

—¿Cuál es la verdad? —pregunté casi en un aliento. Aguardé un instante, sin embargo, el silencio de Aegan se prolongó. Aferrada a la silla, me incliné hacia delante y tragué saliva—. No juegues conmigo, Aegan, porque sabes que justo ahora puedo elegir estar de otro lado.

Él soltó una risa burlona.

—Pero no lo harás, porque en este lado está Adrik —me aseguró con su tono teatral favorito. Luego hizo un falso y exagerado gesto de incredulidad y desconcierto—. ¿O de verdad lo traicionarías? ¿Al pobre Adrik que justo ahora está dando la cara por nosotros, que está tratando de encontrar una manera de sacarnos de este lío? ¿A ese Adrik por el que te mueres porque te trata con dulzura y no es como yo?

Apreté los labios, no pensaba contestar a sus tramposas preguntas. Aegan interpretó mi silencio como quiso, es decir, como la aceptación de mi derrota. Sonrió triunfante, y eso que la ganadora del juego había sido yo. Se levantó de la silla. Lo contemplé desde mi lugar, pequeña en comparación a su altura y porte impresionantemente arrogante. Pero cuando rodeó la isla y se detuvo a mi lado, me mantuve rígida porque ninguno de mis músculos reaccionó. Me había quedado plantada en esa silla. Así esperé, tensa y llena de rabia, lo que fuera que pensaba hacer.

Se inclinó. Con el rabillo del ojo alcancé a ver que hundió una mano en uno de sus bolsillos. La sacó y la alzó frente a mi rostro. Vi que entre su dedo índice y el medio sostenía dos cartas de póquer.

Una era un ocho y la otra un tres.

Contuve la respiración. Mi rigidez pasó a otro nivel. Las miré fijamente.

Eran nada más y nada menos que las cartas que, si hubieran estado en el centro de la mesa en nuestra última ronda, le habrían hecho ganar a él.

Eran, en definitiva, los números que de alguna forma había sacado de las cartas a propósito en algún momento con mucha agilidad.

—Y para que quede claro —me susurró al oído con detenimiento, tan cerca que sentí su aliento cálido golpearme la piel del cuello—, he estado jugando contigo desde el principio.

Arrojó ambas cartas sobre la mesa, se enderezó y salió de la sala.

Solo cuando ya no escuché sus pasos, cerré los ojos y solté todo el aire que había estado conteniendo. Me puse una mano sobre el estómago al sentirme por completo vacía y engañada. Apreté los ojos un momento y luego los abrí. Contemplé el tres y el ocho sobre el resto de las cartas del juego. Trampas. ¡El imbécil me había hecho trampas! ¿En qué momento? ¿De qué forma? ¿Mientras barajaba? ¿En algún parpadeo? ¿Cuando estaba distraída? ¿Y cómo? ¿Cómo no me di cuenta? Pero aún más importante: ¿por qué?

Me había dejado ganar, eso era obvio, pero hacer trampas para perder no parecía algo propio de él. Este pequeño engaño me pareció aún más peligroso que todos los anteriores.

Traía consigo un mensaje.

Solo que no lo entendí en ese momento.

Las horas pasaron más rápido de lo que pensaba.

El cielo ya se había oscurecido y yo seguía sola en la sala, sentada en el sofá, porque Owen se había encerrado en la habitación de Aleixandre, quién sabía a qué. No paraba de pensar en lo dicho por Aegan, y solo quería saber: ¿cuándo fue el principio?

Poner como condición que debía pasar la noche con él había sido de muy mal gusto por su parte. Dejarme ganar para que eso no se cumpliera... había sido una demostración de sus habilidades. Hacía un rato me había peguntado si le había ganado alguna vez. Si a propósito me había dejado sentir que lo superaba en algún momento, cuando nunca lo había superado en realidad.

Cuando jugamos por primera vez al póquer aquella noche en Tagus, ¿también me había dejado ganar?

A esas alturas tenía la sensación de que todo lo estaba haciendo mal, creí estar engañando a Aegan cuando era él quien me estaba engañando a mí. Demonios. Una parte de mí no quería seguir con todo eso. No quería seguir mintiendo. No quería seguir teniendo miedo. Solo quería hacer pagar a los culpables por la muerte de mi hermano y saber la verdad. Era cada vez más complicado cargar con ese peso.

Salí de la sala y atravesé los pasillos. No se oía nada, como si todos estuvieran tendidos sobre sus camas, en silencio, mirando el techo, esperando que Sedster rompiera los cristales irrompibles y disparara sin piedad.

Me vi reflejada en el cristal húmedo de la ventana: cabello teñido de negro, piel algo bronceada, ojos profundos, derrotados, cargados de recuerdos. Era un fantasma. O, mejor dicho, era la usurpadora de un fantasma. Había convertido a Jude Derry en algo peor que un muerto. Y en el fondo tenía secuestrada y encerrada a Ivy. No era diferente a Aegan en ningún aspecto.

—*¿De verdad te estás rindiendo? ¿Hemos hecho todo esto para... rendirnos justo ahora?*

—*Quiero que todo esto acabe. ¿No estás cansada? ¿No quieres volver?*

—*Quiero volver cuando ya no duela. Dijiste que, cuando todo terminara, no dolería. Y sigue doliendo, así que este no es el final.*

—*Puedo hacer que lo sea.*

Antes de decidir algo, la puerta del apartamento se abrió. Adrik acababa de llegar.

Me puse en pie de inmediato y me detuve frente a él. Lo observé por todos lados para asegurarme de que estaba entero. Me faltó la respiración durante unos segundos. El vacío que me había quedado desde que el juego de póquer había terminado se llenó de una emoción plena. De momento no supe qué demonios hacer. Se me antojaron tantas cosas, pero solo hice una: darle un golpe en el hombro.

—Eres un imbécil —le solté. Una risa sin sentido me salió, a pesar de que intenté contenerla—. Y me alegro de que seas un imbécil vivo.

Adrik también soltó una risa sin despegar los labios, casi de alivio, y negó con la cabeza.

—Sí, yo también me alegro de que mi imbecilidad todavía exista. ¿Todo bien por aquí?

Iba a decirle que no bien bien..., pero él deslizó la mirada por encima de mí. Me di la vuelta y vi que Owen había aparecido por el pasillo. El brillo de esperanza en sus ojos, de seguro porque creyó que sería Aleixandre, murió en cuanto vio a Adrik. Por detrás de él apareció Aegan.

—Habla —le exigió a Adrik, ya llegando a la sala—. ¿Qué sucedió?

Todos esperábamos oírlo con una atención nerviosa y expectante.

—Está arreglado —dijo después de tomar aire—. Recibirá dinero como pago por la deuda.

Todos nos quedamos sorprendidos. Owen sonrió con alivio, y pensé que Aegan se pondría feliz, pero solo se acercó a Adrik y le palmeó la espalda como diciéndole: «Bien hecho». Nada más.

—Entonces me iré a relajarme en mi habitación —suspiró Aegan.

Cuando me atreví a mirarlo, coincidimos de una manera extraña, una manera nueva. Por una fracción de segundo, sus ojos, comúnmente llenos de energía y astucia, permanecieron fijos en mí, tanto que tuve la impresión de que me enviaba algún tipo de mensaje. Me pregunté si era posible, si no estaba malinterpretándolo. ¿Aegan diciéndome algo con la mirada que fuera una advertencia de muerte? Hum, rarito.

Probablemente puse cara de estúpida, como cuando te lanzan una indirecta, pero tú ni te enteras. Entonces intenté traducir lo que estaba tratando de decirme con su mirada, y mi viejo y retrasado cerebro por fin quiso funcionar y de manera súbita sentí el pálpito de la certeza.

Él lo sabía. Sabía que había estado allí, a punto de llamar a su puerta, y lo que quería decirme era: «Todavía tienes una oportunidad».

Bajé la mirada, esquiva.

Cobarde.

—Por si acaso —agregó Aegan.

Y desapareció escaleras arriba.

Adrik soltó mucho aire por la nariz y me giré hacia él con rapidez, creyendo que se había dado cuenta de las miradas raras, pero en realidad solo había suspirado con cansancio. Me miró y experimenté la calidez, la seguridad, todas esas cosas tontas en el estómago que hacían que me olvidara de mis dilemas mentales, mis preocupaciones y de cualquier otra cosa: «¿Aegan? ¿Quién es Aegan? ¿Eso con qué se come? ¿En qué año estamos?».

Se levantó del borde del sofá y dio algunos pasos hacia mí.

—Me daré un baño —me dijo en un tono algo bajo y pausado.

De nuevo me costó captar el mensaje, pero me esforcé y pillé lo que quería decirme: «Me daré un baño. Si quieres..., ven».

Subió también.

Me quedé ahí plantada un momento, inmóvil, estupefacta, de piedra. ¿Acaso...? ¡¿Acaso los dos me habían dado a entender que me esperarían en sus respectivas habitaciones?! Madre mía...

De pronto me sentí aturdida. Me puse una mano en la frente como si intentara medir una fiebre imaginaria.

—¿Sería muy dramático desmayarme y no despertarme hasta mañana?

—Ay, no, mejor ve y elige a una de esas dos ricuras.

Lo peor era que sí, que en cualquier momento tenía que subir y elegir qué hacer. Elegir a dónde ir. Elegir con quién pasar la noche.

16

Bueno, algo es algo

Me detuve en el inicio del pasillo luego de que Owen se fue. Miré las puertas. Tenía tres opciones:
1. Irme a mi apartamento y no enfrentarme con nadie.
2. Llamar a la puerta de Aegan.
3. O entrar en la habitación de Adrik.

¿Te has preguntado con quién hablaba cuando mi conciencia aparecía? Con Ivy. No porque ella y yo fuéramos dos personas distintas, ni porque yo estuviera loca, sino porque los pensamientos de Jude (la chica falsa que había creado) y los pensamientos de Ivy (la chica real que mantenía oculta) eran totalmente diferentes. Jude era temperamental, egoísta, mentirosa, manipuladora, la cerilla que lanzabas al pajar para encenderlo en llamas. Pero Ivy era amable, soñadora, ingenua, divertida.

Ivy quería a Adrik.

Jude quería justicia.

Ivy quería rendirse.

Jude quería llegar hasta el final sin importar las consecuencias.

Entré en una de las habitaciones.

No entré como Jude. Entré como Ivy.

Adrik se encontraba recostado en su cama, leyendo. No llevaba camisa, sino un tejano que dejaba a la vista una parte del inicio de su bóxer. Cruzaba un pie descalzo por encima del otro. Una blanca y amorfa nube de humo se elevaba sobre su cabeza. Estaba fumando.

Me miró por encima del libro.

—¿Alguna vez tienes miedo? —le pregunté de forma inesperada.

Dio una calada al cigarrillo. Me embelesé por la forma en la que lo hacía, tan serena, tan pausada, como si no existieran preocupaciones ni en su mundo ni en el del resto de la humanidad.

—No.

Salí de mi embelesamiento y me lo quedé mirando con estupefacción.

—Pues perdón, gran Thor, hijo de Odín, rey de AsgardPateaCulosNoLe-TemoANadaNiANadieSoyElPutoAmo —dije de forma teatral y exagerada—. ¿Es en serio?

Adrik soltó una pequeña risa, como si yo no tuviera remedio y fuera una causa perdida.

—Todos tenemos miedo, Jude —admitió, pero sin poner ningún dramatismo en su voz—. De hecho, una vez tuve mucho miedo. Miedo de verdad, de ese que te paraliza. Fue el peor miedo de mi vida. —Extendió hacia mí la mano con la que sostenía el cigarrillo—. Disculpa, ¿quieres?

Miré el cigarrillo mientras me preguntaba qué habría sido eso que le causó tanto miedo.

—En realidad, no es lo mío —dije.

—Buena chica.

Dio otra calada.

—¿Qué fue eso que te asustó tanto? —quise saber.

—Diría yo que lo peor que me ha sucedido en la vida —respondió con una voz algo baja, medio pensativa. Después volvió de su mente—. ¿Qué has estado haciendo aquí durante todo el día mientras yo no estaba? —me preguntó.

Lo primero que se me ocurrió fue mentir, pero, como dije, había dejado a Jude en el pasillo. No sería una mentirosa en ese momento. No en el único momento en el que quería ser completamente sincera con Adrik.

—Estuve jugando al póquer con Aegan.

No soné muy feliz; de hecho, más bien lo dije en un tono bajo y resignado.

—¿Y quién ganó?

—Siempre gana él.

Silencio. El feo y denso silencio que seguía al hablar de Aegan, que siempre era un tema que se debía tratar con cuidado y sobre el que había que pensar mucho antes de hablar.

—En realidad le gustas un poco, ¿lo sabías? —dijo él de repente.

—¿Te lo ha dicho?

—No, pero lo sé.

—¿Y te molesta?

—¿Eso cambiaría algo?

No, desde luego. Aunque habría querido verlo enojado por eso. Algo de lo más normal, un poco de celos, un poco de miedo de que Aegan pudiera llegar a gustarme a mí y que él me perdiera. No sabía si Adrik había pensado en que podía perderme. Yo pensaba en que podía perderlo a él. A fin de cuentas, era lo que sucedería por mi culpa, pero... él no era celoso. Era demasiado maduro para sentir celos. O estaba muy seguro de lo que yo sentía.

Una vez, mi madre me dijo que nunca debemos hacer que los hombres se sientan demasiado seguros de nuestra vulnerabilidad, para que no sepan el peligroso poder que tienen sobre nosotras. Pero eso era en tiempos en los que la vida todavía no me había enseñado que si quieres a alguien debes hacerle sentir seguro, sea hombre o sea mujer. Y en tiempos en los que tampoco sabía que la única persona con un enorme y peligroso poder sobre mí, por muy enamorada que estuviera, debía ser solo yo.

—¿Qué pasa? —Su voz rompió el silencio.

Lo admití dentro de mí. Tuve una repentina sensación de enfado, pero no por él, sino por mí. Por lo que sentía. Por la indecisión. Por el juego de póquer. Era por lo que tuve que haber preguntado y no pregunté. Porque yo no era por completo real.

Pude haber dicho que no me pasaba nada, pero tuve el estúpido impulso de ser sincera:

—Cuando una persona está muy acostumbrada a que le pasen cosas horribles y de repente le pasa una sola cosa buena, tiene miedo de que eso se acabe pronto o se transforme también en algo malo. ¿Lo sabías?

Hundió ligeramente las cejas, intrigado y desconcertado.

—Sí, creo que sí —asintió.

—Es justo lo que me pasa contigo —dije.

—¿Soy una cosa horrible en tu vida?

—Eres la única cosa buena.

Adrik se quedó en silencio. Decepcionada, sentí un nudo en el estómago. Pero mi decepción se transformó en duda e inseguridad. ¿No le había gustado lo que le había dicho? ¿Quizá no debí ser tan sincera? ¿No debí admitir que era algo importante para mí? ¿Qué? ¡¿Qué?!

—Ojalá fuera así —dijo en un susurro amargo, casi resignado.

—No entiendo qué intentas decirme —fui sincera.

—Me refiero a que yo también puedo estropear las cosas —me aclaró entonces—. No soy nada bueno.

Lo peor era que eso yo lo sabía. Sabía que era un Cash, que era probable que supiera algo sobre la muerte de mi hermano y aun así yo sentía lo que sentía. Yo era peor, Adrik. Yo era peor.

—Tenía que haberme ido de aquí —murmuré.

Negué con la cabeza como si aquello no tuviera sentido, como si me hubiera equivocado en algo grave al estar allí, y me di vuelta para largarme con dignidad.

—Jude —me llamó, y solo porque era su voz, me detuvo al instante.

Se levantó y llegó hasta mí. Me agarró por la muñeca. Me miró a los ojos, debilitándome.

—*Quisiera que me mirara siempre... solo a mí. Ahora entiendo por qué existe el egoísmo.*

—*Oh, amiga, si sueltas las pruebas no creo que él vaya a querer verte ni en el ataúd.*

—*Acabas de cagar mi momento poético.*

—*Hum..., algo tengo que hacer.*

—Quiero que pasen muchas cosas entre nosotros —me susurró—. No intento alejarte de mí, intento advertirte.

—¿De qué quieres advertirme?

Dudó un instante, todavía agarrándome la muñeca para que no me escapara.

—Tal vez si dejo de contener mis sentimientos por ti, quizá tenga que mentirte.

Los segundos se ralentizaron mientras yo intentaba comprender por qué acababa de decir eso. El corazón se me aceleró. Temí que fuera a decirme algo que lo cambiaría todo.

—¿Mentirme sobre qué? —le susurré a Adrik.

—Sobre mí —admitió—. Sobre si en verdad estoy tan tranquilo como parezco.

—Pues quizá yo tenga que mentirte también —lo sorprendí.

—¿Sobre qué?

—Sobre si soy tan valiente o tan dura como parezco.

La mano con la que me sostenía la muñeca suavizó el agarre. Su pulgar trazó una caricia delicada sobre mi pulso, justo en el punto en el que mis venas se unían. Allí, los latidos eran acelerados. No supe si lo notaba, pero esperaba que sí. Quería que se enterara del efecto que producía en mí, de lo mucho que me desequilibraba. Adrik me miró durante un instante más, primero a los ojos y luego a los labios, y luego de los labios a los ojos otra vez. Tuve que tragar saliva. Demonios, ¿en qué momento se había convertido en mi debilidad? ¡Si casi parecía que ayer estaba odiándolo en la clase de Literatura!

—Me gustas —susurró.

—Quisiera que fuera más que un poco —susurré también.

—Es mucho más que un poco.

—¿Bastante?

—Demasiado, diría yo.

—Entonces ¿por qué no me has besado?

—Porque estoy intentando ser bueno —dijo él.

—Por favor, no seas bueno justo ahora... —le supliqué.

Su mano pasó de mi muñeca a mi mejilla y de ahí siguió hasta que sus dedos se internaron en mi cabello y se entrelazaron entre los mechones. De esa forma me atrajo hacia él. Yo, como buena chica, me dejé llevar de manera hipnótica y esperé, con los labios entreabiertos y muy ansiosos, el momento de la presión boca con boca, el momento que llevaba esperando durante todo el día.

Pero Adrik, en un gesto cruel, se detuvo a unos pocos centímetros, no, a unos pocos milímetros... Prefirió un juego previo. Produjo una tortuosa y lenta fricción entre nuestros labios y luego, con la punta de su lengua, lamió de forma sutil, experta, juguetona y divertida los míos, tentándome, provocándome, enviándome un claro mensaje: «¿Quieres esto? ¿Esto es lo que quieres justo ahora?».

Demonios. Me relamí los labios, deseosos. Estuve a punto de decirle: «Por favor...», cuando, de pronto, los atrapó. El beso fue inminente, intenso. Primero lento, y luego se convirtió en una mordida larga y parsimoniosa. Me encantó. Era increíble cómo siempre que nos besábamos parecía que era la primera vez y que estábamos descargando algo que llevábamos deseando en secreto durante mucho tiempo. Así que, cuando paró por alguna razón, tal vez para desafiarme, yo misma me incliné hacia él y lo besé de nuevo.

Sus brazos me envolvieron y me apretaron contra su cuerpo. Sus manos subieron desde mi espalda y trazaron un recorrido a palma abierta que culminó sosteniéndome el rostro. Y me besó. Y me besó. Y me besó. Y el beso era acelerado, interrumpible, como el nadador que va a toda velocidad y coge aire a intervalos de tiempo, pero sin detenerse. Su lengua rozó la mía, jugó con ella, la usó, la tomó, la succionó... Succionó mis labios, los mordió, los humedeció, les exigió tanto sin parar que cuando me di cuenta ya estaba jadeando sobre su boca.

Adrik apoyó una mano en la pared por detrás de mí. Me invitó a echar la cabeza hacia atrás y se hundió en mi cuello. Dejó caminos de besos y exquisitas lamidas húmedas, cálidas y excitantes sobre esa zona, cada vez más cerca de la hendidura de la clavícula. Era una sensación tan deliciosa que tuve que apretar los labios para no gemir y evitar que a alguien se le ocurriera salir. Solo cerré los ojos y me dediqué a disfrutar de cómo recorría esa parte de mi cuerpo, de cómo la punta de su nariz disparaba su respiración caliente y acelerada contra mi piel.

Se detuvo por debajo de mi oreja en una lamida circular. Al apartar la boca, el aire frío me golpeó la humedad del lugar y me causó un estremecimiento.

—¿Estás segura de que quieres que no sea bueno? —me preguntó en un susurro ronco y erótico.

Antes de poder contestar, una de sus manos grandes y expertas se deslizó por debajo de mi camiseta. A palma abierta acarició mi abdomen, mi cintura, las líneas de mis costillas y subió hasta encontrar uno de mis pechos cubierto por el estúpido sujetador que había decidido ponerme esa mañana. Me presionó más contra la pared y al mismo tiempo lo apretó con necesidad.

—Puedo querer hacer cosas que ni te imaginas... —susurró.

Un segundo apretón me encendió por completo y me desajustó la mente. Todo se redujo a responder su pregunta, a aceptar cualquier cosa que me pidiera.

—Estoy segura.

Sus labios siguieron ascendiendo entre besos. Recorrió mi mandíbula, luego mi mejilla y finalmente atrapó mi labio inferior en una mordida. Lo soltó con suavidad y dejó nuestras bocas húmedas rozándose a milímetros. Tomó una de mis manos, que estaba débil y temblorosa, y la condujo hacia su entrepierna. Presionó mi palma contra la dureza y el bulto que había crecido y que ahora palpitaba por debajo de su pantalón. Era sólido como una roca.

—Ya no puedo aguantarme más, Jude —susurró de nuevo, pausado y ronco—. ¿Tú puedes aguantar más?

¿Que si podía? ¡¿Que si podía?! Para que no le quedaran dudas de que yo también lo deseaba muchísimo, le di un ligero apretón justo allí donde me había invitado a tocarlo. Me sentí poderosa cuando vi cómo tensó la boca y soltó aire por la nariz.

—No... —murmuré. Tuve que relamerme los labios para continuar—: Así que, por favor, si a alguien se le ocurre llamar a la puerta, ignóralo y no te detengas.

Su sonrisa se ensanchó más, diabólica y entusiasmada.

—¡Diablos, señorita! —soltó.

Y... fue una noche mágica y hermosa.

Fin.

¡No, no! ¿de verdad crees que no te voy a contar cómo fue? Por favor, si ahora viene lo mejor...

17

La noche más peligrosa de tu vida, Jude

Me besó de nuevo.

Fue un beso intenso. Mis manos se deslizaron por sus hombros suaves y masculinos y acariciaron a palma abierta su nuca hasta que enredé los dedos en su cabello. Él, todavía con las manos debajo de mi camiseta, rodeó mi cintura. La manera tan confiada de tocarme hizo que se encendieran las partes más sensibles de mi cuerpo.

Ni siquiera me di cuenta de que sus manos descendieron con agilidad hasta el botón de mi tejano ajustado hasta que sentí que bajó la cremallera. Y, sin más, me tomó por el brazo y me hizo ponerme de espaldas en una maniobra repentina. Quedé con las palmas, los antebrazos y mi pecho de tabla contra la puerta. Él, detrás, se pegó a mí, puso una mano contra mi vientre y empujó la dureza de su entrepierna contra mi trasero.

De manera súbita, deslizó la mano que tenía sobre mi vientre hacia abajo y la hundió en el interior de mi tejano. Así, sin aviso ni preparación. Así, en un claro «voy a enloquecerte de placer». Y en un segundo, con la habilidad de quien conoce a la perfección el camino indicado, sus dedos encontraron y palparon con interés exploratorio el lugar exacto entre mis piernas que ya me había empezado a palpitar con un dolorcito delicioso. Fue justo por encima de la tela de las braguitas blancas de abuelita que por desgracia había decidido usar ese día. Cuando su dedo medio hizo una suave presión sobre el punto sensible que siempre produce el mayor placer, el gemido me salió espontáneo, rendido y débil:

—¡Oh, Adrik!

Pronuncié su nombre como si estuviera honrando a una impresionante deidad. Mis músculos se debilitaron de manera instantánea. Las piernas se me transformaron en gelatina al mismo tiempo que la humedad fluyó de golpe entre ellas, cálida y deliciosa. Cada pensamiento coherente se desvaneció en microsegundos. Se me olvidó la matemática, la historia, cualquier conocimiento básico del ser humano. Mi mundo se redujo a: «Adrik me está tocando ahí y... ¡¡¡me encanta!!!».

—Eso supuse —susurró él.

No fui capaz de intentar protestar de nuevo. Adrik empezó a mover los dedos sobre mi zona íntima para estimular el palpitante centro. Al mismo tiempo, el movimiento ocasionó que frotara mi trasero contra su erección y, entonces, la corriente de placer me hizo echar la cabeza hacia atrás y apoyarla sobre su hombro. Cerré los ojos. Él aprovechó para hundir la cara en mi cuello y comenzó a darme besos y lamidas sobre la hendidura y luego en la clavícula. Su respiración pesada, cálida, y la punta de su nariz rozándome la piel aturdieron aún más mis sentidos.

Demonios, aquello ni siquiera era un contacto dedos con piel. Entre mis piernas había una estúpida tela de por medio, pero lo que estaba sintiendo con cada toque y movimiento circular que hacía era explosivo, intenso, tentador. Quería más, ir más lejos. Sentí que cualquier cosa que había hecho antes con otros chicos no era nada. Sentí como si esa fuera la primera vez de todo. La primera vez que me besaban, que me tocaban, que me enseñaban lo que era excitarse con alguien. El resto del mundo pareció mortal y simple. La maravilla, el verdadero placer, el paraíso, todos esos lugares divinos y gloriosos de los que hablaban las religiones, eran sus manos, su boca y el cuerpo que me acorralaba contra la pared.

Tuve que morderme los labios para no gemir fuerte. El mundo a mi alrededor desapareció. Él me sostuvo la mandíbula con la otra mano y me obligó a girar la cabeza hacia su rostro para mostrarle mi expresión de absoluto placer. Era tan intenso el momento que aparté un brazo de la pared y busqué aferrarme a su cabello, frotando aún más mi cuerpo débil y tembloroso contra el suyo. Justo cuando empujé con malicia la abultada dureza entre sus piernas, uno de sus dedos se deslizó con agilidad hacia mi interior. Se me escapó un gemido, pero no logró escucharse porque Adrik fue rápido y selló mis labios con los suyos. Sentí entonces que me caería de debilidad, pero él me sostuvo con bastante fuerza contra sí. De esa forma, sus dedos continuaron moviéndose, presionando, entrando y saliendo lentamente, luego algo más rápido y luego mucho más lentamente, como una tortura erótica.

¡Demonios! ¡Dios santo! ¡Son Gokū! ¡Chuck Norris! ¡Todas las exclamaciones posibles! Acababa de hacerme fan de esos condenados dedos. Admití que incluso impresionaba la grandeza y la habilidad de sus manos, que me enloquecía el intenso calor que desprendía su pecho desnudo pegado a mi espalda. De repente me sentí tan atolondrada que creí que iba a explotar. Habría querido soportar más e intenté soportarlo, pero no lo vi posible. Lo único que parecía posible era estallar, y si el gemido me salía alto, desinhibido, liberador y lo escuchaban hasta Tagus o hacía salir a toda la casa, no me importaba ya.

Él deslizó dos dedos en el interior de mi boca, de la forma más erótica y más deliciosa que pude esperar, y me indicó que los mordiera para ahogar mis gemidos. No pareció importarle que pudiera hacerle daño. En cuanto apreté mis dientes contra ellos, en un segundo sucedió. Eché la cabeza hacia atrás. Su boca presionó mi oreja. Su respiración y su aliento acentuaron la intensidad de la sensación. El placer se concentró como mil kilos de dinamita entre mis piernas, y Adrik lanzó la chispa con sus dedos y luego estalló con potencia por las ramificaciones de mi cuerpo, produciendo relámpagos, destellos, un espectáculo entero de fuegos artificiales. Cada músculo se me tensó mientras duró la exquisitez del éxtasis. Curvé la espalda contra su pecho, moví las caderas contra sus dedos todavía hundidos en mi interior, y solté en un espasmo todo lo que había estado conteniendo durante un buen tiempo.

La acelerada descarga me dejó aturdida, vencida y con la respiración atropellada. Me quedé quieta, con la ropa interior empapada y el sexy cuerpo de Adrik pegado detrás de mí. Finalmente, sacó la mano del interior de mi tejano y la deslizó hacia arriba por mi vientre en una caricia. Sus dedos estaban húmedos de mis fluidos... Pero no se detuvo. Me giró y se pegó a mí envolviéndome con sus fuertes brazos. Me sostuvo el rostro, me lo levantó y me obligó a mirarlo. Entonces me dio un beso en los labios, gentil, tranquilizador, y luego otro, otro y otro mientras sonreía con satisfacción y mucho más deseo.

Aferré las manos a sus antebrazos y lo observé mientras me besaba. ¡Había sido increíble! Mi pecho subía y bajaba agitado. Tenía latentes distintas partes del cuerpo. De hecho, descubrí que todavía podía dar más, que, en realidad, quería más.

Detuve sus besos por un momento y miré esos espectaculares y misteriosos ojos grises que tanto me debilitaban.

—Quiero... —le susurré, algo jadeante—. No, necesito complacerte a ti ahora.

Adrik me dio un beso más intenso. Me apretó contra su cuerpo para que sintiera que él seguía duro. Después separó nuestros labios y sonrió ampliamente. Parecía... feliz. Feliz, pero también malicioso, juguetón, muy excitado. Sus pulgares acariciaron mis mejillas.

—Si quieres complacerme... —susurró. Su voz sonaba muy ronca y sensual. Sonaba como una proposición a hacer todas las cosas eróticas y excitantes del mundo—. Desnúdate delante de mí.

Me llevó consigo hasta que llegó hasta la cama. Se sentó en el borde con los ojos fijos en mí y apoyó las manos por detrás de él en el colchón, preparándose para admirar algo durante un rato.

Me mantuve frente a él. Tragué saliva. Me dije que sí podía, que sabía que no tenía el mejor cuerpo del mundo, pero que con Adrik no debía preocuparme de nada. Aunque de todas formas no podía pensar muy bien teniéndolo enfrente con su abdomen desnudo, el majestuoso bulto que se le marcaba debajo del pantalón. Su sola imagen me hacía pensar en mil maneras de follar y ser follada. Por un momento, me embelesé con su cuerpo tenso, sus labios relamidos, su pelo revuelto, sus ojos ardiendo de ganas...

Cogí el borde de mi camiseta y me la quité. Me deshice del sujetador y me bajé el tejano hasta que saqué los pies. Lo pateé hacia un lado y me quedé únicamente con las bragas. Entonces me incliné un poco hacia delante y me las bajé hasta que se cayeron sobre mis pies. Las moví hacia un lado y me enderecé.

Hecho, estaba completamente desnuda. Me sentí expuesta y frágil mostrándome ante ese chico físicamente perfecto, enseñándole mis defectos, mis marcas y lo que me faltaba y lo que me sobraba.

Pero ¿qué fue lo mejor? Que Adrik me contempló fijamente, tan hipnotizado que me sentí como si fuera igual de asombrosa que las chicas que el mundo proclamaba hermosas. Cada capa de mi piel ardió exigiendo su contacto mientras él escaneaba cada parte de mi cuerpo. Al instante, mis dudas se despejaron. Supe con exactitud qué hacer.

Di un paso adelante y me coloqué de rodillas frente a él. Puse ambas manos sobre sus muslos y las deslicé hasta el borde de su pantalón. Sus ojos siguieron cada uno de mis movimientos. Desabroché el botón, bajé la cremallera y tiré de él hacia abajo. Adrik se alzó un poco para permitirme quitárselo. Lo arrojé al suelo. Se quedó en bóxer. Entre sus piernas, la erección presionaba contra la tela. Quería verlo completamente desnudo, así que también le quité el bóxer y lo lancé hacia atrás.

El apellido Cash podía ser una mierda, pero ¡qué buenos genes tenían! Ni siquiera conseguí apartar la mirada de él. De hecho, por un momento solo parpadeé como una estúpida. ¿Que si quería eso dentro de mí? La pregunta ofendía, señor. *Insert here.*

Él se dio cuenta de que lo estaba admirando con tal estupefacción que soltó una risa espontánea.

—¿Ves lo que te has estado perdiendo? —me preguntó con un tonillo de presuntuoso intencionado.

También reí, fue inevitable. En realidad, Adrik nunca alardeaba de sí mismo, a pesar de que tenía todo el material para hacerlo.

—Por favor, dime que hoy sí tienes un condón —no pude evitar mencionar.

Adrik asintió con orgullo.

—Está en el pantalón.

En mi cabeza, un público imaginario de muchas Judes se levantó aplaudiendo y vitoreando. ¡Esta vez sí!

Extendí el brazo para coger el pantalón y busqué el sobrecito. En cuanto lo encontré, se lo ofrecí, pero Adrik negó con la cabeza en un gesto de juguetona malicia.

—Pónmelo —me ordenó.

No tenía que pedírmelo dos veces. Rasgué el sobre, saqué el preservativo (*oh, là là*, señor francés) y se lo coloqué deslizando mi mano hacia abajo con cierta lentitud. Como también lo acaricié al envolverlo con mi mano y le di un ligero apretón con toda mi intención, Adrik tensó la mandíbula y soltó la pesada respiración por la nariz. Cuando ya estuvo puesto, se me ocurrió hacer algo más, pero de manera repentina él me cogió por la muñeca y tiró de mí.

Me quedé con las piernas flexionadas a cada lado de él, sentada sobre su regazo. Sentí su miembro, caliente y duro, aplastado justo debajo de mi lugar sensible. Me moví un poco hacia delante y hacia atrás para aprovechar la posición y recibir algo de placer. Adrik me sostuvo por el cabello con una suave pero incitadora fuerza y me atrapó los labios con los suyos. Me los mordió con algo de perversidad. Solté un gemido sobre su boca y luego sentí su otra mano apretujarme una nalga e impulsarme hacia delante para pegarme muchísimo más contra él. Mis pechos se aplastaron contra su pecho y en un segundo empezamos a crear una superficial fricción entre nuestras partes íntimas.

Encajamos perfectamente. Nos besamos perfectamente: lenguas, succiones, bocas abiertas, cerradas, descontroladas... Comencé a jadear por el balanceo de mis caderas, me encantaba frotarme contra su miembro. Él lamió mi cuello, apretó mis pechos, acarició mi espalda, sostuvo mis nalgas, apretujó mis muslos, dejó su huella en cada centímetro de mi cuerpo. Y luego, cuando todo eran jadeos y respiraciones aceleradas, y entre mis piernas el pálpito y la exigencia eran enloquecedores..., Adrik sostuvo su miembro por debajo de mí y dirigió la punta hacia mi entrada. Ambos estuvimos de acuerdo en que sería así, sentados, yo sobre él y él mirando mi rostro en todo momento sin perderse nada.

Rodeé sus hombros con un brazo para sostenerme y alcé un poco las caderas. La punta presionó mi zona más sensible e hinchada y luego se deslizó hacia abajo para abrirse paso. Adrik puso ambas manos sobre mis caderas y me invitó a bajarlas. En lo que se introdujo un par de centímetros en el lugar correcto, el placer fue tan nuevo e intenso que, de manera instintiva, clavé las uñas en su hombro. Entreabrí los labios para emitir un pausado y liberador gemido. La mirada de Adrik continuaba fija en mi rostro. De nuevo, sus manos me indicaron que siguiera descendiendo con lentitud para sentarme sobre él. Mientras se hundía progresivamente y mi interior empezaba a acostumbrarse a su tamaño, Adrik cerró los ojos, apretó los labios y la respiración se le escapó en un suspiro ronco que pareció de gran alivio.

—Joder, Jude, estás muy... —exhaló en un gruñido bajo.

Sí, esa parte de mi cuerpo estaba casi en estado virginal porque hacía siglos que nadie me tocaba. Tenía telarañas y todo.

—Hace mucho tiempo que yo no hacía esto... —intenté explicarle, pero las palabras se me quedaron atrapadas entre una exclamación de placer por cómo se introducía con lentitud.

—Está bien —volvió a gruñir él—. Está perfecto.

En cuanto estuvo por completo dentro de mí, soltó una sexy maldición entre dientes y volvió a suspirar. Luego sus manos se deslizaron a palma abierta desde mi cintura hasta mis nalgas y comenzaron a guiarme. Me impulsó con suavidad de arriba hacia abajo, de arriba hacia abajo... El movimiento primero fue muy lento, tanto que el placer fue detenido y tortuoso, pero intenso y profundo. Estaba tan apretado y caliente en mi interior que cada sensación me obligó a tomar el aire hondamente y expulsarlo por la boca con fuerza.

Lo único que podía pensar era en que todo aquello me pertenecía, que su satisfacción, su atención, su cuerpo... todo Adrik era mío.

Solo mío.

Poco a poco, nuestras respiraciones empezaron a acelerarse. Envolví por completo sus hombros con mis brazos y pegué la frente a la suya. Las puntas de nuestras narices se rozaron. El movimiento ascendente y descendente de mis caderas aumentó un poco. Las manos de Adrik subieron desde mis nalgas hasta la parte baja de mi espalda y se centraron en mi cintura. Me sostuvo ahí un instante con un apretón y luego sus manos se deslizaron hacia arriba para atrapar mis pechos. Para permitirle tocarme con total libertad, me apoyé con una sola mano en su hombro y arqueé un poco la espalda.

Entonces hizo lo que quiso conmigo: me tocó, me apretó, me acarició, me impulsó a moverme al ritmo que se le antojaba, lento o algo rápido, de adelante atrás o de arriba abajo... En cierto momento, una de sus manos ascendió a mi cuello y me apretó allí. Eso me encantó. Me excitó mucho más, y yo misma aumenté la velocidad de mis movimientos. Él entonces inclinó la cabeza hacia mi rostro y me besó efusivamente, lengua con lengua, jadeos contra gemidos.

Y en un segundo la posición cambió. Me lanzó hacia un lado y caí tendida y expuesta sobre la cama. Adrik me tomó por los muslos y me obligó a separar las piernas. Miró excitado hacia mi entrepierna y el deseo salvaje que vi en sus ojos me advirtió de lo que venía: se habían acabado los movimientos lentos, así que me aferré a las sábanas con ambas manos a los lados.

Adrik, todavía de rodillas sobre la cama, se acomodó entre mis piernas y me hizo envolver su torso con ellas. Dirigió su miembro hacia mi entrada y se introdujo de nuevo en mi interior... Esa vez fue una embestida directa y sin contemplaciones, que provocó en mí una potente corriente de placer. Se inclinó hacia adelante y apoyó los antebrazos sobre la cama, a cada lado de mí. Su rostro se detuvo a unos centímetros del mío. Su respiración, acelerada como la de un animal, me golpeó los labios húmedos. De inmediato empezó a moverse con una rapidez creciente. Ni siquiera podía creer que en verdad estuviera pasando, pero el placer que sentía con cada fuerte y rápida descarga me confirmaba que era completamente real.

La frente de Adrik se pegó a la mía. Sus labios entreabiertos expulsaban su delicioso aliento. Coloqué mi mano en su rostro y se lo acaricié. Dejó un beso sobre mis dedos y después buscó mi boca. Se ocupó de besarme porque llegué a un punto en el que su movimiento era tan acelerado y feroz que yo no era capaz de formar un beso. Mi boca solo servía para emitir el placer que estaba sintiendo. Quise cerrar los ojos y hundir la cara en algún sitio porque sabía que estaba expresando el placer al máximo, pero en cuanto lo intenté, él me sostuvo la mandíbula en su dirección para que no dejara de mirarlo.

—Quiero verte —me dijo con la voz más ronca, jadeante y sexual que nunca—. Quiero ver cuánto te gusta.

No me había hecho ninguna pregunta, pero sentí la necesidad y las ganas de responderle, de aumentar aún más su excitación con mis palabras.

—Me encanta —le dije entre jadeos con cierta dificultad—. Me encanta, Adrik...

Eso lo motivó más. Me embistió con tanta fuerza que mi mundo se redujo a la sensación que experimentaba entre mis piernas. Perdí la noción del tiempo, de la vida, del universo. Mi cuerpo se debilitó tanto que solo fui placer y gemidos, todo producido por él. Sentí que de nuevo algo grande se concentraba en el lugar exacto que llevaba al clímax y que en cualquier momento iba a estallar y me quitaría por completo la energía, pero que de igual modo sería épico.

Y entonces, de repente, Adrik disminuyó el ritmo. El movimiento de adelante hacia atrás pasó de manera intencional y abrupta a ser lento. Apartó la mano con la que sostenía mi rostro y acarició mis labios con sus dedos. Su cara estaba a tan solo milímetros de la mía. Lo sentí respirar, jadear, y ansié besarlo con descontrol, pero él decidió entretenerse un momento e introdujo dos dedos en el interior de mi boca. Yo los succioné hasta que los sacó lentamente, húmedos.

—Joder, tienes unos labios, Jude —me susurró sobre ellos, tenso y ronco, sin dejar de entrar y salir con lentitud de mi interior—. Me encanta eso de ti.

El acto de inmediato se volvió más erótico, más pausado, más sentimental. Me aferré a sus hombros y, mientras él continuaba moviéndose con una sensual lentitud contra mí, le hice unos suaves rasguños sobre ellos. Él se hundió en mi cuello. Me mordisqueó en la clavícula, por debajo de la oreja y al final se dedicó a besar mis pechos. El instante se me hizo tan delicioso y tan tortuoso a la vez que mis gemidos sonaban a queja.

Él se rio sobre la piel de uno de mis pechos. Sentí cómo su boca se ensanchó y sus dientes rozaron la endurecida cima. Me encantaba cómo a ese imbécil le gustaba llevarme al límite y cómo trataba de desesperarme, incluso en ese momento.

Me torturó durante unos segundos y después ya no me hizo esperar más. De manera ágil, dejó de estar encima. Me indicó que me pusiera de lado y cuando lo hice se colocó justo por detrás de mí. Mis nalgas quedaron contra su miembro, mi espalda contra su pecho, su barbilla se apoyó en mi hombro... Nos quedamos completamente pegados el uno al otro. Entonces posó una mano en mi muslo y me obligó a alzar la pierna... De esa manera se las arregló para volver a introducirse con facilidad en mi interior. Me alivió sentirme llena de nuevo. Para finalizar, pasó un brazo por debajo del mío, y nuestras manos se encontraron y las entrelazamos para tener un mejor equilibrio. Entonces comenzó a mover las caderas de adentro afuera a un ritmo enloquecedor.

Yo le sostuve la mejilla y lo miré a los ojos en todo momento. Nos dimos uno que otro beso muy húmedo mientras él me embestía con rapidez. Estaba a mil. Jamás me había parecido tan asombroso, tan enérgico, tan sensual, tan atractivo como en ese instante, llevado por las ganas de descargarse finalmente, cosa que no pareció estar muy lejos para mí en el momento en que su mano se deslizó por mi vientre, descendió y llegó hasta el botón de placer de entre mis piernas. Allí, sus atrevidos y habilidosos dedos comenzaron a estimular con movimientos circulares esa zona tan sensible.

Primero estallé yo. Sucedió en el instante en que Adrik hundió por completo su miembro dentro de mí y al mismo tiempo me dio unos cuantos golpecitos con la mano en el punto exacto. Otra vez los fuegos artificiales, la elevación, la maravillosa corriente del clímax extendiéndose por mi piel. Mi cuerpo se estremeció en una potente sacudida y esa vez nada ahogó el fuerte gemido que salió libre de mi garganta. Lo solté sobre su boca, contra su aliento, bajo su mirada chispeante y excitada.

Él me embistió con muchísima rapidez y por la contracción de mi entrada, unos segundos después, explotó también. Su rostro se pegó al mío, cerró los ojos y soltó un gruñido bajo, detenido, cargado de placer. Mientras expulsaba su descarga, sus caderas se movieron hacia delante y hacia atrás con deliciosa lentitud.

Tras ambas explosiones, nos quedamos quietos, todavía pegados el uno al otro. La habitación permaneció oscura, caliente y silenciosa, a excepción de nuestras respiraciones agitadas. Flotaba sobre un ligero olor a intimidad, un tenue aire de orgasmos exhaustivos y titánicos, de gemidos, de fantasías cumplidas. Mi piel estaba algo sudorosa. La suya también. Su miembro seguía mi interior y todavía mantenía una mano puesta sobre mi abdomen para sostenerme contra él. Ya no se sentía tan duro, pero continué experimentando una corriente satisfactoria. Por eso, cuando él decidió salir después de unos segundos, pareció que me había arrancado algo importante, pero no me sentí decepcionada ni insatisfecha en absoluto, al contrario: nunca había tenido sexo tan apasionado y salvaje. Estaba impresionada.

Adrik se tumbó de espaldas y yo también. Giré la cabeza para mirarlo, pero se sentó y se ocupó de sacarse el condón con su descarga atrapada en él. Le hizo un nudo y lo dejó a un lado de la cama sobre el suelo para tirarlo luego, cuando tuviera ganas de levantarse, al cubo de basura del baño. Quizá también debimos haber ido al baño de inmediato a lavarnos, pero por el momento él solo quería estar allí y, a ser sincera, yo también.

De todas formas, como no dijo nada durante un momento, temí que fuera a crearse algún tipo de distancia entre nosotros. Ya sabes, ese temor con el que vivía de que alguno de los Cash me hiciera una jugada que no esperaba o de que toda mi verdad saliera a la luz de repente.

Sin embargo, en cuanto volvió a acomodarse en la cama, completamente desnudo, me tomó por el brazo y tiró de mí para que me recostara sobre él. Mi miedo desapareció. Me acurruqué contra él, entrelazando mis piernas con las suyas. Dejé descansar la mejilla sobre su pecho para cerrar los ojos un momento, y me aferré a sus hombros. Él comenzó a acariciarme la espalda con lentitud, deslizando sus nudillos cariñosamente de arriba abajo.

Moví un poco el rostro y hundí la nariz en su pecho para aspirar su natural y tranquilizador olor. Pensé en lo sucedido. Pensé en lo mucho que me había gustado. Tenía las piernas, los brazos, todo mi cuerpo tan débiles, tan temblorosos y tan rendidos por el control y el exquisito salvajismo de Adrik que pensé divertida que me sería imposible volver a caminar. Y la verdad es que era lo que menos me apetecía hacer en ese momento. Lo único que deseaba era quedarme en esa cama con él, desnudos, para siempre.

No lo sé, me metí en un plan de sueños, ilusiones y felicidad. Me metí tanto que las palabras me salieron en un susurro espontáneo contra la suave piel de su pecho.

—Te quiero...

—¿Mmm...? —respondió él, distraído.

Mierda. Lo había dicho bajo para que él no me oyera, pero había percibido algo y había sentido el movimiento de mis labios.

Me puse nerviosa. Decidí recurrir a la vieja confiable: mentir.

—Que me duele hasta el pelo —dije con rapidez entre risas—. Adrik, por Dios, eres una máquina.

Él soltó una risa tranquila. Su mano ascendió hasta mi enredado pelo, tomó un mechón entre sus dedos y empezó a acariciarlo.

—Qué bueno que te gustó —dijo. Sonaba muy sereno, relajado, casi adormilado—. Eres muy sexy cuando follas, ¿lo sabías? Suenas muy bien.

—Algo bueno debía tener, ¿no? —bromeé.

—Lo tienes todo bueno, no te preocupes —se rio.

Nos mantuvimos en silencio un momento, el suficiente para que mi respiración y mis latidos volvieran a un ritmo normal, casi de relajación absoluta. Disfruté escuchando su respiración acompasada mientras su mano seguía acariciando perezosamente algunos mechones de mi cabello. Era un bonito momento, muy tranquilo, pero entonces fui consciente de que en esa posición nuestras partes íntimas todavía se rozaban y bueno... «Amigo, le acabas de quitar las telarañas al ático, y ahora solo quiere ser usado.»

Enderecé la cabeza y apoyé la barbilla en su pecho. Lo contemplé. Tenía los ojos cerrados y una expresión de calma y seriedad absoluta.

No pude aguantarme más y lo solté:

—Quiero hacerlo otra vez.

Y cuando abrió un poco los ojos, le sonreí ampliamente mostrando los dientes con cara de niña caprichosa.

Él me miró un momento hasta que la comisura derecha de sus labios se elevó ladinamente.

—Necesitaré unos minutos —dijo.

Mi sonrisa se transformó en una mueca.

—¿Y si nos morimos en unos minutos?

—Mi espíritu se acordará de ir a follarte.

Eso me hizo reír.

Adrik volvió a cerrar los ojos. Soltó bastante aire por la nariz. Supuse que estaba en su máxima relajación.

—¿Alguna vez pensaste que terminaríamos así? —le pregunté de pronto.

—No; eras insoportable.

—¿Y ahora?

—Sigues siendo insoportable, pero ya no me molesta.

—Lo tomaré como que me quieres.

—Si eso no es querer, ya me dirás tú qué puede ser...

No lo hicimos de nuevo porque de pronto yo me quedé dormida. En algún momento me desperté y Adrik no estaba en la cama, ni siquiera en la habitación. Recogí mi ropa y me vestí, y salí al pasillo a buscarlo. Menos mal no hice ningún ruido, porque de hacerlo no habría alcanzado a oír la conversación que él y Aegan estaban teniendo en la habitación de este, con la puerta abierta y las voces no muy altas. Tuve que pegarme a la pared y tratar de entender.

—No entiendo por qué me ves como tu enemigo —escuché hablar a Aegan.

—No te veo así —respondió Adrik.

—¿Es que crees que haré algo que los perjudique a Aleixandre y a ti?

—No.

—¿Quién les ha cuidado el culo desde que mamá murió? ¿Quién les ha enseñado cómo sobrevivir? ¿Quién ha resuelto cada uno de sus problemas?

—Tú.

—Entonces ¿por qué parece que la guerra es entre nosotros y no contra el mundo que nos rodea? —Aegan sonó algo molesto.

—Si hablas de Jude...

—Hablo exactamente de Jude —le interrumpió Aegan sin dar más vueltas—. Todo el jodido problema ha venido con Jude. Todas las putas reglas que me esforcé en crear para que estemos seguros, para que ninguna de las cosas que hemos hecho salgan a la luz, se han ido a la mierda por culpa de Jude. Así que dame una, Adrik, solo una razón para no alejarla de todos nosotros para siempre. Dime, ¿qué estás haciendo con ella? ¿Estás jugando? ¿Estás matando las ganas? ¿Qué?

Mi respiración se cortó. Sentí que la estabilidad de mi mundo y el rumbo de mis decisiones dependían de las respuestas a esas preguntas.

—Ya te lo expliqué, ¿vale? —dijo después de un momento—. Solo pasó. No lo hice a propósito ni tampoco para joderte. Me gusta.

—Ahí está el problema —se quejó Aegan—. Vives siempre en tu mundo de romance y sentimientos eternos. Te pido que, por favor, vengas a visitarme al mundo de la realidad, ese que todos los días tengo que trabajar para que no se nos venga encima.

—Tal vez lo que hace falta es eso, ¿no? —replicó Adrik—. Que se termine de derrumbar por completo.

—¿Y lo vas a soportar? —resopló Aegan—. Dime, ¿vas a aguantar lo que vendrá con ese derrumbe? No, no los tienes ni siquiera para superar algo que pasó hace mucho tiempo, ¿cómo los vas a tener para eso? ¿O es que estás enamorado de Jude?

Quise tener la habilidad de hacerme invisible para entrar en la habitación y mirarlo de frente, ver cada una de sus expresiones, saber si mentiría o diría la verdad. ¡Dios!, deseé con todas mis fuerzas que dijera la verdad. Mi estómago incluso se redujo por la expectativa. Habría vomitado de los nervios.

—Aegan, esto no... —masculló, dudoso.

Aegan soltó una risa. No fue divertida, sino más bien amarga, como un «no puedo creerlo...».

—Es que lo sabía —suspiró—. Lo sabía porque, si no fuera físicamente imposible, juraría que yo fui quien les engendré a Aleixandre y a ti. ¿Al menos le has contado a Jude tu verdad? ¿O solo le has calentado la oreja?

—No le he dicho nada porque... —intentó explicar Adrik.

Aegan le interrumpió:

—Porque sigues con lo mismo, ¿verdad?

Sonó como una pregunta, pero fue una afirmación. Adrik tardó unos segundos en dar respuesta.

—A lo mejor, con el tiempo, se lo contaré todo, cuando esté seguro de que... —Adrik fue incapaz de añadir el resto—. El caso es que ahora no puedo.

—Y no podrás, Adrik —le aseguró Aegan—. Tú no podrás.

Hubo un silencio entre ambos, un poco extraño. De pronto, Adrik lanzó una pregunta que me paralizó:

—Aegan, ¿te has preguntado alguna vez por qué Regan ha guardado el secreto de lo que sucedió la noche en que murió Henrik? ¿Por qué nunca lo usó contra ti? Pudo haberte inculpado ese día.

Oh, Dios... ¿eso significaba que Aegan lo había hecho? ¿Era esto lo que tanto había deseado escuchar?

—Adrien le ordenó que mantuviera la boca cerrada —dijo Aegan.

—Sí, pero ¿por qué? —Adrik sonó pensativo—. ¿Por qué Adrien te salvó si es lo que menos ha querido hacer?

Ambos se quedaron en silencio, como sopesando la pregunta. Todo lo que quise fue entrar a la habitación y encarar a Aegan, gritarle que yo era la hermana de Henrik y exigirle que me lo contara todo, pero tuve que irme corriendo porque escuché pasos acercarse a la puerta abierta. Volví a la habitación y me metí en la cama. Estaba alterada, pero no podía desaparecer así como así, de modo que disimulé.

¿A qué se había referido Aegan al decirle a Adrik «tu verdad»?

Sabía que, tras lo escuchado, era momento de poner en marcha mi último plan contra Aegan, pero el gran nuevo problema era que después de haber hecho lo que había hecho con Adrik, de nuevo estaba dudando.

Llegué a considerar que no debía hacerlo.

Llegué a considerar rendirme.

Llegué a considerar elegir a Adrik.

Pero al día siguiente, la vida me dio la segunda patada más fuerte de mi vida.

Y, de nuevo, algo dentro de mí cambió.

Y no para bien.

Claro que cuando Adrik se metió en la cama junto a mí, yo me esperaba eso. Me sentí embobada y al mismo tiempo preocupada por mi debilidad, porque Ivy latía con fuerza en mi interior, enamorada, estúpida, queriendo arrepentirse. No sabía cómo apagarla. ¿Debía apagarla?

Me quedé dormida pensando en eso. Al día siguiente, cuando me desperté por la luz que entraba por la ventana, él ya estaba despierto también, con la cabeza apoyada sobre su brazo.

—Buenos días —me saludó él al notarlo.

Me recosté de lado para mirarlo mejor.

—Buenos días, ¿anoche fuiste al baño o algo? —Me hice la que no sabía nada—. Creí escucharte.

—Salí para hablar con Aegan.

Al menos no me mintió en eso.

—¿Algo importante?

Hizo un silencio. Pensé que no me respondería nada incluso, así que solo admiré su perfil. Miraba el vacío, serio, pensativo. Me pregunté si confesaría algo, así que yo también inspiré hondo.

—Sé que hay cosas que quieres saber sobre mí —dijo finalmente—. Y no para estar contenta, sino porque eres intrépida y chismosa por naturaleza.

No pude evitar soltar una risa extraña. Me encantaba que no tuviera filtros para hablarme.

—Es gracioso porque es verdad —admití entre risas que controlé con rapidez.

—Bueno, dame tiempo para intentarlo, ¿vale? —prosiguió—. Siempre creí que no tendría que hablar de mis secretos con nadie. Pensé que tendría que guardármelos toda la vida, pero contigo las cosas son diferentes. Quisiera hacerlas diferente.

La pausa intranquila y preocupada entre las palabras me hizo pensar que quizá era muy difícil para él estar teniendo esa conversación.

—Mira, no tienes que... —intenté detenerlo para que no tratara de excusarse en ese momento, aunque sí, yo quería saberlo todo.

Pero él me interrumpió.

—Déjame decírtelo —me pidió. Asentí y dejé que siguiera hablando—. Mi relación contigo no es solo sexual. Yo siento algo por ti, y es intenso, y me hace bien, y me gusta. No tengo ganas de ser un idiota y arruinarlo todo, así que, si me das tiempo, buscaré la forma de contarte las cosas... poco a poco. El problema es que creo que saber la verdad podría cambiar lo que sientes.

Al escuchar eso, el corazón me empezó a latir como un loco y mis sentidos amenazaron con descontrolarse, pero me esforcé por no nublarme como una adolescente de catorce años dominada por sus hormonas. Entendí lo que quería decir con eso de «dame tiempo». Estaba pensando en nosotros y en un futuro, es decir, que estaba seguro de que podíamos seguir adelante juntos... ¿Tal vez como novios?

Esa idea me ablandó las partes más duras de mi existencia. Jamás había tenido un novio oficial. Nunca nadie había considerado un futuro conmigo, ni siquiera yo misma. Todas las personas de mi vida habían sido temporales y desechables. Que Adrik tuviera fe en un «nosotros» me hizo sentir la persona más sucia y aborrecible del planeta.

—¿Es tan malo? —pregunté, refiriéndome a eso que ocultaba.

—Lo único seguro es que ya no soy la misma persona que era en ese momento —contestó él.

De pronto, una Ivy con una aureola de santa apareció en un puf sobre mi hombro derecho:

—*¡Uy, pero qué guapo es! ¿No te encanta? A mí me encanta. Me lo como, en serio, me lo como todo. Estamos enamoradas sin duda alguna. Nos tiene loquitas, y con razón. Nos contará todo a su debido tiempo, puedes estar segura de que lo hará. Se esfuerza, ¿vale?*

La Jude con cola de diablillo apareció en mi hombro izquierdo con una pose de diva implacable.

—*Cállate, boba* —dijo—. *¿No ves que es pura mentira? Míralo, tan seguro de que nos convencerá con su labia. No hay que creer nada de lo que diga. Tiene un secreto; no, miles de secretos. Solo viene con ese estilo Cash de «puedo hacer que te tiemblen las piernas con solo acercarme» para después follarnos. Y no olvides que podría ser cómplice del asesinato de Henrik. ¡Yo digo que le cortemos las pelotas y se las hagamos comer fritas, tal y como habría escrito George R. R. Martin!*

Traté de ignorarlas a las dos para no volverme loca.

—¿Qué pasaría si yo también tuviera secretos? —me atreví a preguntar, valiente—. ¿Crees que cambiarían lo que sientes?

Adrik vaciló. Alzó la comisura derecha de los labios en una pequeña y malvada sonrisa.

—Si ni siquiera lo ha cambiado lo rompepelotas que eres...

Le di un golpe en el brazo, entre divertida y molesta.

—Hablo en serio —le reclamé.

Se recostó de lado también y se acercó a mí.

—¿Y por qué crees que yo no? —replicó muy cerca de mis labios, en esa postura desafiante que tanto nos gustaba adoptar el uno con el otro—. Hay que tener serios problemas mentales para fijarse en ti, así que ya ha quedado claro que no estoy muy bien de la cabeza.

Adrik aprovechó para tomar mi rostro con una de sus manos y darme un beso. Fue lento y profundo, como casi todos los que nos dábamos, como si solo disfrutáramos del sabor de nuestras bocas. Incluso fue erótico, pero también sentimental y cargado de necesidad, hasta que se convirtió en una lenta, deliciosa y arrastrada mordida. Cuando separamos nuestros rostros unos centímetros, él pegó su frente en la mía y suspiró.

—Mañana también debes pasar el día conmigo —me pidió.

—Mañana hay clases, así que debo estudiar. —Ni siquiera supe por qué dije eso. No estaba segura de lo que haría al día siguiente.

—¿Quieres que te ayude a estudiar? —me preguntó en un susurro. Su aliento calentó mis labios delicadamente húmedos por el beso—. Sé mucho sobre la manera en la que dos cuerpos se comportan ante las altas temperaturas que producen la proximidad y el contacto en zonas específicas...

Fruncí el ceño, desconcertada de una manera divertida.

—Eso no pertenece a ninguna materia académica.

Él sonrió amplia y diabólicamente.

—Claro que sí, es biología avanzada —aseguró con suficiencia—. Y soy experto en ella, así que te puedo dar clases privadas.

Volvió a besarme. Su lengua acarició la mía con mucha confianza. Me fundí en él y me olvidé de todo hasta el instante en el que alguien tocó a la puerta con muchísima fuerza y se escuchó desde afuera con la voz de Aleixandre:

—¡¡¡Sal urgente!!!

No lo dudamos. Esperé a que él se vistiera. Cuando pisamos la sala vimos a Owen sentado en el sofá. Apenas nos vio, se levantó de golpe. Una monumental y alarmante expresión de preocupación estaba estampada en su cara. De inmediato, sus ojos me advirtieron que no era nada bueno, pero en realidad mi corazón se aceleró de miedo en el instante en que Aleixandre apareció por el pasillo que daba a las habitaciones.

Parecía haber presenciado la muerte de alguien. O tal vez la resurrección. Estaba asustado, horrorizado y nervioso. Pensé que era precisamente por eso, porque alguien había muerto, y no cualquiera, sino Aegan. Quizá el proveedor se había cabreado y había asesinado a Aegan la noche anterior sin dudarlo. Un frío paralizante me recorrió la piel y se asentó en mis músculos. Todo dentro de mí quedó suspendido.

—¿Qué sucede? —preguntó Adrik, demasiado intrigado y preocupado por las caras que teníamos enfrente—. ¿Hay reunión? ¿Y Aegan?

—Alguien vino —anunció Aleixandre.

Me pregunté de quién podía estar hablando. El único que se me pasó por la cabeza fue Regan, pero nunca imaginé que a quien se refería era a la persona que avanzó por el pasillo y entró en la sala de estar.

Hubiera podido pensar en cualquiera: en algún amigo de los Perfectos mentirosos, tal vez en Artie, incluso en Dash y Kiana, aunque ellos no tenían una relación directa con los Cash, pero nunca en esa persona. Probablemente, la sorpresa me convirtió en una piedra. Lo que siguió funcionando a la perfección fueron mi vista y mi capacidad de comprensión. Giré la cabeza en dirección a Adrik, que se había quedado paralizado, atónito y estupefacto como quien veía algo igual de impactante que un secreto revelado o un enigma resuelto o un acertijo de mil años finalmente descifrado.

Y luego vi cómo sus labios se entreabrieron porque se había quedado sin aire.

Y, finalmente, por detrás de la persona que acababa de aparecer, vi a Aegan entrar también en la sala. A Aegan Cash, apoyándose en la pared y cruzándose de brazos para ver la escena como si se acabara de sentar en la butaca de un cine. A Aegan Cash observándome directamente a mí, con sus ojos felinos, astutos, hermosos y brillantes de maldad y triunfo. Vi que ensanchaba los labios ligeramente formando una sonrisa que marcaba el fin de una pelea y lo posicionaba a él como el único y gran ganador.

Porque no me quedaron dudas de que todo eso lo había planeado él.

De que era su venganza.

Y, en definitiva, mi derrota.

18

El momento que lo cambió todo

—¿Por qué ponen todos esa cara?

Chan.

Chan.

Chaaan.

Era Tate Sedster, también conocido como el novio secreto de la prima Melanie.

Según lo que sabía no era precisamente un amigo de sus hermanos, ya que ellos habían impedido su relación con ella, pero en ese momento estaba ahí, en la sala, con todos nosotros. Fue como si nunca hubiese visto una foto de él: el cabello en rastas, los rasgos finos, los ojos verdosos, la piel bronceada y un caro estilo urbano... De nuevo tuve la impresión de que Tate no parecía un chico malo. Parecía uno de esos chicos que veías en skate, preocupados por el medio ambiente y por la comida vegana.

—¿Qué demonios hace él aquí? —soltó Adrik de golpe.

Se lo preguntó a sus hermanos, ignorando a Tate. Era evidente que estaba enfadado y consternado, y que no le alegraba en absoluto ver a ese chico. De hecho, verlo lo tomó tan de sorpresa que pasó con facilidad del pasmo a la ira.

—He venido en son de paz —dijo Tate con una relajada sonrisa ladina.

Aunque habló sin una nota de sarcasmo, Adrik se enfureció al oírlo. Cerró las manos en puños y tensó la mandíbula. Se parecía mucho a Aegan cuando se sentía presa de un ataque de ira.

—Tú no sabes qué es eso —le escupió Adrik, y avanzó con rapidez hacia él.

Estaba segura de que le lanzaría un puñetazo, le partiría la nariz y se liaría, pero Aleixandre actuó con rapidez y se interpuso en su camino. Detuvo al furioso Adrik con un empujón en el pecho, y como este trató de apartarlo, Aleix le agarró por la sudadera y lo retuvo, frente a frente.

—Adrik, Tate no ha venido a pelear ni a buscar problemas —dijo en tono firme y exigente—. Es cierto que ha venido en son de paz.

Adrik, furioso como un toro deseoso de vengarse del torero, continuó mirando a Tate por encima del hombro de su hermano. No entendí del todo ese nivel de ira, pero la actitud de Aegan fue lo que más captó mi atención y mi preocupación.

Se suponía que se había obsesionado con Melanie, ¿no? El ex de su prima estaba allí pero él permanecía tranquilo, mirándolo todo con su cara de imbécil. No parecía que le afectara la presencia de Tate. No parecía enfadado en absoluto. Aleixandre, por su parte, se mostraba preocupado y muy nervioso. Y Owen tenía el aspecto de quien teme que se avecine un huracán y no poder refugiarse. En definitiva, algo estaba pasando. Algo malo.

—¿Qué quiere entonces? —soltó Adrik, tenso—. ¿Qué está pasando?

—Antes que nada, tranquilízate —le pidió Aleixandre, todavía actuando como muro para impedir que se liara a golpes con Tate.

Adrik soltó una risa absurda que, junto a sus cejas fruncidas y su expresión de furia, fue capaz de intimidar y asustar al mismo tiempo.

—¿Calmarme? ¿Con este tipo delante de mí? ¿Es que acaso se les olvida que por su culpa Melanie...?

—No —Aleixandre le interrumpió con rapidez—. No fue como crees. No fue como creímos todos.

Adrik lo miró con confusión y desconcierto.

—¿Qué estás diciendo? —bufó.

—Te lo vamos a contar —le aseguró Aleixandre—, pero procura tranquilizarte, ¿de acuerdo?

Obviamente, a Adrik no le convenció eso. Dudó, y lo demostró con su silencio y con la mirada de «quiero destrozarte la cara» que le dedicó al tranquilo Tate.

—Es necesario, Adrik —insistió Aleixandre, bastante serio.

Adrik, sin dejar de mirar a Tate, dio un paso atrás. Sus músculos siguieron tensos y una de sus manos no ablandó el puño.

—¿De qué demonios hablas? —exigió saber.

—Si te descontrolas, te ataremos a una silla, ¿de acuerdo? Es una advertencia —fue Aegan quien habló esa vez. Se apartó de la pared que separaba la sala del pasillo y se acercó a sus hermanos.

Adrik lo observó aún más desconcertado y tal vez mucho más enfurecido al no entender nada. E imagino que no es necesario decir que yo estaba más confundida que un espermatozoide en la garganta, ya que tampoco comprendía qué rayos estaba pasando, y me estaba asustando. Aquello no pintaba bien. Un aire de problemas flotaba en el apartamento y por alguna razón sentía que iba a suceder algo horrible.

Adrik asintió.

Aleixandre tomó aire.

—¿Recuerdas cuando llegamos aquí y encontramos a Melanie desangrándose en su habitación? —le preguntó Aleixandre a Adrik con la voz algo afectada por los nervios y la aflicción—. La llevamos al hospital y allí nos dijeron que ya no había nada que hacer. Entonces...

La voz de Aegan, fría y directa, se alzó sobre la de su hermano impidiéndole terminar:

—Está viva —reveló sin rodeos—. Melanie no murió ese día. Se encargó de que nos hicieran creer que sí y huyó.

Silencio total.

Parálisis total.

Mi cerebro tardó un momento en procesar la palabra «viva». Apenas lo hizo, mi primera reacción fue mirar a Adrik. Su expresión no se había alterado. Siguió igual: cejas fruncidas, labios apretados y mirada fija al frente, como si fuera parte de una película y alguien le hubiera puesto en pausa. Me pregunté si respiraba, pues ni siquiera eso se notaba. Tal vez hasta sus pulmones se habían detenido ante la revelación. Sin duda alguna aquello era una sorpresa para él. Fue la reacción más genuina que le había visto en la vida.

—¿Eh? —fue lo que salió de su boca.

Tate, que era el único que no estaba asombrado, y que parecía de lo más calmado, explicó el asunto.

—Yo creía lo mismo que ustedes hasta que Melanie contactó conmigo hace cuatro meses. Me contó cómo lo hizo. Tuvo ayuda de un par de personas que no quiso mencionar, y pagó una gran cantidad de dinero a los médicos y a los de la funeraria para que se firmara su acta de defunción. Se hizo los cortes a una hora concreta, previendo la hora en que ustedes llegaran, para que no fueran fatales, y luego fingió en la morgue para que la vieran y pensaran que era un cadáver.

Increíble...

Me quedé impactada al cubo. Adrik, impactado a la décima potencia. De hecho, estuve a punto de tocarle el brazo para saber si todavía estaba consciente, hasta que vi que parpadeó y que luego miró a Tate, procesando sus palabras.

Tate suspiró.

—Le prometí que guardaría el secreto y decidimos vivir juntos —continuó—. Estuve moviendo algunos contactos para conseguirle una nueva identidad, tal como ella quería. El asunto de los papeles comenzó a tardar más de lo esperado, y ella empezó a desesperarse. Entonces, hace unas semanas, ella...

—Explotó —completó Aegan automáticamente, de la misma forma que dices algo que sabes a la perfección—. Como ha hecho siempre.

¿Explotar? Me pregunté a qué se refería, pero no di con nada. Lo único seguro es que era malo porque el rostro de Adrik era el fiel retrato de la perplejidad. Él sí sabía de qué estaba hablando. Lo sabía todo, y por eso mismo estaba tan atónito, porque no había modo de que fuera una mentira. Tate bajó la mirada. Parecía apesadumbrado.

—Durante todo el tiempo que estuvimos juntos, antes y después de volver a aparecer, ella nunca me lo dijo —admitió Tate—. Y yo no puedo cargar con esto. Por esa razón la he traído aquí, que es el lugar al que pertenece.

Adrik volvió a rozar el disgusto. Miró a Tate con repugnancia y mucho desprecio.

—¿Cargar? —repitió, como si no creyera lo que estaba oyendo—. Dijiste que estabas enamorado de ella. Te enfrentaste con nosotros porque querías que fuera tu novia. Te dijimos que ella no estaba bien, que no era capaz de mantener una relación. ¿Y ahora no puedes «cargar» con esto solo porque no te lo esperabas?

Tate negó con la cabeza.

—Ustedes nunca fueron específicos. Nunca dijeron que ella padecía todo esto. Lo siento, no puedo estar con alguien... así.

Enfatizó el «así» de una forma que me desató un montón de preguntas. Así ¿cómo? ¿Así de mentirosa? ¿Así de qué? ¿Qué padecía?

Adrik soltó una risa irónica. Sus ojos expresaron un odio profundo. Su boca se curvó en una mueca de asco.

—Eres la peor mierda que existe, Sedster, y estuve seguro de ello desde el principio —le espetó.

Tate no se alteró en absoluto por ese insulto.

—Piensa lo que quieras —dijo con un leve encogimiento de hombros—. Hice lo que debía. Aquí la tienen. Yo ya no tengo nada más que ver con ella. Para mí se acaba aquí.

Y sin intención de decir nada más, avanzó en dirección a la puerta. En cuanto la cerró tras de sí, Adrik preguntó a sus hermanos:

—¿En dónde está?

—En su habitación —respondió Aegan.

Adrik salió disparado en dirección al pasillo.

Me habría gustado detener ese momento con un control como el que usa Adam Sandler en esa película *Click: perdiendo el control*. Luego darle a Retroceder e ir de nuevo al instante en el que estábamos en la cama, hablando de estar juntos al día siguiente. Así, cuando Aleixandre tocara la puerta, yo le pediría a Adrik que no fuera. Habríamos pasado la noche juntos y después le habría pedido que nos escapáramos, como hacen las chicas gitanas de catorce años en esos estúpidos pero adictivos programas de gitanos del canal TLC.

Pero no tenía ese poder. De hecho, si en algún momento tuve algún poder, lo perdí en el instante en que Adrik desapareció por el pasillo.

Sin esperar ni un segundo, Aleixandre le siguió. Y con mayor tranquilidad, pero no sin antes echarme una mirada neutral pero metódica, también se les sumó Aegan.

Me quedé allí, en medio del salón. Por un momento creí estar completamente sola debido al extraño silencio que había dejado la historia de lo que le había ocurrido a Melanie, pero enseguida me di cuenta de que Owen todavía estaba allí, sentado en uno de los sofás, inmóvil, pensativo y tan perplejo como yo.

Me acerqué a él.

—¿Cómo es que Melanie...? —le pregunté, hecha un lío—. ¿Tate simplemente la ha traído y...?

Owen puso cara de abrumado.

—Sí —respondió, algo nervioso—. En teoría, Aegan y Aleix se enteraron hace un par de días de que ella vendría porque él los llamó, pero Adrik...

Sentí que, aunque Owen estaba hablando claro, yo no entendía nada de nada.

Tuve que sentarme en el sofá de enfrente porque las piernas me temblaban.

—Pero ¿por qué fingió estar muerta? ¿Qué demonios es todo esto?

Owen desvió la mirada y apretó los labios en una postura de negación.

—No puedo hablar de eso —se limitó a decir.

Claro que no podía. Seguramente, Aegan le había hecho jurar que no diría ni una palabra, pero iba a contármelo todo, porque yo no pensaba salir de ese apartamento sin una respuesta. Así que me incliné hacia delante, apoyé los antebrazos en las rodillas y lo miré directamente a los ojos.

—Owen, si no me cuentas la verdad, voy a decirle a Aleixandre lo que sientes por él —lo amenacé.

Me observó con los ojos muy abiertos, asustados.

—No eres tan cruel.

No, no de ese modo. En realidad, no iba a decirle nada a Aleixandre, solo quería presionarlo y meterle miedo para que hablara. Por esa razón mantuve una expresión implacable.

—Pruébame.

Entonces, muy bajito, Owen me lo explicó todo.

Melanie Cash no era una Cash. Era prima de los Perfectos mentirosos por el lado materno, así que el apellido Cash no aparecía en su documentación personal. Al quedarse huérfana, había pasado a estar bajo la tutela de la madre de Aegan, Adrik y Aleixandre, con los que vivió desde que tenía nueve años. Fueron a la misma escuela y a los mismos campamentos, pero Adrien Cash siempre insistió en mantenerla lejos de los eventos, reportajes o lugares en donde podían fotografiarla o entrevistarla. Así que Melanie formaba parte de la familia, pero de la misma forma que lo habría hecho un perrito: se la quería, pero no lo suficiente como para llevarla a todas partes o para mostrarla a todos.

El problema con Melanie fue que, en el accidente en el que había muerto su madre, ella también había salido herida. Un golpe en la cabeza, un «traumatismo craneoencefálico moderado», la dejó en coma durante semanas. Cuando despertó, fueron evidentes las secuelas. Además del cansancio, la falta de vitalidad, la alteración del sueño, los cambios emocionales, la amnesia, la incapacidad de concentración y de pensar con claridad, desarrolló un trastorno esquizoafectivo.

—Un trastorno esquizoafectivo produce... —Owen pensó un momento, tal vez recordando algo que había leído en internet o que había oído explicar a alguno de los Cash— esquizofrenia y un trastorno bipolar. Mitad y mitad. Ambos fusionados.

La madre de los chicos se había asegurado de que le dieran el tratamiento adecuado. Melanie tuvo fuertes y extraños episodios entre los doce y trece años: ira, depresión, ansiedad..., pero siempre lograba estabilizarse. Con la medicación y las terapias adecuadas, consiguió hacer vida normal y no fue necesario internarla en ningún sitio, por lo que se le permitió criarse junto a sus primos sin ningún problema.

En ese punto, la cara de preocupación de Owen no indicó nada bueno.

—Pero la verdad es que sí dio muchos problemas, solo que no a sus tíos —me aclaró, pensativo y afligido—. Siempre he creído que, a pesar de todo, es muy inteligente. Les hacía creer que tomaba sus pastillas, pero en realidad las tiraba...

Mi pregunta salió con toda la perplejidad que expresaba mi cara:

—¿No es una víctima?

Owen chasqueó la lengua e hizo un mohín de desagrado.

—¿Víctima de qué? —replicó como si lo que acababa de preguntar fuera una ridiculez. Luego soltó una risa absurda—. No, Melanie es una manipuladora. Supo cómo hacer que los tres la quisieran, supo cómo moverse entre ellos y sobre todo supo cómo complicar las cosas.

Aguanta el carro.

Y, entonces, ¿qué eran todas esas cosas que Melanie había guardado en su móvil y que dejaban a Aegan como un monstruo? ¿Por qué había reunido todas esas pruebas si ella no era una víctima? ¿Solo porque estaba como una cabra?

—¿Cómo los manipulaba? —pregunté, ya demasiado intrigada con todo el asunto.

—El accidente le dejó secuelas —explicó Owen— y ella usó eso para dar lástima. Cuando llegó, tan frágil, los tres quisieron protegerla y cuidarla como a su débil hermana pequeña, pero cuando ella comenzó a causar problemas serios, Aegan entendió que no debían dejarla actuar con tanta libertad.

—¿Qué tipo de problemas causaba?

Owen negó con la cabeza, pero fue una de esas negaciones molestas que indicaban que hablar de aquello le enervaba y le indignaba al mismo tiempo, como si traer el tema de nuevo fuera peor que ignorarlo.

—Armaba escándalos y peleas sin motivo, se escapaba de casa, mentía compulsivamente, robaba dinero, amenazaba con suicidarse... Aegan fue el único que se dio cuenta de que lo hacía de manera intencionada y empezó a ser duro con ella. Por esa razón solían discutir mucho. Él la tenía vigilada porque ella intentaba perjudicarlo para que Adrien lo enviara lejos. Aegan entonces la amenazaba con internarla en un manicomio. —Suspiró—. Las amenazas eran lo que más la enfurecían, porque ella aseguraba que no estaba loca. Pero... sí lo está.

Owen vaciló un momento, tal vez pensando cómo continuar.

—No es de las locas que hablan con pajaritos invisibles y se quedan sentadas en un banco. Es de las locas que maquinan planes maliciosos como... fingir su propia muerte para librarse de su tratamiento y de un posible encierro. ¿Entiendes?

Jooder. Lo entendía. Bueno, yo también había maquinado un plan para vengar a mi hermano, pero desde mi llegada a Tagus hasta ese momento en la sala con Owen, me había arrepentido varias veces de ello. Yo no sufría ningún trastorno mental, sino que estaba afectada por una dosis alta de estupidez.

—Así que Aegan fue el único que se daba cuenta de la situación... —dije.

—Bueno, Aleixandre también se dio cuenta —Owen dudó de decir lo siguiente, pero lo soltó—: El único que nunca ha dejado de verla como una chica inocente ha sido Adrik.

Y esa era otra historia. Esa era, de hecho, la peor parte de toda la historia.

Según Owen, durante los peores momentos de Melanie, Adrik siempre estuvo a su lado. Cuando ella llegó, ambos conectaron al instante, pues él también tenía conflictos emocionales. No estaba loco, desde luego, pero era muy vulnerable, y ella se aprovechó de eso. A base de dar lástima, se enganchó a él como garrapata a un perro.

Ambos eran pequeños y solitarios. Veían la vida casi del mismo modo. Empezaron a pasar mucho tiempo juntos y a compartir muchas cosas. Cuando Melanie tenía un ataque, Adrik era el único que sabía cómo controlarla. Conocía sus escondites, sus alergias, sus preferencias, sus debilidades y sus secretos.

Y, al parecer, Melanie tenía muchos.

—Creo que una vez mató a un gato que Adrik había adoptado —me explicó Owen, horrorizado—. Aleixandre me contó que él la vio hacerlo. Luego ella mintió y dijo que no lo había hecho. Cuando Aleix le dijo la verdad a Adrik, Melanie aseguró que uno de los medicamentos le causaba alucinaciones y que no recordaba gran parte de lo que hacía. Tenía once años.

—¿Él la perdonó? —pregunté, atónita—. ¿Con lo mucho que quiere a los animales?

Owen asintió, molesto.

—Se lo perdonaba todo. Y cuando hablábamos de ella, su postura siempre era: «Melanie ha sufrido mucho, y está enferma. No podemos culparla por lo que hace». Aegan se cabreaba mucho con él.

Así que cuando Aegan discutía con su prima, Adrik salía en su defensa. Siempre buscaba la forma de protegerla y liberarla de los castigos. Para ella, Aegan significaba problemas y Adrik era su refugio y su salvación. Uno era tormentoso, directo e insensible, y el otro la entendía, la acogía y la defendía de las amenazas que se cernían sobre ella.

Fue capaz de ver la gran diferencia que había entre ambos, pero sobre todo fue capaz de darse cuenta de que la única persona que podía encarar al peligroso y monstruoso Aegan era Adrik, y así supo hacia cuál lado inclinarse.

Mientras fueron creciendo, el vínculo entre Adrik y Melanie fue haciéndose más fuerte y, finalmente, se convirtió en...

—Dependencia —finalizó Owen—. A los dieciséis años, Adrik estaba tan unido a su prima que casi respiraba al mismo ritmo que ella. Melanie no se dormía por las noches sin antes preguntarle si iba a quedarse a su lado siempre para impedir que la encerraran.

Yo no podía moverme. Mi corazón latía a un ritmo muy lento, mi respiración era entrecortada... Una vocecita en mi cabeza decía: «No puedo creer lo que estoy escuchando...».

—Sé todo esto porque Aegan y yo los vigilábamos —agregó Owen ante mi atónito silencio—. Estábamos convencidos de que Melanie planeaba algo y de que Adrik no tenía ni idea de ello y podía salir muy lastimado. Lo que fuera, queríamos impedirlo.

De pronto entendí que las pistas habían estado por todas partes: la fotografía en su habitación, la forma en la que él había salido corriendo a buscarla y sobre todo la M que colgaba de su cuello, que significaba «Melanie». Ese vínculo entre los dos era tan cierto como la confusión que había estallado en mi cabeza.

—¿Él y ella tuvieron algo...? —masculló de pronto.

Owen se levantó de golpe del sofá y miró con nerviosismo hacia el pasillo. No venía nadie.

—No, creo que no, o no lo sé, no estoy seguro —soltó con mucha inquietud—, pero Melanie está loca... Ella sabía cómo hacer que sus vidas giraran a su alrededor. Incluso la de Aegan, que estaba obsesionado en vigilarla, y no hacía prácticamente otra cosa. Cuando ella murió, pensé... —Owen dudó un instante, como un niño que está a punto de decir una palabrota prohibida, pero luego dijo con rapidez—: Pensé que era lo mejor que nos había pasado a todos. No puedo creer que esté aquí de nuevo.

Estaba como una loca tratando de conectarlo todo en mi cabeza, pero por fuera seguía inmóvil.

Owen suspiró, abatido. Se acercó a donde yo estaba y se agachó frente a mí. Me miró con una inquietud capaz de asustar a cualquiera. Sus ojos azules brillaban de preocupación.

—Escucha, Jude... —susurró con gravedad—. Irte ahora puede ser la decisión más inteligente que tomes en tu vida. Los Cash con Melanie no son los mismos que los Cash sin ella. Te lo aseguro.

A pesar de la importancia de la advertencia, mi movimiento fue automático. Me levanté del sofá y empecé a caminar. Creí escuchar a Owen diciéndome: «Jude, no vayas...», pero yo seguí avanzando por el pasillo que daba a las habitaciones. Llegué hasta la puerta de la que había sido la habitación de Melanie. Estaba entreabierta. Podía escuchar una voz. Era baja, pero inconfundible para mí.

—Pero ¿por qué no hablaste conmigo? ¿Por qué no me buscaste?

Adrik. Sus preguntas sonaban débiles y desesperadas. Por ese tono pude adivinar mucho, pero necesitaba ver la escena completa para convencerme de que todo era cierto. Así que puse una mano en la puerta y con muchísimo cuidado la empujé un poco.

El estómago se me contrajo. Los pulmones se me paralizaron.

Melanie estaba sentada en la cama. No se parecía a la chica de la fotografía de la habitación de Adrik, con la piel reluciente y la sonrisa de felicidad. No, esta Melanie tenía el pelo corto, revuelto y teñido de rubio. Estaba muchísimo más delgada. Su piel se veía opaca, como la de las personas que llevan mucho tiempo internadas en un hospital por alguna enfermedad, y unas ojeras rojizas y profundas enmarcaban sus ojos.

Tampoco parecía una loca malvada. De hecho, estaba inmóvil y con la mirada ausente, como si su cuerpo estuviera aquí, pero su mente se hallara sumida en las profundidades de un universo lejano y vacío.

Aleixandre estaba de pie junto a la cama, y Aegan, al otro lado. Adrik se había sentado en la cama, frente a Melanie, y le sostenía el rostro con ambas manos. Su expresión era de total vulnerabilidad. Sus muros se habían derrumbado por completo. No había ni rastro del Adrik frío e indiferente. En sus ojos había un brillo nostálgico, desesperado y conmovido al mismo tiempo. Parecía a punto de echarse a llorar.

Lo que flotaba alrededor de ellos dos era identificable a kilómetros de distancia. Era como si ambos estuvieran solos bajo una cúpula invisible, en la que compartían algo muy íntimo que se había ido formando entre ellos durante años y que nadie más podía comprender.

Me sentí una simple espectadora, una desconocida, alguien invisible. Adrik ni siquiera notó mi presencia. Continuó hablándole a Melanie, preguntándole en dónde había estado todo ese tiempo y por qué le había hecho algo así.

Ni siquiera me di cuenta de que me había quedado suspendida mirándolos hasta que Aegan entró en mi campo visual y desperté del pasmo.

Tuve que dar un paso hacia atrás porque él salió y cerró con cuidado la puerta tras de sí, bloqueándome el acceso a la escena.

—Creo que deberías irte —me dijo en un tono bajo al que le añadió una suavidad y una amabilidad fingida—. Es un momento bastante privado.

Lo miré en silencio, parpadeando como una estúpida. Me tomó un momento conectar sus palabras y entenderlas, porque de golpe recordé la sonrisa tan maliciosa que me había dirigido al llegar. En ese punto, mi cerebro terminó su trabajo. A lo mejor saltaron algunos tornillos, pero logré conectar aún más cada suceso y sobre todo cada detalle.

¿Por qué a Aegan Cash no le molestaba que apareciera de repente la chica que durante años trató de joderle la vida?

Aegan era irascible por naturaleza. Si algo no estaba bajo su control, lo desestabilizada. Su calma solo indicaba una cosa: aquello estaba planeado y dirigido por él.

Pero ¿desde cuándo?

¡Eso había significado la sonrisa al verme con Adrik! Aquella sonrisa había sido un «ya verás lo que te va a suceder».

Entender esto me hizo verlo mucho peor de lo que ya lo veía. Incluso di otro paso hacia atrás, como si temiera que en cualquier momento fuera a transformarse en un horrible engendro del infierno para comerme viva.

—¿Qué hiciste, Aegan? —le solté horrorizada—. ¿Qué acabas de hacer?

Él hundió las cejas con confusión. El gesto fue exagerado y falso.

—¿A qué te refieres?

—Tú planeaste todo esto. Y no sé cómo lo has llevado a cabo, pero lo has hecho.

Me di cuenta segundos después de que había sonado como una delirante interna de manicomio. Si uno de los planes de Aegan había sido hacerme parecer una paranoica, lo había logrado. Pero no me estaba equivocando.

Aegan se puso una mano en el pecho y fingiendo sentirse ofendido.

—¿Acaso estás diciendo que yo he traído a Melanie aquí a propósito para que Adrik se enterara de que ella está viva y eso desestabilizara su mundo? —preguntó en un susurro.

Lo hizo sonar muy absurdo, como si él no fuera capaz de hacer algo tan atroz. Negó lentamente con la cabeza, falsamente indignado, como lo haría un culpable hijo de puta ante un juez. Incluso dudé un instante, pero por supuesto él quería que yo lo supiera que siempre me vencía, que el juego no había terminado, que había cumplido su promesa de ser un verdadero monstruo. Por eso me había dejado oírlo todo.

Y por eso elevó la comisura derecha con delicada crueldad.

—En realidad lo hice por otras razones —siguió susurrando, como si me estuviera revelando un secreto altamente confidencial—. Esto solo iba a ser un efecto inevitable.

Mal-di-to.

Se lo pregunté sin rodeos:

—¿Desde cuándo sabes que ella estaba viva?

Aegan se adelantó por el pasillo y luego se giró hacia mí. Seguí sus movimientos con cautela. Me señaló hacia el frente para que lo siguiera. A pesar de que todo aquello me estaba aturdiendo hasta el punto de que considerar moverme era difícil, lo seguí.

—Hace ya un tiempo, la verdad —confesó con naturalidad mientras caminábamos en dirección a la sala—. Primero solo fueron sospechas, así que mantuve a Aleixandre sacando información sobre el entorno de Tate a través de su guardaespaldas. Luego, cuando lo confirmé, pensé que estaría todo mucho mejor si ella se mantenía lejos de nosotros, y la verdad es que lo estaba... Hasta que me dijiste lo que Regan planeaba. Entonces tuve que tomar una gran decisión.

Me habría podido explotar la cabeza. Entonces, esa era la verdad sobre la relación falsa de Aleixandre con el guardaespaldas. Solo para sacar información.

—¿Y la trajiste de nuevo con ustedes para salvarte el pellejo? ¿Cómo lo hará?

Llegamos a la sala. Owen todavía estaba allí sentado, asustado, nervioso, qué sé yo, pero Aegan no le importó que él le oyera y siguió hablando.

—Dirá que Regan la mantuvo encerrada durante todo este tiempo y que él organizó lo de su muerte. —Aegan hizo un gesto pensativo—. Creo que eso es un delito y también un jaque mate directo.

Lo era. Era un buen plan, pero todavía había algo que no me encajaba. ¿Por qué Melanie aceptaba formar parte de un plan de Aegan? ¿Acaso no estaba tan loca y lo que quería era salvar a Adrik de cualquier peligro, lo cual significaba que ella lo quería...? Joder, ya ni siquiera sabía qué significaba cada cosa. Ya ni siquiera sabía en qué punto de mi venganza estaba yo, en qué punto estaba en desventaja. Sentí que Aegan me acababa de dar una patada en el culo, sobre todo con eso de «para que Adrik se enterara de que ella está viva y eso desestabilizara su mundo».

—¿Todo lo que me ha dicho Owen es verdad o forma parte de tu plan hacerme creer que tu prima está loca? —pregunté como una estúpida.

La maldita negación. Fue inevitable.

Aegan pensó un momento.

—Si te dijo que Melanie tiene un problema mental y que Adrik y ella tienen una gran conexión, no te mintió —contestó. Después hizo una mueca de desagrado—. Siempre me ha asqueado lo unidos que están. A veces..., no sé, roza lo perverso.

Imposible que, aunque me hiciera la chica más fuerte, dura, cruel o indiferente del mundo, eso no me afectara. Lo hizo. Y mucho.

Te gusta alguien, te enamoras de ese alguien, y de repente descubres que tuvo —y todavía tiene— una larga, profunda y complicada historia con otra persona, y peor aún, esa persona aparece de pronto. ¿Cómo te sentirías?

Aegan suspiró como si me entendiera perfectamente, cosa que no era cierta. Él debía de estar disfrutando de todo aquello. Sus malditos ojos me lo indicaban. La burla enmascarada en ellos. La forma en la que evitaba esbozar la enorme sonrisa demoníaca. Todo.

—Sabía que Adrik se pegaría a ella de nuevo, pero esta era la mejor opción —me dijo en un tono bastante serio—. Regan estaba dispuesto a todo contra mí, pero cuando mi prima hable estará acabado. Con esto, también tú quedas a salvo, así que espero que guardes el secreto de la verdad.

Tenía la garganta y la boca seca. Owen había dicho que Adrik y Melanie no..., pero Aegan decía que su relación rozaba lo perverso, y yo no podía parar de imaginarme un montón de cosas que no sabía cómo enfrentar o desde qué perspectiva ver, porque... ¡eran primos, joder! Y, por otro lado, no me escandalizaba tanto, pero por el otro sí, y...

—Te ocupaste de todo —dije, sintiéndome derrotada—, sin importarte qué consecuencias tendría tu solución. Ahora Adrik...

Apreté los labios y tragué saliva, sin saber cómo continuar. Mi aflicción debió de quedar reflejada en mi cara porque Aegan me tomó por sorpresa al acercarse a mí. Me puso una mano en el hombro, uno de esos gestos que la gente tiene con alguien —no muy cercano— cuando lo ve triste.

—Traté de decírtelo varias veces —me dijo con una voz suave y condescendiente—. Te dije que no sabías nada sobre él, y la última vez tus palabras exactas fueron: «Por qué no valgo la pena, ¿eh? ¿Porque después de todas tus malditas humillaciones no me enamoré de ti? ¿Porque me fijé en el único chico que me trató bien y no me hizo sentir una basura?». Olvidaste una cosa: también te fijaste en el único chico que te utilizó para intentar superar la relación tóxico-dependiente que tenía con su prima muerta. Y eso es mucho más horrible.

Si Aegan me hubiera golpeado, me habría dolido menos. Una gran tristeza estalló por todo mi cuerpo. Me ardieron los ojos, pero me esforcé por no ser una tonta.

—Eres la peor porquería —logré murmurarle.

La boca de Aegan formó una línea en cuanto giró los ojos. Su expresión se tornó muy aburrida.

—¿En serio, Jude? —suspiró con hastío—. ¿De verdad sigues creyendo que el malo soy yo?

No era el único malo, pero sí era un gran hijo de puta. Y eso era suficiente para catalogarlo como aborrecible. Se lo hice saber con la mirada.

Entonces él hizo una mueca de vacilación.

—Tal vez sí quería ver tu cara cuando te enteraras de que Melanie es la debilidad de Adrik... —murmuró en un gesto pensativo. De golpe, ensanchó la sonrisa al máximo hasta que se le marcaron los hoyuelos del diablo—. Sí, ¿para qué negarlo? ¡Soy bastante malo!

Se rio, hinchado de orgullo por sus maldades. De hecho, jamás lo había visto tan satisfecho de sí mismo como en ese momento, tras dejarme con cara de estúpida tomada por sorpresa.

—Pero ¡no deberías preocuparte! —añadió, al ver que permanecía callada—. Si Driki te quiere tanto como de seguro te ha dicho, esto no será ningún inconveniente para ustedes.

Y el gesto de la mano en el hombro de falso apoyo cumplió su verdadera función. Aegan me impulsó en dirección a la puerta y yo me dejé mover como una muñeca de trapo, pues me había quedado perpleja tras ese último comentario. Abrió la puerta, me dio un empujoncito y al darme la vuelta dijo:

—¡Visítanos otro día!

Y el idiota la cerró en mi cara.

Tal vez permanecí unos minutos ahí parada, procesándolo todo. La aparición de Melanie significaba que las pruebas del celular no servían para nada.

Aegan no había encerrado a la pobre e inocente Melanie. Había encerrado a la malvada Melanie porque ella quería hacer que lo enviaran lejos para no tenerlo como un obstáculo. Por esa razón ella había reunido todos esos mensajes agresivos de Aegan, esas grabaciones, para hacerse pasar por víctima e incriminarlo.

Todo lo visto en el móvil lo había organizado ella en el momento justo en el que Aegan perdía los estribos. Él aparecía como un monstruo y ella como una víctima, no como una loca.

Aegan era malo, pero no era el único malo en todo esto. Aegan, después de todo, solo había intentado defenderse. Sí, su manera de hacerlo era cruel, pero resultaba bastante astuta. No le gustaba la extraña relación entre Adrik y Melanie, pero había preferido eso a que Regan y Adrien triunfaran al sacarlo de la familia.

De nuevo no tenía ninguna prueba contra él. De nuevo solo tenía lo que yo había oído durante su conversación nocturna con Adrik. De nuevo yo solo tenía una sospecha imposible de verificar. Y solo pensaba en lo que ese idiota me había dicho en el apartamento: «Si Driki te quiere tanto como de seguro te ha dicho, esto no será ningún inconveniente para ustedes».

Él me quería, por supuesto.

¿O no?

19

La verdad de Adrik Cash

Llamé a Adrik esa noche, pero no contestó.

Le envié mensajes por WhatsApp y tampoco respondió.

Ni siquiera apareció en línea.

Después de un rato me rendí e intenté dormir un poco, pero no pude. Tenía un montón de dudas y ya me había hecho toda una película mental sobre Melanie con secuelas, precuelas y *spin off*, pero debía hablar con Adrik. Debía oír la verdad de su boca. Lo que no sabía era cómo lidiaría con esa verdad.

De modo que a las ocho de la mañana del día siguiente salí rumbo a su apartamento. Llamé a la puerta, ansiosa. Tenía ojeras y apenas me había peinado. Se notaba que había pasado la noche sin dormir, pero no me importaba.

La puerta la abrió Aleixandre.

Por alguna razón ya no se veía tan abrumado, como alguien a punto de colapsar. Parecía un poco más calmado, aunque no del todo. Recordé lo dicho por Aegan, que su relación con el guardaespaldas era para sacar información sobre Melanie. No lo oiría de su boca si se lo preguntaba, pero estaba casi segura de que esa era la causa de todo su descontrol emocional. Aleixandre debía querer e idolatrar muchísimo a Aegan como para aceptar cumplir una orden así.

—Ah, hola, Jude —me saludó, aunque sin mucho ánimo.

—Busco a Adrik.

Miró hacia el interior. Dudó. Luego me miró a mí.

—Está un poco ocupado ahora mismo con...

—¿Podrías decirle que estoy aquí? —le interrumpí, bastante amable.

—No creo que sea...

—Por favor —volví a interrumpirle—. En verdad necesito oír muchas cosas de su boca.

Lo pensó un momento.

—De acuerdo.

Me dejó pasar, cerró la puerta y se perdió por el pasillo. Esperé. Pasaron un par de minutos hasta que Aleixandre volvió a aparecer... solo.

—Ahora viene —anunció—. Yo voy a comprar algunas cosas. Y Aegan no está, así que..., bueno, nos vemos.

Se fue. Pasaron otro par de minutos. Pensé que me dejaría esperando horas, pero finalmente Adrik apareció por el pasillo. Tenía unas ojeras marcadas y violáceas, pero igualmente estaba guapísimo. Aunque... me preocupó mucho el hecho de que su mirada se veía más exhausta que nunca. Sospeché que no había dormido nada.

Sentí un nudo en el estómago por los nervios y el entusiasmo de verlo de nuevo. Sí, habían pasado solo algunas horas, pero lo había echado de menos.

—Hola —le saludé con una sonrisa estúpida—. ¿Todo bien? Te he escrito, pero...

—No sé ni siquiera dónde está mi móvil —suspiró él.

Llegó hasta el medio de la sala. Miró el sofá como con intención de sentarse, pero al final se quedó de pie. Perecía algo nervioso y muy pero muy afligido, como si no supiera cómo rayos lidiar con todo lo que había explotado de repente.

—¿Cómo está tu prima? —tuve la decencia de preguntar.

—Está dormida —respondió—. Por fin.

Su voz tenía una nota seca, pero lo atribuí a lo abrumador de la situación.

—Esto es... —No encontré una palabra exacta para definir la magnitud del hecho.

—Inesperado —completó él.

—Me he enterado de lo que le pasa... —asentí. Después solté una risita torpe—. Bueno, lo escuché todo y luego hice algunas preguntas, ya sabes que soy muy chismosa.

No le hizo gracia. Siguió sumido en su aflicción. Nada de chistes, pues.

—Melanie siempre fue muy inestable, pero organizar ese plan, estar sola, ha hecho que haya empeorado —me explicó.

Sentí mucha curiosidad.

—¿Dónde estuvo antes de llamar a Tate?

Adrik se encogió de hombros con mucha frustración.

—No lo sé —contestó—. No dice nada. Ni siquiera se mueve. Está como en estado de shock.

—¿Por qué no me hablaste más sobre ella aquella vez que te mencioné de la fotografía? —le pregunté con suavidad. No quería ser dura. Quería escuchar sus explicaciones.

Adrik cerró los ojos por un momento y soltó mucho aire por la nariz, frustrado.

—Porque pensé que estaba muerta y yo no quería que... —Apretó los labios. Cuando abrió los ojos, no me miró a la cara. Mantuvo una expresión seria—. La verdad es que Melanie es muy importante para mí. Nos criamos juntos y lo hacíamos todo juntos. Somos primos y amigos. Mi vínculo con ella es muchísimo más fuerte que el que tengo con Aegan o con Aleixandre. Que esté viva significa que ese vínculo sigue intacto.

Bien, había admitido lo del vínculo. Esa parte era cierta. No me agradó mucho, pero no entré en pánico. Era momento de actuar con madurez. Quería hacerlo.

—Entiendo. Yo creo que...

Adrik me interrumpió:

—Sé que ella necesita ayuda.

Eso era obvio, considerando que tenía un trastorno mental, pero me alivió un montón que Adrik fuera consciente de ello. Admití que por un instante había temido que fuera a comportarse ciegamente, pero sabía que él era demasiado inteligente y sensato como para caer en eso.

Me acerqué unos pasos. Quise abrazarlo, pero le di espacio por respeto a su aflicción.

—Es una ayuda que solo le pueden dar en un lugar especial —agregó él.

—¿Como un centro psiquiátrico o algo así? —pregunté.

Había decidido no usar la palabra «manicomio» para no ser tan cruda en ese momento. Eso demostraba lo tonta que estaba por Adrik. ¡Hasta reprimía a mi Jude indiscreta y cruda que soltaba lo primero que se le pasaba por la cabeza! Si eso no era amor, no sabía qué era.

Hizo un pequeño asentimiento de cabeza. Exhaló.

—Necesita medicación y vigilancia. He estado investigando, y el mejor centro está fuera del país.

Asentí. Aegan me había dicho que, si Adrik de verdad me quería, no debía preocuparme por nada. En ese momento pensé que de verdad había exagerado al asustarme por eso de lo «perverso». Adrik iba a mandar lejos a su prima, así que mi paranoia había sido innecesaria.

—Creo que tú la conoces más que nadie —opiné—. Si piensas que esa es la mejor opción, yo te ayudaré en lo que sea, si lo necesitas.

Estuve segura de que me diría que lo necesitaba. Algo tipo: «Sí, justo ahora te necesito más que nunca». Luego un abrazo, besos y felicidad...

Pero Adrik apretó los labios como cuando uno está considerando de qué manera o en qué tono decir lo que tiene que decir.

Y soltó de pronto:

—Voy a llevarla.

Eso me causó una punzada extraña. Fue como un mal presentimiento, pero seguí asintiendo con la cabeza para demostrarle mi apoyo. Incluso di otro paso adelante porque se me ocurrió ir acercándome con cuidado para al final tomar su mano y transmitirle algo de tranquilidad y cariño.

—Me parece buena idea —concordé.

—Y voy a quedarme allí con ella. Al menos un tiempo.

¿Qué?

Dejé de asentir. De hecho, me quedé inmóvil. Luego, de manera automática, ladeé la cabeza como un perrito confundido ante un sonido extraño. Hundí las cejas. Mi cerebro procesó. No me gustó lo que procesó.

—¿Cuánto es un tiempo? —pregunté.

—El que sea necesario —dijo con una voz baja y nada segura—. No lo sé.

De manera instintiva, di un paso atrás como si con eso pudiera negarme a lo que acababa de escuchar. De golpe, lo que sentí fue una confusión enorme, abrumadora y molesta, la misma que habría sentido un niño al no entender un problema de matemáticas que llevaban rato explicándole. Fue como: «Pero ¿qué mierda es esto?».

—¿Me estás diciendo que te vas con Melanie del país? —solté, desconcertada en un nivel equilibrado con el *What the fuck?*

Adrik asintió.

—Tenerme le va a ayudar mucho...

—¿Tenerte? —le interrumpí, todavía confundida.

La palabra se repitió en mi mente: «tenerlo», «tenerte»... ¿Tener como yo tenía a Artie? ¿O como Aegan tenía a Aleixandre? ¿O cómo?

—¿Aegan y Aleixandre también irán con ustedes? —decidí preguntar.

Adrik bajó la mirada.

—Solo ella y yo.

Otro paso hacia atrás.

Mis cejas todavía más fruncidas.

Mi desconcierto al mil.

¿Qué demonios estaba pasando?

Solté una risa confusa.

—No entiendo —admití con mi mejor cara de liada—. O sea, creo que lo entiendo, pero no tiene sentido.

Adrik volvió a aclarármelo.

—Si Melanie está mal, yo debo buscar la forma de que pueda mejorar. —Buscó las palabras siguientes con duda e intranquilidad—: Cuando éramos pequeños, nos hicimos una promesa. Voy a romperla y necesito estar a su lado para que no sufra.

Una promesa. ¿Una *pinky promise*? ¿Una de esas ridículas promesas de niños que solo salían en las películas románticas? Eran muy bonitas, pero justo en ese momento no las estaba viendo como algo bonito. De hecho, aquello me parecía algo desagradable y espantoso. Y raro. Y sospechoso.

—¿Qué le prometiste? —pregunté, demasiado extrañada.

—Que no permitiría que la internaran —confesó. Luego pareció muy angustiado—. Tiene tan solo dieciocho años. Es vulnerable y confía en mí. Dejarla sola en un sitio así sería peligroso. Podrían lastimarla, y yo no pienso permitir eso.

¿Sabes?, le habría creído. Si hubiera seguido siendo la estúpida chica de siempre, habría pensado que se trataba de un inocente cariño familiar, pero el universo entero conspiró para enviarme la señal inequívoca.

Los zapatos.

Dirás: «¿Y qué coño pintan ahora unos malditos zapatos, Jude?». Bueno, ¿recuerdas el día en que me metí en la habitación de Melanie a husmear y encontré unos zapatos de chico? En ese momento, Adrik llevaba puestos esos zapatos.

—¿Son tuyos? —le pregunté de repente, señalándolos.

Él miró hacia abajo, ceñudo.

—Sí —contestó extrañado.

Necesité aferrarme a algo para no caerme. Lo más sólido que tenía cerca era el borde del sofá, así que me apoyé en él.

¿Por qué los zapatos habían estado en esa habitación? Porque la persona que los usaba entraba allí, se los quitaba y tal vez los olvidaba. ¿Y por qué entonces él entraba allí? Todo adquirió sentido: porque él la echaba de menos, porque él se tendía en su cama para aspirar lo que quedaba de su olor, porque Aegan no era el obsesionado con Melanie. Era Adrik.

—Adrik, ella es tu secreto —susurré.

Tras eso entendí lo que Aegan le había dicho a Adrik en el refugio: «¿Le has contado tu verdad?», «Sigues con lo mismo».

Él jamás había superado su muerte. Eso era lo que tanto lo había afligido desde un principio. Ella era sus ojeras, su cansancio, la burbuja que lo había encerrado en la frialdad y la hostilidad. Melanie era eso que él no podía contarme todavía, eso para lo que no estaba listo. Por esa razón, Aegan le había preguntado si estaba enamorado de mí, porque ello habría significado que él la había olvidado. Sin embargo, no lo habría logrado.

«Sabía cómo hacer que sus vidas giraran a su alrededor.»

«Es una manipuladora.»

Adrik lo admitió en un tono bajo y resignado.

—No era algo que me resultara fácil decirte. No podía contarte que arrastraba ese dolor. Habría tenido que explicarte lo unidos que estábamos, y te habría asustado. Traté de normalizar nuestra conexión, de crear distancia entre ambos, pero no funcionó. Nunca ha funcionado. Es un lazo irrompible.

Una súbita corriente de furia me atacó. Y ojalá hubiera sido de celos o de algo parecido. Me enfureció mucho que estuviera contándome eso ahora. Me enfureció comprender que si Melanie no hubiese aparecido nunca, yo lo habría arriesgado todo para estar con él, y aun así Adrik jamás me habría hablado de esa extraña conexión que había tenido, y tenía, con su prima.

—Una relación tóxico-dependiente —dije, pasmada, mirando un punto fijo del vacío—. Así la llamó Aegan, y al parecer la definió perfectamente.

Adrik negó con la cabeza en un gesto de disgusto.

—Sí, estoy seguro de que Aegan dijo un montón de mierdas, como siempre —se quejó.

Lo observé. Parpadeé como una estúpida.

—¿Acaso me usabas para dejar de sentir cosas por ella y superar su muerte? —le pregunté, todavía paralizada por mis propios análisis.

Hundió las cejas, confuso y desconcertado.

—¿¡De verdad crees eso?!

Asentí con lentitud, mirándolo con los ojos muy abiertos. En lenguaje de Wattpad: con los ojos como platos.

—Dicen que estabas tan unido a ella que parecía...

Él me interrumpió con brusquedad y horror:

—¡Nadie podría entender esto! ¡Quiero mucho a Melanie, muchísimo más que a cualquier otra persona! ¡Es cierto que estamos unidos de una forma que incluso yo admito que es insana, pero no es lo que ellos piensan!

Mi corazón me golpeaba el pecho con fuerza. Tras escuchar a Owen y Aegan, me había sentido débil, triste y derrotada, pero ahora, escuchando a Adrik negar lo evidente, me sentí furiosa.

Salió lo peor de mí.

—Si no fuera así —comencé diciendo bajo y con detenimiento para luego seguir hablando en un tono más alto y directo—, ¿cómo demonios explicas que vayas a irte del país con ella para estar al tanto de su recuperación?

Entreabrió los labios para hablar, pero no le dejé decir nada sin antes cantarle las verdades:

—¡Pueden informarte de su evolución, Adrik!, ¿lo sabías? Además, tú no eres un jodido médico, para que te enteres. —Le dediqué una risa absurda—. ¿Es que vas a curarla mágicamente con tu amor, tu compañía y un maldito polvo de hadas? No seas ridículo, por amor de Dios.

Se quedó con la boca entreabierta. Yo tenía el cuerpo rígido por la ira palpitante que acababa de estallar en mí. No me importó un rábano que mis palabras hirieran su sensibilidad. Si me estaba viendo la cara de estúpida, yo iba a demostrarle que no lo era.

Se puso una mano en la frente, negó con la cabeza y se movió sobre sus pies, inquieto. Hizo un gesto que me molestó más, ese de «vaya, Jude, esperaba todo de ti menos esto».

¿Qué esperaba? ¿Que todos nos desviviéramos por la recuperación de Melanie?

—Tú no lo entiendes —dijo, negando con la cabeza—. Ninguno de ustedes lo entiende.

Mi furia rebasó los niveles recomendados.

—¡Explícamelo entonces! —le grité.

Se detuvo de golpe. Me encaró, ahora también enojado y con la mandíbula tensa.

—Siempre he estado a su lado, ¡siempre! Fingió su muerte porque yo intenté alejarme de ella, y lo hice bruscamente. La ignoré, desaparecí, salí con muchas chicas y le grité que me dejara en paz. Entonces ella cayó en las mentiras de Tate, que simplemente la usó. Todo fue mi culpa.

Me reí. Fue una risa amarga y cruel.

—¿Te sientes culpable por haber tratado de tener una vida libre? ¿Crees que por esa razón ella organizó un espectáculo con su muerte? —repetí para que entendiera lo ridículo que sonaba.

Él no lo vio así. Para él la situación era lógica.

—¡Es que no puedo verlo de otro modo! —refutó. Un brillo de exasperación y tormento entristeció sus ojos—. ¡Yo la abandoné en un impulso egoísta! ¡Por mi culpa ella se sintió sola y actuó desesperadamente! ¡Nadie nunca la ha ayudado! ¡Aegan solo la ha acusado y Aleixandre le dio la espalda de golpe! ¡Soy lo único que tiene!

Sí, y al parecer era al único que ella tenía para manipular. Lo había hecho muy bien. Si en algún momento esa chica se había planteado hacerlo sentir culpable para atarlo, lo había logrado.

Me dio pena, mucha pena que Adrik llevara encima un peso ajeno, pero también me dio rabia que no se diera cuenta de ello. O, mejor dicho, que no quisiera darse cuenta.

—Creo que hay algo en tu cabeza que tampoco funciona bien si de verdad piensas que tú ocasionaste este lío —bufé.

Adrik negó en silencio. Se pasó la mano por el cabello.

—No voy a abandonarla otra vez.

—No, ahora me vas a abandonar a mí.

Inevitable. Estaba furiosa, quería ser cruel y directa, pero mi voz se quebró en el «mí». Me escocieron los ojos. Probablemente, se me humedecieron un poco, pero alcé la barbilla, apreté los labios y tragué saliva para no derramar ni una puta lágrima delante de él.

—¿Eso es lo que estás haciendo? —le pregunté con una firmeza autoimpuesta y difícil de mantener—. ¿Me estás abandonando, Adrik?

Se quedó en silencio por un momento. Yo lo miré fijamente a los ojos con la cara en alto y un incómodo nudo en la garganta. El enojo desapareció de su rostro y solo reflejó un profundo agobio.

—Siento muchas cosas por ti, Jude... —dijo, en un tono algo abatido—, pero no soy lo que mereces. Soy tan monstruo como mis hermanos, y este es mi castigo.

En mi cabeza, yo estaba contra una pared y él me acababa de disparar consecutivamente. Incluso sentí un ligero dolor en el pecho. Una debilidad repentina hizo que me temblaran las manos. Tuve que respirar con mayor esfuerzo. Entendía por completo lo que decía, lo que significaba, pero no quería aceptarlo.

No.

Y no.

—No puedo creer que todo esto esté saliendo de ti —dije, molesta.

Pero Adrik mantuvo su postura.

—Ya hice algo que estuvo mal una vez —continuó con gesto derrotado—. No dormiría tranquilo si volviera a hacerlo de nuevo. Debo acompañar a Melanie.

—¿Estás siendo cruel a propósito? —No sé por qué solté eso.

Él negó con la cabeza.

—No esperaba nada de lo que acaba de ocurrir, ¿de acuerdo? —dijo. Su voz sonó suave como si con eso pudiera suavizar el impacto—. Todo estaba bien, pero ahora es un jodido caos, y yo debo lidiar con esto antes que nada.

No.

Y definitivamente no.

Retrocedí. Sacudí la cabeza. Apreté las manos repetidamente, moviendo los dedos porque comenzaba a sentirlos demasiado débiles. La sensación era horrible. Lo que salía de su boca era horrible. No podía ser real.

—Estás jodiéndome —aseguré, negándome a admitir la realidad—. Dime que esta persona ciega y estúpida que me está hablando no es tu verdadero tú.

Me miró con muchísima pena. ¿Digo pena? Era lástima. Y también un poco de preocupación. Tal vez podía detectarse una pizca de tormento, pero sobre todo parecía angustiado, como cuando ves a alguien fuerte derrumbarse, como un «no esperaba que te lo tomaras así considerando lo dura que te ves».

Me dolió esa mirada.

Pero más me dolió cuando dijo:

—Te estoy diciendo la verdad. Mi verdad.

Eso provocó el gran estallido. El momento en el que perdí la cordura y la estabilidad. Sentí un zumbido de furia en los oídos y el impulso de lanzarme sobre él.

—¡No! ¡No estás diciéndome la verdad! —grité. ¿Todo había sido mentira?

¿Lo era?

¿Lo es?

Las clases de Literatura juntos, los momentos después de las humillaciones, la casita del árbol, la ropa en el fuego, el beso en el apartamento, el sofá, las cervezas, las hamburguesas, el asiento trasero del coche, su habitación, su cama. ¿Y esas cosas? ¿Y esos momentos?

Mi pecho. Me dolía mucho el pecho. Me dolía tanto que creí que se trataba de un infarto. ¿Me iba a explotar el corazón? ¿Se moría la gente de amor? Me latía tan fuerte y tan dolorosamente que me puse la mano allí y empecé a temblar.

Adrik se acercó, pero yo automáticamente retrocedí.

—Jude, sé que esto parece horrible... —trató de decir todavía con esa ridícula voz suave.

Pero yo le interrumpí con una fuerza encolerizada:

—¡Quita esa maldita cara de lástima!

Él intentó decírmelo con mucha sutileza y detenimiento:

—Escúchame, es cierto que cada cosa de ti me gusta...

—Pero no te gusta lo suficiente —completé.

Frunció la boca en una línea y negó con la cabeza.

—Esto no es una cuestión de elección —aseguró.

Volvió a intentar acercarse, pero de nuevo di un paso atrás. No quería tenerlo cerca, no quería que me hiciera daño.

Me dolía el pecho.

Me dolía el alma.

Había sido una gran estúpida. Al final, me había dejado engañar por él.

—Pero estás eligiendo —dije. Cada palabra me hizo arder la garganta—. Nadie te está obligando a hacerlo. Te vas porque quieres. La quieres. Siempre la quisiste. Pensaste que conmigo estabas olvidándola, pero ahora que ha vuelto, tus sentimientos también han regresado.

Adrik suspiró. ¿Por qué se veía tan agobiado y afectado? ¿Era una mentira también?

—Es más que una elección —intentó convencerme—: es un deber.

Un deber y una mierda.

Se lo pregunté con voz temblorosa y con la desesperada necesidad de saberlo:

—¿Me quieres?

—Claro que sí.

—Entonces quédate —le pedí.

Silencio.

Mi pecho.

Mi respiración.

Mis ojos humedecidos.

—Por favor —insistí en un aliento.

Adrik desvió la mirada hacia el suelo. Dejó de mirarme a los ojos.

—No puedo —decidió con cierta frialdad—. Me iré dentro de un par de días.

El último balazo directo en la frente.

No quería llorar. No quería. No podía.

Las lágrimas se me escaparon de todos modos, gruesas y frías.

Mi pecho.

Mi fuerza.

Mi Jude.

La mano que tenía sobre el pecho se hizo un puño. Cerré los ojos con fuerza, apreté tanto los dientes y reprimí tanto un impulso de llanto sonoro que creí que me desplomaría ahí mismo. Cuando pude volver a respirar, lo miré, empapada en lágrimas y con la respiración increíblemente agitada.

Ahora, cuando leyera un libro, pensaría inmediatamente en él entregándomelos en la puerta del apartamento. Iba a pensar en el incienso, en el bosque, en su traje el día de la fiesta de beneficencia. Iba a pensar en sus odiosos pero inteligentes argumentos de la clase de Literatura. El perfume, la loción de afeitar, las sudaderas, el cigarrillo, la furtiva sonrisa torcida pero perfecta...

No iba a olvidar nada de eso, y admitirlo era lo que más me enfurecía.

Bueno, ¿no es eso lo que nos pasa a todos? Te crees fuerte, indestructible, capaz de enfrentarte al mundo, hasta que... te enamoras. Yo solo tenía dieciocho años, y entre plan y plan me había enamorado como una estúpida. Era el reflejo de que seguía siendo humana, no una máquina de venganza. Yo fui a Tagus preparada para luchar, pero Adrik derrumbó cada una de mis armaduras, y lo hizo de la peor manera: siendo bueno.

—Cuando te dije que he deseado ser otra persona para estar contigo, me refería a una que no estuviera enganchado a un apellido o que todas las noches se culpara por la muerte de alguien... —confesó con un gran abatimiento—. Pensé que contigo finalmente podía dejar de sentir eso, que podía seguir la vida y desconectarme de lo sucedido, pero ahora que sé que sigue viva, que está aquí, me siento más atrapado que nunca.

Veía rojo y nublado. Escuchaba su voz, pero el zumbido de la furia hacía más ruido.

—Me utilizaste... —salió de mi boca.

Adrik negó rápidamente con la cabeza. Dio otro paso adelante, pero yo volví a retroceder. No quería que se me acercara. Era peligroso. Era como una bomba a punto de explotar para descuartizarme.

—No, yo nunca quise lastimarte de esta forma —se apresuró a asegurar.

—¡¿Y qué crees que estás haciendo justo ahora?! —le grité, exasperada e intentando que no se me rompiera más la voz—. ¡Porque ni siquiera dices que vas a regresar, sino que te vas sin saber durante cuánto tiempo!

—¡Sí regresaré! —replicó al instante.

Los labios me temblaban. El nudo en la garganta era más opresivo, pero me esforcé en soportarlo. No iba a quebrarme del todo allí, no delante de él, no mientras me estaba dejando como a una basura.

—¿Sí? —bufé junto a una risa amarga—. ¿Y cuando vuelvas estarás casado con tu propia prima para poder librarte de su sentimiento de culpabilidad?

No dijo nada. El muy imbécil ni lo negó ni lo afirmó. Fue como si me abofeteara sin tocarme. Me sentí humillada y burlada.

Hice la pregunta, aunque ya sabía la respuesta. No importaba ya. Lo que quería era la confirmación:

—¿Quieres que te espere?

Adrik negó apenas con la cabeza.

—Eso no sería justo para ti.

Lo miré como si no pudiera creer que acabara de decir eso. Sus palabras significaban que no era justo porque tal vez él no regresaría nunca. O si lo hacía, estaría con ella. Para siempre, por lo que yo ya no tendría lugar en su vida.

Recuerdo que lo siguiente que le dije, haciendo referencia a las palabras que él había pronunciado un tiempo atrás, sonó cargado de rabia y desprecio:

—De verdad se te dio muy bien hacerme creer que eras diferente.

Adrik bajó la cabeza, incapaz de mirarme a los ojos.

—Lo siento muchísimo —susurró.

Entendí que él no iba a hacer nada más, y que si lo hacía sería por sentirse culpable y por pura lástima. No quería eso. No quería un maldito abrazo o una despedida o más disculpas. Así que, sin alargar más las cosas, avancé a pasos apresurados en dirección a la puerta, la abrí y salí del apartamento.

Me sentía fatal. Visión nublada por las lágrimas, extremidades temblorosas y débiles, corazón acelerado a un ritmo sofocante, respiración obstruida. Ni siquiera sé cómo bajé las escaleras, pero lo logré y luego salí del edificio a paso rápido, aunque, con todo lo que estaba estallando sin control en mi interior, seguía sin saber muy bien qué hacía o hacia dónde me dirigía.

De pronto me sentí tan mareada que tuve que detenerme. Había caminado demasiado. Me incliné hacia delante y me apoyé en las piernas. Empecé a hiperventilar.

¿Qué me había hecho, Adrik? ¿Qué había dejado que me hiciera? El tipo de dolor que estaba experimentando quemaba de una manera tortuosa. Ese día lo sentí por primera vez. El dolor de cuando te rompen el corazón. Realmente se siente en el pecho, ¿sabes? Tal vez por eso hay tantas tonterías sobre que el amor está en el corazón, pero no, se trata de una fuerte sensación de opresión que abarca hasta la garganta y te hace respirar con mayor dificultad. Más que nada, pareciera que estás muriendo. Pero no mueres, que es lo peor. Solo sufres. Y mucho.

Unos brazos me envolvieron de repente. Me sostuvieron con tanta fuerza que decidí apoyarme en ellos. Estaba tan mareada que no me molesté en rechazar la ayuda. Incluso me tomó el rostro y, en cuanto vi esos ojos grises, por un instante creí que era Adrik que había venido a decirme que todo había sido una mentira y a burlarse por haberle creído.

—Jude, ¿estás bien? —me preguntó.

Era Aleixandre.

Me miró con una preocupación genuina, profunda, pero a mí me dolía mucho el pecho, la vida, respirar, y no podía explicar la razón de ello. No sabía cómo. No sabía si debía. Ni siquiera quería estar cerca de un Cash en ese momento, pero tampoco tuve la fuerza para despreciarlo cuando me tomó la mano y me susurró:

—Ven.

Me llevó a un banco que había al otro lado de la calle, en esa zona verde que solía rodear los edificios. Ambos nos sentamos. Todavía con su mano sosteniendo la mía, se acomodó para mirarme.

Yo estaba en el más pleno estado de vulnerabilidad y me sentía hecha un desastre. No paraba de hipar y de temblar, pero no me importaba que me viera así, porque la mirada que me dedicó no fue de lástima ni de disculpas. Fue de entendimiento.

—Sé que te duele mucho —dijo comprensivo, no estúpidamente suave ni tampoco agresivo—, pero no te puedes rendir justo ahora.

Aquello me desconcertó tanto que mi dolor se paralizó.

—¿Eh?

Aleixandre inspiró aire y valor, y lo dijo:

—Sé que eres Ivy.

Mi cuerpo estaba demasiado débil para reaccionar como habría reaccionado en otra ocasión: con un salto y una gran negación. Sencillamente parpadeé, perpleja, hinchada, consciente de que si me habían atrapado no tenía las fuerzas para enfrentarme a las consecuencias de mi mentira.

Sin embargo, Aleixandre no pareció interesado en pedirme cuentas. Se mantuvo tranquilo, e incluso esbozó una sonrisa nostálgica. Soltó otra bomba:

—Yo... varias veces estuve a punto de ser amigo de Henrik.

¿Amigo de Henrik?

Mierda...

Dejé de temblar. Me quedé mirándolo, boquiabierta. A veces parecía una copia exacta de Aegan, pero en ese momento no hubo ni un destello de la maldad de su hermano en él. Era el Aleixandre genuino.

—Te reconocí en cuanto llegaste a Tagus, pero no se lo dije ni a Aegan ni a Adrik porque sabía a qué venías —confesó—. Quieres saber qué le pasó a tu hermano. Quieres saber cómo murió en realidad.

Consideré que era un plan macabro para sacarme la verdad, pero estaba tan destrozada que no logré mentir, así que asentí con lentitud. Aleixandre suspiró. Su expresión se transformó en una de inquietud y de mucho, pero mucho miedo, como si en su mente estuviera empezando una película de terror.

—Muy bien. Yo te lo voy a contar todo.

20

Lo que realmente sucedió la noche en que murió Henrik

ALEIXANDRE

Estaba lloviendo ese día. Mucho.

Nuestro padre se había ido a dar una conferencia a Inglaterra, Regan se había ido a la playa una semana con unos amigos y a nosotros tres nos habían reservado un vuelo a Nueva York para ir a un evento en honor a nuestro abuelo. Habíamos invitado a Owen. Como siempre, Melanie no podía ir con nosotros, así que se quedó en casa.

Por las tormentas, el vuelo fue cancelado. Estuvimos esperando en el aeropuerto casi todo el día, pero luego nos dijeron que el vuelo sería reprogramado y, al final, tuvimos que regresar a casa.

En el coche, Aegan, que entonces tenía dieciséis años, estaba muy enojado porque lo había planeado todo para nuestra estancia en Nueva York. Adrik, que entonces tenía quince años, iba, como de costumbre, con los auriculares puestos. Y yo, con catorce, estaba sumido en mis pensamientos, porque los dilemas adolescentes estaban empezando a atormentarme.

Eran cosas que, aunque podía hablar con Aegan y con Adrik, prefería comentarlas con Owen, pero lo hice solo cuando bajamos del coche para ir a una tienda a la que Aegan nos envió a comprar algo de comer.

—No sé exactamente dónde está *eso*... —le dije a Owen mientras entrabamos en la tienda.

—¿Y *eso* es...? —me preguntó Owen, aburrido.

Miré hacia todos lados. En la tienda solo estaba la cajera detrás del mostrador. El resto de los pasillos estaban vacíos. Con la lluvia, nadie se había atrevido a salir. Podía hablar con confianza.

—Eso... —volví a decir con especial frustración—. Lo que se supone que hay que *tocar*...

Enfaticé «tocar» con la esperanza de que Owen me entendiera, pero continuó caminando y mirando los estantes repletos de bolsas y caramelos.

—No te entiendo, no sé de qué me hablas —admitió bostezando.

—¡El clítoris! —exclamé de golpe.

Owen se detuvo en seco y abrió los ojos desmesuradamente. Yo cerré la boca en el segundo en que noté que había hablado demasiado alto. Miré con rapidez hacia la cajera, que me había escuchado y que ahora nos miraba fijamente con los ojos entornados.

Carraspeé y me volví hacia Owen.

—Me dijiste que ya lo habías hecho con esa chica de dieciséis años de la feria —dijo él.

—¡Sí! —solté con cierta exasperación y un moderado tono de voz—. Te dije que le había hecho algo con la boca, algo que ella me explicó y que ahora no recuerdo, pero no *todo* el asunto.

Owen parpadeó con desconcierto y de golpe soltó una carcajada. Fue alta, y volvió a hacer que la cajera nos mirara con molestia y suspicacia, como si fuéramos chicos problemáticos.

De inmediato me sentí algo avergonzado.

—El caso es —proseguí, intentando no perder la paciencia— que escuché a Regan decir que es muy importante *estimular* esa parte para que la chica se quede satisfecha, y yo quiero estar preparado para cuando lo haga.

Owen se carcajeó un poco más por mi inexperiencia. Quise darle con una silla en la cara, pero él era mi mejor amigo y mi fuente más cercana de información sexual. Después de todo, tenía la edad de Aegan y había hecho muchas más cosas. Para mí era un tipo genial, pero la mayoría del tiempo se comportaba como un imbécil.

—Eres muy tierno a veces, de verdad —se burló, y como le miré con severidad, trató de moderarse—. Bien, bien; cuando lleguemos a casa, te enseñaré dónde está. Buscaremos una imagen en Google.

Cogimos las patatas fritas favoritas de Aegan, pagamos y salimos corriendo en dirección al auto. La lluvia caía con fuerza y el cielo estaba muy gris. Hacía frío, pero todos llevábamos puestas unas gruesas sudaderas.

En cuanto cerramos las puertas del auto, Aegan dijo:

—Tenemos que hacerlo esta noche.

Owen y yo nos miramos. Sabíamos que se refería a Henrik. Últimamente, todo tenía que ver con Henrik y Melanie. Que Melanie mentía, que Henrik era extraño; que Melanie se escapaba, que Henrik ocultaba algo; que esto, que aquello...

Solía creer ciegamente en la palabra y en las sospechas de mi hermano mayor porque en ese momento yo era pequeño, estúpido y, a fin de cuentas,

Aegan era quien nos protegía de cualquier problema que pudiera enojar a nuestro padre, pero ya no pensaba que Henrik fuera tan detestable. De hecho, las veces que me había encontrado con él en el jardín, estando Aegan fuera, habían sido divertidas.

Henrik me había enseñado cómo reparar la motocicleta y también habíamos hablado de cómics. Claro que eso no podía decírselo a Aegan porque nos tenía prohibido acercarnos a Henrik. Todos odiaban a Henrik, así que yo debía fingir odiarlo también.

Aunque no perdía nada con intentar hacerle cambiar de opinión a Aegan.

—Joder, ya hemos entrado mil veces en la casa de Henrik y no hemos encontrado nada —me quejé—. ¿Quieres dejarlo ya?

Aegan me miró por el retrovisor con los ojos grises destellando furia. El tema de Henrik lo ponía así de alterado, porque sospechaba que no era como aparentaba y que nos ocultaba muchas cosas que podían ser peligrosas.

—¡No! —exclamó con firmeza—. Melanie tiene miedo y nos ha pedido ayuda, no podemos ignorarla en esta ocasión.

Suspiré paciente y miré a Adrik en busca de apoyo, pero él tenía la cabeza apoyada en la ventana, la vista fija en el vacío y los auriculares al máximo volumen. Ese *mood* de chico melancólico y apático era insufrible, pero no había quien lo sacara de ahí.

Bueno, sí, Melanie podía hacerlo.

—No puedes fiarte de lo que te diga Melanie... —le recordé a Aegan—. A veces hasta las tazas le hablan.

Aegan aferró el volante con ambas manos y luego puso en marcha el coche. Todo su cuerpo estaba tenso.

—Sí, está loca, chiflada; es como mierda pegada en el zapato más caro de la temporada —admitió, encolerizado—, pero puede tener algo de razón en esto. Henrik nunca me ha inspirado confianza. Es demasiado... bueno. —Hizo una mueca de desagrado—. No puedes confiar en alguien tan bueno. ¡Nadie es tan bueno nunca!

Nos lanzó una mirada a ambos a través del retrovisor, esperando un asentimiento. No lo recibió. Owen jugaba con la humedad de la ventana con expresión aburrida y yo estaba quieto con los ojos inocentes y jóvenes como dos faroles esperando iluminarse.

—Te oyes chiflado tú también —comentó Owen con indiferencia, rompiendo su silencio—. ¿Te hemos perdido ya?

Aegan no le hizo caso. Su expresión se tornó pensativa y calculadora.

—Hay algo, les digo que hay algo que Henrik nos esconde —prosiguió analizando—. Esta vez, Melanie no está exagerando, por mucho que cueste creerlo.

Miró a Adrik. Lo miraba mucho desde que las cosas se habían dividido en: defender o atacar a Melanie. Adrik la defendía, Aegan la atacaba. Por entonces discutían mucho. Lo peor era que yo quería ser imparcial, pero no podía. La actitud de Adrik era ciega, estúpida e incluso a mí me enojaba. Adrik no dijo nada. Ni siquiera nos estaba prestando atención.

—Bueno, ¿y dónde vamos a buscar ahora? —pregunté—. Porque hemos revisado todos los sitios y no hemos encontrado nada que lo incrimine o confirme tus sospechas.

Aegan entornó sus ojos felinos. La idea surcó su cara en una sonrisa ladina, pero demoníaca. Admiraba a mi hermano en esos momentos. Solía tener ideas grandiosas, para mí era un líder nato, inteligente, audaz; no le tenía miedo a nada y me parecía un puto héroe sin capa. Yo sin duda alguna quería ser como él.

—No, no todos... —murmuró, y luego adoptó la postura que indicaba que iba a dar órdenes—. Voy a pedirle que vaya a hacer unas compras, y cuando él salga, nosotros entraremos en su casa, ¿entendido?

Owen reaccionó y se colocó la mano en la frente en un saludo militar.

—¡Señor, sí, señor! —exclamó.

—Cuando lleguemos, ustedes dos suban a mi habitación por las linternas, por si hay algún corte de electricidad, y no olviden la llave que está escondida bajo el sillón para entrar en la casa de Henrik.

Owen hizo lo mismo:

—¡Señor, sí, señor!

Aegan se lo quedó mirando con cara de «¿eres estúpido?» y le mostró el dedo medio.

A Owen le dio un ataque de risas.

Llegamos a la mansión a eso de las siete de la noche. Seguía lloviendo. Como Aegan parecía un puto adivino, hubo un apagón, así que desde el coche vimos que los cuatro pisos de la casa estaban a oscuras.

Cuando aparcamos frente a la entrada para no empaparnos, Aegan fue directo a la casa de Henrik para pedirle que fuera a hacer unas compras. Adrik se encargó de sacar el equipaje (porque a él sí que no le importaba mojarse) y Owen y yo nos adelantamos para buscar las linternas y la llave. Había generador de electricidad en el sótano, pero ni locos pensábamos meternos en esa mierda oscura y aterradora.

Owen y yo entramos en casa. Todo estaba a oscuras, así que iluminamos el camino con las linternas de nuestros móviles —menos potentes— y empezamos a subir las escaleras del vestíbulo principal.

—Cuando terminemos con lo de Henrik para que Aegan se relaje, me mostrarás dónde está *eso*, ¿verdad? —le pregunté a Owen mientras subíamos los escalones. Dudé un momento y luego agregué en un tono más bajo—: Y... ¿sabes cómo va exactamente lo de estimularlo? ¿En qué sentido? ¿Hay una dirección exacta?

Owen soltó una carcajada y me dio un empujón de colegas.

—Me parece que no te va a servir una imagen, vas a necesitar toda una colección de porno —se burló.

Fruncí el ceño, de nuevo algo avergonzado, pero no lo suficiente como para callarme.

—Un experto siempre se ocupa de aprender más —me defendí.

—Sí, amigo, sí —siguió burlándose Owen.

Llegamos al segundo piso y avanzamos por el ancho pasillo. Allí estaban todas las habitaciones. Mantuve el tono de voz muy bajo para que Adrik no nos escuchara si entraba a la casa.

—Pero ¿tú con cuántas has estado? —pregunté, tratando de no quedar tan patético—. Seguro que no ganas a Aegan.

Owen se encogió de hombros.

—Es cierto, pero han sido varias.

—¿Te han dicho que les gustó?

—¿Por qué no iba a gustarles? —resopló y lanzó una risa algo egocéntrica.

Cruzamos el pasillo. A ese lado estaban nuestras habitaciones, una junto a la otra. También estaba la de Melanie, la de Regan y una de huéspedes, en la que solía dormir Owen cuando se quedaba.

—Esa es la cuestión —dije, muy seguro de sí mismo—. El placer debe ser mutuo.

Owen volvió a reírse.

—Suenas tan cursi y romántico como Adrik —se burló—. Mejor piensa en meterla, en oírlas gemir y en conseguir una mamada.

Yo no había experimentado nada de eso. Me sentí estúpido, pequeño y poco desarrollado. Sí, era más alto que el resto de mi clase y ya estaba ganando músculo, pero todavía era flaco y todavía no me crecía todo lo que Aegan me había asegurado que «me tenía que crecer». Eso me frustraba porque incluso Adrik ya parecía tener diecisiete años, en lugar de quince.

—Ahora tú suenas como Aegan —bufé.

Entramos en la habitación de mi hermano mayor. Era grande y tenía un enorme ventanal al fondo. Todo estaba ordenado y tenía un aire maduro y centrado. Su armario era enorme y su colección de zapatos, más grande que su ego.

Cogí la llave bajo el sillón, pero no pude evitar apretar los labios por el enojo. Owen se dio cuenta de ello y suspiró con paciencia. Me dedicó una sonrisa fraternal y amigable.

—Tranquilo, ¿sí? Cuando lo hagas, todo va a fluir, y ambos podrán enseñarse cosas. Ella te dirá dónde quiere que la toques y tú le dirás dónde quieres que te toque; será natural... —Alargó la palabra con esa nota hippy que había adoptado en la playa—. ¿Entiendes? Si lo piensas mucho, solo vas a cagarla.

Me pasé una mano por la nuca y asentí. De pronto, mi enojo disminuyó.

—Tienes razón.

—Y tampoco has de hacerlo ya mismo —añadió con un giro de ojos divertido—. No lo vas a disfrutar como se debe, créeme. Todavía tienes que... crecer.

Owen lo dijo con tanta naturalidad que entendí que tenía por qué preocuparme. Oír a mis hermanos hablar de sexo era estresante, pero Owen me había tranquilizado.

—Eres un capo —le dije sonriendo.

Owen abrió uno de los cajones para coger las linternas que Aegan tenía guardadas allí porque las habíamos usado la última vez que habíamos entrado en la casa de Henrik para buscar cosas que no habíamos encontrado. Me ofreció una y se quedó con la otra. Luego salimos de la habitación y nos encaminamos de nuevo hacia las escaleras.

—Y Aleix... —añadió Owen de repente en un susurro, deteniéndose en el pasillo—. Estas cosas pueden suceder con la persona que menos te esperas. No lo fuerces. Solo asegúrate de que sea alguien, digamos, especial, así el recuerdo será bueno.

Volví a asentir. Hubo un momento en el que detecté el cariño de hermano preocupado en sus palabras, y entonces me sonrió con maliciosa diversión.

—Después de todo, el primer culo nunca se olvida —agregó.

Nos reímos y ambos seguimos avanzando por el pasillo.

—¿Tú lo hiciste con alguien especial? —le pregunté en un tonillo que amenazaba burla.

Owen se me adelantó para bajar las escaleras y me respondió sin mirarme.

—Lo hice con alguien para ignorar el hecho de que no puedo ni nunca podré hacerlo con la persona que yo considero especial.

Apresuré el paso, indignado, para alcanzarlo.

—¡¿Estás enamorado?! —solté con el asombro de un amigo al que su mejor amigo no le ha contado algo importante—. ¡No me has dicho nada, cabrón! ¿Quién es? Es Cassie, ¿verdad? Ella te rechazó.

Owen se rio por lo bajo mientras negaba con la cabeza.

—Te lo diré algún día —me prometió—. Cuando seas experto en clítoris y no estés tan atontado.

Le puse una mano en el hombro y lo detuve en el vestíbulo.

—Hey, no le vayas a decir a Aegan que te he preguntado todo esto —le pedí muy serio—. No me dejaría en paz durante meses.

Owen asintió.

—No te preocupes, tus secretos están a salvo conmigo.

La puerta de entrada se abrió y Adrik, con la ropa mojada, entró con las maletas. Las dejó en el suelo y se dio la vuelta para ir por más, pero más allá, por el lado de la cocina, apareció Aegan a paso apresurado con el cabello húmedo y una clara expresión de disgusto.

Abrió la boca para decir algo, pero fue entonces cuando escuchamos el grito.

Como la casa entera estaba silenciosa y nada más se oían las gotas de lluvia contra cualquier superficie de afuera, el grito se expandió por los pasillos, bajó por las escaleras y llegó a nosotros con una fuerza aterradora. Era el grito de una mujer y estaba cargado de horror.

Melanie.

Todos reaccionamos al instante y echamos a correr escaleras arriba en dirección al origen del chillido. Mientras íbamos a toda velocidad, desconcertados, volvió a escucharse otro igual de asustado e incluso mucho más fuerte.

Tratamos de apresurarnos. Nuestras caras zapatillas deportivas rechinaron contra el suelo de mármol. Se me ocurrió encender la linterna en el momento justo en que enfilamos el pasillo. Lo primero que pensé fue que había un ladrón en casa que de algún modo había logrado burlar la seguridad, pero al abrir de golpe la puerta de la habitación de nuestra prima, apunté la luz hacia el frente y todos vimos la escena con total claridad...

Me había esperado cualquier cosa menos eso.

Melanie estaba recostada en la cama, tan solo en ropa interior. Sus brazos estaban extendidos hacia los lados. Sacudía la cabeza de un lado a otro mientras sollozaba: «¡Suéltame! ¡Suéltame!», porque Henrik estaba a horcajadas sobre ella, agarrándola por las muñecas.

Durante unos segundos, nos quedamos paralizados. Melanie llevaba un par de meses diciéndonos que Henrik la espiaba y la acosaba cuando nadie los veía. Nos había contado que incluso había desaparecido ropa interior de su habitación y que estaba segura de que él se la había robado. Por esa razón, Aegan había decidido que entráramos a escondidas en su casa para ver si encontrábamos esas prendas escondidas allí.

Aquello de inmediato confirmó las sospechas y derrumbó la imagen de buen tipo que tenía de Henrik. No podía seguir defendiéndolo. Todos vimos, horrorizados, que Henrik era un pervertido. Nuestra prima era problemática, pero no merecía ser víctima de algo tan atroz como lo que entendimos que le habría sucedido de no haber llegado nosotros a tiempo.

Al vernos, Henrik soltó a Melanie y ella se encogió de miedo en la cama e intentó cubrirse con la sábana. Fue entonces cuando reaccionamos.

A partir de ese momento todo sucedió muy rápido y todo fueron gritos y movimientos desesperados. Henrik se dirigió a toda velocidad a la ventana para salir por ella, pero Aegan, Adrik y yo corrimos hacia él para no dejarlo escapar mientras Owen ayudaba a Melanie.

Aegan lo cogió de la camisa para empujarlo hacia el centro de la habitación. Henrik salió disparado y fue balanceándose hacia Adrik, que al instante le atestó un puñetazo en la cara tan potente que acabó golpeándose contra la pared. A mí la furia me dominó por completo. Una nube roja y densa me impidió pensar con claridad, y le di un golpe en el estómago que lo dejó sin aire y lo hizo caer de rodillas.

Los Cash teníamos una tradición: todos entrenábamos en el gimnasio cada día y sabíamos defendernos, por lo que teníamos la suficiente fuerza para enfrentar a cualquiera.

A pesar de la falta de aire, Henrik se levantó. Con una cara de maniático que nunca antes le habíamos visto, se abalanzó sobre el primero que vio, que fue Adrik. Logró atraparlo y le rodeó el cuello con las manos. Lo empujó hasta que ambos fueron a dar contra la pared. Mi hermano trató de defenderse, pero Henrik aumentó la presión hasta que entendimos que lo estaba asfixiando.

Owen y yo acudimos al instante. Tratamos de apartar a Henrik, pero parecía enloquecido y dispuesto a matar a Adrik. Desesperados, le gritamos que lo soltara, pero solo continuó apretando su cuello. Pensé que al final lo mataría y que debía encontrar algo para golpearle la cabeza y detenerlo, pero

Aegan se me adelantó. Cogió a Henrik por el cuello y lo apartó de Adrik. Le cogió por el hombro y le dio un golpe tan fuerte que el jardinero se desplomó hacia atrás en el suelo con las manos sobre el rostro por el dolor.

Adrik recuperó la respiración y empezó a toser mientras Henrik, con la boca y la nariz sangrando, se ponía en pie. Dijo algo parecido a «son unos malditos niños ricos» y cogió una de las lámparas que tenía cerca. Trató de atacarnos con ella. La movió a un lado y a otro con fuerza. En un intento de darle a Adrik, golpeó la lámpara contra la pared y la bombilla se rompió, quedando restos punzantes de vidrio en el soporte. En un movimiento rápido logró darme en el brazo derecho. Sentí un rasguño, y cuando me miré, vi que tenía sangre brotando de un largo corte en la piel.

Eso me enfureció todavía más, y a mis hermanos y a Owen también. Los cuatro nos lanzamos sobre él y lo atacamos, coléricos, ciegos, dispuestos a cualquier cosa para defender a Melanie y defendernos a nosotros de ese desquiciado.

Empezamos a golpearlo. Yo veía puntos por todas partes. Veía rojo. Veía ira. Lanzaba golpes. Adrik también lanzaba golpes. Recibí algunos incluso. Owen cogió a Henrik por la camisa y lo tiró contra la pared. Y lo golpeó, y lo golpeó y lo golpeó hasta que los nudillos se le mancharon de sangre. Henrik, todavía en pie, le dio una patada en la entrepierna y pudo escapar de él. Sin embargo, Adrik salió de la nada y le propinó un derechazo.

Henrik cayó al suelo. Aprovechamos ese momento para seguir golpeándolo. Adrik lo llenó de patadas y Aegan se puso encima de él a horcajadas para propinarle una ristra de puñetazos mientras gritaba enfurecido: «¡Eres un malnacido! ¡Sabía que eras un maldito pervertido!». En cierto momento, Owen logró incorporarse y se unió a nosotros. Yo lo escuchaba todo: los golpes, las respiraciones furibundas, a Melanie llorando muy alto y con mucho miedo...

No podía creer que había entrado en nuestra casa, en nuestra familia y nos había mentido.

No sé cuánto rato estuvimos golpeándolo. En cierto momento me lancé hacia atrás y caí sentado en el suelo. Todo lo veía borroso. Todo el cuerpo me temblaba, respiraba entrecortadamente... Me miré las manos. Tenía algo rojo y brillante en los dedos y en los nudillos. En cuanto entendí que era sangre, conecté con la realidad. Miré a los demás. Adrik, Owen y Aegan seguían sobre Henrik, pero Henrik no se movía.

No se movía.

¡No se movía!

Reaccioné.

—¡Paren! —les grité con fuerza—. ¡Paren! ¡Paren!

Tuve que abalanzarme sobre ellos gritando. Tiré de Aegan y de Adrik al mismo tiempo, desesperado. Ellos, todavía ciegos, tardaron un momento en entenderme. Fue Owen quien se dio cuenta primero y se alejó en un movimiento brusco. Yo volví a caer hacia atrás, aferrado a los brazos de mis hermanos.

Contemplé a Henrik tendido en el suelo, inmóvil. La palabra se repitió en mi mente: «inmóvil, inmóvil, inmóvil». Tenía los brazos extendidos, los ojos cerrados, la cara magullada, hinchada y cubierta de sangre. Su pecho estaba lleno de golpes y cubierto de sangre... Tenía en él marcas de dedos, de nuestros dedos. No se le movía ni un músculo. No respiraba. Nada.

Silencio.

Un frío helado me erizó la piel.

Melanie todavía lloraba.

La lluvia caía con fuerza y la ventana estaba abierta.

Owen estaba inmóvil contra la pared con los ojos muy abiertos, conmocionado, asustado...

Miré a Aegan. Parecía un toro. El pecho se le estremecía. Adrik, aún peor, tenía los ojos llameantes de furia y el cuerpo le temblaba con una rabia sorda. Ambos tenían sangre en las manos. Tal vez todavía no se habían dado cuenta, pero yo sí.

Henrik estaba muerto. Parecía muerto.

Me pregunté cómo. Nadie tenía una pistola, ni un cuchillo, ni un arma letal, pero luego entendí que no necesitas nada de eso para matar a alguien. En algún momento, alguno le había atestado un golpe mortal en algún punto sensible de la cabeza, o del cuello, o del pecho.

¿Cuál de nosotros fue?

Imposible de saber. Ninguno lo supo. Todos estábamos manchados de sangre, todos habíamos estado sobre él, todos lo habíamos golpeado con todas nuestras fuerzas.

Lo único seguro fue que esa noche Henrik murió.

La temblorosa y débil voz de Melanie rompió el silencio después de unos minutos:

—¿Está muerto?

Yo me dije que no, que no, que no.

—¡Lo hemos matado! —gritó Adrik horrorizado.

Por primera vez en la vida, Aegan, el mayor, el líder, el que yo admiraba, el que siempre nos sacaba de los problemas, no supo qué hacer. Todo lo contrario, retrocedió, pasmado, hasta que se pegó a la pared. Adrik empezó a llorar de pánico y desesperación. Lloró como un niño asustado y arrepentido. Owen se había quedado paralizado y encogido en el suelo. Hiperventilaba tan fuerte que lo oía inspirar y exhalar. Melanie temblaba sobre la cama, callada y entumecida.

Yo no sabía dónde meterme. Me temblaban las piernas.

—¿Qué hacemos? —pregunté con la voz débil—. ¡¿Qué demonios hacemos ahora?!

Miré a Aegan en busca de respuesta. Su expresión era de perplejidad y de miedo, la de alguien que se enfrenta a algo que nunca había visto en su vida y que jamás esperaba ver. Abrió la boca para hablar, para decir algo, pero la cerró al cabo de un momento, incapaz de decir nada.

Y es que no había nada que hacer. No había forma de ocultar aquello, y tampoco teníamos el valor. Su sangre estaba sobre nosotros y nuestras huellas sobre él.

Pasaron unos minutos. Esperé que Henrik se levantara a atacarnos de nuevo, pero eso no sucedió, así que cuando recuperamos el aliento, hablamos. Rodeando el cadáver, intentamos pensar en una solución.

—Hay que enterrarlo —propuso Melanie, encogida en la cama.

—¡No! —exclamé yo con rapidez, temblando—. Eso nunca sale bien. Lo encontrarán tarde o temprano.

—Hay que llamar a la policía —dijo Owen en un hilo de voz.

—Nos encerrarán —dijo Adrik con la voz pastosa por haber estado llorando—. Nos juzgarán como adultos porque sabíamos lo que estábamos haciendo.

—¡Fue en defensa propia! —exclamó nuestra prima.

—¡Igualmente nos meterán en la cárcel! —grité yo.

Aegan estaba en silencio, atónito, mirándonos a todos.

Owen se puso las manos en la cabeza y empezó a dar pasos por todas partes. La habitación se había inundado de un frío mortecino.

—¡Nosotros no somos unos asesinos! —sollozó con desesperación—. ¡Yo no soy un asesino!

—Sí has matado a alguien... —empezó a decir Melanie.

Pero Owen le gritó:

—¡¡¡Cállate!!! —Cada vena de su cuello se tensó. Tenía el rostro rojo. La miró con rabia—. ¡Tú eres la loca, no nosotros!

—¡Owen! —exclamó Adrik, saliendo en defensa de Melanie.

Nuestro amigo se giró hacia él con los ojos brillando por las lágrimas, la ira, el horror y el miedo.

—¡Anda, atrévete a decirme algo en este momento! —le gritó a Adrik—. ¡Hicimos esto para salvarla! ¡Todo esto es por su culpa!

Melanie apretó los labios con fuerza, enojada.

—¡La culpa es nuestra! —recalcó Adrik en otro grito—. ¡Te guste o no, los que le golpeamos hemos sido nosotros!

Por un momento las cosas se salieron de control y Owen y Adrik estuvieron a punto de liarse a puñetazos, pero entonces Aegan recuperó la conciencia y los separó.

—¡Ya basta! —rugió, mirándolos alternativamente—. ¡Lo que tenemos que hacer es pensar en cómo salir de esta! Y no lo lograremos si nos peleamos entre nosotros.

Empezamos todos a hablar al mismo tiempo, pero de repente una voz nueva dijo:

—Hay que llamar a papá.

Nos giramos hacia la puerta, que habíamos dejado abierta. Ahí estaba Regan.

Mierda.

Fue extraño verlo porque pensábamos que estaba de viaje, pero sobre todo nos asustamos porque estaba mirando lo que habíamos hecho y él no era precisamente el hermano en el que más confiábamos.

Aegan y Regan se odiaban. Regan y Adrik no congeniaban. Conmigo era bastante increíble y me gustaba pasar tiempo con él, pero las cosas estaban demasiado torcidas y lo único que se me pasó por la cabeza fue que Regan utilizaría el asesinato de Henrik para joderle la vida a Aegan. Y si a mí me hacían elegir, prefería a Aegan, que después de la muerte de nuestra madre se había dedicado a cuidarnos.

Estuve seguro de que ya no había salida. Sin embargo, Regan nos miró con seriedad y dio un paso adelante.

—Yo puedo ayudarlos —se ofreció.

Y nos explicó su idea. Él llamaría a nuestro padre y le contaría las cosas de esta forma: Henrik había intentado abusar de Melanie, nosotros lo habíamos sorprendido y, en un intento de ayudarla, Henrik había sacado un arma y había intentado matarnos. Por esa razón nos defendimos y por esa razón había terminado muerto. Además, le diría que Henrik había descubierto uno de los más grandes secretos de nuestra familia y pretendía contarlo a los medios: que Aegan no era hijo de nuestro padre, Adrien Cash, sino de su hermano, con quien nuestra madre había tenido un romance secreto incluso antes de su boda. Dijo que estaba seguro de que nuestro padre se encargaría de que no nos condenaran por el crimen.

A todos nos gustó el plan, excepto a Aegan. Era obvio. Significaba que Regan le haría un favor, y deberle algo a Regan era peor que ir a la cárcel. Primero se negó, pero entonces Regan le preguntó:

—¿De verdad vas a enviar a tus hermanos pequeños a la cárcel solo por tu orgullo?

Aegan nos miró. Yo tenía el corazón acelerado. Estaba muy asustado, pero también tenía miedo por Aegan, porque Regan nunca lo había considerado un hermano, sino un enemigo, y sabía que todo podía ser peor con él. Incluso entendí que se negara y no lo juzgué por ello. Si habíamos matado a un hombre, debíamos pagar por ello.

Pero al cabo de un momento Aegan dijo:

—Está bien. Hazlo.

Lancé un suspiro de alivio. Por supuesto, Regan aprovechó la ventaja que le daba el momento. Esbozó una sonrisa ladina y sus ojos brillaron con cierta malicia. Miró hacia abajo, hacia el cuerpo de Henrik, y luego a Aegan.

—Pídemelo de rodillas —le ordenó con lentitud.

Yo me quedé boquiabierto. Owen estaba atónito. Hasta Melanie dejó de parpadear. Por primera vez le tuve mucho miedo a Regan y se me hizo evidente lo despiadado y cruel que podía ser.

—¡No! —exclamó Adrik con furia—. ¡No se va a arrodillar! ¡¿Nos piensas ayudar o no?!

Regan nos aseguró que no lo haría a menos que Aegan se arrodillara. Ni siquiera hizo caso a la intervención de Adrik. De hecho, no hizo caso a nadie, menos cuando yo le pedí que no hiciera algo así de bajo. Simplemente nos ignoró.

—Por tus hermanos, Aegan —le incitó guiñándole un ojo—. Tú los cuidas siempre, ¿no? Protégelos ahora.

Aegan se mantuvo callado. Tal vez tuvo que haberlo mandado a la mierda, pero eso nos habría arruinado la vida a todos. Nuestro destino era tan obvio como aterrador. Cuando llegara la policía, Regan testificaría en nuestra contra. Teníamos todas las de perder, aunque Melanie alegara que Henrik había tratado de violarla. Aquello era algo que Aegan no podía tapar por más ingenioso que fuera. La única solución era Regan, porque él era el hijo favorito de nuestro padre y tenía todo el poder para convencerlo.

Éramos muy jóvenes, estábamos asustados, habíamos hecho algo sin planearlo ni desearlo, nos meterían en la cárcel, nuestra familia nos vetaría. ¡Lo perderíamos todo! Aegan entendió que su humillación era nuestra única salida.

Se arrodilló con lentitud, justo frente al cuerpo de Henrik, con los ojos vidriosos y la expresión derrotada y vulnerable.

Y se lo pidió.

—Por favor —dijo—, ayúdanos. O al menos ayúdalos a ellos.

Regan cumplió su palabra.

Nos ordenó dejar el cuerpo tal y como estaba. Esa noche llamó a nuestro padre. Luego, esa madrugada, Largo llegó de pronto, nos dijo que hiciéramos las maletas y nos sacó a los cuatro de la casa junto a Melanie. No sabíamos a dónde íbamos, solo que era una orden de nuestro padre. Por un momento incluso pensé que Regan nos había engañado y que nos llevaban a la policía, pero no fue así.

Fue un viaje eterno. Melanie iba abrazada a Adrik. Owen iba encogido en el asiento y Aegan iba contra la ventana, en silencio, mirando afuera con la expresión endurecida.

Nos llevaron a otra ciudad. Como siempre, todo a nuestro alrededor se arregló mágicamente. Había coartada: nosotros estábamos «de vacaciones». No nos enteramos de nada hasta que Largo nos contó que habían hecho pasar la situación como un accidente y que ya no había peligro alguno de ser culpados.

Tal vez no lo había, pero después de eso, todo empezó a cambiar entre nosotros. No fuimos a la cárcel, pero nuestra vida se arruinó por completo.

Me costaba dormir por las noches. Me miraba las manos tan fijamente que llegaba a pensar que todavía tenía sangre en ellas. Me bañaba cinco veces al día y siempre tenía que estar muy limpio para sentirme bien. Yo sabía que seguía sucio, que todavía estaba manchado, pero la pulcritud me ayudaba a sobrellevarlo.

Sin embargo, comencé a quedarme solo. Traté de buscar a mis hermanos, porque de verdad los necesitaba, pero llegar a ellos era imposible.

Adrik y Melanie pasaban mucho más tiempo juntos y a solas. Su mundo se reducía a ella y a hacer que estuviera bien porque «el suceso había sido demasiado traumático para ella». Owen se iba a viajes sin avisar, y aunque yo le llamaba, no aparecía. Aegan se encerró en su burbuja de reglas, perfección y protección, y siempre estaba de muy mal humor. En casa, se dedicaba a discutir con Adrik. Le exigía que se separara de Melanie porque había que internarla, pero Adrik se negaba y terminaba desapareciendo con ella durante días.

Dejamos de pensar los unos en los otros y a actuar de forma egoísta. Yo tenía muchas pesadillas, pero ninguno de nosotros podía ir a un psicólogo. No podíamos hablar del tema. Tenía amigos, pero todos pensaban en fiestas y en gastar dinero. Yo lo intentaba, pero al final del día terminaba encogido en la bañera frotándome las manos hasta que me ardía la piel.

Quería hablar con Owen, pero se fue por un largo tiempo sin decir a dónde, y como necesitaba a alguien para no volverme loco, empecé a servirle a Aegan en todo lo que necesitaba. Solo así conseguí algo de cercanía de mi hermano, pero de todas formas descubrí, decepcionado, que no era lo mismo.

Mientras fui conociendo al nuevo Aegan, con mayor rapidez dejé de querer ser como él. Mi hermano mayor empezó a tatuarse, a levantar muros altísimos a su alrededor, y ya no era fantástico, ni astuto, ni admirable. Era obstinado, obsesivo con la seguridad y malintencionado. No confiaba en nadie, no dejaba que nadie conociera algo más de él. Estaba lleno de rencor hacia Regan y lleno de rabia hacia sí mismo por lo que le había hecho a Henrik. Eso lo atormentaba.

Una noche lo encontré tirado en la puerta del apartamento en donde debíamos quedarnos. Olía a alcohol, tenía la cara empapada en lágrimas, roja de golpes y la ropa destrozada porque seguramente se había metido en una pelea. Me llenó de rabia y de dolor verlo así. Intenté ayudarlo a entrar, pero no me lo permitió. Solo dijo:

—Fue por mi culpa.

Y empezó a llorar sin control y con desesperación.

Me quedé con él hasta que se quedó dormido allí mismo, y luego, como pude, lo llevé a su cama. Al día siguiente estuvo tan frío conmigo como siempre.

Volvimos a casa un par de meses después. Retomamos nuestra vida normal. No había peligro por ninguna parte. Nadie hablaba de Henrik. Era como si nunca hubiera existido, aunque yo todavía lo sentía allí.

Vimos a nuestro padre, y a duras penas le dirigió la palabra a Aegan. Pensamos que, a pesar de eso, todo había quedado atrás, pero entonces una noche, en una cena, nuestro padre anunció que Aegan sería enviado a vivir a otro país para asistir a un internado. ¿La razón? Regan. Regan había hecho algo para lograr eso.

Aegan no dijo nada y lo aceptó en silencio.

Yo estaba devastado. No quería que Aegan se fuera. Estaba preparado para rogar que me enviaran junto a él.

Pero entonces, Adrik lo solucionó. ¿Cómo? No lo supe. Adrik me dijo que nuestro padre se había arrepentido, nada más. Ahora, sabiendo que Adrien siempre ha odiado a Aegan, queda claro que aquel día, Adrik hizo algo más para convencerlo.

A partir de ese momento, las cosas comenzaron a mejorar un poco entre los tres. Al menos ya no estábamos tan distantes, pero seguía sin ser como antes, y Adrik sin duda alguna estaba más atado a Melanie que nunca. Incluso dormían juntos en la misma habitación, algo que enloquecía a Aegan, que quería que eso se acabara.

A mí, en busca de un equilibrio mental, se me había ocurrido una idea. Entré en el despacho de nuestro padre y rebusqué entre los papeles la dirección de la casa de la familia de Henrik porque quería enviarles las cosas que habían quedado en su casa. Encontré una ficha con su información, pero no estaba completa, así que le pedí a Largo que me ayudara, pero me dijo que no podía hacerlo.

—Una vez me dijo que no quería que nadie de esta casa supiera algo sobre su familia —explicó Largo—. No hay dirección exacta.

—¿Y cómo les entregan los cheques? —inquirí.

—Yo se los envío —dijo—. Es mejor que te mantengas al margen de esto, chico, o me veré obligado a hablar con tu padre.

Así que decidí quemar las cosas que habían quedado de Henrik porque ya no servían para nada, pero cuando vi las fotografías de su hermana Ivy, tus fotografías, no pude hacerlo y las guardé en el ático.

No volví a pensar en ese rostro hasta que Jude Derry llegó a Tagus.

JUDE

Aleixandre tenía los ojos húmedos y enrojecidos. Me miró y luego deslizó la manga corta de su camisa hacia arriba. Me mostró lo que había en su brazo derecho a la altura del bíceps. Era una cicatriz muy vieja, larga y delgada.

—Justo aquí me rasgó el vidrio de la lámpara.

Yo estaba perpleja, boquiabierta, temblorosa e impactada por todo lo que acababa de contar. No paraba de llorar. Al final, no me había equivocado con los Cash, que eran unos perfectos mentirosos, me había equivocado con Henrik, con mi hermano, a quien había ido a vengar a Tagus.

Un montón de emociones contradictorias y confusas estallaron en mi interior. No supe qué pensar, qué creer o qué decir.

Aleixandre me miró directamente a los ojos. El chico alegre, pulcro, feliz y pícaro que había conocido al principio ya no estaba. Había alguien lleno de dolor, de melancolía y de miedo. De manera inevitable, en un parpadeo, las lágrimas le cayeron por las mejillas.

—A lo mejor no fui yo el que le dio el golpe que lo mató —dijo con lentitud y la voz quebrada—. O a lo mejor sí. Solo sé que los cuatro somos igual de culpables. Él intentó abusar de nuestra prima, pero no teníamos que haber perdido el control de esa manera. Esa es la verdad.

Y eso era lo que, en realidad, siempre había querido: la verdad. No una mentira, no un montón de cheques, sino la verdad de lo que le había sucedido a Henrik. Ahora esa verdad dolía y al mismo tiempo me causaba una rabia inmensa.

¿Cómo creerlo? Conmigo Henrik había sido amable, protector, divertido y bueno. Según Aleixandre, había intentado abusar de su prima y era un repugnante pervertido. ¿Tal vez yo jamás lo había conocido bien?

—Pero él... —empecé a decir, consternada y con la voz afectada—. ¿Encontraron las pruebas?

—De hecho, sí. Las encontré yo. Cuando entré a buscar el resto de sus cosas, la ropa interior de mi prima estaba dentro de una Biblia de color marfil.

Cerré los ojos con fuerza, conteniéndome. Recordaba la Biblia de color marfil. Mi madre se la había dado porque en nuestra familia somos católicos. Era cierto. ¡Toda esa mierda era cierta! Lo peor era que Aleixandre acababa de admitir el crimen. No se había defendido. Había aceptado con espanto y con dolor que lo habían asesinado entre los cuatro.

Tomé aire. Durante un momento nos mantuvimos en silencio. El campus de Tagus estaba tranquilo. Mi interior era un jodido caos. Jamás me sentí tan perdida como en ese momento.

—¿Por qué no le has dicho a Aegan quién soy? —le pregunté al cabo de un rato—. ¿O ya lo sabe?

—No, no lo sabe. Cuando llegaste, estuve entre decírselo o no. Sabía muy bien lo que venías a hacer, y estaba seguro de que él no entendería tus razones. Ahora está obsesionado con protegernos, así que hubiera hecho lo posible por alejarte para que no representaras un problema.

—De todos modos, sospechó algo, ¿no?

—Te veía como a alguien peligroso a quien debíamos vigilar —asintió—. Por esa razón te eligió para ser su novia. Me encargó a mí que te investigara, pero yo le di la información que quise.

—¿Por qué exactamente?

Aleixandre emitió una risa absurda. Detecté algo de resentimiento en sus ojos.

—Porque ya no quiero vivir así —soltó, negando con la cabeza con cierta molestia y amargura—. No quiero vivir en una constante guerra con Regan o con miedo de que nuestro propio padre nos mande a una cueva al otro lado del mundo. No quiero que Aegan siga limpiando nuestras cagadas y no quiero que Adrik se hunda en una relación tóxica con la loca de nuestra prima. Estoy cansado, enojado y destruido por la culpa. No quiero que nada de esto continúe.

Yo no podía creer lo que estaba escuchando. Aunque tal vez lo que no quería creer era lo real que sonaba, lo lejano que estaba Aleixandre de Aegan en ese momento. Lo mucho que quería odiarlo, pero lo incapaz que me sentía de hacerlo ahora mismo.

—Es tu familia —le recordé, confundida.

—Y también es mi martirio —aclaró, frustrado. Sus ojos destellaron aflicción—. Tener que seguir mintiendo para Aegan, que él me obligara a estar con ese tipo solo porque por mi culpa Melanie conoció a Tate, todo esto es lo que me tiene al borde del colapso.

No supe qué decirle. Aleixandre exhaló mucho aire y miró al suelo, abatido. Sus ojos volvieron a humedecerse, pero apretó los labios, tenso.

—Tenía catorce años —murmuró con la mandíbula tensa, a punto de llorar—. Y estaba muy asustado, arrepentido y afectado, y ellos me dejaron solo. Adrik pensó únicamente en nuestra prima, Aegan pensó en sí mismo y Owen huyó como un cobarde. Intenté buscarlos y me ignoraron. Sé que son mis hermanos y siento un gran cariño por ellos, pero ahora, mientras ellos están ocupados de nuevo intentando salvarse el culo, yo decidiré qué hacer con nuestras vidas.

Hundió una mano en el bolsillo trasero de su pantalón y sacó una USB, luego se limpió el rostro con la mano para eliminar todo rastro de lágrimas. Le quedó la cara roja, pero su expresión adquirió una seriedad grave.

—Nadie más que yo sabe cuánto daño puede hacer mi familia —dijo con tanto amargo—. De alguna forma, mi padre logró hacer pasar la muerte de Henrik por un accidente. De alguna forma, Aegan ha ocultado nuestros errores. De alguna forma, Adrik se metió en tu vida y ahora te ha sacado de ella de golpe y sin compasión. Siempre es de alguna forma, y siempre conseguimos lo que queremos. Estoy harto de tantas mentiras.

Primero no entendí muy bien qué quería decirme con exactitud, pero me quedó claro en el instante en el que tomó mi mano, le dio vuelta y colocó la USB. Me observó con bastante decisión. De hecho, con una decisión indómita. El corazón empezó a latirme desbocado.

—Esto contiene algo muy valioso —me dijo en un susurro—. Hubo algo de aquella noche que Regan y nuestro padre olvidaron. Melanie temía que Henrik estuviera entrando en su habitación a robar su ropa interior, y su parte esquizofrénica entró en pánico. Por esa razón colocó cámaras con baterías sobre su mesilla de noche. Aegan las sacó cuando regresamos y puso a salvo las grabaciones que había en ellas. Yo se las robé, y ahora te entrego la prueba de que nosotros matamos a tu hermano porque estoy de tu lado.

Miré la memoria USB y lo miré a él, perpleja.

—Así que, por favor, Ivy —agregó Aleixandre Cash con una firmeza impecable—, termina lo que Jude Derry vino a hacer.

—Pero...

Él no lo dudó:

—Destrúyenos.

21

No, espera, esto fue lo que sí sucedió la noche que murió Henrik D.

Todo lo dicho por Aleixandre sonó muy convincente, pero... ¿de verdad fue mi hermano Henrik un pervertido? ¿Fue un inocente? ¿El menor de los Perfectos mentirosos decía la verdad? ¿O era todo un plan para hacerme aún más vulnerable y acabar conmigo?

El único capaz de decirme la verdad estaba muerto.

Y admito que por esa razón se me hizo un tanto difícil decidir qué hacer a partir de ese momento. ¿Debía destruir el apellido Cash? ¿Debía rendirme e irme solo sabiendo la verdad? Sé que es posible que no entiendas mi dilema porque a estas alturas es normal que no sientas empatía por mí. Después de todo soy una narradora mentirosa y tú eres un lector muy crítico, así que no voy a decir que fui inteligente y mucho menos que fui correcta.

Puedo admitir que jamás empecé a contarte esta historia como si fuera una gran proeza. Tenía dieciocho años, estaba llena de rencor y la rabia me hizo creer que yo era capaz de cualquier cosa. Cuando supe que los Cash me habían dejado sin la única persona que todavía «sostenía» a mi familia, no hice más que acumular furia. Esa furia se convirtió en el motor de mi mundo, y como todo lo que es malo, me llevó a un final devastador.

Tal vez tuve que haberme quedado con mi madre deprimida, pero ese era el problema: vivir allí era igual de espantoso que lanzarme a una venganza incierta. Además, jamás fui de las personas que bajaban la cabeza y se iban con la cola entre las piernas a esperar que el tiempo lo curara todo, porque el tiempo no cura nada, solo te ayuda a acostumbrarte al dolor hasta que entiendes que debes resignarte y vivir con él.

Un carácter horrible el mío, ¿cierto?

Lo sé, pero dejemos la perfección para novelas heroicas y románticas. En esta, todos cometemos errores, todos tenemos secretos y todos mentimos.

Por esa razón, todavía había algunas verdades por descubrir.

Y por esa razón mi decisión era más obvia de lo que yo pensaba.

Tuve que esperar hasta el lunes para ejecutar mi último plan.

El paso 1 fue bastante sencillo: ir a ver a Regan.

Me salté las clases para reunirme con él, porque de todas formas mantener mi puesto dentro de Tagus ya no era una necesidad, así que no me importaba que mi asistencia fuese nula. De hecho, ya muchas cosas no importaban, por lo que debía ir directo a lo esencial y no desviarme.

En la puerta de entrada a su apartamento estaba de nuevo esa mujer que servía como guardia de inspección. Me revisó de pies a cabeza y después me dejó pasar, no sin antes dedicarme una mirada de «cuidado con lo que haces». Entré. Regan estaba en la cocina. Su cabello rubio era un desorden impecable. Su altura y su porte elegante eran un espectáculo. Llevaba un jersey oscuro y un pantalón informal y... un delantal blanco. Estaba cocinando y, al parecer, era todo un experto porque un intenso y delicioso olor a sofrito de pimientos, cebolla y champiñones hizo que me rugiera el estómago.

Se giró hacia mí después de dejar la sartén puesta sobre el fogón y me señaló el taburete detrás de la isla para que me sentara.

—¿Vino? —me preguntó con cordialidad.

Había una botella sobre la isla y dos copas. Una estaba servida y la otra no.

—¿Algo con alcohol? Por supuesto —contesté.

Él sonrió ampliamente y procedió a coger la botella para servirme mientras yo me sentaba.

—Debes de haber descubierto algo bueno si tú pediste que nos reuniéramos —dijo mientras llenaba la copa.

Me ofreció la copa, la tomé y le di un trago después de oler el vino. Ya sabes, ese gesto que obligatoriamente hay que hacer para no parecer un desesperado y vulgar alcohólico (lo que una es), sino alguien fino que sabe disfrutar del vinito, *oh, là là*.

Luego no le di más vueltas. Regan estaba desesperado por obtener algo que destruyera a Aegan, ¿no?

Bueno... yo se lo daría.

Saqué el dispositivo USB del bolsillo de mi pantalón y se lo enseñé.

—Aquí hay algo que te puede servir —dije—, pero quiero saber por qué haces esto en realidad.

Regan me miró con un divertido desconcierto.

—Te lo dije antes, quiero ayudar a Aegan —replicó con simpleza.

Oh, en verdad pudo haber hecho pensar a cualquiera que no había ninguna otra intención. Los Cash eran unos mentirosos impresionantes. Ese debía ser el título de la familia.

—¿Quieres ayudarlo con eso tan malo que crees que hizo? —fui directa.

—Exactamente —asintió.

—¿Y qué es eso? —pregunté también—. ¿Crees que él mató a su prima Melanie?

Regan no se lo esperó. Me observó, analítico pero calmado.

—Ah, sabes de Melanie —dijo, y añadió con curiosidad—: ¿Quién te contó sobre ella?

—Aegan —mentí.

Una pequeña sonrisa surcó su rostro. Fue casi burlona e irritante.

—Y supongo que eso arruinó todo con Adrik —comentó con toda la intención de referirse al tema de su relación tóxica.

Una punzada de ira y tristeza mezcladas de una forma capaz de hacerme vomitar me atenazó, pero lo ignoré. Necesitaba ser fuerte para hacer las preguntas adecuadas.

—Sí, ya sé que ellos tenían una relación... enfermiza y dependiente en secreto —hablé—. ¿Tú siempre supiste de eso?

—No es que no fuera obvio. —Regan alzó los hombros—. Pasaban demasiado tiempo juntos y a solas, y Adrik la defendía de una forma poco común para solo ser primos.

—¿Nunca hiciste nada al respecto? —pregunté también.

—No quise hacer nada al respecto. Me daba igual.

Tuve que tragar saliva y reunir valor para la siguiente pregunta:

—¿Crees que ellos alguna vez...?

—¿Se acostaron? —completó Regan ante mi incapacidad para completar la frase—. No puedo decir que no, porque todo indicaba que sí. Es decir, debemos ser realistas, es algo que tuvo que haber pasado en algún momento. Melanie siempre fue posesiva con él. ¿Te ha dolido enterarte?

Imaginar a Adrik acostándose con la prima con la que vivió desde su infancia... Dios, casi me desbarato ahí mismo de lo mucho que me dolía la idea de él con esos sentimientos tan retorcidos.

—Mucho —admití.

—No te aflijas por eso —dijo junto a un gesto de poca importancia—. Estoy seguro de que puedes encontrar a alguien mejor.

—Lo único que quiero ahora es hundir a Aegan —aseguré, y mostré la memoria USB—. Con esto podemos lograrlo. Son pruebas suficientes para que se abra una investigación contra él sobre la muerte de Melanie.

—¿Son imágenes auténticas?

Quise decirle: «No, Regan, es un montaje que he hecho con Photoshop y papel maché», pero apagué el modo sarcástico.

—Son pruebas recaudadas por la propia Melanie con audios y mensajes en donde se demuestra que él fue un monstruo con ella —le expliqué—. Aunque antes de usarlas creo que deberías borrar algo que no sé si para ti vale la pena mostrar.

—¿De qué se trata?

Se giró para atender lo que cocinaba sin ser consciente de que estaba a punto de decirle algo muy importante. Admiré un instante su culo, porque ya sabes... la naturaleza es algo incontenible e incontrolable. Sí, él era malo y yo lo detestaba, pero ¿qué más daba? Las cosas como son.

—Que Aegan no es hijo de Adrien —dije.

Las manos de Regan detuvieron su trabajo, y de pronto, él apagó la cocina como si necesitara detener todo para prestar atención a un nuevo problema.

—Ese es un secreto muy delicado —dijo él. Tranquilidad en su voz.

—Lo sé, y no voy a contárselo a nadie —aseguré—. Puedes confiar en mí.

Era lo más tonto que había dicho, pero bueno.

—He confiado en ti todo este tiempo —sonrió Regan de una forma que, aunque no fue amenazante, me hizo sentir temor—. Mira, Jude, te explicaré algo. Nuestra familia es más importante de lo que cualquiera puede creer. Hemos labrado nuestra fortuna y reputación durante generaciones. Tener este apellido significa proteger el legado y la reputación, y luego transmitir esa herencia a nuestros hijos.

—¿De eso se trata todo? —pregunté con extrañeza—. ¿Quieres quedarte tú solo con todo el dinero de Adrien? ¿Así, como de telenovela?

Regan soltó una risa tranquila y controlada como la de un sabio que solía burlarse disimuladamente de los argumentos estúpidos de los demás.

—El dinero ya es casi todo mío —confesó—. Aleixandre y Adrik tienen una parte por ser hijos biológicos, pero no hay ni una moneda que le pertenezca a Aegan por ser hijo de la infidelidad de su madre. Ella siempre estuvo enamorada del hermano de mi padre, es decir, de nuestro tío Armand. Incluso después de casarse, ella siguió viéndose con él, y mi padre siempre odió esa relación. Siempre odió sobre todo lo que salió de ahí.

—Que es Aegan —completé.

No me parecía tan extraño que la familia Cash ocultara algo así. Si ya ocultaban y arrastraban un asesinato, todo era posible. Pero lo cierto era que esa revelación, dicha por Aleixandre al contarme la verdad, también me había dejado atónita. No me había esperado que el que siempre intentaba honrar la imagen de Adrien Cash no fuera su hijo biológico.

—Bueno, mi padre lo crio como a su hijo mientras su madre estuvo viva para defenderlo —explicó—, pero luego no hubo nada que le obligara a quererlo. Pero es muy difícil deshacerse de alguien así, sobre todo si mide más de un metro ochenta y jode hasta el cansancio.

Bueno, sí, de Aegan era difícil deshacerse, más que nada porque, aunque parecía idiota, era condenadamente astuto.

—Pero también tiene su sangre —puntualicé—. Es su sobrino..., es tu primo..., sigue siendo un Cash.

Regan negó con la cabeza. Su expresión se endureció, como si el hecho de que yo intentara defender a Aegan le molestara.

—Yo también era un Cash cuando nací —argumentó— y me odiaron todos excepto mi padre. Tuve que vivir fuera de la casa por muchos años solo porque la madre de Aegan, Adrik y Aleixandre no quería que yo me mezclara con ellos. Solo cuando ella murió, pude tomar mi lugar. No ha sido justo para nadie.

Comprendí el odio y la rivalidad que Aegan sentía hacia Regan, dos primos que, irónicamente, tenían nombres parecidos. Por cierto, ¿eso del nombre habría sido una jugada de la madre de Aegan? De ser así, qué ovarios había tenido esa mujer. Aunque el punto era que Regan siempre había defendido el odio de Adrien hacia Aegan, viéndolo como un enemigo.

Al final, Adrik y Aleixandre resultaban ser medio hermanos de Aegan solo por parte materna y al mismo tiempo sus primos por parte paterna. Era un gran lío.

—Gracias por decirme la verdad —le dije a Regan—. Pensé que me soltarías una sarta de mentiras.

Tomó un trago de su copa de vino con un movimiento muy masculino y elegante que habría hipnotizado a cualquiera. Apenas apartó la copa de su boca, me sonrió como si fuéramos grandes amigos. Sus ojos brillaron de satisfacción.

—Sé que odias a Aegan tanto como yo —confesó en un tono bajo, que casi fue un susurro—. Se nota cada vez que lo miras, pero mucho más por lo que haces. Te he estado observando, Jude, y sé que, sea como sea, saldrás de los Cash con mucho más resentimiento del que tienes ahora. Es una ley. Hacemos daño, y ese daño transforma a las personas.

Cogió un sobre amarillo que había al fondo de la isla de la cocina y luego lo deslizó en mi dirección.

—Aquí tienes algo de dinero para que puedas irte los próximos días de Tagus —agregó—. Como imaginarás, a partir del momento en que salgas por esa puerta siempre habrá una persona siguiendo tus pasos. Confío en ti, pero me gusta ser precavido.

Miré el interior del sobre. Bastantes billetes. Era lo justo. Habíamos hecho un trato. Le entregué la memoria USB. Le hice un asentimiento con la cabeza y él me lo devolvió con los característicos ojos grises de la familia Cash brillando triunfales. Le di la espalda y me dirigí a la puerta. Al salir, vi que la Rambo continuaba ahí parada. Me echó una mirada sospechosa, pero seguí mi camino, con el culito apretado, directa al ascensor y me fui de ahí.

El paso 2 tuve que ejecutarlo esa misma tarde, porque luego de que Regan tuviera las pruebas, mi tiempo era muy limitado.

Lo bueno de Tagus era que siempre había algún ridículo evento para darle popularidad a la institución, así que esa semana acababa de iniciarse la Semana de las Artes. Durante cinco días habría diferentes actividades, pero el primer día siempre estaba reservado al acto de apertura en el auditorio en donde la rectora daba un discurso. Por esa razón, a las dos de la tarde ya las afueras estaban repletas de alumnos que entraban y salían esperando el inicio del acto.

Yo no estaba allí. Mi ubicación exacta a esa hora era en una de las aulas vacías del edificio de informática. Desde la ventana podía ver con claridad el auditorio. Detrás de mí, Artie se ocupaba de los últimos detalles, porque sí, yo ya se lo había contado todo. Y con todo me refiero a Henrik y su muerte.

No había sido fácil. Había entrado en su habitación en nuestro apartamento y se lo había dicho.

Hubo un momento de silencio. Ya le había contado que había llegado a Tagus con un propósito que nada tenía que ver con graduarme y que conocía a los Cash desde hacía mucho tiempo. Después de todo, ya no tenía demasiado que ocultar. Además, no podía seguir quedándome allí.

En cuanto a Artie, ella había escuchado mi historia sin hacer demasiados comentarios. Al final solo había dicho: «Muy bien, hagámoslo». Y ya lo habíamos hecho, pero percibía cómo las cosas habían cambiado un poco. Estaba más seria y menos habladora.

Ahora esperábamos a Aegan porque le había enviado un mensaje citándolo allí para hacer un trato. ¿Un trato sobre qué? No se lo había dicho.

Artie se detuvo a mi lado.

—Está listo.

Eché un vistazo rápido hacia atrás para comprobar el estado del asunto. Todo estaba justo donde debía estar y como debía estar.

—Gracias, está perfecto —asentí.

Artie también contempló el trabajo con satisfacción.

—¿Por qué lo escogiste de esta forma? —inquirió.

Bueno, la verdad es que había considerado muchas maneras de hacer aquello. Después de descartar y analizar todas mis opciones, vi que estas se reducían a:

- Al estilo Hannah Montana: me quitaba la peluca (metafóricamente hablando) y decía: «Hola, soy Ivy Damalet».
- Al estilo *CSI*: me ponía delante de ellos, sacaba un arma y gritaba: «¡Alto ahí! ¡Siempre estuve en cubierto y los atrapé, ahora deben pagar!».
- Al estilo telenovela: aparecía en la tarima de Tagus y le confesaba a todo el mundo mi historia: «Llegué aquí con un plan de venganza...».

Pero todas estas maneras de decir la verdad, por muy entretenidas que fueran, tenían sus desventajas, y también eran muy exageradas. En definitiva, no podía revelar a los estudiantes que había usado documentos falsos para entrar en Tagus, porque el robo de identidad es un delito, je.

Así que al final me di cuenta de que lo que necesitaba hacer era tan sencillo que no requería de un drama enorme.

Todo había empezado con Aegan.

Todo iba a terminar con Aegan y yo.

—A Aegan le encantará —dije.

Artie asintió.

—Estaré en mi posición.

Tuvo intención de irse, pero hablé para detenerla:

—Lo lamento por no habértelo contado antes...

—No voy a juzgarte, ¿de acuerdo? —No sonó molesta, pero tampoco muy contenta—. Igual no tenías por qué contármelo.

Suspiré. Detestaba lo difíciles que eran los momentos de sinceridad.

—Admito que no te lo dije porque... —Tomé aire para confesar aquello—: Tal vez durante todo este tiempo estuve esperando que me traicionaras y te pasaras al lado de Aegan.

Artie soltó una risa un tanto absurda.

—¿La amiga que finge ser buena y de pronto te traiciona? —preguntó con una expresión de desagrado. Negó con la cabeza—. Eso habría sido demasiado cliché, Jude.

Fruncí un poco el ceño.

—Pero ¿no lo consideraste en algún momento?

—¿Traicionarte?

Asentí.

—Pudiste habérselo contado todo a Aegan y ganártelo.

Artie pensó un momento. Parecía desanimada. Su cabello oscuro y lleno de ondas estaba atado en una coleta baja. Llevaba sus gafas y uno de sus chalecos de lana preferidos. No había nada de la chica coqueta que había usado crop tops para salir con Adrik y llamar su atención. Esta era la Artie inteligente, la que parecía imposible que alguna vez hubiera sido pisoteada por Aegan.

—Lo pensé, sí —admitió con una sonrisa que le hizo parecer triste—. Pero te lo dije al principio: podías confiar en mí.

Me di cuenta de que desde el inicio me había preparado mentalmente para afrontar lo que fuera, pero nunca para conseguir una aliada sincera. Durante todo ese tiempo esperé que cualquiera me traicionara, y por esa razón todos parecían sospechosos de algo.

¿A que esperabas que Artie fuera malvada? Admito que yo también, y por esa razón siempre me aseguré de no decirle lo suficiente para que no pudiera hundirme. Pero lo cierto era que, a pesar de tantos errores, de tantas situaciones, me había ganado a una amiga de verdad. Y lo terrible era que no la había disfrutado como era debido por haber estado tan enfrascada en mis objetivos.

Ahora sentía que una de las cosas que más iba a echar de menos era ver a esa chica buscando desesperada qué ropa ponerse.

—¿Me cuentas tu secreto más oscuro? —le pedí—. Así no me sentiré tan mal...

Pudo haber sonado gracioso, pero lo dije en serio.

Artie suspiró.

—Bueno..., me has contado lo que los Cash han hecho y, aun así, creo que si Aegan estuviera a punto de caerse por un barranco yo le daría la mano —confesó en un tono bajo y derrotado—. Y sé que eso me hace una terrible persona.

Tal vez, pero no la peor persona. En una escala de personas terribles, yo estaba en el top. Me había pasado la adolescencia planeando cómo arruinarles la vida a otros, y ahora no tenía un plan de vida aceptable. Después de lo que iba a hacer ahora, estaría perdida. Probablemente terminaría mis días siendo miserable hasta que muriera dolorosamente y luego iría al infierno a quemarme en las brasas, porque *nop*, no había entrada al cielo para las personas vengativas que habían sido genialmente malas en vida.

Ni siquiera podía juzgar a Artie o decirle: «Tienes un gusto penoso, amiga».

Busqué una forma más discreta de expresarlo.

—Tengo curiosidad por saber qué fue exactamente lo que hizo que te enamoraras de él —dije, sonriendo divertida.

Esperé algún argumento que no me iba a tragar. Para mí, Aegan siempre había sido detestable, pero en realidad me sorprendió la respuesta de Artie y, sobre todo, la manera tan sincera, emocional y segura de hablar:

—Hay algo de Aegan que nadie conoce. Algo que aparece cuando estás a solas con él, cuando eres la única persona a la que mira. Parece vulnerable. Es como si se quitara esa actitud defensiva de tipo cruel y la dejara a un lado. Es lo que te hace entender que no está del todo perdido, que no es algo irremediable, que esa no es su versión definitiva.

Por un instante me descubrí ceñuda y desconcertada debido a una súbita oleada de contradicciones. ¿Aegan no estaba del todo perdido? ¿Acaso había posibilidad alguna de que Aegan Cash dejara de ser tan cruel e imbécil en algún momento de su vida?

Artie emitió una risa que pareció un resoplido, y sacudió la cabeza como si quisiera alejar sus propios pensamientos.

—No lo sé —agregó junto a un encogimiento de hombros—. Tal vez es lo mismo que te hizo enamorarte de Adrik. Algo «inesperado». No sabes cómo sucedió. Solo sabes que ya existe y que es difícil deshacerte de eso.

Avancé hacia ella, le coloqué las manos sobre los hombros y la miré fijamente muy seria, como una madre a punto de darle un consejo milenario a su hija de diecinueve años.

—Artie, no mereces un Aegan por más que te guste —le aseguré con gravedad—. Las chicas como tú encuentran a un Lander que les hace entender que son valiosas.

Ella me devolvió una mirada un tanto preocupada y afligida.

—¿Y las chicas como tú? —me preguntó—. ¿A quién encuentran?

Había intentado no hacerme esa pregunta. Yo no me consideraba una justiciera. Sabía que todo aquello estaba mal, pero había elegido llevar la maldición conmigo. Para mí no habría un desenlace feliz, y no era que no me importara, era que si evitaba recordarlo podía sobrellevarlo mejor.

Además, había tratado de hacer las cosas distintas, de rendirme, de abandonar los planes, pero mi «final feliz» me había evitado y ello me había ocasionado mucha más rabia. Incluso pensar de nuevo en eso hizo que se me formara un estúpido nudo en la garganta.

Alejé las manos de sus hombros, tragué saliva, apreté los labios, endurecí la expresión y volví a mirar hacia la ventana.

Lo dije de golpe y sin lamentos:

—Las chicas como yo se ven obligadas a ser crueles y a quedarse solas por las consecuencias de sus actos, porque eso es justo lo que merecen.

Artie se me quedó mirando, pero me mantuve firme. Admito que me escocieron un poquito los ojos, pero ¡a la mierda la debilidad! Ya me había mostrado demasiado vulnerable por culpa de mis sentimientos, y todo había terminado fatal. Debía centrarme.

—¿Estás segura de lo que vas a hacer? —intentó una vez más.

Fue un intento de hacerme entrar en razón o de «salvarme» del horrible destino que ella sabía que me esperaba, pero yo no quería ser salvada. Lo que yo quería era lanzarme al infierno de la venganza, arrancar cabezas y ver muerte y agonía. O, bueno, no tan literal. Tampoco entraríamos en lo psicópata. No llegamos a tal extremo en esta historia.

—Voy a terminar lo que vine a hacer —me reafirmé.

Su silencio me confirmó que esperaba que me arrepintiera, pero eso no iba a pasar, no a esas alturas.

—¿Me llevarás después? —le pregunté, cambiando de tema.

—Claro —afirmó sin dudas—. Te esperaré en mi posición.

Artie avanzó en dirección a la salida del aula. Se me ocurrió dejarla ir sin decir ninguna otra cosa para que no intentara convencerme otra vez, pero sentí necesario soltar aquello:

—De nuevo, gracias.

Ella se detuvo al abrir la puerta. Me dedicó una sonrisa amigable y un poco triste.

—No, Jude, gracias a ti, porque ahora tengo menos miedo.

Antes de que saliera, agregué algo más:

—Ve a buscar a Lander, ¿vale?

Ella soltó una risa y negó con la cabeza, como si no tuviera remedio con ese tema. Siguió caminando y dándome la espalda dijo:

—¡Hablaremos de eso luego!

Me aseguré de gritárselo mientras iba por el pasillo:

—¡¿Bromeas?! ¡¿Cómo no puedes decidirte ya?! ¡Si es un bombón!

Escuché su risa hasta que se alejó, y solo quedó el silencio de un edificio vacío y sin clases. Luego yo misma cerré la puerta y me dediqué a esperar.

Fueron alrededor de diez minutos. Vi el momento exacto en el que Aegan aparcó frente al auditorio y luego salió a toda velocidad en dirección al edificio.

Me preparé mentalmente, tomé aire, reuní valor y sobre todo mantuve fija una expresión dura, severa e implacable. Había decidido que sería así desde el inicio y hasta el final. Jude Derry no derramaría ni una ridícula lágrima ni quedaría como una chica patética, como había sucedido en el apartamento con Adrik.

Ya no más debilidad.

Era hora de patear culos.

Era momento de terminar aquello.

Y lo haría de una forma apoteósica.

Al auténtico estilo Cash.

La puerta del salón se abrió y Aegan entró a toda velocidad esperando ver a algún tipo con cara de matón listo para chantajearlo. En cuanto me vio a mí, se quedó paralizado y me miró con sus asombrados y confundidos ojos grises, muy tipo: «¿Jude? ¿En serio?».

Luego observó, con mucho más desconcierto, lo que había en el centro del aula.

Una mesa y dos sillas, una frente a la otra.

Sobre la mesa: un mazo de cartas y varias pilas de fichas.

—¿Qué es esto? —soltó con esa brusca exigencia a la que recurría cuando no entendía algo.

—Esto —repetí— es nuestra última partida.

Aegan frunció el ceño completamente desconcertado.

—¿Me estás jodiendo o qué? —soltó, en modo alerta.

—No. Es hora de hablar.

No hubo manera de explicar toda la confusión que surcó su cara bien afeitada. Ese cabello azabache, esa altura, esa camisa blanca y ese pantalón caqui que llevaba como si fuera un jodido miembro de la realeza... Solo estaba él ahí y al mismo tiempo parecía como si también estuvieran Adrik, Aleixandre y Regan. ¿Por qué todos los Cash tenían que parecerse tanto? Era estresante.

—¿Hablar de qué? —exigió saber, desconfiado.

Decidí aclararle mejor las cosas para que no le explotara el cerebro.

—Primero mira esto.

Saqué una fotografía que había guardado en el bolsillo de mi tejano. En ella aparecían dos niños y una mujer frente a un pastel de cumpleaños. La diferencia de edades entre los chiquillos era notable. La niña era más pequeña que el niño. La mujer se veía feliz. Los tres se veían felices.

Se la mostré. Aegan la miró, mudo. Sí, era obvio lo extraño e ilógico que debía de verse aquello desde su perspectiva, pero para mí tenía todo el sentido del mundo.

—Esta es mi madre y esta soy yo —dije, señalándonos en la fotografía—. Mi madre era una mujer que sonreía antes de que entrara en ese horrible cuadro depresivo y dejara de interesarse en mí.

Aegan alternó la vista entre la fotografía y yo, receloso y confundido.

Coloqué el dedo sobre el niño.

—Este era mi hermano Henrik... Así de feliz era mi vida antes de que ustedes lo mataran.

Silencio.

Un silencio profundo, cargado de tensión. Ese tipo de silencio pasmoso en el que caen las personas cuando están ante algo a lo que no saben cómo reaccionar.

Había soñado con ese momento. Había imaginado a Aegan llorar y rogar que no lo delatara, pero no tuvo ningún tipo de reacción salvaje o irascible como acostumbraba. Me miró fijamente como esperando que yo le gritara: «¡Es una broma!». Pero en cuanto entendió lo que estaba sucediendo, que aquello iba a terminar mal y que yo, la estúpida Jude, lo había tomado por sorpresa, su expresión se endureció. Estaba furioso por haber caído en esa trampa y se mostró un tanto desafiante y a la defensiva.

—¿Qué? —le pregunté con tranquilidad ante la falta de reacción—. ¿Te has quedado sin palabras? ¿El escandaloso, astuto y bocazas Aegan Cash se ha quedado mudo?

Su respuesta fue rápida, pero denotó cierta confusión.

—Intento entender cómo puede ser cierto.

Asentí.

—Claro, porque siempre te parecí demasiado estúpida y ahora no comprendes cómo he logrado engañarte, a pesar de que me investigaste —repliqué, todavía tranquila, como si aquella fuera una conversación de lo más normal.

Pestañeó con incredulidad.

—Justamente por eso.

Imbécil.

—No encontraste una conexión porque Henrik usó el apellido de nuestro padre para trabajar en tu casa —le expliqué—, y porque yo utilicé algunos trucos para esconder quién era en realidad.

Como Aegan se había quedado mirando de nuevo la fotografía con una extraña pero tensa fijeza, continué:

—Para resumirlo y ahorrarnos el cuento dramático: en realidad me llamo Ivy Damalet y vine aquí con la intención de hacer que ustedes pagaran por el asesinato de mi hermano. Lo bueno es que conseguí lo que necesitaba para lograrlo y lo tengo justo aquí en este vídeo que grabó la cámara que Melanie tenía escondida en su habitación.

Saqué la memoria USB de mi otro bolsillo y lo alcé para que lo viera. Aegan lo observó como si esperara que no fuera real. En lo que comprendió que el dispositivo no iba a desvanecerse, reaccionó.

Y como Aegan siempre sería Aegan, lo hizo con una risa absurda.

—Tu hermano Henrik... —murmuró con un ápice de diversión—. Ni siquiera se parecen, ¿eh?

Con todo descaro alzó la fotografía e hizo como si la comparara con mi rostro.

—Cambié mucho para venir aquí, imbécil —bufé.

Un silencio y...

—Bueno, ¿y qué quieres a cambio de tu silencio? —me preguntó.

Había asumido que me preguntaría eso. Como siempre, creería que había alguna forma monetaria de arreglar el asunto. Él ni se imaginaba lo que yo quería.

Antes de que yo respondiera, agregó:

—¿Dinero? —propuso—. Podemos llegar a un gran acuerdo.

Hice una expresión de rechazo y negué lentamente con la cabeza.

—Creo que solo me basta con que te arrodilles, justo como hiciste ante Regan aquella noche para convencerlo de que te salvara.

Lo dije con tanta naturalidad y seriedad que el rostro de Aegan se ensombreció por completo en un segundo. Toda la diversión y la burla desaparecieron. Quedó paralizado. Sus músculos se tensaron. ¿Lo de arrodillarse era un punto sensible? Sí, ya íbamos a hablar en serio.

—La verdad es que sí esperaba que en algún momento jodieras las cosas, pero esto... —Sacudió la cabeza, alejando sus palabras, y lo dijo con firmeza y cierto enfado—: Mira, no voy a arrodillarme.

Le reté con la mirada por un momento como si mis palabras fueran irrevocables y no hubiera otra opción. Él sostuvo su postura. Entre nosotros chispeó rivalidad. Esperé. Esperé. Esperé...

Y después de un momento hice un gesto de poca importancia.

—No, no tienes que hacerlo —le tranquilicé—. Porque, por mucha rabia que tenga acumulada, no llego a ese nivel de crueldad. Y lo que quiero son respuestas.

En realidad, solo quería ver su reacción, je.

Por supuesto, a él mi broma no le divirtió tanto como a mí.

—¿Crees que venir aquí, mentir y planear una venganza es menos cruel que pedirme que me arrodille? —me preguntó como si fuera ridículo e ilógico.

El problema era que ya no se trataba de quién era peor, de qué acto lastimaba más o de si ellos quedaban como los pobres niños acusados por mí.

—Al menos no quiero matarte —le aseguré tipo: «Recalquemos el lado positivo»—. Incluso con toda la rabia que siento hacia ti, y créeme que he acumulado mucha, no soy capaz de volverme loca y matarlos a golpes o algo parecido. Así que estoy segura de que no soy la peor persona en esta sala.

Aegan emitió una risa. Fue brusca y, tal vez fueron ideas mías, pero también un tanto nerviosa. Después miró en todas las direcciones en un escaneo cauteloso, como si esperara encontrar a alguien por allí oyéndolo todo. Pero solo estábamos él y yo.

—Henrik no era un inocente al que atacamos —soltó.

—Pero habría sido mucho mejor que lo enviaran a la cárcel por el resto de su vida para que sufriera por lo que intentó hacer —opiné con una nota amarga—. Solo que eso no se les ocurrió. Lo odiaban demasiado como para detenerse a pensar.

Aegan apretó los labios y asintió con lentitud, como si usar esas palabras en específico hubiera sido un buen golpe de mi parte.

Echó otro vistazo a la fotografía que todavía sostenía. Alcancé a ver la rigidez de sus dedos y de su mandíbula. Tal vez estaba apretando mucho los dientes para contenerse y no dejar fluir a ese monstruo agresivo verbalmente que vivía en su interior.

Unos segundos después me extendió la foto y yo la tomé. La volví a guardar en mi bolsillo.

Se tomó un momento para observar la mesa con las cartas con cierta curiosidad. Un ligero, diminuto e imperceptible movimiento de su comisura derecha casi formó una sonrisa. Me mantuve alerta. Con Aegan no se podía bajar la guardia.

—Bien, ¿cómo piensas hacer justicia? —preguntó, ya un poco más tranquilo—. ¿Qué has planeado?

—El vídeo del asesinato a golpes se reproducirá en la pantalla del auditorio —le expliqué—. Se hizo una llamada anónima a la policía y a los medios, y ellos estarán allí para verlo. Al mismo tiempo llegará automáticamente a todos los correos electrónicos de las cadenas de televisión. Se subirá a YouTube e Instagram, y estará el tiempo suficiente para que los más ágiles lo descarguen antes de que sea eliminado. En conclusión: no habrá manera de destruirlo o evitar que la gente lo vea.

Así había decidido hacerlo. Lander se encargaría de ponerlo en las redes y Artie de que se reprodujera en el auditorio. Al final del día todos los internautas conocerían el escándalo de la respetada familia del candidato Adrien Cash.

—Pero si me has citado aquí solo a mí es porque me piensas dar la oportunidad de convencerte de no hacerlo —dijo él, cauteloso—. ¿O me equivoco?

—Es cierto —afirmé con tranquilidad—. Te daré la oportunidad de salvarte a ti y a toda tu familia.

Sus ojos brillaron con suspicacia.

—¿Cómo?

—Vamos a jugar —le expliqué—, y si tú ganas, el vídeo no se reproducirá ni será enviado a los medios.

Hizo silencio un momento. Pensó. Lo consideró. Lo evaluó. Y luego hizo la pregunta que me esperaba:

—¿Así de sencillo?

—Así de sencillo.

No le convenció.

—¿Cuál es el truco?

Extendí las manos y alcé los hombros para mostrar que estaba limpia.

—No hay truco —aseguré—. Solo te pido que me prometas que me dejarás ir sin intentar matarme ni nada por el estilo.

Siguió sin creer mucho en la propuesta.

—¿Y cómo sé que luego no vas a soltarlo todo? —preguntó, desconfiado y dudoso.

—Es que no tendrás modo de saberlo —dije—. Solo te queda confiar en mí. De hecho, solo te queda hacer las cosas a mi modo. Tengo mucha ayuda; si sales de aquí justo ahora, el vídeo se reproducirá. Si me matas, alguien más lo enviará. Si desaparezco, pasará lo mismo. Es esto o perderlo todo.

Estaba segura de que «perderlo todo» eran palabras que le causaban miedo, pero igual desconfió. Y tenía sentido. Yo también habría desconfiado de algo así.

Volvió a mirar la mesa, la USB en mis manos e incluso las ventanas. Quizá estaba buscando algún indicio que le indicara que aquello no era real. O quizá estaba buscando una forma de escapar. Como fuera, el resultado sería el mismo. Él era suficientemente inteligente como para entender que no tenía opciones, y que hacer una tontería solo iba a perjudicarlo.

—Si viniste a Tagus para vengarte por lo que le hicimos a tu hermano, ¿por qué me das la oportunidad? —inquirió, dudoso.

Qué buena pregunta, Dorothy. Era la que estaba esperando.

—Porque me di cuenta de que esto es un truco tuyo —confesé.

Sí, amigos...

Aegan lo había manejado todo a su antojo. Y yo había estado buscando secretos en tantas partes, intentando descifrar tantas cosas que no fui capaz de darme cuenta de que era él quien tenía todas las respuestas. Ya lo venía sospechando por la forma en que manejaba a Melanie. ¿Cómo pudo lograr dominarla si ella lo odiaba tanto? Lo descubrí todo justo después de ver el vídeo del asesinato.

—Me di cuenta de que aquí no está toda la verdad —dije, alzando la memoria USB—. Esta es la verdad que tú quisiste que vieran. Y eso explica por qué estuvo al alcance de Aleixandre, a quien se la robé.

Punto importante: confesarle que Aleixandre lo había traicionado no era mi trabajo. Pero sí podía hacer ver a Adrik y a Aleix que Aegan los consideraba tontos. Ese también sería un buen castigo.

—Tú eres idiota y malicioso —continué sin intención de insultarlo—, pero no estúpido. De hecho, solo eres algo así como el hijo de puta más inteligente de este mundo.

Como sabía exactamente de lo que le estaba hablando, la duda se despejó de su rostro y la sustituyó un repentino aire de diversión, como si hubiéramos entrado en una especie de juego entretenido. No reveló nada, pero me hizo sospechar que iba por el camino correcto.

—¿En serio? —preguntó, vacilante.

Asentí.

—Le has hecho creer algo a tus propios hermanos solo para ocultar otra cosa, ¿no es cierto? —le solté finalmente.

En mi cuerpo de gallina flaca cosquillearon los nervios. Aegan apretó un poco los labios disimulando una sonrisa. ¡Sí! ¡Me estaba dando la razón! Es verdad que yo en su lugar habría estado muy asustada, y no tan tranquila como él, pero no me equivocaba. Algo que le gustaba más a Aegan que cualquier otra cosa era que la gente se diera cuenta de sus habilidades.

—Vaya, sí que te has esforzado —opinó, dándome crédito.

—Y me esforcé más de lo que debí, porque en realidad todo se reducía a ti —acepté—. No iba a encontrar esto en nadie más, porque eres el único que lo sabe.

—Creo que sí nos subestimamos el uno al otro —comentó con divertido asombro.

Estaba totalmente de acuerdo con eso.

—Faltan momentos en el vídeo —le aseguré—. Falta lo que sucedió antes de que ustedes abrieran la puerta y entraran a salvar a Melanie, y falta lo que sucedió después de que ustedes abandonaran la habitación con Regan y dejaran el cuerpo allí. Y eso es lo que quiero saber. ¿Qué fue lo que eliminaste?

Aegan hizo un falso gesto de confusión.

—¿Por qué estás tan segura de que eliminé algo?

Al hablar con Aleixandre había sido una simple sospecha. Al ver el vídeo se convirtió en una certeza. No estaba segura, pero había decidido arriesgarme. Ahora la emoción, el miedo y los nervios estaban de fiesta en mi interior, porque, si no me equivocaba, estaba a punto de saber toda la verdad, la que estaba buscando desde hacía tanto tiempo.

—Porque tú supiste que Melanie estaba viva, y aun así decidiste no buscarla. La buscaste solo cuando necesitaste usarla para salvarte de Regan y para separarme de Adrik. Solo pudiste convencerla de ayudarte con un chantaje. Estás ocultando algo sobre ella lo suficientemente grande como para asustarla, algo que de verdad podría destruir a tu familia, algo peor que la muerte de Henrik.

Su silencio pudo haberme hecho dudar y convencerme de que estaba diciendo locuras. De hecho, Aegan pudo haberlo negado todo, pero no lo hizo. Y fue raro. Tal vez ahí no lo vi, pero vaciló un instante, un poco divertido como si, en vez de estar acorralándolo, estuviera llegando a un punto esperado.

—¿Estás realmente segura de que quieres hacer esto? —preguntó de pronto—. Digo, es sorprendente que hayas reunido todo lo necesario para hundirme, pero podría no ser lo correcto.

Resoplé.

—Es que no pretendo hacer lo correcto, sino lo que me venga en gana —admití sin preocupación—. Así que esa es la condición para jugar: solo tendrás la oportunidad de salvarte si me cuentas la verdad.

—¿Y cómo sabrás que es la verdad? —preguntó Aegan con astucia—. Podría mentirte. Soy muy bueno en eso.

También lo había considerado, así que había pensado algo.

—Tienes guardado el vídeo completo —solté—. Y lo sé porque, además de ser una prueba, es un medio de chantaje.

Bueno, no estaba segura del todo, pero estaba apelando a todas las estrategias. Una de ellas era hablar como si lo supiera todo, aunque no supiera una mierda.

—Es cierto, lo tengo escondido —asintió.

Procuré no exhalar de alivio.

Saqué mi móvil del bolsillo.

—Dime dónde está —le exigí—. Si no lo haces, pediré que publiquen ya la parte que tengo del vídeo.

Detecté cierta rigidez en sus labios. Seguía pareciendo divertido, pero aquello estaba inquietándolo de algún modo.

Esperé. Como no habló, desbloqueé la pantalla y accedí a las llamadas para advertirle que iba a dar la orden. Esperé de nuevo.

Habló:

—Hay una memoria de móvil escondida dentro de un reloj viejo y roto que guardo en el último cajón de mi mesilla de noche —contestó—. Ahí está.

Alternando la vista entre él y mi teléfono, hice una llamada a Artie. Obviamente, no pronuncié su nombre y tampoco dejé que viera el nombre en la pantalla del teléfono. Le indiqué el sitio exacto y ella dijo que iría a buscarlo.

Colgué, guardé el móvil y le señalé la mesa para invitarlo a sentarse. Un tanto cauteloso, Aegan se movió en dirección a su silla y la deslizó hacia atrás.

—¿De verdad piensas dejarlo todo en manos de un juego? —se burló mientras tomaba asiento—. No sé si recuerdas que soy muy bueno.

Me senté también y me reí con tranquilidad.

—Recuerdo que eres muy bueno haciendo trampas, y no hay modo de que las hagas aquí.

Había preparado la mesa yo misma. No había forma de que escondiera ninguna carta. No pretendía apartar la vista de él. La luz que entraba por las ventanas del aula era lo suficientemente clara. Esa vez no iba a joderme.

Puse la memoria USB sobre la mesa para indicar que estábamos jugando por ella.

—Tienes veinte minutos para hablar y ganar —le informé.

Si esperé asustarlo, no funcionó. Aegan sonrió ampliamente como un demonio, preparado y seguro de sus habilidades. Y como no podía faltar, me arrojó un comentario junto a un guiño de ojo:

—Espero que no te vayas a caer de culo cuando sepas la verdad.

22

No, espera de nuevo, ¡hay otra verdad!

Era cierto que Melanie estaba paranoica con que Henrik podía estar robando ropa interior de su habitación, pero ella nunca le dijo a nadie que había puesto cámaras. De hecho, había muchas cosas que nuestra prima no contaba a nadie, porque era muy buena guardando sus secretos para poder seguir siendo parte de nuestra familia.

Me enteré de las cámaras porque me lo dijo Largo, que fue quien la llevó al centro comercial a comprarlas. Él llevaba meses siguiéndola para estar al tanto de sus movimientos, porque yo se lo había pedido. Cuando me contó que ella había comprado las cámaras, pensé que sería un método perfecto para atrapar a Henrik, así que le dejé colocarlas sin decirle que yo lo sabía.

La noche que sucedió todo, cuando fui a buscar a Henrik para pedirle que saliera a hacer algunas compras, no lo encontré en su casa. Volví a la casa grande para decírselo a los demás, pero antes de poder pronunciar una palabra, escuchamos el grito. A partir de ahí, todo sucedió tal como se ve en el vídeo, pero los sucesos anteriores y posteriores fueron otros.

Primero que nada, el imbécil de Regan nos había dicho que estaría lejos, pero nos mintió. En realidad, nunca dejó la casa. Se mantuvo escondido hasta que nosotros nos fuimos. Entonces, en casa solo quedaron Melanie, Henrik y él.

Eso le sirvió muy bien porque Regan tenía una sola intención: estar con Melanie, así que horas después se metió en su habitación.

Y lo hizo porque eso era lo que Melanie quería, ya que ella estaba enamorada de Regan.

Ambos tenían una especie de relación secreta. Sí, él era mayor que ella, pero después de todo no eran familia. Aunque, a decir verdad, para Melanie llevar la misma sangre no suponía ninguna limitación a la hora de relacionarse íntimamente. Eso lo había comprobado al analizar su relación con Adrik.

Había llegado a la conclusión de que lo manejaba a su antojo porque él tenía sentimientos hacia ella, sentimientos que iban más allá de lo normal.

Yo mismo se lo pregunté varias veces de manera directa: «¿Estás enamorado de ella? ¿Ha sucedido algo más cuando están solos? ¿Entiendes lo que esto significa siendo nuestra prima?». En todas las ocasiones, Adrik lo negó todo, pero lo conocía lo suficiente como para darme cuenta de que no decía la verdad. También intenté pillarlos, pero nunca lo conseguí. Supuse entonces que, aunque su conexión era rara, pero todavía no habían llegado al extremo de acostarse.

Regan y Melanie, sí. Aprovechaban cualquier momento para estar a solas. Nadie sospechó ni se enteró de esa relación porque lo manejaron bastante bien. Fueron tan astutos que lo ocultaron incluso a Henrik, quien siempre rondaba la casa y quien sí estaba muy interesado en nuestra prima o, mejor dicho, en exceso interesado. Ella en ese momento tenía la edad de Adrik, era hermosa y de alguna manera lograba atraer con mucha rapidez y facilidad la atención y el cariño de quienes la rodeaban. A pesar de que nosotros éramos crueles con él, Melanie no lo trataba de esa forma. Era más dulce y más amigable.

Tal vez fue ese trato lo que despertó el interés de Henrik por ella. Melanie era una buena manipuladora y estaba medio chiflada, pero estoy seguro de que no lo provocó. En realidad, todo sucedió de manera espontánea. Simplemente, él se enamoró de ella, pero no fue precisamente un enamoramiento normal, porque él sí la espiaba y sí robaba sus prendas íntimas. Luego descubrí que intentó convencerla de tener una relación con él, pero ella estaba interesada en Regan y se negó en todas las ocasiones.

Gracias a esos rechazos, Henrik empezó a acumular rabia y frustración. Trataba de conquistarla de cualquier forma: usando su sueldo para comprarle estúpidos regalos, prometiéndole cosas que no podía darle, asegurándole que él podía protegerla de cualquiera, y otras estupideces parecidas. Pero nada funcionó. Melanie se hartó de tanta insistencia y comenzó a ignorarlo y a evitarlo.

La razón por la que, la noche de la muerte de Henrik, él fue a su habitación fue algo que no he podido averiguar, pero entre mis sospechas siempre estuvo que él lo hizo para intentar convencerla de que le volviera a hablar. Claro que él no se esperaba lo que vio al entrar. Al abrir la puerta pilló a Regan y nuestra prima en la cama. La escena fue clara para él: Regan sobre Melanie, y ella en ropa interior. A Henrik no le costó nada conectar hilos. La relación entre ellos quedó descubierta ante sus ojos.

En la grabación de la cámara, incluso se oía el momento en el que él le preguntaba a ella:

—¿Por esto no querías estar conmigo?

En cuanto ella le dijo que se largara, que aquello no era de su incumbencia, Henrik estalló de celos.

Pudo haber sido todo el enojo acumulado durante meses por los rechazos, la intensidad del enamoramiento o el hecho de que siempre tuvo esa obsesiva personalidad oculta, pero se negó a irse e intentó golpear a Regan para descargar los celos.

Regan, por supuesto, era más ágil. Él pudo haber peleado porque todos los Cash sabemos defendernos muy bien, pero fue más inteligente que nosotros cuatro. Supo que enfrentarse a Henrik iba a ser una pérdida de tiempo, que podía jugar en su contra. Lo importante era guardar el secreto de la relación porque después de todo era el hijo favorito de nuestro padre, y si Henrik soltaba aquello, iba a perjudicarlo.

Entonces logró escaparse por la ventana.

Melanie también comprendió lo peligroso que era que Henrik conociera su relación con Regan. En un intento por calmarlo, para que no se lo contara a todos, le aseguró que también podía tener algo con él, pero ya Henrik estaba demasiado alterado, celoso y sordo de ira. Discutieron. Él gritó. Ella trató de tranquilizarlo porque en ese estado no podía razonar. Su intento no funcionó. Henrik se lanzó sobre ella y la inmovilizó sobre la cama mientras seguía gritándole. La discusión tomó un giro perturbador. No pude determinar si la intención de Henrik era pasar a otro punto, porque el forcejeo fue intenso, pero lo que sí es seguro es que Melanie trató de convencerlo para que guardara el secreto, incluso asegurándole mentiras.

En cierto momento, la grabación quedaba en silencio porque ellos se callaban. Por la hora, fue fácil deducir que ese era el momento en el que Aleixandre y Owen entraban a la casa. Como se había cortado la luz, los sonidos eran fáciles de escuchar, pero en ese momento ellos estaban en el segundo piso lo suficientemente lejos como para que alguien más sospechara de lo que estaba pasando.

Melanie le cubrió la boca a Henrik. Empezó a soltarle una sarta de mentiras en voz baja: que podían estar juntos si él le prometía no hablar, que Regan no era nada, que ella podía elegir si él la convencía... Henrik no se las tragó. Celoso, dolido y decepcionado por haberla sorprendido con Regan, le dijo que iba a contárselo todo a nuestro padre para que la echara de la casa y no le quedara nada.

En un recurso desesperado y asustado, Melanie amenazó a Henrik con gritar y acusarlo de que estaba abusando de ella, pero que no lo haría si él juraba no decir nada. Él, todavía más enfadado por descubrir a la Melanie chantajista, le dijo que era una loca mentirosa y le tapó la boca para que no lo hiciera.

De algún modo, Melanie logró darle una patada en la entrepierna. Y en el instante en el que él aflojó la mano, ella gritó.

Horas después, en la madrugada, Largo nos sacó de la casa. Estábamos asustados, nerviosos y nos sentíamos culpables. En esos momentos, por el impacto de la situación y el desequilibrio, yo olvidé por completo las cámaras. Si me hubiera acordado, la situación habría sido muy diferente.

Ni siquiera Regan sabía de su existencia, y probablemente Melanie también las olvidó. Después de todo, matar a Henrik no había estado en sus planes. Ella solo había tenido la intención de asustarlo para que no contara lo que había visto.

Pasamos meses fuera de casa, casi un año entero. Cuando regresé, ya con la mente fresca y la culpa aceptada, saqué las cámaras antes de que ella lo hiciera. Mi plan era eliminar las grabaciones porque contenían la prueba de nuestro asesinato, y el hecho de que existieran podía ser peligroso.

Pero antes quise mirar las imágenes, más que nada porque no quería olvidar lo que había hecho. Tal vez soy inmaduro y altivo, tal vez soy muy malo en muchos aspectos con muchas personas, tal vez me creo capaz de comerme el mundo, pero jamás se me había pasado por la cabeza matar a alguien, y cargaba con ese error todos los días.

Descubrí que la cámara registró las horas posteriores a la pelea y la muerte de Henrik. Y que Regan volvió a entrar en la habitación. Y no solo eso, sino que vio a Henrik salir de la inconsciencia.

Nosotros cuatro éramos tan jóvenes, tan imbéciles y estábamos tan aterrados que no nos dimos cuenta de que seguía vivo.

Cuando despertó, estaba magullado, tal vez fracturado y definitivamente inmovilizado por la fuerza de los golpes, pero lo que le sucedió fue que empezó a vomitar sangre y, como estaba boca arriba y no podía darse vuelta, empezó a ahogarse. Regan, estando allí parado, le pisó el cuello con su zapato para acelerar el final. Con las manos hundidas en los bolsillos, esperó.

Y Henrik murió ahogado.

En efecto, nuestros golpes le causaron una lesión grave que originó la hemorragia, pero si alguien más hubiera estado a su lado, o si Regan no hubiera sido un maldito y cruel asesino, Henrik se habría salvado.

Después de saber la verdad, cometí el gran error. Lo ideal habría sido ir a contárselo al resto, pero primero fui a ver a Melanie para chantajearla y sacarle más información sobre su relación con Regan. Así me enteré del tiempo que llevaban juntos, cómo lo habían ocultado...

Y también le di el poder de chantajearme.

Para evitar que yo le mostrara el vídeo a Adrik y a mi padre, ella me dijo que iba a contarle a todo el mundo que yo no era hijo de Adrien Cash. Después de todo, la prueba de la relación entre Melanie y Regan era algo que, indudablemente, iba a destrozar a Adrik y a enojar a mi padre. A ella no le convenía eso porque Adrik era el único vulnerable y estúpido al que siempre podría aferrarse. Si lo perdía, su posición se debilitaba. Y si mi padre se enfurecía era capaz de echarla de la casa.

Mi segundo error fue que tardé mucho en reunir valor para permitir que ella revelara quién era mi padre. Cuando le dije que ya no me importaba, que iba a mostrar el vídeo de todas formas, Melanie ya había reunido audios y mensajes para volver a chantajearme con acusarme de agredirla. Esa vez era un riesgo más grande, así que tuve que volver a guardármelo.

Por esa razón yo quería encerrarla. Sabía muy bien lo que podía ocasionar con sus mentiras. Sabía que ella tenía la capacidad de arrastrar a Adrik a un círculo enfermizo de manipulación, y que ese círculo podía hundirnos a todos. Pero no lo logré. Adrik siempre se interponía, y solo podía enviarla al manicomio si ella demostraba ser peligrosa o en extremo desequilibrada, y los episodios de inestabilidad de Melanie eran temporales. El resto del tiempo se mostraba inteligente y normal.

Adrien ordenó que nos la lleváramos a Tagus para que estudiara. Eso me sirvió para vigilarla, pero de pronto las cosas empezaron a cambiar. El mismo Adrik intentó alejarse de ella, y Regan salió de nuestras vidas para ocuparse de la suya. Pensé que casi todo estaba resuelto, solo que no me di cuenta de que la distancia de Adrik había influido en la actitud de nuestra prima.

Una noche tuve que salir de la ciudad para asistir a un evento y Melanie se quedó con Owen y Aleixandre. Cuando regresé, descubrí que se la habían llevado a una fiesta a la que no querían faltar, y fue allí donde se acostó con Tate y empezó su relación con él. Cuando Adrik se enteró, discutió con ella. Se gritaron. Adrik arrojó cosas. Ella lloró. Fue muy intenso, muy tóxico, muy preocupante. Adrik se fue, celoso, furioso, y pasó días lejos.

Yo estaba lleno de ira también, pero porque solo podía pensar en la posibilidad de que Melanie causara algo parecido a lo de Henrik. Ella era muy capaz de manipular a Adrik de nuevo o de convencer a Aleixandre de algo distinto a la realidad. Era tan caótica que podía hacer que ambos cometieran una locura contra Tate.

Me cabreé tanto por el hecho de que intentara atraer a Adrik con su relación con otro chico que empecé a impedirle salir, y en unos arranques de ira incluso cerré su puerta con llave para mantenerla en el apartamento y que no hiciera planes extraños.

De todas formas, fallé en mi control sobre ella porque logró lo de simular su muerte. En ese momento me lo creí. Luego descubrí que estaba con Tate y sentí que era perfecto para mantenerla lejos. La vida era mucho mejor sin ella. Era mejor para Adrik y sobre todo para mí. Lo único que me importaba era que nosotros tres estábamos bien, que no debíamos cargar con el peso de su enfermedad.

Entonces, nuestro padre decidió enviar a Regan para perjudicarme, y tuve que ir a buscar a nuestra prima y chantajearla de nuevo con el vídeo. Le aseguré que si no seguía mis órdenes se lo enseñaría a Adrik, para que viera cómo era ella realmente, contaría la verdad a Adrien para que no le permitiera volver a entrar en la familia, y luego la mandaría al manicomio.

Aceptó porque ya no le quedaba nada. No tenía a Regan, porque él nunca había estado enamorado de ella, y tampoco tenía a Tate, porque se había dado cuenta de que estaba desquiciada. No podía arriesgarse a perder a Adrik. Según mi plan, en pocos días ella llamaría a Regan para amenazarlo con eso de que, si no nos dejaba en paz, le diría a la policía que él la había encerrado y la había obligado a fingir su muerte. Y eso funcionaría para restablecer el orden.

Por supuesto, no todo estaba asegurado.

Tenías que venir tú, Jude Derry, a joderlo todo.

Íbamos por la ronda final.

Aegan había ganado una y yo otra. Esta era la decisiva.

Mientras, tenía un nudo en la garganta. Los ojos me ardían y quería llorar, pero me esforcé para no hacerlo.

Por una parte, sentía que muchas cosas empezaban a encajar. Por otra parte, sentía que no había conocido a mi propio hermano, que lo había visto siempre con ojos de hermana inocente y, por esa razón, nunca me había dado cuenta de cómo era de verdad.

Y, por otra parte, quería creer que Aegan me estaba mintiendo.

No era que eso lo eximiera de toda culpa. Al final no habían disparado el arma, pero habían actuado como la bala. Habían dejado a Henrik ahí, sin asegurarse de si estaba vivo o no. Si hubieran llamado a la policía o se hubieran quedado allí, mi hermano seguiría con vida.

—No soy el asesino despiadado que esperabas pillar —añadió Aegan mientras aguardaba a que yo repartiera las cartas—. Lamento decepcionarte.

Solo pude mirar fijamente la mesa. Se me hacía difícil mover hasta las manos. De hecho, por un momento ni siquiera fui capaz de hablar. Mi mente iba a toda máquina intentando procesar la verdad.

Aegan buscó mi mirada con los ojos medio entornados, un tanto triunfante. Podía hasta parecer un enemigo que acababa de lanzar un ataque y esperaba el resultado. Reaccioné.

—¿Y lo demás?

Se hizo el desentendido.

—Puedes comprobar todo lo que te he dicho en el vídeo —me aseguró.

—¡Falta algo! —solté con fuerza.

Él extendió los brazos como si no tuviera nada bajo las mangas y me miró con extrañeza.

—¿No querías saber la verdad? Ya te la he contado. Nosotros no lo matamos —se quejó con obviedad—. Y de hecho es la primera vez que no te miento.

Claro, lo podía corroborar en el vídeo, pero ya no sabía si sería capaz de ver a Henrik ahogarse con su propia sangre.

Empecé a sentirme molesta.

—¿Y se supone que, porque tuviste la suerte de que Henrik muriera después de que te fuiste huyendo como un cobarde, debo hacerte un altar? —repliqué, ceñuda y furiosa—. ¿Y qué hay de todo lo demás? ¿Qué hay de la paliza que le dieron? ¿Qué hay de lo cruel que eres y has sido siempre?

Aegan puso cara de disgusto.

—Pero ¿esto es por haber ocasionado la muerte de tu hermano o simplemente por ser yo?

En mi mente di respuesta a eso enseguida. Tal vez no era el asesino directo, pero había desencadenado muchas cosas. Owen y Aleixandre lo habían ocultado todo, y ni hablar de Adrik y su ridículo enamoramiento por Melanie. Dios santo, era un lío repugnante y confuso.

Respiré y traté de retomar la calma. Ya me había preparado para escuchar todo tipo de cosas de la boca de Aegan; no podía perder el enfoque ahora.

Volví a tomar el mazo para repartir las cartas. El juego seguía. No había terminado.

—Es por todo —me limité a decir.

—¿Sí? —Aegan soltó una gran risa absurda y nada divertida como si fuera ilógico—. Entonces ¿por qué aquí solo estoy yo si los demás son igual de culpables?

Dejé las cinco cartas boca abajo en el centro de la mesa y observé las mías. Tenía algo bueno.

—Quise que fuera así —dije.

Aegan resopló.

—Ni siquiera sabes exactamente por qué me odias, ¿verdad?

—Oh, Aegan. —Le dediqué una sonrisa falsa—. Podría escribir una Biblia con todas las razones por las que te odio, créeme.

Lo lanzó directo y con toda la intención de dar en el punto exacto:

—¿Y también escribirías otra para Adrik? Ah, no, porque no lo odias.

Me tensé al escuchar el nombre de Adrik, pero tomé aire.

—Los cinco recibirán lo mismo —aseguré.

Claro que Aegan no iba a callarse.

—Estás dolida por lo de Melanie...

En ese momento exploté:

—¡Si tanto quieres saber por qué hago todo esto aun sabiendo que no mataste directamente a mi hermano, es porque tú no te das cuenta de lo que destruyes cuando pasas! —le grité de manera abrupta—. ¡Es por lo que le haces a las chicas, por el poder y el derecho que crees que tienes solo por tener el apellido que tienes, es por la manera en la que limpias tus cagadas como si tuvieras el derecho de ser perdonado solo por ser tú! ¡Es por las veces que me humillaste, por las veces que te burlaste de Henrik, por las veces que me diste una orden! ¡Es por tu repugnante familia y sus secretos! ¡Es simplemente porque ya no me da la gana de que ustedes vivan así!

Cuando cerré la boca, ya estaba de pie con las palmas sobre la mesa, un tanto inclinada hacia delante y el pecho agitado. Aegan se había quedado mudo. Me miró con los ojos muy abiertos, atónitos por esa descarga tan repentina. Hasta yo caí en cuenta de ello, así que tomé aire y, a pesar de que los dedos me temblaban y todavía me sentía capaz de gritarle más razones, volví a sentarme.

Me temblaban los dedos, pero miré mis cartas. Aegan tomó las suyas de mala gana para echar un vistazo.

—Sé que soy un hijo de puta —aceptó encogiéndose de hombros—. Me conformaría con que abandonaras esta ridícula idea.

—Ya te he dicho que si ganas no publicaré el vídeo —le recordé—. Así que procura ganar.

Empezamos la última partida. Se hizo un largo silencio. Él lanzó fichas para ver las cartas. Pasamos. Había un nueve que me favorecía, pero por un leve gesto de Aegan sospeché que a él también. Aquello no me puso nerviosa. Sabía qué haría en caso de perder o ganar.

Aegan habló en cierto momento:

—Si llegas a publicar el vídeo, me necesitarás.

Sonó serio, pero me pareció ridículo. Aposté más fichas al deslizarlas hacia el centro.

—¿Para qué?

—Regan te destruirá estés donde estés si manchas nuestro apellido.

—Tengo controlado a Regan.

Aegan soltó un resoplido burlón.

—La única forma de lograr eso sería encerrándolo en una cámara subterránea alejada del mundo y encadenado a la pared. Mientras tenga un teléfono o la posibilidad de hablar con alguien, no lo tienes controlado. —Dobló la apuesta con una pila de fichas y me guiñó el ojo al mismo tiempo que susurró—: Ya hay un fallo en tu plan.

Desafiante, arrojé más fichas para ver las cartas.

—Es que no me importa, ¿sabes? —solté con indiferencia—. Me trae sin cuidado que me mate o no.

Aunque en el fondo me daba un poco de miedo que Regan mandara a un tipo enorme a dispararme, esa no era mi mayor preocupación.

Aegan puso cara rara.

—¿De verdad? —preguntó con extrañeza—. ¿Haces todo esto, me atrapas, y no tienes planeado ni siquiera sentarte a disfrutar de tu triunfo en una casa en la playa con un buen vino?

En las cartas que se mostraron no había ninguna que me favoreciera. Mierda. Tuve que pasar.

—No —zanjé.

La comisura derecha de sus labios se alzó unos milímetros. Eso me dejó claro que a él sí le favorecían las cartas. Lo confirmé en cuanto se inclinó hacia delante, deslizó las fichas y dobló la apuesta con su insoportable seguridad.

—Eso es aburrido y triste —opinó—. Ganarle a Aegan Cash debería ser motivo de celebración.

La manera en la que lo dijo, tan hinchado de seguridad y con una pizca de diversión, me causó una punzada de enfado que proyecté con una risa absurda.

—¿En serio crees que lo celebraría? —dije, mirándolo como si fuera un gran estúpido—. ¿Crees que después de esto tengo una jodida idea de lo que haré? No podré ir con mi madre y no tengo dinero para largarme a Europa. —Sacudí la cabeza—. Seguiré viviendo la misma vida que tenía antes de venir aquí: ahora pensando en que Henrik nos engañó, en que hice muchas cosas mal, en que todo se fue a la mierda el día en el que él murió. Tal vez una sola cosa me haga sentir bien: saber que te va a costar volver a recuperar tu reputación.

Aegan no dijo nada al instante, se mantuvo con el codo apoyado en la mesa y el pulgar y el índice en la barbilla. A lo mejor fue por mis palabras, pero su expresión quedó en neutro y pareció un tanto pensativo mientras miraba las cartas.

Pagué para ver las del centro. En cuanto las giré, vi que, de nuevo, ninguna me favorecía.

De acuerdo, iba bastante mal, y lo peor era que él lo sabía.

—Si te pones a analizar, esto que hago no es nada —añadí ante su silencio, con una nota amarga—. Pagarás un montón de dinero y en unos años podrás volver a dar la cara. Tu vida no estará completamente arruinada.

Alzó la vista hacia mí con el ceño ligeramente hundido.

—¿En serio no quieres dinero? —me preguntó con cierta duda—. Porque puedo dártelo y...

El colmo de la imbecilidad.

—¿De verdad, Aegan? —escupí con molestia para interrumpirle—. Deja de pensar que soy estúpida, ¿quieres? Me pone de mal humor que creas que solo tú eres la gran mente maestra.

En realidad, dentro de mí había mil emociones en ese momento: mal humor, rabia, tristeza, temor, resignación...

Confiado, Aegan colocó todas sus fichas en el centro para apostarlas. *All in.*

—Es que lo soy —aseguró con naturalidad—, pero sigo sin ser peor que Regan, créeme.

—¿Y qué te importa si me mata o no? —le solté de mala gana, y con toda intención le enumeré sus verdades—: Ni siquiera te importaron tus hermanos. Dejaste que Melanie te callara por no aceptar que no eres hijo de Adrien. En todo este tiempo, solo has intentado no perjudicarte a ti mismo. ¿Por qué querrías ayudarme? Lo estás diciendo para intentar hacerme cambiar de opinión, pero te saldrán ramas del culo antes de que eso pase.

Y, con la cara en alto, también lancé mis fichas al centro y aposté todo lo que me quedaba.

—¿Vas a decirme lo que omitiste? —le di la oportunidad.

Hizo como que pensó un momento.

—Te dije lo único que necesitas saber.

Un mensaje llegó a mi móvil. Sin apartar la vista de Aegan, lo saqué y lo leí rápido. Era de Artie: «Confirmado. Hay dos vídeos. Son impactantes, sobre todo uno en relación con Adrien y Melanie...».

Guardé el teléfono. Después dejé mis cartas sobre la mesa, por supuesto, boca abajo.

—¿Sabes qué no entiendo? —pregunté, un tanto confundida—. El porqué de tu afán por proteger a esa familia. Te han intentado matar. Si te han dado dinero, es porque tu madre se aseguró de protegerte lo suficiente. Posiblemente, solo existes porque a Adrien le importa demasiado lo que diga la gente, pero aun así estoy segura de que siempre sentiste su desprecio. ¿Te hizo feliz eso?

Pensé que no diría nada o que se enojaría, lo cual me habría satisfecho igual, pero negó con la cabeza, tranquilo. Miró fijamente las cartas, y por un instante incluso pareció derrotado. Por alguna razón recordé lo que había dicho Artie. Por alguna razón creí que podía ser cierto que existía algo de Aegan que nadie conocía...

—Nunca me hizo feliz —admitió muy serio—. No tengo nada, y al mismo tiempo este apellido es lo único que me queda. Lo que protejo es la vida que quiero tener en el futuro.

Giré los ojos.

—¿La de un exitoso político igual que tu padre falso?

—La de alguien sin miedo —me corrigió.

Inesperado.

Él se removió en la silla, ahora mirándome. El aire de rivalidad y competencia disminuyó. Fue como si estuviéramos sentados en un patio, tomando cervezas y contándonos nuestras desgracias.

—Imagíname a los diez años, después de enterarme de que no era hijo legítimo, cerrando mi habitación con llave por si uno de los matones de Adrien entraba a matarme —planteó—. Imagíname negándome a comer la comida de la casa por miedo a que me envenenaran. Imagíname yendo a la escuela con miedo de sufrir un accidente igual que el de mi madre que me impidiera regresar. Imagina esa vida de constante defensa y paranoia.

Lo peor fue que sí pude imaginármelo, y no me gustó la imagen. Era triste e injusta para un niño que todavía ignoraba los límites entre la maldad y la bondad. Además, yo sabía muy bien qué era una niñez difícil. A mi madre siempre le había costado conseguir empleo, y había visto a mi hermano empezar a trabajar desde muy pequeño.

Sin embargo, me endurecí.

—Adrien no me odia por no ser su hijo, porque a fin de cuentas tenemos la misma sangre —añadió él, un tanto tenso y tanto ácido—, me odia porque ha estado obligado a tratarme como si lo fuera, a darme lo mismo que a los otros. Me detesta porque yo soy una obligación para él, y no puede librarse de mí.

—Pero aun así tú no lo odias —comenté.

Soltó una risa amarga.

—Sigo siendo un Cash, y no dejaré que él me quite eso. Solo estoy esperando a que se muera para poder vivir tranquilo, pero no será algo que yo adelantaré. Simplemente me esfuerzo por sobrevivir hasta que eso pase.

No supe qué decir. No era momento para sensibilizarme, pero admito que sentí algo parecido a la compasión. Nadie merecía vivir así, pero... ya no sabía cómo merecían vivir los Cash. Habían hecho mucho daño.

Aegan tomó aire y recuperó su postura segura y divertida.

—La parte que no te conté, la verás en el vídeo —finalizó con un encogimiento de hombros—. Es momento de mostrar las cartas.

Pensé que lo haríamos al mismo tiempo, pero solo yo giré las mías. As y cinco. Una pareja. Nada sorprendente, pero si tenía la suerte de mi lado tal vez podía ganar. Todo dependía de lo que él tuviera, así que un ambiente de tensión y expectativa flotó sobre nosotros.

Lo miré. Me miró. Sus ojos ligeramente entornados, transparentes, maliciosos y desafiantes. Tenía la mano derecha sobre sus cartas, el índice trazando un movimiento circular sobre ellas como si fuera la antesala a la revelación, como si fuera el redoble de tambores.

—Por cierto... —mencionó de pronto rompiendo el silencio—. Nunca quise que terminara así. La verdad es que no pretendo santificar a Henrik solo porque tú conocías una versión de él distinta a la que escondía, pero te pido perdón por haber ocasionado su muerte. No tenía ni idea de que eso iba a arruinar tu vida.

Vaya...

Por segunda vez: inesperado.

Me dejó hipermegaparalizada el hecho de que no sonó burlón, ni altivo, ni con doble intención. Sonó natural y sincero. Por supuesto, desconfié. Estuve segura de que acababa de decir eso porque había perdido y quería sensibilizarme para aplicar una de sus jugadas astutas...

Pero giró las cartas.

Y tenía un par superior al mío.

Había ganado.

El maldito Aegan había ganado.

Como era inevitable, esbozó una de esas sonrisas demoníacas que hacían que se le marcaran los hoyuelos de media luna. Su aspecto era triunfal, satisfecho e incluso aliviado, porque soltó aire.

En un movimiento, cogió la memoria USB que había en la mesa como si le perteneciera, y luego me observó esperando algo. ¿Mis palabras de derrota? ¿Una disculpa por haber intentado delatarlo? ¿O tal vez esperaba que le pidiera clemencia?

—Te perdono —le concedí por lo dicho anteriormente.

Aegan hizo un asentimiento para aceptar eso. Procedió a levantarse de la silla como si aquello hubiera finalizado.

El problema era que sí había un truco.

Y que, como te dije al principio, yo no me quedaba con nada.

—Pero eso no significa que te libero del castigo —agregué de pronto.

Se quedó inmóvil, ceñudo y desconcertado. Los enanitos de su cerebro posiblemente procesaron una y otra vez mis palabras, y cuando las entendió, reaccionó.

—Acabo de ganar —me recordó con firmeza y algo de exigencia—. Y tenemos un trato.

Le dediqué la sonrisa que tanto había querido dedicarle desde hacía un rato: amplia y orgullosa.

—Es que, para que quede claro, he estado jugando contigo desde que entraste —le confesé—. Y el vídeo empezó a reproducirse y a enviarse hace unos minutos.

Pudo habérsele detenido la respiración y el corazón. Imaginé que se le salía el alma del cuerpo como en las caricaturas. En definitiva, aquello lo tomó por sorpresa y lo dejó genuinamente perplejo. Ver esa reacción fue mejor que esperar verlo suplicar, porque sentí que, por fin, después de tantos intentos fallidos, había hecho algo que no se había esperado.

Me levanté de la silla, me incliné hacia delante y, tras guiñarle un ojo, le susurré con uno de esos tonillos burlones que a él le gustaba usar:

—Yo también soy una buena mentirosa, ¿no te parece?

Sobre todo porque durante todo ese tiempo, gracias a un pequeño micrófono que me había dado Lander, Adrik, Aleixandre y Owen habían escuchado la conversación.

23

Tres perfectos mentirosos salieron un día:
Aegan fue a decir muchas mentiras (solo porque
estas le aseguraban una exitosa y buena vida).
Adrik fue a guardar un gran secreto (que era algo retorcido,
extraño y un tanto enfermo).
Y Aleixandre, como siempre, se esmeró en fingir
que era uno de ellos (porque, aunque no pudiera gritar,
estaba muy harto de la poderosa familia Cash)

¿Recuerdas el primer paso de mi plan final?

Ese momento en el que me reuní con Regan y le entregué las pruebas reunidas por Melanie. Bueno, era obvio que esas pruebas no servían para nada considerando que ella estaba viva, pero Aegan me había dicho algo muy importante en su apartamento: «La mantendré en secreto por varios días». Solo con eso me dio la oportunidad de usar a mi favor el hecho de que Regan no sabía nada sobre que Melanie había vuelto.

De modo que fui a darle la memoria USB y a hacer preguntas específicas porque necesitaba grabar toda la conversación.

Sí, el recurso más viejo del mundo me había funcionado.

Claro que no lo logré yo sola. Mis secuaces: Artie y Lander me habían ayudado con eso. Lander había metido un virus en la memoria USB para que, cuando Regan lo conectara a su portátil, viera las pruebas durante un minuto exacto y luego estas se borraran junto con todo el disco duro. También había conseguido una microcámara del tamaño de un pendiente y la habíamos ocultado estratégicamente en mi pelo, enganchada con un pegamento oscuro especial, por esa razón la mujer que me había revisado no lo había encontrado.

Así que esa tarde en Tagus, en las redes sociales y luego en algunos canales de televisión, la gente se enteró de varias cosas de la familia Cash por la propia boca de Regan:

Uno, que Aegan no era hijo de Adrien, razón por la cual tanto él como su padre habían intentado perjudicarlo en distintas ocasiones con el fin de sacarlo de la familia, quitarle la herencia y dejárselo todo a Regan.

Dos, que Adrik tenía una relación extraña con su propia prima en la que posiblemente habían intimado más de lo normal.

Tres que Adrien y Melanie también habían tenido una relación íntima. Sí, esto es tal vez lo más impactante. No, lo corrijo: esta fue la gran bomba. El mejor secreto guardado por el propio Aegan estaba en uno de los vídeos captados por la propia cámara de Melanie. Un día cualquiera, Adrien había entrado en su habitación, se había acercado a Melanie y había sacado algo del interior de su traje. Era un sobre. Lo había puesto sobre el escritorio, en donde ella estaba sentada. Se podía ver que ella se levantó y de un salto lo abrazó. Siendo más baja, tuvo que ponerse de puntillas. Adrien la rodeó con sus brazos y un segundo después, ella le dio un beso en los labios. Adrien le acarició el cabello y entonces ella le susurró algo al oído. Luego él salía de la habitación y el vídeo terminaba.

Así que eso era lo que Aegan había guardado como recurso valioso, la prueba de que su padre había abusado de Melanie, porque sí, debemos decirlo como es: esto es llamado abuso. Él era un hombre de más de cuarenta años y ella una menor de edad. Era algo demasiado perverso, pero sobre todo un delito.

Aquello era más que suficiente para destruir a la familia Cash y su legado político, porque ni todo el dinero del mundo iba a eliminar la repulsión que se generaría en la sociedad al reconocerlo como un pedófilo. Nada lo iba a salvar de las protestas de personas enojadas, y menos de la gente que aún creía en la justicia.

Sí, el mundo vio algunos de los secretos de la familia Cash.

Pero no, nadie supo nada sobre Henrik Damalet, el jardinero que había entrado a trabajar en la casa Cash, se había obsesionado con Melanie Cash, había entrado en su habitación una noche, había descubierto que la chica se acostaba con Regan, su primo, y había recibido una descomunal paliza de Aegan, Adrik, Aleixandre y Owen, como consecuencia de la cual había muerto horas después ahogado con su propia sangre.

Y nadie lo supo porque ese vídeo no lo publiqué.

Melanie tenía tan solo dieciséis años cuando Henrik se obsesionó con ella. Había sido un error ir a la habitación de esa chica y volverse loco al verla con Regan. Y sobre todo había sido repugnante robar su ropa interior. Me dolía, pero debía admitirlo: mi hermano nunca fue la persona que yo había creído que era. Y de haberlo sabido, jamás habría ido a Tagus a buscar una justicia que tal vez le había llegado en el momento en el que no pudo moverse para escupir la sangre.

Con los vídeos publicados, fue más que suficiente para que la familia Cash recibiera su merecido. Ahora era del dominio público que dentro de la mansión Cash había mucho drama: hijos bastardos, infidelidades, incesto y malicia por parte de esos jóvenes considerados perfectos. Al parecer, en la vida real esas cosas no eran tan divertidas como en *Juego de Tronos*.

Ese día, las revelaciones alimentaron todo tipo de chismes y procuraron a muchos entretenimiento, asombro y conmoción, más que nada porque me aseguré de dejar claro que la persona que había grabado todo había sido yo. ¿Cómo? Dejé un vídeo en el que yo aparecía confesando haberme acostado con Adrik mientras era novia de Aegan. Quería que todos supieran que, además de ser novia del Cash mayor, me había comido a Adrik como a empanada de carne: rico y con ganas. Además, me delataba durante mi conversación con Regan, diciendo que quería ver a Aegan hundido.

Aunque, a ser sincera, antes de que Aegan me dijera cómo había muerto Henrik, yo ya había decidido no divulgar el vídeo de la golpiza. Había decidido incriminar a Regan y a Adrien Cash porque ellos sí que eran realmente peligrosos. Había decidido destruir una parte de los Cash sin enviar a los Perfectos mentirosos a la cárcel por asesinato.

Entonces, para la gente que antes solía seguirlos ciegamente quedó claro que Adrik era un retorcido, que Aegan era bastante cruel y que Aleixandre y Owen eran unos perritos falderos. Nadie, jamás, iba a volver a sentir respeto o admiración por ellos. Y sin duda alguna el escándalo de Adrien con Melanie, una menor de edad, iba a perseguir a los Cash durante mucho tiempo.

Ese había sido mi final.

Era todo lo que podía hacer, porque ya no tenía la fuerza emocional para continuar. Sentía que Adrik me había lastimado de una forma que todavía no sabía cómo sanar, y que lo único que necesitaba ahora era tirarme en una cama y llorar como lo que de verdad era: una chica de dieciocho años, inexperta en eso de enamorarse y con mucho pasado que todavía dolía.

Así que dejé a Aegan en el edificio, impactado, boquiabierto, con su teléfono sonando por llamadas y notificaciones constantes, y me fui a toda velocidad. Me temblaban las manos, me latía con fuerza el corazón y sentía la urgente necesidad de alejarme de allí.

En cuanto salí del edificio, vi que Artie y Lander estaban esperándome en el coche aparcado frente a la acera, justo como habíamos acordado por la mañana. Ella había prometido llevarme al aeropuerto a comprar un billete a cualquier parte. De hecho, también me había prestado el dinero, así que ese era el plan de huida.

Intenté llegar rápido a ellos, pero me fijé en que un coche acababa de aparcar detrás. Escuché un portazo y luego vi que, a toda velocidad, Adrik venía hacia mí. Pestañeé como una estúpida. ¿Era él? Bueno, sí, esos eran sus tejanos oscuros, su sudadera Nike y sus botas trenzadas. En definitiva, ese era su cabello negro y salvaje que no conocía cepillo. Y, por supuesto, esos eran sus ojos de un gris plomizo, ojos que no parecían enfadados.

Me pregunté por qué no. Todo lo contrario, tenía las cejas arqueadas por la aflicción. Parecía... parecía... vulnerable, desesperado, afectado por todas las bombas de información que acababa de lanzarle a través de la llamada automática que había hecho el micrófono configurado por Lander a su teléfono.

Llegó hasta mí y me cogió por los hombros. No pude moverme, a pesar de que me agarró con fuerza. Me dejó paralizada el hecho de que su mirada era desesperada, desarmada, extrañamente cargada de horror y dolor.

Claro, él lo había escuchado todo, pero ¿esa era su reacción? ¿Y la furia? ¿Y el odio?

—¡¿Mentiste todo este tiempo?! —me preguntó, medio alterado.

Esperó mi respuesta. Respiraba agitado. En otro momento incluso habría sentido la necesidad de abrazarlo y calmarlo, pero ahora no era la misma, amiguito, claro que no.

Me aparté de él con brusquedad.

No quería que me tocara. O sí. No lo sabía. Decidí no determinarlo.

—Sí —afirmé—, al igual que tú me mentiste a mí, así que no te hagas el ofendido, porque eso sería muy ridículo.

Adrik pareció confundido y con un chorro de emociones martilleándole la cabeza. Abrió y cerró la boca como si quisiera decir demasiadas cosas al mismo tiempo, pero ninguna le saliera.

—¿Por qué no me lo dijiste? —soltó al final.

Resoplé como si la pregunta fuera muy absurda.

—¿Qué debía decirte? ¿Que venía a joder a tu familia o que sabía que eras uno de los que habían causado la muerte de mi hermano? Me habrías odiado. Después de todo, solo eres un estúpido cegado por otra estúpida.

Adrik negó con la cabeza, ceñudo y afectado.

—Melanie va a irse a donde debe estar, y yo no iré con ella —aseguró.

Algo me punzó en el pecho. Tuve que apretar los labios para contener las emociones.

—Me alegra que hayas abierto los ojos y hayas decidido salir de ese círculo enfermizo —dije con un fingido tono amigable—. Adiosito.

Intenté seguir mi camino en dirección al coche, pero él se interpuso y volvió a situarse frente a mí. Me llegó su olor natural, fresco, con un toque de loción de afeitar. Fue como una tortura porque lo tenía grabado en las fosas nasales, en la piel.

—Siempre intenté decirte que había hecho algo muy malo —dijo, y vaya sorpresa, sonó desesperado por tratar de explicármelo—. Era lo de Henrik. Todos los días pensaba en ello, y todos los días me culpaba. Por esa razón no me creí bueno para ti.

Solté una risa burlona, aunque la diversión no fue completa. No sabía de dónde me estaba saliendo tanta crueldad, pero la dejé fluir. Era lo único confiable en ese instante. No podía ser débil. Ya no.

—Bien, ya te habrás dado cuenta de que soy una chica sin sentimientos y que habríamos hecho una buena pareja de malos con secretos horribles —le dije en un tono de falsa ternura.

De nuevo quise seguir y alejarme de allí lo más rápido posible, pero solo logré dar un par de pasos. Otra vez se colocó frente a mí, alto, oscuro y como un Adrik que jamás había visto en mi vida: derrotado.

Yisucrist, aquello tenía que ser el karma.

—No te puedes ir, así como así, ¡mierda! —exigió con cierta exaltación.

Enarqué una ceja y puse mi mejor cara de malvada que disfrutaba de aquello.

—Por qué no, ¿eh?

—Porque a lo mejor me odiaste en algún momento, pero estoy seguro de que no mentiste sobre lo demás.

—Pero tú sí —le recordé.

Tuve que tragar saliva por el nudo instantáneo que se me formó en la garganta. A pesar de que estaba aturdido por las revelaciones, seguía siendo un condenado inteligente. Se había dado cuenta de que mis sentimientos eran reales, de que en verdad había logrado llegar a mí.

Sacudió la cabeza.

—No, sí te quiero —aseguró.

Sentí otra punzada en el pecho y en el estómago. No podía creer que ahora estuviera haciendo eso. Tenía que ser mentira. Tenía que ser una trampa. Tenía que ser todo menos cierto, porque todavía había algo dentro de mí que palpitaba al recordar lo que había pasado entre nosotros.

Por suerte tuve el valor de replicar sin debilidad:

—Pues mira, no lo pareció cuando fui a tu apartamento y me rechazaste para irte del país por una razón que, aunque me hubiera esmerado en aceptar, era ridícula.

Adrik apretó los ojos con frustración como diciendo: «¡Maldición!». Cuando los abrió, parecían más afligidos que nunca, y casi lograron tirar abajo mis defensas, pero solo casi.

—De acuerdo, eso fue un grandísimo error —aseguró con cierta insistencia—. No puedo ni justificarlo, pero me arrepiento mucho.

Me reí.

De verdad me reí porque era muy absurdo.

O a lo mejor me reí para no llorar, qué sé yo.

—Claro, te arrepientes porque te enteraste de quién es la verdadera Melanie, de que te mintió, de que estuvo con tu medio hermano y con tu padre, pero de no ser así seguirías teniéndola en un altar —le escupí sin filtros ni contenciones. Luego me crucé de brazos y lo miré con severidad—. Ya que estamos aquí, ten el valor de decirme la verdad... ¿Estás enamorado de ella?

Sentí miedo tras hacer la pregunta, pero tenía que oírlo de su propia boca. Era lo único que me faltaba para poder largarme en paz. Me dolería mucho, pero lo superaría. Sabía que él solo había necesitado cinco minutos para apartarme de su vida y decidir irse con su prima, y que a mí, sin embargo, me costaría unos cinco años olvidarme de él, pero haría todo lo necesario para sacármelo por completo de la cabeza.

Adrik balbuceó como si le hubieran hecho una pregunta dificilísima y no estuviera seguro de cómo decir algo que no lo perjudicara.

—Yo... es que... sentía cosas, pero...

Tuve que lanzar la siguiente con la garganta seca y el estómago pesado por la tristeza y la rabia. No quité mi cara dura en ningún momento.

—¿La tocaste alguna vez?

Adrik abrió mucho los ojos, asustado y nervioso.

—¡No! —exclamó con horror—. ¡Yo sabía que eso estaba mal!

Sabía que mentía.

Así que hice la magnífica pregunta:

—Si ella no hubiera aparecido viva, ¿me hubieras dicho que solo estabas conmigo porque la considerabas muerta y querías olvidarla?

Su cara expresó un enredo épico.

Si le hubiese dado tres balazos, habría quedado menos acribillado.

—Quería olvidar todo eso, sí, y contigo lo estaba logrando...

—¿Me lo hubieras dicho? —le interrumpí, haciendo énfasis en cada palabra.

Era lo único que quería saber, no quería que le diera vueltas a las cosas, porque él era peligrosamente bueno en eso.

Lo presioné con la mirada severa.

Adrik se quedó rígido. No dijo nada por un momento, pero no me rendí y seguí mirándolo intensamente exigiéndole una respuesta.

Él formó una línea con los labios y bajó la mirada.

—No.

La palabra hizo eco en mi mente.

Traté de no cambiar la expresión. Simplemente hundí la mano en el bolsillo delantero de mi tejano y saqué lo que esa mañana, antes de poner en marcha el plan, había guardado allí. Lo miré en mi palma. Era el trocito de tela de la corbata de Adrik, aquella que había usado la noche de la fiesta de bienvenida y que había lanzado a la fogata. Yo lo había cogido de los restos del fuego al día siguiente. Había sido un gesto estúpido e inconsciente, pero había marcado el instante en el que había empezado a sentirme muy atraída por él.

Tragué saliva. Recordaba cuánto me había encantado su proposición de quemar esa estúpida ropa. A partir de ahí había creído que era diferente. Me había cegado como una idiota. Él lo había alterado todo.

—Estabas tan guapo esa noche... —No pude evitar murmurar, y de una maldita e inevitable forma me ardieron los ojos—. No podía creer que te fijaras en mí. Pensaba que yo era mala para ti, que no merecía la forma en la que me tratabas, que era injusto que te ocultara la verdad... Fui tan tonta que incluso pensé en dejarlo todo solo para no lastimarte, pero tú tenías un gran secreto. Pensabas en Melanie, sufrías por ella, hacías las cosas para olvidarla...

Adrik quiso volver a poner sus manos en mis hombros, pero hice un movimiento de rechazo y se controló. No quise mirarlo a la cara en ese momento porque acababa de revolvérseme hasta el alma, así que me quedé mirando el trocito de tela.

—Lo sé, te seguí incluso cuando sabía que yo seguía sintiendo... —intentó aclarar, pero no logró completarlo—. Pero fui sintiendo cosas nuevas solo por ti. Y sí, primero me confundí, porque todavía había mucho que no podía superar, pero luego cada vez que sucedía algo entre nosotros ibas alejando de mí todo ese pasado... De verdad me gustaste, y de verdad me sigues gustando.

Ya ni siquiera me parecía bonito escuchar eso.

Era horrible. Me revolvía el estómago. Me causaba ira, me daban ganas de gritar y arrojar todo lo que tenía a mano.

Necesité dejárselo claro:

—Aegan me trataba como si fuera una basura, pero fuiste tú quien verdaderamente me hizo sentir como una basura: usada y desechable.

Pretendía decir algo más, pero, maldición, tuve que apretar los labios. En un gesto de muchísima rabia, también apreté el trocito de tela. Con todas mis fuerzas, alejé esas idiotas ganas de llorar.

—Mira, no me importa si querías ponernos una bomba en la cara o no —soltó él, un poco más bajo y un poco más suave, todavía un tanto decidido a convencerme—. Quise molestarme, pero no pude. Lo entendí. Eso es lo que necesito que comprendas, que eres tú a quien estoy eligiendo.

—¿Ahora? —reí sin diversión—. ¿Me eliges justo ahora?

Adrik asintió.

Le di el trocito de corbata con decisión. Él dudó, pero lo cogió.

—¿Sabes qué es curioso? —pregunté con una nota amarga y de molestia—. Que cuando sucedió lo de Melanie fui a buscarte porque iba a abandonar toda esta idea de divulgar los secretos de tu familia. Quería intentar eso de ser novios y todas esas estúpidas cosas.

Él dio un paso adelante, tan esperanzado como si eso hubiese abierto un camino de luz delante de ambos.

—Podemos...

Se lo zanjé así:

—No, ya no podemos.

Cruda, fría y concluyente. Me dolió más a mí que a él, pero fue justo y necesario. Le acababa de dar una patada a todo lo que había sentido por él, porque por más que todavía lo quisiera, ya no había lugar para Adrik y Jude. ¿Que me estaba eligiendo? Ya no quería ser elegida.

—Pudimos hasta ese instante, de verdad que sí pudimos —dije, e inevitablemente eso me salió en una voz más baja y afectada—. Dejé a un lado lo de Henrik por ti, y tú me dejaste a un lado a mí. ¿Sabes qué ocasionó eso? Todo esto. —Lo enfaticé con la mayor dureza y crueldad del mundo—: Tú causaste todo esto.

Adrik me miró fijamente con los ojos muy abiertos, cargados de asombro y un poco de horror.

¿Qué esperaba? ¿Que yo le dijera que sí lo perdonaba y que sí quería que viviéramos felices para siempre? ¿Que yo lo iba a ayudar a superar el dolor de descubrir la verdad sobre su amada Melanie? Porque me resultaba obvio que su vulnerabilidad y su arrepentimiento se debían a que conocer cómo ella lo había engañado lo había destrozado.

No, yo no había ganado la carrera de los espermatozoides para curar despecho y sustituir a alguien más. Yo no era un centro de rehabilitación para relaciones enfermizas. Esa parte estúpida de mí ya no existía.

Después de un segundo, él asintió como si finalmente lo hubiera entendido.

—¿Al menos podemos estar en contacto? —me preguntó—. Tómate el tiempo que quieras, pero en verdad necesito volver a hablar contigo.

—Yo en verdad no necesito volver a hablar contigo. Nunca más.

Lo rodeé y avancé, segura de mis pasos y de mi dirección. Bueno, no tan segura, pero ya no podía seguir hablando con él. Corría el riesgo de arruinarlo todo. Todo era muy reciente. Adrik seguía siendo peligroso para mí.

Sentí que tiró de mi brazo, suave, sin mucha exigencia, justo como era él, sin intentar ser posesivo. Tuve que tomar aire para reunir paciencia y valor. Podía intentar retenerme con unas cadenas si le daba la estúpida gana, pero yo estaba decidida a irme.

—Recuerda todo lo que pasó —insistió él, desesperado—. Estuvimos juntos hace solo unos días, en mi habitación.

Utilicé mis últimos y más crueles recursos:

—Y estuvo muy bien, no lo negaré.

—Nos besamos, aunque eras novia de otro —agregó en un segundo intento de convencerme—, porque me querías solo a mí.

—Sí, y me da vergüenza admitir que me porté de esa forma.

—Me esforcé en no ser un idiota contigo.

—Lo lograste muchas veces, pero luego fallaste.

Lo soltó de forma inesperada para mí:

—Me enamoré de ti.

Mi cara no expresó nada.

Mi voz fue seca y distante:

—Estoy segura de que lo superarás.

Finalmente, su agarre se debilitó y pude soltarme. Entonces seguí y seguí rápidamente por la acera del edificio hasta que a medio camino lo escuché llamarme:

—Ivy...

Me detuve, me giré y lo miré, dura e implacable.

Era la última vez que lo veía, y no quise grabarme su imagen. No era el Adrik frío, oscuro e indiferente que había conocido. Ese era el Adrik que Melanie había moldeado a su antojo, y me causaba repulsión.

—Soy Jude —le aclaré sin compasión—. Ivy era la estúpida que se enamoró de ti. Jude Derry es la que ahora te está mandando a la mierda y la que tuvo el valor de acabar con el maldito sistema Cash. Y esa es la única persona que seré siempre.

Y seguí adelante sin mirar atrás.

Cuando llegué al final de la acera, me subí al coche y arrancamos. Expulsé todo el aire que había estado conteniendo. Me di cuenta de que incluso me temblaban los dedos y las piernas, pero alejé ya cualquier pensamiento referente a Adrik y traté de concentrarme en el resto. Si todo salía bien, pronto estaría lejos. Ya luego me enfrentaría a mi dolor.

Artie iba al volante y Lander iba en el asiento del copiloto con un portátil sobre las piernas y varios aparatitos con antenas conectados a él. Se había encargado de hacer las publicaciones de las grabaciones. Gracias, Dios, por los *hackers* sexis, pelirrojos y de buen corazón.

—Muchas gracias, cerecito —le volví a decir al mismo tiempo que le revolvía el cabello, usando ese nuevo apodo que yo le había otorgado—. Eres mejor que Anonymous.

Él asintió y sonrió, siempre con las gafas torcidas. Artie sonrió ampliamente, extendió una mano y le pellizcó la barbilla.

—Me encanta cuando eres un chico malo —le dijo en un tono meloso—. ¿Tienes la memoria que Aegan había guardado? —le pregunté a Artie.

Ella me dio la pequeña memoria que había sacado del apartamento de Aegan. La cogí y la metí en mi móvil para poder ver lo que tenía almacenado, porque todavía debía mirar esas imágenes con mis propios ojos Esperé a que el sistema la reconociera y luego busqué en la galería. Había dos archivos de vídeo. Reproduje el primero. Tomé aire.

Las grabaciones tenían fecha del año en el que había muerto Henrik, de unos meses antes de que nos llamaran para informarnos sobre su fallecimiento. En varias aparecía Adrien Cash visitando a Melanie en su habitación. Ya lo había visto antes en fotos de páginas web de noticias sobre personas importantes. Adrien era un hombre con un porte político e intimidante, de esos que solo tenían esmóquines en su clóset. Su barba azabache parecía afeitada a precisión. Sus rasgos faciales te hacían pensar en los Perfectos mentirosos y en Regan al mismo tiempo, pero en un nivel más cruel, porque con esa mirada podías pensar que era capaz de jugar sucio si era necesario y de salir ileso con los mejores trucos. En ese tiempo su cabello negro no estaba tan lleno de canas. Era una versión un poquito más joven, pero no menos peligrosa.

Pero eso no era lo que quería ver.

Quería ver la muerte de mi hermano.

Empezaba exactamente como Aegan había dicho. Volver a ver a Henrik vivo, pero en ese plano, con esa actitud, de esa forma tan desconocida para mí, hizo que me desmoronara en un segundo. Toda mi fuerza desapareció mientras observaba la grabación. Intenté detestarlo por completo, pero no pude.

Para cuando terminó me temblaba todo, y el silencio en el coche era triste. Sabía que Artie y Lander no iban a decir nada, pero me limpié las lágrimas con rapidez y traté de recuperarme. Después de todo, acababa de hacerlo. Acababa de ponerle final a lo que había planeado durante años. No de la misma forma que lo había esperado, pero me sentía... liberada. Me sentía extrañamente aliviada de que toda esa mierda se hubiera terminado y yo pudiera irme. Guardaría esa memoria de móvil conmigo para siempre.

—Espero que encierren a Melanie —dijo Artie de pronto—. Necesita ayuda. ¿Cómo es posible que todos se enamoraran de ella? ¿Tiene la vagina de oro o qué?

—Todo lo que ordenaste publicar está en línea justo ahora —mencionó Lander. Luego giró la cabeza hacia mí—. ¿Segura de que no quieres que publique lo demás? Porque aún hay tiempo.

Tal vez fue el karma que no quiso que diera la respuesta, aunque no tuve tiempo para decidirlo.

Un segundo vi el rostro de Lander, mirándome. Al otro segundo, como si tuviera un sentido arácnido activo, giré la cabeza hacia la ventana que tenía a un lado y vi el coche que circulaba a toda velocidad y que estaba solo a unos centímetros de nosotros.

De repente, sentí un golpe fuerte.

Sentí el mundo estremecerse, desequilibrarse, dar vueltas, colisionar.

Sentí mi cuerpo balancearse en el interior e impactar contra el techo.

Escuché el grito de Artie.

Vi la cabeza de Lander atravesar el vidrio.

Y un segundo después todo se quedó sumido en una profunda oscuridad.

24

¿No te esperabas estas consecuencias?

El karma se parece mucho a Miranda Priestley de *El diablo viste a la moda*: tiene estilo, tiene poder, es implacable cuando decide actuar, pero cuando lo comprendes bien, te das cuenta de que también es justo y que sus razones son las necesarias.

¿Que si fue karma? Por supuesto.

¿Que si habría sido mejor que actuara solo contra mí? Claro, pero no habría cumplido su función.

Yo me habría muerto feliz, tal vez. Saber que las únicas personas que me habían ayudado con sinceridad, a la única chica que había intentado ser mi amiga, estaban a punto de morir, sería el verdadero castigo.

Siempre supe lo que había sucedido: habían chocado contra nosotros a propósito. Fue uno de esos ataques que al mismo tiempo son suicidas porque la persona que lo comete puede terminar muerta. Fue uno de esos ataques dispuestos a lograr el objetivo.

No pensé en Regan como el culpable en los segundos que estuve consciente, pero su nombre fue el primero que me vino a la mente cuando abrí los ojos.

No recordaba casi nada, pero escuchaba que alguien me hablaba.

Era una voz lejana.

—Despierta, Jude.

Lo intentaba, pero los párpados me pesaban, así que solo parpadeaba en intentos débiles. Lo poco que veía estaba borroso, indescifrable, extraño, de modo que tuve que tratar de apretarlos para ir aclarándome.

—Vamos, Jude.

Sonaba como un susurro, un exigente susurro.

—Jude, anda, abre los ojos —insistió.

Había un rostro frente a mí. Me esforcé por captar sus detalles: piel clara, ¿rasgos conocidos? ¿Lo conocía? Sí, algo me decía que sí. Ese cabello negro... negro... Los ojos, ¿grises?

—¿Me ves bien? —preguntó en el mismo tono susurrante.

Volví a apretar los ojos con mayor fuerza. Moví la cabeza de un lado a otro. ¿Dónde demonios estaba? ¿Qué era eso que oía? Parecía un pitido. Un pitido intermitente. Traté de procesarlo un momento hasta que la palabra que me vino a la mente fue: «hospital».

—¿Estás completamente despierta? —volvió a preguntarme la cabeza flotante sobre mí—. ¿Cuántos dedos ves?

Los dedos aparecieron. Los conté.

—Tres —dije con la voz pastosa y débil.

—Genial —continuó—. Ahora, ¿puedes levantarte?

—¿Por qué susurras?

Fue lo único que quise saber primero.

—Porque no deben oírme —aclaró—, así que no hables tan alto.

¿Por qué no debían oírlo? ¿Quiénes?

—¿Qué pasa?

—¿Sabes quién soy? —me preguntó—. Sé que te golpeaste muy fuerte la cabeza, así que tenemos que comprobar antes de...

Me esforcé de nuevo en identificarlo. Reconocía la voz... Sabía quién era, pero en mi mente las cosas estaban apelotonadas...

—¿Antes de qué? —intenté entender.

Un último parpadeo fuerte. La cabeza flotante ahora tenía un cuerpo. Los ojos eran de un gris parecido al metal. Las facciones agradables, atractivas. El cabello era negro y estaba bien peinado...

Mi cerebro envió la información a mi boca seca.

—Aleixandre —dije.

Sonrió ampliamente como un niño feliz.

—Venga, ya sabía yo que contigo no pueden —dijo con cierta emoción.

Me exigí apoyarme en los codos. Me costó, pero él me sostuvo por los brazos y me ayudó. Joder, me dolía todo el cuerpo. Me dolía hasta pensar. Sentía un ardor en la pierna, un dolor punzante en el lado izquierdo de la cabeza y un dolor muy molesto en la cintura. También me ardía un poco la cara en ciertos puntos.

Me miré a mí misma. Llevaba puesta una bata de paciente, estaba desnuda debajo de ella y varias vendas me hacían presión en distintas partes. Tenía intravenosas en el brazo derecho y un sabor metálico en la lengua. Jamás me había sentido tan magullada como en ese momento.

Antes de soltar algo, Aleixandre miró en dirección a la puerta. Luego volvió la atención a mí.

—Esto es lo que debes saber —dijo, sentado en el borde de la cama—: Regan fue quien ordenó el accidente. Lo bueno es que has sobrevivido.

En ese instante, una ráfaga de imágenes se reprodujo en mi cabeza: el momento con Aegan, la discusión con Adrik, el vídeo de Adrien y luego el rostro de Lander justo antes del choque.

Una sola cosa me quedó en la mente.

—¡¿Y Artie?! —pregunté de golpe, alarmada—. ¡¿Y Lander?!

Aleixandre reaccionó rápido.

—¡Chisss! —me pidió.

Miró hacia la puerta con precaución.

—Se supone que no debo estar aquí —susurró—. Artie y a Lander están en la unidad de cuidados intensivos.

—Están vivos —emití en un aliento.

Aleixandre hizo un pequeño gesto de pesar.

—Sí, pero su estado es delicado.

Mi corazón empezó a latir tan rapidísimo que la máquina que medía mis latidos comenzó a pitar. Sentí un mareo intenso, como si fuera a perder la conciencia en un segundo, pero me esforcé por mantenerme despierta.

—Tengo que verlos —solté de inmediato—. Tengo que estar con ellos. Fue por mi culpa, así que...

En un abrupto movimiento intenté salir de la cama, pero Aleixandre me tomó por los hombros y me detuvo. La presión de sus manos me dolió. Cada articulación me dolió como el demonio.

—No —susurró con apremio—. Mientras estén en la unidad de cuidados intensivos, estarán seguros. Van a salvarse, pero necesitan tiempo. La que todavía está en peligro eres tú.

Algo en mi cabeza gritaba: «Esculpamíaesculpamíaesculpamía...».

—Regan está detenido por varios asuntos —continuó Aleixandre con un detenimiento que me dejó claro que la situación era muy grave—, pero si se entera de que sigues viva mandará a alguien a terminar lo que planeó con el choque. Por eso he venido a buscarte.

Sus palabras eran entendibles, pero me pareció complejo y confuso.

Lo miré, desconcertada.

—¿A buscarme?

Aleixandre asintió. En ese instante me di cuenta de que llevaba puesto un uniforme blanco de enfermero. Lo recordaba con aspecto cansado y barba de días, pero ya no la tenía y ya no parecía cansado. Eso me llevó a preguntarme ¿cuánto tiempo llevaba en el hospital?

Quise hacer la pregunta, pero él habló:

—Este es el plan: te sacaré de este hospital sin que nadie se dé cuenta y te llevaré a un lugar seguro.

Negué de inmediato con la cabeza.

—Artie y Lander...

De nuevo traté de levantarme, pero otra vez Aleixandre me detuvo agarrándome los hombros con las manos.

Joder, ¿no podía tener algo de tacto?

—Escúchame —me habló con cierta severidad para que me calmara—. Ni tu tipo de sangre ni tu ADN coinciden con el de la Jude Derry registrada en el sistema. Alertaron a la policía y están esperando a que despiertes para arrestarte. —Y añadió—: Si te quedas aquí, vas a ir a la cárcel por usurpación de identidad. ¿Entiendes eso?

—No importa, yo...

Aleixandre me obligó a mirarlo.

—Tus amigos se pondrán bien. Me he ocupado de que tengan los mejores médicos. Pero si estás cerca, van a arrastrarlos contigo. ¿Vas a dejar que eso pase solo por hacerte la valiente o vas a actuar con sensatez de una vez?

Me puse una mano en la frente. También me dolía. Descubrí que tenía un trozo de venda allí y que al tacto se sentía algo abultado. Debía de ser una herida suturada.

Mi cerebro iba a mil, pero era seguro que no quería arrastrar a Artie y a Lander conmigo a nada más.

Sí, podía actuar con sensatez, aunque no sabía exactamente si eso me llevaría a algo bueno. Pero ya no importaba yo. Si me atrapaban, que lo hicieran lejos de ellos para no involucrarlos.

Por primera vez no refuté.

—¿Cómo saldremos?

Aleixandre señaló la identificación que le colgaba del cuello. Apenas noté que tenía su foto y un nombre falso. Debajo decía: MORGUE.

—¿Te has hecho la muerta alguna vez? —me preguntó.

Solo entonces me di cuenta de la camilla que había en la esquina de la habitación, y de la funda negra sobre ella.

Bueno, sin duda era lo único que me faltaba por hacer. Ya había planeado toda una venganza. En mi lista quedaba: fingir ser un cadáver.

Lo miré, pestañeando como una estúpida.

—¿Es en serio?

Aleixandre alzó los hombros.

—No tengo mucha creatividad —admitió, algo apenado—. Y lo vi en una película.

Dudé, pero no me quedó de otra que aceptar. Entonces él me ayudó a meterme en la funda. Mover cada parte de mi cuerpo fue un desafío y al mismo una tortura. Todavía no estaba bien. Me sentía muy débil, adolorida y desequilibrada. Sentía que estaba demasiado exhausta y que mi visión fallaba, pero a pesar de eso me esforcé.

Me quedé en una posición rígida sobre la fría camilla. Él cerró la cremallera de la funda hasta dejar un agujerito al final para que pudiera respirar. De todos modos, el interior de esa cosa era asfixiante y espantoso. Era como si no permitiera fluir aire por ningún microagujerito. Era como si lo hubieran creado para matar de nuevo al cadáver si resucitaba.

—No te muevas hasta que te avise —indicó Aleixandre—. No importa cuánto tardemos, tú no te muevas en ningún momento.

Tampoco era que quisiera moverme, amigo. Me dolían hasta los ancestros. Quedé en negro. A los pocos segundos la camilla empezó a moverse. No supe exactamente qué sucedía afuera, pero tenía el oído alerta y percibía cada sonido. Presté atención más a las voces que a lo demás, como si esperara que alguien dijera: «Mira, esa no está muerta ahí dentro, *nop*, está vivita, dolorida, pero viva».

Me exigí no mover ni el meñique. Me lo exigí tanto que la posición se volvió en extremo incómoda. Debajo, las ruedas de la camilla chirriaban sobre el suelo. Cerré los ojos con fuerza para centrarme y mantenerme inmóvil. Hasta respirar era difícil.

Durante un momento, se detuvo. Abrí los ojos, asustada. Miré la negrura como una tonta. El corazón empezó a martillearme el pecho. Alguien preguntó algo.

—A la morgue —dijo Aleixandre.

—¿Eres pasante?

—Sí, desde hace dos meses. Doctor Carson.

—¿Y la orden?

Joder, ¿había una orden? ¡¿De dónde iba a sacarla?!

—Aquí —contestó Aleixandre.

Bueno, sí la había.

Demonios, ¿cuándo había planeado todo eso? ¿Había hablado con los guionistas de *Mentes criminales*?

Pasaron unos segundos de silencio tan raros que pensé que abrirían la funda negra...

Pero la camilla volvió a rodar.

A partir de allí me pareció que pasó una eternidad. Hasta llegué a creer que Aleixandre me estaba llevando de verdad a la morgue para meterme en uno de esos refrigeradores y dejarme morir ahí como venganza.

Pero él me había ayudado y me había dado las últimas pruebas para cumplir mi plan. Él me había reconocido al llegar a Tagus y no me había delatado. Aleixandre era ese giro inesperado en la película, así que decidí confiar. Tampoco tenía nada que perder.

En cierto momento, golpeó la funda a la altura de mi hombro y luego escuché la cremallera deslizarse. En cuanto el mundo se reveló de nuevo sobre mí, me levanté en un segundo, ansiosa de poder respirar a fondo.

Estábamos fuera del hospital, al parecer en la parte del aparcamiento. Era escalofriante. Había un montón de ambulancias aparcadas. Las bombillas eran amarillas y simples. No había ni un alma alrededor. Parecía el escenario perfecto para ser secuestrados por un psicópata y luego ser descuartizados. Miedo.

Aleixandre me ayudó a bajar de la camilla. Yo estaba descalza. Qué asquito, Dios. Únicamente pude pensar en lo que iba a pisar, pero solo me quejé mentalmente.

—¿Y ahora? —pregunté.

Hacía frío y empezaron a castañetearme los dientes, aunque era más porque con esa bata llevaba el culo al aire.

—Ahora nos buscan.

Miré en todas las direcciones. No venía nadie.

—¿Quién nos busca?

Pero Aleixandre respondió algo totalmente ajeno a mi pregunta:

—El accidente fue horrible, Jude —comentó—. Adrik lo vio porque iba...

Se calló de repente y miró hacia otro lado. Fruncí el entrecejo. Recordaba a la perfección todo lo sucedido con Adrik. Lo recordaba tan bien que de pronto se me revolvió el estómago de cierta molestia.

—Iba ¿qué? —quise saber. Y como Aleixandre no respondió, le insistí con severidad—. Iba ¡¿qué?!

—Detrás de ti.

Resoplé y giré los ojos. ¿Qué demonios hacía persiguiéndome? ¿Pretendía detenerme?

—¿Qué cara puso cuando supo lo de Adrien y Melanie? —pregunté, curiosa.

Se rascó la nuca. Volvió a mirar, esperanzado de que alguien apareciera.

—Él mismo llamó para que los del manicomio la vinieran a buscar —contestó—. Ella gritó y gritó, y él se quedó mirando cómo se la llevaban.

Vaya. Habría pagado por ver eso.

—Al menos no fue estúpido —le concedí.

—Creo que a partir de ahora ninguno de nosotros volverá a comportarse como un estúpido.

Quise preguntar cómo estaban los tres, si habían cambiado mucho las cosas para ellos, pero de pronto una ambulancia apareció a toda velocidad por la vía del estacionamiento.

De nuevo me quedó claro que aquello no había sido planeado a lo loco. Aquello había sido pensado con ingenio. Y, por un instante, ese ingenio me hizo pensar que... No, me hizo estar segura de algo. Algo que al mismo tiempo me hizo retroceder unos pasos, desconcertada.

«Nonononono.»

La ambulancia se detuvo junto a nosotros.

«Por favor no, por favor no.»

La ventana del conductor descendió.

«Maldita sea.»

—Rápido, sube ese culo flaco —me ordenó el mismísimo Aegan.

Pestañeé atónita como una estúpida. Después de salir de Tagus, antes de tener el accidente, había tenido la esperanza de no volver a ver más a Aegan en toda mi vida. Ahora estaba allí y también llevaba puesto un uniforme, pero este era de paramédico. Iba al volante como un poderoso conductor con ese cabello negro al estilo Tumblr y esos impresionantes ojos grises y astutos.

Primera pregunta: ¿por qué me estaba ayudando?

Segunda pregunta: ¿por qué no me odiaba?

No solté ninguna de las dos.

—Joder, ¿nos quedamos hasta que la nuez de cerebro que tienes lo procese todo o nos vamos? —se quejó como solo se habría quejado Aegan Cash.

Como estaba paralizada, Aleixandre me puso una mano en la espalda y me impulsó con suavidad para que caminara hacia la parte trasera de la ambulancia.

Avancé, pero no pude evitar mirar hacia atrás como si no pudiera creer que fuera Aegan. Entonces lo pillé observándome con una diversión burlona por el espejito. De manera automática me sostuve la bata para taparme cualquier acceso que diera vista a mis nalgas.

Insólito: Aegan Cash conduciendo el auto en el que yo iba a escapar. Lo único que faltaba era que...

Aleixandre abrió las puertas traseras.

—Venga —dijo una voz.

Adrik.

Ni al Pato Lucas le pasaban tantas desgracias.

Lo miré perpleja. Me tendió la mano desde el interior de la ambulancia. También llevaba puesto un uniforme de paramédico que se le ajustaba perfectamente en las partes correctas. También estaba allí dispuesto a ayudarme.

¡¿Qué estaba pasando?!

¡¿Había despertado en un mundo paralelo?!

—No tenemos mucho tiempo —me susurró Aleixandre—. Te lo explicamos adentro.

Y de un empujoncito me lanzó hacia el interior de la ambulancia. Como estaba más débil que Bambi al nacer, Adrik me sostuvo. Me ayudó a subir, pero en cuanto pude me aparté con brusquedad de él y busqué asiento yo sola.

Él notó mi desprecio, pero se limitó a sentarse al otro lado. Aleixandre cerró las puertas y se sentó junto a mí.

Al instante, Aegan arrancó. Me aferré a algo en el techo para no caerme y evité en todo lo posible mirar a Adrik, que estaba justo enfrente.

—Bueno, ¿qué es todo esto? —solté mientras nos movíamos—. ¿Me van a tirar por un barranco o qué?

Los Perfectos mentirosos llevándome a quién sabía dónde... Eso significaba peligro.

—Ganas no faltan —soltó Aegan desde el volante.

Aleixandre se inclinó hacia abajo y deslizó una mochila en la que no me había fijado por centrarme en la desconfianza. Por alguna razón esperé que sacara un montón de cuerdas para amarrarme, pero lo que sacó fue ropa.

—Lo que mostraste desató muchas cosas —empezó a explicarme mientras me arrojaba una sudadera—. Y lo que decidiste no mostrar también evitó algunas. Esta es nuestra manera de agradecerte que no publicaras la parte que nos habría... ya sabes qué.

Enviado a la cárcel, claro.

Cogí unos pantalones de deporte que se parecían mucho a los que usaba Adrik. El conjunto era algo oscuro y deportivo, pero sin duda era mejor que esa bata.

—Por lo que fuera que lo hiciste, te lo agradecemos —dijo Adrik.

Noté que me miraba fijamente, pero me concentré en ponerme los pantalones sin quitarme la bata. Me sentía más confundida que una adolescente con conflictos sexuales.

—¿Me están dando las gracias por haber hecho públicos los secretos de su familia? —pregunté, atónita.

—No —me contestó Aegan con cierta amargura, mirando a través del retrovisor—. Causaste un caos de mierda, tenemos todas las cuentas bancarias bloqueadas, hablan de nosotros, nos insultan en las redes sociales, pero no estamos en la cárcel, Adrien ha sido acusado de abusar de una menor y Regan tiene a la policía sobre él por tu accidente, ya que tú lo expusiste. Solo por esas últimas cosas te queremos ayudar.

—Es lo justo —asintió Aleixandre—. Por lo que le hicimos a tu hermano.

Vaya..., era sorprendente. También era un poquito (muy) difícil de creer, pero ya estábamos allí y ya podían dejarme en donde se les antojara, así que no podía apresurarme a darles las gracias. Seguía siendo raro.

No me quité la bata, solo me puse la sudadera encima. Comencé a sentir menos frío.

—¿Cuánto tiempo estuve en el hospital? —pregunté.

A pesar de que sentía que todo había sucedido en segundos, tenía la leve impresión de que no había estado allí solo un día.

—Nueve días —contestó Adrik al instante. Su voz sonó más baja, pero nada molesta—. Y estuve allí varias veces.

Me quedé sin palabras por un momento. Algo dentro de mí se removió, pero había endurecido mis sentimientos. Ya no me sentía igual que antes. Ya no quería las mismas cosas. No iba a conmoverme.

Aegan le soltó a Adrik desde adelante:

—A lo mejor cuando tú estuviste allí ella dormía plácidamente, pero cuando yo estuve, la escuché lanzarse unos pedos asquerosos.

Miré al instante a Aleixandre para que me confirmara si eso era cierto o no, y asintió, reprimiendo una risa.

—Los tres estuvimos cuidándote —admitió con un encogimiento de hombros—. No te íbamos a dejar sola.

—Pero debían —objeté, aún desconcertada por el hecho de que no me odiaran a muerte.

—Te dije que no éramos los asesinos despiadados que pensabas —se defendió Aegan con cierto fastidio—. Solo somos unos hijos de puta muy guapos. Ahora pónganse cómodos porque nos esperan cuatro horas de carretera.

Quise preguntar a dónde íbamos exactamente, pero la verdad era que no me sentía bien. Hasta hablar me causaba molestia en los oídos y en la cabeza, como si mi propia voz me aturdiera. A lo mejor tenía una contusión o algo raro. Así que incliné la cabeza hacia atrás y cerré los ojos. Obviamente me dormí. Caí en un sueño que ni los baches de la carretera interrumpieron. Cuando me desperté, me costó mover los párpados de nuevo.

Todavía tenía el cuerpo tullido, pero admití que ese asiento no estaba tan mal.

Y no lo estaba porque no era un asiento.

Apenas vi el mundo de nuevo, me di cuenta de que estaba apoyada en el pecho de Adrik. Él estaba inclinado de la forma adecuada para hacerme de cama, con un brazo alrededor de mi cuerpo, manteniéndome contra él.

Lo observé por un instante, entendí la situación y luego me aparté a toda velocidad como si fuera el peor sitio para recostarse. Di un salto tan rápido y brusco que aterricé en el asiento de enfrente. Al instante no me dolió nada, pero en lo que me senté fue como si me retorcieran los músculos.

—¡¿Qué haces?! —le solté enfadada.

Adrik me miró, quieto. Fue bueno no encontrarme con esa mirada débil y derrotada que tenía cuando me interceptó en el edificio.

—Te dormiste y te ibas a caer, así que te apoyé...

—No vuelvas a hacerlo —le interrumpí con una exigencia brusca.

Él alzó las manos en un gesto de rendición.

De golpe me di cuenta de que Aleixandre no estaba allí, y de que la ambulancia ni siquiera estaba en movimiento porque Aegan no estaba en el asiento del conductor.

—¿Qué pasa? ¿Dónde estamos? —pregunté con el modo alerta y defensivo activados.

—Aegan y Aleixandre están comprando algunas cosas —respondió él.

—¿Dónde? —volví a preguntar con la misma velocidad.

—En la tienda de autoservicio.

La ambulancia no tenía ventanas que me permitieran confirmar eso, así que no me quedó de otra que permanecer en silencio esperando que fuera cierto. Apagué el modo alerta, apoyé la espalda y tomé aire. Volví a sentir la cabeza pesada y exhausta, pero me aguanté y puse cara de palo. Estar los dos solos en esa cabina solo creaba un ambiente tenso y extraño entre nosotros.

También había esperado no estar a solas con él nunca más.

El karma seguía dándome hasta por las orejas.

Ni siquiera pasó un minuto cuando escuché su voz.

—¿Por qué no publicaste la parte de la paliza? —Sonó tranquilo, pero un intrigado—. Eso nos habría destruido por completo...

Mantuve la vista fija en algún otro punto y la cara seria. No tenía ganas de responderle nada, mucho menos de explicarle la razón por la que lo había hecho, que en realidad se debía a varias cosas.

Además, hablar con él me resultaba difícil. Solo quería gritarle un montón de cosas sin sentido para vaciarme de toda la tristeza y la rabia que me había dejado.

En cuanto corrieron un par de minutos y no obtuvo respuesta, lanzó la otra pregunta:

—¿Fue por mí?

—El mundo no gira alrededor de ti —le dejé claro, justo como él me había dicho una vez.

—No, pero sí alrededor de lo que sientes.

Y como lo dijo con tanta seguridad, solté una risa absurda y burlona. Negué con la cabeza como si él no supiera nada, porque esa era la realidad: no sabía nada.

—Lo que siento. —Me burlé con total descaro y le dediqué una mirada rápida pero cruel—. Lo que yo siento por ti es una hermosa repulsión. ¿Así querías que te lo dijera?

Eso tuvo el efecto esperado. Adrik se quedó cortado por un momento. Miró hacia las ventanas traseras de la ambulancia y apretó los labios con cierta molestia. Detecté un dejo de rabia en sus ojos, de impotencia, de «has dado en el clavo».

—Todos hicimos mal las cosas... —murmuró después de unos segundos.

Curvé la boca hacia abajo y me encogí ligeramente de hombros. El movimiento fue doloroso.

—Yo siento que las hice perfectas —opiné.

Sus ojos, una tanto amargos pero interesantes que siempre me incitaron a descubrir sus misterios, se deslizaron en mi dirección.

—¿Te hizo feliz que lo nuestro terminara?

Le dediqué una mirada desconcertada con una de esas expresiones de «What the fuck, bro?».

—Es que lo nuestro fue...

—Fue real —completó él.

—No del todo —le corregí—. No es real que sientas algo por dos personas. Eso solo significa que te gusta una, pero que intentas engañarte con la otra. Tú intentaste engañarte conmigo, y sí, estoy inmensamente feliz de que eso se haya acabado.

Hasta a mí me sorprendieron mis propias palabras. La seguridad con la que salieron fue asombrosa, pero mejor todavía fue la sensación que las acompañó, esa punzada de que estaba diciendo lo correcto, de que eso era justamente lo que había pasado.

Adrik asintió quedamente, todavía con la mandíbula tensa.

—Juro que ya no siento nada por ella —soltó—, absolutamente nada.

A lo mejor fue el accidente que me había tocado una neurona que durante mucho tiempo había fallado, pero ahora me daba cuenta de tantas cosas que había ignorado antes. Suspiré y alejé la crueldad un momento. Una punzada de racionalidad me hizo inclinarme un poco hacia delante en un gesto estilo terapeuta.

—Y está muy bien —acepté. La voz incluso me salió normal y comprensiva—. Lo que sentías no era sano, y lo sabes. Ahora vivirás mejor. Ahora podrás hacer todo lo que querías. No tienes que ir a Tagus, puedes largarte a donde sea y conocer el mundo, si se te antoja. Si te fijas, las cosas no salieron tan mal.

Adrik negó. Se le hundieron un poco las cejas como si estuviera enfadado consigo mismo.

—Salieron muy mal, porque ya no puedo estar contigo —soltó con amargura—. Estoy seguro de que ni siquiera vas a dejarme arreglarlo o intentar demostrarte que ahora es distinto.

—Es que no hay nada que... —empecé a decir.

Pero él se inclinó hacia delante y apoyó los codos en su regazo. Me miró fijamente a los ojos, de una forma grave, como la de un «ahora o nunca», y dijo muy despacio y con énfasis:

—Si me dices que sí, puedo acompañarte y protegerte.

Una sonrisa escasa y melancólica alzó mi comisura derecha.

—Es que ese es el problema —suspiré—. Nunca quise que nadie me protegiera. Nunca quise que nadie muriera por mí, ni que me cuidaran como a una tacita de porcelana.

Él trató de convencerme.

—Yo puedo...

—No soy una Melanie —le interrumpí—, y sé que eso es justo lo que tú quieres encontrar.

Se quedó mudo y en un ligero estado de shock.

Los estúpidos y débiles sentimientos que ya había aplastado y encadenado en el fondo de mí se removieron como si tuvieran vida propia y quisieran ser liberados. Por suerte, pude darles tres bofetadas y noquearlos de nuevo.

Adrik podía ser inteligente, guapo, maduro en ciertos aspectos, tentador, pero estaba enganchado por esa toxicidad a la que su prima lo había acostumbrado. Y por mucho que lo quisiera, por mucho que me muriera por él, por mucho que en ese instante me ardiera la piel por tocarlo y besarlo, no iba a ocupar el lugar de otra chica ni tampoco a perder la poca dignidad que me quedaba.

—No entiendes... —masculló.

—Te va a costar mucho superar tu pasado con Melanie, Adrik —dije con voz comprensiva—, pero lo lograrás y, finalmente, todo estará bien.

Tal vez también me dije eso último a mí misma.

Adrik lució arrepentido. Bajó un poco la cabeza y miró al suelo.

—Nunca tuve intenciones de lastimarte —me aseguró con voz vulnerable—. Y me jode saber que crees que sí. Me jode pensar que me odias.

No pude decirle nada respecto a eso porque de pronto las puertas traseras de la ambulancia se abrieron de par en par y la conversación se interrumpió bruscamente. Aegan y Aleixandre aparecieron. Detrás de ellos se extendía una larga carretera. No había edificios, solo establecimientos. No pude adivinar dónde estábamos, pero me pareció que era una de esas carreteras para salir de la ciudad.

Me fijé en que Aleixandre sujetaba un par de bolsas marrones con un brazo, mientras que con la otra mano sostenía un papel que intentaba leer.

—Dice que una de... —trataba de leer, pero en cierto punto frunció el ceño con confusión—. ¿De qué? No sé, pero dice cada cuatro horas.

Aegan, por su lado, sostenía varios tubos de medicinas en cada mano. También hundió las cejas, confundido por la explicación de Aleix, y se inclinó un poco hacia él para echar un vistazo al papel.

—Pero ¿cuál es esa para que no se desmaye? —preguntó, hecho un lío.

No entendía de qué rayos hablaban.

Aleixandre entornó la mirada. Mientras sus ojos se movían al ritmo de la lectura, la punta de su lengua se asomaba entre su boca en un gesto pensativo.

—Creo que... —intentó dilucidar—. Es que esto no hay quién lo entienda, parece un jeroglífico. ¿Por qué no le pediste que lo pusiera más claro?

—¿Cómo van a ser jeroglíficos? —se quejó Aegan—. Solo busca cuál es cuál.

Aleixandre se acercó más la hoja a la cara como si tuviera demasiadas dificultades para entender.

Y, de repente, Aegan perdió la paciencia.

—Dame esa mierda —soltó, y se las ingenió para arrancarle el papel.

Hizo una lectura rápida, moviendo un poco los labios a medida que leía y luego le empujó el papel contra el pecho a Aleixandre. Entonces empezó a abrir los tubos con rapidez para sacar pastillas que fue juntando en su mano derecha.

—Dolores, infección, antiinflamatorio, cerebro... —enumeraba.

Al final quedaron unas seis pastillas en su mano. En otro movimiento rápido sacó una botellita de agua de una de las bolsas que Aleixandre todavía sostenía, y luego aún más rápido, tanto que me costó entender la situación, entró en la cabina. Se agachó delante de mí y con una enorme mano me sostuvo la cara.

—Abre la boca —me ordenó.

Me apretó las mejillas para obligarme a abrir la boca. Pasmada por la velocidad con la que se había movido, abrí la boca y él me lanzó todas las pastillas en la lengua, y sin dejarme respirar siquiera me impulsó la botella de agua para que bebiera

Tuve que tragar muy rápido. Sentí el montón de pastillas en mi garganta, pero traté de pasármelas.

Luego él apartó la botella y volvió a salir.

Quedé aturdida.

¿Aegan me estaba cuidando y me había dado un montón de medicamentos? Pues sí.

¿Seguro no estaba muerta y ese era mi infierno?

—Un doctor nos anotó lo que debíamos darte para que no te pongas peor —me aclaró Aleixandre, mirando a Aegan con rareza por su salvajismo.

—Gracias... —masculló, atónita.

Tuve que toser un poco porque mi garganta había tragado muy rápido. La contracción me causó un dolor intenso en las costillas.

Aleixandre pasó a poner las bolsas en el interior de la ambulancia. Metió la mano en una y de repente sacó un par de guantes de látex. Lo miré con horror.

—¿Para qué es eso? —pregunté, nerviosa y algo asustada.

En ese momento todo me daba miedo.

—Necesito que te sientes en el suelo —contestó.

Mi sentido de defensa vibró como loco.

—¿Para qué?

—Ya hiciste esto una vez, ¿no? —dijo sin darle más importancia.

No sabía a qué demonios se refería, pero después de ponerse los guantes volvió a meter una mano en la bolsa y sacó nada más y nada menos que unas tijeras y una caja de tinte para el cabello. Una mujer con el pelo rojo intenso aparecía en la portada.

—¿¿Qué van a hacer?! —exigí saber.

—Debemos cambiar un poco tu aspecto porque es posible que Regan envíe a gente a buscarte —aclaró Adrik—. El doctor dijo que no había problemas si utilizábamos un tinte vegetal sin amoníaco.

Deslicé la mirada horrorizada sobre los tres. Me detuve en Aleixandre, que ahora estaba leyendo la parte trasera de la caja con los ojos entrecerrados y una mano rascándose la nuca.

Después de unos segundos alzó la vista hacia mí. Me sonrió ampliamente y con entusiasmo.

—Nunca he hecho esto —admitió—. Pero vi un tutorial en YouTube, así que comencemos.

Y bueno, Aleixandre empezó a cortarme el pelo. Vi caer mis lindos mechones de escoba hasta que me lo dejó por la línea del cuello. Después procedió a teñirlo. Durante todo el rato me mantuve sentada en el suelo de la cabina con él arrodillado detrás de mí. Adrik se ocupó en sostener el envase con el tinte. Aegan, por su parte, esperaba en la parte delantera, muy relajado, tomándose una Coca-Cola mientras escuchaba música con sus auriculares puestos. Le pregunté si podía comprarme una porque tenía sed, pero dijo que me lo habían prohibido. Seguro que se lo había inventado, así que solo bebí agua.

Pasó alrededor de una hora. Luego tuve que enjuagarme el cabello en el sucio baño de un autoservicio en el que habíamos aparcado. En cuanto me saqué todo el tinte, me ocupé de quitarme la venda que me rodeaba la cabeza para cambiarla por otra que me habían comprado.

Cuando me miré al espejo, ni siquiera me sorprendió que algunos mechones no habían quedado del todo rojos y que el corte dejaba mucho que desear, porque Aleixandre era un mal estilista. Lo que me sorprendió fue mi propio rostro.

Me quedé paralizada, mirándome. Tenía una cicatriz horrible en la parte derecha de la frente. Me la habían suturado, pero se veía abultada, roja y larga como una boca cosida. También tenía una herida pequeña en la barbilla y un rasguño cerca de la oreja. Mis ojos estaban hundidos y rodeados por unas ojeras oscuras y enfermizas. El color de mi piel era opaco. Parecía un monstruo creado para una de esas películas de terror japonesas.

Cerré los ojos un momento. Me sentí bastante mal. Nunca había sido guapa, pero había logrado moldear una buena autoestima. Ahora era imposible intentar convencerme de que podía verme bien desde algún ángulo. Y lo peor era que todo eso era culpa mía, que posiblemente terminar así era otro más de mis castigos por haber sido cruel.

De forma inevitable se me escaparon unas estúpidas lágrimas. Me imaginé exiliada y escondida como el jorobado de Notre Dame, sola, horrenda, triste...

Una poderosa voz se extendió por el pasillo que daba al baño:

—¡¿Estás viva o te desmayaste en el retrete?!

Era Aegan.

Y al parecer venía hacia el baño.

—¡Ya voy! —me apresuré a gritar.

Abrí rápido el chorro de agua y metí las manos y me eché una buena cantidad en la cara para eliminar los rastros de las lágrimas. Era el peor momento para mostrarme vulnerable.

Pero de pronto, la voz se escuchó más cerca:

—¿Por qué tardas tanto? —preguntó—. No podemos entretenernos.

Por el espejo alcancé a ver que había asomado la cabeza por la entrada. Todavía no me había puesto la venda y se veía la gran cicatriz. Me sentí muy avergonzada de que fuera a verme precisamente él, el rey de los comentarios crueles, así que recurrí a lo primero que se me ocurrió y bajé la cara todo lo que pude hasta fijar la mirada en el lavabo.

—Me seco, me pongo la venda y salgo —le aseguré para que se fuera.

Pero no lo escuché alejarse.

—¿Quieres que te ayude? —me preguntó.

Fruncí el ceño, hipermegasorprendida y extrañada. El lavabo no era muy agradable de ver.

—¿A qué? —inquirí estúpidamente.

—A ponerte la venda, ¿a qué sino?

La verdad es que para ponérmela tendría que levantar los brazos, y eso me causaría dolor..., pero ¡no! No quería ayuda.

—No, no; puedo hacerlo yo —me apresuré a soltar—. No me he quedado sin brazos. Espera afuera.

Pero me había olvidado de que estaba hablando con Aegan «Entrometido» Cash, y mi respuesta hizo que él entrara en el baño.

Me puse nerviosa. Alcé la mirada con cuidado y gracias al espejo logré ver que se había detenido detrás con los brazos cruzados y el ceño fruncido.

Me analizó por un instante.

—En serio, puedo sola —insistí.

—Levanta la cara —me ordenó de pronto.

Maldición.

—Aegan...

Insistió con una voz mucho más autoritaria:

—Levanta la cara, Jude.

—No quie...

—¿Te la levanto yo? —me interrumpió.

Cerré la boca. Bueno, lo creía capaz, de verdad que sí. Después de lanzarme ese montón de pastillas en la boca sin compasión, podía esperarme cualquier cosa de él.

Tomé aire para reunir valor y alcé la cara hasta que pudimos vernos a través del espejo. Quise realzar la barbilla, pero solo pude apretar los labios con cierto mal humor. Se me quedó mirando, aún sin una expresión específica. Ya sabía lo que venía a continuación, y lo cierto era que no tenía el ingenio ni la fuerza física y mental para contestarle como era debido.

—Búrlate, anda —le animé, como si eso fuera a aligerarlo.

Esperé su risa burlona y su mirada diabólica, pero su gesto fue de cierta incredulidad.

—¿De qué me voy a burlar? —preguntó.

¿Eh?

Mi cara dolorida expresó total desconcierto.

Traté de buscar la falsedad en su pregunta, pero extrañamente no la encontré.

—Pues de que parece que tengo una vagina cosida a la frente —dije.

Apunté a la horrible herida con mi dedo índice. Él observó mi reflejo y entornó un poco los ojos casi transparentes como para verme mejor.

Entonces estalló la carcajada.

Fue amplia, espontánea y mostró sus estúpidos perfectos dientes enmarcados por esos hoyuelos que ni siquiera debía tener. Porque, admitámoslo, los hoyuelos eran algo tierno, algo hermoso, ¡no podían estar en el rostro de un demonio!

Fruncí el entrecejo. Él se dio cuenta de ello y de pronto negó con la cabeza mientras intentaba parar de reír.

—Es que no... —Cerró los ojos entre las carcajadas que lo obligaron a ponerse las manos en el estómago—. Es que si no me dices... —Más risas—. Si tú no... —Más risas—. Si no...

Lo contemplé con mi mirada más dura y asesina.

—¡¿SI NO QUÉ?! —solté perdiendo la paciencia.

—Si no me lo dices tú, nunca se me hubiera ocurrido comparar tu cicatriz con una vagina, de verdad —escupió entre las risas.

Apreté los labios para contener una grosería. Aegan continuó soltando carcajadas hasta que solo quedaron pequeñas risitas. Tenía los ojos enrojecidos por la diversión y obviamente seguía pareciéndole graciosa mi ocurrencia, pero en unos segundos terminó.

Pensaba soltarle que se fuera y esperara en la ambulancia con los demás, pero entonces dio algunos pasos hacia delante y me puso una mano en un hombro.

—Date la vuelta, anda —me pidió.

Me giró para encararlo. Yo todavía tenía fijada la expresión de mal humor, pero al mismo tiempo le eché una mirada desconfiada y confundida. Cuando Aegan se acercaba, las cosas empezaban a ser peligrosas y podían terminar muy mal. Ahora, sin embargo, parecía diferente...

Ya controlado, miró la herida de mi frente con ojo analítico. Luego cogió la venda que yo había guardado en mi bolsillo, porque no quise colocarla en ninguna superficie de ese inmundo baño.

—Esto te pasa por intentar hacerte la justiciera —comentó, refiriéndose a mis heridas. Sorprendentemente, lo dijo sin tono burlón y sin malicia.

Y entonces, sin avisar ni nada, comenzó a ponerme la venda en la frente con cuidado. Me quedé pasmada. En otra ocasión lo habría manoteado para que se alejara, pero la verdad era que me estaba haciendo un favor. Mover mucho los brazos me resultaba doloroso.

Me quedé quieta. Mis ojos se quedaron a la altura de su barbilla perfectamente afeitada.

—Pues ya ves, obtuve mi merecido —murmuré con obstinación.

—Te dije que Regan era mucho más peligroso que cualquiera de nosotros.

—Pensé que podía desaparecer antes de que él me empezara a buscar. No sabía que ya había planeado lo del accidente.

Aegan acabó de colocar la venda sobre la herida.

—Por eso te dije que ibas a necesitar mi ayuda —me recordó.

Lo miré con extrañeza.

—¿Así que tú planeaste todo esto?

Sus labios se ensancharon en una sonrisa triunfal y enérgica.

—Hago buenos planes a veces —dijo con un ligero encogimiento de hombros.

Fruncí los labios, negándome a darle las gracias. Seguía pareciéndome muy extraño que Aegan me ayudara después de haber acabado con todo lo que él había intentado mantener con tanto esfuerzo. ¿Solo porque no lo había mandado a la cárcel? Hum...

—Pues no voy a decirte que tenías razón, si eso es lo que esperas —sostuve.

Esperé que eso lo cabreara, pero dio un par de pasos hacia atrás y miró el sitio en el que me había colocado la venda como un pintor admirando su obra.

—La vas a poder ocultar con el cabello —opinó, claramente refiriéndose a la espantosa cicatriz que iba a quedarme—. No está tan mal; ya estabas desfigurada antes, así que ni se notará la diferencia...

Ahí estaba su estado Satán habitual.

—¡Cállate! —exclamé molesta.

Pensar en esa cicatriz me producía una rabia inmensa, porque yo no había hecho ni la cuarta parte de lo que había hecho Regan en su sucia vida y seguro que él saldría intacto y guapísimo del lío en el que lo había metido.

En mi caso, tendría que morir fea y sola, qué fastidio.

Aegan me miró con gran confusión.

—¡Bueno, te enfadas si te digo mentiras, pero también si te digo la verdad! —se defendió.

Una ola caliente de furia me obligó a darle la espalda y a cruzarme de brazos. Quise meter la cabeza en la tierra para siempre. Quise golpear algo. Quise descargar la frustración de alguna forma.

—Sal de aquí —le ordené furiosa.

Pero él se quedó ahí parado. A través del espejo me di cuenta de que ahora también estaba enojado, de que ahora también había un destello de furia en sus ojos.

—¿Por qué siempre tiene que ser así? —bufó, confundido por alguna estúpida razón—. ¿No se supone que nuestra guerra ha terminado?

—Lárgate —volví a soltar.

—¿Ves? Te pones a la defensiva; no podemos tener una maldita conversación normal sin lanzarnos pullas el uno al otro.

¿Que yo siempre estaba a la defensiva? ¡Ja! ¿Acaso él no andaba siempre enfadado por todo? ¿Y no era él quien perdía la paciencia a los dos segundos? Además, él era un imbécil cruel cuando le daba la gana. Yo solo me defendía como era debido.

—Contigo solo puedo estar a la defensiva porque siempre me estás atacando —le escupí.

Por el espejo vi su cara de consternación, como si yo estuviera loca.

—No te estoy atacando ahora —resopló, y luego endureció la expresión—. Y no es verdad que siempre estoy malhumorado; lo sabrías si dejaras de detestarme dos segundos.

Me asombró su poca moral. De verdad que me asombró que tuviera el valor de decir lo que acababa de decir. ¡Era obvio que siempre había sido así! Si él lanzaba, yo también arrojaba. ¿Por qué esperaba que ya no fuera de ese modo? ¿Solo porque me estaba ayudando? ¿Qué demonios le pasaba?

Me dolía mucho la cabeza.

—Joder, sal de una vez, Aegan —le solté sin ganas de mirarlo, con la vista fija en el lavabo.

El tono fuerte y despreciativo funcionó. Escuché sus pasos sobre las horribles baldosas del suelo. Solo que unos segundos después entendí que no se alejaban, sino que se acercaban. Desconcertada, quise darme la vuelta para volver a echarlo del baño, pero entonces me topé con su brazo extendido hacia mí, ofreciéndome algo. Miré su cara y luego miré su mano.

Una fotografía.

Específicamente: la foto que yo le había mostrado a él antes de jugar al póquer, esa en la que salíamos Henrik y yo de pequeños.

Mi mente se descolocó por un momento.

—Estaba en tu ropa cuando te llevamos al hospital —dijo con esa voz enfadada y dura.

Insistió en dármela. La cogí rápido, entre asombrada y paralizada. Al instante, él me dio la espalda y avanzó en dirección a la salida.

Perpleja, lo pregunté antes de que saliera:

—¿Por qué la guardaste?

Lo soltó con bastante rabia mientras se iba:

—Sí, ¿por qué?

Y desapareció.

Cuando el baño volvió a quedarse silencioso, tuve que apoyar las manos en el lavabo y cerrar los ojos un momento.

Me sentía enfadada y al mismo tiempo ridícula y tonta. Sabía que por primera vez el imbécil de Aegan tenía razón: la guerra había terminado. La venganza ya no existía. Yo lo había perdonado cuando se lo dije mientras jugábamos. Lo de Henrik tenía que quedar atrás. Él ya no era el culpable al que debía odiar, ni del que debía protegerme porque podía arruinarme la vida.

Pero no se trataba de él. Mi ira ya no estaba dirigida a él. Ya no pensaba en detestarlo a muerte. Estaba furiosa por todo lo demás. Estaba furiosa porque me dolía el cuerpo, porque mi sentido de la orientación fallaba y porque tampoco podía pensar con claridad. Ni siquiera entendía por qué me ayudaban, ni siquiera sabía a dónde me llevaban, y ni siquiera sabía si Artie y Lander iban a sobrevivir. Y si no sobrevivían, yo...

Eso era lo que más me enfurecía: que ellos habían sufrido las consecuencias de mis actos. Sí, Artie me había ayudado porque quería, pero Lander había ayudado solo porque quería a Artie... No podía evitar sentirme culpable.

Guardé la fotografía en el bolsillo del pantalón. Luego seguí secándome el cabello, y cuando estuve lista, salí del baño. Afuera el sol estaba alto. No sabía bien qué hora era, pero parecía mediodía. Avancé hasta la ambulancia aparcada. Adrik estaba apoyado en ella con un pie sobre uno de los neumáticos mientras se fumaba un cigarrillo. Tenía esa cara de «no te atrevas a hablarme» del Adrik del principio.

Aegan ya estaba dentro, en su asiento, con los brazos apoyados en el volante. Aleixandre fue el que salió de la cabina de un salto y se acercó a mí. Me miró el cabello con una atención entusiasmada y nerviosa al mismo tiempo.

—No está mal, ¿verdad? —dijo, analizándome.

Estaba horrible, un desastre, pero me limité a decir:

—Supongo...

—Adrik, ¿qué te parece? —preguntó Aleix de todas formas, algo dudoso.

Hasta yo esperé la respuesta, pero Adrik se encogió de hombros con odiosidad y de mala gana arrojó la colilla del cigarrillo al suelo.

—Vámonos —zanjó, y nos dio la espalda.

Dos Cash enojados en un día, qué suerte la mía.

Nos subimos a la ambulancia y seguimos el camino. Sí, volví a dormirme en el asiento, pero esta vez Adrik me obedeció y no se las quiso dar de cama, así que fui cabeceando todo el trayecto. Cuando llegamos a donde fuera que íbamos, estaba atardeciendo. El cielo era rayones de nubes, luces anaranjadas y destellos amarillos. Me entraron ganas de recostarme en el capó y mirarlo hasta que mi cuerpo se desintegrara allí mismo.

Pero ese habría sido otro final, uno tal vez bueno.

Aegan aparcó. Aleixandre abrió las puertas traseras y me ayudó a bajar. Lo primero que vi fue un campo abierto, al parecer perteneciente a una enorme y alejada hacienda. Kilómetros y kilómetros de terreno verde se extendían en todas las direcciones. El aire olía a árboles, leña, heno y pasto húmedo. Había una casa enorme frente a nosotros, y desde allí alcanzaba a ver unos cercados larguísimos.

—Ven —me indicó Aleix.

Pensé que entraríamos en la casa, pero lo que hicimos fue rodearla. Y entonces, cuando llegamos a la parte trasera, vi un enorme jet privado situado en medio del terreno, sobre asfalto. Había dos personas fuera de él. A uno no lo reconocí, pero el otro sin duda alguna, con ese cabello dorado y ese rostro de chico americano perfecto, era Owen.

Nos acercamos a ellos. Al mismo tiempo, Owen se acercó para detenerse frente a mí. Tenía las manos hundidas en los bolsillos del pantalón y una mirada extraña, casi avergonzada. De hecho, estuvo mirando un momento el suelo antes de alzar los ojos azules hacia mí.

—Lo siento mucho, Jude —me dijo. Fue la voz más sincera que le había escuchado nunca—. Sé que podría pedirte perdón de mil maneras y ninguna sería suficiente. Nada más quiero que sepas que nunca tuve la intención de... hacer lo que hice, y que nunca me he sentido inocente por ello.

Por un instante sentí un pequeño nudo en la garganta. Todavía era raro enfrentarme a eso, pero asentí y acepté sus palabras.

—La cagamos bastante y sabemos que desconfías de nosotros —dijo Aleixandre, a mi lado—, pero te juro que hemos planeado muy bien todo esto, y que no hay modo de que vaya a salir mal.

—Hice todo lo posible por conseguir a alguien de confianza para trasladarte —agregó Owen, refiriéndose al tipo que no conocía—. Él va a llevarte a una de las residencias de mi familia, donde podrás estar todo el tiempo que quieras. Está equipada y protegida. Era de mi bisabuelo por parte materna, y te aseguro que nunca tuvo nada que ver con Adrien.

—Está en un pueblo bastante aislado —añadió Aleixandre—. Es pequeño, pero seguro. Allí nadie te reconocerá y estarás segura; nadie aparecerá de repente para matarte o algo así.

—Y mientras estás allí, nosotros arreglaremos todo este desastre —continuó Owen, decidido—. Con los contactos que nos quedan nos aseguraremos de que Regan no sea un peligro para ti, y de eliminar la orden de detención de la policía contra ti. Nos tomará algún tiempo, por eso.

—Solo haremos esto si a ti te parece bien y decides confiar en nosotros —finalizó Adrik.

Me miraron, esperando una respuesta.

—Sigo sin entender por qué... —fue lo que salió de mi boca.

Aleixandre dio un paso adelante. Me sonrió cálido y con tranquilidad, como el Aleix carismático y alegre del principio. Se inclinó hacia mí y me susurró al oído:

—Porque ganaste.

Se enderezó y me guiñó un ojo, una clara referencia a lo que me había pedido en el banco de Tagus aquel día: «Destrúyenos».

Quién habría dicho que él me ayudaría a lograrlo.

Deslicé la mirada sobre todos: Adrik, Aleixandre, Aegan y Owen, bañados por la cálida y un tanto nostálgica luz del atardecer. Los cuatro eran culpables y al mismo tiempo no. A los cuatro los había conocido de diferentes formas, y de los cuatro había descubierto cosas sorprendentes, incluso cuando todavía los consideraba unos asesinos.

Al principio estuve muy segura de que tres de ellos habían asesinado a mi hermano. Al final, seis personas habían ocasionado su muerte de una forma que no había imaginado. Al final, nada fue como yo había creído. Al final ni siquiera estaban comportándose como habría esperado. Entonces ¿podía confiar en ellos?

No lo sabía, como tampoco sabía toda la verdad sobre ese Henrik que nunca conocí. Tal vez ellos me odiaban un poco, tal vez me ayudaban porque querían disminuir el peso de conciencias. Tal vez mentían. Tal vez decían la verdad. Tal vez íbamos a superar lo sucedido, tal vez íbamos a recordarlo para siempre. Todo era incierto.

Lo único seguro era que ya no debía ver el mundo con ojos de venganza, y sobre todo, no a ellos. Tampoco quería. En ese momento, mi cuerpo se sentía extraño, además de dolorido. No estaba preocupada por suprimir a Ivy para que no vieran mis debilidades. Quería tenderme en una cama y dormir como no había dormido en meses: sin pensar en lo que haría al día siguiente, sin preguntarme si lo haría mal o si alguien sospecharía.

De acuerdo, la guerra había terminado.

Había cumplido mi plan.

Ya sabía la verdad.

Henrik se había ido para siempre.

—Está bien —acepté mirándolos a los cuatro—. Gracias.

Owen asintió con una pequeña pero satisfecha sonrisa. Por un instante, me pregunté si se pasaría la vida amando a Aleixandre sin decírselo, pero ya no había modo de saberlo. Lo único que quería era alejarme de ellos y curarme.

—¡Joder, Jude! —exclamó Aleixandre. Se acercó a mí con rapidez y me envolvió con sus brazos en un fuerte e inesperado abrazo. Me apretó contra su cuerpo de una forma que hizo que me doliera hasta el apellido—. ¡Tienes unos ovarios de acero!, ¿lo sabías?

—Aleixan... —empecé a decir para hacerle saber que me dolía.

—¡Jamás había conocido a nadie como tú! —agregó sin soltarme.

—Aleixa...

—¡Y estoy seguro de que nunca volveré a conocer a alguien así!

—Aleixandre, por fa...

—¡No sabes el bien que nos has hecho!

—¡Aleixandre, me vas a destrozar! —pude decir por fin.

Me soltó, y en cuanto sus brazos se apartaron, casi me caí al suelo como una muñeca desvencijada por culpa del dolor.

En ese instante, el tipo que iba a pilotar se acercó.

—Lamento la interrupción, pero alguno va a tener que acompañarnos y luego me lo traigo de vuelta —dijo a todos—, porque si la chica se desmaya no sabré qué hacer. Decidan.

Nos dio la espalda y volvió a acercarse al jet.

De pronto, se miraron entre ellos. Al parecer, la idea era que me montara yo sola en el jet, sin que ninguno de ellos me acompañara. Así que ese cambio resultó inesperado para ellos.

Me esforcé por no caerme al suelo.

—Que decida ella —propuso Owen, encogiéndose de hombros.

—Sí, podemos ir cualquiera de nosotros —dijo Aleixandre, y me miró con cierta preocupación—. ¿Quién quieres que vaya contigo?

Todos me miraron, y un cosquilleo de nervios e indecisión me atacó. ¿A quién podía elegir para el viaje de ida? Tampoco era como si fuera a elegir a quién iba a vivir conmigo toda la vida, pero me pareció una elección importante.

¿Owen? Prometía una conversación interesante sobre qué haría a partir de ahora.

¿Aleixandre? Prometía comodidad e incluso enterarme si les había dicho a sus hermanos que él los había traicionado.

¿Adrik? Me di cuenta de que su expresión había cambiado. Ahora era más accesible y un tanto expectante. De hecho, por primera vez en todo el tiempo que nos conocíamos entendí lo que quería transmitirme con ella: «Elígeme».

Y, por último, ¿Aegan? Ni siquiera estaba muy pendiente de la conversación. Se había metido las manos en los bolsillos y miraba, aburrido e impaciente, hacia otro lado.

Me hice la pregunta: «Espejito, espejito, ¿quién me acompañará en este viajecito?».

25

Antes de morir siempre es bueno confesarse.
Esto evita que vayas al infierno,
o que tu castigo sea menos doloroso.
O tal vez no...

En realidad, no tuve que pensarlo demasiado.

Supe con quién quería ir y por qué.

Así que di un par de pasos hacia delante.

Y me detuve frente a Adrik.

A nuestro alrededor se hizo un silencio. Lo miré a los ojos por un instante, o más bien por un instante un poquito largo. Eran tan grises, tan distintos al resto del mundo. Cada línea de su cara era perfecta. Las cejas un poco pobladas, el cabello negrísimo, los labios herméticos, la piel fresca. Incluso la ligera amargura de sus expresiones también era casi una obra de arte.

Y nada de eso me había hecho enamorarme de él.

Lo que me hizo enamorarme fue lo que nunca dejaba que nadie viera. Fue el Adrik espontáneo, el inteligente, el que tenía la habitación llena de mapas del mundo y libros desordenados. Fue el que ayudaba a los animales, el que tenía una respuesta sarcástica y audaz para todo, el que prefería la fantasía antes que la realidad. Fue el de clase de Literatura, el de los momentos humillantes, el que dijo que no había nada en mí que debiera agradarle. El que se lanzó a la piscina, el que desafió a Aegan, el que me pidió que me desnudara sin vergüenza.

Fue ese Adrik que, por alguna razón, ya no veía por ninguna parte. Lo único que había frente a mí eran ojeras, un aire de vulnerabilidad, insomnio, culpa; los escombros que había dejado la bomba nuclear llamada Melanie.

Le sonreí con nostalgia y me incliné hacia él para decirle las palabras exactas al oído.

—No, no te odio —le contesté finalmente a lo que había mencionado en el interior de la ambulancia—. Pero lo haré si no vuelves a ser el Adrik que parece detestar al mundo y que al mismo tiempo puede lanzarse ebrio desde un techo para insultar a alguien.

Me aparté. Me observó un tanto atónito y confundido por eso, pero también como si esperara que algo más saliera de mi boca.

Solo que eso era todo lo que tenía que decirle.

Giré la cabeza.

—Aegan —le llamé—. Vamos.

Elección inesperada, ¿cierto?

Aegan me miró con el ceño fruncido y una casi chistosa expresión de sorpresa y confusión. Observó a los demás como intentando comprobar si era cierto. Aleixandre solo se encogió de hombros, y Owen asintió como diciendo: «Sí, ha dicho tu nombre».

Sí, había dicho su nombre. Quería que me acompañara él. No diría nada más.

Caminé hacia el jet. Aegan me siguió, todavía algo extrañado. Me acerqué a las escalerillas de acceso. Justo antes de subir, me di la vuelta y me despedí de los demás con un saludo de la mano bastante simple, aunque en el fondo se me antojó hacer uno de reina, je.

Pasé de rostro en rostro: Owen sonriente y radiante. Aleixandre, mucho más sonriente y algo conmovido. Y finalmente Adrik, que se había quedado pasmado en un nivel digno de retratar, como si un espíritu espantoso le hubiese aparecido enfrente.

«¿Qué te pasa, amiguito? ¿Pensabas que tú serías el elegido?»

No me sentí mal por él. Ya no había nada que pudiéramos decirnos. Las cosas y las elecciones habían sido claras, y lo que ahora sentíamos a causa de eso, también. A lo mejor algún día volveríamos a vernos. Tuve esa fuerte impresión, y solo entonces habría una oportunidad para otras palabras.

Solo que... sí me sentí mal porque todavía estaba enamorada de él; esa era la patética verdad.

Pero bueno, Vanessa Hudgens había terminado con Zac Efron y seguía viva. Nina Dovrev había dejado a Ian Somerhalder y seguía viva. Decidir alejarte de alguien que ha impactado en tu vida de forma que parece imborrable no es el fin del mundo, aunque a veces se sienta de esa forma. Yo sabía que se podía seguir después de eso. Lo que no sabía todavía era cómo hacerlo, pero lo descubriría. Intentaría descubrirlo.

Aegan y yo entramos en el jet. Durante un segundo, en lo que se cerró la puerta, me giré en un impulso como si quisiera abrirla, bajarme y gritar que me iba a quedar ahí. Luego mi parte razonable se sobrepuso, y me ocupé de plantar el culo en el cómodo asiento. No quise mirar a través de la ventanilla.

Aegan también se sentó y al final quedamos uno frente al otro, justo como nos habíamos enfrentado la primera vez: cara a cara.

—Puedes llorar si quieres —dijo de repente.

Fruncí el ceño.

—¿Por qué voy a llorar?

Él miró hacia la ventanilla y adoptó un aire indiferente.

—Por Adrik y eso.

—No lo haré —fui clara.

—Ni siquiera te voy a mirar, así que puedes desahogarte.

Resoplé.

—No voy a llorar.

A pesar de que sí tenía un estúpido nudo en la garganta.

—Es normal, no te reprimas —volvió a animarme en un tono estúpido.

—Que no voy a llorar —insistí, poniendo énfasis en cada palabra.

Él se encogió de hombros.

—Bueno, yo solo decía...

Giré los ojos y lo ignoré. Los motores se encendieron y en pocos minutos el jet se alzó en el aire.

Primero no quise admitirlo, pero luego finalmente entendí que tanto Adrik como Tagus iban quedando atrás. No sabía qué rayos me esperaba, y lo peor era que aquello parecía un final espantoso, como lo eran esos castigos de las historias mitológicas griegas. Algo así como el que recibió Prometeo por robar el fuego de los dioses: fue encadenado para que un águila se comiera su hígado, y como era inmortal, el hígado le crecía todas las noches y, al día siguiente, el águila volvía a comérselo, y así durante toda la eternidad.

Sentía que pasaría la vida como Prometeo, condenada.

Inconscientemente, me puse una mano en el lugar donde debía de estar mi hígado. Nadie iba a comérmelo, obvio, pero sentí que el estómago se me revolvía debido al miedo y a la inquietud. A lo mejor era estúpido, pero sí, estaba algo asustada.

Se me ocurrió distraerme.

—¿Qué harás a partir de ahora? —le pregunté a Aegan.

—Tengo que ocuparme de arreglar las cosas, tenemos que declarar en contra de Regan, ver qué va a pasar con Adrien, si irá a juicio o no... —respondió con voz monótona—. Todo eso.

—¿Y Tagus?

—Le daré una pausa.

Bueno, no parecía tener muchas ganas de hablar sobre esos temas.

—Gracias por darme la foto —le dije de pronto. Me salió porque sí.

Ni siquiera se volvió para mirarme. Alzó la mano y me mostró el dedo de en medio. Eso me causó cierta gracia que expresé en una mínima y débil sonrisa. Aegan no cambiaría nunca, y ya eso no era mi asunto.

Me reacomodé mejor en el asiento y cerré los ojos. Me preparé para un vuelo silencioso y traté de no pensar en nada. A lo mejor fueron los medicamentos, pero no se me hizo muy difícil quedarme dormida.

Me desperté por un movimiento extraño del avión.

Abrí los ojos al instante. Lo primero que vi fue la cara desgraciadamente hermosa de Aegan. Me estaba mirando. Miré hacia los lados, pero todo estaba estable, nada raro. Después volví a mirarlo a él con extrañeza. Tenía los brazos cruzados con las manos debajo de las axilas y la cabeza apoyada en la ventanilla. Estaba serio.

—¿Qué te pasa? ¿Me mirabas mientras duermo?

—Parecías muerta —contestó, inexpresivo—. Y estaba intentando ver si respirabas o no, porque no pretendía moverme y tocarte.

Eso tenía sentido viniendo de él.

Resoplé en plan: «En tus sueños».

—Ya quisieras que me muriera justo ahora.

Su contestación fue seca y odiosa:

—¿Por qué crees que quiero cargar con otra muerte?

Abrí la boca para responder con algo igual de afilado, pero entonces el jet volvió a hacer ese movimiento extraño.

Me quedé con la boca en la misma posición. Fruncí el ceño y miré hacia todos lados sin mover ni un músculo, como si quisiera averiguar de dónde provenía eso.

—Es una turbulencia —dijo Aegan, indiferente.

—Ya —acepté con obviedad.

Claro, eso pasaba todo el tiempo en los aviones. Yo solo había viajado en uno durante toda mi vida, pero lo sabía por las películas y porque...

El interior volvió a sacudirse.

Pausé mis pensamientos. Miré a Aegan. Él me miró. Evalué su estado para guiar el mío. Él no se inmutó, sino que siguió en la misma posición. Todo normal. Todo tranquilo.

—Turbulencia —repetí en un murmullo.

—Turbulencia —repitió él con un asentimiento.

Su asentimiento se extendió. Por un momento me dio la impresión de que lo hacía para tranquilizarme, porque probablemente mi cara demostraba que en realidad estaba un poco inquieta, así que asentí también como él. Abrí la boca para decirle algo de algún otro tema que nos distrajera... Y el avión se estremeció de una forma más fuerte.

Mi cuerpo dolorido y aporreado se sacudió en el asiento como si fuera un pollito de juguete que alguien agitaba por los aires. Abrí los ojos asustada: ¡¿qué diablos estaba pasando, san Judas Traidor de los Traidores?!, y me aferré a los reposabrazos para mantenerme en mi lugar.

—No te asustes, no es nada —me aconsejó Aegan al notar mi reacción.

Pero ya me había asustado, mijo. Mi corazón roto por Adrik se aceleró instantáneamente. Un frío de terror me recorrió la espalda. Pensé cosas que me aterraron. Fue inevitable.

—Aegan, ¿te parece que estas turbulencias son normales? —dije al segundo en el que todo volvió a estabilizarse.

Se levantó del asiento. Tuve que inclinar la cabeza para verlo en toda su altura. Mi corazón ya estaba latiendo rápido. Mi mente ya estaba activando las ideas negativas. Quise decirle que no se moviera, que se quedara ahí, pero como buen valiente avanzó en dirección al área del piloto.

En los segundos que me quedé sola, me apretujé los dedos. Tomé bastante aire para tratar de no entrar en pánico. Era una estúpida y normal turbulencia, nada más. No podía ser otra cosa; yo no iba a m...

La palabra me causó un escalofrío.

Aegan regresó.

—Son pequeñas turbulencias por el clima —me explicó mientras se dirigía a su asiento—. Al parecer está lloviendo fuerte, pero no debemos preocuparnos. Significa que no falta mucho para llegar.

Y justo antes de que él se sentara, el avión volvió a estremecerse con mayor fuerza. Fue un movimiento suficiente para desequilibrarlo. Él se cayó de golpe sobre el asiento. Yo ahogué un grito. Al mismo tiempo esperé que todo se estabilizara de nuevo para decir algo, pero eso no pasó, ya que un nuevo estremecimiento nos hizo agitarnos.

¿Pequeñas turbulencias? ¡Y una mierda! ¡Lo que estaba pasando no era normal!

La voz del piloto resonó por megafonía.

—Por favor, abróchense los cinturones —pidió con una ridícula voz calmada—. Recuerden que hay máscaras de oxígeno por si las necesitan.

La señal de abrocharse el cinturón se encendió. Por un instante me sentí perdida y desorientada, pero vi que Aegan empezó a obedecer y entendí que debía hacer lo mismo. No sabía por qué demonios estaba confiando en sus acciones como si fuera el adulto responsable, pero algo dentro de mí empezó a bloquearse.

Miré el cinturón. Descubrí que las manos me temblaban. Me confundí en el intento de engancharlo. A lo mejor era por el repentino susto o porque no recordaba cómo ponérmelo, así que de nuevo tuve que mirar a Aegan para guiarme.

Pero de pronto el avión se estremeció y todo dentro del aparato se sacudió.

Se me escapó un grito impulsivo y asustado:

—¡Esto se va a caer y nos vamos a estrellar!

Fue de esos gritos que en cualquier otro avión habrían hecho enloquecer al resto de los pasajeros.

Aegan me hizo un gesto con las manos para que me tranquilizara. Él ya estaba seguro.

—Cálmate y ponte el cinturón —me ordenó—. Va a pasar en cualquier momento, siempre pasa.

Asentí con rapidez, intentando apropiarme de algo de su calma. Me di cuenta de que por gritar no había terminado de ponerme el cinturón. Con los dedos temblando como una drogadicta abstinente, traté de abrocharlo. Me costó, pero en el instante en que lo logré, el interior del jet tembló como si estuviera sucediendo un terremoto.

¡Madre de todas las desgracias!

¡Aquello no iba a detenerse!

El piloto dijo algo en ese momento, pero por el pánico no le entendí. El mundo comenzó a ir demasiado rápido. Empecé a respirar aceleradamente. Perdí cualquier control sobre mis nervios. Los tenía a mil. Mi cabeza pensaba lo peor, pero aun así traté de convencerme de que las turbulencias terminarían en cualquier segundo.

Solo que de pronto fue como si alguien le diera un tirón al avión y escuchamos un montón de cosas moviéndose y golpeando entre ellas.

Y fue inevitable, grité de nuevo y grité con fuerza:

—¡Nos vamos a morir!

—¡Que no nos vamos a morir! —me gritó Aegan.

Pero supe que no se creía sus propias palabras, porque tenía una expresión de preocupación enmarcada en la cara; también tenía las manos aferradas al asiento y el cuerpo se le veía rígido. A mí no me engañaba: se estaba asustando.

—¡No lo sabes! —solté, aterrada.

—¡Claro que lo sé, yo lo sé todo! —dijo enfurecido.

—¡No sabes una mierda! —le grité, aún más aterrorizada—. ¡Esto se va a caer y vamos a terminar aplastados como plátanos!

Y, además, lo haríamos mientras discutíamos: genial.

—¡Solo confía en mí, Jude, y cállate, por favor!

Si lo último que quedaba era confiar en Aegan ya estábamos más que perdidos.

El avión vibró.

Parecía que la muerte era una pasajera más que venía con nosotros, riéndose de lo asustados que estábamos.

Mi cerebro entendió y no entendió la situación.

Más sacudidas. Más desequilibrio. Más sonidos extraños.

Quise salir corriendo y poner los pies en la tierra, besarla, lamerla, lo que fuera, pero estar en ella sin peligro de estrellarme. Pero estábamos altísimos, por la ventanilla se veía todo denso e incluso vi el instante en el que una de las alas se balanceó de forma anormal.

Se me salieron las lágrimas por el miedo.

Miré a Aegan. Mi cara se contrajo por el llanto.

—¡Me voy a morir contigo y no sé qué es peor! —chillé con desesperación.

—¡Calla y cierra los ojos! —me exigió también gritando.

Intentó mirarme con cara de enfadado, tal vez para convencerme, pero entonces el avión tembló, se sacudió, quizá descendió, se escuchó un golpe, algo metálico, y fue todo tan rápido, tan intenso, tan escalofriante y tan peligroso que no pude evitar llorar y gritar al mismo tiempo.

¡No sabía si de verdad estaba pasando, pero yo sentía que el jet se estaba yendo abajo!

¡Yo sentía que esa mierda se iba a caer!

¡Y no quería morir así!

¡No quería morir con Aegan!

¡No quería que nuestros espíritus se encontraran en el infierno y tuvieran que ser vecinos de castigo!

¡No quería, pero era justo lo que estaba pasando!

Lloré más fuerte.

—¡Nos morimos, Aegan, nos morimos! —chillé con todo el desespero del mundo, con la boca abierta y la cara llena de lágrimas.

—¡Que no! —volvió a gritarme él entre la agitación.

—¡Síííí! —lloraba yo a todo pulmón—. ¡No quiero! ¡No quiero!

La siguiente sacudida nos zarandeó el cuerpo como si estuviéramos en una licuadora. Hasta sentí que iba a impactar contra el techo, pero el cinturón me sostuvo. Vi la cabeza de Aegan menearse como si él no tuviera control sobre ella. Fue una imagen tan espantosa que chillé más fuerte. Ni siquiera podía detallar sus expresiones, pero también parecía haber entrado en pánico.

No había otra verdad.

Íbamos a morir.

El avión se iba a caer.

Y con la siguiente sacudida, él finalmente lo entendió.

—¡¡¡Sí nos vamos a morir!!! —gritó Aegan con horror.

Fue como si con eso estallara todo.

Una ráfaga de sacudidas. Zumbidos. Motores. La voz del piloto. Nuestros cuerpos meneándose sin control. ¡Peligro! ¡PELIGRO!

Aquello prometía terminar en catástrofe y estábamos sintiendo el pánico a niveles desesperantes. De golpe me acordé de todo lo que hice y no hice en la vida. Me acordé de cada error, de cada cosa estúpida, de los momentos en los que fui malvada, y lo entendí todo como si recibiera una iluminación divina, pero aterradora.

—¡Todo es por mi culpa! —lloré con fuerza y terror—. ¡Todo esto es por mi culpa! ¡Estoy maldita! ¡Solo traigo desgracias!

Más sacudidas. Más horror. Se cayó algo que había en los compartimentos de arriba. El piloto hablaba y yo no le entendía. El suelo parecía estar sufriendo un ataque epiléptico. ¡El mundo se estaba desmoronando!

—¡No, es por mi culpa! —gritó Aegan, aferrado al asiento.

Su cara normalmente altiva tenía el espanto reflejado en su máximo nivel: tenía los ojos muy abiertos, las cejas arqueadas y la boca entreabierta para respirar más a fondo. Eran emociones nunca antes vistas en él.

Juro que en ese momento Aegan Cash sintió verdadero terror, y si no se cagó en los pantalones, fue porque tenía total control de sus esfínteres.

Yo sentía que se me iba a salir el alma en un chorro de pánico.

—¡He hecho cosas malas! —seguí chillando.

—Pero ¡por mi culpa tuviste ese accidente!! —gritó él, presa del pánico y el miedo a morir.

Más sacudidas rápidas, potentes, vibrantes.

Solté un chillido cuando sentí que el avión se iba hacia un lado.

Tal vez fue el estar cerca de la muerte, pero no quise echarle todo el peso encima.

—¡Eso fue culpa de Regan! —sollocé.

—¡Es que no tenía que haberte dejado salir del edificio cuando publicaste los vídeos! —soltó Aegan por encima de los demás sonidos—. ¡Tenía que haberte sacado de forma segura y seguir el plan que tenían pensado, pero me quedé en estado de shock porque por fin todo estaba sucediendo!

El jet se estremeció como si alguien le hubiese dado un golpe. De nuevo el estómago se me volteó. La piel se me erizó. El pánico hizo que sintiera el corazón en la garganta. Al mismo tiempo, las palabras de Aegan habían entrado por mis oídos y causado una gran confusión.

No supe si concentrarme en morir o en esto que estaba oyendo de él.

—¡¿Qué estás diciendo?! —chillé entre el desconcierto, el susto y el llanto.

Una larga sacudida, como los balazos de una ametralladora, casi nos sacó volando de los asientos.

El horror distorsionó la cara de Aegan.

—¡Yo ya sabía que eras Ivy y, en vez de decírtelo, decidí portarme como un hijo de puta! —gritó, espantado, con el pecho subiéndole y bajándole.

El suelo pareció inclinarse. Alcé los pies como si hubiera mil ratas en él. Solté gritos. ¡¡¡Sabía que el piloto decía cosas, pero seguía sin entenderle!!!

Miré a Aegan con terror.

Lo único que salió de mi boca fue:

—¡¿Qué dices?!

Lo gritó todo como si fuera su única y última oportunidad de borrar todos sus pecados para que la muerte fuera menos horrible:

—¡Siempre supe qué querías hacer! ¡Siempre supe que me hundirías y eso era lo que yo quería porque aproveché tu plan para que el mío funcionara: hundir a Adrien! ¡Después de lo de los vídeos planeé ponerte a salvo, pero entonces sucedió lo del accidente y creí que ibas a morir, y pensé que, si eso ocurría, sería culpa mía!

Mi cuerpo se zarandeaba descontrolado. Todavía seguía llorando sin poder parar, pero el impacto me había congelado la expresión. Quedé entre perpleja, horrorizada y a punto de tener un paro cardíaco.

Aegan siguió hablando mientras todo se estremecía a nuestro alrededor.

—¡Todas las veces que hice cosas para humillarte fue con la intención de que te marcharas y te alejaras de nosotros! ¡Pensé que sería fácil, que eras débil, pero tú seguiste allí hasta que llegó un momento en el que ya no supe de qué forma lograr que dejaras de ser un peligro! Entonces ¡decidí que usaría tu objetivo para cumplir el mío y estuve haciendo cosas para que me odiaras más y más, e hicieras justo lo que creías que debías hacer contra mí!

Shock total.

Shock.

Total.

Aunque un estremecimiento súbito y mucho más fuerte no me dejó procesarlo. Fue como si el mismísimo *Yisus* sacara una mano de entre los cielos para agarrar el avión y jugar con él un rato.

Acepté la muerte al instante. Clavé las uñas en los reposabrazos del asiento. Inhalé tanto aire que se me hincharon los pulmones y me dolieron las costillas. Luego lo solté todo en un grito de pánico.

Ese era mi final. Intenté imaginar un funeral y me aterró mucho más darme cuenta de que no lo tendría porque tal vez caeríamos en el mar y nadie nos encontraría jamás. Nadie sabría qué había pasado con nosotros. Nos dolerían los golpes, sufriríamos intentando escapar y no lo lograríamos. Nos ahogaríamos por haber sido tan crueles.

Aegan gritó.

Yo grité.

El mundo entero se sacudió con una fuerza titánica.

Las cosas volaron por los aires.

El suelo se convulsionó.

Y de pronto, como si los encargados de juzgar a los humanos cambiaran de idea, todo terminó.

Una pequeña sacudida marcó el final y el avión se alzó en un vuelo estabilizado. El suelo volvió a ser firme. Los motores reanudaron su funcionamiento normal.

Así, sin más.

Así, después de tanto horror.

Así, para burlarse de lo que acabábamos de soltar.

Ambos nos quedamos inmóviles, como si fuéramos de hielo, aunque nuestros pechos todavía se movían agitados. Nos miramos el uno al otro, fijamente, aterrados, perplejos y aturdidos por esa experiencia cercana a la muerte, y sobre todo por cómo habíamos reaccionado.

Se extendió un silencio. El ligero zumbido del jet en pleno cielo fue lo único que se escuchó durante los momentos que procesamos el súbito cambio de realidad. Todo estaba tranquilo. Todo estaba normal.

El piloto asomó la cabeza con una sonrisa de oreja a oreja.

—¡Ya estamos estabilizados y casi hemos llegado! —exclamó con alivio y ánimos—. ¿Están bien ustedes?

Pues tal vez había que cambiarnos la ropa interior, bajarnos las pelotas y los ovarios de la garganta, buscar un alma nueva y tratar de mover los músculos de la cara, pero bieeen.

El piloto volvió a su lugar. Aegan y yo nos miramos con horror unos segundos más. Mi cabeza lo procesó todo de golpe:

Lo que había sucedido.

Lo que él había dicho.

Lo que eso significaba.

A toda velocidad y con los dedos todavía temblorosos, me desabroché el cinturón. Y luego salí disparada en dirección al baño. Abrí la puerta de golpe y me incliné sobre el retrete.

Vomité.

Vomité un montón de cosas revueltas. Tuve la impresión de que se me iban a salir los ojos y los órganos, pero lo solté todo hasta que solo quedaron arcadas. Sentí que se me desconectó todo lo que permitía tener estabilidad y coordinación. Tuve que aferrarme a las paredes del estúpido baño para no caerme.

Empecé a tomar bastante aire en un intento de calmarme.

¿Por qué Aegan me ha dado algo tan importante como las grabaciones que había guardado? ¿Por qué Aegan Cash me había dado algo que podía destruirlo todo de una forma tan fácil? Pues esa era la respuesta: porque saldría beneficiado de alguna forma.

Había sido usada por él. Traté de entender cómo me sentía al respecto. ¿Furia? No. ¿Tristeza? No. ¿Rabia? No. ¿Impacto? Pues sí. ¿Un poco de confusión e intriga? Mucha. Demasiada. En exceso. Necesitaba hacer preguntas. Necesitaba aclararme más.

En lo que me recuperé un poco, volví. Llegué hasta mi asiento mientras me apoyaba en cada cosa que aparecía. Aegan seguía en su lugar, ahora con la cabeza girada en dirección a la ventanilla, el codo sobre el reposabrazos y el índice y el pulgar en su barbilla, serio, un tanto tenso, tal vez arrepentido y reprochándose todo lo que me había dicho.

Un ambiente raro se creó entre nosotros.

—¿Aleixandre te lo dijo o simplemente lo descubriste? —pregunté.

Él negó apenas con la cabeza y apretó los labios como si no quisiera hablar. Y de hecho no dijo nada.

Pero ahora sí que tenía que hablar.

—Aegan, ¿qué más vas a seguir escondiendo? —le reproché—. ¿Esto de las mentiras es patológico o qué?

Bueno, no podía serlo, porque había sufrido un instante de arrepentimiento mientras todo sucedía, y por eso lo había confesado.

Pero... ¿Aegan arrepentido? Si era real, podía valer una fortuna.

—No era cierto nada de lo que dije —intentó desviar.

—Creo que fue lo más cierto que has dicho en toda tu vida —le contradije.

Trató de intervenir como si estuviera equivocada en lo que decía:

—Jude...

—¡Ya habla! —solté entrando en el mal humor.

—¡Es que todo ha terminado ya! —exclamó también como un adolescente que no quería hablar del polvo blanco que tenía escondido en su habitación.

Me irritó un poco su estupidez.

—Si he terminado así por tu culpa —pronuncié con un detenimiento enojado—, lo menos que me debes es la verdad.

Aegan tensó la barbilla, negándose a mirarme. Él la había cagado y lo sabía, pero no entendía lo que estaba haciendo. Tuve la ligera sospecha de que no quería decirme la verdad porque nunca planeó hacerlo, y para ser sincera eso me sorprendía y desconcertaba mucho. ¿Aegan quiso mantenerlo oculto hasta el final, sin alardear de ello? ¿Sin jactarse de sus grandes logros? ¿O es que eso no era un gran logro?

Presioné con la mirada hasta que ya no le quedó de otra.

—Solo hice lo necesario para que, al final, todo sucediera como tú querías —contestó, con los ojos casi transparentes fijos en el vacío—. Decidí ocultarlo porque... —dudó un instante, pero lo admitió en un suspiro—: tú podías ayudarme a acabar con Adrien.

—Decidiste que yo podía hacer lo que tú no querías hacer —le corregí.

—Exacto —aceptó casi en un susurro.

Me pregunté si quería ahogarlo, pero no. Me pregunté si quería lanzarlo del avión, pero no. Estaba... suspendida entre el impacto, todavía el miedo, y el no entender cómo no me había dado cuenta.

—¿Desde cuándo este fue tu plan? —quise saber.

Aegan suspiró como pensando: «¿Para qué habré dicho nada?».

—No desde el principio —empezó a explicar—. Cuando llegaste, me pareciste peligrosa y te escogí para ser mi novia porque necesitaba vigilarte. Fui cruel porque quería que tú misma te alejaras, pero cada cosa la soportabas y seguías ahí. Eso me despertó la fuerte sospecha de que querías hacer algo contra mí, pero no estaba del todo seguro. Descubrí lo de Ivy unas semanas después y de tanto pensarlo entendí que, aunque tu objetivo iba a arruinarme por un lado, iba a ayudarme por el otro. Fui yo quien te estuvo enviando los mensajes anónimos. Quería que descubrieras esas cosas. Quería que avanzaras en tu plan.

Y era el anónimo...

Me quedé contemplándolo un instante mientras lo procesaba. Él bajó la mirada como intentando ordenar sus pensamientos.

¿Qué podía decir ante esto que me acababa de contar Aegan? ¿«Me usaste»? Admito que a lo mejor una parte de mí quiso gritarle, enfadarse, estallar, pero... ¿ya para qué? ¿Tendría sentido llenarme de rencor por eso? ¿Tendría sentido insultarlo o enojarme hasta que se me salieran las hemorroides?

—No tenía que decírtelo —agregó él ante mi silencio, al parecer enojado consigo mismo—. No iba a hacerlo. Fueran cuales fueran las consecuencias de todo esto, no iba a dejar que te pasara nada malo. Tenía planeado dónde esconderte, cómo sacarte de Tagus, qué decirte...

No podía creer que ese ser fuera tan inteligente y tan idiota al mismo tiempo. De hecho, admití que superaba a Regan por mucho. ¿Cómo la naturaleza había puesto un cerebro así precisamente en él? Era insólito, pero real.

Intenté sentirme furiosa, pero de nuevo no pude. De hecho, puse cara de ligera confusión. Hubo algo que de repente no me encajó.

—Pero ¿cómo supiste que iba a terminar así de «bien»? —saqué al tema—. ¿Cómo estuviste seguro de que no publicaría la parte de la paliza?

En ese momento, me miró. Detecté algo en sus ojos, como una puerta abierta, algo de franqueza y de miedo al mismo tiempo. Fue tan nuevo, tan inesperado, que me sentí indefensa y aturdida. ¿En dónde estaba su aire altivo y superior? ¿Por qué no se estaba burlando? ¡¿De verdad estaba siendo sincero?!

Aegan alzó los hombros como si no hubiera mucho detrás de mi pregunta y fuera algo obvio.

—Es que nunca lo estuve —contestó simplemente—. Me lancé sin más. Sabía que revelar lo de Adrien también implicaba revelar lo que habíamos hecho, y ya tenía ciertos planes para intentar salir de eso. Que no lo hicieras fue la parte que nunca planeé.

Pues sí, la sinceridad en su voz fue indiscutible, a pesar de que todo por lo que habíamos pasado me hizo buscar alguna nota de falsedad o algún gesto que delatara una mentira. Pero esa voz... Ese tono era nuevo, distinto y sorprendente. Parecía no dejar espacio para otro truco. Parecía estar limpio.

De repente me di cuenta de algo.

Lo observé con extrañeza.

—Guardaste la foto y me la diste porque querías hacer las paces —solté. Quise que fuera una pregunta, pero salió más bien como una afirmación. De nuevo no estuve equivocada. Su silencio, y que volviera a girar la cara como si ya no pudiera mirarme a los ojos, me lo confirmó.

—Nunca fui tu enemigo realmente, porque nunca estuviste en peligro conmigo. Publicaras o no el vídeo de la paliza, yo no pretendía hacerte daño como lo hizo Regan, porque tu venganza era algo que me merecía. Solo pensé que como tu plan ha terminado, ya no había nada por lo que discutir.

Me quedé sin palabras.

Sí, sabía que él esperaba un montón de gritos e insultos, pero no supe qué decir. Para ser sincera, tampoco quise decir nada, a pesar de que tal vez era necesario hacerlo en ese momento. Ni siquiera tenía claro cómo rayos me sentía tras escuchar estas revelaciones.

Tomé aire y apelé al silencio durante lo que restaba de viaje.

A lo mejor tuvimos que habernos muerto, porque ahora tampoco quise mirarlo a la cara.

¿Quién era Aegan en realidad?

Porque ya era obvio que ese que me mostró desde el principio no era el verdadero.

26

Oh, Aegan Cash...

Cuando el jet aterrizó, estaba lloviendo mucho. Era un aguacero de esos que caían con agresividad y producían frío. También estaba entrando la noche, por lo que el piloto dijo que no era recomendable volver inmediatamente, que lo mejor sería esperar hasta el día siguiente. Tuvimos que bajar del jet con unos impermeables puestos. Lo primero que pisé fue tierra mojada. Aegan dijo que nosotros iríamos a la casa y el piloto pasaría la noche en un hotel del pueblo. Avanzamos entonces, solos. El cielo era un manchón gris y negro. En ese sitio el aire olía diferente. No olía a Tagus, ni a la misma vida de siempre. Olía a libertad absoluta, a árboles, a tierra, a lluvia y a la ligera esencia de un mar cercano.

Nuestros zapatos chapotearon y se mancharon de barro hasta que una estructura rodeada por muros se empezó a ver a cierta distancia. Alrededor de ella no había ninguna otra casa o sitio en donde pudiera haber otra persona. Owen no había exagerado al decir «bastante aislado».

Con voz algo distante, Aegan me explicó que yo viviría allí, que el pueblo quedaba a tan solo diez minutos y que no me faltaría nada porque habían hecho un arreglo de pagos anticipados con una tienda para que me surtiera de alimentos. Dejó claro que no podía decirle mi nombre real a nadie, ni tampoco el de Jude Derry. Dijo que podía usar cualquier otro nombre y que podía interactuar con la gente, pero que debía tener cuidado. Ya estaba acostumbrada a eso, *no problema*.

Le pregunté cómo sabría cuándo podría regresar. Dijo que, aunque no había wifi en la casa, él conseguiría la forma de comunicarse conmigo en el momento apropiado. A lo mejor por algún teléfono en el pueblo, a lo mejor por algún mensaje a través de un niño. Como fuera, podía tardar, pero se pondría en contacto conmigo.

Y yo le creí. Finalmente, después de intentar destruirlo, después de odiarlo a muerte, le creía.

—Las medicinas necesarias están en la casa —agregó mientras avanzábamos por el caminillo—. Lo enviamos todo hace dos días. Y hay un médico en el pueblo, por si acaso.

El jet ya se había quedado atrás. Me castañeteaban los dientes. La lluvia caía sobre nuestros impermeables.

—No hay caníbales por aquí, ¿o sí? —me resultó inevitable preguntarlo porque todo era monte y culebras...

Aegan ni siquiera respondió de inmediato.

—Seguro que Dios te cuidará —se limitó a decir.

Avanzamos hasta que llegamos a la entrada de la casa. Era un enrejado rodeado por unos muros semialtos de piedras. Aegan sacó unas llaves y abrió. Mientras corríamos hacia la otra puerta, vi que la fachada tenía un aire rústico, pero acogedor. Era como... una casa de campo para ricos.

Entramos. El sitio era más o menos grande. El suelo era de madera y la vivienda estaba bien equipada: sofás, mesas, lámparas e incluso un televisor y un ordenador sobre un escritorio que no supe para qué estaba si no había internet, pero no protesté. Parecía un buen lugar para pasar unas vacaciones eternas.

Nos quitamos los impermeables en la sala y los dejamos en el suelo, empapados. Por un instante me pareció que Aegan iba a decirme algo, pero para ser sincera, aún necesitaba procesarlo todo. Era como si todavía yo tuviera que reaccionar a su confesión, pero aún no estuviera segura de cómo hacerlo, así que me fui a recorrer la casa.

Revisé el lugar: dos habitaciones, dos baños, armario, cuarto de lavado, patio trasero amplio con un jardín precioso, pero que justo en ese momento estaba siendo atacado por la lluvia. La cocina tenía una mesa y varias sillas en donde solo yo iba a sentarme...

Me dirigí de nuevo a una de las habitaciones y me encerré en ella. La ventana dejaba ver la lluvia que repiqueteaba sobre cada superficie. Me senté en la cama.

¿Qué sentía? ¿Qué pensaba? ¿Lo odiaba? ¿Tenía que ir y gritarle? ¿Tenía que exigirle más respuestas? ¿Qué? ¡¿Qué?!

Intenté sentirme furiosa. De verdad quería entrar en ese nivel de rabia propio de mí en el que era capaz de ir y soltarle todas las verdades de forma ingeniosa, pero mi voz mental solo decía: «Sí, te utilizó, pero tal vez el propósito fue lógico. Regan y Adrien eran los principales peligros, no ellos tres, como tú habías creído. Ahora todo ha terminado. Debes ser realista, si Aegan no hubiese querido entregarte las pruebas, no habrías conseguido nada más. Él fue inteligente, y justo ahora es la última persona de todo ese mundo que verás en quién sabe cuánto tiempo. A partir de mañana estarás sola, ¿de verdad quieres empezar una nueva guerra? ¿En serio quieres seguir guardando rencor? ¿Puedes?».

El caso era que no quería. Y también que no tenía la fuerza suficiente. Además, todos habíamos mentido, ninguno tenía la altura moral para juzgar al otro.

Yo no quería seguir siendo una justiciera. No quería ser una vengadora. No quería ser la chica que hacía valer derechos o defendía al resto. Por primera vez solo quería ser una chica que tomara decisiones sencillas y sin conflictos mentales.

Y no iba a lograrlo si volvía a llenarme de rabia y de odio.

Pasé un largo rato pensando. Fue un rato tan pero tan largo que casi me quedé dormida. Escuché la lluvia, me repetí las palabras de Aegan e incluso las de Adrik. Miré de nuevo la fotografía que tenía en mi bolsillo. Rogué para que Artie y Lander se salvaran, y al final, mucho pero mucho rato después, tomé mi decisión.

Salí de la habitación. Habían pasado horas. No se oía más que la lluvia, que todavía caía con intensidad. Hacía un poco de frío, pero la sudadera me abrigaba lo suficiente. Llegué hasta la sala, donde descubrí a Aegan sentado junto a la ventana, mirando afuera. A su lado, en una de las mesas, había una botella de ron que al parecer había empezado a beberse desde que llegamos. Sostenía un vaso con un poco de líquido. Parecía pensativo y ausente, y todavía iba vestido con el uniforme de paramédico.

Tomé aire antes de hablar:

—Creo que tenías que habérmelo dicho apenas lo supiste. Si lo hubieses hecho, probablemente yo te habría ayudado. Soy impulsiva y tenía mucha rabia, pero si me hubieras explicado la verdad de la muerte de Henrik y eso de que Regan, Adrien y Melanie...

El muy estúpido me interrumpió el discurso que llevaba preparando desde hacía un rato.

—No me habrías creído nada. —Su voz fue seca y tenía una ligera nota de amargura y molestia, pero en el fondo detecté la leve descoordinación que producían varios vasos de alcohol—. Si te lo hubiera dicho todo de un solo golpe, habrías pensado que quería engañarte o desviarte de tu objetivo, porque la verdad es que no confiabas en mí, me odiabas, y no sabías quiénes éramos en realidad.

—Sí, pero...

Volvió a interrumpirme, todavía sin mirarme.

—Tenía que ser así, Jude. Tenías que ir descubriendo cada cosa poco a poco. Tenías que ir conociéndonos a cada uno, tenías que darte cuenta de lo que éramos capaces de hacer. Tenías que saber sobre Melanie a su tiempo. No había otra manera.

Bueno, tenía razón. Yo había llegado a Tagus cegada por la necesidad de venganza y por lo que había creído durante años sobre la muerte de Henrik. Ya no podía seguir culpando solo a Aegan de lo sucedido.

—Tal vez los vídeos lo habrían cambiado todo —argumenté en un intento de demostrarle otro punto—. Al principio yo pensaba que ustedes eran malos en un nivel parecido al de Hitler, pero con el tiempo me he dado cuenta de que solo son malos en un nivel parecido al Grinch, o sea que tienen un corazón que puede hacerse más grande o más pequeño dependiendo de la situación.

Aegan emitió una risa irónica. Giró la cabeza para mirarme. La luz de las bombillas realzó el reflejo del alcohol en sus ojos. Noté entonces que había bebido bastante.

—Aleixandre te dijo que cumplieras tu plan y lo hiciste —me recordó con un aire de absurdez—. Confiaste en él porque habrías confiado en cualquiera, hasta en una mosca, antes que en mí. E incluso después de enterarte de que no solo yo había participado en la muerte de tu hermano, querías destruirme solo a mí. —Negó con la cabeza y resopló con molestia—. Yo era la persona menos indicada para mostrarte esos vídeos.

Lo miré como si no lo entendiera ni un poco, como si una cosa y la otra de repente ya no tuvieran sentido.

—Entonces ¿por qué no me hiciste cambiar de opinión? —repliqué de golpe—. ¿Por qué no me demostraste que eras diferente a lo que pensaba?

Aegan hizo una expresión que indicó que las razones eran obvias. Se rio de mi incapacidad para comprenderlo todo al instante.

—Es que eso era lo que te motivaba, ¿no? —señaló, como si fuera simple y fascinante al mismo tiempo—. Odiarme, imaginar verme acabado, eran las cosas que te hacían soportarme y seguir adelante con tu misión. Y al final yo necesité que siguieras adelante, no que fuéramos amigos.

Eso sí era lógico si analizaba sus objetivos, pero, el accidente, los vídeos y muchas otras cosas habían empezado a cambiar mis perspectivas. No había llegado a la sala para discutir, sino para aceptar mis fallos y aceptar el punto en el que nos encontrábamos.

Tarde para recapacitar, sí, pero esta en parte es la historia de todos los errores que cometí y de cómo la cagué muchas veces. ¿*Spoiler?* Al final dejo de ser así de estúpida.

Intenté explicárselo.

—Siempre concentré todo mi odio en ti porque yo pensé que...

—Porque tú pensaste —enfatizó él junto a un asentimiento— y solo eso: pensaste, supusiste, hiciste teorías. —Sus palabras tenían algo de amargura, de diversión, de ironía—. Pero tú nunca preguntaste, no intentaste averiguar, jamás hiciste lo más lógico, que habría sido dar la cara y decir que eras la hermana de Henrik.

La respuesta a eso siempre estuvo clara para mí.

—Pensé que si te lo decía tratarías de hacerme daño —le aclaré con obviedad—, que tratarías de matarme solo por saber que él no había muerto como hicieron creer a todo el mundo.

Aegan emitió una risa parecida a un resoplido. Se levantó del alféizar de la ventana, bebió el último trago de su vaso y frunció los labios para saborear el resto. Lo vi coger de nuevo la botella de ron para servirse otro vaso. Quedó una sonrisa amplia y extraña en su cara que no era de alegría ni de felicidad.

—¿Quieres saber qué habría hecho yo, el villano que tú creaste en tu cabeza? —me preguntó mientras echaba el líquido en el vaso sin moderarse.

Esperó mi respuesta. Lo cierto es que sí quería saberlo, sí sentía curiosidad.

—A ver —le animé.

Llenó hasta por encima de la mitad y dejó la botella en su lugar. Sostuvo el vaso y pensó un momento. Sus ojos tenían el brillo juguetón y liberador del alcohol, pero también esa malicia propia de las facciones de su cara. Era algo de lo que, aunque quisiera, no se podría desprender nunca.

—Lo habría aceptado como acepté que ibas a publicar la parte de la paliza —reveló finalmente con sencillez—. No te habría tocado ni un pelo, no habría intentado matarte, no te habría hecho nada de lo que siempre trataron de hacerme a mí por saber cosas que no debía saber o por ser un puto bastardo.

Se me quedó mirando con un aire de «¿Lo ves? Nada de lo que esperabas».

Sentí la necesidad de explicarme.

—Yo tampoco era tan mala como parecía —repliqué en defensa—. Solo me defendí y respondí a tus ataques. Teníamos una idea equivocada el uno del otro porque no nos conocíamos. Lo normal era desconfiar. ¿No crees que si hubiésemos hablado al principio como lo estamos haciendo ahora las cosas habrían sido diferentes?

Aegan se encogió de hombros y puso una falsa cara de que no tenía ni idea.

—Pero tú no llegaste hasta mí para hablar, ¿cierto? —se limitó a decir—. Así que no lo sabremos ya nunca.

Exhalé con fuerza. Era cierto, ya no lo sabríamos. Solo sabíamos que así estaba sucediendo todo, y que, si uno de nosotros quería dar un mal paso, podíamos entrar de nuevo en un conflicto.

—A veces no te entiendo, Aegan... —le confesé, algo nerviosa.

—Te diré lo que necesitas entender —apuntó.

Y empezó a dar pasos por la sala mientras soltaba aquello con la energía y la suficiencia que solo él podía ponerles a las palabras:

—Sí, yo enloquecí y golpeé a Henrik sin control. Sí, yo oculté los vídeos. Sí, yo hice mil mierdas malas y crueles y detestables. Sí, yo soy la porquería que quisiste mostrarle a todo Tagus. Soy todo lo que se te antoje, pero no me arrepiento de haber aprovechado la oportunidad de hundir a Adrien y a Regan, porque ellos nos habrían matado a todos sin dudarlo.

Se detuvo frente a mí, entornó un poco los ojos y elevó la comisura derecha de sus labios como si estuviera orgulloso, molesto y seguro de sí mismo, todo al mismo tiempo y en el mismo nivel.

—Tienes que entender que yo hice todo lo que debía hacer para que tu plan finalmente funcionara y que estuviéramos a salvo —me dejó claro en un tono más pausado y tranquilo—, y no me importa si me odias toda la vida por eso, porque yo no te voy a odiar a ti.

Se hizo un pequeño silencio entre nosotros.

Me asombró un poco que dijera que no iba a odiarme, pero al mismo tiempo me alivió porque era cansino tener que estar a la defensiva todo el tiempo y buscar cómo superar sus pasos.

—Yo tampoco te voy a odiar, Aegan —le dije en buen plan—. Te entiendo, y acepto tus razones.

Sus ojos se entornaron con una chispeante y felina diversión.

—¿Estás segura? —preguntó con suspicacia—. ¿No quieres, no sé, buscar un cuchillo y cortarme la lengua?

Negué con la cabeza.

—Todo ha terminado ya —acepté, resignada—. Lo que hiciste... se lo hiciste a las personas correctas, y era algo que yo también quería. Supongo que al final todo salió como debía salir, incluso de la forma en la que sucedió.

Pues sí, eso había salido de mi boca, señores. Pues sí, no me sentía arrepentida. Pues sí, no me sentía tan mal. Aunque... mi parte peleona todavía quería desafiar un poco a Aegan y darle una bofetada por usarme como una ficha de Monopoly, pero traté de controlarla. Nada de violencia. Había que bajar el nivel de furia al mínimo.

Él se mostró satisfecho.

—Me parece bien que no nos odiemos, porque, ¿sabes qué?, admito que tú me pateaste el culo muchas veces dentro de mi propio juego, y eso es admirable.

Fruncí el ceño, desconcertada.

—¿Admirable? —repetí como si no pudiera creerlo—. ¿Te parece admirable?

Asintió. Una repentina y brillante emoción surcó su rostro mientras se aproximaba.

—La manera en la que lo soportaste todo, cómo peleaste, cómo me dijiste todo a la cara sin miedo ni dudas —enumeró con una fascinación nunca antes vista en él—. ¡Fue épico cuando me golpeaste fuera del auditorio!

De verdad no me podía creer el entusiasmo con el que lo dijo. Fue extraño y gracioso al mismo tiempo. A mí esas cosas me habían parecido geniales, pero ¿que le parecieran geniales a él...?

—¿Estás hablando en serio? —no pude evitar preguntar.

Él volvió a asentir como si no hubiera ninguna otra verdad que admitir más que esa. Lo siguiente lo dijo en un tono un tanto adornado como si fueran tiempos antiguos y así se hicieran las cosas:

—Te ganaste mi respeto, Jude Derry, así que yo, Aegan Cash, en este momento, de forma oficial, me quito el sombrero ante ti.

Entonces hizo como si se quitara un sombrero invisible con elegante caballerosidad y luego se inclinó hacia delante en una reverencia refinada y fluida. La sonrisa encantadora, diabólica y exitosa le dio el toque perfecto.

—Gracias —acepté emitiendo una risa extraña.

Él se enderezó y dio un par de pasos hacia delante. Me apuntó al pecho con el dedo índice de la misma mano con la que sostenía el vaso de ron. Me retó con esos ojos demoníacos y chispeantes por el alcohol.

—Esa es la verdad —me susurró con un detenimiento confidencial—. Ahora tú dime una sola verdad, Jude. Dime una verdad entre todas las mentiras que también dijiste.

Una verdad...

Pues tal vez no me enojaba saber todo esto. Tal vez no me enojaba su actitud. Tal vez ni siquiera me sentía incómoda, pero la situación de repente me hizo preguntarme qué habría pasado de haberme rendido por sus humillaciones. Ese odio hacia los Cash que había empezado a desarrollar desde antes de la muerte de Henrik seguramente habría quedado en mí para siempre, y jamás habría logrado vivir en paz.

Bueno, a lo mejor había fallado muchas veces, pero llegar a ese final, justo a ese momento, con Aegan frente a mí, y darme cuenta de que no sentía ganas de arrancarle la cabeza o de verlo sufriendo era liberador.

También me di cuenta de que no sabía quién era este Aegan que decía que no iba a odiarme. No sabía quién era este Aegan que había confesado por miedo a morir. No sabía nada del Aegan real, el que sin duda alguna Artie había descubierto, pero estaba dispuesta a darle la mano si me la ofrecía, justo como dos líderes de dos bandos opuestos que ya estaban exhaustos de tanta pelea.

—Creo que eres muy inteligente y que naciste con un ingenio envidiable —dije con total sinceridad—. Creo que eres astuto, que tu mente es brillante, que tienes una increíble habilidad para hacer creer que vas perdiendo y salir ganando al final. —Vacilé un momento con cierta diversión, pero luego añadí—: Y pienso que eres un grandioso jugador de póquer.

Aegan me contempló un instante. A lo mejor buscó indicios de maldad o de burla, pero al no encontrarlos asintió muy lentamente y luego asintió con seguridad. Se hinchó un poco, orgulloso.

—Sí, ¿verdad? —preguntó con cierta picardía.

No tenía caso joderle la vida en ese instante.

—Sí.

Alzó la barbilla y amplió la sonrisa al máximo hasta que se le marcaron los hoyuelos. Tenía una ancha y asombrosa sonrisa de ganador.

—Y también soy muy guapo —agregó, más como invitándome a aceptarlo.

Suspiré y giré los ojos como si no tuviera remedio.

—Sí, eres muy guapo —le concedí.

Asintió, feliz. Después se alejó unos pasos como si quisiera conocer la sala y se tomó un trago. En cierto punto volvió a señalarme, juguetón.

—Tú también eres guapa —me dijo guiñándome un ojo.

Lo miré con extrañeza y cara rara.

—¿En serio?

Arrugó la nariz.

—No, era por cortesía, porque aceptaste que yo sí lo soy, así que... —admitió como un niño travieso, y se detuvo junto a la mesa donde estaba la botella—. ¿Quieres un trago para calentarte?

Bueno, ese sí era el Aegan que yo conocía. Y no tenía sentido intentar luchar contra él. Ya hasta me había acostumbrado. No necesitaba que me dijera que era bonita, al menos él siempre había tenido cierto porcentaje de sinceridad sin adornos ni palabras exageradas, y eso era suficiente.

Acepté el trago. Me lo sirvió en un vaso. Cuando pasó por mi garganta me dio una chispa de valor y de calor.

Nos sentamos en el alféizar como si no quedara otra que pasar el rato al estilo amigos. Sorprendentemente, el aire de rivalidad disminuyó mientras mirábamos la lluvia caer en el patio.

—Aegan —rompí el silencio de forma inesperada—. ¿Qué pensabas hacer si yo publicaba el vídeo de la paliza?

Se tomó un momento para responder.

—Como me enteré de tu plan muy tarde, tuve que pensar rápido. Guardé un montón de dinero en una cuenta bancaria extranjera a nombre de alguien más y ya tenía en mente algunos abogados para la defensa. —Hizo otro silencio y luego añadió—: Qué bueno que no lo hiciste, me ahorraste mucho estrés.

Lo dijo como broma.

—Admite que te caigo bien —le incité.

Él alzó los hombros y curvó la boca hacia abajo. Movió un poco la cabeza, jugando con la respuesta.

—La gente malvada me cae bien —dijo con cierta vacilación. Luego me miró de reojo—. Puede que hasta te haya cogido cariño, como a esos perritos que recoges y cuidas.

—Ah, el hombretón se pone sentimental —canturreé.

Aegan emitió una risa tranquila. No pude creer que estuviéramos hablando de esa forma, sin querer patearnos la cara a los dos segundos.

—Pero ¿cómo descubriste que yo era Ivy?

—Tu madre —respondió antes de beber un trago.

—¿Qué? —Lo miré, perpleja.

Él asintió, se relamió los restos del ron de los labios y me observó con los ojos embriagados e incrédulos.

—La visité —explicó—. Le dije que era tu amigo y que iba a entregarle algo que tú le habías enviado. —Soltó una risa juguetona—. Ella dijo: «¿Un amigo de Ivy?».

Me paralicé por completo. Ni siquiera sé cómo describir lo que sentí en ese momento, pero fue algo superior al asombro.

—¿Mi madre habló? —pregunté en un hilo de voz atónito.

—Sí.

—¿Te habló a ti?

Aegan alzó los hombros.

—Tal vez le agradé. No lo sé, le conté varias cosas durante un buen rato hasta que de repente dijo eso.

Oh Dios... Aegan había estado en mi casa, había hablado con mi madre, ella había reaccionado ante él, y más impactante todavía: él había guardado esa información sin alardear ni jactarse o burlarse.

¡¿Por qué estaba sacando todo esto justo ahora?! Cuando no sabía cómo demonios reaccionar...

—¿Recuerdas cuando en la fiesta de beneficencia dije lo de las donaciones para el hospital? —mencionó él ante mi silencio—. Era verdad. Ella se ha estado haciendo un nuevo tratamiento, y va muy bien.

Me quedé impactada a la enésima potencia por la naturalidad con la que me contaba eso.

—¿Cómo lo sabes? —le pregunté, asombradísima.

Aegan pestañeó con incredulidad.

—Hablo con Tina.

¡¿Qué...?!

—¿Hablas con Tina? —volví a preguntar, paralizada y estupefacta—. Pero ¿ella sabe quién eres?

—No, nunca le dije mi nombre real. Y sé que por no saber quién soy me dio su número. De saberlo, no habría logrado ni siquiera entrar en tu casa.

Me llevé lentamente el vaso a los labios y bebí un sorbito, sorprendida. Ni siquiera me lo pude imaginar en la pequeña y sencilla salita de mi antigua casa comportándose como el chico perfecto con esa sonrisa escandalosa y esa ropa cara y bien planchada.

Lo miré como si fuera un bicho raro, como si jamás lo hubiese visto en toda mi vida. Ahora estaba mirándose los dedos de las manos como si se le hubiesen transformado en partes de un *alien*. Parecía un chico borracho y estúpido.

—No puedo creerlo —pronuncié, boquiabierta—. Eres muy raro a veces, Aegan. Pareces malo y...

—Soy malo —completó sin dudarlo, y pasó a hacer un gesto pensativo y de reflexión profunda—. Y tampoco es que me esmere en ser lo contrario.

De verdad que no pude dejar de mirarlo. Me sentía hipermegaimpactada por cada cosa que descubría del Aegan que nunca había tenido intenciones de conocer. Para ser sincera, esperaba enterarme de cosas peores a las que ya sabía, pero estas cosas no eran tan malas...

—Pero ¿eres malo como me mostraste siempre, o exageraste para que yo te odiara y me alejara? —no pude evitar preguntar.

Aegan entornó los ojos y frunció el ceño, confundido. Pensó un momento, pero al parecer sus propios pensamientos le liaron. Me observó, desconcertado. Entreabrió la boca para contestar...

Y entonces se cayó del alféizar. Sucedió en un microsegundo, como si la gente que controlaba su coordinación decidiese apagar el funcionamiento. Por instinto me incliné hacia él para evitar que se hiciera daño, pero todo se descontroló: él se tambaleó, yo le agarré del brazo, se le derramó todo el líquido del vaso, se le escapó de las manos el mismo vaso —que se quebró en pedacitos— y al final ambos quedamos de rodillas en el suelo mientras lo sostenía por debajo de los brazos y él apoyaba uno alrededor de mi cuello.

El momento fue gracioso, y muy pero muy torpe.

—Creo que ya deberías irte a dormir —le aconsejé, reprimiendo las risas—. Has bebido demasiado.

Aegan resopló con exageración y torpeza. Su cabeza se balanceó mientras él giraba los ojos con fastidio.

—No estoy borracho —se defendió con voz de borracho—. No sigas diciendo mentiras.

Pero sí lo estaba porque eso me acababa de hablar como si creyera que yo estaba en el otro lado de la sala, así que no le di más largas al asunto.

—Ni siquiera ves bien, no sería raro que ni sepas quién soy. —Intenté impulsarlo hacia arriba para ponerlo de pie y acompañarlo hasta una de las habitaciones—. Ven, levántate...

Pero Aegan giró un poco la cabeza y me miró a los ojos en ese momento, lo cual me hizo cerrar la boca de golpe. Nuestros rostros quedaron frente a frente, a pocos centímetros el uno del otro. Pude oler el alcohol en su respiración, pero no lo vi del todo ido, sino más bien perfectamente consciente del tiempo y el espacio en el que nos encontrábamos.

—Eres Jude —me dijo con toda seguridad—. Bueno, te llamas Ivy, pero sé que eres Jude. Tienes los ojos de un marrón claro, pero cuando te enojas se ven oscuros. Tu cabello en realidad es castaño, no negro, ni rojo. Siempre caminas deprisa y frunces las cejas cuando piensas. Hablas muy rápido cuando te sientes vulnerable o incapaz de controlar la situación, comes como si no tuvieras fondo, y... —Alzó una mano y con el dedo índice señaló un punto específico de uno de mis pechos— tienes un lunar pequeño justo ahí.

Me quedé paralizada y lo contemplé con total perplejidad, es decir, con la perplejidad al máximo: boca entreabierta, cejas hundidas, ojos muy abiertos...

¿Había oído bien o tenía un montón de cera en los oídos porque no me había acordado de limpiármelos? Sí, todo eso acababa de salir de su boca.

Sí, había bebido mucho, pero lo cierto era que eso había sonado a consciente y real, tanto que por un instante no supe qué rayos hacer, decir o pensar.

Él esbozó una sonrisa torcida, pero divertida.

—¿Ves cómo sé quién eres? —preguntó ante mi estupefacción.

—Sí, sabes todo eso. —Pestañeé como tonta, inmóvil—. ¿Cómo...? Aegan curvó la boca como si fuera algo simple.

—Es que tuve que estudiarte muy bien para intentar ganarte —confesó.

De nuevo no supe qué decirle. Me lo había esperado todo, menos que demostrara que podía enlistar detalles sobre mí. Saberlo me hizo experimentar algo muy extraño, algo que ni siquiera comprendí, algo como si un tercer ojo brotara de mi frente para observar las cosas desde una nueva perspectiva.

—Aegan, parece que no eres el monstruo que le haces creer a la gente —le murmuré como si acabara de descubrirlo.

Él siguió mirándome con los ojos semiabiertos y embriagados. Lo que preguntó, tampoco lo esperé nunca:

—Las veces que nos besamos, ¿sentiste algo que no fuera repulsión?

Mi respiración se cortó por un segundo. Sentí nervios, miedo, confusión, todo al mismo tiempo.

—¿Tú sentiste algo? —fue lo que logré responder.

—Me obligué a verte como un peligro, así que... —susurró él.

Lo vi relamerse los labios en un gesto sutil e inconsciente. Luego miró los míos como quien analiza el lugar al que quiere llegar. En medio del silencio, con el sonido de la lluvia de fondo y estando tan cerca el uno del otro, porque yo todavía lo sostenía, el momento inspiró la posibilidad de...

Me asusté. Me asusté, y me confundí, y todo mi interior activó una alarma de alerta, así que lo solté y me aparté hacia atrás. Aegan se fue hacia delante y se cayó a cuatro patas en el suelo. Yo mantuve una distancia segura, pero me di cuenta de que el corazón se me había acelerado y de que la boca se me había secado.

¿Iba a...?

Ay, Dios Santo.

Ya habíamos hecho eso antes, sí, pero sentí que esa vez habría sido diferente. Esa vez me sentí nerviosa, y con miedo, como si fuera a ser un contacto real y no falso...

—¿Ibas a besarme? —salió de mi boca sin control de mi mente.

Aegan se tomó un momento para parpadear con fuerza y recuperar la estabilidad. Después intentó ponerse en pie, pero falló y entonces quedó sentado en el suelo sin coordinación alguna.

—¡No! —negó, frunciendo el ceño, aunque después lo relajó y sus cejas se arquearon con confusión—. O sí. No lo sé. Pensé que tú querías y...

—No puedo —lo dije sin más. Soné muy vulnerable, pero no me importó.

Aegan se quedó mirando el vacío por un instante. De pronto se convirtió en el momento más difícil y agitado de mi vida. Quise incluso llorar por alguna razón.

—No es así de fácil, Aegan, no porque todo terminó voy a lanzarme a tus brazos como si no existieran todos los años que te odié o todo lo que tú hiciste o todo lo que pasamos —confesé con un nudo en la garganta—. O como si no existiera...

—Él —completó. Y ese «él» era más que obvio: Adrik.

Admito que ese Aegan que no conocía, ese Aegan que había estado a punto de hacer algo raro unos segundos atrás, ese Aegan que nadie había descubierto a fondo despertó mi curiosidad, pero lo que menos necesitaba en ese momento era saciar mi curiosidad.

Yo todavía..., yo todavía tenía *algo* más en mi mente y en mi piel.

Aegan se dejó caer con todo su enorme e imbécil peso y terminó tendido boca arriba, con los brazos extendidos y las piernas estiradas. Los ojos se le cerraban y abrían como consecuencia de la ebriedad y del sueño.

Era tan grande que hasta resultaba ridículo.

—Tal vez algún día podamos conocernos de nuevo —lo escuché suspirar—. Por ahora creo que me voy a dormir aquí. A la mierda las camas, a mí nadie me dice dónde acostarme y dónde no.

Pasaron varios minutos en los que ninguno dijo nada. Cuando pensé que se había dormido, de repente habló. Fue muy bajo y sin abrir los ojos:

—Justo ahora estoy seguro de que en cualquier guerra sin duda alguna te elegiría como aliada.

Le dediqué una pequeña y débil sonrisa que nunca vio.

¿Conocer de nuevo a Aegan?

Bueno, él tenía la mente de un estratega.

Y yo tenía la valentía de una soldado.

No dominábamos el mundo juntos porque no nos daba la gana.

O porque siempre estuvimos demasiado ocupados odiándonos mutuamente como para darnos cuenta de que en el fondo de cada uno había más de lo que aparentábamos.

Aegan Cash había sido un enemigo fantástico, y esta guerra en definitiva había terminado.

Yo dormí en una de las habitaciones. Cuando me desperté, me dolía un poco la cabeza, pero tenía la vida un poco más clara. Por unos segundos, todavía en la cama, quise pensar que despertaba de una fea pesadilla, pero sabía que ya no estaba en Tagus porque ese olor a tierra, árboles, restos de lluvia y mar flotaban en el ambiente. Lo bueno era que de alguna forma era relajante, y tranquilo, y sanador.

Cuando llegué a la sala me di cuenta de que Aegan no estaba tendido en el suelo. La estancia estaba vacía y la botella de ron prácticamente vacía estaba todavía sobre la mesita. De él, nada. Lo busqué en la cocina, en el baño, en el patio, pero tampoco lo encontré.

En lo que entré a la sala preguntándome si de verdad se había ido sin decirme nada, noté que había algo adherido a la pantalla del ordenador que estaba en el escritorio de la esquina. Me acerqué y descubrí que era una nota: «Abre el único archivo del escritorio».

Encendí el ordenador. En el escritorio solo había un archivo .mp4. Hice un doble clic y me senté a ver. Empezó a reproducirse un vídeo que al parecer Aegan había grabado con la cámara frontal de su teléfono. Solo se veía su cara, ojerosa y trasnochada. De fondo estaba esa misma sala, así que entendí que lo había hecho mientras yo dormía.

Empezó a hablar, serio:

«Iba a dejarte esto por escrito, pero me di cuenta de que no se me da bien escribir lo que pienso. Lo bueno es que para hablar sí soy un pro, así que... creo que esta es la mejor manera.

»Sé que muchas veces tuviste la razón, pero a mí nunca nadie me enseñó a admitir que me equivocaba. Si me equivocaba, lo que debía hacer era buscar la forma de dar vuelta a las cosas para demostrar que yo estaba en lo correcto. Al final, eso fue lo que aprendí durante toda mi vida: a voltear el mundo a mi favor. Eso siempre me resultó fácil, hasta que tú te cruzaste en mi camino y comenzaste a complicarme las cosas».

Emitió una risa tranquila y divertida que le entornó los ojos.

La sonrisa desapareció de su rostro y dio paso de nuevo a esa expresión seria de confesión y sinceridad: «No sé qué se supone que pueden ser los enemigos cuando dejan de serlo. A lo mejor se pasa a ser conocidos mientras se tantea el terreno, y muchísimo después a ser amigos. Como sea, tal vez luego podríamos intentarlo. Una vez te dije que había otras cosas interesantes de mí, pero no quiero alardear, así que no me voy a desviar...

»Bueno, a lo mejor aceptarás mi propuesta, porque, de todos, era a mí al que querías ver destruido, pero ya no hay nada que no sepas. Conoces mis secretos más oscuros, sabes la porquería que soy, sabes de lo que soy capaz de hacer, me has visto bebido, desesperado, asustado (¿podrías no contarle nunca lo que sucedió en el avión a nadie nunca en la puta vida? Gracias.)».

Se me escapó una carcajada inevitable.

Aegan siguió: «El hecho de estar diciendo todo esto significa que tú te has convertido en una persona importante para mí. Tú eres... —Hizo una pausa, pensó, tomó aire y lo dijo como si no fuera de ningún otro modo—. Eres la chica que cambió mi vida por completo. Eres la chica que me odió, que se enfrentó a mí y que me demostró tener mucho más poder del que yo puedo pagar. Así que eres poderosa, Jude. Ni siquiera entiendo cómo lo logras, pero llegas a cualquier sitio y cambias las cosas si se te antoja. Llegas, destruyes y aun así te vuelves una heroína. Nunca había visto a nadie con esa capacidad».

Aegan suspiró y desvió la mirada de la cámara. Por un instante dudó de si seguir o no, pero finalmente se armó de valor y continuó: «Por esa razón traje a Melanie —confesó en un suspiro de desahogo—. Esa es la verdad: yo sabía que Adrik seguía enamorado de ella, y que tú estabas en medio. Incluso le pregunté si lo que tenía contigo era real, si iba en serio, pero no supo responderme porque todavía no había superado lo vivido con ella, y yo estoy seguro de que tú no eres de las personas que deben ser queridas a medias. Tú eres como yo: o nos aman completo, o no nos aman un carajo.

»Mira, a lo mejor te va a doler ahora. A lo mejor te va a seguir doliendo durante un tiempo. A lo mejor siempre te va a doler un poco, pero en algún punto te vas a dar cuenta de que tú no te merecías lo que él quería darte».

De nuevo la indecisión. Aegan miró hacia el suelo y tragó saliva. En ese punto me incliné hacia delante, muy atenta a sus palabras, con el pecho martilleándome y los labios entreabiertos por la sorpresa de esta confesión. Él alzó la vista hacia la cámara con los ojos grises decididos y valientes, como si fuera ahora o nunca, como si esa fuera la gran revelación: «No pienso como Adrik. No soy como él. De hecho, estoy muy seguro de que nunca seré ni quiero ser como él. Lo mío es ser impulsivo e idiota. Lo mío es no saber escoger las palabras y decir las cosas sin pensarlas dos veces. En definitiva, no me importan mucho los sentimientos de todo el mundo y me equivoco la mayoría del tiempo.

»También sé que no soy profundo y que no leo demasiado. Sé que tampoco soy misterioso, ni sensato, ni amable, ni completamente bueno. Tengo una larga lista de defectos, soy odiable y he ocasionado algo irremediable en tu vida. Sé que hasta es cierto que soy el peor de los tres hermanos y que no puedo hacer nada para convencerte de que aprecies otros aspectos de mí, pero...».

Asintió con seguridad, dispuesto y decidido a decirlo. Sentí como si de verdad estuviéramos uno frente al otro, cara a cara, diciéndonos lo que nunca antes nos habíamos atrevido a decirnos.

«Pero una cosa es muy muy segura —dijo con la mirada fija en la cámara, en mí—. Si quiero algo, si de verdad deseo algo con todas mis fuerzas, no pongo a nadie más por delante de eso. Al menos yo sí te habría elegido a ti.»

Me quedé paralizada.

Entendí al instante a lo que se había referido: a ese momento en el que Adrik había decidido irse con su prima, el momento en el que la había puesto a ella por encima de todos los demás, y no me había elegido a mí.

Aegan dijo algo más: «Sé que he hecho que llegues a este punto en el que necesitas esconderte para estar a salvo, así que yo te sacaré de esto de cualquier forma. Y vas a regresar. Y no vas a tener que vengar a nadie, ni mentir otra vez, porque vas a tener una vida normal. Vas a tener la vida que nosotros cuatro te quitamos. Es una promesa».

Finalmente, Aegan esbozó una media sonrisa y mostró el dedo de en medio a la cámara como una original y característica forma de despedida.

Luego la imagen quedó en negro.

Cuando el silencio volvió a envolver la sala, tenía el cuerpo tembloroso, los ojos ardiendo por unas cuantas lágrimas, la respiración entrecortada, el corazón aceleradísimo y ni siquiera sabía exactamente por qué: si era por la sorpresa, por el asombro, por el miedo, por la confusión, por el impacto, por la perplejidad...

Salí de la casa, todavía con la misma ropa del día anterior. A toda velocidad atravesé la verja y fui por el caminillo de regreso a donde sabía que el jet había aterrizado. Desde mi posición no se veía si seguía ahí, pero ese imbécil no podía decir todo eso en un vídeo y luego no dar la cara para explicármelo directamente o para ver mi reacción.

Cuando llegué donde habíamos aterrizado la noche anterior, ya no estaba el jet. El terreno estaba vacío, empapado, lleno de lodo, frío y rodeado por los sonidos matutinos de los pájaros de la isla.

Él se había ido.

Y mi exilio había comenzado.

27

Los Perfectos mentirosos

Creo que esta historia debió finalizar justo en el momento en el que Aegan me dejó en la isla, porque así tenía que terminar yo: abandonada, sola y miserable.

Pero... el hecho de que Aegan se fuera solo marcó el final de las mentiras, no el final de mi vida, porque luego sucedieron varias cosas muy importantes. Sé que después del vídeo todo pareció resumirse en: ¿Aegan o Adrik? Sé que incluso a ti, justo ahora, debe de parecerte que todo es de esta forma: que si debía escoger al que siempre se portó bien conmigo o al que siempre se portó mal; que si debía querer al que me dijo palabras bonitas o al que no tuvo pelos en la lengua para encararme; que si tenía que buscar al que parecía tóxico o al que resultó tener sentimientos confusos...

¿Adrik? ¿Aegan? ¿Aegan? ¿Adrik?

Basta. Jamás se trató de elegir a uno de ellos. Nunca se trató de con cuál me iba a quedar o de con cuál de ellos tuve un romance. Esta historia es una historia de venganza, errores, estupideces, secretos y mentiras. Era la historia de la hermana menor de Henrik, que quiso hacer justicia porque se creía, no sé, ¿Rambo?

Así que... no elegí a ninguno.

Me quedé con la vieja y confiable soledad.

Primero, porque no podía olvidar las cosas que Aegan me había hecho. A lo mejor había actuado así para cumplir sus objetivos, sí, y a lo mejor se había disculpado, pero los actos tienen consecuencias, y las consecuencias de los suyos me hicieron sentir mucho resentimiento hacia él. Y aunque dicen que del amor al odio hay un solo paso, yo sentía que entre Aegan y yo todavía había kilómetros de distancia y de rabia contenida.

¿Cómo podía amar a alguien a quien había odiado durante años solo por una declaración repentina? No me era imposible perdonar, olvidar y continuar, pero los sentimientos no se desarrollan de la noche a la mañana.

En cuanto a Adrik..., pues la dura verdad es que él siempre le había pertenecido a Melanie. A lo mejor siempre fue bueno conmigo, sí, y a lo mejor al final se había arrepentido, pero no puedes pretender ir por la vida asegurándole a una persona que la quieres y luego, de repente, escoger a otra persona como si todo lo que sucedió antes no importara en lo absoluto. Eso se llama «jugar con los sentimientos», y afecta, duele, cambia, destruye.

No voy a mentir, estaba enamorada de él de una forma casi asfixiante, pero no quería acostarme en la misma cama que él sabiendo que, si se quedaba en silencio, iba a pensar en ella. No quería besarlo sabiendo que a lo mejor se preguntaba cómo habría sido besarla a ella. No tenía ganas de sanar las estúpidas y tóxicas heridas que le había dejado Melanie.

No era justo. No era sano. No quería eso para mí.

Aunque, si hubiese estado en mi mano, lo habría desenamorado instantáneamente, pero así no funciona este mundo injusto y superficial. Yo no tenía ese poder, y la irremediable verdad, la que todos debemos admitir, es que Adrik quiso olvidar conmigo al amor de su vida. Cuando el amor de su vida regresó y él se dio cuenta de que no había logrado olvidarlo en absoluto, me hizo a un lado con mucha facilidad. ¿Y por qué le fue tan fácil? Porque no le importaba lo suficiente. A lo mejor yo le atraía, a lo mejor me deseaba, a lo mejor aún existía esa intensa tensión sexual que nos había excitado tanto, pero no estaba lo más importante: el amor.

Él amaba a Melanie.

Y yo lo amaba a él.

Lo habría elegido mil veces para cualquier cosa, pero no después de que él no me eligió a mí. Por esa razón escogí a Aegan para ir en el avión. Por una parte, quería que experimentara lo que se sentía cuando te dejaban de lado; pero, por otra parte, quise protegerme, porque pasar esas horas con él tal vez me habría ablandado, y prefería poder mantener la poca dignidad que me quedaba.

Sin embargo... el destino no me separaría de los Cash. Jamás. Pero ya llegaremos a eso.

Aquel día que Aegan se fue, oficialmente me quedé sola, y eso lo sobrellevé por fases.

La primera fase fue la de «Bien, esto es lo que me merezco».

Esto empezó el día siguiente, cuando me sentí más sola que nunca. No era recomendable hablar con nadie y ni siquiera podía entretenerme con algún vídeo estúpido de YouTube. No me volví granjera porque era demasiado floja como para hacer eso.

En un parpadeo, los días comenzaron a pasar. La mayor parte del tiempo leía los libros que había en la casa o me sentaba en el patio trasero a pensar.

Primero pensé que ellos volverían pronto, pero pasado un mes comencé a darme cuenta de que igual no sería tan pronto y de que el tiempo era la mierda más cruel del mundo.

Pasaron dos meses, tres, cuatro, cinco, seis, siete... Ni siquiera los contaba con la ayuda de un calendario, los contaba observando cómo me crecía el pelo, cómo iba desapareciendo el tinte rojo que me había aplicado Aleixandre e iba apareciendo el castaño natural.

Ocho meses, nueve... Iba al pueblo, compraba cosas en una tienda (que no me cobraba nada porque al parecer ese había sido el arreglo); iba al médico, curaba mis heridas, tomaba mis medicamentos, conseguía más libros, me sentaba en la plaza, recordaba Tagus y a veces hasta lloraba un poquito.

Si me conocían como la loca llorona de la plaza, era con toda la razón del mundo.

Diez meses, once, doce...

Cuando llegó Navidad, entré en la segunda fase: la amargura.

Estaba amargada y de mal humor constantemente. En Nochebuena fui a la tienda y me ofrecieron los ingredientes necesarios para hacer una cena, pero elegí una botella de ron barato y fui a emborracharme al patio. Esa noche bebí hasta que vomité todas las veces necesarias. Luego quedé inconsciente. Cuando me desperté, me sentí más miserable que nunca. Sentía que mi cabeza estaba a punto de estallar, pero tuve unas profundas e intensas revelaciones.

Me di cuenta de lo que había perdido y de lo que posiblemente jamás iba a tener. Me di cuenta de muchas cosas a una velocidad tan aturdidora que tuve que drenarlas. ¿Cómo lo hice? Pues allí fue cuando empecé a escribir.

Un día se me ocurrió utilizar el ordenador de la casa, ese donde Aegan había dejado su vídeo, y comencé a contar esta maravillosa, loca y extraña historia. Así que desde el capítulo 1 he estado hablando contigo, futuro lector. No sé si esto es una novela, una biografía o solo un montón de palabras escritas en un montón de páginas. Tampoco sé qué va a pasar con ellas, si algún día alguien las leerá o si se quedarán en un archivo en el dramático olvido... Lo que sí sé es que me ha tomado años terminar la historia, no porque no recuerde cada cosa, sino porque cada vez que pongo una palabra regreso a Tagus, a los Perfectos mentirosos, a sus ojos grises y a sus magníficos cabellos negros. Entonces de nuevo soy la chica sentada en la clase de Literatura, la chica que dice «no» en el comedor delante de todos. La chica de los errores y la venganza.

Sé que los escritores profesionales suelen contar los actos heroicos de sus personajes, y admito que la mayoría del tiempo es admirable e incluso inspirador leer sobre alguien que lo hace todo bien y que al final es feliz. Yo, que siempre estoy torciendo las cosas, me pregunté si podía contar la historia de alguien que lo hizo todo mal y que al final fue más infeliz que nunca.

Pues aquí está. Esta es mi historia. Este es mi final. No hay príncipe al rescate, no hay villanos destruidos por completo, no hay boda, no hay algo definitivo, pero sí hay una interesante moraleja: van pasar muchas cosas horribles a lo largo de los años, porque el universo es así de hijo puta a veces, pero tú no debes intentar tomar la justicia por tu mano como si fueras un superhéroe de cómic. Tampoco trates de joderle la vida a otras personas. Preocúpate por hacer de la tuya una vida genial y, si piensas en las de los demás que sea solo para mejorarlas.

La soledad me ayudó a entender eso, porque fue una soledad larga.

Transcurrió un año entero desde mi llegada al pueblo del carajo. Los primeros meses del segundo año empezaron a pasar también. La verdad es que siempre esperaba como una tonta escuchar el sonido de un jet, pero cuando el silencio se hizo habitual y llegaba a casa para descubrirla tal y como la había dejado (sola y vacía), dejé de esperar.

Evolucioné y perdoné. Mientras escribía, me convertí en un Pokémon mejor hasta que me acostumbré a mi soledad, hasta que finalmente entendí que la vida que había tenido no volvería, y que yo no quería que volviera, que en definitiva yo ya no quería ser esa chica que afectaba vidas para intentar arreglar la suya.

Así que escribir me ayudó de muchas formas.

Me ayudó a comprender que nunca supe qué pasaba por la cabeza de los Perfectos mentirosos mientras sucedían las cosas. Desde que llegué a Tagus esta ha sido mi versión, lo que yo vi, lo que yo viví. Por esa razón nunca me di cuenta de que Aegan movía los hilos de la trama. Por esa razón me di cuenta muy tarde de que Adrik amaba a su prima como yo lo amaba a él. Por esa razón, y aunque las pistas estuvieron ahí, no noté que Aleixandre estaba harto de sus hermanos y su familia. Cada uno de ellos estaba sufriendo a su manera. Yo no era la única que cargaba con un dolor y un pasado tortuoso.

Y es que nunca lo sabemos. Vemos a alguien y desconocemos totalmente qué batalla interna está librando. Y entonces somos crueles, injustos, juzgamos, presionamos, sin considerar lo que eso puede ocasionar en esa persona, Ojalá tuviésemos ventanas en el alma, porque sería diferente. Cualquiera podría echar un vistazo, comprobar qué tan mal va todo ahí dentro y tal vez, solo tal vez podríamos ser menos dañinos.

Finalmente, eso de «esto es lo que merezco» se fue a la mierda y se transformó en un inevitable «esto ya no es lo que necesito», y desperté aquello que había dormido pensando que era la razón de mis desgracias, y vi todo con claridad.

Era más que obvio: ¡necesitaba hacer algo!

Beber y resignarme a esperar no era lo mío, porque sí, pude haber cometido mil errores, pero yo no era la chica que esperaba ser salvada. En cualquier caso, era la chica que se salvaba a sí misma, y era el jodido momento de empezar a hacerlo.

Debía salir de esa isla, y debía hacerlo por mi propia cuenta.

Entonces organicé un plan: el regreso. Solo que ese no tenía mentiras ni inclinaciones vengativas. Lo único que necesitaba era dejar esa cárcel y buscar un destino nuevo, limpio y mejor, así que activé cerebro e ingenio y me puse manos a la obra.

La forma más común de salir de allí era en un autobús. Había que llegar hasta la ciudad más cercana, y luego tomar un avión. Todo eso debía pagarse, y era una suma un poco alta. Como no tenía ni un miserable centavo porque mis alimentos y cosas básicas me las entregaba la tienda, tuve que buscar una forma de ganar dinero para poder pagar mi viaje.

Empecé a trabajar en el bar del pueblo (porque fue en el único sitio en el que me ofrecieron trabajo). Era un lugar horrible y asqueroso. Olía a sudor y a cigarrillo. Obviamente, nadie se atrevía a tocarme o a hablarme de malas maneras porque yo sabía defenderme, pero de todas formas era fastidioso estar cada noche oyendo hombres borrachos.

Pero ese trabajo tenía su lado bueno, eh...

Su lado bueno medía un metro setenta y nueve y se llamaba Cory.

Cory trabajaba en la barra del bar. Por bendición de los dioses, tenía mi edad y también quería reunir dinero para salir de allí e ir a una universidad. El pueblo tenía todo tipo de gente espantosa, odiosa, rara y tal vez un poco caníbal, pero Cory era la excepción. Parecía un caramelito, en serio. Tenía la piel bronceada y el cabello color chocolate lleno de ondas. Era alto con una sonrisa dulce y una actitud chispeante y atlética que demostraba unas ansiosas ganas de vivir la vida. Que fuera guapo era un regalo divino, pero la cerecita sobre el pastel era su humor. El condenado decía cada cosa chistosa a veces con un humor negro que me hacía llevar mejor las noches.

Admito que al principio me mostré reacia a acercarme a alguien nuevo, pero era imposible ignorar a Cory. Sus comentarios me hacían reír a carcajadas, y poco a poco nos fuimos conociendo y empezamos a ser amigos.

Fue bueno reírme con alguien, hablar con alguien, distraerme con alguien. De alguna forma, Cory me ayudó a mejorar. Fue algo totalmente inesperado. Yo no quería que fuéramos amigos, pero un tiempo después ya hasta nos invitábamos a hacer cosas juntos. Con él no pensaba mucho en la razón por la que estaba ahí, y él no me lo preguntaba tampoco.

Cory me había caído del cielo como si de verdad mereciera algo bueno. Poco a poco, me fui sintiendo mejor. Estar tan sola no era bueno, y en verdad quería liberarme de toda la rabia posible. Pensé que lo estaba logrando, pero la realidad era que aún había un vacío extraño que ni él con toda su atención podía llenar...

Una madrugada, Cory y yo estábamos recogiendo las mesas después de que el bar cerrara. Ya llevaba ocho meses trabajando allí. Me faltaba la paga de cuatro meses más para poder pagar todo el viaje. Estaba más motivada que nunca, tanto que no me importaba limpiar el repugnante desastre de los clientes borrachos.

El bar estaba vacío y olía a alcohol, pero fuera la noche era ventosa y estrellada.

—¿Para qué estás ahorrando? —me preguntó Cory mientras limpiaba la barra. Tenía una voz alegre y masculina.

Sabía que en algún momento tuvo que haberse dado cuenta de que yo no compraba nada. Él no solía hacer preguntas, pero esa ya no la podíamos seguir evitando.

Me encogí de hombros.

—Quiero salir de aquí —me limité a decir.

—¿A dónde irás?

Lo tenía muy claro: iría allí donde Aegan, Adrik y Aleixandre estuvieran.

—Probablemente a una ciudad grande —dije.

Había vómito debajo de una mesa, así que tuve que apartar todas las sillas para poder limpiar.

—¿Podría ir contigo? —me preguntó inesperadamente.

Resoplé con un divertido desconcierto. Lo asocié de inmediato a uno de sus chistes.

—¿Por qué quieres venir conmigo? —le pregunté mientras buscaba el cubo, los guantes y el cepillo, pero me detuve en seco en cuanto vi que Cory había salido de la barra y se había situado frente a mí a tan solo centímetros.

Cara a cara. Sus grandes ojos del mismo color chocolate que su cabello me miraron con una forma nueva. La cercanía también fue nueva, e incluso ese raro aire de intimidad que se extendió entre nosotros. Todo fue tan pero tan nuevo que me quedé desconcertada, con cara de «Cory, amigo, ¿qué tú *etá'* haciendo?». Y de hecho quise preguntárselo, pero él hizo algo muy inesperado: se acercó y me besó.

De acuerdo, no reaccioné al instante. Lo primero que entendí fue que ese era el primer beso que me daban después de un año. Luego, obviamente, me sucedieron muchas cosas tanto a nivel físico como emocional. Bueno, admito que más a nivel físico, porque si pasas esa cantidad de tiempo sin darle algo al cuerpo, cualquier soplo o cualquier contacto por más mínimo que sea te alborota las hormonas. ¡Las cosas como son!

Así que en ese instante en mi piel explotó todo como si fuera una virgen, y por eso me dejé llevar. No por sentimientos, no por razón, no por intentar algo, no por buscar una respuesta, sino porque mi cuerpo, casi marchito por no ser tocado por nadie en años, lo deseaba.

¿Sabes? Es muy extraño cuando alguien nuevo te toca, sobre todo si se trata de alguien en quien no habías pensado de esa forma. Y es muchísimo más extraño cuando has estado intentando olvidar a otra persona de la que estuviste muy enamorada. Su beso me resultó raro: nuevos labios, nueva calidez, nuevas manos en mi cintura...

Por un segundo, por mi cabeza pasaron como en una ráfaga besos anteriores, manos anteriores, piel anterior, sentimientos viejos... Pero rechacé todas esas imágenes; después de tanto tiempo no quería sentirme atada a los Perfectos mentirosos, y por esa razón dejé que Cory me besara como le diera la gana.

Luego cogimos una botella del bar y nos emborrachamos. En algún momento incluso salimos de allí y nos fuimos a mi casa. De eso me acuerdo por fragmentos, pero me acuerdo porque esa noche sucedió algo muy importante. Llegamos a la casa y nos besamos de nuevo en la salita, donde Aegan había intentado besarme por alguna tonta razón. Pensé en eso, sí, pero luego alejé ese pensamiento de mi mente, sin sentir remordimiento ni nada por el estilo. También pensé en Adrik, e hice lo mismo, apartarlo a un rincón sin miramientos.

Juro que pensé que estaba haciendo lo correcto.

Juro que pensé que acostarme con Cory me liberaría y me sanaría por completo.

Juro que incluso pensé que era buena idea que nos fuéramos juntos a una ciudad grande.

Juro que creí que mi mala suerte se había acabado.

Imagina mi sorpresa cuando me desperté en la cama al día siguiente...

Y descubrí que Cory me había robado todo el dinero que había reunido para irme del pueblo.

28

La perfecta mentirosa

De acuerdo, la historia también pudo haber terminado en el punto anterior con un narrador diciendo: «Y al final aquella desdichada, delgaducha pero maliciosa chica se quedó sin dinero, sin posibilidades y sin salida. Huir le fue imposible. Pasó el resto de sus días en la isla, recordando, deseando y arrepintiéndose. En sus últimos días y con sus últimos alientos, trató de decir algo, pero antes de poder lograrlo la muerte se la llevó para también frustrarle el fallecimiento dramático».

En serio, mi suerte era una mierda, pero al menos eso no pasó. Lo que pasó fue que, después de lo de Cory, casi me explota el hígado de la furia, pero, bueno, tampoco había nada que pudiera hacer.

Hola, karma, sí, me la cobraste muchas veces.

Así que... mi plan de huir ya no podía ejecutarse. No tenía dinero. Cory se lo había llevado todo y se había ido esa misma mañana de la isla. Entonces, cuando creí que ya estaba preparada para empezar de nuevo, volví a encontrarme en el fondo del pozo de la miseria. Ya no odiaba a nadie (excepto al maldito de Cory) y no quería venganza (excepto del maldito de Cory), pero me sentí en el mismo punto en el que Aegan me había dejado. La vida volvió a ser una tortura.

Tuve que volver a la jodida tienda. En serio, habría preferido lamer la orina del suelo del bar que entrar otra vez en ese lugar, pero ya no tenía comida y tampoco me iba a matar de hambre, ¿no?

En cuanto atravesé la puerta, el encargado me miró con esa maliciosa y estúpida sonrisita de «sabía que volverías». Giré los ojos y le pedí los alimentos, la botella de ron y tres cajetillas de cigarrillos. Otra vez lo marcó todo en la caja registradora con una lentitud irritable.

En ese momento, en medio de esa horrible tienda, pensé que esa sería mi vida para siempre, y no quería vivirla. No tenía ganas. No sentí que fuera justo, porque yo ya no era la misma chica. Había cambiado, había entendido, había madurado, había sacado a relucir todo lo bueno que podía tener, y me daba rabia que nadie fuera a darse cuenta de ello, que lo único que me quedara fuera morir sola, amargada y triste.

Pues bien, eso era lo que me quedaba.

Cogí mis cosas con la mayor resignación posible. Admito que me pasó por la cabeza ir a lanzarme al río y morir ahogada como los hijos de La Llorona (si no conoces la leyenda, deberías buscarla en Google, aunque te advierto que da miedo), pero al parecer todavía me quedaba aún cierta fuerza mental y me pareció estúpido hacerlo.

Salí de la tienda a paso de perro triste con la cola entre las piernas. E iba caminando imaginando mil maneras en las que Cory debía morir, cuando sucedió.

De repente alguien se colocó ágil y silenciosamente por detrás de mí y me cubrió la cabeza con una bolsa oscura. Solté todo lo que había comprado en la tienda. No entendía qué demonios estaba pasando y traté de quitarme la bolsa de la cabeza, pero para impedirlo la persona la apretó alrededor de mi cuello. En cuanto el aire empezó a cortarse, mis sentidos gritaron: «¡Estás en peligro!».

Activé mi modo «defiéndete como una loca» e instintivamente intenté arrancarme la bolsa y protegerme con fiereza, pero no eran personas tontas las que me estaban atacando y lo entendí en el instante en el que un segundo individuo bastante fuerte me agarró los brazos, me los cruzó por detrás de la espalda y me puso unas esposas.

A pesar de que eso me asustó mucho y me inmovilizó las manos, no me rendí. Entraba poco aire por la delgadísima abertura entre la bolsa y mi cuello, pero solté chillidos, gritos y preguntas para exigir que me dijeran qué demonios hacían y por qué.

Obviamente, nadie respondió. Lo único que recibí fue un fuerte empujón para que caminara. Intenté correr en ese momento, pero una garra se me enganchó al brazo y comenzó a tirar de mí en alguna dirección con una brusquedad dolorosa.

—O caminas o te dejamos inconsciente de un golpe —ordenó una voz grave, violenta y desconocida.

Un pánico alarmante me invadió al entender que jamás en mi vida había escuchado a esa persona. Entonces mi lógica me indicó que obedeciera porque *a)* tal vez de esa forma podría evaluar mis posibilidades; y *b)* porque no era tan tonta como para arriesgarme a sufrir daños en situaciones tan peligrosas.

Así que empecé a caminar. Al mismo tiempo intenté valerme de mi oído, pero tenía un estúpido oído normal que solo captaba lo superficial. Era obvio que no podía correr porque escuchaba pasos por detrás y junto a mí mientras me daban empujoncitos para que caminara. De todos modos, en un bobo intento traté de deducir a dónde me llevaban, pero el problema era que estaba totalmente a ciegas y temblorosa y asustada.

No podía hacer nada loco.

Calculé unos cinco minutos de caminata en silencio hasta que de repente escuché el motor de un vehículo.

—Sube —me ordenó una voz.

Y de repente una mano grande me volvió a coger por el brazo, me sacudió de mala manera y me lanzó al interior de algo. El golpe fue duro, pero por los sonidos asumí que me habían metido en el contenedor de un camión, de esos cerrados que se usan para transportar alimentos.

Cerraron las puertas, pusieron el seguro y alguien golpeó la cabina en modo de señal, y en un instante el camión arrancó. El suelo debajo de mí empezó a moverse por los baches del camino de tierra de la isla. Yo respiraba agitada y ya un poco sudorosa debajo de la bolsa. Era asfixiante, claustrofóbico. El corazón empezó a latirme a un ritmo violento; estaba aterrada. No entendía nada y mucho menos sabía a dónde iba a terminar, quiénes me habían secuestrado y por qué.

O sí lo sabía.

De repente un nombre me vino a la mente: Regan.

Luego otro: Adrien.

Luego una suposición lógica y atemorizante: gente de Adrien y Regan enviada a hacerme pagar por lo que había divulgado de ellos.

Ay, mierda.

Me quedé quieta durante el traslado, con las manos inmovilizadas detrás de la espalda por las esposas y la boca entreabierta para coger todo el aire posible. Intenté trazar planes rápidos, pero mi mente estaba colapsada por las mil ideas, suposiciones y preguntas que me causaba la situación.

¿Cómo me iban a matar? ¿Me iban a torturar primero? ¿Acaso vería a Regan? ¿Y si veía a Adrien? ¿Eso significaba que Aegan, Adrik y Aleixandre habían fracasado? ¿Habían liberado a su padre y estaba dispuesto a cobrar venganza?

Intentar darle respuesta a todo eso me mareó y me revolvió el estómago. Hasta quise vomitar de los nervios, pero me controlé.

Pasaron minutos y luego tal vez una hora. Me sudaban la frente, el cuello, los dedos. Estaba dispuesta a patear, gritar y morder al primero que se me acercara, pero no sabía si eso serviría de algo.

El camión se detuvo. Escuché la puerta del conductor cerrarse con fuerza. Luego silencio. Después los seguros de las puertas del contenedor girando, y en unos segundos estas mismas abrirse. Vi un débil reflejo de luz a través de la delgada rendija que dejaba la bolsa en mi cabeza.

—Baja —ordenó otra voz más fea y carrasposa.

Y, sobre todo, también desconocida.

De acuerdo, se trataba de gente extraña, obviamente agresiva y no me quedaban dudas de que también peligrosa. No me resistí y me levanté. Una mano me enterró los dedos en el brazo al llegar al borde del contenedor y me ayudó a bajar tratándome como si fuera una bolsa de basura. Cuando pisé lo que se sentía como asfalto, me empezó a empujar para que caminara.

Avanzamos. A mi alrededor había un silencio denso, extraño, indescifrable. Seguíamos al aire libre, pero ¿dónde estábamos? No en el pueblo, porque era ruidoso. Debía de ser en los alrededores, donde todo era árboles y tierra. Sí, olía precisamente a eso, a árboles y tierra.

Se abrió una puerta y se escuchó hierro deslizándose contra el suelo. ¿Una puerta de hierro? El tipo me empujó, entramos y la puerta se cerró detrás de mí. Escuché varios pasos contra el suelo. Me mantuve alerta y con los ojos muy abiertos, a pesar de que no veía nada.

De pronto alguien me tiró del brazo. Empezó a conducirme con rapidez por algún sitio poco iluminado y cerrado. Mi respiración ya iba a mil. Pensé que me meterían en una celda o en una habitación de tortura.

Ese fue mi último pensamiento: tortura.

Porque sentí un fuerte golpe en la nuca.

Y todo se volvió negro.

Me costó abrir los ojos.

Creo que abrí primero uno y luego el otro, como si estuviera borracha. En cuanto recuperé el conocimiento tiempo/espacio, descubrí que me dolía el cuello y que no podía controlar muy bien mi cabeza. Pensé que estaba tirada en el suelo, pero en un segundo me di cuenta de que estaba sentada en una silla, que tenía una cuerda alrededor del torso para sostenerme al espaldar y que ya no tenía la bolsa en la cabeza.

Parpadeé con fuerza hasta aclararme completamente. Miré mi entorno. Estaba en una habitación de cuatro paredes con una bombilla en el centro del techo, como si fuera la de una película de terror. Aunque un minuto después me quedó claro que lo más aterrador sin duda era lo que tenía enfrente.

Había un montón de cosas pegadas a la pared.

O, mejor dicho, un montón de recortes de periódico.

Parecía un gran collage. No cubría toda la pared, pero sí gran parte. Formaba un rectángulo perfecto de encabezados y artículos que de momento no logré leer. Intenté inclinarme hacia delante para lograrlo, pero entonces mi cerebro cayó en la cuenta de que no tenía ni las manos ni los pies atados y que la cuerda alrededor de mi torso estaba floja.

Pude quitármela yo misma. Entonces me levanté de la silla y me acerqué lo suficiente a la pared para leer los recortes.

Me quedé pasmada con los primeros que leí:

`La familia Cash, blanco de diversas investigaciones.`
`Adrien Cash debe acudir al juzgado por crímenes de abu-`
`so a menores.`
`Regan Cash, investigado por posible abuso a menores.`

En shock, fui leyendo cada encabezado. Un artículo decía que Adrien había abandonado su carrera política y se explicaba que tanto Regan como él estaban en el ojo de muchas investigaciones policiales. El resto también se centraba en ellos y en los escándalos generados por los vídeos. Otros hablaban de los hijos de Adrien como foco de especulaciones y de declaraciones. Se relataba cómo habían detenido a Regan en su propia oficina, cómo habían bloqueado cuentas bancarias y cómo habían hecho un registro en la mismísima mansión Cash.

Sentí un frío de pavor cuando comprendí que sí estaba ahí para pagar por eso, que el hecho de que los artículos estuvieran adheridos de esa forma a la pared era para que viera lo que había ocasionado.

Era un mensaje claro: «Por esto vamos a matarte».

Di un paso atrás, temblando, pero todavía esforzándome por mantenerme firme. Giré la cabeza para examinar la habitación. Había una puerta detrás de mí. Era obvio que estaría cerrada, pero creo que es inevitable intentar abrir una puerta cuando te sientes encerrado, incluso cuando sabes que no se abrirá. Así que fui hasta ella y presioné la manija.

Para mi sorpresa, se abrió.

No salí de inmediato. Me quedé ahí parada sintiendo aún más peligroso el hecho de que estuviera abierta. ¿Por qué? ¿Para qué? ¿Qué pasaría si salía? No quería saberlo. Quise cerrarla al estilo «hola, adiós» y volver a sentarme en la silla como buena rehén.

Pero esa era la única dirección. Era la dirección obligatoria. Si no iba, en algún momento aparecerían para sacarme a la fuerza, así que no me quedó de otra que salir.

Avancé por un pasillo. Todo aquel lugar estaba hecho de hormigón liso y pintado de gris de manera uniforme. Era tan cerrado que el silencio daba una impresión subterránea. Había una única puerta al fondo y para ser sincera ya me temblaban las piernas.

Bueno, mientras me acercaba, traté de aceptar la situación como una valiente: «Aquí me voy a morir», así que lo cierto es que me dio mucha tristeza y mucho miedo enfrentarme a lo que hubiera detrás de esa puerta.

Pero yo siempre me arriesgué a todo. Aquel momento no fue la excepción.

En cuanto la atravesé, lo primero que escuché fue una voz:

—Creo que hay que decírselo de esa forma.

Shock total.

Parálisis total.

Planeta y tiempo detenido totalmente.

Durante los primeros segundos no comprendí qué rayos estaba pasando. Me quedé inmóvil, preguntándome si ya estaba muerta. Un nudo en la garganta hizo que me ardieran los ojos abiertos como platos y que de inmediato se me llenaran de unas lágrimas que no me quise limpiar.

La primera cara que vi: Artie.

La segunda cara: Lander.

Y no lo creí, así que los repasé, atónita: ella con su pelo negro, largo y lleno de ondas. Él con su pelo pelirrojo y sus gafas de pasta. Ella con su rostro perfilado de hada, y él con su aire de nerd. Respiraban. Estaban vivos. ¡Habían sobrevivido!, pero unos segundos después me di cuenta de que había sido casi por poco. Artie estaba en silla de ruedas, y Lander tenía muchas cicatrices en el rostro.

Algo dentro de mí se retorció de dolor, y luego de mucha culpa. Ella de inmediato me dedicó una sonrisa amplia y conmovida, pero aun así empecé a llorar como una estúpida con un montón de emociones mezcladas. Estaba feliz de verlos, claro, de que no fuera Adrien o Regan quienes estuviesen ahí, pero al mismo tiempo me sentí muy dolida de que esas fueran las consecuencias del accidente.

Quise decir algo, soltar alguna palabra, pero Artie giró la cabeza como invitándome a mirar quiénes eran los otros que también estaban ahí en ese momento.

Mi corazón retumbó en mi pecho como vieja a punto de sufrir un infarto. Primero me fijé en Owen. Llevaba el cabello rubio ahora más largo, y sus ojos tenían ese mismo azul de la playa que recordaba con claridad. Luego vi a Aleixandre, todavía con ese fiel estilo de cabello peinado hacia atrás y una gran y tierna sonrisa de chico perfecto. Me impresionó mucho notar que había un brillo de emoción en sus ojos grises que transmitía un claro «me alegra tanto volver a verte», y a mí también me alegraba volver a verlo, sí.

Sentí que podía desmayarme cuando pasé al que estaba a su lado. Era inconfundible. Habrían pasado cincuenta años y lo habría reconocido de la misma forma solo por esos ojos grises. De igual modo me detuve a ver la sonrisa ladina, las manos hundidas en los bolsillos y la ropa oscura. Todavía flotaba un aire enigmático a su alrededor como si retuviera todo un mundo secreto y misterioso en su interior esperando a ser descubierto. Recordé que yo había conseguido entrar un poco, y algo cálido que me sacó más lágrimas estalló en mi pecho.

Su mirada se encontró con la mía durante un instante, y todo fue casi: «Hola, Jude», «Hola, Adrik», «Estoy contento de verte», «Estoy contenta de verte», «¿Somos los mismos?», «Creo que no», «Perfecto».

Como mi cuerpo estaba demasiado rígido por la impresión, le dediqué una sonrisa pequeña entre las lágrimas.

Luego, por último, mi mirada pasó a la otra cara...

... ¿Y la otra cara?

De pronto me di cuenta de que no había ninguna otra cara porque de los tres hermanos solo había dos:

Aleixandre.

Y Adrik.

Nadie más.

El mundo se paralizó por un instante. Mi emoción se congeló. Un frío de temor me recorrió la espalda. Parpadeé como si eso fuera a hacerle aparecer, pero en serio no estaba allí.

—¿Dónde está Aegan? —pregunté inmediatamente con un hilo de voz.

Los contemplé a todos a la espera. Después de mi pregunta, cada uno se miró. Las sonrisas se debilitaron y las caras no demostraron nada bueno. Sentí que el corazón se me aceleraba de miedo solo por eso. Sentí que quería volver a gritar la pregunta.

—Jude, él... —se atrevió a hablar Aleixandre, un tanto serio como si le resultara difícil decirlo—. Cuando venía de vuelta en el jet aquella vez que te trajo, hubo un accidente y...

No completó la frase. Sus labios se apretaron como si le fuera imposible decirlo. Mi cerebro supo a lo que se refería, pero fui incapaz de pronunciar la palabra mentalmente.

Ay, Dios.

Ay, Dios.

—¿Qué? —emití apenas en un susurro.

Aleixandre formó una fina línea con los labios demostrando una aflicción tensa y difícil de expresar. Nadie se atrevía a decir palabra.

—Por eso hemos tardado... —mencionó Owen, rascándose la nuca en un gesto desanimado—. Tuvimos que ocuparnos de todo nosotros mismos y fue muy difícil.

Se me detuvo el universo entero. Los vi a todos, pero al mismo tiempo los vi dobles. Quise apoyarme en algo para no caerme, pero no había nada sólido cerca. Solo pude pensar en el vídeo que Aegan había dejado, en lo que había quedado pendiente, en...

De repente se escuchó el sonido de un retrete y a continuación se abrió una puerta a mi derecha, que por lo que vi daba a un pequeño baño. Entonces Aegan apareció mientras se subía la cremallera del pantalón. Apareció ahí con su altura arrogante, sus brazos tatuados y los ojos más claros y demoníacos que nunca. Tenía el cabello un poco más largo, pero el corte igual le enmarcaba cada rasgo de chico guapo que le había dado la genética: esa boca ancha, esa nariz con una ligera curva y esa mandíbula perfecta. Siempre me había parecido uno de esos gánsteres de película, y seguía teniendo ese mismo aire incluso en la ropa cara e ingeniosamente escogida.

Se detuvo al darse cuenta de que yo lo miraba con una perplejidad casi al borde del desmayo.

Hundió las cejas.

—Te hubiera gustado que estuviera muerto de verdad, ¿no, tonta? —me soltó en un resoplido.

Entonces Aleixandre y Owen estallaron en una carcajada sonora. Fue una carcajada grande y burlona de «¡mira su cara!». En sus lugares, Artie y Lander reprimieron las risas, y hasta Adrik bajó la cabeza para reírse bajito como a él le gustaba hacer. Yo estaba ya más rígida que un palo con los ojos desorbitados y la conciencia al punto de la desaparición.

Imbéciles.

Quise preguntar muchísimas cosas al mismo tiempo, pero solo me salió una:

—¿Ustedes mandaron que me trajeran aquí como si me estuvieran secuestrando para matarme? —pregunté, desconcertada.

Aegan soltó una risilla de esas que lo caracterizaban y que indicaban burla y satisfacción.

—Sí, era para asustarte —aceptó, relajadísimo.

—Yo le dije que no lo hiciera de esa manera —dijo Artie, negando con la cabeza como si no tuviera remedio—, pero ya sabes cómo es.

Sí, sabía exactamente cómo era. Lo sabía, y de todas formas no me molesté por eso, porque ellos eran reales. Aquello era real. Estaban ahí, y era lo único que me importaba. Podían hacerme mil bromas si les daba la gana, pero no podían superar esa enorme emoción que estaba sintiendo.

¡Reaccioné por fin! En un impulso, avancé hacia Artie y la abracé. Le pedí disculpas mil veces mientras me aferraba a ella como si fuera el día del accidente y nos diéramos el abrazo que debimos darnos en el aeropuerto. Luego abracé a Lander, a quien también le pedí perdón mientras él me decía que nada había sido mi culpa.

Por alguna razón, no fue necesario abrazar a los otros. Ellos simplemente me sonrieron, cosa que me resultó suficiente para entender que todo estaba bien.

Tras los abrazos procedí a limpiarme las lágrimas de tonta y empecé a hacer las preguntas:

—¿Dónde estamos?

El sitio era rarísimo, de verdad. Paredes de hormigón, ninguna ventana, poco ruido...

—Es un lugar secreto en el pueblo —me aclaró Aleixandre—. No podíamos llegar a la casa de la familia de Owen porque en realidad no deberíamos estar muy a la vista.

El ambiente de felicidad y de reencuentro adquirió un aire serio tras sus palabras.

—Nos siguen vigilando —asintió Adrik—. Todavía hay varias investigaciones abiertas y seguimos siendo el foco de atención.

Alterné la vista entre los tres, intentando entenderlo todo.

—¿Leíste toda la información en los recortes que pusimos en la pared? —me preguntó Owen, todavía algo divertido—. Lo hicimos para no tener que contártelo todo y ahorrarnos tiempo.

Ah, ya tenía sentido, aunque me había asustado.

—¿Regan y Adrien están en la cárcel? —pregunté.

Esa pregunta lo cambió todo. Sus caras no indicaban nada bueno, y esa vez sí pareció muy real. Tuve la impresión de que ese era el momento serio, de que a eso se habían referido con «Creo que hay que decírselo de esa forma».

De modo que me preparé para escuchar algo que posiblemente no me iba a gustar, aunque para ser sincera cualquier cosa era menos horrible en ese momento.

—Solo Regan —me explicó Aegan—. Adrien aún está esperando un juicio. Ha sido bastante inteligente.

—Hemos venido a buscarte porque sospechamos que ellos ya saben que estás aquí —siguió Adrik con un sereno dominio de las palabras, como siempre—. Recibimos noticias de algunos presos a los que les pagamos para que nos tengan informados, y eso es lo que se rumorea.

—Pero tú nunca hablaste con nadie, ¿no? —me preguntó Aleixandre—. Es decir, no has dado a nadie demasiada información sobre ti, como Aegan te dijo.

Ay, mierda...

Mi cerebro conectó hilos en un segundo y el nombre apareció en mi mente:

Cory.

Nunca le había dicho mi nombre real, pero había formado algo con ese imbécil durante meses, y lo cierto era que ahora su huida repentina con mi dinero tenía cierto sentido. A Adrien le convenía mantenerme en la isla para venirme a buscar y matarme.

Decidí no contarlo en ese momento para no crear caos, pero se lo explicaría luego.

—¿Sigo sin estar segura? —pregunté.

De nuevo un pequeño silencio.

Bueno, ¿es que no habían planeado cómo decirme las cosas?

—Mira, hay muchos rumores —dijo Aegan, directo como solo él podía serlo—. Y ninguno es bueno. Adrien y Regan podrían salir ilesos, es todo muy impredecible. Todavía tienen mucho dinero y muchos contactos. Los vídeos ayudaron, pero no se puede acabar con toda la influencia que tienen tan rápido.

—Sí, Jude, todavía no estás completamente a salvo —me confirmó Artie con muchísimo pesar y preocupación—. Pero no vamos a dejarte sola. Te llevaremos a otro lugar, y haremos que cambies de sitio constantemente, pero esto solo será así si tú lo quieres. Lo hemos hablado mucho. Es un riesgo que todos tomaremos si tú lo aceptas.

Owen asintió con decisión ante las palabras de Artie.

—Tenemos que estar unidos ahora —aseguró con un aire de valentía que, estuve segura, enorgulleció a Aleixandre—, y cuidarnos los unos a los otros, porque Adrien va a querer vengarse de alguna forma en algún momento, y tenemos que estar preparados para eso.

Aegan dio entonces un paso adelante. Me observó con sus ojos diabólicos un tanto entornados. Estábamos cara a cara de nuevo, y algo intenso e indómito chispeó entre nosotros de la misma forma que sucedió la primera vez que me senté en su mesa a retarlo. Solo que en ese momento se pareció mucho a una corriente de poder indestructible, como si dos potencias mundiales estuviesen a punto de firmar un pacto.

—Así que hay una nueva guerra, Jude Derry —me dijo con total seguridad— pero esta vez te necesito como aliada.

Todos me miraron a la espera de mi respuesta.

Me tomé un momento y detuve la mirada en Adrik, que tenía los brazos cruzados y la expresión seria, pero que al mismo tiempo parecía de acuerdo con todo lo dicho. Luego me fijé en Aleixandre, que parecía más preocupado que nunca, y finalmente en Owen, que estaba entusiasmado. Habían pasado más de un año y los cuatro habían cambiado físicamente, tal vez también en otros aspectos, pero por un instante sentí que la conexión entre nosotros por peligro, culpa y pecado seguía siendo igual.

Yo estaba segura de que ya no los odiaba. Ya no sentía ese resentimiento intenso. Sabía que lo que había sucedido con Henrik siempre nos uniría, y lo que yo había ocasionado en su familia reforzaba esa unión. Sabía que jamás íbamos a poder separarnos por completo porque habíamos tenido un largo tiempo para recuperarnos, y en definitiva ya no éramos enemigos.

Le dediqué a Aegan una pequeña sonrisa de complicidad.

—Será un placer trabajar contigo, Aegan Cash —acepté.

Me ofreció la mano porque para ser dramático él estaba hecho a la perfección. Y se la estreché. Y nuestra fuerza fue la misma. Y me sentí mejor que nunca, porque era el comienzo de algo que no sabía cómo iba a terminar, pero que tal vez, si la suerte ya no me odiaba tanto como antes, podía darnos un mejor destino.

Todos sonreímos y asentimos. Se sintió algo poderoso en el aire, como cuando un grupo de superhéroes se unía. Claro que no éramos superhéroes. Éramos lo más cercano a un desastre, pero al mismo tiempo lo más lejano al fracaso si le poníamos nuestro esfuerzo.

Adrik era muy inteligente, Aleixandre era valiente, Owen tenía la lealtad de un gran cómplice, Lander era un *hacker* habilidoso, Artie poseía ingeniosas habilidades para manejar los secretos, Aegan había sido dotado con la estrategia de los dioses, y yo...

Yo era la puta ama de las mentiras.

¿Qué culo había que patear?

—De todas formas, no me olvidaré de que me han hecho esperar más de un año —me quejé a todos de repente—. Así que sáquenme de esta porquería de pueblo de una vez y llévenme a comer una buena hamburguesa. Y que pase lo que tenga que pasar.

Nos fuimos en un jet. Claro, me llevé conmigo mis documentos con todo esto escrito. Lo bueno fue que al menos no hubo turbulencias y nadie dijo cosas que no debería decir, aunque en realidad la mayoría de los secretos ya estaban contados.

El caso es que respiré de nuevo. Las voces, las risas, las cosas que me empezaron a contar durante el vuelo para ponerme al tanto, el hecho de estar reunidos, el ver a Aegan con su sonrisa de ganador y con esa inolvidable mirada de divertido demonio, escuchar a Adrik hablando solo para decir lo necesario, pero sin estar ausente u obstinado, presenciar cómo a Aleixandre le fastidiaba la paciencia a Owen, y ver a Lander incluyéndose con total confianza...

Todo aquello me hizo inmensamente feliz.

En cierto momento, Artie y yo nos sentamos solas al fondo para hablar de cosas más personales y confidenciales de amigas que no se habían visto en mucho tiempo. Me explicó que había tenido que dejar Tagus por su recuperación, pero durante un instante nos quedamos en silencio mirando a los demás en el resto de los asientos.

Lander intentaba explicarle a Aleixandre cómo funcionaba el piloto automático de un avión. Al mismo tiempo, Owen, con una cerveza en la mano, se burlaba de los dos. Por otro lado, Aegan y Adrik estaban hablando de algo, y se reían, y en verdad todo parecía ir muy bien entre ellos. De hecho, como nunca antes había visto que podían comportarse el uno con el otro.

Artie me dio un suave apretón en el brazo.

—Se llevan mejor que nunca —dijo con cierta alegría en la voz—. Llevamos meses trabajando todos juntos para salir de todo esto, y los he visto muy unidos.

Hice la pregunta porque de verdad necesitaba hacerla:

—¿Melanie...?

—Sigue donde debe estar, sin posibilidades de salir —me tranquilizó Artie, bastante segura—. Aegan es el único que se encarga de que reciba la ayuda necesaria.

Algo dentro de mí sintió un alivio refrescante.

—Eso es genial —murmuré, todavía mirándolos.

Admití que había olvidado lo diferentes que eran, pero también cuánto podían parecerse. La primera vez que los tuve cerca había pensado que uno era luz y el otro era oscuridad, pero ahora pensaba de otra forma. A Adrik siempre le faltó la malicia de Aegan, y a Aegan siempre le faltó la sensibilidad de Adrik, y sí que eran muy pero muy distintos, porque cada uno tenía un mundo extraño y profundo en su interior, pero no se podía negar que compartían una cosa: eran capaces de destruir por igual.

La verdad es que me encanta recordar ese momento en el que íbamos rumbo a algún lugar, todos con la intención de trabajar en equipo, todos dispuestos a ayudarnos, todos conscientes de que habíamos cometido muchos errores, pero que, aun así, no dejaríamos que el pasado se interpusiera.

Me gusta recordar que Aegan dijo una vez que no sabía qué podían ser los enemigos cuando dejaban de serlo. Yo en ese instante lo supe. Todos podíamos ser cualquier cosa por cualquier razón. Podíamos ser mejores amigos, podíamos conocernos más, podíamos aliarnos e incluso podíamos enamorarnos. Y eso estaba muchísimo mejor que odiarnos o culparnos eternamente por algo.

Muchísimo mejor que una venganza, ¿no?

371

29

Adiós, lector

Antes de contarte qué sucedió conmigo después de eso, aprovecharé para confirmarte que todo lo que has leído en esta historia fue real.

Una vez me llamé Ivy y luego me llamé Jude. Cuando era muy joven, mi hermano murió y mi vida cambió para siempre. Mi madre entró en una grave depresión y yo tuve que buscar la forma de seguir estudiando y al mismo tiempo de conseguir dinero. Jugaba al póquer con chicos mayores para lograrlo, vendía cosas, compraba otras y volvía a venderlas... En fin, me encargué de mí misma durante mucho tiempo.

Nunca fui una chica asombrosa. Mis ojos son marrones, como también lo son los de millones de personas en el mundo. Mi cabello es castaño con tendencia a parecer una escoba, y no mido más de un metro sesenta y tres. Me gustan los memes y a veces me da mucha pereza depilarme las piernas. Tengo una cicatriz en la frente que parece una vagina, y siempre supe que ningún chico se giraría para mirarme el culo, porque casi no tengo.

Tenía dieciocho años cuando llegué a Tagus y todo esto comenzó. Me enamoré de un chico que no estaba enamorado de mí, creí tener un poder que en realidad nunca tuve, y odié tanto a alguien que me negué a verlo desde otras perspectivas.

Sí, cometí errores.

Sí, no fui perfecta.

Sí, no fui una heroína.

No deduje las cosas de forma repentina, no me quedé con el chico malo ni lo hice cambiar, no derroté a los villanos, no descubrí que era bellísima a pesar de mis defectos, no hice honor a mi género ni triunfé. Pero ¿y qué? No siempre debemos ser protagonistas o seres perfectos o tener ideas razonables como héroes de novela, porque te aseguro que ir contando cada paso en la vida es una forma jodidamente aburrida y limitada de vivir.

Gracias a mis fallos, pude entender que está bien equivocarse, pero que está mucho mejor aprender a no equivocarse de nuevo.

Así que de todos los finales que pude haber elegido para esta loquísima y defectuosa historia, te voy a dar este. No es completamente feliz, no es completamente malo, no es completamente trágico o crudo, es solo un final: nos hicimos amigos.

Hoy, cuando escribo este capítulo, estoy un poco vieja. Bueno, no tan vieja como podrías pensar. Tengo más de cuarenta años, pero menos de cincuenta. Me sigo llamando Jude. Ellos me siguen llamando Jude. Creo que Ivy murió cuando terminó mi ridículo intento de venganza, porque solo ella adoraba a Henrik con tanta intensidad como para llevar a cabo un plan así.

He cambiado. Ya no miento ni hago locos e impulsivos planes de venganza. De acuerdo, hice el último hace unos años, pero ¡solo para salvarnos a todos! Podría decirse que llevo una vida tranquila, pero la verdad es que todos los días pienso en las consecuencias de mis actos y (esto es secreto) a veces creo que pude haberlo hecho mejor.

Ya sabes, que pude joderle un poquito más la vida a Aegan, je.

Ah, eso también es importante que lo sepas: él ya no es tan cruel. Adrik ya no es nada ciego. Y Aleixandre..., bueno, sigue siendo Aleixandre. Y a veces, cuando alguno de los cuatro tiene problemas, nos ayudamos, porque después de intentar destruirnos la vida ya no hay nada que no podamos decirnos. Confiamos los unos en los otros más de lo que podríamos confiar en nadie. Nunca hablamos de Melanie, ni nos echamos en cara nuestros errores. Maduramos, aunque en ocasiones Aegan y Adrik me hacen bromas que un día me van a causar un infarto.

Comentario importante: los tres siguen estando buenísimos.

Admito que nunca esperé que esto terminara así. Nunca esperé hacerme su amiga o conocerlos tan a fondo.

Loco, ¿no?

Pero real.

Después de todo, ¿quién dijo que todo debe terminar como se supone que debe terminar? Dame su nombre, y vamos a buscarlo y le pateamos el culo.

Nosotros rompimos cualquier ley de vida porque nos odiamos, nos hicimos daño, nos disculpamos, nos necesitamos y, finalmente, nos perdonamos. No te diré que en ese trayecto todo fue felicidad. Pasamos por muchas cosas que casi nos hacen retroceder y nos separan, pero... tal vez la persona que quiso reunirnos decidió que no sería tan cruel en esta ocasión con un grupo de personas que ya habían sido muy crueles consigo mismos.

No lo sé. A lo mejor somos los Sims de alguien.

En fin, las cosas son más o menos buenas ahora y a ninguno de ellos les gusta mencionar lo de antes porque son unos cobardes sensibles que ya no quieren aceptar que me trataron fatal solo porque sabían que yo podía fastidiarles la vida, pero a mí sí me gusta recordar un poco el pasado.

Me gusta recordar que ese día, en ese jet, ninguno de nosotros sabía lo que iba a pasar después. Y luego sí que pasaron muchas cosas, algunas malas y algunas muy buenas, pero de todo lo que sucedió desde que llegué a Tagus, ese ha sido mi momento favorito.

Porque por primera vez en mucho tiempo fui verdaderamente feliz.

Porque éramos siete.

Porque ninguno tenía secretos.

Porque ya todo estaba perdonado.

Porque éramos perfectos juntos.

Y ya no éramos mentirosos.

Epílogo 1

Oficina del editor. Años después

—Me fascinó el manuscrito —admitió el editor.

Tenía el conjunto de hojas impresas en la mano, sobre el escritorio, y no mentía al decir que había terminado de leerlo más rápido de lo que hubiese hecho con cualquier otro libro que tuviera en la lista, así que se inclinó hacia delante con la emoción brillando en los ojos y miró a la chica que se lo había entregado.

—Es fresco, es misterioso, es juvenil, y lo más importante: es real —aduló con espontaneidad y con toda la experiencia que su carrera le había dado para reconocer futuros éxitos literarios—. Nadie nunca se ha atrevido a hablar sobre el escándalo de la familia Cash. Sucedió, fue polémico y después se olvidó. Que esto venga del propio núcleo, es oro puro.

La chica sentada frente a él sonrió con seguridad ante la reacción tan positiva.

—Entonces ¿lo acepta? —le preguntó.

El editor asintió, encantadísimo.

—Mañana mismo podemos firmar el contrato.

La joven se sintió muy feliz. El hombre volvió a apoyarse en el respaldo de la silla para hojear de nuevo un poco el manuscrito.

—Solo creo que deberíamos añadir algunas aclaraciones que faltan —agregó con ojo profesional—. Sabemos que el escándalo de Adrien acabó con su carrera política, que fue acusado por su relación con una menor con un cuadro clínico psicológico, y que algunos grupos organizaron protestas para pedir que lo condenaran. Mientras lo llevaban al juicio, una persona le disparó y murió frente a la corte, pero... ¿y Regan?

La chica también lo sabía todo sobre eso. Tal vez sabía más sobre Regan que sobre cualquier otra cosa.

—Regan fue a la cárcel —aclaró—. Después de eso, siguió controlando negocios desde allí, pero los Cash se asociaron con Tate Sedster y con la familia de Eli Denver para que les ayudara a que Regan no saliera de la cárcel jamás. Tate intervino y pagó mucho dinero para que sus «socios» le dieran la espalda a todo lo que Regan solicitara, así que hasta ahora sigue encerrado.

El editor quedó satisfecho con esas aclaraciones y dejó el manuscrito sobre el escritorio. Formalmente, le extendió la mano a la chica y le sonrió.

—Bienvenida a Penguin Random House —le dijo mientras se estrechaban las manos—. ¿Estás segura de que quieres publicar esta historia con tu nombre real? ¿De verdad quieres que sepan que Jude Derry hizo todo esto?

La chica pensó un momento en su respuesta, aunque ya había pensado mucho en ello antes de llevar el manuscrito a la editorial. Por milésima vez estuvo segura de que así debían ser las cosas. Estuvo segura de lo que vendría con esa publicación y de lo que no.

—Quiero que se publique con el nombre que mi madre eligió para vivir, Jude Derry, porque fue ella quien lo escribió —le aclaró al editor.

El hombre pudo haberse enojado porque en un principio ella había asegurado ser Jude Derry, pero él ya había notado que las fechas no encajaban y aquello solo le causaba una gran curiosidad.

—Así que tú eres su hija —señaló, un tanto fascinado por ese ingenio de la chica—. ¿Cuál es tu nombre real entonces?

La chica estuvo feliz de decirlo por fin.

—Me llamo Ada Cash.

El editor se mostró intrigado.

—¿Por qué no está tu madre aquí contigo?

Ada siempre sentía un dolor en el pecho cuando le hacían esa pregunta. Tenía veintiséis años y todavía no había superado del todo lo que había sucedido. Es decir, lo llevaba bien, pero seguía sintiéndose impotente.

En parte, por esa razón estaba allí entregando el manuscrito. Una vez su madre le había dicho: «El mundo debe saber cómo sucedió todo en realidad, no cómo yo lo viví en Tagus por culpa de mi resentimiento», y ella había jurado encargarse de eso.

—Mi madre murió el año pasado —dijo Ada.

El editor hizo un gesto de genuino pesar por la pérdida, y luego enseguida cayó en la cuenta de algo sorprendente.

—Tu apellido es Cash —le señaló con cierto asombro.

A Ada le gustaba mucho la pregunta que venía.

—Exactamente —asintió.

El editor se quedó algo atónito en el maravilloso sentido.

—¿Cuál de los dos...?

—De los tres —le corrigió Ada.

El hombre pestañeó mientras pensaba que en definitiva tanto esa chica como su libro y sobre todo sus posibles secretos serían un éxito inmediato.

—¿Cuál de los tres perfectos mentirosos es tu padre? —le preguntó finalmente.

Ada tenía el cabello negro, los ojos grises y el atractivo que caracterizaba a los Cash, pero era la digna hija de su madre porque tenía el mismo humor, la misma malicia, la misma habilidad para meterse donde no la llamaban y las mismas ganas de hacer que el mundo viera algo que no veía en ese momento.

Así que sonrió ampliamente al dar la respuesta:

—Se lo diría todo, pero esa ya sería otra historia.

Epílogo 2

Ada Cash

Nunca le pregunté a mi madre cómo es que nací.

Nunca le dije: «Oye, mamá, ¿podrías contarme la historia de cómo papá y tú me engendraron?».

Tal vez nunca quise saberlo. Me daba exactamente lo mismo. Para mí, lo más importante era saber que yo no había arruinado nada en su vida. O en la vida de mi padre. Aunque, si soy sincera, nunca he pensado que tengo un solo padre. Por supuesto que uno de ellos tuvo que haberse acostado con mamá para que yo esté aquí añadiendo este epílogo a su manuscrito, pero mi crianza fue muy diferente a lo que cualquiera puede pensar.

Ellos siempre estuvieron ahí desde el día en que salí de ese útero a llorar, y a todos los vi como una figura paterna. De cada uno de ellos aprendí algo, y de cada uno de ellos sigo aprendiendo. Por ejemplo, soy sociable como lo sería Aleixandre. Me importan los sentimientos de las personas como le importarían a Adrik. Tengo la dulzura con la que se expresaría Owen. Y soy capaz de meterme en problemas y solucionarlos como lo haría Aegan.

Lo que soy es lo que ellos han sido.

Ninguno faltó en ningún momento de mi vida. Cada cumpleaños, ellos soplaron las velas conmigo; cada primer día de escuela, ellos me dieron un consejo diferente cada uno; cada momento triste, tocaron a mi puerta para preguntarme cómo podían ayudar. Fui criada por ellos como si fuese lo mejor que les hubiese pasado en sus vidas.

Aunque ese día que entregué el manuscrito, mi verdadero padre estuvo ahí esperando a que yo saliera de la oficina. Cuando lo hice, supo por mi expresión que lo habían aceptado. Me dio un abrazo fuerte, cariñoso, de apoyo.

Entonces, luego, mientras volvíamos a casa en el auto, se lo pregunté.

—¿Cómo fue? Mamá y tú, ¿lo planearon o...?

—No, por supuesto que no lo planeamos. —Se echó a reír él al volante del auto—. Fue lo más inesperado del mundo, sobre todo porque no estábamos juntos.

378

Lo miré, un poco confundida.

—¿No eran novios o algo así?

—No —dijo con simpleza—. Ella no quería estar conmigo. Simplemente una noche bebimos demasiado y... sucedió. Al día siguiente ella me dijo que no quería una relación, que podíamos ser amigos, pero nada más. Luego yo tuve que irme porque debía resolver unos asuntos y no nos vimos en varios meses. Ella ocultó el embarazo porque creyó que yo me enojaría, hasta que un día llegué sin avisar y vi su panza.

Sentí mucha curiosidad.

—¿Y te enojaste?

—Por supuesto que no. Jamás me habría enojado.

—¿Aun estando mi madre embarazada, ustedes no estuvieron juntos? —quise saber.

Él reprimió una sonrisa. Algo pasó por su mente, algo especial, divertido, que yo no sabría jamás.

—No como una pareja —contestó—. Tu madre no me eligió. No eligió a nadie. Lo único que nos unió fuiste tú. Y nuestra amistad.

Miré un momento por la ventana, pensativa.

—¿Crees que ella alguna vez fue feliz? —pregunté de pronto.

—Sí —respondió él de inmediato—. Tú la hiciste feliz muchas veces.

Volví a hacer un silencio.

—Siempre fuiste tú —no pude evitar decir.

—¿Hum?

—Para ella —aclaré—. Siempre fuiste tú el que ella amó.

La sonrisa de mi padre fue triste por un segundo, pero luego fue amplia y divertida.

—Dime, ¿crees que tu tío lo habría hecho mejor que yo?

Me reí. Teníamos tanta confianza que podíamos hablar de eso con libertad.

—Oh, definitivamente —asentí, maliciosa—. Como lectora soy su fan. A ti te odio.

Él se echó a reír también.

—Muy bien —aceptó—. Es justo, porque él también la quiso.

Alcé las cejas, asombrada.

—¿De verdad?

—Es más que obvio, ¿no? —Me guiñó el ojo—. Además, creo que tuvieron algo en algún momento.

Mi asombro aumentó el doble.

—Pero ¿de verdad?

Él asintió, reprimiendo la diversión de un buen secreto.

—Lo único seguro es que ninguno de nosotros la tuvo para siempre.

No pude sentirme mal por eso, porque siempre supe que mi madre nunca quiso ni pudo hacer una elección. Ella me lo explicó: su única elección fui yo. Se quedó en donde yo estaría mejor. Buscó mi comodidad, mi futuro, mi bienestar. No me alejó de ellos, les permitió quererme. Nunca me hizo verlos como malas personas, y luego, cuando me permitió leer su historia, me dijo que quien cometió los peores errores fue ella y que viviría para siempre con esas consecuencias.

No sé si Jude fue feliz.

No sé si tuvo algo con uno o con otro durante el tiempo que pasó luego de que se fue de aquel pueblo con los demás.

No sé si le habría gustado tener una boda.

O si disfrutó la soledad.

Solo sé que un día nací, y tuve una gran y extraña familia.

—Eres un gran padre, Adrik Cash —le dije.

Aunque...

¿Quieres saber un secreto? Mi favorito siempre será mi tío Aegan, je.